W0370660

BASTEI LÜBBE

ROBERT ASPRIN
im BASTEI-LÜBBE-Taschenbuchprogramm:

23 157 Die Käfer-Kriege
23 114 Die Chaos-Kompanie
23 132 Das Chaos-Casino

Als FANTASY-Bände
sind die Taschenbücher
des Dämonen-Zyklus
erhältlich.

Robert Asprin
Linda Evans

TIME-SCOUT

Science Fiction Roman

Ins Deutsche übertragen
von Frauke Meier

BASTEI
LÜBBE

BASTEI-LÜBBE-TASCHENBUCH
Band 24 221

Erste Auflage:
Februar 1997

© Copyright 1995 by
Bill Fawcett & Associates
Published by Arrangement with
Baen Publishing Enterprises
All rights reserved
Deutsche Lizenzausgabe 1997 by
Bastei-Verlag
Gustav H. Lübbe GmbH & Co.,
Bergisch Gladbach
Originaltitel: Time Scout
Lektorat:
Anke Schäfer/Stefan Bauer
Titelbild: Richard Hescox
Umschlaggestaltung:
Quadro Grafik, Bensberg
Satz: Fotosatz Schell, Hagen a.T.W.
Druck und Verarbeitung:
Brodard & Taupin,
La Flèche, Frankreich
Printed in France

ISBN 3-404-24221-1

Der Preis dieses Bandes
versteht sich einschließlich der
gesetzlichen Mehrwertsteuer.

1.
KAPITEL

Es war nicht besonders schwierig, die Touristen von den ›Sechsundachtzigern‹ zu unterscheiden. Touristen waren ganz einfach diejenigen mit den offenen Mündern, den weit aufgerissenen Augen und dem beständig schrumpfenden Bargeldbestand. Sie trugen die Kleidung, die die Reiseausstatter ihnen als die gängige Mode des jeweiligen Jahrhunderts empfohlen hatten und in der sie aussahen, als hätten sie die Truhen auf Großmutters Dachboden geplündert. In stets gleichbleibender Manier kämpften sie mit den für sie fremden Kleidungsstücken, ungeschickt gepackten Koffern und Taschen und dem fremdartigen Geld. So waren sie schneller zu erkennen als ein Tourist, der auf den Straßen New Yorks mit weit zurückgelegtem Kopf die Fassaden hinaufstarrt.

Sechsundachtziger hingegen zeichneten sich vor allem dadurch aus, daß sie nichts dergleichen taten. Weder glotzten sie dumm in der Gegend herum, noch gaben sie sich derart typischen touristischen Verhaltensweisen hin, wie der *Ich-weiß-alles-und-zeige-es-dir-gern-* Selbstbeweihräucherungshymne, die gerade von denen bevorzugt angestimmt wurde, die eine Drachme selbst dann nicht von einer Sesterze hätten unterscheiden können, wenn ihr Leben davon abgehangen hätte.

Was auf TT-86 durchaus passieren konnte.

Nein, Sechsundachtziger waren diejenigen, die das Gepäck schleppten, umherstreunende Kinder vor der nächsten Katastrophe bewahrten und hitzige Gemüter in drei verschiedenen Sprachen und binnen ebenso weniger Minuten wieder beruhigten. Bei all dem brachten sie nicht eine einzige Falte ihrer kunstvoll drapierten römischen Togen in Unordnung und schafften es außerdem, keine der Personen anzurempeln, die in viktorianischer Geschäftigkeit auf unvorhersehbaren Wegen umhereilten.

Sechsundachtziger waren eben im La-La-Land daheim.

Und in der Tat konnte Malcolm Moore sich nicht vorstellen, irgendwo anders zu leben.

Aus eben diesem Grund befand er sich jetzt gerade auf seinem Weg durch die Gemeindehalle der Shangri-la-Station. Er trug seine abgetragenste Wolltunika (die mit den kunstvollen Wein- und Mistflecken), seine schmutzigsten Billig-Sandalen und seine absolut beste Bronzeplakette (die mit der Aufschrift MALCOLUM SERVUS).

Der unbeschriftete Bereich war für den Namen der Person vorgesehen, die ihm einen Job verschaffte. Es würde nur Sekunden dauern, den Namen mit seinem batteriebetriebenen Gerät auf die Plakette einzugravieren, und in seinem Zimmer hatte er den passenden Schleifstein, um die Inschrift ebenso schnell wieder zu entfernen, sobald er sich erneut auf Jobsuche begab. Augenblicklich zeigte sich das Metall so glänzend wie seine Hoffnungen und so leer wie sein Magen.

Gelegentlich fragte er sich, ob das Wortspiel, das sich in dem Namen Malcolum* verbarg, wohl eine Art böses Omen war.

»Na ja, irgendwann werde ich schon noch Glück haben«, murmelte er und wappnete sich für die Schlacht.

Sein Ziel war das Tor sechs. Im Wartebereich davor hatten die Touristen sich bereits zu sammeln begonnen. Sie liefen hektisch in kleinen Gruppen umher oder standen einfach nur lächelnd beisammen. Diverse Gaffer drängten sich in den weitläufigen *Commons* herum, um bei der Show dabei zu sein. Eine Abreise von Tor sechs war ein Ereignis, das Zuschauer verdiente, und es war auch für diejenigen interessant, die nicht an der Reise teilnahmen. Entsprechend schnell füllten sich die Tische in den kleinen Cafés und Bars rundherum, besonders in der römischen Sektion.

Die Hot-dog-Stände in Urbs Romae, die altertümlichen

* Malum: das Schlechte; Collum: Verbindungsteil; Anm. der Übersetzerin

Wurst- und Weinhandlungen aus dem alten Rom nachempfunden waren – komplett mit großen Kesseln siedenden Fetts, in dem die Hot dogs fritiert wurden – hatten geöffnet, und die Verkaufsregale waren mit Amphoren voller Wein gefüllt, dessen Qualität die Weine des alten Roms nie erreicht hatten. Die besseren Cafés waren wie Tempel gestaltet, deren authentische Gärten mit Springbrunnen, Blumenbeeten und Säulengängen ausgestattet waren. Das Klirren von Gläsern lag über der Szenerie, und das kräftige Aroma von heißem Kaffee, warmen Pasteten und edlen Likören umschmeichelte Malcolms Nase wie die zarten Fingerspitzen einer Frau. In seinem Bauch rumorte es. Gott, war er hungrig ...

Er nickte einigen Freunden zu, die in einem der Cafés saßen. Sie winkten zurück und waren verständnisvoll genug, ihm keinen Platz anzubieten, da seine Kleidung ganz deutlich zeigte, daß er auf der Suche nach einem Job war. Als er das *Down Time* erreichte, dessen halbe Vorderfront unter einem Gewirr von Querträgern und Balken versteckt lag, welche als Stütze für einen Laufsteg in der zweiten Etage diente (und sich den Passanten in Form von »Marmor«-Säulen und Balkons darbot), entdeckte er Marcus. Er winkte seinem jungen Freund zu, der damit beschäftigt war, Schnapsgläser an einen der Fenstertische zu bringen, auf die das Lokal besonders stolz war. Die Fenster hatten die Form von metergroßen Bullaugen und vermittelten so den Eindruck, man säße nicht in einer Bar, sondern in einem antiken Segelschiff.

»Bona fortuna«, sagte der Barkeeper lautlos hinter den geschlossenen Scheiben, tippte sich an die Stirn und zwinkerte. Malcolm erinnerte sich grinsend, wie Marcus – der keinen Nachnamen besaß – einmal verkündet hatte, daß seiner Ansicht nach jeder, der die Absicht hatte, die echte Urbs Romae zu besuchen, einen leichten Hirnschaden haben mußte.

»Zeitreisen?« hatte er erschrocken geantwortet, als Malcolm einmal vorgeschlagen hatte, daß sie ihre durchaus respektablen Fähigkeiten als Partner und selbständige Führer gemeinsam einsetzen könnten. Seine jungen Augen hatten dabei einen Ausdruck gezeigt, der stark an Furcht erinnerte. »Dein Angebot ehrt mich, mein Freund. Trotzdem, nein! *Shangri-la* ist mir lieber!«

Das gespannte Lächeln, das Marcus' Worte begleitet hatte, hatte Malcolm damals veranlaßt, sofort das Thema zu wechseln und es niemals wieder anzusprechen.

Urbs Romae war Malcolms bevorzugter Aufenthaltsort in der *Shangri-la*-Station. Möglicherweise lag das einfach daran, daß das alte Rom Malcolms Spezialgebiet war. Hinter dem *Down Time Bar & Grill* erstreckten sich die *Commons* wie das Innere einer von Escher entworfenen Einkaufspassage. Auf einer Grundfläche von etwa zweihundert mal sechshundert Metern stand ein mehrgeschossiges Monstrum aus Tragbalken, breiten Stegen, Rampen, Balkonen und freitragenden Plattformen, die auf unterschiedliche Weise gestaltet und in die Umgebung eingebettet waren. Viele Wege hier führten nirgendwohin.

Das Wasser der Springbrunnen und Teiche glitzerte in dem ewig gleichen Licht der *Commons*. Manchmal wurde das Blau der Brunnenfliesen von einem schnell vorbeiflitzenden bunten exotischen Fisch durchbrochen, die gehalten wurden, um den Algenwuchs einzudämmen.

Der Boden in *Urbs Romae* bestand aus einer bunten Aneinanderreihung von Mosaiken antiken Stils, die zum größten Teil von den geschäftstüchtigen Händlern der Gegend angelegt worden waren. An den Wänden waren in unterschiedlichen Abständen Schilder angebracht, und hinter den Geschäftsfassaden und Hotelfenstern führten Treppen an den Wänden entlang zu unberechenbaren Ebenen.

Einige der Rampen und Stege befanden sich noch immer im Bau oder erweckten zumindest diesen Eindruck. Andere endeten einfach vor einer massiven Wand, während wieder andere zu Plattformen hinaufführten, vier oder fünf Stockwerke über dem Erdgeschoß, getragen von offenliegenden Verstrebungen, die an das Gerüst an einer alten Kathedrale bei Restaurationsarbeiten erinnerten. Von verschiedenen Punkten bewegten sich Rampen und Treppen empor, und niemand wußte so genau, ob sie zu etwas Unsichtbarem hinauf- oder von einem Loch aus dem Nichts herabführten.

Malcolm grinste. Schon die ersten flüchtigen Eindrücke von den irrsinnigen Wegen ins Nichts reichten für die meisten Besucher vollkommen aus, um zu begreifen, warum diese Zeitreisestation auch La-La-Land genannt wurde.

An vielen freien Wegstrecken waren große Schilder angebracht. Dort waren die Stege und Balkone mit Ketten und Sicherungsvorrichtungen abgesperrt, die in keiner Weise als Teile von Urbs Romae getarnt waren. Die Schilder enthielten verschiedensprachige Warnungen vor den Gefahren unerforschter Tore. Die Absperrungen dienten weniger dazu, Fremde von der anderen Seite der Tore fernzuhalten, als vielmehr dazu, die Hiesigen davor zu bewahren, versehentlich eines der Tore zu passieren. Im Grunde waren die Schilder jedoch nichts anderes als eine gesetzlich vorgeschriebene Vorsichtsmaßnahme. Der größte Teil der Touristen wäre wohl kaum so dumm, ohne einen erfahrenen Führer durch eines der Zeittore zu gehen. Allerdings hatte es auf anderen Stationen schon Unfälle gegeben, und gelegentlich hatten Hinterbliebene dann Klage vor Gericht erhoben.

Die Bewohner von TT-86 waren froh darüber, daß ihr hiesiges Stationsmanagement diese Vorsichtsmaßnahmen ergriffen hatte. Schließlich war niemand daran interessiert, daß das Time-Terminal wegen eines schlampigen Managements geschlossen wurde.

Wirklich niemand.

Die Touristenhorde des heutigen Tages und ihre Reiseführer sahen aus wie ein Flüchtlingstrupp aus Spartakus' Heer. Die meisten Männer zupften unbehaglich an ihren Tuniken und gaben sich größte Mühe, keinem der anderen Anwesenden in die Augen zu sehen. Überall waren knorrige Knie und behaarte Beine zu sehen. Malcolm kicherte. *Ja, ja, Tor sechs ...*

Malcolm selbst trug seine abgetragene Tunika mit der

Selbstverständlichkeit langer Gewohnheit. Er bemerkte kaum noch einen Unterschied zwischen seiner Arbeitskleidung und den Kleidungsstücken, die er normalerweise trug. Allerdings fiel ihm auf, daß der Riemen an seiner Sandale dringend einer erneuten Reparatur bedurfte.

Frauen in eleganten Stolen standen in Gruppen zusammen, schwatzten lebhaft und bewunderten gegenseitig ihren Schmuck, ihre Frisuren und die edlen Stickereien auf ihren Gewändern.

Einige der Touristen zogen sich in den Wartesaal von Tor sechs zurück und entspannten sich in bequemen Sessel. Malcolm wußte, daß diese Leute genügend Geld hatten, um sich mehr als nur eine Reise in frühere Zeiten zu leisten. Sie fuhren nicht zum ersten Mal in die Vergangenheit. Die Touristen, die gerade ihre erste Reise antraten, waren dagegen viel zu aufgeregt, um sich irgendwo hinzusetzen.

Malcolm stürzte sich nun selbst in das Getümmel, um nach potentiellen Auftraggebern Ausschau zu halten.

»Morgen, Malcolm.«

Malcolm wandte sich um und entdeckte Skeeter Jackson, der in einen eleganten griechischen Chiton gekleidet war. Er unterdrückte ein Stöhnen und rang sich statt dessen ein Lächeln ab.

»Morgen, Skeeter«, antwortete er und zählte nach einem flüchtigen Handschlag vorsichtshalber seine Fingernägel.

Skeeter wies auf Malcolms Tunika. »Wie ich sehe, fährst du die Sklavenführer-Schiene«, bemerkte er mit einem Funkeln in den Augen. »Großartige Flecken. Irgendwann mußt du mir dein Rezept verraten.«

Skeeters breites Lächeln, das – wie wohl jedermann bestätigen konnte, der ihn kannte – das einzig Echte an ihm war, wirkte ansteckend.

»Sicher«, erwiderte Malcolm lachend. »Du nimmst ein Viertel flüssigen Stutendung, zwei Viertel sauren römischen Wein und etwa eineinhalb Liter tiberianischen Schlamm. Das wird dann vorsichtig mit einem Künstlerpinsel aufgetragen, zwei Wochen getrocknet und anschließend in kaltem Wasser gewaschen. Auf roher Wolle bewirkt das wahre Wunder.«

Skeeters Augen hatten sich geweitet. »Gott, du meinst es ernst ...« Seine eigene Kleidung war wie immer elegant, sauber und augenscheinlich neu. Malcolm wollte lieber nicht wissen, wo er sie aufgetrieben hatte.

»Na dann, viel Glück«, wünschte Skeeter und winkte Malcolm zu. »Ich habe noch einen Termin. Wir sehen uns.«

Der schlanke junge Mann grinste wie ein kleiner Teufel beim Zählen verdammter Seelen und verschwand in der anwachsenden Menschenmenge, während Malcolm verstohlen seine Gürteltasche untersuchte, um sicherzugehen, daß er sein batteriebetriebenes Gravurgerät und seine Geschäftskarten noch bei sich hatte.

»Nun«, resümierte er, »zumindest scheint er keinen von uns Sechsundachtzigern übers Ohr zu hauen.« Er sah hinauf zu einer der mehreren Dutzend Uhren, die von der hohen Decke herabhingen und kontrollierte den Countdown an Tor sechs.

Zeit, an die Arbeit zu gehen.

Das Gedränge wurde langsam dichter, und der Lärm wuchs exponentiell dazu an. Angeheuerte Gepäckträger mühten sich mit stümperhaft gepackten Ladungen von Koffern, Taschen, Säcken und Mappen mit sonderbaren Formaten ab, während die Reisebegleiter von *Time Tours* ihre Reiselisten wieder und wieder kontrollierten und letzte Anweisungen gaben. Die Kartenkontrolleure am Eingang zur Hauptrampe von Tor sechs bahnten sich einen Weg durch andere Mitarbeiter des Reiseunternehmens, um die Reisenden auf der oberen Plattform zu überprüfen. Malcolm schätzte, daß sich hier mittlerweile etwa fünfundsiebzig Personen aufhielten.

»Zuviel für eine Reisegruppe«, murmelte er. *Time Tours Inc.* wurde allmählich gierig. Die Geräuschkulisse aus Touristenstimmen und dem Murren der Gepäckträger, die sich über ihre Arbeit beschwerten, hallte von der Decke zurück und verdichtete sich zu einem Dröhnen wirrer Echos.

Immerhin sollte es ihm bei einer Gruppe dieser Größe möglich sein, einen Job zu finden. Er zauberte ein hoffnungsvolles Lächeln auf sein Gesicht, tastete in seiner Gürteltasche nach den Geschäftskarten und ging an die Arbeit.

»Hallo«, stellte er sich dem ersten möglichen Kunden, einem großen kräftigen Mann, dessen sonnengebräunter Teint und blondes Haar ihn unverkennbar als kalifornischen Geschäftsmann auswiesen, vor und streckte ihm die Hand entgegen. »Bitte erlauben Sie mir, mich vorzustellen. Malcolm Moore, freischaffender Reisebegleiter.«

Der Mann schüttelte zurückhaltend Malcolms Hand und sah dann auf die Geschäftskarte, die er von Malcolm bekommen hatte:

Malcolm Moore, Reisebegleiter
Rom A. D. 47 · London 1888 · Denver 1885
Andere Ziele auf Anfrage
Erleben Sie Abenteuer, ohne an einen festen
Tourfahrplan gefesselt zu sein!
Private Ausflüge mit gründlicher Führung
und umfassendem Service für
Einzelpersonen, Familien und Gruppen
Konkurrenzlose Preise – Shangri-Las günstigstes Angebot
Kontakt: TT-86, Appartement 503, Tel.: 111-1814

Der Geschäftsmann musterte die Karte in seiner Hand und sah wieder auf. »Sie arbeiten auf selbständiger Basis?« fragte er in einem extrem argwöhnischen Tonfall.

»Mein Spezialgebiet ist das alte Rom«, erklärte Malcolm mit einem warmen und aufrichtigen Lächeln. »Ich habe als Dr. phil. in klassischer Geschichte und Anthropologie promoviert und verfüge über mehr als sieben Jahre Erfahrung als Reisebegleiter. Die Pauschalreise ...«, er nickte in Richtung der uniformierten Beschäftigten von *Time Tours*, die dabei waren, Tickets einzusammeln und Fragen zu beantworten, » ... beinhaltet den Circus Maximus, Wagenrennen und Gladiatorenkämpfe, aber *Time Tours* bietet Ihnen nicht die außerordentlich interessante Erfahrung des ...«

»Danke«, sagte der Mann und gab die Karte zurück. »Aber ich bin nicht interessiert.«

Malcolm brachte ein schwaches Lächeln zustande. »Natürlich. Vielleicht ein anderes Mal.«

Er ging auf den nächsten potentiellen Kunden zu. »Verzeihung, darf ich mich Ihnen vorstellen ...?«

Das Betteln wurde nie leichter ...

Der frostigen Ablehnung dieser Leute nach zu urteilen, hatte *Time Tours* sie bereits gegen die freien Reisebegleiter beeinflußt. Skeeter Jackson – zum Teufel mit dem Burschen – schien erfolgreich zu sein, womit auch immer. Sein Lächeln war strahlender als die Beleuchtungsanlagen über ihren Köpfen.

Als ihm schließlich bis zur Abreise noch zehn Minuten blieben, begann Malcolm darüber nachzudenken, ob er seine Dienste vielleicht als Gepäckträger anbieten sollte, um wenigstens genug Geld für ein paar warme Mahlzeiten zusammenzubekommen – aber ein Mann hat seinen Stolz. Malcolm war Reisebegleiter – und ein verdammt guter dazu. Wenn er den Rest seiner Reputation als professioneller Zeitführer verlor, würde sein Leben hier vorüber sein. Aus einem ruhigen Winkel betrachtete er die Menge, zählte Köpfe und Kostüme und erkannte verdrossen, daß er tatsächlich bereits mit jedem der Anwesenden gesprochen hatte.

Gut ... verdammt!

In dem verzweifelten Versuch, die letzten Fetzen seiner Würde zu retten, zog er sich – begleitet von der ständig nagenden Sorge, wie er sein Appartement und die nächsten Mahlzeiten bezahlen sollte – von Tor sechs zurück. Aber auch abgesehen von diesen Sorgen fühlte er eine tiefe Enttäuschung, und das hatte nichts mit Geld oder dem Verlust seines alten Vollzeitjobs zu tun. Malcolm Moore hatte keine Ahnung, wie es den festangestellten Zeitführern solcher Unternehmen wie *Time Tours* erging; er wußte nur, daß die Reise in ein anderes Jahrhundert für ihn ein wunderbar erregendes Ereignis war, besser als regelmäßige Mahlzeiten, fast besser als Sex.

Diese Erregung war der Grund, warum er hier auf TT-86 blieb und bei jeder Abreise an die Arbeit ging, ganz gleich, wohin die Reise auch führen mochte, Hauptsache, er war dabei.

Er zog sich in den Schatten eines mit Wein bewachsenen Säulenganges zurück, der nahe genug an Tor sechs lag, daß er sich den Spaß ansehen konnte, aber dennoch weit genug entfernt, um nicht Gefahr zu laufen, die Aufmerksamkeit von Freunden auf sich zu ziehen, die ihm dann sicherlich ihr Mitgefühl ausdrücken würden.

Montgomery Wilkes, der in seiner dunklen Realzeituniform völlig deplaziert wirkte, stampfte mit der ihm eigenen Gewalt eines aufgebrachten Nashorns durch die Menge. Malcolm runzelte die Stirn. Was mochte Wilkes außerhalb seines privaten Büros wollen? Der oberste Verwaltungschef von La-La-Land überwachte sonst niemals die Öffnung eines Tores. Malcolm sah auf die nächste Anzeigentafel und hatte die Antwort.

Ah ...

Die Station erwartete Gäste. In seinem Bemühen, einen Job zu finden, hatte er völlig vergessen, daß heute eine neue Gruppe von Touristen aus der Zukunft anreisen würde. Malcolm rieb sich die Nasenspitze und lächelte. Ein Zwei-Tore-Tag ... Möglicherweise gab es doch noch Hoffnung. Und selbst wenn er keinen Job fand, würde es immerhin lustig werden.

Unten an Tor sechs wurden die letzten Geschäfte abgewikkelt. Herumstreunende Händler arbeiteten sich mit ihren Waren – alles Erdenkliche, von keimfreier Wurst bis zu Ledertaschen für Souvenirs – erfolgreich durch die Menschenmenge. Sie verkauften den letzten Trödel, den jedermann unbedingt haben mußte, drehten den Leuten unsinnige Überlebenspakete an und boten denjenigen, die dumm genug gewesen waren, mit dem Geldwechseln bis zur letzten Minute zu warten, die ortsübliche Währung des jeweiligen Reiseziels an.

Malcolm fragte sich, ob er vielleicht eine Laufbahn als

Händler in Betracht ziehen sollte. Sie schienen immer Erfolg zu haben, und es wäre ein sicherer Job. Möglicherweise hatte Connie Arbeit für ihn. Er schüttelte geistesabwesend den Kopf, während er zusah, wie die Leute in letzter Minute noch einen Becher Kaffee orderten oder kitschigen Schmuck kauften. Nein, er würde sich selbst an einem Ort wie diesem viel zu schnell langweilen, um einen so nüchternen Job zu machen. Und ein eigener Laden stand nicht zur Diskussion. Abgesehen von der hohen Miete und dem furchtbaren Papierkram für die Genehmigungen und den ganzen behördlichen Schriftwechsel – woher sollte er das Geld nehmen, die Einrichtung zu kaufen? Investoren waren nicht besonders interessiert an ehemaligen Zeitführern; sie wollten Geschäftssinn, Schlauheit, Scharfsinn und eine Menge Erfahrung im Verkaufsmanagement.

Natürlich konnte er jederzeit wieder als Scout arbeiten.

Malcolm schaute unwillkürlich zu den nächstgelegenen Barrikaden hinüber. Dieser Bereich war abgesperrt, weil das Tor entweder noch nicht erforscht oder von Natur aus instabil war. Malcolm hatte nur zweimal als Time Scout Vergangenheitsexpeditionen durch unbekannte Tore unternommen. Er konnte fühlen, wie ihm der bloße Gedanke eine Gänsehaut über den Rücken kriechen ließ. Kit Carson, der erste – und beste – aller Time Scouts, war überall auf der Welt berühmt. Und verdammt froh, noch am Leben zu sein. Malcolm war nicht gerade ein Feigling, aber eine Laufbahn als Time Scout entsprach nicht so recht seiner Vorstellung von einer vernünftigen Karriere. Er hatte mehr Freude daran, eine Bar aufzusuchen und mit den wahren Helden von TT-86 zu verkehren, um bei Bier und Brezeln Kriegsgeschichten auszutauschen.

Fünf Stockwerke über dem Erdgeschoß ertönte das durchdringende Jaulen einer Sirene. Die Gespräche am Tor verstummten mitten im Satz. So plötzlich, wie sie zu heulen begonnen hatte, erstarb die Sirene wieder und wurde durch eine Lautsprecheransage abgelöst. Die Alteingesessenen lehnten sich in ihren Stühlen vor und spielten geistesabwesend mit ihren Gläsern oder malten mit den Fingern Muster auf die staubigen Tische. In dem Wartebereich vor Tor sechs verharrten die dicht beieinanderstehenden Menschen erwartungsvoll.

»Achtung, Achtung! Tor sechs wird in drei Minuten geöffnet. Zurückkehrende Gruppen haben Vorrang. Alle Abreisenden werden gebeten, den Wartebereich nicht zu verlassen, bis unsere Reiseleiter den Weg freigeben.«

Die Ansage wurde in drei weiteren Sprachen wiederholt.

Malcolm wünschte, seine Tunika hätte Taschen, in die er seine Hände hätte stecken können. Statt dessen verschränkte er die Arme und wartete. Erneut verbreitete die Sirene ihr ohrenbetäubendes Heulen.

»Achtung, Achtung! Tor eins wird in zehn Minuten geöffnet. Die Abreisenden werden darauf hingewiesen, daß ihnen die Passage nur gestattet ist, wenn sie die medizinische Untersuchung absolviert haben. Bitte halten Sie Ihr Gepäck für den Zoll bereit ...«

Malcolm hörte nicht weiter hin. Er kannte die Prozedur bei der Abreise in die Realzeit schon seit Jahren auswendig. Die Vorgänge bei einer Abreise in die Vergangenheit waren schlichtweg unterhaltsamer, als eine Horde Zollbeamter zu beobachten, die mit der Durchsuchung von Gepäck beschäftigt war. Der Spaß würde beginnen, sobald die ersten Neuankömmlinge das Tor aus der Zukunft passierten. Er richtete seine Aufmerksamkeit wieder auf Tor sechs. Jetzt mußte es jede Sekunde losgehen.

Ein niederfrequentes Brummen drang durch die Station, als Tor sechs – das größte aktive Tor auf TT-86 – sich in Bewegung setzte. Das Geräusch lag unterhalb der menschlichen Hörfähigkeit, trotzdem war es deutlich wahrnehmbar. Es verursachte eine Vibration an der Stelle, wo der Schädelknochen auf die Nackenwirbel aufsetzt. Überall in den *Commons* preßten Touristen die Hände hinter die Ohren, in der vergeblichen Hoffnung, so dem unangenehmen Gefühl zu entgehen. Malcolm konzentrierte seinen Blick auf die Rampen, welche vom Tor herab in die Station und aus dem Wartebereich hinauf zum Tor führten, und wartete.

Am Ende des Steges erschien plötzlich ein Schimmern auf der sonst völlig leeren Wand, das an ein Hitzeflimmern über einer Straße in der Mittagssonne erinnerte. Sonderbare verdrehte Muster in allen Spektralfarben bildeten sich. Aus dem Wartebereich konnte man das aufgeregte Keuchen der Menschen hören. Endlich zeigte sich ein schwarzer Punkt in der Mitte des sonderbaren Schimmerns.

Staunende Touristen zeigten mit weit geöffneten Mündern auf das Tor. Die meisten sahen erst zum zweiten Mal in ihrem Leben, wie sich ein temporäres Zeittor öffnet – das erste Mal hatten sie es auf ihrer Reise zurück in der Zeit nach *Shangri-la* erlebt. Alle Gespräche verstummten sofort. Gepäckträger beendeten eilig ihre Arbeit, und die letzten Käufe wurden abgeschlossen. Einige Reisebegleiter stürzten noch schnell den letzten Schluck Kaffee für die nächsten zwei Wochen hinunter.

Der Punkt auf der Wand dehnte sich aus. Er wuchs wie ein Schimmelpilz auf einem Laib Brot in einer Zeitrafferaufnahme. In der Mitte der dunklen Fläche konnte Malcolm die matten Schemen einiger Regale und winziger sauber aufgeschichteter Amphoren am hinteren Ende eines langen dunklen Raumes erkennen, so als sähe er durch das verkehrte Ende eines Teleskopes. Dann flammte Licht auf wie ein funkelnder Stern, als jemand auf der anderen Seite eine Lampe entzündete.

Entgeisterte Ausrufe wurden laut, gefolgt von nervöserleichtertem Gelächter, als endlich ein Mann durch das Tor trat, der wie ein römischer Sklave gekleidet war, sich aber mit der Sicherheit eines *Time-Tours*-Reisebegleiters bewegte. Er schien wie ein kraftvoll geschlagener Baseball auf die Menschen hinzuzufliegen. Seine sichtbare Erscheinung wuchs in Sekundenbruchteilen von wenigen Zentimetern bis zur vollen Körpergröße. Schließlich sprang er gelassen auf das Metallgitter und schnauzte einige Befehle.

Nun kamen Touristen durch das Tor herein. Einige sahen angeschlagen und krank aus, andere unterhielten sich lebhaft, aber alle waren sichtlich müde. Sie liefen über den Steg und die Rampe hinab. Viele von ihnen hielten Reiseandenken in, manche sich gegenseitig an den Händen. Die meisten Reisenden mußten daran erinnert werden, ihre kreditkartengroßen Zeitreise-Karten in das Lesegerät am Ende der Rampe zu schieben. Malcolm grinste wieder. Das Ritual änderte sich nie. Die wenigen, die daran dachten, sich von *Porta Romae* abzumelden, waren erfahrene Zeitreisende. Diejenigen, die sich aneinander festhielten, hatten während ihres Aufenthaltes eine unerwartete und tiefsitzende Angst vor Zeitreisen entwickelt, entweder, weil es für ihren Geschmack zu schmutzig und gewalttätig zugegangen war, oder weil sie während des gesamten Trips von der Furcht besessen gewesen waren, einen Fehler zu machen, den die Zeitführer nicht wieder hätten ausbügeln können.

Diejenigen, die schwach und krank aussahen, hatten entweder doch nicht so viel Spaß an den Gladiatorenkämpfen gehabt, wie sie erwartet hatten, oder sie waren noch damit beschäftigt, die Folgen von zu viel Alkohol und zu wenig gesunder Nahrung und Schlaf durchzustehen. Malcolms Kunden hatten bei ihrer Rückkehr aus der Vergangenheit niemals den Eindruck gemacht, sie bräuchten dringend das nächstgelegene Krankenhausbett. Natürlich neigten Touristen, die klug genug waren, einen persönlichen Reisebegleiter zu engagieren – selbst wenn es sich um ein Pauschalangebot von *Time Tours* handelte –, weniger dazu, sich durch ein zweiwöchiges Saufgelage mit starkem römischen Wein einen furchtbaren Kater einzuhandeln.

Nicht zum ersten Mal gab Malcolm sich seiner Verbitterung gegenüber *Time Tours* und ihrer ganzen glatten Geschäftemacherei hin. Ganz zu schweigen von ihren zwielichtigen hinterlistigen Tricks …

»Jetzt Gedankenlesen können«, sagte jemand direkt neben ihm. Er fuhr herum und erkannte Ann Vinh Mulhaney, die zu ihm aufsah. Malcolm entspannte sich lächelnd. Sie mußte gerade vom Schießstand gekommen sein, als die Sirene aufgeheult hatte. Sie hatte sich nicht einmal die Mühe gemacht, ihre Pistole abzulegen und das Gummiband aus ihrem Haar zu entfernen. Sie maß einen Meterfünfundsechzig, damit war sie kleiner als Malcolm, aber genauso groß wie Sven Bailey, der hinter ihr hergeschlendert kam. Auch er trug Trainingskleidung.

»Was für ein mieser Haufen«, kommentierte er, ohne jemand Bestimmten anzusprechen. »Und dumm außerdem, wenn dich keiner engagiert hat«, fügte er mit einem kurzen Blick auf Malcolm hinzu.

Malcolm quittierte die gutgemeinten Worte mit einem Schulterzucken und antwortete auf Anns Bemerkung. »Ich sehe mir nur den Spaß an, so wie jeder andere auch. Wie geht's euch beiden?«

Sven, der anerkannte Meister der Stichwaffen auf TT-86, grunzte nur und ließ sich nicht zu einer Antwort herab. Ann lachte. Sie gehörte zu den wenigen Leuten, die es überhaupt wagen durften, über Sven zu lachen. Sie schüttelte den Kopf, die schmalen Hände in die Hüften gestemmt, und ihr Pferdeschwanz schwang hin und her. »Er hat unsere letzte Wette verloren. Fünf von sechs Schüssen. Der Verlierer zahlt die Rechnung im *Down Time*.«

Malcolm lächelte. »Sven, hast du denn immer noch nicht gelernt, daß es keinen Sinn hat, sich mit ihr anzulegen?«

Sven Bailey studierte eingehend seine Fingernägel. »Yep.« Dann sah er mit einem sardonischen Grinsen auf. »Das Problem sind unsere Kunden. Sie wollen einfach ihr Geld verlieren. Da müssen wir ihnen doch einen Anreiz bieten.«

»Soweit ich gehört habe, teilt ihr euch hinterher die Beute«, entgegnete Malcolm ebenfalls grinsend.

Sven zog eine beleidigte Miene, während Ann laut auflachte. »Was für ein gräßliches Gerücht«, protestierte sie augenzwinkernd. »Hast du Lust, uns zu begleiten? Wir wollen rüber ins *Down Time*, ein bißchen ausruhen und etwas essen.«

Malcolm war längst über das Stadium hinaus, in dem ein Mann noch jedesmal vor Verlegenheit errötet, wenn er aus schlichtem Geldmangel eine solche Einladung ausschlagen muß. »Danke, nein. Ich denke, ich werde mir hier den Aufbruch ansehen und dann zu Tor eins hinübergehen und mich unter den Neuankömmlingen nach einem möglichen Kunden umsehen. Und außerdem muß ich diese verflixte Sandale schon wieder flicken. Der Riemen löst sich von der Sohle.«

Sven nickte und akzeptierte Malcolms Versuch, sich würdevoll aus der Affäre zu ziehen, ohne weiteren Kommentar. Ann wollte gerade zu einem Einwand ansetzen, doch dann bemerkte sie Svens Gesichtsausdruck. Sie seufzte. »Falls du deine Meinung änderst, gebe ich dir einen aus. Besser noch, Sven übernimmt die Rechnung, schließlich habe ich unsere Wette gewonnen.« Sie blinzelte Malcolm zu, während Sven seine Arme verschränkte und wütend vor sich hin schnaubte. Er erinnerte Malcolm an eine stämmige Bulldogge, die jeden Moment angreifen konnte. »Dabei fällt mir ein«, fügte Ann lächelnd hinzu, »Kevin und ich wollten morgen ein paar Leute zum Abendessen einladen. Wenn du Zeit hast um, sagen wir so gegen sechs, dann komm doch vorbei! Die Kinder würden sich freuen.«

»Sicher«, antwortete Malcolm wenig überzeugt. »Danke.«

Glücklicherweise waren die beiden verschwunden, bevor sie die schwache Röte registrieren konnten, die nun doch zu seinen Wangen aufstieg. Wenn Ann Vinh Mulhaney tatsächlich eine Dinnerparty für den nächsten Abend geplant haben sollte, würde er seine Sandale mitsamt dem kaputten Riemen verspeisen. Dennoch freute ihn ihre nette Geste, auch wenn er sich den Nacken rieb und murmelte: »Ich muß einfach endlich einen Vollzeitjob finden.« Aber nicht bei *Time Tours*!

Auf gar keinen Fall bei *Time Tours*!

Eher würde er verhungern!

Die Touristen an Tor sechs begannen die Rampe hinaufzusteigen. Jeder von ihnen hielt seine Zeitreise-Karte bereit, um seine Abreise ordnungsgemäß registrieren zu lassen. Aufgeregte Frauenstimmen schrillten unüberhörbar durch die *Commons*. Sie kreischten und kicherten, als ihre Besitzerinnen den Mut faßten, durch das geöffnete Tor zu springen.

Time Tours hatte die Ausgänge aller Tore auf der anderen Seite schallisolieren lassen. Diese Maßnahme erforderte einen wesentlich geringeren Aufwand als der Versuch, die aufgeregten Touristen zu beruhigen. Malcolm lachte still in sich hinein. Er konnte es den Leuten wirklich nicht verübeln. Zum ersten Mal durch ein Zeittor zu treten war wirklich eine nervenzerfetzende Erfahrung.

Wie bei jeder Abreise löste sich ein großer Gepäckstapel auf – dieses Mal im letzten Viertel des Weges zum Tor. Gepäckstücke lagen überall auf der Rampe und dem Steg verteilt und brachten den Fluß der abreisenden Touristen ins Stocken. Gleich drei Reisebegleiter sahen unabhängig voneinander mit nervöser Miene auf die Anzeigentafeln, ehe sie sich schließlich dem Desaster näherten und sich die verteilten Gepäckstücke schnappten. Ein vierter Reisebegleiter schob die verbliebenen Touristen unsanft durch das offene Tor, dessen Ränder schon wieder begannen, sich zusammenzuziehen.

Malcolm schüttelte verständnislos den Kopf. Nach diesen vielen Jahren der Erfahrung sollte *Time Tours* eigentlich in der Lage sein, solche Dinge besser zu organisieren. Er grunzte laut. *Das kommt davon, wenn man völlig überforderte Leute aus der Vergangenheit als Gepäckträger mißbraucht.* Man sollte wirklich etwas für die armen Teufel tun, die sich manchmal durch ein offenes Tor auf die Station verirrten und sich in einer völlig fremdartigen Welt wiederfanden. Sein ehemaliger Arbeitgeber hatte sie zumindest niemals als Schwerstarbeiter mißbraucht.

Allerdings war sein alter Arbeitgeber nun auch pleite.

Die Reiseführer, die das verstreute Gepäck aufgesammelt hatten, beeilten sich, ebenfalls das Tor zu passieren, stürzten hindurch und verschwanden. Augenblicke später schloß sich Tor sechs für weitere zwei Wochen. Malcolm seufzte und wandte seine Aufmerksamkeit dem Haupttor zu. Er sah zur Uhr und fluchte atemlos. Die Zeit würde gerade noch reichen, wenn er sich beeilte. Er verließ *Urbs Romae* und durchquerte im Laufschritt *Frontier Town* mit seinen Saloons und falschen Cowboys. Dann eilte er durch die gepflasterten Straßen von *Victoria Station*, die von Geschäften mit Schaufenstern voller eleganter viktorianischer Kleider und Jagduniformen gesäumt waren. Die Sirene heulte auf. Es war ein ohrenbetäubendes Geräusch, das Malcolm zu einem weiteren stillen Fluch veranlaßte.

»Achtung, Achtung! Tor eins wird in zwei Minuten geöffnet. Die Abreisenden werden darauf hingewiesen, daß ihnen die Passage nur gestattet ist, wenn sie die medizinische Untersuchung absolviert haben. Bitte halten Sie Ihr Gepäck für den Zoll bereit ...«

Malcolm raste durch *Edo Castletown*, das sich in der japanischen Architektur des sechzehnten Jahrhunderts präsentierte. Ausgefallene Gärten und Touristen in Samurai- Uniformen beherrschten die Szenerie. Er kam am *Neo-Edo Hotel* vorbei und konnte gerade noch einer Gruppe in Kimonos gehüllter Frauen ausweichen, die sich dort eingefunden hatten, um die Wandgemälde in der Eingangshalle des Hotels zu bewundern. Der Empfangschef winkte ihm grinsend zu, als er regelrecht an ihm vorbeiflog.

Das Haupttor lag knappe dreißig Meter hinter der Grenze von *Edo Castletown*. Es bestand aus einer imposanten Anordnung von Absperrungen, bewaffneten Wachen, Rampen, Zäunen, Metalldetektoren und Röntgengeräten. Dazu kamen zwei medizinische Stationen. Alle Gerätschaften und Sicherheitseinrichtungen waren rund um den Fuß einer breiten Rampe herum gruppiert, die etwa fünf Meter weit in die Luft hinaufführte und dann einfach endete. Malcolm fragte sich manchmal, warum man diesen ganzen Bereich der Station nicht einfach abgesperrt hatte, auch wenn sich Tor eins – das Haupttor – darin befand.

Aufgrund einiger Äußerungen von Mitarbeitern des Amtes für Zugriffsberechtigungen auf Zeittore, AZZ, vermutete Malcolm, daß das AZZ wegen der eindrucksvollen psychologischen Wirkung auf dieser Ausführung bestanden hatte.

Montgomery Wilkes schlich wie ein Leopard durch die

Gegend. Er erregte allein schon Aufmerksamkeit durch die brütende Stille, die jeder seiner Runden folgte.

Malcolm fand einen guten Aussichtsplatz und lehnte sich bequem mit der Schulter an die Wand der Station. Er schätzte sich überaus glücklich, nicht für diesen AZZ-Bürokraten zu arbeiten. Er sah zu der nächstgelegenen Anzeigentafel hinüber und seufzte erneut. *Puh* ... Nur noch wenige Sekunden. Die zurückkehrenden Touristen hatten sich bereits in einer langen Reihe aufgestellt, die sich in Serpentinen hinter Malcolm über eine lange Reihe mit Seilen abgesperrter Wege schlängelte. Unten an der Rampe rieben sich die Zollbeamten voller Vorfreude die Hände.

Sein Schädelknochen warnte Malcolm bereits kurz bevor sich das Haupttor von *Shangri-la* sichtbar öffnete. Gleich darauf strömten auch schon die Realzeitler durch das offene Tor auf die Station, während die Rückkehrer die übliche umständliche Zollprozedur über sich ergehen ließen. Die Neuankömmlinge fanden sich auf der medizinischen Eingangsstation ein, um ihre Gesundheitspässe kontrollieren und die erforderlichen Eintragungen vornehmen zu lassen. Alle Daten wurden in der medizinischen Datenbank von TT-86 gespeichert. Die üblichen Gruppen bildeten sich. Hier ein Haufen Touristen mit weit aufgerissenen staunenden Augen, dort eine Ansammlung grau gekleideter Geschäftsleute, da die livrierten Reisebegleiter und schließlich noch einige uniformierte Regierungsbeamte – einschließlich des Postboten von TT-86, der für die Realzeit zuständig war und seine gewohnte Ladung an Päckchen, Briefen und CDs mit sich schleppte. Jede der Gruppen drängte aus der medizinischen Station hinaus und hinein in das kontrollierte Chaos des La- La-Landes.

»Gut«, murmelte Malcolm. »Schauen wir mal, was der Weihnachtsmann dieses Mal mitgebracht hat.« Einmal ein Zeitführer, immer ein Zeitführer; man konnte wirklich süchtig danach werden.

Er kontrollierte noch einmal die Anzeigentafel. Die nächste Abreise war für heute in drei Tagen angesetzt – London.

Denver sollte zwölf Stunden später dran sein und Edo am folgenden Tag. Eine der vierteljährlichen Abreisen in die Mongolei des sechsten Jahrhunderts würde in sechs Tagen stattfinden. Er schüttelte den Kopf. Die Mongolei stand nicht zur Diskussion. Keiner der Neuankömmlinge sah zäh genug aus, um drei Monate in einer so tödlichen Umgebung mit noch weitaus tödlicheren Bewohnern zu verbringen.

Tor fünf war niemals besonders gut besucht.

Er beäugte die fremden Reisenden. London, Denver oder das antike Tokyo ... Die meisten Urlauber mit dem Ziel Tokyo waren japanische Geschäftsleute. Sie neigten dazu, japanische Führer zu wählen. Malcolm war nur einmal im Edo des sechzehnten Jahrhunderts gewesen. Es war eine reguläre Tour für seine alte Firma gewesen, und er war in mächtige Schwierigkeiten geraten. Die Tokugawa-Shoguns hatten die niederträchtige Gewohnheit an den Tag gelegt, jeden Gaijin, der das Unglück hatte, vor der japanischen Küste Schiffbruch zu erleiden, zu exekutieren. Nach dieser Erfahrung hatte Malcolm festgestellt, daß er seine guten Kenntnisse der japanischen Sprache des sechzehnten Jahrhunderts völlig umsonst erworben hatte. Das gleiche galt für Portugiesisch und Holländisch.

Also London oder Denver ... Er hatte drei Tage Zeit, um einen Auftraggeber zu finden. Sein Blick blieb an einer Frau mittleren Alters hängen, die stehengeblieben war, um ihrer Verwirrung mit geöffneten Mund Ausdruck zu verleihen, während drei kleine Kinder an ihrer Seite hingen und die Fäuste in die Münder geschoben hatten. Sie hatten Gepäckstücke dabei, die mit Bildern von Cowboys und Indianern verziert waren, und das kleinste Kind trug einen breitrandigen Cowboyhut und ein Spielzeuggewehr. Die Mutter schaute staunend hin und her und auf und ab, starrte auf die Anzeigentafeln und schien drauf und dran zu sein, in Tränen auszubrechen.

»Bingo.« Ein Tourist in Not brauchte Hilfe.

Er war noch keine drei Stufen weit gekommen, als ein rothaariges Wesen in einem schwarzen Ledermini, einem schwarzen Spitzenbody und hüfthohen schwarzen Lederstiefeln, das einen enormen Koffer mit sich herumschleppte, der aussah, als wäre er mindestens ebenso schwer wie seine Trägerin, mit dem zielsicheren Instinkt eines Jagdfalken auf ihn zustürzte.

»Hi!« sagte sie. »Ich suche Kit Carson – wissen Sie vielleicht, wo ich ihn finden kann?«

»Äh ...«, antwortete Malcolm so intelligent, wie es ihm nur möglich war, da sich gerade jeder Tropfen Blut aus seinem Hirn auf dem Weg in die unteren Körperregionen befand. Ganz davon abgesehen, daß er keine Ahnung hatte, wo sich der pensionierte Time Scout zu dieser Tageszeit aufhalten könnte.

Gott ... Es sollte verboten sein, so auszusehen!

Es war wirklich zu lange her, seit Malcolm ...

Er gab sich einen Ruck und überlegte, wo sie Kit Carson finden könnte. Vermutlich war er so spät am Vormittag nicht mehr in seinem Hotel; aber es war auch ein bißchen zu früh für einen Drink. Wahrscheinlich schaute er den abreisenden Touristen zu, wie jeder andere auch.

Das entzückende kleine Biest, das an ihn herangetreten war, reagierte ihren Energieüberschuß durch nervöses Tappen eines bestiefelten Fußes ab. Mit ihren kurzen roten Haaren, den Sommersprossen und den klaren grünen Augen erinnerte sie ihn an eine irische Straßenkatze, die eifrig mit ihren eigenen Plänen beschäftigt war und alles unbarmherzig zur Seite stoßen würde, was sich ihr in den Weg stellte. Sie war das verdammt süßeste Wesen, das Malcolm in den letzten Monaten durch Tor eins kommen gesehen hatte. Er betrachtete sie mit gekünstelter Fürsorge.

»Versuchen Sie es im *Down Time Bar & Grill*. Falls irgendwer weiß, wo Kit ist, dann vielleicht die Stammgäste dort. Oder Sie könnten ...«

Seine Stimme verlor sich. Sie war schon verschwunden – wie eine Kugel aus dem rauchenden Lauf eines Gewehrs. Er keuchte. Dieser verdammte Ledermini hatte ihm wirklich den Atem geraubt.

Die Hände in die Hüften gestemmt, verharrte er reglos. »Na, wenn das nicht …« Er konnte sich absolut nicht vorstellen, was ein Mädchen dieses Alters – noch dazu in so rasender Eile – ausgerechnet von Kit Carson wollen konnte. »Puh!« Er gab sich Mühe, sie aus seinen Gedanken zu verscheuchen und wandte sich wieder der verwirrten Touristin mit den niedlichen Kindern zu. Was er jetzt brauchte, war ein Job, kein Rätsel.

»Oh, verdammter Mist …« Skeeter Jackson, die Laus, hatte sich der verschreckten Familie bereits angenommen und war eifrig damit beschäftigt, mit dem jüngsten Kind zu spielen. Die Mutter strahlte über das ganze Gesicht. Gott steh ihr bei!

Er überlegte, ob er sie warnen sollte. Dann sah er an seiner kunstvoll verschmutzten Tunika herab und fluchte wieder. Verglichen mit Skeeter Jacksons gepflegter Erscheinung hatte er nicht die Spur einer Chance. Möglicherweise konnte er sie zu einem späteren Zeitpunkt beiseite nehmen, um ihr den Unterschied zwischen vertrauenswürdigen Reisebegleitern und den Skeeter Jacksons dieser Welt zu erklären. Er seufzte. So, wie das Schicksal in der letzten Zeit mit ihm umgesprungen war, würde sie ihn vermutlich dafür ohrfeigen, diesen ›netten jungen Mann‹ zu verleumden.

Er kam zu der Ansicht, daß es seiner Ehre vielleicht doch nicht so sehr schaden würde, Anns Einladung anzunehmen. Malcolm schlenderte durch die *Commons* zurück, passierte erneut *Edo Castletown, Victoria Station* und *Frontier Town*. Er erreichte *Urbs Romae* gerade in dem Augenblick, als die Sirene erneut aufheulte und damit bekanntgab, daß TT-86 nun wieder für einige Tage geschlossen sein würde. Vor ihm rauschte die kecke kleine Realzeitlerin auf ihrer Suche nach Kit geradewegs am *Down Time* vorbei, ohne es zu bemerken.

Malcolm grinste und entschloß sich, abzuwarten, wie lange es wohl noch dauerte, bis sie um Hilfe flehen würde.

Aber was wollte sie ausgerechnet von Kit Carson?

Was es auch immer war, Malcolm hatte das sichere

Gefühl, daß die nächsten Tage recht unterhaltsam verlaufen würden.

Margo lief, in wütende Selbstbezichtigungen vertieft, die Promenade entlang. »Also wirklich«, schimpfte sie, »der erste Mensch, den du um Rat fragst, ist ausgerechnet ein Typ in einer römischen Tunika, der eine Sklavenplakette trägt. Vermutlich ist das einer dieser armen Teufel, die sich durch irgendein instabiles Tor aus der Vergangenheit hierher verirrt haben. Die Zeitungen sind voll davon. Wie kann man nur so dumm sein …?«

Margo konnte es nicht leiden, wie ein Idiot dazustehen.

»Kein Wunder, daß er so lange für die Antwort gebraucht hat. Wahrscheinlich mußte er erst jedes Wort von mir in Gedanken übersetzen. Immerhin hat er etwas Englisch gesprochen. Und ich bin auf der richtigen Station, das ist doch ein Grund zu feiern«, fügte sie atemlos hinzu, während sie mit verhaltener Ehrfurcht durch den weitläufigen Gebäudekomplex lief, der sich in einem Labyrinth von Laufstegen, Geschäftszeilen, Wartesälen und Wegen, die Gott weiß wohin führten, vor ihr ausdehnte. Obwohl sie sich vorab sorgfältig mit dem Aufbau von Zeitreisestationen beschäftigt hatte, übertraf der reale Anblick ihre Vorstellung bei weitem. Es war unglaublich. Und keine der Informationen, die sie im Vorfeld gesammelt hatte, enthielt eine Beschreibung der privaten Bereiche der Stationen, deren flüchtigen Anblick sie immer wieder jenseits der *Commons* erhaschte. Sie konnte sich des neugierigen Wunsches, sie zu erkunden, kaum erwehren …

»Zuerst«, ermahnte sie sich streng, »werde ich Kit Carson aufsuchen. Alles andere ist zweitrangig. Dieser römische Kerl sagte, Kit könnte in einer Bar sein, also muß ich nichts weiter tun, als diese Bar finden. Den Rest schaffe ich dann schon, nur finden muß ich ihn …«

Unglücklicherweise fand sie das *Down Time* weder auf der Hauptpromenade noch auf eine der angeschlossenen Plattformen. Margo stellte leise keuchend ihren schweren Koffer ab und musterte mit finsterem Blick die leeren Stühle, die an den geschlossenen Toren standen.

Nirgends war ein *Down Time Bar & Grill* zu sehen.

Erbittert nahm sie ihren Koffer wieder auf und bedauerte innig die Entscheidung, all ihr Zeug in nur ein Gepäckstück gestopft zu haben. Sie sah sich nach einem Wegweiser oder einem Plan um, so wie sie es von jeder ordinären Einkaufszone gewohnt war, doch sie konnte nichts entdecken, was auch nur annähernd so aussah. Sie wollte ihre absolute Unkenntnis nicht dadurch offenbaren, daß sie jemanden fragte. Margo war verzweifelt darum bemüht, sich selbst als weltgewandt und weitgereist darzustellen und den Eindruck zu erwecken, sie sei absolut imstande, auf sich selbst zu achten.

Leider hatte der *Down Time Bar & Grill* eine verblüffende Ähnlichkeit mit dem fliegenden Holländer, denn er schien schlicht nicht zu existieren. Möglicherweise lag er in der Vergangenheit, wie der Name suggerierte. *Mach dich nicht lächerlich! Niemand würde eine Bar auf der anderen Seite eines Zeittores aufmachen*.

Schließlich lief sie durch das Labyrinth aus Gängen und kreuzweise miteinander verbundenen Korridoren, die durch den privaten Bereich von TT-86 führten. Treppen verbanden diese Ebene mit den Korridoren auf einer höheren Etage, manche waren hell erleuchtet, andere düster und verlassen. Bereits nach wenigen Minuten hatte sie sich hoffnungslos verlaufen und in Rage gesteigert.

Wieder stellte sie ihren Koffer ab und rieb sich die schmerzende Handfläche. Sie sah den in die Ferne fliehenden Korridor hinunter, der nur ab und zu von anderen einmündenden Gängen oder Türöffnungen durchbrochen wurde. »Sehen diese Leute wirklich keine Veranlassung, Wegweiser aufzuhängen?«

»Kann ich Ihnen helfen?«

Die Stimme war freundlich, männlich und fast direkt hinter ihr.

Sie fuhr herum.

Der Kerl in der Tunika. Oh, verdammt ... Die ganze Zeit, seit sie New York verlassen hatte, war sie so vorsichtig gewesen. Und nun stand dieser Vorzeitige da, und nur Gott wußte, was er ...

»Folgen Sie mir?« herrschte sie ihn an und ärgerte sich, daß ihre Stimme atemlos und verängstigt statt ruhig und sicher klang.

Er kratzte sich am Nacken unterhalb seiner dicken Bronzeplakette. »Nun, es war mir einfach nicht möglich zu übersehen, wie Sie am *Down Time* vorbeigelaufen sind und dann auch noch auf einem völlig falschen Weg die *Commons* verlassen haben. Hier draußen kann man sich leicht verirren.«

Margos Herz schlug so heftig, daß ihre Brust zu schmerzen begann. Sie trat einen Schritt zurück. »Ich muß Sie warnen!« erklärte sie in einem Tonfall, der abschreckend wirken sollte. »Ich beherrsche Kampfsporttechniken.«

»Tatsächlich? Nun, ich auch.«

O Gott ...

Er grinste ebenso entwaffnend wie besänftigend. Plötzlich erinnerte er Margo an ihren Geschichtslehrer an der High-School.

»Die meisten Reisebegleiter beherrschen diese Techniken«, fügte er hinzu.

Reisebegleiter?

Er streckte ihr seine Geschäftskarte entgegen. *Malcolm Moore, Reisebegleiter ...*

Margo fühlte, wie ihr die Röte heiß ins Gesicht stieg. »Ich ... äh ...« Vermutlich wußte er ganz genau, was sie gedacht hatte, und anscheinend amüsierte es ihn. Sie nahm die Karte zögernd entgegen und riskierte einen Blick darauf. Die Karte schien echt zu sein.

»Äh, hi. Ich bin Margo.«

Falls es ihn irritierte, daß sie ihren Nachnamen verschwieg, so zeigte er es nicht. Er sagte nur: »Nett, Sie kennenzulernen, Margo«, und schüttelte ihr förmlich die Hand. »Wenn Sie wollen, bringe ich Sie zurück zum *Down Time*.«

Sie zögerte.

Malcolm grinste. »Keine Bezahlung. Ich berechne nur Führungen auf der anderen Seite der Tore.«

»Oh, in Ordnung«, dann, widerwillig und peinlich berührt, es nicht eher gesagt zu haben, fügte sie hinzu: »Danke.«

»Nicht der Rede wert.«

Er hatte ein nettes Lächeln. Möglicherweise konnte sie ihm trauen, wenigstens ein bißchen. *Hätte was anderes anziehen sollen.* Sein Blick glitt mit einem unvermeidlichen – sie hätte es fast als unfreiwillig bezeichnet – Interesse über sie. Die meisten Männer sahen sie auf diese Weise an und hielten sie mindestens für eben die achtzehn Jahre, die sie zu sein vorgab. Sie hätte sich wirklich etwas anderes anziehen sollen. Aber die Stiefel waren einfach zu groß, um sie in den Koffer zu packen, und sie wollte wirklich jeden möglichen Vorteil nutzen, der ihr zur Verfügung stand, wenn sie schließlich Kit Carson gegenüberstände ... *Tja, du hast dir die Suppe eingebrockt, nun löffle sie aus.*

Margo packte ihren Koffer und folgte Malcolm auf dem Korridor zurück, der sie zuletzt in die Irre geführt hatte. Kurz darauf stand sie schon vor einem kreuzenden Korridor, den sie als denjenigen wiedererkannte, auf dem sie die *Commons* verlassen hatte. Margo seufzte und nahm verärgert zur Kenntnis, daß sie sich einen weiteren Stein in den Weg gelegt hatte: Den Ruf, ein naives Dummchen zu sein. Vielleicht würde Mr. Moore ja niemandem verraten, daß er sie quasi an der Hand hatte nehmen müssen, um sie hier herauszuführen, aber sie würde nicht darauf wetten. Und sie hatte ganz sicher nicht genug Geld, um sein Schweigen zu kaufen.

Dankbar registrierte sie, daß es auf den *Commons* inzwischen still geworden war. Als sie ein großes Gebiet erreichten, das mit Gittern abgesperrt war, runzelte Margo nachdenklich die Stirn. Sie hatte es bereits vorher gesehen, aber nur im Vorbeigehen. Innerhalb des eingezäunten Bereiches klaffte ein unregelmäßig geschnittenes Loch in dem massiven Betonboden.

»Was ist das?« fragte sie zögerlich, voller Respekt vor der Antwort, die sie doch eigentlich schon kannte. *Ein instabiles Tor ...*

Malcolm sah sich um. »Was ist was? Oh, das instabile Tor.«

»Ich habe von solchen Toren gehört.«

»Ja. Nun, der Boden ist einfach eingestürzt, als sich dieses Tor unter ihm öffnete. Ein Kaffeestand ist mit abgestürzt.«

Sie ging etwas näher heran, um einen besseren Überblick zu erhalten und erbleichte. Der Anblick zehrte an ihren Nerven. Die Luft am Boden kräuselte sich auf sonderbare Weise. Alle paar Sekunden konnte man das Plätschern von Wasser hören. Die Knochen hinter ihren Ohren vibrierten unangenehm. »Abgestürzt, wohin?«

»Wir vermuten, daß das Tor zum Bermuda-Dreieck führt«, sagte er mit vollkommen ausdrucksloser Stimme.

»Das Bermuda-Dreieck? Verarschen Sie mich nicht!«

»Hey«, rief er und streckte ihr beide Hände entgegen. »Wer hat denn hier wem den Krieg erklärt? Ehrlich, wir denken, es ist das Bermuda-Dreieck. Katie und Jack Sherman wären fast ertrunken, als sich das Tor zum ersten Mal geöffnet hat. Ihr Kaffeestand ist einfach untergegangen. Ich war bei der Rettungsmannschaft, die jenseits des Tores nach den beiden gesucht hat. Das ist nicht einfach nur ein instabiles Tor. Auf der anderen Seite ist das verdammte Ding mit einer ganzen Reihe anderer Tore verbunden, die sich ständig öffnen und schließen. Das richtige Tor zurück nach La-La-Land zu finden war der reinste Mord. Fünfmal haben wir danebengelegen, und fast hätten wir es nicht geschafft.«

»Oh.« *Großartig, instabile multiple Tore, also.* »Ich kenne diese instabilen multiplen Tore«, murmelte Margo und fragte sich, warum sie während ihrer umfassenden Nachforschungen niemals auf diesen Leckerbissen gestoßen war. Vielleicht verschwieg die Regierung die Existenz dieser Tore, um die Leute nicht zu verängstigen. »Ich habe schon einige Zeitreisen gemacht.«

Er schien die Lüge zu schlucken. Sie wäre eher gestorben, als zuzugeben, daß sie nahezu ihren gesamten Besitz – und fast noch ein gutes Stück mehr – verkauft hatte, um das Tikket für die Reise nach TT-86 bezahlen zu können. Margo betrachtete die Öffnung im Boden mit dem leichten Frösteln einer bösen Vorahnung. Nun, wegen eines Abenteuers war sie schließlich hier.

»Also, wo ist jetzt diese Bar?« fragte sie fordernd und wandte sich von dem nassen Abgrund ab. »Ich habe etwas Geschäftliches mit Mr. Carson zu besprechen.«

Malcolm Moore sah sie einen Augenblick zu lange an – ob er irgend etwas vermutete? Das AZZ hatte ihren gefälschten Ausweis ohne weitere Kontrolle akzeptiert. Erleichtert sah sie, wie Malcolm schulterzuckend mit dem Kopf eine Richtung andeutete.

»Sie liegt in der Richtung, in *Urbs Romae*, der römischen Stadt«, erklärte er, in der Annahme, daß sie nicht wüßte, was das Wort Urbs zu bedeuten hatte.

»Ich weiß, wo das Wort urban herkommt«, murmelte Margo. Es war so ziemlich das einzige, was sie von der lateinischen Sprache wußte, aber zumindest das wußte sie sicher.

In Malcolms Augenwinkeln bildeten sich attraktive Fältchen, wenn er lächelte, und Margo kam zu der Überzeugung, daß er sich von allen Männern, die sie bis dahin gekannt hatte, deutlich abhob.

»Kommen Sie. Ich werde Ihnen zeigen, wo es ist. Es liegt ein bißchen versteckt«, sagte er.

Sie folgte ihm und zerrte ihren Koffer mit sich, der immer schwerer zu werden schien. Wenn sie Schwierigkeiten bekam, Schritt zu halten, sah er sich nach ihr um und ging ein wenig langsamer.

»Sie wollen nicht zufällig London besuchen? Oder Denver?«

»Warum?«

Er verzog das Gesicht. »Nur ein bißchen Hoffnung. Ich suche noch nach einem Auftraggeber für die nächsten Zeitreisen. Wir selbständigen Reisebegleiter müssen uns ziemlich ranhalten, um einen Job zu ergattern.«

»Ach so. Nein, ich habe keine Reise geplant, tut mir leid.«

»Kein Problem«, erklärte er. In seinen Augen glitzerte der Ausdruck unausgesprochener Neugier. Margo fragte sich, wie oft Kit Carson wohl Besucher empfing. Wenn sich der weltbekannte Time Scout nun als verschrobener Einsiedler entpuppte ... Angesichts der Schwierigkeiten, die es ihr bereitet hatte, neuere Informationen über ihn zu bekommen, wäre das durchaus möglich. Aber nachdem sie mit ihrem Vater fertig geworden war, sollte es ihr keine besondere Mühe bereiten, mit jeder Art von krankem männlichen Ego umzugehen. Immerhin hatte dieses harte Training sie auch lebend aus New York herausgebracht.

Malcolm Moore hatte sie nun bereits halb durch die *Commons* hindurchgeführt. Sie hatten Gegenden passiert, die Margo an die Bilder in ihren Geschichtsbüchern erinnerten. Margo wußte, wohin die einzelnen Tore führten, denn sie hatte sich äußerst eingehend mit den Gegebenheiten auf TT-86 beschäftigt, ehe sie den entscheidenden Schritt gewagt hatte. Dieser Teil der Station hier führte in das antike Athen, wohingegen der Bereich dort drüben wie eine Stadt in einer Andenhochlage gestaltet war. Sie kamen an Geschäften vorbei, deren exotische Schaufenstergestaltungen sie faszinierten und an Restaurants mit ebenso beeindruckender Einrichtung. Da war eines, das aussah, wie eine südamerikanische Pyramide. Der Eingang war eine originalgetreue Replik des Sonnentores in Teotihuacan.

Margo sah komplizierte Muster und Verflechtungen und Statuen mythischer Figuren, die die Eingänge der verschiedenen Geschäfte zierten. Es gab ein Restaurant, das in ein Drachenschiff eingebaut war. Es war mit Zeichen bemalt, die den Runen der Wikinger nachempfunden waren. Die Gerüche, die von den verschiedenen Küchen an ihre Nase drangen, ließen ihren leeren Magen klagend rumoren.

Ich hätte etwas essen sollen, ehe ich mich auf den Weg machte. Ich wette, die Preise hier sind horrend. In New York hatte sie wenigstens die Möglichkeit gehabt, billige Hot dogs bei Straßenhändlern zu kaufen.

Sie kamen nun in einen Bereich mit Mosaikböden und römischen Hausfassaden. Plötzlich duckte sich ihr Führer unter eine Konstruktion aus nachgeahmten Säulen und Stahlstützen und zeigte auf einen dunklen Eingang. Das Klirren von Gläsern und der unverwechselbare Geruch von Bier drangen aus dem Inneren zu ihnen. Es gab nirgends ein Schild. Kein Wunder, daß sie es nicht gefunden hatte. *Bestimmt eine Kneipe für die Einheimischen, wenn sie gar keine Werbung machen.*

»Voilá«, sagte Malcolm gekünstelt und lächelte ihr zu. »Der *Down Time Bar & Grill*«

»Danke«, sagte sie mit einem kurzen Lächeln und verschwand sofort in dem dunklen Eingang, ohne sich noch weiter um ihn zu kümmern. Ihre Aufmerksamkeit richtete sich ausschließlich auf die Frage, was sie zu dem legendären Kenneth »Kit« Carson sagen würde, dem Mann, von dem ihre gesamte Zukunft – und mehr – abhing. Mit trockenem Mund und feuchten Händen hielt sie ihren Koffer in der einen und ihren Hut in der anderen Hand und stürmte über die Türschwelle.

»... nun, jedenfalls ...«, Anns Lachen übertönte das scharfe Klackern der Billardkugeln, das aus dem Nebenraum drang, » ... hat er eine wertvolle Lektion darüber erhalten, wie man sich auf das Wesentliche konzentriert. Marcus, hallo, ich möchte noch eins!«

Ihr gegenüber ließ Sven ein theatralisches Stöhnen vernehmen, und Rachels Eisensteins musikalisches Lachen stand in einem komischen Gegensatz zu Sven Baileys Schwermut.

»Nun hör schon auf zu schmollen, und trink dein Bier aus!« sagte Ann. »Ich habe fair und anständig gewonnen.«

»Ich weiß. Darum ist es ja gerade so verdammt deprimierend.«

Ann winkte Marcus zu, während Rachel an ihrem Wein nippte und noch immer still in sich hinein lachte. Sven nahm einen Schluck Bier und seufzte. Der junge Zapfer grinste und kümmerte sich um die leeren Gläser.

Granville Baxter kam geduckt durch die niedrige Eingangstür und blieb einen Moment stehen, um seinen Augen Gelegenheit zu bieten, sich an die Dunkelheit im Inneren der Bar zu gewöhnen. Sein grauer Anzug war noch vollkommen frisch und faltenlos, aber der Mann, der darinsteckte, machte einen verwelkten und schlaffen Eindruck, der geradezu nach einem Drink heischte. Rachel winkte ihm zu und zeigte auf einen freien Stuhl. Baxter, in dessen Blut sich das Erbe seiner mütterlichen Massaivorfahren mit dem einiger väterlichen Ahnen, die NBA-Stars gewesen waren, mischte, war an Körpergröße jedem anderen Bewohner von TT-86 überlegen. Trotz seiner Erbanlagen beschränkte sich Granville Baxters sportliches Interesse darauf, gelegentlich Kopplungsgeschäfte von *Time Tours* zu sponsern, wenn er ertragreiche Konzessionen witterte.

Bei *Time Tours* hielt man Baxter für ein Marketinggenie.

»Darf ich mich zu euch setzen?« fragte er mit einer immerwährenden Höflichkeit, die er auch im *Down Time* nicht ablegte.

Sven deutete auf einen leeren Stuhl. »Setz dich!«

Der leitende Angestellte von *Time Tours* ließ sich erschöpft niedersinken und betupfte seine dunklen Augenbrauen mit einem Taschentuch.

»Ein Zwei-Tore-Tag«, stöhnte er – eine Erklärung, mit der jeder Sechsundachtziger etwas anfangen konnte.

Ann winkte Marcus zu und deutete mit einem Kopfnicken auf Baxter. Der Barmann nickte ebenfalls und zapfte einen Maßkrug von Bax' bevorzugtem Bier.

»Und, wie ist es gelaufen?« fragte Sven nach einem tiefen Schluck von seinem eigenen Bier.

Bax – der gelegentlich böse Dinge über die Entscheidung seiner Eltern verlauten ließ, ihn ausgerechnet Granville zu nennen – verzog das Gesicht. »Der übliche Ärger mit dem Gepäck. Sonst ging eigentlich alles glatt. Ach ja, da waren noch die unvermeidlichen drei, vier Leute, die ihre Reise umbuchen wollten, als sie gerade aufbrechen sollten und eine Frau, die ihren Mageninhalt über eine ganze Familie auf der anderen Seite verteilt hat, aber sonst ging es. Hat ihre Skopolamintabletten vergessen, die Frau. Ich sage euch, wenn dieser neue Gepäckmanager es nicht schafft, seinen verdammten Saustall bis zur Londonreise auf Vordermann zu bringen, dann wird er woanders um einen Job betteln dürfen. Oh, Marcus, sei gesegnet!«

Der Maßkrug leerte sich zur Hälfte in einem einzigen tiefen Schluck.

Ann konnte Bax' Sorgen verstehen. Eine Versetzung, eine Beförderung und eine Familienkrise hatten in den letzten sechs Monaten bereits zu drei neuen Gepäckmanagern bei *Time Tours* auf TT-86 geführt. Wenn die Gepäckabwicklung nicht bald anständig ablaufen würde, wäre Bax' Job auch nicht mehr sicher. Reiche Touristen erwiesen sich als enorm intolerant gegenüber kleinen Fehlern von bezahlten Handlangern, und auch der beste Mitarbeiter wurde schnell entbehrlich, wenn sich der richtige Tourist nur laut genug beschwerte.

Marcus brachte die restlichen Drinks.

»Und«, fragte Bax, »gab es auf der medizinischen Station irgendwelche Probleme mit den Neuen?«

Rachel wollte gerade zu einer Antwort ansetzen, als eine aufsehenerregende junge Frau mit rotbraunem kurzgeschnittenen Haar, die ganz in schwarzes Leder und Spitze gekleidet war und einen riesigen Koffer mit sich schleppte, durch die Eingangstür direkt auf ihren Tisch zugestürmt kam.

»Hallo«, rief sie schon auf halber Strecke quer durch den Raum. »Ich suche Kit Carson. Man sagte mir, er könnte hier sein.«

Ann und Rachel tauschten vielsagende Blicke aus, und selbst Bax zog eine Augenbraue in die Höhe. »Nein«, sagte er freundlich. »Ich fürchte, er ist nicht hier, es sei denn, er ist im Nebenraum und spielt Billard.«

Die junge Frau drehte sich schwungvoll um und schien

bereit, das laufende Spiel im Nebenraum zu unterbrechen. Jedes männliche Augenpaar im Raum folgte ihren Bewegungen.

»Nein, er ist nicht da«, kam Ann der jungen Frau zuvor. »Das sind Skeeter und Goldie, die versuchen sich gegenseitig das Fell über die Ohren zu ziehen.«

Das Klicken der Billardkugeln begleitete wie zur Bestätigung ihre Worte. Der Rotschopf zog eine finstere Miene. »Haben Sie eine Ahnung, wo ich ihn finden kann? Es ist wichtig.«

»Nun«, sagte Baxter und kratzte sich am Hinterkopf. »Sie könnten sich einen Stuhl nehmen und ihre Kehle anfeuchten, bis er hier auftaucht.« Sein Gesicht nahm einen hoffnungsvollen Ausdruck an. »Er wird kommen, vielleicht früher, vielleicht später, aber er kommt. Kit macht immer einen kleinen Abstecher hierher, besonders an Reisetagen.«

Wer auch immer die junge Frau war, sie machte nicht den Eindruck, als sei sie in der Stimmung, herumzusitzen und zu warten. Marcus mischte sich in seinem entzückenden gebrochenen Englisch ein: »Er hat Hotel. Er da ist?«

Die Augen des Mädchens funkelten. »Hotel? Was für ein Hotel?«

Sven stellte sein Glas mit einem leisen Klirren auf den hölzernen Tisch. »Das *Neo-Edo*. Es ist auf den *Commons*, unten bei dem Fischteich. Sein Eingangsbereich sieht aus wie …«

Sie war verschwunden, ehe er seinen Satz beenden konnte.

»Schön«, durchbrach er die verwunderte Stille in der Runde.

Noch ehe irgend jemand etwas zu sagen vermochte, kam Malcolm Moore in die Bar. Er trug noch immer seine Arbeitskleidung, und in seinem Gesicht stand ein hinterhältiges Grinsen. »Ich sehe an euren Gesichtern, daß ihr Margo kennengelernt habt. Weiß jemand von euch, warum sie Kit sucht?«

»Margo? Du kennst sie?« fragte Bax. »Wer ist sie?«

Malcolm zog sich einen freien Stuhl heran, und Ann

bedeutete Marcus mit einem Wink, noch ein Bier zu bringen.

»Nein«, erklärte Malcolm säuerlich. »Ich kenne sie nicht. Sie kam durch das Haupttor gerast, stürmte auf mich zu und wollte wissen, wo sie Kit Carson finden könnte, nur um sich gleich darauf auf der Suche nach dem *Down Time* im Wohntrakt zu verlaufen. Ich hatte gehofft, daß sie euch vielleicht erzählt hätte, warum sie Kit sucht. Stachelige kleine Kaktusblüte, was?«

Sven lachte nach einem Blick in Bax' Gesicht laut auf. »Bax, die Kleine würde dich schnell ins Grab bringen. Bleib doch einfach bei *Time Tours*, wenn du jung sterben willst!«

Bax warf ihm einen äußerst verärgerten Blick zu und konzentrierte sich auf sein Bier.

»Na ja«, meinte Malcolm und nickte Marcus dankbar zu, der ein kühles Bier vor ihm abgestellt hatte. »Ich habe jedenfalls das Gefühl, daß es hier in der nächsten Zeit recht lustig zugehen wird.« Grinsend prostete er den anderen mit seinem Bier zu.

»Wir werden sehen«, murmelte Sven Bailey. »Die Hunderttausend-Dollar-Frage lautet: Warnen wir Kit?«

Ann und Rachel tauschten bedeutsame Blicke aus, und Bax wäre fast an seinem Bier erstickt bei dem Versuch, ein Lachen zu unterdrücken. Selbst Marcus brach hinter der Theke in Gelächter aus. Malcolm kicherte. »Armer Kit. Also, stimmen wir ab, einverstanden?«

Mit feierlicher Miene und einem amüsierten Funkeln in den Augen stimmten sie. Schließlich zog Malcolm einige lose Fäden aus dem ausgefransten Saum seiner Tunika. »Wer den kürzesten zieht, hat die Ehre.«

Malcolm erwischte selbst den kürzesten Faden – wie immer. Er seufzte und ließ die unvermeidlichen Hänseleien über sich ergehen, nahm einen Schluck Bier und ging zum Telefon.

2. KAPITEL

Der Schriftwechsel mit den Behörden war nur eine der Notwendigkeiten für den Betrieb eines Time-Terminal-Hotels, die Kit Carson haßte. Eine Liste mit Reklamationen an die Wäscherei hatte er bereits in einen entfernten Winkel seines Hirns abgeschoben, wo sie nicht weiter stören konnte. Dort befand sie sich in Gesellschaft von Wäschereirechnungen, einer Preisliste für Nahrungsmittel, die aus der Vergangenheit den Zoll passieren mußten und den Kosten für Handtücher, Aschenbecher und diverse festverlötete Installationen, die ersetzt werden mußten, nachdem sie unter den Gästen Liebhaber gefunden hatten. Alles Punkte, die dringend der Bearbeitung bedurften. Doch die damit verbundene überwältigende Langeweile und die stets präsente Gefahr, sich angesichts dieses Nervenkrieges ein Magengeschwür zuzuziehen, prädestinierten diese Aufgaben geradezu dafür, jeglicher Aufmerksamkeit sofort entzogen zu werden. Den ersten Punkt auf der langen Liste der Ärgernisse bildeten die Touristen.

Aber der Papierkram war das, was er am meisten verabscheute.

Er wäre fast lieber wieder an die Universität zurückgegangen.

Das Büro der Geschäftsführung des *Neo-Edo*, größer als so manche Wohnung in der Realzeit, war einer der Begleitumstände seiner derzeitigen beruflichen Laufbahn, die die Situation erträglich machten. In dem Büro befand sich eine Videowand, auf der er sich sowohl Echtzeitaufnahmen von den *Commons* ansehen konnte, als auch diverse Panoramaaufnahmen verschiedener vergangener Szenerien. Außerdem machte ihm ein Barschrank, der mit illegalen Flaschen von flüssigem Ambrosia gefüllt war (die Kit und sein Vorgänger, der Erbauer des Hotels, aus der Vergangenheit mitgebracht hatten), immer dann die Arbeit leichter, wenn der Job zu haarig wurde.

Wertvolle Gemälde und Kunstschätze, die vor den kriegerischen Auseinandersetzungen im Kyoto des fünfzehnten Jahrhunderts gerettet worden waren, zierten Kits Büro, das ebenfalls durch seine antiken Tatami-Reismatten am Boden, die sauberen, ordentlichen Papiertrennwände und edel geschnitzte Holzarbeiten glänzte.

Das absolute Prachtstück seiner Einrichtung bildete eine realistisch nachgebildete und geschickt ausgeleuchtete Miniaturlandschaft eines japanischen Gartens. Es war eine friedvolle Szenerie aus Sand, Steinen und Pflanzen, die eine Ecke seines Büros ausfüllte und es ihm ermöglichte, seine Augen und seine Seele gleichermaßen zu entspannen.

Der japanische Garten war Kits Erlösung an den Tagen, die er dem Schriftwechsel widmete. Er pflegte sich zwischendurch zurückzulehnen, an einem guten Bourbon zu nippen und nachdenklich die symbolischen Inseln, die durch die Steingebilde dargestellt wurden, in ihrem verdorrten Meer aus Sand zu betrachten. Es gab ihm ein extrem gutes Gefühl, die Urheber all dieser furchtbaren Formulare in Gedanken auf einer dieser Miniaturinseln auszusetzen, wo sie ihr Leben ohne die geringste Hoffnung fristen dürften.

Es war die perfekte Zen-Hölle.

Er war gerade dabei, ein Anforderungsformular für eine ganze Batterie teurer Rechtsanwälte zu enträtseln, als ihn das Klingeln des Telefons unterbrach. Kit grinste erleichtert, obwohl die »Panikleuchte« an seinem Telefon aufblinkte. Den Hörer zwischen Schulter und Ohr geklemmt, sah er zu seiner Miniaturlandschaft hinüber und meldete sich. »Ja, Jimmy?«

Jimmy Okuda, der Empfangschef des *Neo-Edo*, war der einzige Mitarbeiter, der einen direkten Zugriff auf diese besondere Leitung der Haussprechanlage hatte. Normalerweise bedeutete für Kit das Aufblinken der Panikleuchte einen weiteren Schritt auf dem Weg zum Herzinfarkt, aber an diesem Tag war die Ablenkung mehr als willkommen.

»Ein Anruf von Malcolm Moore, Kit.«

»Malcolm?« Warum stellte Jimmy einen Anruf von Malcolm über die Panikleitung durch? »Puh ... verbinde mich.«

Auf seiner Telefonanlage leuchtete eine der Amtsleitungen auf, als Jimmy die Verbindung herstellte. Was, um alles in der Welt, konnte Malcolm von ihm wollen? Kit hatte ihm schon einige Male einen Job angeboten, nur um sich jedesmal eine freundliche, aber unmißverständliche Abfuhr zu holen. Kit drückte den Knopf, der die Leitung freigab. »Malcolm? Hallo, was kann ich für dich tun?«

»Hallo Kit, tut mir leid, dich zu stören, aber du wirst in ungefähr fünf Minuten Besuch bekommen.«

»So?« Malcolms Tonfall lud zu allerlei Spekulationen ein. An den Hintergrundgeräuschen erkannte Kit, daß Malcolm aus dem *Down Time* anrief. Somit konnte wirklich alles auf ihn zu kommen. Gerade als Kit angefangen hatte, sämtliche gefahrvollen Möglichkeiten in seinem Geist Revue passieren zu lassen und sich dabei fragte, wo wohl die kugelsichere Weste geblieben war, die er in seiner Zeit als Time Scout benutzt hatte, sagte Malcolm: »Es ist jemand aus der Realzeit.«

»Aus der Realzeit?«

Malcolm kicherte leise. »Eines Tages bringe ich dich doch noch dazu, mir alles von der Sache in Bangkok zu erzählen. Ja, aus der Realzeit. Und äußerst ungeduldig außerdem. Wir haben abgestimmt und beschlossen, dich zu warnen, ehe du überfallen wirst.« Malcolm lachte. Scheinbar amüsierte er sich prächtig über einen Insiderwitz, den Kit ganz offensichtlich nicht verstand.

»So, so. Dann sollte ich dir wohl danken.«

»Nicht der Rede wert. Wofür sind Freunde sonst da? Erlöse uns von unserer Neugier, ja? Sven sagte, er gibt einen aus, wenn du uns erzählst, was los war.«

Kits Augenbrauen schossen in die Höhe. Wenn Sven Bailey so neugierig war, dann mußte es sich um etwas wirklich Sonderbares handeln. »Ich werde mich melden. Danke für die Warnung.«

Malcolm hängte ein, und Kit lehnte sich in seinem Stuhl

zurück. Es entsprach nicht Kits Strategie, sich in seinem Büro kalt erwischen zu lassen; ganz gleich, wer auch immer ihn heimsuchen mochte. Auf dem Weg zur Tür zog er seine Schuhe an und sah an sich herunter. Schließlich legte er den bequemen Kimono ab und schlüpfte in einen Anzug, ehe er zum Empfang des *Neo-Edo* hinunterging.

»Jimmy, Malcolm sagte mir, ein Besucher aus der Zukunft sei unterwegs zu mir. Sag ihm, ich bin nicht da! Ich will mich für ein paar Minuten dünnmachen. Schick ihn auf eine falsche Spur oder so!«

Jimmy, ebenfalls ein pensionierter Time Scout, zwinkerte ihm zu und nickte. »Kein Problem, Kit.«

Time Scouts konnten nie vorsichtig genug sein.

Ganz besonders, wenn sie auf der ganzen Welt bekannt waren.

Kit verfluchte alle Reporter auf der Welt und lief schnurstracks auf die Menschenmenge zu. Die Lobby des *Neo-Edo* war eine moderne Nachbildung der Empfangshalle des Shoguns von Edo, so wie sie ausgesehen hatte, bevor die ehemalige Residenz Ieyasu Tokugawas bei dem großen Feuer von 1657 niedergebrannt war. Das Glanzstück der Halle war eine wandgroße Reproduktion eines berühmten verschwundenen Gemäldes von Miyamoto Musashi, das einen Sonnenaufgang über Schloß Edo darstelle. Es war seinerzeit von niemand Geringerem als Japans drittem Shogun, Iemitsu Tokugawa, bei dem meisterlichen Krieger, Poeten und Maler in Auftrag gegeben worden. Das Bild lenkte die Aufmerksamkeit der Passanten schon von weitem auf sich und lockte so kunstinteressierte Touristen herein, die sich das Bild ansehen wollten und bei der Gelegenheit oft auch ein Hotelzimmer buchten.

Homako Tani war ein geschickter Hotelier gewesen.

Die Gerüchte in La-La-Land besagten, daß der Erbauer des *Neo-Edo* das Originalbild vor der Feuersbrunst im Jahre 1657, bei der der Palast von Edo zerstört worden war, gerettet hätte, doch Kit hatte nie auch nur die geringste Spur von dem Bild gefunden, nicht einmal in Homakos Privatsafe.

Allerdings gab es andere Gerüchte, die besagten, daß Homako Tani während einer Vergangenheitsreise in das feudale Japan von dem jähzornigen Musashi wegen einer unbedeutenden Beleidigung, die der Ronin-Samurai nicht hatte tolerieren wollen, ermordet worden sei. Wieder andere Geschichten behaupteten, er sei durch ein instabiles Tor in die T'ang-Dynastie Chinas gestiegen oder hätte sich in Tibet als Dalai Lama dauerhaft zur Ruhe gesetzt.

Tatsache war, daß niemand wußte, was mit Homako geschehen war. Auch nicht die eingetragenen Partner des Anwaltsbüros Chase, Carstedt und Syvertsen, die Kit den eindrucksvollen Umschlag mit der Eigentumsübertragungsurkunde für das Neo-Edo zugestellt hatten. Er hatte lediglich erfahren, daß Homako Tani damit eine Schuld hatte begleichen wollen. Die einzige Schuld, die Homako gegenüber Kit Carson haben konnte, war seine Rettung aus der Feuerkatastrophe von Silver Plume, Colorado. Soweit Kit wußte, war Homako niemals wieder in den alten Westen zurückgekehrt. Der Gestank brennender Saloons, Banken und Ställe hatte sich noch für Wochen in Kits Lungen festgesetzt. Bis heute bedauerte er den Verlust seiner süßen, kleinen vierzölligen Smith & Wesson Favorite, die ihm in dem Chaos abhanden gekommen war. Von dem Model S&W cal. 44 DA Revolver waren insgesamt nur tausend Stück hergestellt worden, und seiner war in dem Brand verschwunden.

Kit seufzte. Welches Schicksal Homako Tani auch erlitten haben mochte, seine Erbschaft kam Kit mehr als gelegen. Er war gerade in den Ruhestand versetzt worden und hatte einen Job gebraucht. Zwar hatte er keine finanziellen Sorgen, doch er brauchte einen Grund, um seinen weiteren Aufenthalt in La-La-Land zu rechtfertigen. Das *Neo-Edo* war ihm wie ein Geschenk der Götter erschienen. Nachdem er das Hotel drei Jahre lang betrieben hatte, begann er sich zu fragen, ob Homako Tani einfach nur einen derart verzweifelten Haß auf den Papierkram und die Touristen entwickelt hatte, daß er das Hotel aufgab, solange seine geistige Gesundheit noch nicht allzusehr in Mitleidenschaft gezogen worden war.

Kit bahnte sich vorsichtig seinen Weg durch die Neuankömmlinge von Tor eins, nickte Gästen zu und lächelte Touristen höflich an, obwohl deren laute Stimmen an seinen Nerven zerrten. Er ging zu dem von Kieselsteinen umgebenen Fischteich außerhalb der Lobby und sah sich in alle Richtungen auf den *Commons* um, konnte aber nichts Außergewöhnliches entdecken. Nur die üblichen Horden dümmlicher Touristen, die schwere Koffer durch die Gegend schleppten und sich nicht entscheiden konnten, in welchem Hotel sie absteigen sollten.

Kit lief zu einem Souvenir- und Informationsstand hinüber. Er bewegte sich mit der Nonchalance seiner langjährigen Erfahrung und gab vor, den Plunder an dem Stand zu betrachten. Die Eigentümerin, Nyoko Aoki, zog eine Braue in die Höhe, sagte aber nichts. Statt dessen bediente sie mit geschäftigem Eifer ihre echten Kunden.

Nyokos Verkaufsstand bot einen perfekten Blick auf den Haupteingang des *Neo-Edo*. Auf der würdevollen Fassade des Gebäudes prangte in goldenen Lettern der Name des Hotels in englischer und japanischer Schreibweise.

Die Touristen, die damit beschäftigt waren, Karten, Bücher und T-Shirts zu kaufen oder in das Hotel schlenderten, um Musashis Meisterwerk zu bestaunen, bildeten eine hervorragende Tarnung für Kit Carson.

Er mußte nicht lange warten. Obwohl die Erscheinung seines Besuchers ihn ziemlich überraschte, wußte er in dem Augenblick, als er sie sah, daß dies die Person aus der Realzeit sein mußte, vor der Malcolm ihn gewarnt hatte. Sie war jung, rothaarig und ihr natürlicher Aktivitätspegel schien stets bei Vollgas zu liegen. Im Gegensatz zu den einfachen Touristen starrte sie nicht mit offenem Mund in der Gegend herum, schenkte den Schaufensterauslagen keine Beachtung und sah sich auch nicht nach einem Lageplan der Zeitstation um. Mit ihrer gewagten Kleidung und der Art, wie sie sich in dem schwarzen Leder und der Spitze bewegte, zog sie nicht nur die ungeteilte Aufmerksamkeit von mindestens neunzig Prozent aller Männer auf den *Commons* auf sich, sondern auch die von etlichen Frauen.

Auch Kit hatte urplötzlich Schwierigkeiten, seinen Atem unter Kontrolle zu halten. *Guter Gott, was für eine Augenweide*. Und eine Belastung für den Puls ... Ein Mann konnte sich reichlich Schwierigkeiten einfangen, wenn er dieses Mädchen auch nur anlächelte.

Die junge Frau stürmte in das *Neo-Edo* wie eine verirrte Gewehrkugel und nahm den armen Jimmy hinter dem Empfangstresen in Beschlag. Kit erkannte, wie Jimmy die Augen zusammenkniff. Er konnte zwar durch den Touristenlärm nicht hören, was Jimmy ihr sagte, aber er sah, wie das Mädchen die Stirn runzelte und Jimmy, die Handflächen nach außen gewandt, mit den Achseln zuckte. Und er konnte von Jimmys Lippen ablesen: »Versuchen Sie es beim *Time Tripper*.«

Gut. Bis hierhin war ihre Mühe vergeblich gewesen. Sie kam mit voller Geschwindigkeit aus der Lobby des *Neo-Edo* herausgeschossen. Wer in Gottes Namen mochte dieses Kind sein? Kit hatte erwartet ... Nun, er war nicht sicher, wen oder was er erwartet hatte. Ganz sicher kein rasendes rothaariges Teufelchen mit dem Verhalten einer irischen Wildkatze, dessen Beweggründe ihm absolut rätselhaft waren. Und Malcolm – der Teufel möge ihn holen – hatte ihm nicht den kleinsten Anhaltspunkt geliefert. Aber wenn Sven bereit war, im Austausch gegen Informationen einen auszugeben, dann gab es wahrscheinlich auch keine Hinweise.

Kit folgte ihr gedankenverloren. Er war überzeugt, ihr noch nie zuvor begegnet zu sein. An diese Frau hätte er sich ganz sicher erinnert, und zwar lebhaft. Er hatte sie weder hier noch in der Vergangenheit oder der Realzeit jemals gesehen. Außerdem war er seit Jahren nicht mehr in der Realzeit gewesen. Bei seinem letzten Aufenthalt dort dürfte das süße kleine Küken noch in den Windeln gelegen haben. Wenn dieses Mädchen älter als achtzehn Jahre war, dann höchstens um einige Tage.

Wer also war sie, und was wollte sie von ihm?

Vielleicht eine Journalistin, die sich einen Namen machen wollte, dachte er verdrießlich. Sie hatte dieses eindrucksvolle Glitzern in den Augen, diesen *Ich-kriege-die- Story-und-wenn-du-dabei-draufgehst*-Blick eines Reporters auf dem Weg zum Pulitzerpreis.

Gott ...

Ihre Gesichtshaut zeigte eine reizende Röte. Das konnte durchaus an der Anstrengung liegen, den Koffer, der wirklich schwer aussah, zu schleppen. Es konnte aber ebensogut ein Ausdruck puren Ärgers sein. Kit grinste. Gut so. Je mehr sie aus der Ruhe käme, ehe sie aufeinandertreffen würden, desto besser für ihn.

Kit kaufte sich zur Tarnung eine Straßenkarte für Touristen und folgte ihr in angemessener Entfernung. Ganz sicher vertrödelte dieses Mädchen keine Zeit. Sie bewegte sich ohne Umwege auf das *Time Tripper* zu, ein kleines Wirtshaus mit bescheidenen Preisen, in das Familien mit einem schmalen Reisebudget einkehrten. Familienväter mittleren Alters, gekleidet in Jeans und die unvermeidlichen Hawaii-Shirts, starrten über die Köpfe ihrer Frauen hinweg auf das Mädchen und vergaßen ihre schreienden Kinder.

Sie schnappte sich den unglücklichen Barmann, der nur vollkommen verwirrt mit den Achseln zuckte. Als sie sich bückte, um ihren Koffer wieder aufzunehmen, geschahen einige merkwürdige Dinge in Kits Eingeweiden. Der Mann, der neben ihm stand, ächzte: »O ja, es gibt einen Gott ...« Kit grinste, und der Mann befreite sich wieder aus seiner Trance, als die Frau an seiner Seite ihm einen Schlag auf die Schulter versetzte.

»Hey! Hör auf zu gaffen!«

Ein anderer Mann sagte: »Fünf Minuten mit der könnten ein Pferd umbringen.«

»Ja«, erwiderte sein Nachbar. »Aber wäre das nicht ein wundervoller Tod?«

Sie hatten zweifellos in allen Punkten recht. Dieses Mädchen schrieb sich Ä – R – G – E – R. Kit seufzte und beschloß, sie ihre Jagd allein weiterführen zu lassen, als der rothaarige Wirbelwind sich auf den Weg zum *Tempus Fugit* machte. Wenn Jimmy seine Sache gutgemacht hatte, dann würde sie die nächste Zeit damit verbringen, von einem Hotel zum nächsten zu rennen. Das verschaffte Kit Zeit, um möglichst viel über sie herauszufinden. Er sah zu, wie sie zum *Fugit* hinüberstürmte und schlug dann eilig den umgekehrten Weg zum *Down Time* ein.

Margo bekam schnell den Eindruck, daß sie absichtlich in die Irre geführt wurde. Keiner der Portiers hatte Kit Carson gesehen, obwohl der grinsende Idiot an der Rezeption des *Neo-Edo* ihr erzählt hatte, daß Kit unterwegs zu einem Meeting mit anderen Hotelmanagern sei. Leider wisse er nicht, in welchem Hotel das Treffen stattfinden sollte. Margo wollte ihr gesamtes Gepäck verspeisen, wenn das wahr wäre.

»Das ist einfach lächerlich«, fluchte sie und hetzte zum nächsten Hotel. »Irgendwo muß er sein!«

Die Frau am Empfang des Hotels *Akropolis* sah sie an, als hätte sie den Verstand verloren. »Manager-Meeting? Was für ein Meeting? Ich bin der Manager.« Die nicht mehr ganz junge Frau tätschelte Margos Handrücken. »Kindchen, Jimmy hat dir wahrscheinlich ein Märchen erzählt, um Kit abzuschirmen. Kit ist nicht allzu erpicht auf unangemeldete Besucher. Wenn ich an deiner Stelle wäre, würde ich mir irgendwo ein Zimmer suchen, ihn anrufen und einen Termin in seinem Büro vereinbaren.«

Margo dankte der Frau für ihre Hilfe und verließ hastig das Hotel. Mehr denn je war sie entschlossen, Kit Carson aufzuspüren. Wenn sie ihn einfach anrufen und um einen Termin bitten würde, dann hätte er sicher irgendwelche Ausreden parat, um ein Treffen immer wieder hinauszuzögern und möglicherweise ganz zu vermeiden. Vielleicht war sie ein Niemand, aber sie hatte nicht die Absicht, einer zu bleiben. Sie war schlicht nicht gewillt, sich von Terminproblemen und ähnlichen Kleinigkeiten aufhalten zu lassen. Wer wie sie gegen die Zeit arbeitete – mit einem Countdown von sechs Monaten, den selbst Gott nicht aufhalten konnte –, der durfte sich keine Verzögerungen erlauben.

»Wenn ich Kit Carson wäre«, murmelte sie halblaut, »und herausfinden wollte, wer sich nach mir erkundigt hat, wohin würde ich gehen?«

An einen Ort, an dem sie bereits nach ihm gesucht hatte und an dem er mit Leuten reden konnte, die ihr schon begegnet waren.

»Genau. Zurück ins *Down Time*.«

Sie nahm die entsetzlich schwere Tasche in die andere Hand, ließ ihren Blick über den Weg schweifen, den sie gekommen war und stöhnte laut auf.

»Nimm es als Belastungstraining«, ermutigte sie sich. Der Duft von Essen zog aus den verschiedenen Restaurants über die *Commons* und raubte Margo fast die Sinne. Sie war sehr in Versuchung, sich eine Pause nebst einer warmen Mahlzeit zu gönnen, aber sie wollte die Fährte nicht noch weiter abkühlen lassen.

Ihr werdet euch noch wundern, erzählte sie einer Horde unangenehmer Figuren in ihrem Hirn, zu denen solche Schweine wie ihr Vertrauenslehrer an der High-School, Billy-die-Ratte Pandropolous und – zwangsläufig – ihr Vater zählten. Haßerfüllte, peinigende Worte klangen in ihren Ohren nach. Diese Worte hatten die Kraft, noch lange nachdem die Wunden verheilt waren zu schmerzen. *Wartet's nur ab, ihr werdet euch noch wundern*. Margos Augen brannten, und sie blinzelte, um den drohenden Tränenfluß zu vermeiden. Kleinstädte waren ein furchtbarer Platz, um mit großartigen Träumen im Kopf aufzuwachsen – ganz besonders, wenn einem außer den Träumen nichts geblieben war. Sie empfand eine Todesangst vor der Begegnung mit Kit Carson – doch sie hatte sich schon so lange an ihrem Traum festgehalten, daß sie ebenso sehr fürchtete, ihn verlorenzugeben. Außerdem lief die Zeit weiter, und Margo war nicht der Typ, der aufgab. Nein, bei Gott, das war sie nicht. Allein ihre Anwesenheit auf TT-86 war Beweis genug dafür. Ihre Augen verengten sich. *Gut, Kit Carson. Bereit oder nicht, ich komme.*

Sie rauschte durch die Tür des *Down Time Bar & Grill*.

Kit mußte den Kopf einziehen, als er unter dem Tragbalken am Eingang des *Down Time* hindurch das Lokal betrat.

»Hey!« rief Malcolm aus einer heiteren Runde. »Hast du sie getroffen?«

»Nicht ganz«, sagte Kit trocken. »Ich bin in einer Minute bei euch.«

Der bedrohliche Klang von Kits Stimme entlockte Malcolm ein Grinsen. Sven Bailey kicherte, schob sich eine Handvoll Erdnüsse in den Mund und spülte mit einem kühlen Schluck Bier nach. Ann Vinh Mulhaney und – als ginge es mit dem Teufel zu – Rachel Eisenstein hatten ihre Köpfe auf die Hände gestützt und grinsten Kit erwartungsvoll an. In Rachels Augen glitzerte es verdächtig. Kit ahnte bereits die Sticheleien, die ihn nun erwarteten – Rachel war die einzige Person im La-La-Land, deren scharfsinnigem Witz er hilflos ausgeliefert war. Granville Baxter grinste ebenfalls und prostete ihm mit seinem Bier zu.

Kit schob sich hinter die Bar, um zu telefonieren.

Es wurde abgehoben und die Stimme am anderen Ende sagte: »*Time Tripper*, was kann ich für Sie tun?«

»Hallo Orva, Kit hier. Kannst du mir irgend etwas über das Mädchen erzählen, das nach mir gefragt hat?«

Kit war versucht, den Hörer vom Ohr zu nehmen, als Orva ihrem beträchtlichen Ärger Luft machte. Gerade als sie sagte: »Ich habe wirklich keine Vorstellung …«, stolzierte das Objekt ihres Gespräches zur Tür herein und ließ geräuschvoll seinen Koffer fallen. Kit unterdrückte ein Stöhnen und schien äußerst bemüht, mit der Wand zu verschmelzen. Sven grinste so schadenfroh, wie es sich für einen bösartigen Gnom seines Schlages gehörte. Rachel hielt sich die Augen zu und erbebte in lautlosem Gelächter. Das rothaarige Ereignis der Stunde starrte auf Malcolm, der achselzuckend auf Kit deutete.

Danke auch, Mistkerl, dachte Kit verärgert. *Ich schulde dir was*.

Malcolm grinste erwartungsvoll.

»Oh, ich muß los«, murmelte Kit.

Es klickte in der Leitung, die Verbindung war tot und der fürchterliche kleine Rotschopf hatte Kit hinter der Bar in die Enge getrieben. »Mr. Carson? Kit Carson?«

Sie hatte sich mitten im Weg aufgestellt, so daß Kit in jedem Fall an ihr vorbei mußte. Ihre Hände hatte sie in die Seiten gestemmt, und ihre Augen funkelten vor kaum verborgenem Zorn. Kit glaubte nicht, jemals einen ähnlichen Anblick vor Augen gehabt zu haben. Sie stand da und starrte ihn an wie ein aufgebrachter roter Sittich.

Kit hängte den Hörer ein und sagte vorsichtig: »Und Sie sind ...?«

»Margo.«

Da schau her. Er musterte sie still und wartete auf den Nachnamen. Die junge Frau schwieg, also forschte er weiter: »Margo ...?«

Ohne auf seine Rückfrage einzugehen, erklärte sie: »Ich habe ein geschäftliches Angebot für Sie, Mr. Carson.«

O Gott, nun kommt's. Ihre Lebensgeschichte, die Attraktion in den Hauptnachrichten, ein Bombenfilm ...

Durch ihre Erscheinung hinterließ sie den Eindruck, eines Hollywood-Möchtegerns. Vielleicht hatte sie tatsächlich Verbindungen zu Filmgesellschaften, wer konnte das schon wissen. Seiner Ansicht nach war sie das Kind von irgendeinem großen Tier und auf der Suche nach etwas Nervenkitzel.

»Lady«, sagte Kit mit dem nachsichtigsten Seufzen, dessen er fähig war. »Ich diskutiere niemals stehenden Fußes irgendwelche Geschäfte, und ich diskutiere niemals, wirklich niemals Geschäfte, wenn ich in die Ecke gedrängt werde.«

Immerhin war Margo Namenlos anständig genug, um zu erröten, als sie mit einem überraschten Gesichtsausdruck weit genug zurückwich, daß Kit hinter der Bar hervortreten konnte. Nachdem er dieser Falle entkommen war, lehnte er sich an die behaglich abgenutzte Holztheke. »Nun, wenn Sie jetzt über Geschäfte reden wollen, dann schlage ich vor, Sie spendieren mir einen Drink.«

Ihr Gesichtsausdruck zerfiel in einer Weise, als hätte Kit vorgeschlagen, daß sie sich ausziehen und im Schlammcatchen messen sollten. Kit revidierte seine Einschätzung – sie war nicht aus Hollywood, eher schon aus einer Kleinstadt. Sie fing sich wieder und sagte förmlich: »Selbstverständlich.«

Ihre Hand bewegte sich unwillkürlich zu einer schmalen Gürteltasche und offenbarte so ihre ganze Unsicherheit und Geldnot in einer einzigen dummen Geste mangelnder Erfahrung. Kit seufzte. Eine Journalistikstudentin, korrigierte er erneut und wenig erfreut sein Urteil.

»Marcus, das Übliche, ach nein, einen Bourbon und was das Mädchen trinkt. Sie zahlt.«

Marcus, der mit den Eigenarten der Realzeitler mehr als nur ausreichend vertraut war, nickte nur. »Hausmarke? Oder die Spezialabfüllung?« Er blickte mit einem Lächeln in seinen dunklen Augen zwischen Kit und dem Mädchen hin und her. Marcus konnte nichts mehr überraschen, für ihn war schon vor seiner Ankunft im La-La-Land nichts mehr wirklich neu gewesen. Die Spezialabfüllung war eine besondere Flasche, die Kit von einer seiner letzten Reisen mitgebracht hatte. Sie wurde im *Down Time* für besondere Gelegenheiten in einem privaten Schrank aufbewahrt. Zwei weitere Flaschen befanden sich in Kits persönlicher Hausbar. Ein Interview mit einer Studentin zu überstehen, erforderte zwar mehr Seelenruhe, als eine Flasche Kirin, sein Standardgetränk, liefern konnte, aber es war auch sicher kein Grund zum Feiern.

»Die Hausmarke ist schon in Ordnung.«

Marcus nickte, und Kit führte seine mysteriöse Verfolgerin zögernd zu einem Tisch. Er hatte einen Platz im hintersten Winkel des *Down Time* gewählt, in der dunkelsten Ecke des Raumes; weit genug von seinen Freunden entfernt, um sie am Lauschen zu hindern und dunkel genug, um sein Mienenspiel zu verbergen. Wenn er diese Sache schon erdulden mußte, so sollte die junge Frau wenigstens für ihre Story arbeiten müssen. Je dunkler die Ecke war, desto besser.

Margo nahm wortlos ihren Koffer und folgte ihm.

3. KAPITEL

Nichts lief so, wie sie es geplant hatte.

Absolut nichts.

Margo verwünschte ihr schlechtes Timing, ihre üble Laune und ihren Mangel an Glück und folgte dem pensionierten Time Scout in die schmuddeligste Ecke der wohl dunkelsten und miesesten Bar in der *Shangri-la-Station*. Die Atmosphäre in dieser Nische paßte wunderbar zu ihrer Stimmung: so traurig wie eine nasse Katze und ungefähr genauso freundlich. Sogar die geschnitzten Holzmasken, mit denen die Bar dekoriert war, schienen ihr zu grollen.

Ebenso wie Kit Carson, der international berühmte Time Scout ...

Sie starrte auf seinen Rücken. Er sah nicht annähernd so aus, wie auf den berühmten Bildern im *Time Magazine*, die etwa vor zehn Jahren aufgenommen worden waren. Noch weniger Ähnlichkeit hatte er mit den älteren Bildern aus seiner Zeit an der Universität von Georgetown, wo er zu den beliebtesten Lehrkräften gehört hatte. Auf all diesen Bildern hatte er gelächelt. Außerdem konnte man ihm die Jahre ansehen, die seit jenen Aufnahmen vergangen waren. Er war gealtert, oder vielmehr verwittert. Die Erforschung unbekannter Zeitabschnitte war offensichtlich nicht besonders zuträglich für die Gesundheit.

Aber vor allen anderen Dingen irritierte Margo seine Kleidung. Sie war nicht sicher, was sie erwartet hatte, aber dieser langweilige Anzug mit der schlaffen Krawatte war eine herbe Enttäuschung für sie. Die Illustrierte, die ihre kindliche Vorstellungskraft beflügelt und ihr die Kraft gegeben hatte, die zurückliegenden Jahre zu überstehen, hatte diesen Pionier der Zeitforschung in voller Montur, bis an die Zähne bewaffnet und bereit für die Arena des Circus Maximus abgelichtet. Der Mann, dessen derzeitiger Unmut üble Aussichten für Margos nächste Zukunft versprach, der

Mann, der das berühmte römische Tor erkundet hatte – der Mann hier auf der *Shangri-la-Station*, die ein so einträgliches Geschäft für Time Tours darstellte – entsprach so gar nicht ihrer Vorstellung von einem Helden.

Den Legenden zufolge wäre er bei der Erforschung des römischen Tores fast gestorben. Allerdings gab Margo in diesem Moment nicht mehr viel auf die Legenden. Kenneth »Kit« Carson sah absolut nicht wie ein Mann aus, der die Gladiatorenkämpfe überlebt hatte. Er war lang, dünn und drahtig, und er trug seinen zerknitterten Anzug, wie ein Zuchthäusler seine Uniform. In seinem Gesicht wuchs ein borstiger Schnurrbart, der ebenso dünn und mager war wie der ganze Mann. Sein Haar – zu lang und über einer hohen, schroffen Stirn zurückgekämmt – ergraute bereits. Er schlurfte beim Gehen und sah nicht aus, als wäre er wirklich einsachtundachtzig groß, wie die Zeitungen geschrieben hatten. Sein Blick wanderte ständig durch den Raum, so als suche er nach möglichen Feinden und nicht nach einem freien Tisch in einer ganz gewöhnlichen Bar.

Er sah weder nach einem pensionierten Helden noch nach einem pensionierten Geschichtsprofessor aus. Er wirkte auf Margo wie ein grimmiger, gefährlicher alter Mann. Margo, nicht ganz siebzehn Jahre alt, schluckte und ermahnte sich in Gedanken: *Reiß dich zusammen! Erinnere dich an die Ansprache, die du auswendig gelernt hast*. Unglücklicherweise war ihr nicht nur der eigentliche Inhalt ihrer Rede entfallen, sondern auch die sorgfältig ausgewählte Einleitung. Nun suchte sie verzweifelt nach den passenden Worten, während sie ihren Koffer abstellte und sich in die dunkle Nische schob. Der Held ihrer Kindheitsträume hatte sich bereits in der düsteren Nische, die nach Bier und billigen Zigaretten stank, niedergelassen.

Der Barkeeper, ein gutaussehender junger Mann mit einem phantastischen Lächeln, servierte mit erwartungsvoller Miene ein Wasserglas voller Bourbon. Er ließ das Glas mit unfehlbarer Sicherheit über die schwach beleuchtete Tischplatte zu Kit Carson gleiten und wandte sich dann Margo zu.

»Oh …« Sie versuchte sich zu entscheiden, was sie trinken sollte. *Triff eine gute Wahl …* Margo schwankte zwischen ihrem Lieblingsgetränk – einem Himbeer Daiquiri – und etwas, das ihr möglicherweise helfen konnte, die letzten Reste ihrer Reputation gegenüber diesem Mann zu retten. Sie hatte nirgends eine Preisliste gesehen und fragte sich, was dieses Gespräch sie wohl kosten würde. Zum Teufel damit. Margo gab ihre Vorsicht auf und entschied sich, lieber einen entschlossenen Eindruck zu vermitteln, um nicht wie ein bibbernder, zaudernder Idiot dazustehen. »Das gleiche wie Mr. Carson, Bourbon.«

Der Kellner, oder vielmehr der Schatten, der in diesem Höllenloch von dunkler Ecke noch von ihm zu erkennen war, verbeugte sich in einer merkwürdig antiquierten Weise und verschwand. Kit Carson stöhnte. Es war ein tiefes Geräusch, das ebensogut Bewunderung wie auch kaum verhohlene Abscheu ausdrücken konnte. Zumindest hatte niemand sie gefragt, ob sie alt genug wäre, um Alkohol zu trinken. Der Bourbon wurde serviert, und sie trank die Hälfte davon in einem Zug. Dann mußte sie sich sehr beherrschen, um die aufsteigenden Tränen zurückzuhalten. In diesem Augenblick war sie unendlich dankbar für die schlechte Beleuchtung.

Bah … Wo war dieses Zeug bloß destilliert worden?

»Also …« Sie ahnte die Bewegung jenseits des Tisches mehr, als sie sie sehen konnte. »Sie sagten, Sie hätten mir einen geschäftlichen Vorschlag zu machen.« Die Stimme, die aus dem Dunkel an ihre Ohren drang, klang so warm wie ein Januartag in Minneapolis. »Ich darf Sie darauf aufmerksam machen, daß Sie mich von der Arbeit im *Neo-Edo* abhalten, Lady. Ich bin auch so schon geschäftlich ausgelastet.«

Das lief nicht gut …

Ich werde nicht aufgeben! So einfach gebe ich nicht auf! Margo räusperte sich und wollte instinktiv einen weiteren Schluck von ihrem Drink nehmen, doch sie hielt sich klugerweise zurück. Es hatte wohl wenig Sinn, wenn sie sich erneut in Atemnot brachte und somit ihren eigenen Untergang betrieb. Ihre zittrigen Hände umklammerten das in der Dunkelheit kaum wahrnehmbare Glas. Sie räusperte sich erneut aus Angst, ihre Stimme könnte wie ein ängstliches Quieken klingen.

»Ich habe Sie aufgesucht, Mr. Carson, weil Sie überall als der beste Time Scout aller Zeiten gelten.«

»Ich bin im Ruhestand«, entgegnete Kit spröde.

Sie wünschte, sie könnte sein Gesicht sehen. Dann kam ihr der Gedanke, daß er diese dunkle Ecke ausgesucht hatte, um sie zu irritieren. Was für ein verschrobener alter ...

»Ja, das weiß ich. Und ich verstehe es. Aber ...« *O Gott, ich höre mich an wie ein völliger Idiot.* Sie spuckte die nächsten Worte regelrecht aus, ehe sie endgültig die Nerven verlieren konnte. »Ich will ein Time Scout werden. Ich bin hier, um Sie zu bitten, mich auszubilden.«

Ein ersticktes Geräusch aus der Dunkelheit hinter dem Tisch ließ sie vermuten, daß sie ihn mitten in einem Schluck Bourbon überrascht hatte. Er gab ein atemloses Keuchen von sich und hustete kurz, ehe er sein Glas mit einem lauten Klirren wieder abstellte. Ein Streichholz flammte auf und beleuchtete eine magere, starke Hand und eine Stummelkerze in einem Glasständer. Carson zündete die Kerze an, löschte das Streichholz und starrte sie wortlos an. In seinen Augen stand in dem goldenen Schein der Kerze das Glitzern blanken Unglaubens.

»Sie wollen was?«

Er sprach die Worte so flach und ebenmäßig aus, daß sie unwillkürlich an ein Weizenfeld in Minnesota denken mußte. Er hatte sich nicht bewegt, nicht einmal geblinzelt.

»Ich will ein Time Scout werden!« sagte sie und hielt seinem Blick stand.

»So, so.« Er starrte sie so lange unverwandt an, bis sie blinzelte. Seine Augen zogen sich zu schmalen Schlitzen zusammen, und er hielt die Lippen so fest aufeinandergepreßt, daß sie nur noch eine dünne blutleere Linie unter dem struppigen Schnurrbart bildeten. *Denk jetzt bloß nicht an deinen Vater! Das ist er nicht, also behalte deine Nerven ...*

Er griff zu seinem Glas, leerte es in einem Zug und brüllte: »Marcus! Bring mir die ganze verdammte Flasche her!«

Marcus eilte sofort an ihren Tisch. »Alles in Ordnung, Kit?«

Kit – er sagte einfach nur Kit. Dieser Kellner sprach den berühmtesten aller Time Scouts einfach mit seinem Vornamen an, und sie selbst saß da, wie ein kleines Kind, das seinen Vater um einen Lutscher anbettelt.

Kit antwortete dem jungen Mann mit seinem weltberühmten Lächeln: »Ja, sicher, alles in Ordnung. Laß nur die Flasche hier! Und für die kleine Dame ein Glas Weißwein! An dem Bourbon wäre sie fast erstickt.«

Margo fühlte die Röte in ihre Wangen aufsteigen. »Ich mag Bourbon.«

»So, so.« Es war schon erstaunlich, wieviel Kit Carson mit dieser einfachen doppelsilbigen Phrase ausdrücken konnte.

»Ja, bestimmt! Sehen Sie, ich meine es ernst ...«

Er hob einhaltgebietend eine Hand. »Nein! Nicht ehe ich einen neuen Drink habe.«

Margo kniff die Augen zusammen. Er war hoffentlich kein Alkoholiker. Von diesen Typen hatte sie mehr als genug. Ihre Erfahrungen mit Säufern reichten ohne weiteres für mehr als nur ein Leben.

Der Kellner kehrte mit der bestellten Flasche und einem Glas Wein zurück, das gemessen an der Lokalität einen überraschend edlen Tropfen enthielt. Kit schenkte sich selbst nach und nippte an seinem Glas, ehe er sich in dem abgenutzten Lederpolster zurücklehnte. Margo ignorierte den Wein. Sie hatte ihn weder bestellt, noch würde sie dafür bezahlen.

»Gut«, sagte Carson. Sein Gesicht hatte sich in eine unlesbare Maske der Regungslosigkeit verwandelt. »Sie meinen es also ernst, Sie wollen Time Scout werden. Welcher Bursche hat Sie denn sitzengelassen?«

»Wie? Was soll das heißen, wer soll mich sitzengelassen haben?« Ohne sich dessen bewußt zu sein, hatte sie ihm mit ihrer impulsiven Rückfrage den Weg zu einer weiteren verletzenden Bemerkung geebnet.

»Nun, offensichtlich sind Sie darauf aus, Selbstmord zu begehen.«

Völlig entgeistert öffnete und schloß sie ihren Mund einige Male. Sie war zu verblüfft, um ihm eine passende Antwort zu liefern.

Kit hatte in schmutziges Grinsen im Gesicht. »Süße, wer immer er oder sie war – das ist es nicht wert. Mein Vorschlag: Überwinden Sie Ihren Liebeskummer, gehen Sie wieder nach Hause, und suchen Sie sich einen sicheren Job als Bankkauffrau, oder werden Sie meinetwegen Bauarbeiter. Aber vergessen Sie die Zeitforschung.«

Wütend kippte Margo den Bourbon hinunter. *Wie kann er es wagen ...?*

»Niemand hat mich sitzengelassen, und ich bin nicht selbstmordgefährdet«, knurrte sie.

»So, so. Dann sind Sie verrückt oder ganz einfach dumm.«

Margo hielt ihren Ärger nur mühsam zurück. »Warum? Ich weiß, daß das ein gefährlicher Job ist. Aber nur, weil ich ein Time Scout werden will, bin ich weder blöd noch übergeschnappt. Viele Leute wählen diesen Beruf, und ich bin nicht die erste Frau, die einen gefährlichen Job machen will.«

Carson füllte sein Glas nach. »Sie trinken Ihren Wein gar nicht.«

»Nein«, erklärte sie zähneknirschend. »Das tue ich nicht.« Sie streckte ihm auffordernd ihr leeres Bourbonglas entgegen. Er sah ihr einen Moment lang tief in die Augen. Dann ließ er das Feuerwasser in ihr Glas laufen und wartete, bis sie getrunken hatte.

»Gut«, sagte Carson im Tonfall eines Geschichtslehrers am Beginn einer Unterrichtsstunde. »Vergessen wir die Dummheit für einen Moment. Immerhin waren Sie klug genug, sich nach einem erfahrenen Lehrer umzusehen.«

Margo hatte das sichere Gefühl, daß er eine subtile

Attacke gegen sie vorbereitete, obwohl es dafür keinen Grund zu geben schien. Es war etwas in dem Leuchten seiner zynischen Augen ...

»Damit bleibt uns also noch verrückt, und dieses Wort hat Sie eindeutig verärgert.«

»Wären Sie etwa nicht verletzt?«

Das weltberühmte Lächeln huschte augenblicklich über sein Gesicht, wie ein heimtückisches Irrlicht im schwachen Kerzenschein. »In Ihrer Situation? Nein. Aber Sie waren es, also ist eine Erklärung fällig. Sie wollen wissen, warum ich Sie für verrückt halte? Gut. Sie sind verrückt, weil Sie zum Time Scout ebensowenig geeignet sind wie Marcus zum Piloten. Kindchen, Sie verschwenden nur Zeit.«

Unwillkürlich drehte sie sich herum und sah den attraktiven jungen Marcus auf neue Kundschaft wartend lächelnd in der Nähe der Tür stehen. Er sah aus, wie ein ganz normaler Bursche im Collegealter in Jeans und T-Shirt. Margo fixierte wieder den pensionierten Time Scout. »Das ist doch unfair. Er ist schließlich ein Freund von Ihnen.« Doch dann begriff sie. Der Name, der Akzent, der nur annähernd italienisch klang, die merkwürdige Verbeugung. Marcus war zwar kein ungewöhnlicher Name, aber er war besonders typisch für das alte Rom. »Er kommt aus der Vergangenheit?«

Carson nickte. »Durch das römische Tor. Irgendein Touristenarsch fand es besonders lustig, sich einen Sklaven zu kaufen. Er brachte ihn mit ins La-La-Land. Hier hat er ihn einfach im Stich gelassen und ist in die Realzeit verschwunden, ehe das AZZ ihn schnappen konnte. Es ist nicht sein einziges Problem, daß er keine legale Aufenthaltsgenehmigung hat, er wird auch niemals den Nachteil seiner mangelnden Bildung und seines tiefverwurzelten Aberglaubens wettmachen können. Er ist und bleibt ein römischer Sklave. Und wenn Sie nicht wissen, was das bedeutet, und zwar nicht nur hier«, er tippte sich auf die Stirn, »sondern ebenso hier«, und zeigte auf sein Herz, »dann haben Sie nicht einmal ein Recht dazu, auch nur den Versuch zu starten, ein Time Scout zu werden.«

»Ich bin kein ungebildeter Sklave, der in einer fernen Zukunft zurückgelassen wurde und sich in einer fremdartigen technisierten Welt zurechtfinden muß«, konterte Margo. »Und es ist immens einfacher, den antiken Aberglauben zu verstehen, als Mathematik und Physik zu lernen.

Sehen Sie, ich hatte brillante Noten in Dramaturgie. Man hat mir sogar einen Job am Theater in Aussicht gestellt.« Das war nur die halbe Wahrheit, aber es klang überzeugend; zumindest war ihre Stimme diesmal ruhig geblieben. »Statt dessen kam ich hierher. Offen gestanden halte ich Ihre Argumentation für wenig stichhaltig.«

Carson seufzte. »Gut, gehen wir es also Schritt für Schritt durch. Erstens werde ich ganz sicher keinen Grünschnabel durch das härteste Training führen, das Sie sich vorstellen können. Auch dann nicht, wenn seine Dramaturgienoten noch so beeindruckend sind. Eher werde ich versuchen, etwas Verstand in Ihren leeren kleinen Schädel zu hämmern.«

Sie starrte ihn schweigend an.

»Zweitens sind Sie eine Frau.«

Herzlichen Glückwunsch, fluchte sie still in sich hinein. *Ein verdammtes Chauvinistenschwein, das sich für etwas Besseres hält. Du könntest einen Herrenclub mit meinem Vater gründen.* »Ich bin mir dieser Tatsache bewußt.«

»Sind Sie das wirklich?« Seine braunen Augen verengten sich zu einer schmalen Linie hinter tiefeingefurchten Lidern, die ihre eigene Geschichte über zu viel Sonne und zu viele Jahre der Gefahr erzählten. »Dann sollte Ihnen auch klar sein, daß Sie hier nur meine Zeit verschwenden. Eine Frau kann nicht als Time Scout arbeiten!«

Margos Beherrschung ließ nach. »Es heißt, Sie seien der Beste, den es gibt. Warum hören Sie nicht endlich mit diesen Phrasen auf und versuchen es einfach? Soviel ich weiß, mußten Sie in den Ruhestand gehen, obwohl es Ihnen nicht besonders gefiel. Bedenken Sie doch, was für eine großartige Herausforderung es ist, die erste Frau für diesen Job auszubilden.«

In seinen Augen erschien ein schwaches Glitzern. *Hat er Interesse? Oder ist es wegen meiner Courage? Unmöglich, zu erkennen ...* Er leerte sein Glas und musterte sie lange und gründlich. Margo, die nicht zurückstehen wollte, trank ebenfalls ihren Bourbon. Es wurde allmählich einfacher, das Zeug zu trinken – oder ihre Kehle wurde einfach nur taub. Die Konturen von Kit Carsons Gesichts verschwammen ein bißchen vor ihren Augen. Ein schlechtes Zeichen. *Ich hätte wirklich etwas essen sollen.*

Als sich Carson, offensichtlich noch vollkommen nüchtern, aus der Bourbonflasche nachschenkte, hielt Margo ihm mutig ihr Glas hin. Carson legte äußerst sanft seine Hand darum und stellte es auf den Tisch zurück.

»Erstens: Sie sind betrunken und finden den Absprung nicht. Ich habe nicht die Absicht, mich zu amüsieren, indem ich Sie der Lächerlichkeit preisgebe. Zweitens: Die Rolle der Frau in der Vergangenheit, einfach an jedem Ort und in jeder Zeit, in der Sie möglicherweise landen würden, ist ... Nun, aus jetziger Sicht wurden Frauen früher nicht einmal sozial respektiert. In vielen Gesellschaften konnten sich die Frauen nur sehr eingeschränkt bewegen. Die Sitten sind anders als bei uns.«

Margo hatte diese Punkte vorher ebenfalls alle durchdacht, und sie hatte Gegenargumente bereit, doch Carson gab ihr keine Gelegenheit zu einer Entgegnung. Sie saß einfach nur da und mußte dem Mann, dessen meisterliche Leistungen ihr überhaupt erst die Courage gegeben hatten herzukommen, hilflos lauschen, während er einen Nagel nach dem anderen in den Sarg schlug, in dem er ihre Träume zu beerdigen gedachte.

»Dann ist da noch die Mode. Die Kleidung der Frauen unterscheidet sich von Ort zu Ort und oftmals von Jahr zu Jahr. Was geschieht, wenn Sie durch ein unbekanntes Tor gehen und aussehen, als gehörten Sie in ein anderes Jahrhundert? Oder vielleicht auf einen anderen Kontinent? Können Sie sich vorstellen, wie idiotisch Sie im China des zweiten Jahrhunderts aussehen würden, wenn Sie dort in englischen Ballonkleidern des achtzehnten Jahrhunderts auftauchen? Sie würden auffallen wie ein bunter Hund. So etwas könnte Sie dort das Leben kosten. Sie könnten für eine Hexe gehalten werden. Hexen waren in einigen Gesellschaften nicht besonders beliebt.«

»Aber …«

»Wenn Sie Glück haben, werden Sie nur den Rest Ihres Lebens im Kerker verbringen. Oder – noch besser – in dem Privatharem von irgendeinem Arschloch. Wie scharf sind Sie eigentlich darauf, vergewaltigt zu werden?«

Sie fühlte sich, als hätte er ihr einen Faustschlag versetzt. Schmerzliche Erinnerungen zogen durch ihren Kopf und begannen, ihre Selbstbeherrschung zu zerstören. Sie zitterte bis in die Fingerspitzen, und Kit Carson war noch immer nicht fertig mit ihr. In seinen Augen spiegelte sich ein zufriedener Ausdruck wider, als er das Beben ihrer Hände bemerkte.

Er beugte sich vor und holte zu dem tödlichen Stoß aus. »Drittens: Ich werde kein nettes junges Mädchen ausbilden, um es dann den Bestien der Vergangenheit zum Fraß vorzuwerfen. Selbst die nettesten Männer vergangener Zeiten haben die unangenehme Gewohnheit, ihre Frauen zu verprügeln, wenn diese sich zu einer derart verwerflichen Tat hinreißen lassen, wie zum Beispiel zuviel zu reden. Was auch immer Ihre Motive sein mögen, Margo, vergessen Sie es. Gehen Sie heim!«

Das Gespräch war zweifellos vorbei.

Kit Carson ließ sich nicht dazu herab, sich von ihr zu verabschieden, als er ging. Er ließ sie einfach allein in der vom Kerzenschein schwach beleuchteten Nische sitzen, wo sie versuchte, gegen die Tränen der Wut und – was schlimmer war – überwältigender Enttäuschung anzukämpfen. Sie trank ein großes Glas Bourbon und legte ein stilles Gelübde ab. *Du wirst dich noch wundern. Eines Tages wirst du deine Worte bereuen. Eines Tages tut dir das noch leid.* Sie wagte nicht, zu dem Tisch hinüberzusehen, an dem seine Freunde saßen. Zu sehr fürchtete sie ein lautes Gelächter aus der lebhaften Runde auf der anderen Seite des Raumes. Sie legte ihre Hände um die Bourbonflasche und hielt sie so fest, daß ihre Finger zu schmerzen begannen. Sie war nicht der Typ, der einfach aufgab. Sie hatte beschlossen, der erste weibliche Time Scout der Welt zu werden, koste es, was es wolle.

Die Rechnung, die Marcus, der entführte Sklave, ihr vorlegte, kostete jedenfalls schon ein Drittel ihres gesamten Besitzes. Sie wäre noch höher ausgefallen, wenn er den Wein ebenfalls berechnet hätte. Doch sie mußte nur die Flasche Bourbon bezahlen. Mit einem stillen Wimmern holte sie das Geld aus ihrer Gürteltasche. Wie sollte sie sich jetzt noch ein Zimmer leisten ...

»Okay«, murmelte sie. »Zeit für Plan B.«

Sie würde sich einen Job suchen und sich so lange auf der Station niederlassen, bis sie jemanden gefunden hatte, der sie zum Time Scout ausbildete. Wenn Kit Carson das nicht tun wollte, dann vielleicht jemand anderes. Möglicherweise Malcolm Moore. Es war zwar nicht ihr Ziel, ein selbständiger Reisebegleiter zu werden, aber es wäre doch immerhin ein Anfang. Vielleicht ließ er sich überzeugen, seine eigene Konkurrenz auszubilden ...

Margo trank noch einen Bourbon. Immerhin hatte sie dafür bezahlt ...

Dies würde ein langer, langer Tag werden.

4. KAPITEL

Gerade als Kit Carson sich zum Frühstück an einen Tisch des *Bronco Billy Cafés* in *Frontier Town* setzte, heulte eine Sirene auf und signalisierte die Wiederöffnung von Tor eins. Er lächelte in sich hinein und wünschte Margo Namenlos in Gedanken eine gute Reise. Im computergespeicherten Einreiseregister der Station hatte er lediglich eine Margo Smith gefunden, deren Paß einen New Yorker Stempel trug. In New York City war es kein Problem, sich falsche Ausweispapiere zu besorgen. Dort konnte man auch ohne Schwierigkeiten die medizinischen Daten mit einem gefälschten Namen versehen, um die Sicherheitskontrollen des AZZ zu passieren, die Fingerabdrücke und die Retinamuster der Personen überprüft wurden.

Durch die Explosion im Orbit, die allgemein nur als der *Unfall* bezeichnet wurde, hatten sich die Zeitschleifen geöffnet, wodurch die Zeitreisen erst möglich wurden. Dabei waren so viele Akten beschädigt oder zerstört worden, daß sich die New Yorker Unterwelt durch das Ausstellen neuer Papiere schlicht in Luft aufgelöst hatte. Es hieß, ein neuer Paß sei billiger als ein Ticket für eine Zeitreise.

Carson würde seine Schuhe fressen, wenn Smith tatsächlich Margos Nachname wäre.

Seit ihrer ersten Begegnung, hatte er sie – Gott sei es gedankt – nicht mehr gesehen. Allerdings hatte er von verschiedenen Leuten gehört, daß sie überall nach einem Ausbilder fragte. Soweit er wußte, war sie bisher jedesmal abgewiesen worden. Nun würde sie hoffentlich endlich nach Hause abreisen, wo sie hingehörte. Mit dem Gefühl größter Erleichterung verbannte er Margo »Smith« aus seinen Gedanken. Er lächelte der Kellnerin zu, die ein strenges, hochgeschlossenes gestreiftes Kleid trug, dessen Saum bis auf den Boden reichte.

»Morgen Kit«, grüßte sie. »Das Übliche?«

»Guten Morgen, Bertie. Ja, das Übliche bitte.«

Bertie brachte ihm einen Kaffee und die neueste Ausgabe der *Shangri-la Gazette*. Kit hatte ungefähr die Hälfte der Zeitforschungsnachrichten gelesen – die immerhin ein Drittel der kleinen Zeitung ausmachten –, als die Sirene das Schließen des Haupttores verkündete. Kit grinste. »Bye, Margo. Ich wünsche dir ein nettes und sicheres Leben.« Er ließ sich tiefer in seinen Stuhl sinken, nippte an dem Kaffee und widmete sich wieder den neuesten Meldungen über junge Time Scouts, die damit beschäftigt waren, seine Arbeit an den verschiedensten Orten und zu allen möglichen Zeiten fortzuführen.

»Ja, da schau her.« Irgendein glücklicher Scout auf TT- 73 hatte ein Tor geöffnet, das ihn mitten in den Palast von Zarin Katharina der Großen geführt hatte, wo er die große Dame in flagranti delicto mit einem jener berüchtigten russischen Keiler erwischt hatte …

Kit kicherte und zog eine Braue in die Höhe, als er die Kleinanzeige zwischen den Inseraten für Realzeitpornos und Werkzeuge entdeckte. Der gerissene Kerl hatte doch tatsächlich eine Videoaufnahme mitgebracht. Ein anderer Time Scout, der auf TT-13 lebte, war von einer haarsträubenden Reise in die europäische Eiszeit mit einer anthropologisch wertvollen Dokumentation der Cro-Magnon-Kultur zurückgekehrt …

Manchmal sehnte sich Kit schmerzlich nach seinem alten Leben zurück.

Bertie kam mit seinem Frühstück zurück und lächelte. Sie sah auf die aufgeschlagene Zeitung. »Wie ich sehe, hast du die Geschichte über Katharina die Große schon gefunden.«

Kit lachte. »O ja. Was für ein Glückskind.«

Bertie verdrehte die Augen. »Ich persönlich finde es widerlich, was die Pornoproduzenten ihm angeboten haben. Und wer will schon mit einem riesigen Schwein schlafen. Nein, die Sache mit dem Video ist wirklich ekelhaft.« Sie zwinkerte. »Aber natürlich braucht jeder einsame Time Scout mal ein Zimmer für die Nacht …«

Kit grinste über das zweideutige Angebot, wohlwissend, daß es in bezug auf seine Person nur ein Scherz war. Ihm eilte der Ruf voraus, der anständigste aller Time Scouts zu sein. Die meisten Frauen auf TT-86 behandelten ihn deshalb auch mehr wie einen Lieblingsonkel oder einen dritten Großvater. Das hatte durchaus seine Vorzüge, aber manchmal ...

Seufzend versuchte er, den aufkeimenden Gedanken an Sarah zu vertreiben. *Das ist Geschichte, Kit.* Aber er konnte sich nicht der stets wiederkehrenden Frage erwehren, ob es nicht doch einen gemeinsamen Weg für sie beide hätte geben können. *Ja, ganz richtig. Du warst einfach nicht gut genug für sie, nur einer aus Georgia.* Trotz der vielen Jahre, die seither vergangen waren, war die Erinnerung an ihren letzten Streit noch immer schmerzhaft für ihn. Hätte er nach ihr gesehen, so wie ihr Vater und ihr Onkel es ihm geraten hatten ...

Kit bemühte sich um Gleichmut. Sie hatte ihre Wahl getroffen und er die seine. Er war in Gedanken schon jede vorstellbare Möglichkeit durchgegangen, um herauszufinden, ob es nicht auch anders hätte kommen können, doch er hatte niemals einen Weg gefunden. Er griff nach seiner Gabel und verbot sich weitere Gedanken. Es hatte keinen Sinn, sich noch länger zu fragen, wie es ihr wohl ergangen sein mochte oder ob sie manchmal an ihn dachte, wenn sie Zeitung las oder sich eine dieser idiotischen Fernsehdokumentationen ansah ...

Also ehrlich, dachte er verärgert, *nach dieser langen Zeit brauchst du ihr nun wirklich nicht mehr nachzuweinen.* Er strich die Zeitung glatt und blätterte eine Seite weiter. Dann widmete er sich seinem übervollen Teller mit einem Steak Denver, Eiern, einem Haufen goldbrauner mit geschmolzenem Käse überzogenen Bratkartoffeln, fritierten Zwiebeln und grünem Pfeffer. Ja, bei *Bronco Billy* wußte man, was zu einem ordentlichen Frühstück gehört.

Kit hatte gerade die Hälfte seines Steaks – englisch, so wie er es mochte – gegessen, als ein Schatten auf seinen Teller fiel. Er sah auf und wäre fast an einem Bissen halbzerkauten Fleisches erstickt.

Margo!

Sie war dieses Mal konservativer in Jeans und einen halbdurchsichtigen Pullover gekleidet. Dennoch war sie von einer verführerischen Aura umgeben, die so gar nicht zu ihrem vorgereckten Unterkiefer passen wollte.

»Hallo, Mr. Carson. Darf ich mich zu Ihnen setzen?«

Kit hustete. Er würgte noch immer an dem Stück Fleisch in seiner Kehle. Er griff nach dem Kaffee und nahm einen tiefen Schluck. Dabei verbrannte er sich die Zunge. Auch sein Rachen wurde in Mitleidenschaft gezogen, aber wenigstens löste die heiße Flüssigkeit den Fleischklumpen. Kit keuchte. Seine Augen tränten entsetzlich, als er den Bissen endlich hinunterschluckte. Dann lehnte er sich zurück und starrte sie an. Das war nun schon das zweite Mal, daß sie ihn mit ihrem überraschenden Auftauchen fast umgebracht hatte. *Himmel, ich werde noch meinen guten Ruf verlieren, wenn sich herumspricht, daß mich ein halbwüchsiges Gör gleich zweimal innerhalb von zwei Tagen fast um die Ecke gebracht hat.*

»Sie sind also noch hier«, knurrte er mit halberstickter Stimme. »Ich hatte gehofft, Sie wären heimgefahren.«

Margo lächelte kühl. »Ich habe Ihnen doch gesagt, daß ich nicht die Absicht habe, zurückzufahren. Ich werde ein Time Scout, ganz gleich, was ich dafür tun muß!«

Kit dachte an Katharina die Große und ihren russischen Keiler und fragte sich, was dieses unerfahrene Kind wohl in so einer Situation getan hätte. Womöglich wäre sie in einen lautstarken Protest wegen Tierquälerei ausgebrochen.

»So. Sagen Sie mal, wieviel Geld haben Sie eigentlich?«

Ein verräterischer Ausdruck huschte über ihr Gesicht. »Genug. Und ich habe mich nach einem Job umgesehen.«

»Was für ein Job?« platzte Kit heraus. »Drinks servieren in dem verdammten Ledermini?«

Ihre Augen verengten sich. »Hören Sie, Mr. Carson, ich werde auf dieser Station bleiben, und es ist mir egal, wie lange es dauert oder wer mich ausbilden wird. Aber ich werde es schaffen. Ich hatte gehofft, Sie umstimmen zu können. Ich bin nicht dumm, und das Problem mit dem

Geschlecht kriege ich auch in den Griff. Aber ich bin nicht gekommen, um mich wie ein schuleschwänzendes Kind beleidigen zu lassen, denn ich bin kein Kind!«

Nein, aber fast, dachte Kit. Obwohl es ihn entsetzte, wie entschlossen sie auf ihren eigenen Tod hinarbeitete, war er von ihrer Zähigkeit beeindruckt. Kit lehnte sich zurück und fuhr sich mit der Hand durch die ergrauenden Haare. »Sehen Sie, Margo, ich bewundere Ihre Entschlossenheit, ehrlich.«

Ein merkwürdiger Ausdruck, der plötzlich in ihre Augen trat, unterbrach ihn. *Guter Gott, sie wird doch nicht etwa anfangen zu heulen.* Er räusperte sich.

»Aber ich bin nicht bereit, Sie auf dem direkten Weg zu Ihrem Tod – der sicherlich schrecklich und schmerzhaft sein wird – zu begleiten. Haben Sie die Forschungsberichte in dieser Zeitung schon einmal gelesen?« Er zeigte ihr die *Shangri-la Gazette.* »Oder vielleicht die Todesanzeigen?«

Die Todesanzeigen von Time Scouts füllten eine ganze Seite der *Gazette,* und die Todesarten waren üblicherweise äußerst unangenehm.

»Menschen sterben nun einmal«, entgegnete sie achselzuckend.

»Ja, das tun sie. Und Time Scouts ebenso. Lassen Sie mich Ihnen erzählen, wie Time Scouts sterben, Kindchen. Sam One-Eagle von TT-37 wurde ein Opfer der Inquisition. Sie haben ihn bei lebendigem Leibe verbrannt, Margo. Aber vorher haben sie ihm mit der Peitsche die gesamte Haut am Rükken abgezogen und ihm auf der Folterbank sämtliche Gräten gebrochen. Sein Partner hat den Versuch, ihn zu retten, mit schweren Verbrennungen bezahlt. Er hat noch einen Monat gelebt, und die Schwestern sagten, er habe fast die ganze Zeit über geschrien.«

Margo war blaß geworden, aber ihr Gesicht zeigte noch immer einen störrischen Ausdruck. »Na, schön. Und? Ich könnte von einem Bus überfahren werden oder mit einem Flugzeug abstürzen. Die Opfer von Flugzeugkatastrophen sind meistens auch vollkommen verbrannt.«

Kit streckte flehentlich seine Hände gen Himmel. »Lieber Gott, Margo. Sie können doch die Inquisition nicht mit einem Flugzeugabsturz vergleichen. Sie haben noch nie eine dieser Folterkammern gesehen, ich aber schon. Und ich habe genug Narben, die das beweisen, wollen Sie sie sehen?«

Ihre zierliche Kiefermuskulatur arbeitete, aber sie sagte kein Wort.

»Und haben Sie irgendeine Vorstellung, warum sie mich geschnappt haben? Warum sie mich eingesperrt und gefoltert haben?«

Sie schüttelte den Kopf.

»Es war ein falsch ausgesprochenes Wort, Margo. Weiter nichts, nur ein falsch ausgesprochenes Wort. Und ich spreche das mittelalterliche Spanisch fließend.«

Sie schluckte, gab sich aber nicht geschlagen. »Sie haben es doch überlebt.«

Kit stöhnte und schob seinen Teller zur Seite. Ihm war der Appetit vergangen. »Schön! Sie wollen sterben. Bitte, tun Sie, was Sie nicht lassen können, aber verschonen Sie mich damit. Und nun verschwinden Sie, ehe ich die Geduld verliere!«

Margo sagte nichts, sondern verließ schweigend das *Bronco Billy* und verschwand in den belebten Straßen von *Frontier Town.* Kit blieb fassungslos zurück und starrte der vorbeiziehenden Menschenmenge nach. Was hatte dieses Kind bloß an sich, daß er sich so aufregte? Die Antwort lag auf der Hand. Sie war ähnlich halsstarrig wie Sarah und fast genauso verrückt.

Vermutlich war das seine genetische Veranlagung. Er war noch nie fähig gewesen, zierlichen Frauen mit herzförmigen Gesichtern und Sommersprossen zu widerstehen.

»Puh, Weiber.«

Er schlug verärgert mit der Zeitung auf den Tisch und blätterte eine Seite weiter.

»Mr. Carson?«

»Was?« bellte er und starrte auf einen Mann mittleren

Alters, den er noch nie zuvor gesehen hatte. *Herr im Himmel, kann ein Mann denn nicht einmal mehr in Ruhe frühstücken?*

»Tut mir leid, Sie zu unterbrechen ...« Seine Stimme versagte. »Sie, ich, es ist nur – verzeihen Sie. Ich werde später zurückkommen.«

Er drehte sich um und wollte wieder gehen. Kit betrachtete die schmale Aktentasche, die der Fremde bei sich trug, den sorgfältig gebügelten Anzug, die teuren Schuhe ...

»Rennen Sie doch nicht gleich weg«, rief er etwas versöhnlicher. »Entschuldigen Sie meinen verärgerten Tonfall. Ich hatte nur gerade ein ziemlich unerfreuliches Gespräch, das ist alles. Bitte, setzen Sie sich.«

Und wenn Sie ein Reporter sein sollten, dann werden Sie in den Resten meines Frühstücks baden ...

»Mein Name ist Fisk, Harry Fisk«, stellte der Mann sich vor und reichte Kit eine Visitenkarte, die lediglich verriet, daß sich sein Büro in Miami befand. »Ich bin ein Repräsentant des Managements von TT-27. Unsere Station liegt am Karibischen Becken, und wir sind auf der Suche nach einem Berater ...«

Kit horchte ihn aus. Das Angebot klang mehr als verlokkend. Ein lukrativer Vollzeitjob als Berater, unbegrenzte Reisen in Zeiten, in denen er sicherlich noch nie vorher gewesen war, bezahlte Appartements in den besten Hotels auf TT-27. Und dafür mußte er nichts weiter tun, als *Time Tours* über mögliche neue Reiseziele beraten.

Damit bot sich ihm eine phantastische Chance, dem Papierkram und dem endlosen Strom grobschlächtiger diebischer Touristen im *Neo-Edo* zu entkommen. Kit kratzte sich nachdenklich am Kinn. TT-86 zu verlassen bedeutete, Freunde zu verlassen. Außerdem war er es Jimmy und den anderen pensionierten Time Scouts schuldig, sich um sie zu kümmern. Er konnte den Laden nicht einfach so verkaufen.

»Nein«, sagte er schließlich. »Ich fürchte, ich muß Ihr Angebot ablehnen. Ich habe ein Hotel zu führen.«

»Wir würden uns glücklich schätzen, Ihnen während Ihrer Abwesenheit einen Hotelmanager zu stellen, Mr. Carson. Time Tours will den besten Mann für diesen Job.«

Puh! Es war wirklich ein verdammt gutes Angebot. Er konnte beliebig lange im Paradies leben und trotzdem seine sichere Einkommensquelle behalten. Und um den ganzen Papierkram würde sich jemand anderes kümmern. Unwillkürlich ging ihm Margos Erscheinung durch den Kopf, wie sie mit blassem Gesicht vor seinem Tisch gestanden und auf ihn herabgesehen hatte.

Verdammt, Mädchen, verschwinde aus meinen Gedanken.

Kit spielte mit den kalt gewordenen Eiern auf seinem Teller und schob sie mit den Zinken seiner Gabel hin und her. Auf so ein Angebot hatte er lange Zeit gewartet.

»Nein«, hörte er sich sagen. »Ich weiß Ihr Angebot wirklich zu schätzen, aber ich kann es augenblicklich nicht annehmen.«

Fisks Miene fiel in sich zusammen. »Ich wünschte, Sie würden es sich noch einmal überlegen, Mr. Carson.«

»Fragen Sie mich in einer Woche noch einmal«, erwiderte Kit achselzuckend. »Wir Time Scouts sind nicht allzu standhaft.«

Fisk preßte kaum merklich die Lippen aufeinander, ehe er antwortete: »Ja, das ist mir auch schon aufgefallen. Nun, Sie haben meine Karte. Meine Auftraggeber haben es aber äußerst eilig. Sie wollen dieses Projekt vorantreiben, und Sie sind nicht der einzige pensionierte Time Scout auf meiner Liste.«.

Kit nickte. »Ja, das ist mir klar. Und ich bin sicher, die meisten von ihnen brauchen den Job dringender als ich.« Er streckte seine Hand aus. Fisk schüttelte sie mit einem widerwilligen Ausdruck der Hochachtung in den Augen.

»Falls Sie Ihre Meinung in den nächsten zwei Tagen ändern sollten, dann lassen Sie es mich wissen.«

Er würde sich entscheiden müssen, ehe Tor eins wieder in Betrieb ging.

Wenn er es realistisch betrachtete, dann war seine Entscheidung wohl schon gefallen.

Fisk ließ ihn mit seinen kalten Eiern allein.

»Na, wahrscheinlich hat die Sache sowieso einen Haken«,

murmelte er. »Das klingt einfach zu gut, um wahr zu sein. Außerdem, wer will schon im Bermuda-Dreieck leben?« Das konnte er auch so haben, er mußte nur durch das instabile Tor im La-La-Land springen. Er steckte Fisks Geschäftskarte in die Tasche und nahm sich sein kaltes Frühstück vor. Dabei versuchte er sich einzureden, daß seine Entscheidung nichts mit einem dummen kleinen Kobold namens Margo und dessen weiterem Schicksal zu tun hätte.

Natürlich nicht, genausowenig wie die Erde eine Kugel ist.

In seinen dünnen Schnurrbart brummend beendete er seine Morgenlektüre, fest entschlossen, keinen weiteren Gedanken an Margo und ihre selbstmörderische Mission zu verschwenden. »Warum«, so fragte er sich leise, »kommen die einzigen ernsthaften Probleme in meinem Leben immer und unvermeidbar auf den Rocksäumen eines unwiderstehlichen Mädchens daher?«

Wenn das bekannt werden würde ...

Nun, er würde schon damit zurechtkommen. Was Kit Carson tat oder nicht tat, ging schließlich nur ihn selbst etwas an. *Ja, mich allein und den Rest von La-La-Land* ... Er bestellte noch einen Kaffee und gab sich dann gleich wieder seinen sorgenvollen Gedanken hin. Er fragte sich, wer wohl als Ausbilder für Margo in Betracht kommen könnte. Immerhin würde sie ihrem Trainer ihr Leben anvertrauen müssen. Vielleicht sollte er einmal mit Sergei oder Leon reden ... *Schluß jetzt,* ermahnte er sich. *Wenn du sie nicht selbst ausbilden willst, dann versuch auch nicht, jemanden anderen dafür aufzutreiben!* Davon abgesehen konnte er sich auch beim besten Willen nicht vorstellen, welcher Time Scout überhaupt dazu bereit wäre.

Erleichtert über diese Erkenntnis, vertrieb er Margo voller Entschlossenheit aus seinen Gedanken.

Warum ist er nur so gemein? dachte Margo leise weinend. Sie hatte ein verschwiegenes Plätzchen unter einem weinberankten Säulengang in *Urbs Romae* entdeckt, an dem sie sich setzen, die Knie unters Kinn ziehen und sich ihrer jammervollen Stimmung hingeben konnte.

Mom hat mich gewarnt ...

Dieser Gedanke reichte vollkommen aus, um ihre Verzweiflung zu verstärken und einen neuen ärgerlichen Tränenfluß zu produzieren. Sie wischte sich mit der Rückseite ihrer zierlichen Hand über die Wange und schluchzte herzergreifend. »Ich werde nicht aufgeben! Zum Teufel mit dem Kerl, ich mache weiter. Es muß einfach jemanden auf dieser verdammten Station geben, der mich ausbildet.«

Bis jetzt hatte sie bei jedem, den sie angesprochen hatte, nur Absagen kassiert. Sogar bei Reisebegleitern wie Malcolm Moore. Zumindest waren die meisten von ihnen entschieden netter zu ihr gewesen als Kit Carson. Selbst ein unfreundliches: »Verschwinde, du Gör«, war ihr immer noch angenehmer als die grausamen Erzählungen über Menschen, die zu Tode gefoltert wurden.

»Ich wette, er hat nicht eine einzige lausige Narbe«, schniefte sie. »Und die Geschichte von Sam One-Eagle ist wahrscheinlich genausowenig wahr, wie diese blöden nachgemachten Säulen echt sind. Er will einfach nicht, daß ich ein Time Scout werde, und deswegen versucht er, mir Angst einzujagen.«

Der Gedanke, unverrichteterdinge nach Minnesota zurückzukehren und sich dem Spott auszuliefern ...

Und ihrem Vater ...

Diese Vorstellung jagte Margo kalte Schauer über den Rücken, und sie zog ihre Beine enger an den Leib.

»Eher friert die Hölle ein.«

»Was muß denn passieren, ehe die Hölle einfriert?«

Vor lauter Schreck wäre Margo fast umgefallen. Die Stimme hatte geklungen, als sei sie direkt neben ihrem Ohr. Sie drehte sich um und sah in ein Gesicht, das sie durch die Weinranken hindurch beobachtete. Ein männliches Gesicht. Ein verdammt attraktives männliches Gesicht. Margos inneres Alarmsystem war augenblicklich aktiviert. Ihre bisherigen Erfahrungen mit attraktiven Männern reichten ihr vollkommen. Andererseits war das gewinnende Lächeln in dem Gesicht vor ihr das erfreulichste Erlebnis der vergangenen zweieinhalb Tage, und es bildete einen wirklich angenehmen Kontrast zu der Mimik eines Kit Carson …

»Hey, was ist los mit Ihnen?« Er hatte ihre Tränen bemerkt. Wer auch immer er war, er kam unter den Weinranken hindurchgekrochen und reichte ihr ein Taschentuch. »Hier, nehmen Sie das.«

Margo betrachtete ihn argwöhnisch, ehe sie nach dem Taschentuch griff. »Danke.« Sie tupfte sich die Tränen ab und putzte sich die Nase. Dann faltete sie das Taschentuch und wollte es zurückgeben.

»Nein, behalten Sie es. Sie sehen so aus, als bräuchten Sie es dringender als ich.« Er setzte sich im Schneidersitz vor sie auf den Boden. »Sie haben ja immer noch feuchte Augen«, setzte er mit einem angedeuteten Lachen hinzu.

Margo verzog das Gesicht und schlug die Hände vor das Gesicht. »Tut mir leid, ich bin sonst eigentlich nicht so weinerlich. Ich habe nur eine verdammt miese Woche hinter mir.«

»Was ist denn passiert? Sie sehen halb verhungert aus.«

Margo schniefte. Sie war halb verhungert. »Na ja … Es ist ein paar Tage her, seit ich das letzte Mal etwas gegessen habe.«

»Ein paar Tage? Meine Güte. Warum denn? Sind Sie ausgeraubt worden?«

Zu ihrer eigenen Überraschung lachte Margo. »Nein. Ich hatte nicht allzu viel, was man mir hätte stehlen können. Und das, was ich hatte, habe ich verbraucht. Jetzt besitze ich nichts mehr außer meinem Koffer und einer Hotelrechnung, die ich nicht bezahlen kann.«

Fragend legte er den Kopf auf die Seite. »Sind Sie das Mädchen, über das hier jeder spricht? Die junge Frau, die ein Time Scout werden will?«

»O Gott …« *Schlimmer konnte es wirklich nicht mehr kommen.*

»Hey, nein, nicht wieder weinen. Wirklich, es ist in Ordnung. Ich habe Sie gesucht.«

Margo blinzelte ungläubig und starrte ihn an. »Warum?«

»Ich bin Time Scout. Und ich bin auf der Suche nach einem Partner.«

»Wirklich?« fragte sie mit erstickter Stimme. Es konnte einfach nicht stimmen – aber sie wünschte sich so sehr, daß es wahr wäre ...

Er grinste. »Ja, wirklich. Mein Name ist Jackson. Skeeter Jackson. Als ich gerade von einem kurzen Trip aus der Realzeit zurückkam, hörte ich, daß Sie einen Lehrer suchen. Ich suche schon eine ganze Weile nach einem Partner – deswegen war ich auch in der Realzeit –, und dann komme ich zurück und was finde ich? Die Herausforderung meines Lebens, und sie sitzt genau hier, direkt vor meiner Nase«, erklärte er grinsend und reichte ihr die Hand.

Margo konnte es nicht fassen. Seit sie hier war, hatte sie nur Absagen kassiert und schmerzliche Beleidigungen über sich ergehen lassen müssen, und nun ... Vielleicht gab es doch einen Gott. Sie würde vorsichtig sein. Wenn es etwas gab, das sie von Billy Pandropolous – der ihrem Herzen genug Schmerz für ein ganzes Leben zugefügt hatte – gelernt hatte, dann war das vorsichtig zu sein. Aber Skeeter Jackson machte nicht den Eindruck, sie hintergehen zu wollen. Zumindest jetzt noch nicht. Sie ergriff seine dargebotene Hand.

»Mister Jackson, wenn das wahr ist, dann sind Sie mein Lebensretter. Ich werde so hart arbeiten, wie ich nur kann. Sie werden stolz auf mich sein.« Sie wagte ein vorsichtiges Lächeln und fügte hinzu: »Und ich werde alles tun, damit sich die Sache für Sie bezahlt macht.«

Skeeter Jackson sah sie mit seinen sanften Augen freundlich an. »Davon bin ich überzeugt. Aber nun kommen Sie. Ich lade Sie zum Frühstück ein.«

Er half ihr auf, und Margo trocknete noch einmal ihr Gesicht mit dem Taschentuch. Ihr Lächeln wirkte schon viel sicherer, als sie sagte: »Danke. Ich werde mich revanchieren ...«

Er lachte und bot ihr galant seinen Arm an. »Machen Sie

sich darüber keine Gedanken. Ich werde es Ihnen einfach vom Lohn abziehen.«

Als sie Skeeter Jacksons Arm ergriff, stellte Margo überrascht fest, daß sich ihre Lippen ganz unwillkürlich zu einem breiten Grinsen verzogen hatten. Vielleicht würde sich ihr Schicksal nun doch zum Besseren wenden. Sie hätte zu gerne Kit Carsons Gesicht gesehen, wenn er von ihrem Erfolg erfuhr. Wahrscheinlich würde er sich wieder an seinem Essen verschlucken. So wie er sie behandelt hatte, verdiente er es auch nicht anders. Den Kopf voller Träume von spannenden Abenteuern und übervollen Tellern mit Schinken und Pfannkuchen, begleitete sie ihren neuen Ausbilder hinaus auf die hellen und belebten Straßen der *Shangri-la*-Station.

5.
KAPITEL

Der Poolbillardraum des *Down Time* war ein Paradies für Schnüffler. Dank der erstaunlichen Akustik war es möglich, gleichzeitig mehrere Gespräche in verschiedenen Ecken der Bar zu belauschen. Kit hatte sich immer gefragt, ob der Raum genau für diesen Zweck konstruiert worden war. Er visierte die Kugeln auf dem Tisch an und versenkte mit nur einem Stoß gleich zwei Kugeln in einer Seitentasche. Von der Bar drang lautes Gelächter über eine Grashüpferplage auf TT-37 an seine Ohren.

»Sie kamen einfach durch ein zufällig geöffnetes Tor herein. Die Touristen haben ein Riesengeschrei veranstaltet. Die Jungs von der Seuchenbekämpfungszentrale haben sich die Haare gerauft. Sie müssen Millionen von diesen Biestern getötet haben. Es hat Wochen gedauert, bis sie endlich alle vernichtet hatten.«

In einer anderen Ecke grummelte Robert Li in seinem unverwechselbaren Baß: » ...als Wilkes erzählte, daß Bull ihm gesagt hätte, alle Genehmigungen des AZZ wären ungültig ...«

Kit grinste. Ein neues Kapitel in einer unendlichen Geschichte. Der beständige Kampf des Stationsmanagements gegen Kompetenzübergriffe des AZZ. Es war nicht gerade einfach, die Leute des AZZ davon abzuhalten, ihre Nasen ständig in die Angelegenheiten anderer Leute zu stecken. Dieses Gerangel hatte das La-La-Land um eine besondere Attraktion reicher gemacht: Bulls Krieg! Die Bewohner von TT-86 schlossen bei jeder neuen Auseinandersetzung Wetten ab, wer wohl dieses Mal gewinnen würde: Bull Morgan oder Montgomery Wilkes.

Kit versenkte eine weitere Kugel und überlegte sich den nächsten Stoß. Von der anderen Seite des Raumes verfolgte Goldie Morran seine Bewegungen mit finsterem Blick. Mit ihrer piekfeinen Kleidung und dem mißgünstigen Ausdruck ihrer Augen über der langen schmalen Nase erinnerte sie an eine Angehörige des altrussischen Hochadels, die man eher auf den Marmorstufen der Pariser Oper erwartete als in einem Billardraum. Sogar ihr Haar – dessen schwacher Purpurschimmer Kit stets an Oberschullehrer und alternde Herzoginnen erinnerte – paßte zu dieser Erscheinung.

Goldie betrachtete Kits Queue und schniefte. »Ich wußte, ich würde verlieren. Du hast einfach unverschämt viel Glück.«

»Glück hat man nicht, Glück macht man sich«, entgegnete er kichernd und schickte die nächste Kugel quer über den Tisch sicher ins Ziel. »Du solltest das eigentlich wissen.«

Sie lächelte nur. Es war ein Raubtierlächeln, das – für Menschen, die sie gut genug kannten – Bände sprach. Kit unterdrückte mühsam den Impuls, nach dem Messer zu suchen, das sich vermutlich gleich in seinen Rücken bohren würde. Er beugte sich über den Tisch, um weiterzuspielen, als Robert Li ihn unterbrach.

»Also hier bist du, Kit.«

Als alteingesessener Sechsundachtziger und langjähriger Freund von Kit wußte der Antiquitätenhändler, daß die Unterbrechung eines laufenden Spieles einer Todsünde gleichkam, wenn nicht wenigstens eine mittelschwere Katastrophe der Anlaß war. Ganz besonders in einem Spiel gegen Goldie Morran. Gegen Goldie zu spielen, erforderte äußerste Konzentration, jedenfalls, solange man nicht die Absicht hatte, sein letztes Hemd an sie zu verlieren. Während Kit überlegte, was so wichtig sein könnte, drängte sich ihm für einen Augenblick das Bild eines Tokugawa Samurai auf, der durch das Nippontor nach TT-86 gelangt war und nun in der Eingangshalle des Neo-Edo nach einem Zimmer verlangte.

»Was gibt es?« fragte er vorsichtig.

Robert lehnte sich an den Türrahmen und betrachtete eingehend seine Fingernägel. »Hast du das Wunderkind in letzter Zeit gesehen?«

Mit der Bezeichnung Wunderkind konnte nur Margo gemeint sein.

Na, großartig. Was hat sie jetzt wieder angestellt?

Innerhalb der letzten vier Tage hatte sie mehr Geschwätz verursacht, als es Lord Byron im England des frühen neunzehnten Jahrhunderts in vier Monaten gelungen war.

»Nein«, antwortete er und wollte sich wieder dem Spiel zuwenden. »Warum auch?«

Er setzte das Queue an.

»Nun, sie ist jetzt mit Skeeter Jackson unterwegs und meint, er würde sie zum Time Scout ausbilden.«

Der Stoß ging daneben. Das Queue bohrte sich in die Filzbespannung und hinterließ eine häßliche Riefe in der gleichmäßigen Oberfläche. Er fluchte und starrte den Mann an, den er bis vor wenigen Sekunden noch als Freund bezeichnet hätte. Mit großen unschuldigen Augen schaute Goldie auf ihn und zuckte mit den Achseln. Sie erinnerte ihn auf eine unangenehme Weise an Lucrezia Borgia und die Nacht, in der er sie versehentlich im Garten überrascht hatte …

»Puh.«

Kit versuchte sich möglichst elegant aus der Affäre zu ziehen und gab das Spiel verloren. Robert Li, dessen mütterliches skandinavisches Erbe – helle Haut und rosige Wangen – von dem Vermächtnis seines chinesischen Großvaters überschattet wurde, grinste nur. Feixend wie ein Lump lehnte er sich noch bequemer an den Türrahmen, um dem weiteren Geschehen beizuwohnen. Innerhalb von zwei Minuten räumte Goldie den Tisch ab. Sie schien sich nicht einmal die Zeit zum Atmen zu nehmen. Schließlich versenkte sie auch die letzte Kugel mit einem kunstvollen Stoß und zielgenauem Effet.

»Na, also«, sagte sie lächelnd und streckte Kit ihre knochige Hand entgegen.

Kit wühlte in seiner Tasche nach Geld und bezahlte wortlos seine Spielschuld. Robert stand noch immer mit einem einfältigen Grinsen auf den Lippen in der Tür, als Goldie den Raum verließ.

»'tschuldigung.«

»Oh, kein Problem. Ich liebe es einfach, bei einem perfekt laufenden Spiel aus dem Konzept gebracht zu werden und die Gewinne einer ganzen Woche zu verlieren.«

»Verdammt, Kit. Ich dachte, du würdest darüber lachen. Ich konnte doch nicht ahnen, daß dich das trifft. Sag mir jetzt nicht, daß der große Kit Carson irgendwelche Gefühle für diesen kleinen rothaarigen Kobold hegt!«

Robert war schlau genug, sich eilends zu verdrücken, doch sein Kichern war auf seinem Weg hinaus auf die *Commons* kaum zu überhören. Kit murmelte einige üble Verwünschungen. *Mit solchen Freunden braucht man wirklich keine Feinde*. Er schraubte sein Queue auseinander und verstaute es in dem dazugehörigen Lederkoffer. Dann ging er zu Samir Adin, dem Geschäftsführer der Nachtschicht im *Down Time*, um den Schaden, den er an dem Billardtisch angerichtet hatte, in Ordnung zu bringen.

»Du hast was?« fragte Samir ungläubig.

»Ich habe eine Schramme in der Bespannung hinterlassen. Hier, das müßte die Kosten decken.«

»Du? Eine Schramme? Unglaublich! Habe ich etwas verpaßt? Ein Erdbeben oder so?

»Wirklich komisch«, entgegnete Kit mit finsterer Miene. »Es hatte mindestens Stärke siebeneinhalb auf der Richterskala und hieß Goldie. Gib mir bitte einen Kirin!«

Samir kicherte und griff nach einer kühlen Flasche. »Ich habe es dir doch immer gesagt. Wenn du gegen Goldie Morran gewinnen willst, dann mußt du sie vorher betäuben.«

Kit trank den Kirin in fünf Zügen. Danach ging es ihm schon etwas besser. »Laß mich doch träumen. Hillary hatte den Everest, Peary den Nordpol, und ich träume davon, Goldie Morran beim Pool zu schlagen.«

Samir, die unglaublich mitfühlende Seele, stimmte eine bewegende Interpretation des Songs: »To Dream the Impossible Dream« an.

»Du bist mir auch keine Hilfe«, erklärte Kit grinsend. »Ich

weiß wirklich nicht, warum ich immer wieder hierherkomme.«

»Das kann ich dir erklären«, entgegnete Samir kichernd. »Alle Time Scouts sind darauf versessen, gequält zu werden. Das steht schon in der Berufsbeschreibung für den Job.«

»Jetzt hast du mich erwischt«, lachte Kit. »Und dabei habe ich diese Beschreibung angefertigt.«

Samir klopfte ihm verständnisvoll auf die Schultern und begleitete ihn zur Tür. Kit klemmte sich die Queuetasche unter den Arm und steckte die Hände in die Taschen. *Diese Geschichte wird zum Tagesgespräch werden. Egal, über Nacht wird auch sie wieder uninteressant.* Er schlenderte durch *Urbs Romae,* ohne einen bestimmten Ort anzusteuern, bis die Düfte aus der Küche des *Epicurean Delight* seine Aufmerksamkeit erregten. *Essen wäre eine feine Sache nach dem Bier. Hmm ...*

Er fragte sich, was Arley Eisenstein heute als Tagesmenü anbieten würde. Arleys Restaurant war berühmt für sein gutes Essen. Andere Restaurants hatten eine noble Einrichtung und schicke Dekorationen, Arley dagegen hatte lediglich die besten Köche für seine Küche engagiert. Er bezahlte eine ganze Reihe gewerblicher Zeitreisender dafür, daß sie ihm Rezepte von ihren Reisen mitbrachten. Nicht alles, was sie ihm brachten, konnte man als appetitlich bezeichnen, doch es blieben immer noch genug lohnende Rezepte übrig, so daß er trotz der Kosten einen recht ordentlichen Gewinn dabei erwirtschaftete.

An einigen Tagen im Jahr ließ Arley fremde Köche, die an seinen Rezepten interessiert waren, gegen Bezahlung als Beobachter in seine Küche. Die exotischen Mahlzeiten versprachen gute Profite, da die Touristen im allgemeinen nicht fähig waren, die einzelnen Zutaten am Geschmack zu erkennen und sie folglich auch nicht nachkochen konnten. Also mußten sie wohl oder übel ein Restaurant aufsuchen, um in den Genuß dieser Gerichte zu kommen ... Jedenfalls schienen Arleys Rezepte auch für die Restaurants der Realzeit recht ertragreich zu sein.

Für Arley waren sie es ganz bestimmt. Wer nicht ortsansässig war, mußte bereits zwei Monate im voraus reservieren. Sechsundachtziger waren dagegen jederzeit auch ohne Reservierung willkommen. Arley kam ihnen insofern entgegen, als daß er grundsätzlich mindestens drei Tische für die Einwohner von La-La-Land bereithielt, und diese Tische waren jeden Abend gut besetzt.

Kit lief bereits das Wasser im Munde zusammen.

Als er um die Ecke bog, prallte er mit Connie Logan zusammen. Sie ließ ein überraschtes Kreischen vernehmen und verlor das Gleichgewicht. Sie wäre gefallen, wenn Kit sie nicht aufgefangen hätte.

»Entschuldigung«, sagten beide gleichzeitig.

Kit betrachtete sie überrascht. Sie schien ihm etwa dreißig Zentimeter zu groß zu sein.

»Großer Gott.«

Connie trug einen Seidenkimono, der mit Nähnadeln und Bastschnüren zusammengehalten wurde. Unter dem Saum schauten ihre Schuhe hervor, falls Schuhe die richtige Bezeichnung für das war, was sie an den Füßen trug. Sie hatten Ähnlichkeit mit Strandschuhen, wenn man davon absah, daß sie aus Holz bestanden und ihre Sohlen fast dreißig Zentimeter dick waren.

Hinter ihren Brillengläsern blinzelte Connie wie eine Eule. »Hallo, Kit. Wie findest du das?« Sie streckte einen Arm aus, um ihm ihre halbfertige Arbeit von ihrer schönsten stecknadelgespickten Seite zu zeigen.

»Laß mich raten!« sagte Kit scherzhaft. »Dein Kunde will an der halbjährlichen Hurenprozession durch Yoshiwara teilnehmen?«

Connie verdrehte die Augen. »Nein, er will seiner vorzeitlichen Angebeteten ein Geschenk machen. Ich probiere es aus, um sicherzugehen, daß man es überhaupt tragen kann. Jetzt verstehe ich auch, warum die armen Mädchen auf den alten Holzschnitten immer auf jeder Seite von einem Mann gestützt werden. Diese Schuhe sind der reinste Mord!«

Kit grinste und reichte ihr die Hand. »Wie wäre es mit einem Tanz?«

Connie streckte ihm ihre Zunge heraus, griff aber bereitwillig nach der dargebotenen Hand. »Hilf mir nur zu der Bank da rüber, dann kann ich die Schuhe ausziehen! Ich möchte sie nicht im Stehen abstreifen, weil ich Angst habe, das Gleichgewicht zu verlieren und mir dabei sämtliche Knochen zu brechen.«

Kit sah sich um und führte sie dann zu der besagten Bank. Die Schuhe klapperten bei jedem Schritt. Connies merkwürdiger Aufzug war dazu angetan, sogar im La-La-Land noch staunende Blicke zu provozieren.

»Wer ist denn dein Kunde?«

Connie schauderte. »Frag mich nicht! Er ist etwa fünfundsiebzig und überall tätowiert.«

Yakuza. Japanisches Gesindel ...

Der Yoshiwara-Distrikt im Edo des sechzehnten Jahrhunderts hatte sich zu einem beliebten Reiseziel für japanische Geschäftsleute entwickelt. Nach schweren Vulkanausbrüchen, verursacht durch den *Unfall* – wie die folgenreiche orbitale Explosion oft genannt wurde –, war Japans Wirtschaft zusammengebrochen. Der anschließende Wiederaufbau hatte die restliche Welt in Erstaunen versetzt. Die Überlebenden waren einfach zur Tagesordnung übergegangen und hatten ihre Geschäfte wieder aufgenommen. Die meisten Geschäftsleute waren nun schon wieder damit beschäftigt, ihren bereits vorhandenen Reichtum zu vergrößern. Die Mehrzahl japanischer Gesellschaftsreisen wurde von der Yakuza organisiert, die den größten Gewinn bei dem Wiederaufbau gemacht hatte. Immerhin kontrollierte sie den überwiegenden Teil der japanischen Bauwirtschaft.

Kit fragte sich, wie Time Scouts sich dazu herablassen konnten, mit diesen japanischen Verbrechern gemeinsame Sache zu machen. Er wußte, daß Granville Baxter sie haßte; aber Geschäft ist Geschäft ... Grant ließ sich nicht auf eine verbindliche Zusammenarbeit ein, er befaßte sich nur mit akuten Problemen und biß die Zähne zusammen, während er seinem Arbeitgeber Riesengewinne verschaffte.

Kit half Connie, sich auf die Bank zu setzen. »Na, bitte«, bemerkte er lächelnd. »Alles gesund und munter.«

Sie wand sich zuckend, um den Nadelstichen zu entgehen und seufzte. »Tausend Dank. Computerdesign ist zwar eine feine Sache, aber es ersetzt leider den Feldtest nicht. Und der ist manchmal eine arge Strapaze für Körper und Seele«, sagte sie mit einem gequälten Blick auf ihre Füße.

Kit bückte sich, um sie von den Schuhen zu erlösen, wofür er mit einem tiefen Seufzer der Erleichterung belohnt wurde. Connies Füße, nur noch durch Söckchen verhüllt, waren sichtlich geschwollen. Er rieb sie sanft, während Connie sich erschöpft gegen die Rückenlehne der Bank fallen ließ.

»O Gott ... Ich liebe dich, Kit Carson.«

Er kicherte. »Das sagen sie alle. Hast du schon zu Abend gegessen?«

Sie öffnete ein Auge. »Nein, aber ich habe auch gar keine Zeit. Ich muß noch einen Spezialauftrag für die Londontour fertig machen, und dann habe ich da noch einen ganzen Haufen Skizzen aus Rom und einige Muster, die absolut prachtvoll sind ...«

Kit grinste. »Ich komme darauf zurück. Und vergiß nicht, dir wenigstens eine Pizza zu bestellen!«

»Pfadfinderehrenwort«, sagte Connie und sank noch tiefer auf die Bank, während Kit ihre Füße massierte. Schließlich stand er auf, und sie preßte ihre baumwollbekleideten Füße auf den Boden. »Sei gesegnet, Kit. Ich schätze, ich werde es jetzt schaffen, zurückzuhumpeln.«

»Erlaubst du eine dumme Frage?«

»Schieß los!«

»Wieso quälst du dich damit ab, mit diesen Dingern durch die halben *Commons* zu marschieren?«

Connie grinste. »Ich habe mir eine Strecke ausgesucht, die etwa genauso lang ist wie die Hurenprozession in Yoshiwara. Ich dachte mir, wenn ich den Weg in diesen grausamen Schuhen zurücklegen kann, dann kann es auch jede andere.«

Connie war kein schwächlicher Typ, dennoch verfügte sie über keine besonders robuste Konstitution. Kit kratzte sich am Kinn. »Das ist ein Argument, aber ich denke trotzdem, daß du einen übertrieben anstrengenden Weg für die Herstellung von Kostümen gewählt hast.«

Connie lachte. »Diese Worte aus deinem Mund. Wer hat denn Masochismus zu einer neuen Kunstform erhoben? Erklär du mir doch mal, warum du als Time Scout gearbeitet hast!«

»Ich kann nicht lügen«, sagte er und kam näher an sie heran. »Es macht einfach Spaß«, flüsterte er.

»Siehst du? Und ich habe eben Spaß daran, mich jeden Tag neu zu verkleiden.« Sie umarmte ihn kurz mit ihren mit Nadeln gespickten Armen und bückte sich dann nach den abscheulichen Schuhen. »Danke für deine Hilfe. Ich muß los. Oh ... Ich habe das Mädchen kürzlich gesehen, mit Skeeter Jackson.«

Kit stöhnte kurz auf.

Connie kniff die Augen zusammen. »Meine Güte, Kit! Sie hat es dir wirklich angetan, was? Du solltest mit ihr reden. Sie betet dich an, und Skeeter wird sie nur in Lebensgefahr bringen. Du hättest sehen sollen, wie sie ausgesehen hat. Du würdest es nicht glauben.«

»Toll. Seit wann werde ich hier denn als Aufpasser für kleine Mädchen gehandelt?«

Connie lächelte. »Du verarschst mich nicht, Kenneth Carson. Du bist nicht so gleichgültig, wie du tust, deswegen mögen wir dich auch so. Jetzt muß ich aber los.«

Kit brummelte noch lange, nachdem sich Connie wieder auf den Weg zu ihrer Schneiderwerkstatt gemacht hatte, leise vor sich hin. »Manchmal«, knurrte er, »ist es der reinste Streß, wenn einen die Leute für einen netten Kerl halten.« Er seufzte. »Was soll's.« Schließlich konnte er es tatsächlich nicht gutheißen, wenn ausgerechnet Skeeter Jackson sich an seiner Stelle als Ausbilder für Time Scouts aufspielte.

Normalerweise mischten die Ortsansässigen sich nicht gegenseitig in ihre geschäftlichen Angelegenheiten ein. Aber lästige Touristen um einige Dollar zu erleichtern war etwas anderes, als aus purer Nachlässigkeit einen Mord zu begehen. Skeeter, der selbst nie als Time Scout gearbeitet hatte – er war sogar nur wenige Male in der Vergangenheit gewesen –, war sich möglicherweise gar nicht darüber im klaren, wie gefährlich die ganze Angelegenheit war. Kit fluchte verärgert. Vermutlich würde es ihm niemand danken, aber er mußte einfach etwas tun.

Kit ging kurz zum *Neo-Edo*, um seine Queuetasche loszuwerden. Nachdem er sich vergewissert hatte, daß Jimmy die Geschäfte im Griff hatte, begann er sich nach Skeeter Jackson umzusehen. Wie nicht anders zu erwarten, hatte niemand ihn gesehen. Kit kannte Skeeters Lieblingsplätze, doch er fand den Schurken an keinem davon. Skeeter hielt sich im allgemeinen nicht in *Edo Castletown* auf. Er scheute das Risiko, bei seinen kleinen Betrügereien an den Falschen zu geraten und sich dann in übler Verfassung und um einige Finger ärmer in der Gosse wiederzufinden. Kit arbeitete sich durch sämtliche Bars in *Frontier Town* und suchte danach in den Kneipen von *Victoria Station*, aber ohne Erfolg. Skeeter schien sich in Luft aufgelöst zu haben.

»Irgendwo muß er sein.«

Derzeit waren alle Tore auf *Shangri-la* außer Betrieb. Die einzige Möglichkeit, die Station zu verlassen, war eine hermetisch verschlossene Luftschleuse, die – soweit die Anzeigeinstrumente korrekt arbeiteten – nach Tibet im April 1910 führte. Der einzig denkbare Grund, diese Luftschleuse jemals zu öffnen, war eine Brandkatastrophe auf der Station. Da aber jeder noch so kleine Winkel im La-La-Land mit einer Halonlöschanlage verbunden war …

Skeeter konnte die Station also nicht verlassen haben, es sei denn, er war durch ein instabiles Tor gestolpert.

»Soviel Glück sollte uns einmal begegnen«, murmelte Kit. »Also, was jetzt?«

Er stemmte seine Hände in die Hüften und ließ seinen

Blick über die *Victoria Station* gleiten. Sie zog sich mit ihren Pseudokopfsteinpflasterstraßen, den geschmiedeten Straßenlaternen, parkähnlichen Wartebereichen, malerischen Fassaden und dem unvermeidlichen Netz aus Stegen und Rampen, die zum britannischen Tor nahe der Decke führten, quer über die *Commons.*

Eine Touristin in einem grellbunten Bardamenkostüm kam aus dem *Prince Albert Pub* und fummelte in einer schmalen Tasche herum, die eher zu einem amerikanischen Grenzsoldaten gepaßt hätte. Schmale hellhäutige Schultern rundeten sich über einem geradezu schockierenden Ausschnitt. Kit konnte ihr Gesicht nicht erkennen. Ein herabhängendes Büschel Federn von einem Hut, der wunderbar zu einem altertümlichen Ballkleid gepaßt hätte, verdeckte ihre Züge. Der Saum ihres Kleides war gerade hoch genug, um den Blick auf ihre unpassenden Schuhe freizugeben.

»Die muß einen lausigen Schneider haben.«

Die Touristin schloß ihre Tasche und drehte sich äußerst gestelzt auf dem Absatz herum. Nun konnte er sie erkennen.

Margo ...

»Tja, Connie hat mich gewarnt«, murmelte er und plusterte sich im Geiste für die bevorstehende Begegnung auf. Dann trat er aus dem Schatten eines Laternenpfahles hervor, um sie abzufangen. »Hallo!«

Margo blickte verschreckt auf und geriet dadurch auf ihren hohen Absätzen ins Schwanken. Kit wartete, bis sie ihr Gleichgewicht wiedererlangt hatte.

»Ach, Sie sind es«, sagte sie nach einer Pause. Dann reckte sie energisch ihr Kinn vor. »Ich habe einen Ausbilder gefunden.«

»Ja, ich weiß. Deswegen wollte ich Sie sprechen.«

Margos Augen weiteten sich. »Wollten Sie?« Fast sofort trat ein Ausdruck des Mißtrauens in ihr Gesicht. »Warum?«

Kit seufzte. »Hören Sie, können wir vielleicht eine Waffenruhe für die nächsten fünfzehn Minuten vereinbaren?«

Sie sah ihn argwöhnisch an. Dann antwortete sie achselzuckend: »Sicher.« Mit einem leichten Kopfschütteln entfernte sie die Federn aus ihrem Gesicht.

Kit wollte sie darüber aufklären, daß ihr Hut verkehrt herum saß, konnte sich jedoch im letzten Moment zurückhalten. Er wollte sie nicht gegen sich aufbringen, sondern ihr Leben retten. »Lassen Sie uns zur Bibliothek rübergehen, dort sind wir ungestört«, schlug er vor.

Verwundert entgegnete sie: »Warum machen Sie sich so viel Mühe? Ich dachte, Sie würden mich hassen.«

»Hassen? Ich hasse niemanden. Time Scouts können sich solche Gefühle wie Haß nicht leisten.«

Oder Liebe ...

In Margos Augen war ein merkwürdiger Ausdruck der Verwundbarkeit getreten. Kit dachte an Connies Worte – »sie betet dich an« – und seufzte wieder. Er eignete sich absolut nicht dafür, irgend jemandes Idol darzustellen.

»Kommen Sie, Margo. Je eher Sie erfahren, was ich zu sagen habe, desto eher können Sie mir sagen, wohin ich mich scheren soll, und wir können beide wieder unserer Wege gehen.« Er bedachte sie mit einem wenig glücklichen Blick. »Und entgegen Ihrer offensichtlichen Annahme gehört es nicht zu meinen besonderen Vorlieben, auf den Gefühlen anderer Leute herumzutrampeln.«

Erstaunlicherweise erhielt er keine scharfe Antwort, statt dessen folgte sie ihm schweigend zur Bibliothek.

Margo wußte, daß es auf den Time Terminals Bibliotheken gab, die von Touristen, Reisebegleitern und Time Scouts aus den verschiedensten Gründen aufgesucht wurden. Während ihrer Nachforschungen hatte sie festgestellt, daß dies die umfassendsten Archive der ganzen Welt waren. Skeeter Jackson hatte sie allerdings nicht dazu aufgefordert, eine Bibliothek aufzusuchen, und sie hatte nicht weiter darüber nachgedacht. Margo hatte sich niemals besonders für Bücher interessiert. Sie bevorzugte tatsächliche Spannung und Dramatik und echte Erfahrungen. Sich dagegen durch die verstaubten, muffigen Seiten eines Buches zu wühlen, das seit fünfzig Jahren niemand mehr in der Hand gehabt hatte, ging ihr auf die Nerven. Außerdem widersprachen sich die meisten Autoren in ihren Ansichten, und schließlich war es der Job eines Time Scouts, selbst an die Front zu gehen, um die Wahrheit herauszufinden.

Aber ...

La-La-Lands Bibliothek war beeindruckend.

Margo unterdrückte ein ehrfürchtiges Schaudern und versuchte nicht einmal sich vorzustellen, wie viele Bücher in diesem ... Nun, das Wort »Raum« schien nicht ganz passend zu sein. Da standen Computer mit CD-Rom und Videolaufwerken, die auf Sprachbedienung eingerichtet waren. Anhand der leisen Kommandos, die sie von etwa zwölf Anwendern aufschnappen konnte, erkannte sie, daß die Programme auf verschiedene Sprachen reagierten. Die Computer zogen Margos Interesse weit mehr auf sich, als die Bücher.

Mister Carson, wie Margo ihn auch in Gedanken nannte – er war viel zu sehr Respektsperson für sie, als daß sie ihn sich unter dem Namen Kit hätte vorstellen können –, sprach kurz mit einem hageren dunkelhäutigen Mann in den Dreißigern. Dann geleitete er sie in den hinteren Bereich der Bibliothek, an deren Rückwand sich etliche mit Computern, Bandgeräten und Mikrophonen ausgerüstete Nischen befanden.

»Wofür sind diese Geräte?«

»Das sind Sprachlehrgeräte«, erklärte Carson ruhig. »Sie waren demnach noch nie hier?«

Margo konnte keinen besonderen Tonfall in seiner Stimme entdecken, aber die Frage irritierte sie. »Nein, ich war beschäftigt. Skeeter hat mir eine Menge wichtiger Dinge zu tun gegeben.« *Wie beispielsweise Geld zu verdienen, um meinen Lebensunterhalt zu bestreiten und die Ausrüstung zu bezahlen, die ich brauchen werde.*

»So, so. Diese Kabine ist frei.« Er öffnete die Tür der freien Kabine und ließ sie eintreten.

Margo schob sich hinein und setzte sich auf den einzigen Stuhl, während ihr Begleiter die Tür mit einem leisen Klikken ins Schloß zog.

»Gut. Reden wir einmal über Ihren Ausbilder ...«

»Ich nehme an, Sie werden mir jetzt sagen, daß er mir mehr berechnen wird, als ich jemals zahlen kann, daß ich ein Dummkopf bin und daß ich verhungern werde, ehe ich einen Auftrag von Time Tours oder einem anderen Veranstalter ergattere. Aber er berechnet mir nichts außer dem Geld, das er mir ausgelegt hat. Ich muß lediglich für seine Unkosten aufkommen. Und er hat mir einen Job besorgt, in dem ich genug Geld verdiene, um den Großteil meiner Kosten zu bestreiten. Er will eben einen Partner.«

Kit Carson sah sie nur schweigend an. Er stand mit übereinandergeschlagenen Beinen an die Tür gelehnt und starrte auf sie herab, als sei sie das widerspenstigste und dümmste Kind, das ihm jemals begegnet war. Dieser Blick machte sie wahnsinnig.

»Sie brauchen gar nicht so blöd zu grinsen, Sie egoistischer ...«

»Margo!« rief er und formte mit seinen Händen ein »T«, das weltweit bekannte Zeichen für eine Auszeit. »Waffenstillstand, erinnern Sie sich? Keine Verletzungen, keine schlechte Laune, und ich grinse auch nicht blöd!«

»So? Es sah aber so aus«, erwiderte sie, blieb aber dennoch ruhig sitzen. Er versuchte nett zu sein, und das mindeste, was sie tun konnte, war ihm zuzuhören. »Okay, also weiter.«

»Skeeter Jackson hat Ihnen erzählt, er sei ein Time Scout und suche nach einem Partner. Richtig oder falsch?«

»Richtig.« Als ihr auffiel, daß sie auf einem Fingernagel herumkaute, verschränkte sie schnell die Arme, um nicht nervös zu wirken. »Und?«

»Er ist kein Time Scout. Er war nie einer, und er wird nie einer sein. Offen gesagt ist er weder dumm noch verrückt, und er kennt seine Grenzen.«

O nein ...

»Wollen Sie behaupten, Mister Jackson sei ein Lügner?« fragte sie leise.

Sein Lächeln zerrte an ihren Nerven. »Ja. Und bevor Sie jetzt etwas sagen, möchte ich Sie noch darauf hinweisen, daß Lügner eher einem Kompliment gleichkommt. Betrügerischer Halsabschneider kommt der Sache schon näher.«

»Wie können Sie es wagen ...?«

»Halten Sie die Klappe, und hören Sie mir zu!«

Seine friedliche Haltung war verschwunden. Margo schwieg überrascht. Sie hatte noch niemals einen derart kalten und autoritären Ton vernommen. Anscheinend war er nicht einmal wütend – nur schonungslos. Und Margo war verängstigt. Nach Billy Pandropolous ...

»Skeeter Jackson ist ein begabter Hochstapler. Nichts weiter als ein kleiner Gangster, der davon lebt, Touristen abzuzocken. Gepäck- und Taschendiebstahl, Schwarzmarktgeschäfte und was es sonst noch so gibt.«

Margo wollte nichts mehr hören. Mit jedem einzelnen Wort brachte er sie näher an den Status eines naiven Dummchens – wieder einmal.

»Skeeter vergreift sich bei seinen Geschäften nicht an den Sechsundachtzigern. Das ist der einzige Grund, warum ihn das Sicherheitsbüro duldet. Wahrscheinlich wird er in der Hälfte aller souveränen Staaten der Welt wegen der verschiedensten Delikte gesucht. Nichts Gewalttätiges, nichts Gefährliches ... Bis jetzt jedenfalls.«

»Was wollen Sie damit sagen?« fragte Margo, wobei sogar ihr selbst auffiel, wie gereizt sie klang.

»Wenn ich nicht glauben würde, daß Sie mehr als nur Ihre paar Habseligkeiten verlieren könnten, dann würde ich Sie ganz sicher mit offenen Augen in Ihr Unglück rennen lassen. Aber wenn Sie sich weiter von Skeeter Jackson ausbilden lassen und sich schließlich für einen Time Scout halten, dann wird das erste unerforschte Tor, durch das Sie gehen, auch Ihr letztes sein.«

»Sie haben mir doch keine andere Wahl gelassen«, erwiderte sie abwehrend. »Schließlich bin ich zuerst zu Ihnen gekommen, falls Sie sich erinnern.«

Er nickte. »Richtig. Und ich habe Ihnen verdeutlicht, wie Ihre Chancen liegen. Ich hatte erwartet, daß Sie verstanden hätten, wie gefährlich dieses Spielchen ist. Mit offenen Augen in die Falle laufen ist noch etwas anderes, als nicht zu wissen, worauf man sich einläßt. Und wie ich schon sagte, ich möchte mich nicht für Ihren Tod verantwortlich fühlen.«

»Danke für Ihre Besorgnis«, keifte Margo. »Aber ich komme auch ohne Sie zurecht.«

Er seufzte, bewegte sich aber nicht von der Tür weg.

»Was soll das? Gehen wir jetzt oder was?«

»Was bringt er Ihnen bei?«

Margo verschränkte erneut ihre Arme. »Das geht Sie nichts an. Wenn Sie nicht bereit sind, mich auszubilden, warum sollte ich dann Ihre Fragen beantworten? Sie werden doch alles, was ich sage, nur dazu benutzen, mich in die Enge zu treiben.«

Seine Augen verengten sich. »Werden Sie nicht beleidigend. Wer hat die Kleidung ausgesucht, die Sie tragen?«

Sie starrte ihn nur an. Möglicherweise hatte sie einen Fehler gemacht, doch sie würde eher unter Qualen sterben, als sich einen Mißgriff einzugestehen.

»Okay«, murmelte er, »Sie wollen nicht. Nehmen wir an, Skeeter schickt Sie durch das sicherste Touristentor, nur so, zur Übung. Wenn Sie in diesem Aufzug durch das britannische Tor gehen, wird Sie auf der anderen Seite sofort irgendeine hochwohlgeborene Dame sehen und entweder schreien oder gleich in Ohnmacht fallen. Huren treiben sich nämlich normalerweise nicht im Battersea Park herum.«

Margo erbleichte, nur um gleich darauf rot anzulaufen. »Ich bin keine Hure! Und ich werde diese Kleider nicht in London tragen. Merken Sie sich das! Ich trage sie für einen Haufen betrunkener Touristen auf *Victoria Station*! Was ist verkehrt daran? Skeeter hat mir Fotos gezeigt ...«

»Margo, Sie sehen in dem Zeug wie eine Zwei-Dollar-Hure aus. Skeeter mag nackte Haut, aber er hat keine

Ahnung, wie sich eine anständige viktorianische Frau gekleidet hat. Wenn er Ihnen ein Foto gezeigt hat, dann wohl eher das eines Flittchens aus Denver. Die Freudenhäuser in Denver gehören zu den wenigen Attraktionen, die Skeeter Jackson überhaupt besucht hat.«

Margo wäre am liebsten im Erdboden versunken. Wenigstens hatte sie sich jedesmal geweigert, wenn Skeeter vorgeschlagen hatte …

»Margo, Sie haben doch gerade meine Worte bestätigt. Sie wissen nicht, was Sie tun, und Skeeter weiß es ebensowenig. Ich werde Ihnen sagen, was passieren würde, wenn Sie in diesem Aufzug das britannische Tor passierten: Nachdem irgendeine arme schockierte Dame kräftig Dampf abgelassen hätte, würde ihr empörter ehrenhafter Begleiter sofort die Polizei rufen. Entweder werden Sie sich im Old Bailey einem Richter gegenübersehen, oder Sie werden gleich in eine Anstalt gesteckt. Man ist dort nicht besonders freundlich zu irgendwelchen Straßenmädchen, die die Syphilis um den Verstand gebracht hat.«

Margo wollte nichts mehr hören. Mit jedem seiner Worte brachen ihre rosaroten Luftschlösser weiter in sich zusammen; doch Kit Carson war noch lange nicht fertig. »Nehmen wir einmal an, Sie fallen nicht gleich einem Gesetzeshüter zum Opfer. Vielleicht geschieht ein Wunder, und Sie schaffen es bis in die Slums, wo Sie mit den Klamotten schon weniger auffallen. Wissen Sie überhaupt, wie die Slums heißen oder wo Sie sie finden? Und selbst wenn Sie durch puren Zufall dort hineinstolpern sollten, sind Sie immer noch in argen Schwierigkeiten. Irgendeine Hure wird Sie aufmischen, weil Sie sich in ihrem Territorium befinden, oder ein dahergelaufener Schläger beschließt, sich mit Ihrer Hilfe die nächsten Mahlzeiten zu sichern – natürlich erst, nachdem er die Ware selbst eingehend geprüft hat. Immer vorausgesetzt, Sie fallen nicht schon vorher dem Ripper zum Opfer.«

Margo fühlte eine entsetzliche Kälte durch ihren Körper kriechen. *Jack the Ripper?* Sie konnte nicht vermeiden, an sich herunterzusehen und ein Schaudern zu unterdrücken. Zu Carsons Ehre sei gesagt, daß er sich nicht dazu hinreißen ließ, sie zu belächeln. Er verzog keine Miene. Er nagelte sie lediglich fest wie ein Vampirjäger, der einen Pflock in das Herz seiner Beute treibt.

»Der Ripper mochte es, wenn seine Opfer hilflos waren. Das geht den meisten Psychopathen so. Wenn Sie ohne eine gute Ausbildung durch das britannische Tor stolpern, werden Sie so hilflos aussehen, wie niemand anderes. Glauben Sie mir, es wird nicht lange dauern, bis der gute Jack sich Ihrer annimmt. Er wird eine Menge Spaß daran haben, Sie auszuweiden ...«

»AUFHÖREN!« Margo hielt sich die Ohren zu.

Er schwieg.

Margo atmete so schwer, als hätte sie gerade eine Sparringstunde hinter sich. Doch Kit Carson – der Teufel sollte ihn holen – zeigte nicht mehr Emotionen als jemand, der gerade dabei ist, in einem Straßencafé seinen Tee zu trinken. *Ich werde nicht aufgeben. Ich kann nicht!* Margo hatte schlicht keine andere Möglichkeit. Sie konnte nirgends hingehen. Und die Zeit lief ihr davon. Von ihren sechs Monaten war schon fast ein Sechstel vergangen.

»Ich kann auf mich selbst aufpassen«, sagte sie stur. »Skeeter ist meine letzte Chance. Und irgendein Ausbilder ist immer noch besser als gar keiner. Sie wollen mir ja nicht helfen.«

Er richtete sich zu seiner vollen Größe auf. »Das ist richtig, Kindchen. Ich werde Ihnen nicht helfen. Aber wenn ich Sie weiter Skeeter Jackson überlasse, dann wird er Sie umbringen. Vermutlich ist ihm nicht einmal ansatzweise bewußt, in welche Gefahr er Sie bringt. Sie können mir glauben, ich werde ihm gründlich den Kopf waschen, sobald ich ihn zu fassen kriege.«

»Was?« Sie war aufgesprungen und stand nun zitternd auf in ihren viel zu engen Schuhen. Sie hatte kein Geld, keine Hoffnung, sie hatte gar nichts mehr. Wenn Kit jetzt auch noch Skeeter dazu brachte, sie im Stich zu lassen ...

»Das können Sie nicht machen! Wenn Sie ihm den Job ausreden ... Das können Sie einfach nicht tun!«

Seine blauen Augen glitzerten so kalt wie Saphire. »O doch. Ich kann.«

»Verdammt ...«

»Haben Sie denn überhaupt kein Gehirn in Ihrem süßen kleinen Kopf?« Er ging einen Schritt auf sie zu, als wolle er in ihrem Schädel nachsehen.

Sie rührte sich nicht. »Ich werde nicht aufgeben! Und Sie haben nicht das Recht, sich einzumischen! Das ist mein Leben, nicht Ihres, und ich werde es riskieren, wann immer ich will, Sie pensionierter Superheld!«

Er lief rot an. »Jetzt hören Sie zu, Sie verbohrtes kleines ...«

»Verbohrt?« Margo lachte schrill. »Schön, wenn ich verbohrt bin, dann absolut berechtigt! Mit Ihnen als Großvater bleibt mir doch kaum ...« Sie verstummte voller Schrecken. Sie konnte kaum glauben, daß ihr diese Worte wirklich herausgerutscht waren.

Kit Carson blieb wie angewurzelt stehen. Sein Gesicht fiel in sich zusammen und ließ ihn schlagartig um zehn Jahre älter erscheinen. Trotz seiner gebräunten Haut, war es nun so weiß wie Schnee.

Ihr Magen verkrampfte sich, und Panik ergriff sie mit eisigen Klauen. *Scheiße ... o Scheiße, ich und mein großes Maul ...*

Etwa zehn donnernde Herzschläge lang verharrte er so, als hätte ihn eine einzige verirrte Äußerung vollkommen gelähmt. Seine blauen Augen waren ständig in Bewegung, als könnten sie nichts mehr fixieren. Margo griff unwillkürlich nach dem Stuhl und schob ihn zur Seite, um Platz zu schaffen, damit sie vor diesem großen Mann, der jeden Moment aus seinem Schockzustand erwachen würde, zurückweichen konnte.

Sein fassungsloser Blick fand langsam ihr Gesicht, und seine Augenbrauen näherten sich einander bedrohlich. Er studierte sie noch einige weitere Herzschläge lang. Margo wußte nicht, was sie sagen oder tun sollte. Als er tief Luft holte, machte sie sich auf das Schlimmste gefaßt, doch er sagte nichts. Er schien unfähig zu sprechen. Einen Moment später schloß er seine Augen. Dann, ohne ein Wort, drehte er sich um und öffnete die Tür. Er verließ Margo, die hinter dem Stuhl stand und sich wünschte, zu sterben und all dem Schmerz zu entgehen, nur um nicht darüber nachdenken zu müssen, was sie getan hatte.

Kit konnte kaum etwas sehen oder hören. Er durchquerte quasi blind die Bibliothek. Schließlich stolperte er gegen Brian Hendricksons Informationstresen.

»Guten Tag, Kit. Was kann ich ... Lieber Gott, was ist denn mit dir los?«

Das Gesicht des Bibliothekars kam mehr zufällig in den scharfen Bereich seines Blickfeldes. Kit versuchte, sich an dem Informationstresen festzuhalten und griff dabei so fest zu, daß seine Finger zu schmerzen begannen. »Bin ich wach?«

»Ob du was bist?«

»Bin ich wach?«

Brian sah ihn ungläubig an. »Äh – ja?«

Kit fluchte. Sein knurrender Magen fiel ein Stück weiter in Vergessenheit, und er wünschte für einen kurzen Augenblick, er könnte ihm einfach auf dem Weg in die Bedeutungslosigkeit folgen. »Das hatte ich befürchtet.« Er verließ den verblüfften Hendrickson und prallte auf seinem Weg zurück zu den Kabinen mit Margo zusammen, die gegen ihre Tränen ankämpfte. Sie wankte und machte Anstalten, ihm auszuweichen.

»O nein. Du gehst nicht!« Er sprang ihr in den Weg und deutete befehlend auf die Kabinen. »Sofort zurück!«

Ihr Gesicht war rot und fleckig. »Lassen Sie mich allein!«

Sie versuchte zu flüchten, doch er schnitt ihr erneut den Weg ab. Mühsam unterdrückte er den Wunsch, sie einfach zu packen und nach hinten zu zerren. Margo versetzte ihm einen derart heftigen Stoß, daß er Mühe hatte, das Gleichgewicht zu halten. Ihm war gewiß nicht daran gelegen, sie zum Schreien zu bringen, aber in diesem Moment reagierte er vollkommen automatisch – was bei seinem derzeitigen Geisteszustand nicht weiter verwunderlich war. Fast hätte er sie von den Füßen gerissen, als er sie fluchend wieder zum hinteren Bereich der Bibliothek drängte.

Natürlich wehrte sie sich.

Er schleuderte sie derart grob herum, daß ihre Zähne klappernd aufeinanderschlugen. »Willst du wirklich unbedingt über Großvaters Knie gelegt werden, kleines Mädchen?«

Margos Mund öffnete und schloß sich, als sei sie ein Fisch auf dem Trockenen. »Das – das werden Sie nicht ...« Sie unterbrach sich. »Doch, das werden Sie.«

Für einen Augenblick standen sie sich mitten in der Bibliothek unbeweglich gegenüber. Dann wand sie sich mit einer geschickten Bewegung, die einige Kenntnisse im Kampfsport offenbarte, aus seinem Griff; doch sie versuchte nicht zu gehen. Sie stand nur da und starrte ihn an. Ihre Brust drückte sich mit jedem Atemzug in einer Weise gegen ihren freizügigen Ausschnitt, daß er am liebsten einen Mehlsack über ihren Oberkörper gezogen hätte. Dann wandte sie sich ab und ging zu den Kabinen. Kit holte tief Luft.

Lieber Gott ...

Er brauchte Zeit, um das alles zu verarbeiten, Zeit, um herauszufinden, wann und wie ...

Sarah, warum hast du mir nie etwas gesagt?

Der Schmerz in seiner Brust griff auf seine Seele über. Kit fuhr sich mit einer zitternden Hand über die Augen. *Muß nachdenken. Wann haben Sarah und ich uns getrennt? Wenn sie damals schwanger gewesen wäre und ein Kind bekommen hätte, ehe ... Sarahs Kind konnte nicht älter als siebzehn gewesen sein, als Margo ...* »Großer Gott. Sie könnte tatsächlich meine Enkelin sein.«

Zu der Zeit, als Margos Mutter im entsprechenden Alter gewesen sein dürfte, waren schwangere Teenager eher die Regel als die Ausnahme gewesen. Margo hatte Kit die ganze

Zeit über an jemanden erinnert. Endlich wußte er auch, an wen. Sie sah Sarah nicht sehr ähnlich; aber dieses Temperament, von dem Stolz ganz zu schweigen ... Sogar die Zielstrebigkeit, mit der sie ihre Pläne verfolgte und Schwierigkeiten aus dem Weg räumte. Margo war genau der gleiche Typ wie Sarah van Wyyck.

Er wußte nicht, ob er lachen, weinen oder lauthals fluchen sollte.

Zuerst mußte er sich wohl seiner Enkelin widmen.

»Himmel, und sie will tatsächlich ein Time Scout werden.«

Er hatte das Gefühl, in einen bodenlosen Abgrund zu stürzen. *Ich kann das nicht zulassen ... Aber wie soll ich sie aufhalten?*

Die Bibliothek verschwamm vor seinen Augen, als er sich Margo in einigen Situationen vorstellte, die ihm noch immer Alpträume verursachten. *Sie versteht es einfach nicht ... Sie hält das ganze nur für ein phantastisches Abenteuer und glaubt, sie sei unsterblich ... Und ich kann sie nicht ausbilden, ich kann nicht einmal auf sie aufpassen ...*

Wenn er noch einmal durch ein unbekanntes Tor gehen würde, waren seine Chancen extrem hoch, dabei draufzugehen.

»Was soll ich nur tun? Sie will diesen ...« Und schließlich war das auch kein Wunder. Was mußte dieses Kind sich zusammengeträumt haben, wann immer es etwas über seinen berühmten Großvater gehört hatte?

»Verdammt, Kit, reiß dich zusammen ...«

Der Weg zurück in die Sprachlehrkabine war vermutlich der schwerste, den Kit jemals gegangen war.

Margo hatte den Stuhl in die hinterste Ecke gerückt, saß aber nicht darauf. Sie hatte dahinter Stellung bezogen. Mit ihren Händen zog sie die Lehne an sich heran, als erwarte sie einen wilden Löwen, den sie bezwingen mußte. Er rief sich einige der unschönen Dinge, die er zu ihr gesagt hatte, ins Gedächtnis und leistete gedanklich Abbitte. *Verdammt ...* Kit zog die Tür sanft ins Schloß, während er sie betrachtete. Tränen rannen in gleichmäßigen Strömen über ihre Wangen, aber ihr Kinn war noch immer energisch vorgereckt, und sie schien trotz der deutlich sichtbaren Angst in ihren Augen kampfbereit zu sein.

»Ich bin kein Monster«, murmelte er. »Laß den Stuhl los, ich werde dich schon nicht fressen!«

Ganz langsam lockerte sich Margos Griff, und die vorderen Stuhlbeine sanken zurück auf den Boden. Sie schluckte einige Male. »Ich wollte nicht – ich meine, ich hatte nicht vor ...«

»Zu spät«, unterbrach er sie unsanft. »Und ja, deine Verbohrtheit ist berechtigt.«

Aus unerfindlichen Gründen antwortete sie mit einem neuen Sturzbach aus Tränen. Kit hatte das Gefühl, etwas in ihr kaputtgemacht zu haben, das sich niemals wieder reparieren ließ. Das Gefühl lähmender Hilflosigkeit erinnerte Kit schmerzlich an die Situationen, in denen Sarah in Tränen aufgelöst gewesen war.

»Ich – Skeeter, er – und Sie ...« Margo verlor nun endgültig die Kontrolle über ihre Stimme.

Kit durchwühlte seine Taschen nach einem Taschentuch, bis er ein verknittertes Exemplar in seiner hinteren Hosentasche entdeckte. »Hier.«

Sie riß ihm das Taschentuch förmlich aus der Hand. Dann wandte sie sich ab. Sie war sichtlich bemüht, sich keine weitere Blöße zu geben und die verbliebenen Reste ihrer Würde zu bewahren. Kit wartete still. Er war sich darüber klar, daß mit dem Stolz einer Frau nicht zu spaßen war. Frauen nahmen solche Dinge viel ernster als Männer – und Männer hatten immerhin schon gemordet, wenn sie in ihrem Stolz verletzt worden waren. Margo schluckte noch einige Male, trocknete ihr Gesicht und schneuzte ihre Nase.

»Tut mir leid«, murmelte sie. »Ich habe schon Skeeters Taschentuch ruiniert.«

Kit zuckte zusammen. Er war sicher, daß er nicht wissen wollte, in welchem Zusammenhang seine Enkelin an Skeeter Jacksons Taschentuch gekommen war. Wenn er sie verletzt hatte ... *Ich stoße ihn durch das nächste instabile Tor, das sich öffnet*. Endlich sah sie ihn an. Verweinte Augen eines heimatlosen Kindes über dem verdreckten Kleid einer Straßendirne. *Kein Wunder, daß sie sich einen falschen Paß auf den Namen Smith besorgt hat. Sie wollte nicht, daß bekannt wird, wer sie ist, sie wollte es aus eigener Kraft schaffen.*

Kit kannte dieses Gefühl nur zu gut. Er räusperte sich, weniger, um seinen Hals zu befreien, als um Zeit zu schinden. »Du bist so gut wie tot, wenn du deinen Plan nicht aufgibst.«

Sie schluckte wieder. In ihren Augen – rot und wütend wie der Stachel einer Biene – standen noch immer Tränen. »Ich wollte das schon immer.«

Noch ein Räuspern seinerseits. »So wie die Dinge liegen, kann ich dir das nicht vorwerfen ...« Er betrachtete sie eingehend und versuchte zum ersten Mal ernsthaft, sich Margo als einen werdenden Time Scout vorzustellen. Er schüttelte den Kopf über diesen augenscheinlichen Widerspruch. »Das Beste, was du tun könntest, wäre, dich als Junge auszugeben, aber dafür hast du nicht den richtigen Körperbau.«

Ihre Augen weiteten sich. »Sie meinen ...«, keuchte sie. »Nein, sie sind nicht echt. Ich meine, sie sind schon echt, aber ich trage ein Korsett. Skeeter hat es mir beim Schneider gekauft, und es macht – na ja, es läßt den Busen größer wirken.« Kit errötete, obwohl er völlig ausreichend über die mechanischen Effekte eines Damenkorsetts informiert war. *Ich unterhalte mich mit meiner Enkelin über ihren Brustumfang ...*

Margo sprach noch immer so schnell sie nur konnte. »Ich könnte weite T-Shirts tragen, um sie zu verstecken, und meine Hüften sind auch gar nicht so breit, nur meine Taille ist sehr schmal ...«

Kit schüttelte den Kopf. Dieses Kind war nicht umzustimmen. *Gott hilf uns beiden ...*

Ihr Gesicht fiel zusammen, und er bemerkte, daß sie sein Kopfschütteln falsch verstanden haben mußte. Kit seufzte. »In Ordnung, Margo. Ich mache es. Aber nicht ohne Bedingungen ...«

»Wirklich?« Ihre Stimme erhob sich zu einem sopranen Kreischen, und ihr feuchtes Gesicht begann zu strahlen wie ein Weihnachtsbaum.

»Bedingungen!« wiederholte Kit scharf. Sie schluckte und lauschte angestrengt. »Erstens: ich entscheide, ob und wann du soweit bist. Zweitens wirst du alles tun, was ich dir sage, und zwar genauso, wie ich es dir sage. Verstanden? Und du wirst nichts tun, wozu ich dich nicht aufgefordert habe. Und falls ich im Verlauf der Ausbildung zu der Ansicht gelange, daß du für den Job nicht geeignet bist, dann versprichst du mir, dich nach einem anderen Beruf umzusehen, von mir aus als Reisebegleiter. Zwischen den beiden Berufen gibt es einen himmelweiten Unterschied. Reiseleitung ist Spaß. Manchmal ein bißchen gefährlich, aber nur äußerst selten. Zeitforschung ist ernst, todernst. Und wenn du glaubst, es war schwer, mich zu überreden, dann hast du keine Vorstellung davon, was wirklich schwer ist. Wenn du mit deiner Ausbildung fertig bist, wirst du es wissen. Und falls du irgendwann zwischendurch aufgeben willst, dann melde dich einfach.«

»Ich werde nicht aufgeben.«

Kit zauberte mit einiger Mühe ein schwaches Lächeln auf seine Lippen. »Ich hatte erwartet, daß du das sagst«, erklärte er. »Trotzdem solltest du meine Worte nicht vergessen. Erinnere dich an den Bourbon. Zu wissen, wann es genug ist, kann ebenso wichtig sein, wie um etwas zu kämpfen.«

Eine sanfte Röte kroch über ihre Wangen. Sie rieb sich mit dem Handrücken die Nase und schniefte laut. »Okay.«

»Irgendwelche Fragen?«

Sie schüttelte den Kopf.

»Gut.« Er selbst hatte mindestens eine Million Fragen an Margo, doch dies war nicht der richtige Zeitpunkt, sie zu stellen. Er holte tief Luft und kämpfte gegen das ungute Gefühl in seiner Magengegend an. »Also los.«

6. KAPITEL

Das leise Klirren von Gläsern lag über dem gedämpften Stimmengemurmel wie der Gesang von Fröschen vor dem Hintergrund summender Moskitos. Die Geräusche drangen wie ein Willkommensgruß aus der offenen Eingangstür des *Down Time* und vermittelten ein Gefühl vertrauter Behaglichkeit.

Kit gab sich keinerlei Illusionen über die Neugier seiner Mitmenschen hin, als er Margo zuerst eintreten ließ. Wie erwartet zog Margo eine Unzahl interessierter Blicke auf sich, und auch seine Forschungsausstattung erfreute sich reger Aufmerksamkeit. Er trug die Ausrüstung in einer Ledertasche bei sich, die er vor langer Zeit speziell zu diesem Zweck entworfen hatte. Trotz ihres ramponierten Zustandes war sie noch immer einsatzbereit. Kit konnte sich an eine Zeit erinnern, in der er sich ohne sie regelrecht nackt gefühlt hatte.

Hinter dem Tresen der Bar stand eine junge Frau, deren langes, knochiges Gesicht der englischen Königsfamilie zur Ehre gereicht hätte. Sie wischte eine Bierpfütze von der Theke und nickte ihnen zu. »'n Abend!«

»Hallo Molly, ist noch was frei?«

Anstelle einer Antwort deutete sie mit dem Kopf auf einen kleinen Tisch an der Wand. Außer den beiden Stühlen an diesem Tisch gab es nirgends einen freien Platz. Das *Down Time* war wirklich gut besucht an diesem Abend. *Wahrscheinlich ist es zuviel verlangt, gerade heute mal eine ruhige Nacht zu erwarten.* Gelächter begleitete Dutzende von Gesprächen. Kit kannte fast jeden in dem Raum. »Danke Molly. Bringst du uns bitte Eiswasser?«

Mollys interessierter Blick folgte Margo, als sie sich zu dem freien Tisch durchkämpfte, doch die Kellnerin enthielt sich wie immer jeglichen Kommentars. Sie füllte zwei Gläser mit Eiswürfeln und Wasser und reichte sie Kit. »Sonst noch was?«

Kit schüttelte den Kopf. »Nein, jetzt nicht. Vielleicht später.«

»Ach ...«

Kit blieb so abrupt stehen, daß die Eiswürfel in den Gläsern aneinanderklirrten. Eiskaltes Kondenswasser lief über seine Hände und verstärkte die Kälte, die ihn noch immer umfangen hielt. »Ja?«

Auf Mollys Stirn hatten sich tiefe Runzeln gebildet, die ihre intensive Besorgnis verrieten. »Halt die Augen offen, Kit! Sie spielt bestimmt ein falsches Spiel.«

Kit sah zu dem Tisch hinüber. Margo hatte sich an die Außenseite gesetzt und ihm den Platz an der Wand gelassen. Ihre Wangen waren sichtlich gerötet, obwohl das Licht zu dieser späten Stunde im *Down Time* ziemlich dämmerig war. Die junge Frau schien vor Aufregung zu beben.

»Ich nehme an, sie hat ihre Gründe«, sagte Kit sanft. »Ich versuche nur, sie am Leben zu halten.«

Molly nickte. »Ist schon in Ordnung; aber halt deine Augen trotzdem offen. Paß auf, daß sie dir nicht die Kehle durchschneidet, sobald du ihr den Rücken zukehrst!«

Mollys Besorgnis versetzte ihn einigermaßen in Erstaunen – und sie rührte ihn. »Mach ich!«

Sie nickte kurz und wandte sich ab, um die Bestellung eines anderen Gastes zu erledigen. Kit schlängelte sich zwischen den Tischen hindurch. Unterwegs begrüßte er diverse Freunde und parierte lächelnd neugierige Fragen. Margo sah ihm mit weit geöffneten Augen zu, bis er endlich an ihren Tisch kam und die Wassergläser abstellte. Als Margo den ersten Schluck getrunken hatte, warf sie ihm einen wütenden Blick zu.

»Wasser? Ich bin doch kein Baby!«

»Du trinkst dasselbe wie ich. Nun paß auf!«

Kit konnte sich nicht erinnern, jemals einen grimmigeren Ausdruck auf einem weiblichen Gesicht gesehen zu haben. Aber immerhin enthielt sie sich spitzer Bemerkungen.

»Ich höre.«

Der nun wieder freudig erregten Miene zufolge, hatte sie das tatsächlich vor.

»In Ordnung, Margo. Phase eins: Die Ausstattung!«

Kit nahm sein persönliches Logbuch und sein ATLS aus der Ledertasche. Margo würde sich beides noch anschaffen müssen. Kit notierte sich die anstehende Besorgung in Gedanken auf der großen Checkliste der Dinge, die der Erledigung harrten, und legte beide Gegenstände auf den Tisch. »Von diesen beiden Geräten wird dein Leben abhängen.«

Margo betrachtete sie. »Was ist das? Ich habe gelesen, daß Time Scouts Mikrocomputer und irgendein Dingsbums verwenden, um die genaue Zeit zu bestimmen und Skee...« Sie unterbrach sich und errötete. »Ich meine, ich habe inzwischen ein bißchen Geld verdient und schon etwas davon gespart, um mir alles kaufen zu können, was ich brauche. Sind das die Dinge, die ich brauchen werde?«

»Ja«, entgegnete Kit und griff nach seinem persönlichen Logbuch. Es war eine kompakte Datenbank, die kleiner war als ein durchschnittlich großes Buch, dafür aber schwerer, als sie aussah. »Dies ist das persönliche Logbuch der Time Scouts«, erklärte er und öffnete das Gerät. Nun wurden ein kleines Display, eine Tastatur und das charakteristische Schutzgitter eines Mikrofons sichtbar. »Das Gerät ist wasserdicht und stoßfest. Es hält fast alles aus, außer vielleicht ein Bad in starker Säure oder geschmolzenem Metall – oder geschmolzenem Gestein. Es ist für Stimmeingabe und Tastaturbedienung gleichermaßen geeignet, und man kann einen Scanner oder eine digitale Mikrokamera anschließen. Betrieben wird es durch Solarzellen mit Batterieunterstützung. Nach vierundzwanzig Stunden müssen die Batterien gewechselt werden. Das Gerät speichert automatisch alle Informationen auf einem miniaturisierten Matrixpermanentspeicher, so daß die Daten auch bei einem kompletten Stromausfall erhalten bleiben. Es ist nicht gerade billig, aber du wirst ohne so einen Kasten keinen Fuß durch ein Zeittor setzen.«

»Dann ist das so etwas wie ein Reisetagebuch, für Notizen und so …?«

Kit schüttelte den Kopf. »Es ist wesentlich wichtiger, und die Daten sind viel exakter. Dieses Ding«, er tippte auf das Logbuch, »hat mich davor bewahrt, mich selbst umzubringen.«

Zwischen Margos Augenbrauen bildete sich eine kleine senkrechte Linie, und die Verunsicherung in ihren Augen spiegelte einen Gedanken wider, der geradezu grotesk erschien.

»Nein«, erklärte Kit lächelnd. »Ich bin nicht suizidal veranlagt. Auch wenn ein großer Teil der Normalbevölkerung behaupten würde, daß jeder Time Scout selbstmörderische Tendenzen hat. Wieviel hast du bisher gelesen? Weißt du, was man unter dem *Schatten* versteht?«

Margo zögerte. Es war offensichtlich, daß sie nach einer Antwort suchte.

»Du kannst es ruhig sagen, wenn du es nicht weißt.«

»Na ja, nein. Ich meine, ich weiß, daß es da irgend etwas Merkwürdiges gibt bei den Toren und daß Time Scouts früh in den Ruhestand gehen müssen, weil sie niemals mehrfach in dieselbe Zeit reisen dürfen, aber das Wort *Schatten* habe ich in diesem Zusammenhang noch nicht gehört.«

Wie es der Zufall wollte, fiel genau in diesem Augenblick ein Schatten auf ihren Tisch und unterbrach das Gespräch. Kit sah auf und unterdrückte ein Stöhnen. Malcolm Moore hatte einen Stuhl herangeschoben.

»Darf ich mich zu euch setzen? Es scheint interessant zu sein«, sagte Malcolm mit einem erwartungsfrohen Grinsen auf den Lippen, während sein Blick von der Scout-Ausrüstung zu Kit, dann zu Margo und wieder zurück zu Kit wanderte.

Kit überlegte kurz, ob er ihn auffordern sollte zu verschwinden, doch dann entschied er sich anders. Malcolms Anwesenheit konnte in dieser Sache durchaus nützlich sein, immerhin hatte er selbst ein paar Male als Time Scout gearbeitet, ehe er umsattelte und Reisebegleiter wurde.

»Sicher, setz dich!«

Malcolm drehte den Stuhl herum und setzte sich. »Hallo, Margo. Sie sehen ...«

»Lächerlich aus«, unterbrach ihn Kit trocken.

Margo errötete. »Ich hatte keine Zeit mich umzuziehen.« Sie nahm den Hut ab, legte ihn in ihren Schoß und fuhr sich mit den Fingern durch das kurzgeschnittene Haar. Kit zuckte förmlich zusammen, als er die Bewegung in ihrem Dekolleté – und Malcolms interessierte Miene – bemerkte.

»Malcolm«, sagte Kit angespannt, »wenn wir Freunde bleiben sollen, dann tu das nie wieder!«

Malcolms Brauen fuhren überrascht in die Höhe. »Liebe Güte, Kit, was hat dich denn gebissen? Darf ein Mann jetzt nicht einmal mehr die Schönheit einer Frau anerkennend bemerken?«

»Nein.«

Margo schlug die Hände vor das Gesicht.

»Sie ist ...« *O Hölle ...* »Sie ist mein Enkelkind.«

Malcolm fuhr ruckartig von seinem Stuhl hoch und starrte Kit an. »Margo ist deine Enkelin?«

Die Gespräche um sie herum verstummten schlagartig. Kit fühlte, wie sich in seinem Nacken eine unangenehme Hitze bildete und langsam in Richtung Stirn aufstieg. Margo blickte vorsichtig zwischen ihren Fingern hindurch, stöhnte kurz auf und verbarg ihr Gesicht gleich wieder.

»Tja, ich bin ... platt«, stotterte Malcolm. Dabei grinste er wie ein Dorftrottel aus dem Bilderbuch. »Miss Margo, Sie können sich nicht vorstellen, was das für eine wundervolle Überraschung ist.«

An den Nebentischen wurden die Gespräche wieder aufgenommen, und sie klangen weitaus lebhafter als zuvor.

»Ich, äh«, stammelte Margo, verzweifelt um Worte ringend. Sie warf Kit einen gequälten Blick zu und murmelte schließlich leise: »Danke.«

Kit beäugte Malcolm mit finsterer Miene. »Ich versuche hier lediglich, sie am Leben zu erhalten. Sie will unbedingt Time Scout werden.«

Malcolms Grinsen wurde noch breiter, obwohl Kit gewettet hätte, daß seine Gesichtsmuskulatur das nicht mehr hergeben würde. »Wirklich?« fragte Malcolm. »Was hattest du noch kürzlich gesagt?«

»Was interessiert mich, was ich kürzlich gesagt habe – ich werde sie ausbilden. Vielleicht. Wenn ...« Er richtete seinen strengen Blick auf Margo, » ... sie zuhört und lernt!«

»Ich höre zu! Also fang schon endlich an!«

»Gut.« Kit atmete tief durch und leerte sein Wasserglas zur Hälfte mit einem einzigen Zug, wobei er sich sehnlichst wünschte, es enthielte ein beruhigenderes Getränk. »Malcolm hat auch schon mal als Time Scout gearbeitet.«

Malcolm nickte. »Genauer gesagt, zweimal. Dann bin ich Zeitführer geworden.«

Margo stützte ihr Kinn auf die Hände. »Warum?«

»Ich wollte meinen dreißigsten Geburtstag noch erleben«, erklärte er kichernd.

»Warum behauptet bloß alle Welt, daß Zeitforschung so gefährlich ist?«

Malcolm sah zu Kit herüber, doch der zuckte nur mit den Achseln und ließ Malcolm allein nach einer Antwort suchen. Kit war überzeugt, daß jede Antwort, die der Zeitführer ihr geben konnte, einen tiefgreifenden Eindruck bei ihr hinterlassen würde.

»Nun«, sagte Malcolm leise, »weil es wahr ist. Bei meinem ersten Job als Time Scout bin ich den Hexenjägern gerade noch entkommen. Einer von ihnen ist mir im letzten Augenblick durch das Tor gefolgt, und ich mußte ihn zurückstoßen, als sich das Tor bereits wieder schloß. Wenn das Tor nicht mehr offen gewesen wäre ... Nun, was soll's. Beim zweiten Mal wäre ich fast in den Schatten gelaufen, es hat gerade eine halbe Stunde gefehlt. Danach habe ich mir geschworen, nie wieder einen Fuß durch ein unerforschtes Tor zu setzen.«

Dann kicherte er und kratzte sich im Nacken. »Einmal habe ich es trotzdem noch riskiert. Das war bei der Rettungsaktion für die Leute, die durch das instabile Tor im Boden gefallen sind. Leider hatte ich vergessen nachzudenken, sondern bin einfach hinterhergesprungen. Aber ich hatte Glück. Die anderen hatten, Gott sei Dank, ihr Logbuch und das ATLS dabei, so daß ich sogar eine Aufzeichnung davon habe, durch welche Tore wir auf der Suche nach dem richtigen Weg heimwärts gestolpert sind.«

»Also gut, es ist gefährlich. Aber was genau ist denn nun der Schatten?«

Kit klopfte geistesabwesend mit einem Finger auf sein Logbuch. »Du kannst deinem eigenen Schatten nicht begegnen. Du kannst ihm nicht begegnen und überleben. Wenn du zum Beispiel durch ein Tor gehst und im Rom des Jahres einhundert am 24. März um zwei Uhr nachmittags landest, dann gibst du diese Daten in die Datenbank ein. Wie du feststellen kannst, wo und in welcher Zeit du dich befindest, erkläre ich dir später. Wichtig ist, daß du genau festhältst, wann du angekommen bist, wo du dich befindest, wie lange du dort warst und wann du wieder abgereist bist. Du mußt dir notieren, wo du zu welcher Zeit warst. Gut, stell dir vor, jemand anderes öffnet ein Tor nach Mittelamerika, und zwar für den 23. März des Jahres hundert. Wenn du durch dieses Tor gehst und länger bleibst als bis zum 24. März um zwei Uhr nachmittags – mitteleuropäische Zeit –, wird eine Ausgabe von dir verschwinden. Die Aktuelle wird aufhören zu existieren. Dein römischer Schatten bleibt in der Vergangenheit bestehen, aber dein Realzeitselbst stirbt. Deshalb darfst du deinem eigenen Schatten niemals begegnen. Ein Paradoxon wird gar nicht erst eintreten, weil du einfach verschwinden würdest, und zwar endgültig.«

»Scheint nicht so schwer zu sein, das zu vermeiden«, meinte Margo achselzuckend. »Man darf halt nur nicht versuchen, zweimal zuzusehen, wie Julius Cäsar ermordet wird.«

»Das wäre so oder so nicht möglich«, widersprach Malcolm. »Die beiden Enden der Zeitschleifen, die die Tore bilden, sind miteinander verbunden. Sie haben einen einheitlichen Zeitablauf. Wenn hier eine Woche vergeht, dann vergeht auch dort eine Woche. Haben Sie die Möglichkeit, etwas Bestimmtes zu sehen, einmal verpaßt, dann ist sie unwiderruflich vorbei, es sei denn, eine andere Zeitschleife führt noch einmal zu demselben Zeitpunkt zurück. Wenn Sie dann allerdings versuchen, noch einmal in diese Zeit zu reisen, dann würden Sie Ihrem eigenen Schatten begegnen und das Ereignis wieder nicht sehen – ebensowenig, wie Sie noch irgend etwas anderes sehen würden.«

»Das Problem ist«, stimmte Kit zu, »daß die Gefahr, beim Durchgang durch ein unbekanntes Tor in einer Zeit zu landen, in der du bereits existierst, mit jeder Reise größer wird. Wenn du Pech hast, schnappt die Falle zu, und du stirbst.«

Margo schob nachdenklich ihre Unterlippe vor. »Also ... Es ist jedesmal dasselbe Risiko, durch ein Tor zu gehen, denn schließlich weiß man nie, wohin – in welche Zeit – es führt. Wozu soll man sich dann all diese Notizen machen, wenn man trotzdem einfach verschwinden kann. Das klingt nach einem unnötigen Aufwand, wenn man dann trotzdem sterben kann, ohne auch nur zu ahnen, was los ist, ganz gleich, was in diesem Ding gespeichert ist. Man weiß doch bei der Abreise gar nicht, wo man landet. Wozu soll es dann gut sein, genau zu wissen, wo man war?«

Kit rief sich ins Gedächtnis, daß Margo noch sehr jung war. »Dafür gibt es einige Gründe. Zunächst einmal ist es deine Aufgabe als Time Scout, alle Informationen akribisch genau festzuhalten. Forschungsinstitute und Reiseveranstalter werden alle Daten durchsehen wollen, die du von einer Forschungsreise zurückbringst. Außerdem könntest du dich ohne diese Daten versehentlich selbst umbringen, wenn du auch nur eine Urlaubsreise machst, eine andere Station besuchen willst oder auch nur das falsche Tor auf dieser Station durchquerst.«

»Wie?« fragte sie und richtete ihren ungläubigen Blick auf Kit. Ganz offensichtlich hatte sie sich im Vorfeld doch nicht genug informiert. Margo verwünschte die Kleinstadtbibliotheken, die HighSchool mit ihrem kleinlichen Aufsichtspersonal und den Vater, der jeden einzelnen Pfennig versoffen hatte, den sie für den Kauf eines Computers gespart hatte, mit dem sie sich in die großen Informationsnetze hätte einschalten können.

Malcolm nickte. »Ja, er hat recht. Selbst als Zeitführer müssen wir damit vorsichtig sein. Es gibt keine Zeitreisestation in einer späteren Zeit als 1910. So wird verhindert, daß die Touristen in eine Zeit reisen können, in der sie bereits geboren waren. Sie haben doch sicher das Schild auf der anderen Seite unseres Haupttores gesehen? ›WENN SIE AM 28. APRIL 1910 ODER DAVOR GEBOREN WURDEN, DÜRFEN SIE NICHT DURCH DIESES TOR TRETEN. DER VERSUCH WÄRE TÖDLICH!‹ Das Datum auf dem Schild wird jeden Tag geändert, um der relativen Zeit auf *Shangri-la* zu entsprechen. Vor zehn Jahren mußten die Sicherheitsmaßnahmen verstärkt werden, nachdem einige verzweifelte Senioren beschlossen hatten, lieber Selbstmord zu begehen, indem sie durch das Tor gingen, als einen quälenden Tod durch Hunger oder Krebs zu erleiden.«

»Okay«, sagte Margo mit einem leisen Schniefen. »Ich verstehe dieses Problem, und ich habe einen Fernsehbericht über die armen alten Leute gesehen, die sich damals umgebracht haben. Aber was ist mit dem Gerede über die Gefahr beim Besuch einer anderen Station oder dem Durchgang durch ein falsches Tor auf dieser Station?«

»Wir versuchen nicht, dich abzuschrecken«, sagte Kit in weiser Voraussicht. »Die zeitliche Position jeder einzelnen Station ist in ihrer Relation zur Realzeit verschieden. TT- 17 und TT-56 sind für jeden Bewohner von Shangri-la absolut tödlich. Wenn ich versuchen würde, TT-56 zu besuchen, dann würde ich in der vergangenen Woche landen, in der ich aber schon auf der *Shangri-la-Station* präsent gewesen bin. Hier ist es jetzt ...«

Er sah auf die eingebaute Uhr seines persönlichen Logbuchs. ›Hier ist jetzt der 28. April 1910, 22:01:17 Uhr der lokalen – der tibetischen – Zeit. Diese Gefahr besteht natürlich auch für Zeitführer.‹

Malcolm nickte. »Das ist der Grund, warum Zeitführer

dazu neigen, sich auf einige wenige Tore einer einzigen Station zu spezialisieren. Ich könnte auch auf eine andere Station gehen und dort arbeiten, aber ich müßte sehr sorgfältig kontrollieren, welche Reisen mir nicht gefährlich werden würden. Und auch hier auf der Station gibt es genug Gefahren. Die Tore nach Denver und London können eine tödliche Kombination ergeben. Das Denver-Tor führt momentan in das Jahr 1885, das London-Tor ins Jahr 1888. Wenn ich versuche, einen Touristen durch Denver zu führen, und dabei zufällig eine Woche erwische, in der ich vor drei Jahren bereits in London war ...«, achselzuckend unterbrach er seine Rede für einen Augenblick. »Ich würde mich versehentlich selbst töten. Deshalb achten wir so sehr darauf, immer ganz genau festzuhalten, wo und in welcher Zeit wir bereits gewesen sind. Als Sie Ihr Reiseticket gekauft haben, da hat man Ihnen doch eine kleine Kreditkarte mitgegeben. Die Karte, mit der Sie sich abmelden mußten, ehe sie durch das Tor in unsere Zeit gehen durften. Jedesmal, wenn ein Tourist eines der Tore benutzt, werden seine Daten mit Hilfe dieser Karte gespeichert, sowohl auf seinem Weg in die Vergangenheit als auch bei seiner Rückkehr. Auf diese Art haben die Reiseveranstalter für jeden Touristen einen Datensatz angelegt, in dem vermerkt ist, in welcher Zeit er sich bereits einmal befunden hat. Wenn der Computer beim Einchecken eine Überschneidung bemerkt, gibt er Alarm.«

Margos Augen wurden ganz allmählich etwas glasig.

»Trotz all der Vorsichtsmaßnahmen geschehen immer noch Unfälle, sogar mit Touristen. Aber als Time Scout sollte man tunlichst paranoid auf diese Probleme reagieren. Ich gebe dir noch ein Beispiel. Wenn ich TT-17 besuchen wollte, dann müßte ich zuvor wenigstens ein Jahr in der Realzeit zubringen, denn TT-17 liegt zeitlich immer zwölf Monate und sechs Stunden hinter unserer Station, und zwar in derselben geographischen Zeitzone, nur etwa tausend Meilen weiter nördlich. Wenn ich durch das Tor nach TT-17 gehen würde, ohne in der Realzeit abzuwarten, bis sie den Zeitvorsprung eingeholt haben, dann hätte ich keine Gelegenheit mehr, mir die andere Seite anzusehen.«

»Diesen Umstand mit dem Schatten haben sich sogar einige Verbrecherorganisationen zunutze gemacht«, fügte Malcolm hinzu. »Ganz besonders die Mörderbande der Yakuza. Sie suchen sich ein Opfer, bringen es dazu, eine Lebensversicherung abzuschließen, deren Begünstigter ein Gangmitglied ist, machen dann eine Tour durch *Edo Castletown*, und später werden sie von einem anderen Gangmitglied nach TT-56 gebracht. Schnell und einträglich.«

Margo fröstelte. »Gut, ich habe verstanden.«

»Nun, wo Sie einmal hier sind, stehen Sie vor denselben Problemen. Und je länger Sie bleiben, desto größer wird die Gefahr einer Überschneidung. Je mehr Tore Sie durchqueren, desto komplizierter wird die ganze Angelegenheit. Darum ist das Logbuch so wichtig.«

Margo stützte ihr Kinn auf die Hände, die Ellenbogen auf die Tischplatte gestemmt. »Na gut, der Punkt ist mir klar. Wir müssen vorsichtig sein. Aber man kann ebenso leicht von einem Bus überfahren werden, wenn man nicht aufpaßt. Wozu ist das andere Ding da gut?«

Kit lehnte sich auf seinem Stuhl zurück. Spielte sie diese Leichtfertigkeit nur, um ihre Angst zu verbergen? Oder war sie tatsächlich einfach nur dumm? Oder verbohrt? Er fragte sich, wie oft sie wohl schon erreicht hatte, was sie wollte, indem sie einfach dieses entzückende Lächeln aufsetzte oder mit einer passenden Bemerkung ihren Gesprächspartnern ein Lachen entlockte. Wie mochte Margo gelebt haben, ehe sie ihn ausfindig gemacht hatte? Angesichts ihrer wehrhaften Reizbarkeit und ihrer spitzen Zunge war er nicht sicher, ob er es wirklich wissen wollte.

»Das ist das ATLS – *Absolute Time Locator System*. Dies ist das ›Dingsbums‹, von dem du ja schon etwas gelesen hast. Es arbeitet auf der Basis geomagnetischer Sensoren in Kombination mit den karthographierten Planetenstellungen und berechnet deine zeitliche und geographische Position mehr oder weniger genau, relativ zu der realen Greenwich-Zeit.«

»Mehr oder weniger?« echote Margo. »Ist es denn nicht präzise?«

»Time Scouts gehen immer von einer möglichen Ungenauigkeit des ATLS von mindestens vierundzwanzig Stunden aus, um sich abzusichern. Die meisten rechnen sogar mit einer weit höheren Abweichung, denn so nützlich das ATLS auch ist, es kann niemals absolut genau sein. Das ist unmöglich. Unser Leben hängt dann davon ab, wieviel Abweichung wir einkalkulieren. Aber ohne dieses Gerät – und ohne das Logbuch – könnten wir überhaupt nicht arbeiten. Es würde auch keine Zeitreisen geben, weil niemand da wäre, um die Tore zu erforschen. Das ATLS ist für deine Sicherheit ebenso wichtig, wie das persönliche Logbuch.«

Margo betrachtete mit gerunzelter Stirn das ATLS. »Wenn es so gefährlich ist, durch ein Tor zu gehen, warum bindet man dann nicht das ATLS an eine lange Schnur, wirft es durch und läßt es seine Arbeit tun? Auf diese Weise würde niemand riskieren, einfach zu verschwinden.«

Kit schüttelte den Kopf. »Ganz so einfach ist das nicht. Die Chance, daß es auf der anderen Seite des Tores Nacht ist, wenn es sich öffnet, ist nur eins zu eins. Sollte es aber Tag sein, kannst du mit dem ATLS keine Planeten lokalisieren, und die ganze Sache wäre nutzlos. Dasselbe gilt für eine Nacht mit bedecktem Himmel, es wären keine Sterne sichtbar. Ich nehme an, daß man die ganze Sache durchaus automatisieren könnte, indem man diesen Job von Robotern erledigen läßt, aber das würde für jeden einzelnen Roboter Millionen verschlingen, doch es gibt Tausende von unerforschten Toren, und jeden Tag kommen einige hinzu. Außerdem könnte irgend etwas schiefgehen, und dann wäre das Geld verloren, ohne daß die Roboter sich bewährt hätten. Menschliche Time Scouts sind ganz einfach billiger, zuverlässiger und weitaus eher befähigt, umfangreiches Datenmaterial zu liefern als ein Roboter. Das ist dann ganz besonders wichtig, wenn es um Forschungszwecke oder ein potentielles Zeitreiseziel geht.«

»Wir«, fügte er hinzu und tippte sich an die Brust, »sind

entbehrlich. Wir sind unabhängige Geschäftsleute ohne eine feste Anstellung. Keine Versicherung auf der Welt würde uns einen Vertrag geben, nicht einmal Lloyds in London. Das ist ein weiterer Nachteil der Zeitforschung. Keine Krankenversicherung, keine Lebensversicherung, kein Schutz gegen Erwerbsunfähigkeit, Invalidität, Unfälle aller Art ... Du unterschreibst den Vertrag für einen Job und versuchst ihn mit heiler Haut zu überstehen. Es gibt eine Art Innung für Time Scouts, der du dich anschließen kannst, wenn du bereit bist, die Gebühren dafür zu bezahlen. Aber wenn es darauf ankommt, werden auch sie dir kaum helfen können, denn ihr Etat ist fast immer komplett ausgeschöpft. Time Scouts neigen dazu, sich mit erschreckender Häufigkeit die übelsten Erkrankungen und Verletzungen zuzuziehen. Ich hoffe nur, daß du widerstandsfähig genug bist und beim Anblick von Blut, egal ob fremdes oder eigenes, nicht gleich in Ohnmacht fällst.«

Margo antwortete nicht. Ihre Kinnpartie hatte zwar wieder den entschlossen kämpferischen Ausdruck angenommen, doch sie war plötzlich ziemlich blaß geworden.

Kit lehnte sich zurück. »Puh. Ich bewundere deinen Mumm, Mädchen. Gut, sehen wir uns an, wie das hier funktioniert.«

Er und Malcolm brachten ihr Schritt für Schritt den Umgang mit beiden Geräten bei, wenn sie auch von La-La-Land aus keine Planetenlokalisierung vornehmen konnten. Margo hatte Schwierigkeiten mit den geomagnetischen Sensoren des ATLS.

»Nein, das ist verkehrtherum, Margo. Du hast deinen Standort gerade um einen halben Kontinent von deiner tatsächlichen Position entfernt berechnet und gehst damit von einer völlig falschen Zeitzone aus. Versuch's noch mal.«

»Ich hasse Mathematik«, knurrte sie. »Wie hätte ich auch wissen sollen, daß ich diesen ganzen Mist brauchen würde?«

Malcolm zuckte sichtlich zusammen. Kit nahm ihr sehr vorsichtig das ATLS aus der Hand. »Gut. Wir werden dir erst mal die Grundkenntnisse vermitteln. Ich werde Studienzeiten in der Bibliothek für dich vereinbaren. Aber nicht nur wegen deiner mangelnden Mathematikkenntnisse. Du mußt auch mehrere Sprachen beherrschen, dich in historischen Details, einschließlich der zeitgenössischen Mode und der soziologischen Strukturen, auskennen ...«

Margo starrte ihn mit vor Entsetzen geweiteten Augen an.

»Laß mich raten!« sagte Kit ironisch. »Du hast gedacht, als Time Scout könntest du das College umgehen?«

Sie sagte nichts, doch er konnte die Antwort in ihrem Gesicht ablesen.

»Kind, wenn du wirklich ein Time Scout werden willst, dann mußt du zuerst einmal lernen. Ohne akademische Kenntnisse läuft da gar nichts. Time Scouts sind ein rauher Haufen – sie können gar nicht anders sein –, aber die meisten von uns haben ihre Karriere als Historiker, Philosophen oder Anthropologen begonnen. Wir sind der am besten ausgebildete Haufen grobschlächtiger Kerle auf dieser Seite der Ewigkeit.«

Malcolm lachte. »Ich habe einen Doktor in römischer Geschichte.«

Margo lehnte sich zurück und verschränkte die Arme vor der Brust. »Das ist doch zum Verrücktwerden. Wenn ich einen Doktortitel haben wollte, dann würde ich zur Universität gehen. Aber ich will lediglich einige nette, fremde Orte erforschen!«

Kit wollte gerade zu einer groben Antwort ansetzen, als Malcolm ihm zuvorkam.

»Ruhm, Glück und Abenteuer?« fragte er mit einer Stimme, so trocken wie ein edler Wein.

Sie errötete.

Kit hätte beinahe Beifall geklatscht. »Sehr schön«, erklärte er. »Aber du wirst die Voraussetzungen erfüllen müssen. Und wir haben eine Abmachung, Margo. Du tust, was ich dir sage und wann ich es dir sage, oder du wirst niemals auch nur einen Fuß über die Schwelle eines Tores setzen.«

Sie sah schmollend zu dem ATLS und seufzte. »In Ordnung. Ich werde in die Bibliothek gehen. Gibt es denn in diesem Job nichts anderes zu tun, als Bücher zu wälzen?«

»Sicher«, entgegnete Kit. »Eine ganze Menge. Wieviel Kampfsporttraining hattest du?«

»Das Übliche«, antwortete sie achselzuckend. »Wie es in der High-School halt so läuft. Ich habe einen Gürtel.«

»Welchen Gürtel und in welcher Disziplin?«

»Brauner Gürtel, Taekwondo.«

Kit ächzte. Sie konnte also ein bißchen um sich treten und hatte vermutlich so gut wie keine Sparringserfahrung. Das würde ihr nicht viel helfen. Taekwondo verschwendete zuviel Zeit darauf, einzelne Schläge zu trainieren, um den Schülern einen kleinen Vorgeschmack darauf zu geben, jemanden zu verletzen – oder verletzt zu werden. Wie es aussah, wurde es dringend Zeit für ein bißchen Anschauungsunterricht.

»In Ordnung. Gehen wir.«

»Gehen? Wohin?«

Kit legte das Logbuch und das ATLS wieder in den Lederbeutel zurück.

»Zur Sporthalle. Ich will herausfinden, was du kannst.«

»Du ... jetzt?«

Kit grinste. »Ganz genau. Was ist los, Margo? Hast du Angst, der alte Mann wird dich schlagen?«

Ihre zarten Kiefermuskeln versteiften sich zu einer marmornen Härte. Sie stand ruckartig auf und stemmte die Hände in die Hüften. »Nein. Ich habe keine Angst vor nichts und niemandem. Wo ist die verdammte Sporthalle?«

»Paß auf, was du sagst!« ermahnte er sie milde. »Die Sporthalle befindet sich im Kellergeschoß, gleich neben dem Schießstand.«

Ihre Augen weiteten sich. »Schießstand?« fragte sie mit einer Miene, in der sich alle Nuancen zwischen heller Aufregung und Schrecken widerzuspiegeln schienen. »Du meinst, so richtig mit Gewehren und so?«

Kit und Malcolm sahen sich vielsagend an, und Kit unterdrückte gewaltsam ein verzweifeltes Stöhnen. »Ja, Margo.

Genau davon spreche ich. Gewehre und so. Und du wirst mit allem umzugehen lernen, was schießt, schneidet oder sticht.«

»Oh.«

Ganz offensichtlich hatte seine Enkeltochter auch diesen Aspekt der Zeitforschung nicht bedacht. Sie sah aus, als würde sie weitaus lieber eine Giftschlange anfassen als eine Waffe. Um so besser. Vielleicht ließ sie sich ja doch noch überreden aufzugeben. Ein Blick auf ihren vorgereckten Unterkiefer ließ ihn jedoch heftig an dieser Möglichkeit zweifeln, dennoch war es ein angenehmer Gedanke gegenüber dem immer sichereren Eindruck, daß nichts, was er sagte oder tat, sie dazu bewegen würde, ihren Entschluß noch einmal zu überdenken.

»Wenn wir jetzt miteinander in den Ring steigen«, sagte Margo förmlich, »dann muß ich vorher noch die Toilette aufsuchen.«

Malcolm sprang auf die Füße und huschte hinter ihren Stuhl, ohne ihr jedoch seine Begleitung direkt anzubieten. Kit betrachtete die Szene argwöhnisch. Margo schenkte Malcolm ein süßes Lächeln, das Kits Argwohn noch verstärkte. Malcolm hatte Anstand genug, ihr nur schüchtern hinterherzusehen, als sie die überfüllte Bar durchquerte. Nahezu jedes Augenpaar im *Down Time* schien ihren Bewegungen zu folgen. Kit schüttelte den Kopf. Diese Kleider mußten verschwinden, am besten gleich in der nächsten Mülltonne oder vielleicht stramm um den Hals von Skeeter Jackson gewickelt.

»Wie sieht's aus mit dir, Malcolm? Kommst du mit in die Sporthalle?«

Der freiberufliche Führer kicherte. »Du kannst ja mal versuchen, mich loszuwerden. Ich würde auf diese Schau nicht einmal für einen Vollzeitjob verzichten.«

»Du bist eine wahre Last auf meinen Schultern«, brummte Kit.

»Hey, nun mach mich nicht an!« protestierte Malcolm

lachend. »Du warst doch schließlich derjenige, der eingewilligt hat, sie zu trainieren.«

»Ja, das habe ich. Ich fürchte, ich habe nur die Wahl, sie entweder zu trainieren oder zu beerdigen.«

Malcolms Lachen verstummte. »Ja, ich weiß. Wenn du Hilfe brauchst, dann laß es mich wissen!«

»Mach ich«, entgegnete Kit mit einem gequälten Lächeln. »Ich schätze, ich schulde dir was.«

»Warum habe ich dabei nur so ein übles Gefühl?« fragte Malcolm trübsinnig.

»Weil«, antwortete Kit und klopfte ihm freundschaftlich auf die Schulter, »dieses Ding stinkt.«

Der jüngere Mann kicherte wieder. »Nun, das kann ich wohl kaum bestreiten. Und da kommt sie schon. Lächeln, Großvater.«

»Es wäre besser, du salutierst vor mir, wenn du diese Worte gebrauchst«, murmelte Kit. Malcolm lachte nur und Kit fügte in verzweifelter Hilflosigkeit hinzu: »Ich weiß wirklich nicht, wie ich das durchstehen soll.« Mühevoll verzog er sein Gesicht zu etwas, von dem er hoffte, daß es einem Lächeln ähnlich sehen würde. »Gut, Margo. Gehen wir.«

Phase eins läuft an ...

Und ein ganzes Leben voller Sorgen erwartete sie.

7. KAPITEL

Neuigkeiten verbreiten sich sehr schnell in einer kleinen Stadt.

Und obwohl die Station TT-86 einen enorm großen überdachten Komplex darstellte, war sie doch ebenso sehr eine kleine Stadt und in mancher Hinsicht genauso isoliert wie ein Dorf im Mittelalter. Hier gab es weder Fernsehen noch Radio und auch keine Satellitenverbindungen, die einen Kontakt zu den Menschen in der Realzeit erlaubt hätten. Aber elektronische Unterhaltungsgeräte waren für eine entsprechende Summe durchaus verfügbar, und die meisten Privaträume waren mit Fernsehern und CD-Geräten ausgestattet. Außerdem nannte fast jeder Einwohner von TT-86 einen Computer sein eigen.

Um allerdings der Begierde nach aktueller Unterhaltung nachzukommen, bedienten sich die Sechsundachtziger einer altbewährten Methode, die wohl zuerst von gelangweilten Höhlenmenschen in ihren beengten Heimstätten mit den ewig gleichen Tagen angewandt worden war. Sechsundachtziger tratschten. Sie schwatzten über alles. Touristen, andere Stationen, Reiseunfälle und -abenteuer, abwesende Dritte ...

Irgend jemand hatte scherzhaft den Vorschlag gemacht, Gartenzäune zwischen die Quartiere des Privatbereiches zu ziehen, über die hinweg getratscht werden könnte. Der Witzbold hatte ein sechsmonatiges Gerangel eingeleitet, in dem darüber gestritten wurde, wo die Zäune aufgestellt werden sollten, welche Farbe sie haben sollten, wer sie bezahlen würde, ob sie aus Holz oder Metall sein sollten ... Das ging so lange, bis Bull Morgan gebieterisch mit der Faust auf den Tisch geschlagen hatte und das Tohuwabohu mit einem lakonischen »Keine Zäune!« beendet hatte.

Mancher Alteingesessene nörgelte noch immer darüber.

Kit hatte die Tür der Sporthalle noch nicht ganz geöffnet,

als jemand von drinnen rief: »Hey, Opa! Was macht die Arthritis?«

Kit quittierte die Bemerkung mit einer passenden Entgegnung und wandte sich dann an Margo: »Da entlang. Beim Fenster findest du saubere Bekleidung. Sag ihnen, sie sollen es mir auf die Rechnung setzen!«

»Okay.«

Zumindest pfiff niemand Margo nach, als sie auf ihren hohen Absätzen den Damenduschen entgegenstrebte. Auch Kit zog sich um. Als er die Umkleidekabine verließ, traf er draußen Malcolm, der sich bequem an die Hallenmauer lehnte. Margo war noch nicht erschienen.

»Willst du nicht mitmachen?« fragte Kit mit einem wölfischen Grinsen.

Malcolm gab sich überrascht. »Ich? Ich soll mich mit deiner Enkelin auf dem Boden herumwälzen? Spinnst du, Kit? Natürlich nicht.«

»Du bist zwanzig Jahre jünger als ich, zum Teufel. Zieh dich um! Falls du kein Geld hast, dann zahle ich eben. Ich werde sämtliche Kosten übernehmen. Wenn wir sie überzeugend genug ausschalten, gibt sie vielleicht auf.«

»Na gut, ist schließlich deine Sache. Aber ich würde mich an deiner Stelle nicht darauf verlassen. Sie erinnert mich irgendwie etwas an dich.«

Kit schleuderte sein Handtuch nach Malcolms Kopf. Malcolm fing es grinsend auf und warf es zurück, ehe er zum Duschraum ging. Margo kam in einer unauffälligen Sporthose, einem lockeren T-Shirt und Leinenschuhen zurück. Sie bewegte sich gut, aber das mochte auch an ihrer Jugend und einem bedauerlichen Hang zum Exhibitionismus liegen. Sie war sich offensichtlich der Tatsache bewußt, daß jedes männliche Augenpaar in dem Raum auf sie gerichtet war.

Als ob es nicht vollkommen reicht, daß sie meine Enkelin ist, aber nein, sie ist außerdem auch noch verteufelt sexy. Und alt genug, um mit vollem Recht auf ihren eigenen Entscheidungen zu bestehen, zumindest, wenn das in ihrem Ausweis eingetragene Geburtsdatum stimmte. Immerhin sah sie im Moment aus, als wäre sie tatsächlich achtzehn. Er würde sie später noch über ihr wirkliches Alter ausfragen müssen. Kit machte sich gerade mit diesem neuen unangenehmen Gedanken vertraut, als sie die letzten Meter der Halle durchquerte und sich vor ihm aufbaute. Sie balancierte tänzelnd auf ihren Fußballen. »Bist du bereit?«

Kit schüttelte den Kopf. »Malcolm wird auch mitmachen. Ich möchte zuerst einmal euch beiden zusehen, bevor wir zwei in den Ring steigen.«

Sie sah nicht besonders beglückt aus.

Malcolm kam aus der Umkleidekabine zurück. »Okay, Boss.«

»Dann zeigt mal, was ihr könnt. Seid ihr bereit?«

Malcolm nickte und verbeugte sich förmlich vor Margo. Sie erwiderte die Geste in einer klassisch-sportlichen Manier. Malcolm griff an. Kaum eine halbe Sekunde später ächzte sie atemlos und flach auf dem Rücken liegend auf der Matte. Kit schüttelte den Kopf und gab verständnislose Zischlaute von sich.

»Margo, hat dein Trainer dir nie beigebracht, deinen Gegner im Auge zu behalten?«

Malcolm hockte zwischen ihren Knien und hielt sie mit eisernem Griff am Boden. Aus dieser äußerst unfeinen Haltung sah sie verärgert zu Kit auf. »Woher soll ich denn ahnen, daß er unfair kämpft?«

Malcolm grinste. »Das ist hier kein *Dojo*, Miss Margo.«

»Und ganz sicher kein verdammter Schulwettkampf«, fügte Kit trocken hinzu. »Wir sind hier, um zu sehen, wie gut du kämpfen kannst. Wenn du über Wettbewerbsregeln und dergleichen diskutieren willst, dann such dir einen Zeremonienmeister!«

Malcolm stand leichtfüßig wieder auf. Margo stolperte ebenfalls wieder auf die Füße, wobei sie ihm einen wütenden Blick zuwarf. »Na gut«, murmelte sie vor sich hin. »Versuch das ruhig noch einmal, aber dieses Mal erwische ich dich.«

Malcolm kam auf sie zu und erwischte sie mit einem klassischen griechisch-römischen Ringergriff. Die unerwartete Bewegung brachte Margo vollends aus dem Konzept. Sie stolperte rückwärts und versuchte sich von weiteren Ringergriffen fernzuhalten, aus denen sie mangels Körperkraft niemals wieder freikommen konnte.

»Hey! Was wird denn das, wenn's fertig ist?« Sie versuchte, nach Malcolms Rist zu treten, doch er hob sie einfach hoch. Von der anderen Seite des Raumes klang Gelächter herüber. Neugierige Voyeure hatten ihre sportliche Betätigung so unauffällig wie möglich unterbrochen, um zuzusehen.

Kit verbot sich zu grinsen, da ihm der weise Gedanke gekommen war, daß es ein Fehler sein könnte, über sie zu lachen. Wortlos trennte er die beiden. Margo stand da, verschoß böse Blicke und schnappte verärgert nach Luft. Malcolm verbeugte sich galant vor ihr, doch sie strafte ihn mit eisiger Ignoranz.

»Gut«, sagte Kit und trat zu ihr auf die Matte, »sehen wir mal, was du sonst so kannst.«

Sie drehte sich zu Kit um und richtete ihren bösen Straßenkatzenblick nun auf ihn – und Malcolm griff erneut an. Dieses Mal hatte er Pech. Margo verpaßte ihm einen perfekt ausgeführten Tritt. Sie hob ihr Knie an und ließ ihren Unterschenkel mit einer so hohen Geschwindigkeit vorschnellen, daß es kaum möglich war, ihrer Bewegung mit den Augen zu folgen. Ihr Fuß streifte Malcolms Brustkorb. Der Tritt hätte bei jedem Wettkampf eine gute Punktwertung erzielt. Hätte sie seine Nase oder seine Stirn erwischt, dann wäre er vermutlich im Reich der Träume gelandet.

Unglückerweise hatte Margo aber weder Malcolms Nase noch seine Stirn getroffen, und er griff weiter an. Margos Fuß segelte geradewegs über seine Schulter, und noch ehe sie vor seiner unerwarteten Bewegung zurückweichen konnte, fand sie sich auch schon auf der Matte wieder – in genau der gleichen Position wie zuvor, mit Malcolm zwischen ihren Knien.

»Das ist nicht fair«, jammerte sie. »Der Tritt hätte ihn ausgeschaltet.«

»Ja«, nickte Kit. »Wenn du ihn tatsächlich getreten hättest, dann wäre das schon möglich. Aber du hast es nicht getan.«

»Aber ich wollte deinem Freund doch nicht das Gesicht zertreten!«

Malcolm kicherte. »Ich bewundere Ihre Umsicht, Miss Margo«, sagte er und half ihr auf die Füße. Sie rieb sich die Handgelenke und massierte einen überdehnten Muskel im Oberschenkel.

»Fünf Minuten Pause«, sagte Kit.

Er lief nach hinten zum Geräteraum und suchte Kampfhelme, Handschuhe und Kampfschuhe heraus. Dann ging er zurück zu Malcolm und Margo, die ihren finsteren Blick noch immer still auf Malcolm gerichtet hielt. »Gut. Das Zeug hier solltest du von deinem Schultraining kennen.«

Sie betrachtete die Ausrüstung verwundert.

Na, phantastisch. »Laß mich raten! Du hast noch nie richtig gekämpft, ja?«

»Nun, nein«, erwiderte sie. »Wir haben die Schläge immer kurz gehalten und darauf geachtet, niemanden zu treffen. An unserer High-School gab es nicht genug Geld für so ein Zeug.«

Kit gingen einige düstere Gedanken über Schulbehörden durch den Kopf, die das Risiko in Kauf nahmen, daß sich die Schüler bei einem Sport gegenseitig verletzten, der ursprünglich dazu ersonnen worden war, den Gegner zu töten; dann zeigte er ihr, wie sie den gepolsterten Helm aufsetzen sollte. Er war ähnlich gearbeitet wie der Lederhelm eines Boxers, doch bestand er aus weichem Plastik und hatte an der Stirn und an beiden Seiten des Gesichts eine dicke Polsterschicht, Schnüre unter dem Kinn, und ein weiteres Polster zog sich seitlich um den Kopf. Malcolm legte seine Ausrüstung an, während Margo mit Helm, Schuhen und Handschuhen kämpfte.

Als sie fertig war, sagte sie unsicher: »Ich will ihn aber immer noch nicht verletzen.«

Kit nickte. »Wenn du ihn nur zum Keuchen bringst, werde ich schon glücklich sein.«

»Okay.«

Noch einmal griff Malcolm an und gab ihr fast überhaupt keine Zeit zu reagieren. Margo wich zur Seite aus und trat zu. Sie erwischte ihn genau über dem Becken. Er keuchte und unterbrach abrupt seinen Bewegungsablauf. Als er sich zusammenkrümmte, schlug Margos linke Faust knapp über seinem rechten Ohr an seinem Schädel auf. Ein erneutes Keuchen begleitete den Treffer. Als er fiel, hieb Margo ihm die Faust auf die Rückseite seines Kopfes, und er keuchte ein drittes Mal. Als sein Gesicht den Boden berührte, wurde ein letztes Keuchen hörbar – begleitet von dem schadenfrohen Grinsen der anderen Sportler in der Halle.

»So wie diese vier Male, ja?« fragte Margo in einem süßen Tonfall.

Kit sah sie nur an. »Willst du ihn nicht endgültig fertigmachen?«

Neben Margos Füßen murmelte Malcolm mit dem Gesicht auf der Matte: »Um Gottes willen, fordere sie nicht heraus.«

Kit grinste und stieß Malcolm mitleidlos mit den Zehen an. »Komm schon, Malcolm! Steh auf und versuch's noch mal. Das beweist doch bisher noch gar nichts, außer daß du dir deiner Sache ein bißchen zu sicher warst.«

Margo setzte wieder ihren finsteren Blick auf und verschränkte die Arme.

Malcolm rappelte sich mühsam hoch, kam auf die Füße und bewegte sich merkwürdig unbeholfen. Kit grinste ihn an. »Was ist los mit dir, Malcolm? Deine Reaktionen sind ein bißchen langsam.«

»Du«, murrte Malcolm, »bist das Problem.«

»Jederzeit gern.«

Malcolm griff ohne jede Vorwarnung erneut an. Margo setzte wieder zu einem Tritt an, doch Malcolm stoppte knapp davor, und ihr Fuß schnitt nur wirkungslos durch die Luft. Der Schwung ihrer Bewegung riß sie herum, so daß sie ihm ungewollt den Rücken zuwandte. Malcolm stürmte auf sie zu. Kit blinzelte und versuchte sich auf Margos zu erwartenden Proteststurm vorzubereiten. Sie stand mit dem Rükken zu ihm, als Malcolm angriff ...

Margo überraschte sie beide.

Sie sprang auf Malcolm zu. Als er sie berührte, zog sie ihren Ellenbogen gerade nach hinten, ihr Unterarm war vollkommen waagerecht, die Faust hielt sie geballt mit der Handfläche nach oben. Sie lehnte sich in ihren Schlag hinein und traf Malcolm am Solarplexus. Er prallte in ihren Ellenbogen und gab ein häßliches Geräusch von sich. Kit verzog mitfühlend das Gesicht. In diesem Moment griff Margo zu. Sie faßte ihn mit beiden Händen am Nacken und schleuderte ihn vorwärts. Der bedauernswerte Malcolm landete vollkommen erledigt auf seinem Rücken, während Margo leichtfüßig auf ihn zu tänzelte. Sie griff nach seinem Haar und verpaßte ihm noch einen letzten Schlag auf die Schädelbasis.

Malcolms Augen und Nase sonderten eine nicht unerhebliche Menge Flüssigkeit ab, als Margo in einem noch süßeren Tonfall fragte: »Meintest du das mit ›endgültig fertigmachen‹?«

Kit verschränkte die Arme vor der Brust und versuchte seine Belustigung zu verbergen. Schließlich war ihm nicht daran gelegen, daß Margo übermütig wurde. Der arme Malcolm mühte sich mannhaft, sein Gesicht mit dem Handschuh zu säubern.

»Gut, mit einem Gegner kannst du fertig werden«, sagte Kit gedehnt. »Aber im Ernstfall wirst du wohl kaum so leicht davonkommen. Du wirst vermutlich mehrfach zuschlagen und töten müssen.«

»Mehrfach?« wiederholte Margo fragend. »Na, wenn dir das noch nicht gereicht hat.«

Sie wollte sich erneut Malcolm zuwenden, um ihm ein weiteres Mal endgültig fertigzumachen, als Kit sie zurückwinkte.

»Nein. Malcolm hast du wirklich geschafft, dieses Mal.«

Der Zeitführer starrte Kit an, als wolle er sagen: »Malcolm

will nicht mehr spielen. Malcolm hat Aua, und das wird er dir heimzahlen, guter Freund.«

Kit antwortete den unausgesprochenen Worten mit einem Schulterzucken.

Malcolm stand wieder auf seinen Füßen. »Du ...« schnaubte er an Kit gewandt, » ... solltest verdammt froh sein, daß Bull keine Prozeßanwälte im La-La-Land zugelassen hat.«

»Mag schon sein«, entgegnete Kit sanft. »Du aber auch. Nun komm, noch eine Runde!«

»Verdammt, Kit, was wird das hier? Glaubst du, Rachel Eisenstein hat zu wenig zu tun?«

Margo schien mit jedem Wort ein bißchen zu wachsen.

Kit bedachte Malcolm mit einem absolut mitleidlosen Grinsen. »An dem Tag, an dem Margo dich ins Krankenhaus bringt, werde ich deine Schuhe fressen. Nun komm schon, auf geht's.«

Margo kommentierte seine Worte mit einer spöttischen Geste, wobei sie Malcolm nicht aus den Augen ließ. Malcolm machte sich ächzend bereit. »In Ordnung«, murmelte er. »Dann wollen wir mal sehen.«

Malcolm, der durch den Zweck dieses Kampftrainings in die Rolle des Angreifers gezwungen wurde, kam wieder auf sie zu – aber dieses Mal überraschte er sie. Er griff an wie ein professioneller Taekwondo-Kämpfer und führte einen perfekten Tritt gegen sie aus, der ihr ein wenig damenhaftes Geräusch entlockte und sie zurückschleuderte. Als Malcolm ihr folgte, bewegten sich seine Arme wie Dreschflegel. Er schlug mit beiden Fäusten immer abwechselnd nach ihr. Margo stolperte rückwärts, versuchte sich von ihm fortzubewegen und hob dabei schützend ihre Arme, während er weiter nach ihr schlug. Dann schleuderte sie mit einem gezielten Tritt seine Arme nach unten und schlug ihm zweimal mit der Faust ins Gesicht, wobei sie den Schwung ihrer Vorwärtsbewegung ausnutzte. Als er vor ihr zurückweichen wollte, rammte sie ihm ihre Schulter in die Magengegend und stieß ihn zurück. Dann versetzte sie Kit endgültig in

Erstaunen – von Malcolm ganz zu schweigen. Ohne mit ihrer Schulter nachzulassen, griff sie nach dem Knie seines Standbeines und zog es ruckartig auf ihre Hüfte. Malcolm fiel mit dem Rücken auf die Matte, und die Luft entwich mit einem unschönen Geräusch aus seinen Lungen.

Margo landete zwischen seinen Knien, als wolle sie seine anfängliche Siege parodieren. »Jetzt bist du dran!« sagte sie, griff nach seinem Gesicht und preßte ihm die andere Hand in den Adamsapfel.

»Gak!« Malcolms Augen traten hervor und verdrehten sich simultan.

Margo sprang mit einem spitzbübischen Grinsen auf und legte einen vollendeten Knicks vor Kit hin. Erneut füllte Gelächter die Sporthalle, diesmal begleitet von vereinzeltem Beifall. Margo wandte sich ihrem Publikum zu und knickste erneut, was ihr weiteren Applaus einbrachte. Malcolm rollte sich herum und stemmte sich mit Händen und Füßen vom Boden ab, hustete und keuchte an Kit gewandt: »Scheiße, Kit. Meine Mutter hat mir immer gesagt, ich soll nicht mit Mädchen kämpfen, und meine Mutter hatte meistens recht.«

Kit brachte es irgendwie fertig, auf Margos triumphierendes Grinsen mit einem gelangweilten Gesichtsausdruck zu reagieren. »Gut, du beherrscht also Taekwondo«, kommentierte er unbewegt. »Und was war das für ein Kniff am Ende von Malcolms zweiter Niederlage?«

Margo grinste noch breiter. »Na ja, in meinem ersten Jahr an der High-School hatte ich Judo gewählt, aber dann mußte ich feststellen, daß es den Lehrern nicht sonderlich gefiel, wenn wir uns auf diese Weise mit den Jungs am Boden wälzen.«

»Benimm dich mal, kleines Mädchen!« sagte Kit sanft.

Margo lachte nur. »Und jetzt?« fragte sie.

Im Grunde gönnte er ihr die Selbstzufriedenheit, doch Übermut war für einen angehenden Time Scout schlicht gefährlich. Es war Zeit für eine genauere Überprüfung. Er trat auf die Matte.

»Hey, Augenblick mal, laßt mich hier erst weg!« keuchte Malcolm.

Die Zuschauer in der Sporthalle rückten etwas näher heran. Jemand reichte Malcolm ein Glas Wasser, das er in einem Zug hinunterstürzte. Er nahm den Spott der Umstehenden überraschend gelassen auf, öffnete grinsend seine Handschuhe, nahm den Helm ab und rieb sich den Nacken.

Als Margo ihm zusah, strömte ein warmes Gefühl der Zufriedenheit durch ihren Körper. Sie hatte sich verdammt gut geschlagen, und sie war sich dessen bewußt. Auch die Anerkennung in Malcolms Augen war ihr nicht entgangen, ebensowenig wie das unverhohlene Interesse in den Gesichtern der meisten Anwesenden, die damit beschäftigt waren, sie zu taxieren. *Jetzt hab' ich dich doch überrascht,* dachte sie. Vielleicht würde Kenneth »Kit« Carson ihr nun mit etwas Respekt begegnen.

In ihrer Selbstzufriedenheit ging Margo geradezu spielerisch auf Kit Carson zu.

Danach wußte sie nicht so recht, was er eigentlich getan hatte. Er hatte sich umgedreht und eine Hand erhoben, während die andere von oben auf sie zukam. Sie wußte nicht, wer wen zuerst berührt hatte. Sie wußte nur, daß sie sehr plötzlich in der Nähe der Matte auf dem kalten Fußboden saß und der Schmerz in ihrer Wirbelsäule wütete.

Als sie sich wieder ein bißchen gefangen hatte, fiel ihr nicht mehr ein als ein gequältes »Au!«

Sie drehte sich um und starrte Kit an. »Du hast mich von der Matte geworfen!«

»Nein«, widersprach er mit einem schwachen Lächeln. »Du hast dich von der Matte geworfen.«

WIE?

»Okay«, sagte er freundlich. »Bist du jetzt bereit, es ein bißchen ernsthafter zu versuchen?«

Das war zuviel für Margos angeschlagenes Ego. Sie kam auf ihn zu und führte einen weiteren lehrbuchgerechten Tritt nach Kits Kopf aus – aber Kits Kopf war nicht mehr da. Er war etwa in Höhe ihrer Taille und ihr linker Fuß, ihr

Standfuß, hatte ganz plötzlich keinen Bodenkontakt mehr. Der Fuß wurde vorgezogen, und ihr Hinterteil bewegte sich unaufhaltsam auf den Boden zu.

Dieses Mal hatte sie Tränen in den Augen. *Au* ... Malcolm stand genau in ihrem Blickwinkel, und er hatte ein geradezu unerträgliches Grinsen auf den Lippen.

Kit Carson, zum Teufel mit ihm, stand über ihr. »Willst du hier jetzt nur rumsitzen, Mädchen? Na los, nun komm schon! Ich dachte, du wolltest kämpfen.«

Sie stand auf und griff wieder an. Ihre Fäuste bewegten sich in einer ähnlichen Geschwindigkeit wie zuvor die von Malcolm. Zwischen ihren Schlägen, von denen merkwürdigerweise keiner dort traf, wo sie es wollte, erkannte sie Kits offene Handflächen. Dann, sehr plötzlich – zur gleichen Zeit, als sie einen leichten Druck auf ihrem rechten Handgelenk und dem Ellbogen verspürte – empfand sie die dringende Notwendigkeit, mit voller Geschwindigkeit zu Boden zu gehen. Sie landete hart, mit dem Gesicht voraus. Zumindest war sie dieses Mal auf der Matte geblieben.

Margo sah rot. Sie sprang auf alle viere und schlug nach seinem Schritt, in der Absicht, wenigstens irgend etwas zu treffen.

Er griff nach ihrem Handgelenk und hielt es lässig zwischen Daumen und Zeigefinger. Als wollte er dem Schmerz noch eine Beleidigung hinzufügen, hielt er den Mittelfinger abgespreizt, wogegen die restlichen Finger drucklos auf ihrem Arm lagen. Ehe sie wußte, wie ihr geschah, hatte er sich so weit zurückgelehnt, daß ihr Arm gestreckt wurde. Dann drehte er sich leicht. Ihr Ellenbogen wurde schmerzhaft über sein Knie gespannt, und er setzte ganz langsam seine Bewegung weiter fort. Margo keuchte atemlos. Und sie keuchte wieder, als Kits Bewegung sie dazu zwang, um ihn herumzukrabbeln, wenn sie verhindern wollte, daß er ihr den Arm ausrenkte. Amüsierte Laute drangen aus der Sporthalle an ihre Ohren. *Oh Gott, sie lachen über mich ...*

Während sie in einem Zustand fortschreitender Panik und Verlegenheit weiter hilflos um ihn herumkrabbelte, sagte

Kit: »Das reicht für heute, denke ich. Geh duschen, dann werden wir uns darüber unterhalten!«

Er ließ sie los. Margo unterdrückte gewaltsam ein Schluchzen und gab dem zwingenden Impuls nach, ihr Handgelenk zu reiben. Überall in der Sporthalle wandten sich kichernde Kerle wieder ihren eigenen Übungen zu. Sie verkniff sich einen giftigen Kommentar, denn sie konnte sich, trotz ihres verletzten Stolzes, nicht der Erkenntnis entziehen, daß sie noch einiges zu lernen hatte. *Er hat mich geschafft, verdammt, er hat mich geschafft ...*

Nun ja, sie hatte es ja nicht anders gewollt.

Mit diesem Gedanken schlich sie schmerzgepeinigt zum Waschraum und duschte ausgiebig. Das heiße Wasser brannte auf ihren Quetschungen und löste Muskelverspannungen von ihrem Nacken bis hinunter zu den Füßen. Nur in ein Handtuch gewickelt ging sie zur Garderobe, um sich ihre Kleider zurückzuholen. Die Frau hinter dem Tresen reichte ihr lächelnd einen weiteren sauberen Sportdress.

Margo stöhnte: »Oh Gott, doch nicht noch mal?«

»Nein«, erklärte die Frau noch immer lächelnd. »Es ist nur ein bißchen weniger, mmh, ich glaube, Kit sagte: ›skandalös‹, als Ihre Kleider.« Sie gab Margo auch das Kleid samt dem verdreckten Hut, dem Korsett und den Schuhen mit den enorm hohen Absätzen. »Behalten Sie die Sportschuhe.«

»Danke«, murmelte Margo, und die Frau an der Garderobe bedachte sie mit einem mitfühlenden Blick.

Margo überlegte, ob sie nicht doch wieder ihre alten Kleider anziehen sollte. Zum Teufel mit Kit Carson. Aber sie fühlte sich derart zerschunden, daß allein der Gedanke, sich in das Korsett zu zwängen, sie mit Angst und Schrecken erfüllte. Außerdem hatte sie für einen einzigen Tag wirklich genug Demütigungen ertragen. Sie mußte sich nicht auch noch so anschaulich an ihre dumme Entscheidung in bezug auf Skeeter Jackson erinnern. Sie hoffte, die verdammte Ratte würde sich zukünftig von ihr fernhalten. Sie jedenfalls hatte nicht im entferntesten den Wunsch, ihn jemals wiederzusehen.

Margo rollte Kleid, Korsett und Schuhe zu einem Knäuel zusammen und legte den Hut obenauf.

»Na ja«, seufzte sie. »Soll sich doch ruhig jeder mit mir anlegen. Aber die werden sich noch wundern.«

Sie erhob ihren Kopf und schob ihr Kinn energisch nach vorne, nicht im mindesten bereit, ihre Niederlage als endgültig anzuerkennen. Immerhin hatte sie Malcolm geschlagen und Kit dazu überredet, sie auszubilden. Beides zusammen war doch schon ein großer Erfolg. Mit diesen selbstgefälligen Gedanken im Kopf machte sie sich auf den Weg zu der nächsten Begegnung mit dem nervenzermürbenden Mann, den sie sich als Lehrer ausgesucht hatte. *Bestimmt*, ermutigte sie sich selbst, *werde ich bald besser kämpfen*. Aber was, wenn nicht? Oder wenn Kit zu der Ansicht käme, daß sie es nicht schaffen könnte?

Nun, er konnte sie zwar im Stich lassen, aber sie würde deswegen noch lange nicht aufgeben!

Während Margo duschte und sich umkleidete, verabschiedete sich Kit von Malcolm. Dabei steckte er ihm genug Geld für ein gutes und opulentes Mahl zu. Zum Ausgleich für das Kampftraining und die damit verbundenen Blessuren sorgte er durch eine telefonische Geldanweisung dafür, daß Malcolms Kontostand sich erfreulicher gestaltete. Er hatte noch weitere Pläne für den ehemaligen Time Scout in bezug auf Margos Ausbildung und wollte daher nicht riskieren, daß Malcolm ihn im Stich ließ, noch bevor das Training richtig angefangen hätte. Malcolm wußte es noch nicht, aber er war dabei, um einen ansehnlichen Betrag – und möglicherweise einige graue Haarsträhnen – reicher zu werden. Kit schüttelte den Kopf. Wer hätte gedacht, daß dieses Kind ihn derart in die Mangel nehmen würde.

Er nutzte Margos Trödelei im Duschraum, um sich auf die Jagd nach einem weiteren Aushilfslehrer für sie zu machen.

Der Schießstand war nahezu leer. Ann Vinh Mulhaney saß mit überkreuzten Beinen auf dem Boden neben einer Kabine und reinigte Revolver.

»Hi, Kit«, sagte sie lächelnd. »Soweit ich gehört habe, hat Margo Malcolm auseinandergenommen.«

»Neuigkeiten verbreiten sich schnell«, entgegnete er glucksend. »Armer Malcolm. Aber er wird schon darüber hinwegkommen, ganz besonders, wenn ich ihm die Möglichkeit biete, mit ihr gleichzuziehen.«

Ann lachte. »Arme Margo. Wo ist das Wunderkind eigentlich?«

»Unter der Dusche. Und vermutlich braucht sie Zeit zum Schmollen. Sie, äh, kommt nicht besonders gut gegen Aikido an.«

»Auch davon habe ich gehört. Aber jetzt erzähl erst mal! Es heißt, du würdest sie zum Time Scout ausbilden, aber das kann ich nicht so recht glauben.«

Kit kratzte sich am Hinterkopf. »Na ja, für den Augenblick ... Ich möchte, daß du ihr das Schießen beibringst.«

»Ich soll was tun?« fragte Ann Vinh Mulhaney erstaunt. Die Ausbilderin für den Gebrauch von Feuerwaffen auf TT-86 starrte ihn mit großen Augen an und pflanzte ihre Hände auf die schlanken Oberschenkel, ohne sich um die Reste von Karbon zu kümmern, die an ihren Fingern klebten. »Jetzt sag mir nicht, die Gerüchte treffen zu!«

Kit räusperte sich.

Ann starrte ihn mit wachsendem Entsetzen an. »O mein Gott, du bildest sie tatsächlich aus, nicht wahr? Gibt es dafür irgendeinen bestimmten Grund? Ich meine, außer der Tatsache, daß du den Verstand verloren hast.«

Kit lief rot an. »Verdammt, Ann, sie wird das auch ohne mich durchziehen. Du weißt doch, wie halsstarrig ich bin. Sie ist keinen Deut besser. Außerdem ist sie gerade achtzehn und glaubt, die Welt würde nur auf sie warten, und sie schert sich einen verdammten Dreck um die Risiken. Alles, was sie will, ist in meine gottverdammten Fußstapfen treten.«

Anns Haltung veränderte sich umgehend. »O Kit. Du armer Kerl.« Sie legte eine Hand auf seinen Arm, und er entspannte sich ganz langsam. Muskel für Muskel wichen Sorge und Ärger von ihm. Als er wieder ruhig durchatmen konnte, sagte Ann: »In Ordnung, Kit. Ich werde es ihr beibringen. Aber wenn ich ihre Leistung auswerte und sie schlecht ist ...«

Er sah sie offen an. »Vielleicht hört sie auf eine andere Frau.«

»Vielleicht. Ich muß in ein paar Minuten Unterricht geben, sonst hätte ich dir angeboten, gleich anzufangen. Geh rüber zu Sven und hör dir an, was er zu sagen hat! Wenn du morgen früh wiederkommst, können wir loslegen.«

»Danke, Ann«, sagte er und drückte ihr voller Dankbarkeit den Arm.

»Danke mir nicht, ich tue es nicht umsonst«, sagte sie augenzwinkernd.

Kit stöhnte nur. »Was willst du?«

»Wie wäre es mit der Flitterwochen-Suite, sagen wir für eine Woche?«

»Eine Woche? Hast du eigentlich eine Vorstellung davon, was mir die Suite innerhalb einer Woche ...« Er verstummte. »In Ordnung, eine Woche.«

»Und das übliche Honorar, zuzüglich fünfzig Prozent Aufschlag für Privatunterricht.«

Enkelkinder waren teuer. »Sonst noch was? Ein paar Tropfen von meinem Blut?«

Ann kicherte. »Du denkst, ich wäre teuer? Dann warte mal ab, was Sven dir erzählt.«

»Na phantastisch. Was wird er mir erzählen?«

»Er wird ganz ablehnen. Ich bin jetzt schon gespannt, was du ihm anbieten wirst, um ihn umzustimmen.«

Kit bereitete sich gedanklich darauf vor, seine gesamten Quartalseinkünfte loszuwerden und machte sich auf die Suche nach Sven. Er fand ihn in der Waffenkammer, wo er damit beschäftigt war, ein Schwert zu schärfen.

»Hi, Sven.«

»Selber hi. Die Antwort ist nein.«

Das Kreischen des blanken Metalls auf dem Schleifstein war Kits Argumentation nicht eben zuträglich. Er nahm sich einen Stuhl und setzte sich. »Nenn mir deinen Preis!«

Sven sah zu ihm auf. »Auf keinen Fall. Sie wird getötet werden, du wirst auf mich losgehen, und dann werde ich dir das Genick brechen müssen ... Unter gar keinen Umständen. Keinesfalls. Nein.«

»Findest du es vielleicht besser, wenn sie ohne ein Training in die Vergangenheit reist?«

»Nein. Kette sie doch einfach an.«

»Sicher. Aber manchmal muß sie auch aufs Klo, und dieses Kind ist verdammt zielstrebig. Ich mache keine Scherze, Sven. Ich brauche dich für diese Sache. Ann kann ihr alles über Feuerwaffen beibringen, aber sie muß auch mit einem Messer umgehen können, außerdem braucht sie noch mehr Kampfsporttraining. Sie braucht eine Ausbildung. Eine gute Ausbildung. Deine Ausbildung.«

Sven fuhr noch einmal mit der Klinge über den Schleifstein und widmete dann seine Aufmerksamkeit der anderen Seite. »Du wirst dich nicht einmischen?«

»Nein.«

»Und du pißt dich auch nicht ein, wenn sie verletzt wird?«

»Kein bißchen. Je schlimmer die Sache für sie wird, desto größer die Chance, daß sie aufgibt und sich einen anderen Beruf aussucht.«

Sven schaubte ärgerlich. »Du bist wirklich ein Herzchen, Opa. Trotzdem, die Antwort lautet: nein. Sie ist nicht dumm, sie wird schon wieder zu Verstand kommen.«

Kit zählte langsam bis zehn, während er in Gedanken nach einem neuen Argument suchte, um Sven umzustimmen. »Ich besitze ein Musashi-Schwert.«

Sven erstarrte mitten in der Bewegung; fluchend bemühte er sich, die Scharte, die er dabei in die Schneide des Schwertes gefeilt hatte, zu reparieren. »Verdammter Bastard. Ist es graviert?«

Hab ich dich! »Ja.«

Sven starrte ihn. »Woher, zum Teufel, hast du ein original Musashi Tsuba?«

»Ich habe es im Safe des Neo-Edo entdeckt. Da liegt eine Menge interessantes Zeug drin.«

Sven lachte finster. »Darauf wette ich.« Er legte das Schwert zur Seite und lehnte sich zurück. »Wenn es nur um das Tsuba ginge, würde ich dir raten, dich zum Teufel zu scheren«, sagte er und sah Kit direkt in die Augen. »Du willst wirklich, daß ich das Mädchen trainiere, inklusive aller Schmerzen, die dazugehören?«

»Allerdings«, entgegnete Kit leise. »Wenn ich denken würde, daß es einen anderen Weg gäbe ... aber bisher habe ich keinen gefunden. Ich will, daß sie im Ernstfall wenigstens eine Chance hat.«

»Ein weiblicher Time Scout«, bemerkte Sven kopfschüttelnd. »Und ein unerfahrenes Gör noch dazu. Mein Freund, du bist verrückt.« Er sah Kit mit einem schiefen Lächeln an. »Aber das ist ja auch nichts Neues. In Ordnung. Ich werde es machen. Und Kit – behalte dein Musashi. Gott weiß, daß mir viele Leute noch einen Gefallen schulden. Laß es mich einfach dann und wann ansehen, und wir sind quitt.«

Kit hätte das unbezahlbare Musashi-Schwert so oder so nicht in die Realzeit mitnehmen können. Er beschloß, es Sven an seinem nächsten Geburtstag zu überreichen. »Danke, mein Freund.«

»Kein Problem. Wann immer du Hilfe brauchst, laß es mich wissen. Wann soll ich anfangen, sie zu unterrichten?«

»Sobald du Zeit hast.«

Sven seufzte. »Ich schätze, daß ist genau jetzt der Fall. Habt ihr schon gegessen?«

Kit schüttelte den Kopf. »Nein. Ich nehme an, Margo ist bereits halb verhungert. Ich könnte ja im *Delight* anrufen und fragen, ob sie einen Tisch für uns frei haben.«

»Klingt gut. Wir sehen uns oben, sobald ich hier alles abgeschlossen habe.«

Die Einrichtung des *Epicurean Delight* war seinem Standort in *Urbs Romae* angepaßt: Mosaike am Boden und Fresken an den Wänden (einige von ihnen stammten von einem Maler, der ein ganzes Jahr im antiken Rom verbracht hatte, um bei den alten Meistern zu lernen). Um die Tische standen authentische römische Liegen, auf die sich die Gäste zum Essen niederlassen konnten. Ein Künstler in den Gewändern eines griechischen Sklaven unterhielt die Anwesenden mit seiner Musik. Auch die Kellner waren wie Sklaven gekleidet. Unter den Gästen dieses Abends befanden sich sechs Millionäre, die auf den ersten Blick zu erkennen waren, ein weniger auffälliger japanischer Milliardär mit seiner derzeitigen Geliebten, ein Mitglied des britischen Oberhauses, ebenfalls in Begleitung seiner aktuellen Gespielin, drei weltberühmte Schauspielerinnen, die über ihre bevorstehende Reise in das alte London schwatzten, mit der sie sich auf ihren nächsten Film vorbereiten wollten.

Alles in allem war es ein ganz gewöhnlicher Abend im *Delight*. Kit bemerkte das Funkeln in Margos Augen, als der Oberkellner sie zu einem Tisch gleich neben den Schauspielerinnen führte.

»Das sind ...«

»Ja«, unterbrach Kit. »Gewöhn dich daran, Margo!« sagte er grinsend. »TT-86 wirkt wie ein Magnet auf den ganzen miesen Haufen Jet-set-Schnorrer. Du solltest dich lieber von ihnen fernhalten, dann lebst du glücklicher. Nun, während wir auf Sven warten ...«

Auf Margos Gesicht zeigte sich eine wachsame und verschlossene Miene. »Ja?«

»Beruhige dich, Kind. Ich beiße nicht. Die drei da«, sagte er und machte eine Kopfbewegung in Richtung der Schauspielerinnen, »wollen sich auf eine Rolle vorbereiten. Du sagtest, du wolltest selbst zur Bühne?«

Sie nickte.

»Gut.« Kit lehnte sich vor und faltete die Hände zusammen. »Ich will, daß du dir die Zeitforschung als eine Vorbereitung für die anspruchsvollste weibliche Hauptrolle vorstellst, die du jemals spielen kannst.«

Margo grinste. »Das ist einfach.«

»Nein, das ist es nicht. Wenn du den Text verlierst, dann gibt es keinen Souffleur. Es wird kein Regisseur dasein, der schreit: ›Schnitt, noch einmal ab Seite sechs ...‹ Du wirst auf dich selbst angewiesen sein. Dein Spiel wird nicht von Kritikern beurteilt, sondern durch dein Überleben. Dein Publikum werden die Menschen sein, die dir in einer anderen Zeit begegnen. Wenn du sie nicht überzeugen kannst, kommst du vielleicht nicht mehr lebend zurück. Gut ... Reden wir über deine Leistung in der Sporthalle.«

Sie schlug die Augen nieder. »Ich werde trainieren!«

»Ich bin überzeugt, daß du das tun wirst. Jetzt möchte ich, daß du mir erst mal eine Frage beantwortest, aber denke gut darüber nach, was du sagst.«

»Ich höre.«

Kit nickte. »Erzähl mir doch mal, was, deiner Meinung nach, die Ziele eines Time Scouts sind. Oh, hallo Arley. Wie geht's dir ...?«

Arley begrüßte auch Margo herzlich und hieß sie auf TT-86 willkommen. Dann empfahl er ihnen die Spezialität des Hauses. »Es ist ein ganz neues Rezept, ägyptisch, wirklich wunderbar. Ihr dürft meine Versuchskaninchen sein.«

Kit lächelte. »Ich bin dabei. Margo?«

Mit einem tapferen Ausdruck in den Augen sagte sie: »Ich nehme genau das gleiche wie er.«

»Genau das gleiche?« fragte Arley mit hochgezogenen Brauen.

»Genau das gleiche.«

Arley rieb sich in freudiger Erwartung die Hände. »Gut. Das wird sicher lustig werden. Ich werde Jacques sagen, er soll anfangen. Erwartet ihr noch jemanden?«

»Nur Sven, soweit ich weiß, aber weitere Gesellschaft wird uns nicht stören, falls es dir an freien Plätzen fehlt.«

»Gut, gut. Je mehr, desto lustiger«, sagte Arley lachend. »Wein? Aperitif?«

Er sah zu Margo hinüber, die zwar sichtlich müde, aber immer noch nicht geschlagen war. »Deine Spezialität. Ist es Rind, Schwein, Geflügel, Fisch? Oder eine Mischung?«

Arley zwinkerte. »Meeresfrüchte, größtenteils.«

»Gut. Dann bring uns doch erst mal eine kleine Karaffe Piesporter Michelsberg, frisches Obst und Brot, und du suchst uns dann den Wein zum Essen aus.«

Arley ließ ein erfreutes Lächeln aufblitzen. »Met, ägyptischer Met. Julie wird euch gleich die Vorspeise bringen.« Mit diesem Versprechen und einem weiteren warmen Lächeln für Margo verließ er sie. Während er durch das *Delight* ging, blieb er hier und dort stehen, um mit den Gästen zu reden. Sven Bailey betrat das Lokal.

»So, das ist sie also«, sagte er ohne eine Begrüßung. Der starre Blick aus seinem verschlossenen Gesicht trieb Margo eine unangenehme Farbe auf die Wangen – und ein verwirrtes Glitzern in die Augen.

»Was soll das heißen?« fragte sie kalt.

Sven grunzte nur und ignorierte sie. Er ließ sich auf einen Stuhl fallen. »Bist du dir deiner Sache wirklich sicher?«

»Ja«, antwortete Kit achselzuckend.

»Puh.«

Margo sah von Sven zu Kit und wieder zu Sven. Ganz offensichtlich geisterte ihr eine Frage durch den Kopf und ebenso offensichtlich wußte sie nicht, ob sie es wagen sollte, sie zu stellen. Kit erbarmte sich ihrer.

»Margo, das ist Sven Bailey, weit und breit bekannt als der gefährlichste Mann auf TT-86.

Margos Augen wurden groß. Sven schnaubte nur. »Verdammt richtig, das bin ich. Der letzte Mann, der etwas anderes behauptete, lebt nicht mehr.« Er lachte schallend, was Margo dazu veranlaßte, ihren Blick voller Unbehagen abzuwenden. Kit machte keine Anstalten, ihr zu erklären, daß der genannte Mann ein verrückter Tourist gewesen war. Der Mann hatte darauf bestanden, den Kampf mit dem Messer zu erlernen, obwohl Sven ihn ausdrücklich davor gewarnt hatte, daß ihn das umbringen könnte (was auch geschah – in einer schmutzigen Seitenstraße in Soho, in der er erfahren mußte, daß der Messerkampf im Training und ein Straßenkampf im wahren Leben kaum miteinander vergleichbar waren).

Sven hob die Hand und winkte Julie, die mit einer Weinkaraffe und Gläsern auf einem Silbertablett an ihrem Tisch kam. »Hallo, Leute«, grüßte sie freundlich und stellte die Gläser, eine perfekt gekühlte Karaffe Piesporter und einen Krug Eiswasser vor ihnen ab. »Welches Gift soll ich dir bringen, Sven?«

Er roch an dem Wein. »Das nicht. Ich bin mehr für Sam Adams.«

»Und wie steht's mit Essen? Wir haben eine wunderbare Spezialität mit Meeresfrüchten heute abend, ein neues Gericht aus dem alten Ägypten ...«

»Zum Teufel, nein. Arley soll seine Experimente gefälligst mit jemand anderem durchziehen. Habt ihr dieses Rinderzeug von der letzten Woche noch?«

»Ja, sicher. Englisch?«

»So, daß es noch muht.«

Margo sah aus, als verginge ihr gerade der Appetit – oder mehr.

Kit grinste. »Was ist los, Kindchen? Verträgt dein Magen kein Blut?«

Margo preßte die Lippen zusammen. »Nichts ist los.«

Sven betrachtete sie eingehend. »Für jemanden, der Time Scout werden will, bist du ziemlich empfindlich.«

Sie rutschte nervös auf ihrem Stuhl hin und her, doch sie enthielt sich eines Kommentares.

»Wo wir gerade beim Thema sind«, sagte Kit und rieb sich die Nase. »Ist dir inzwischen eine Antwort auf meine Frage eingefallen?«

Margo betrachtete Sven. Plötzlich wirkte sie sehr jung und unsicher. Doch dann schob sie wieder energisch ihr Kinn vor. »Nun, der Job eines Time Scouts ist es, herauszufinden, wohin ein Tor führt.«

Kit schüttelte den Kopf. »Ich habe dich nicht gefragt, was

der Job eines Time Scouts ist, ich habe dich nach seinen Zielen gefragt. Das ist etwas anderes.«

Für einen Moment sah sie so müde, hungrig, erledigt und verwirrt aus, daß Kit befürchtete, sie würde anfangen zu weinen. Er faßte nach. »Sag mir einfach, was dir durch den Kopf geht. Was ist das vorrangige Ziel eines Scouts?«

»Geld verdienen.«

Sven ließ ein befremdliches Gelächter erschallen, das die Gäste in einem Umkreis von drei Tischlängen verschreckte, und klopfte Margo dann freundlich auf die Schulter. Sie wäre fast von ihrem Stuhl aufgesprungen, aber es gelang ihr, statt dessen ein unbeholfenes Lächeln in ihr Gesicht zu zaubern. Kit grinste. »Geld, hm? Na ja, sicher, wenn du Glück hast und das Tor, das du erforschen willst, nicht zufällig in die russischen Steppen der letzten Eiszeit führt. Mag sein, daß eine Handvoll Wissenschaftler dir ein paar Bilder abnimmt, aber sonst gibt es nicht viel Gewinnversprechendes auf einem tausend Meter hohen Gletscher. Was fällt dir sonst noch ein?«

»Überleben«, sagte sie und schüttelte ihr kurzgeschorenes Haar.

»Ganz genau«, stimmte Kit zu.

»Du bist auf der richtigen Spur, Mädchen. Was noch?« fragte Sven und nahm Kit damit die Last des Unterrichtens wenigstens teilweise ab.

Sie kaute nachdenklich auf ihrer Oberlippe. »Alles mögliche Zeug über den jeweiligen Ort lernen, natürlich. Haben Time Scouts eine Kamera dabei?«

Kit erinnerte sich an Katharina die Große und ihren russischen Keiler und zwinkerte Sven zu. Dem Aufblitzen seiner Augen nach zu urteilen, hatte er den Artikel ebenfalls gelesen. »Manchmal, aber nicht üblicherweise. Kameras gehören nicht zu der unverzichtbaren Ausrüstung.«

»Welches Ziel sollte ich dann noch haben?«

Kit nickte ihr zu. »Du stellst Fragen, das ist gut.« Er beugte sich vor. »Also gut, fangen wir an. Diese Art Kampfsport, die du in der Schule gelernt hast, mag nützlich sein für einen

Soldaten im Kampf gegen einen anderen Soldaten; aber ein ehrenvoller Kampf gehört nicht zu den vorrangigen Zielen eines Time Scouts.«

»Bestimmt nicht«, murmelte Sven. »Schlachtfelder gibt es schließlich auch in der Realzeit genug. Du mußt nur nach Serbien oder an irgendeinen anderen Ort zwischen Istanbul und Kairo gehen. Kürzlich habe ich sogar gehört, daß die Israelis drohen, Kernwaffen einzusetzen, wenn die Moslems nicht aufhören, Jihad-Kämpfer aus der Vergangenheit zu rekrutieren, und ich weiß wirklich nicht, welche der beiden Seiten ich mehr verurteilen soll.«

Selbst Margo war einfühlsam genug, um zu erschauern. Sie mochte gar nicht darüber nachdenken, was die Zeitschleifen im Brennpunkt des mittleren Ostens angerichtet hatten. Sogar eine Vereinigung moslemischer und jüdischer Frauen hatte sich gegründet, die gegen die ewigen Kampfhandlungen eintrat, aber bis jetzt hatte niemand auf die Stimme der Vernunft gehört. Das gesamte Gebiet war zu einer Art verbotener Zone erklärt worden, nachdem TT-66 einem Bombenhagel zum Opfer gefallen war. Kit hatte, wie die meisten Sechsundachtziger, gute Freunde verloren, als die Station unter Beschuß geriet.

Er räusperte sich und überspielte die plötzliche Kälte in seinen Adern, indem er für Margo und sich selbst Wein einschenkte. »Also gut«, sagte er dann. »Es ist nicht das Ziel eines Time Scouts, sich in bestehende Kampfhandlungen einzumischen. Es ist sein Ziel, irgendwohin zu gehen und alles zu lernen, was sich ihm bietet, und dann ohne große Komplikationen wieder zu verschwinden und möglichst wenig Zerstörungen und Spuren in der örtlichen Umgebung zu hinterlassen. Das gilt auch für die Bewohner dieser Umgebung.«

»Besonders für die Bewohner«, sagte Sven nachdrücklich. »Alles andere bringt nur Ärger. Großen Ärger. Wenn du auf jemanden schießt, den man nicht töten kann und es dabei um Leben und Tod geht, dann bist du diejenige, die sich von ihrem Arsch verabschieden darf.«

»Augenblick mal«, unterbrach Margo fröstelnd. »Was soll das heißen, jemand, den man nicht töten kann? Jeder kann getötet werden.«

»Das stimmt nicht ganz«, widersprach Kit leise. »Wenn der Tod eines Menschen die Geschichte verändern würde, dann kann diese Person nicht getötet werden. Jedenfalls nicht von einem von uns. Eine Paradoxie tritt nicht ein. Die Geschichte ändert sich nicht. Einige haben es versucht. Sie sind alle gescheitert. Wirklich alle. Stellen wir uns vor, du versuchst eine berühmte Persönlichkeit wie George Washington zu eliminieren. Deine Waffe würde streiken oder dir in der Hand explodieren, oder du würdest im letzten Augenblick stolpern und dein Messer würde ihn nicht mehr treffen. Irgend etwas wird dich stets daran hindern, grundlegende Daten der Geschichte zu verändern. Das Hinterhältige an der Sache ist, daß so etwas jederzeit passieren kann, auch dann, wenn du es am wenigsten erwartest.«

»Du könntest in einen gefährlichen Kampf mit jemandem verwickelt werden, den du für unwichtig hältst«, sagte Sven leise. »Wenn der Tod dieses Menschen Auswirkungen auf die Geschichte haben würde, dann könnte er nicht getötet werden. Was nicht bedeutet, daß du selbst nicht umgebracht werden kannst.«

Ausnahmsweise sah Margo einmal nicht trotzig, sondern besorgt aus. Ihr Blick wanderte erneut zwischen Sven und Kit hin und her. »Okay«, sagte sie in einem erstaunlich niedergeschlagenen Tonfall. »Was noch?«

»Wir müssen immer daran denken, daß wir die Fremdlinge in der Vergangenheit sind. Auch wenn jemand für den weiteren Verlauf der Geschichte nicht von Bedeutung ist, haben wir moralisch kein Recht, ihn einfach zu töten, nur weil wir in unserer Arroganz alles aus dem Weg räumen wollen, was uns gefährlich werden könnte. Vielmehr sollten wir alles dafür tun, daß es gar nicht erst soweit kommt.«

»Der beste Weg, siegreich zu sein«, stimmte Sven zu, »ist es, einen Kampf zu vermeiden. Der Trick an der ganzen Sache ist zu lernen, wie man einem Kampf ausweicht.«

Margo kaute an ihrem Daumennagel. »Und wenn das nicht möglich ist? Ich meine, was passiert, wenn einen irgendein blutrünstiger Psychopath anfällt?«

Kit schenkte ihr Wein nach. Offensichtlich hatten seine grausamen Bemerkungen über Jack the Ripper doch Eindruck hinterlassen. »Das kann natürlich passieren, und dann bleibt dir vielleicht keine andere Möglichkeit, als ihm das Genick zu brechen oder die Kniescheibe zu zertrümmern; trotzdem ist dein vorrangiges Ziel, unsichtbar zu sein. Wenn dir das nicht möglich ist, lautet dein Ziel, zu verhindern, daß irgend jemand dein Genick bricht oder deine Kniescheibe zertrümmert. Und dazu gehört auch, alles dafür zu tun, daß du zur Station zurückkommst, und zwar in einem Stück. Auf solchen Reisen sind die sogenannten Helden nur Spinner, die gesunden Menschenverstand mit Feigheit verwechseln.«

Sven gestikulierte gelangweilt mit seiner kräftigen Hand. »Jeder hier weiß, daß Kit auch einer ist. Ein wahrer Meister im Zerstören und Abhauen. Und der einzige Mann auf der Station, den ich nicht jedesmal im Ring besiege.«

Kit lachte leise in sich hinein und malte kleine Kreise in den Staub auf dem Tisch. »Das war, bevor ich in den Ruhestand gegangen bin. Heute möchte ich lieber nicht in deine Nähe kommen.«

»Das beweist nur«, entgegnete Sven grinsend, »daß es dringend an der Zeit wäre. Es wird dich jung erhalten.«

»Fordere mich nicht zu sehr heraus«, sagte Kit lachend. »So groß ist der Altersunterschied zwischen uns nicht. Wie alt wirst du im Juni ...?«

»Alt genug«, erklärte Sven spöttisch mit einem drohenden Unterton, der niemanden zu täuschen vermochte.

Margo starrte noch immer gebannt von einem zum anderen. Dann entspannte sie sich plötzlich, als hätte sie sich endlich zu der Annahme entschlossen, daß Sven nicht gleich sein Steakmesser erheben würde, um sie zu einer zweiten Vorspeise nach dem Salat zu verarbeiten.

»Auf jeden Fall«, sagte Kit lächelnd und lenkte die Diskussion wieder auf das alte Thema zurück, »ist es kein Fehler, Kampfsporttechniken zu beherrschen. Ich habe einen schwarzen Gürtel in Sho Shin Ri und einen in ... Nun, ich habe einige, und jeder war mir schon auf die ein oder andere Weise nützlich. Aber Aikido – die Technik, an der du vorhin gescheitert bist – ist vermutlich die beste defensive Kampfsportart.«

Margo setzte erneut eine sehr weibliche gekränkte Miene auf und starrte ihn an – allerdings nicht mehr so wütend, wie in der Sporthalle. »Es war demütigend.«

»So ist das mit dem Sterben«, kommentierte Sven lakonisch.

Margo errötete. »In Ordnung, ich muß also noch viel lernen. Darum habe ich mir schließlich einen Ausbilder gesucht. Zumindest ist es interessanter als Mathematik.«

Sven grinste. »Wenn du Mathematik nicht beherrscht, dann wirst du dich ebenso sicher umbringen, wie es im Moment auch ein Straßenräuber mit einem Dolch tun könnte. Wenn du wirklich lernen willst zu töten, dann empfehle ich dir das koreanische Hap Ki Do oder Hwarangdo. Du mußt nur etwa sechs bis acht Jahre Zeit haben.« Sven rieb sich grinsend die Hände. »Kit wird dir allerdings sagen, daß es besser wäre, die Tarnungstechniken von Hap Ki Do zu lernen, anstelle der Kampftechnik.«

Kit ignorierte Svens Ansatz, eine alte Diskussion wieder aufzunehmen. »Unglücklicherweise«, erklärte er Margo, »hast du nicht jahrelang Zeit, denn du wirst den größten Teil deiner Zeit für deine Studien aufwenden müssen und nicht für ein Kampftraining. Wir werden also dafür sorgen, daß du eine gute Grundausbildung in Aikido bekommst und zusätzlich einige spezielle Griffe lernst. Das wird dir helfen, dich aus gefährlichen Situationen zu befreien.«

Sven schlug Margo freundschaftlich auf die Schulter, was ihr ein Keuchen entlockte. »Ganz genau. Wir zeigen dir, wie du deine verdammt hübschen Beine dazu benutzen kannst, wie der Teufel zu rennen.«

Margo warf Sven einen finsteren Blick zu. »Meine Beine gehen Sie überhaupt nichts an.«

»O doch, das tun sie«, erwiderte er und grinste wie ein bösartiger, muskulöser Kobold. Bequem zurückgelehnt ließ er seine Fingerknöchel krachen, wobei er sie unverwandt anstarrte.

Margo drehte sich mit einem unbehaglichen Gesichtsausdruck zu Kit. »Er ist doch nicht ...«

Kit nickte.

»O nein ...« stöhnte sie und ließ sich mit einem Ausdruck jammervollen Entsetzens tiefer in den Stuhl sinken. »Mein Lehrer?«

»Ja«, sagte Sven, während sein Bier gemeinsam mit Brot und Früchten serviert wurde. »Morgen früh, sieben Uhr, fertig umgezogen, und sei pünktlich, denn wenn du zu spät kommst, dann werde ich die Matte mit dir wischen.« Dann lachte er. »Zum Teufel, ich werde die Matte so oder so mit dir wischen; aber wenn du zu spät kommst, dann werde ich dabei verärgert sein.« Er erhob sein Glas für einen Trinkspruch. »Gesegnete Mahlzeit.«

Der Ausdruck blanken Entsetzens, den Margo vergeblich zu verstecken bemüht war, wirkte geradezu komisch.

Kit grinste und schenkte ihr nach. »Trink nur, Kind. Ab morgen beginnt dein Training, und dann gibt es keinen Alkohol mehr.« Ihre Miene verfinsterte sich weiter.

»Gar keinen? Nicht einmal Wein?«

»Gar keinen«, sagten Kit und Sven wie aus einem Munde.

»Ein benebelter Time Scout ...«, begann Kit, doch Margo unterbrach ihn.

»Ich weiß, ich weiß«, stöhnte sie. »Wird nicht lange leben.«

Das beweist doch immerhin, daß sie lernfähig ist, wenn man eine Sache nur oft genug wiederholt, dachte Kit. »Wenn du bei Sven fertig bist, wird dich Ann Vinh Mulhaney erwarten.«

»Was macht sie?« fragte Margo kümmerlich.

»Sie schießt mir die Knöpfe vom Hemd«, kicherte Sven.

Margo schlug die Hände vors Gesicht. »Ich bin verloren.«

Kit durchwühlte ihr Haar, was sie mit einem grimmigen Blick quittierte. »Du kannst jederzeit aussteigen und nach Hause gehen.«

»Nie!« Sie fauchte wie eine wütende Katze, was Sven zu einem spöttischen Grinsen veranlaßte.

»Na, gut«, sagte Kit lächelnd. »Iß und paß auf! Onkel Sven und ich werden dir jetzt die erste Lektion in Überlebenstheorie erteilen.«

Sie sah die beiden verwirrt an. »Überlebenstheorie?«

Sven lachte schallend. »Wenn ein Kampf beginnt, sei irgendwo anders. Und denke immer daran, niemand wird dir beistehen, wenn es heißt: du gegen das Universum – und Margo, für das Universum bedeutest du nichts. Der Tod ist ein verdammt hoher Preis für Dummheit oder Unvorsichtigkeit. Aber du wirst ihn bezahlen müssen, wenn du deinen Job nicht ordentlich machst. Und dieser Job«, er nippte an seinem Sam Adams, »ist es nicht, durch irgendwelche Tore zu rennen, um reich und berühmt zu werden. Also, das grundlegende Prinzip des Aikido ist ganz einfach. Das bist du«, er ließ einige Tropfen Wasser auf einen Löffel fallen, »und das ist das Universum.« Er verteilte einige weitere Tropfen nahe den ersten, wobei er den Löffel ganz stillhielt, damit sie sich nicht vermischen konnten.

»Der Trick beim Aikido ist es, eins zu werden mit dem Universum, denn dann kann dich nichts mehr einfach so überraschen. Lerne das, und du wirst dich mit einem Feind aussöhnen können, statt ihn zu bekämpfen. Der Rest ist lediglich Wachsamkeit und Training.«

Margo starrte verwundert auf die Wassertropfen. »Sie nehmen mich auf den Arm.«

»Nein.«

Sie seufzte. »Okay. Was soll ich also tun, um mich mit dem Universum zu vereinigen? Tausendmal in der Stunde ein Mantra aufsagen, ›Om‹ vielleicht?«

Sven und Kit tauschten vielsagende Blicke aus. Auf Svens Gesicht stand die Frage: »Bist du wirklich sicher?«

Kits Miene antwortete: »Ja, verdammt, mir wäre es anders auch lieber.«

»Nein«, widersprach Sven regelrecht müde. »Du wirst kein Mantra aufsagen. Es gibt keinen geheimen Trick, um diese Vereinigung zu erreichen. Es passiert, oder es passiert nicht. Um Aikido zu lernen, wirst du mit einigen Körperübungen beginnen.« Julie kam mit einem vollen Tablett auf ihren Tisch zu, und Sven schüttelte seine Serviette auf. »Wie wäre es, wenn du einfach mit ein paar Fingerübungen anfängst, während Miss Julie dir diesen Teller mit Aal und Tintenfisch serviert?«

Margo drehte sich ruckartig auf ihrem Stuhl herum. »Was?«

Julie servierte geschäftig einen Teller mit kleinen Tintenfischen, deren Fangarme kunstvoll um die Aale herum angeordnet waren, mit einer Knoblauchsoße voller undefinierbarer Gewürze und kleingehacktem Gemüse.

»O mein Gott ...«

Kit konnte sich ein Lachen nicht verkneifen, Sven kämpfte bereits mit den Tränen.

»Was ist denn, Margo?« hänselte Kit. »Wo ist deine Courage geblieben? Ich dachte, du wolltest alles probieren, was ich zu essen bereit bin.«

»Aber ... aber ...«

»Laß mich raten«, sagte Kit trocken. »In deiner kleinen Heimatstadt gab es keinen Tintenfisch?«

Margo starrte noch immer wie hypnotisiert auf den Inhalt ihres Tellers. Die Aale, die von Innereien und Gräten gesäubert waren, lagen komplett mit ihren Köpfen auf dem Teller und vermittelten den Eindruck, daß der schleimige Haufen Essen zurückstarren würde. Sie schluckte hart. »Ich, äh ...« Dann griff sie mit einem Ausdruck grimmiger Entschlossenheit nach ihrer Gabel. »In Ordnung. Wie ißt man das?«

»Das ist der richtige Geist«, kommentierte Sven lachend. »Die Aale schneidest du in kleine Stück, die Tintenfische werden ganz gegessen.«

Sie senkte die Lider und schluckte erneut; dann probierte

sie einen Bissen und riß verwundert die Augen auf. »Hey, das ist gut!«

»Natürlich ist es das«, kicherte Kit. »Arley Eisenstein würde es sonst nicht servieren. Guten Appetit.«

Er begann voller Genuß zu essen.

Genau wie sie es gesagt hatte, hielt Margo Bissen für Bissen mit – und jeden einzelnen ließ sie sich auf der Zunge zergehen.

Das Beste, was Margo über ihre erste Lektion bei Sven Bailey zu sagen hatte, war, daß es sie keinen Pfennig gekostet hatte. Das Schlimmste dagegen, daß Malcolm Moore vorbeigekommen war, um zuzusehen. Schon nach fünf Minuten bedauerte sie die Tatsache, am Vortag gegen ihn gekämpft zu haben. Er erfreute sich derart ausgiebig daran zuzusehen, wie sie verprügelt wurde, daß ihre kurze Befriedigung über ihren Vortagssieg verblaßte. Nach den ersten sieben Minuten hatte sie bereits mehr Blessuren, als sie zuvor Malcolm verpaßt hatte, und Sven wurde gerade erst warm.

Sie biß die Zähne zusammen und stand die Sache durch.

Nach fünfzehn Minuten in der Hölle, während derer sie ihre völlige Unterlegenheit zweifelsfrei bewiesen hatte, ließ Sven von ihr ab und fragte: »Und? Was hast du gelernt?«

Margo rieb sich vorsichtig über ihre neuesten Quetschungen und sagte: »Daß ich noch viel zu lernen habe. Das wußte ich allerdings bereits gestern abend.«

»Das war's? Mehr hast du nicht herausgefunden?« Sein Tonfall verbannte sie in eine Sphäre voller Idioten, Würmer und Küchenschaben.

Margo biß sich voller Verlegenheit auf die Zunge.

Sven hielt die Hände in die Hüften gestemmt und beobachtete sie. »Ich war der Ansicht, daß du hier bist, um etwas zu lernen.«

»Dann zeigen Sie mir etwas, das ich lernen kann! Bis jetzt haben Sie mich lediglich wie einen Sandsack behandelt!«

»Setz dich!«

»Was?«

Er zeigte mit ausgestrecktem Finger unmißverständlich auf die Matte. »Setzen!«

Sie setzte sich.

»Schließe die Augen.«

Sie schloß die Augen.

»Nun atme.«

Margo kam sich vor wie der letzte Idiot, wie sie da mitten in der Sporthalle saß und nichts weiter tat als atmen, während sie von den Umstehenden angestarrt wurde.

»Vergiß Malcolm, vergiß die anderen Leute. Konzentriere dich auf deine Mitte. Atme. Atme ganz tief ein. Halten. Halten ... und ausatmen. Noch einmal.«

Widerstrebend begann ihr Körper sich zu entspannen. Sie konnte fühlen, wie die vorangegangene Anstrengung in ihren Muskeln brannte. Das Brennen zog sich von ihrem Nacken bis hinunter zu den Hüften. Sie bewegte sich geringfügig, um eine bequemere Sitzposition einzunehmen.

»Was fühlst du?«

»Mein Nacken ist verspannt. Meine Schultern auch, und mein Rücken schmerzt.«

»Gut. An diesen Stellen kämpfst du gegen dich selbst. Das war es, wonach ich dich vorhin gefragt habe. Du bekämpfst dich selbst ebenso sehr wie mich. Atme weiter.«

Eine halbe Stunde lang ließ Sven Bailey sie nichts weiter tun, als atmen und dabei auf die verschiedenen Signale ihres Körpers achten. Als er ihr schließlich erlaubte wieder aufzustehen, fühlte sie sich lockerer, aber auch ruhelos.

»Und nun«, sagte Sven, während er sie langsam drehte, »werden wir uns um deine Handgelenke kümmern. Die Muskulatur ist mitleiderregend. Wenn du Aikido lernen willst, dann muß sich das ändern. Schau her ...«

Eine weitere halbe Stunde lang trainierte Margo ihre Handgelenke. So lange, bis ihre Arme zitterten und die Gelenke schmerzten.

»Sehr schön. Nun üben wir das Stehen.«

»Stehen?«

Sven verschränkte die Arme vor der Brust. »Hast du vor, alles zu hinterfragen, was ich dir sage, oder willst du etwas lernen?«

»Ich will etwas lernen. Ich würde es nur gerne schaffen, ehe ich achtzig bin.«

Svens starrer abschätziger Blick strahlte etwa soviel Wärme aus wie die Eiszapfen des letzten Winters. »Du bist noch nicht einmal fähig zu kriechen und willst beim Marathon mitlaufen?«

Margo preßte die Lippen fest aufeinander. Wenn sie ihren Trainer gegen sich aufbringen würde, würde Kit ihr sicher nicht mehr helfen. Sie hörte die Stimme ihrer Mutter in ihrem Inneren: *Margo, du bist einfach zu ungeduldig. Du schadest dir nur selbst. Beruhige dich. Du wirst alles schaffen, wenn du dir nur ein bißchen Zeit nimmst.* Ja, das würde sie – aber ob die Zeit reichen würde? Sie kämpfte gegen eine unbarmherzige Zeitgrenze; aber wenn sie überhaupt erfolgreich sein wollte, dann mußte sie sich so verhalten, wie es von ihr verlangt wurde. *Wärst du Bastard doch nur nicht krank geworden …* Aber so lagen die Dinge nun einmal. Und sie konnte daran ebenso wenig ändern wie an Sven Baileys gnadenloser Person. Sie konnte sich lediglich anpassen und somit die Schwierigkeiten in ihre Pläne integrieren.

Margo atmete einige Male tief durch. »Gut. In Ordnung. Es tut mir leid. Meine Mutter hat schon gesagt, ich hätte es immer zu eilig damit gehabt, etwas zu lernen, sogar beim Krabbeln. Ich werde mich bessern, versprochen.« Sie versuchte ein süßes Lächeln und wußte, daß es ihr gelungen war, als sich die Finsternis in seinen Augen etwas lichtete. »Okay, Mister Bailey. Wie soll ich stehen? Zeigen Sie es mir.«

Sven stellte sie in Position und begann dann – überraschenderweise – über etwas vollkommen anderes als Atmen oder die Kraft ihrer Handgelenke zu sprechen.

»Unsere Absicht ist es, dir umfassende Elementarkenntnisse über den unbewaffneten Kampf zu vermitteln, ehe wir uns mit dem bewaffneten befassen. Nein, Margo, ein bißchen tiefer, ja, richtig, bleib so. Wenn du dich nur auf deine

Waffen verläßt, ohne in reiner Selbstverteidigung geübt zu sein, dann bist du hilflos, wenn du aus irgendeinem Grund nicht auf deine Waffen zurückgreifen kannst. Gleichgültig, ob du eine Feuerwaffe, ein Messer, etwas Chemisches oder einen Schlagstock mit dir führst, du mußt dich auch ohne diese Dinge wirksam schützen können. Du brauchst noch andere Möglichkeiten, und eine davon ist die Wachsamkeit. Wenn du einen Angreifer nicht frühzeitig entdeckst, dann kann er dich überraschen, und wenn es erst einmal soweit ist, dann steckst du in Schwierigkeiten. Ich möchte, daß du in den nächsten vierundzwanzig Stunden ein kleines Spiel machst und mir morgen erzählst, wie es gelaufen ist. Beobachte genau, wie oft du jemanden bemerkst, bevor derjenige auf dich aufmerksam geworden ist. Notiere dir das Ergebnis, und morgen reden wir noch einmal über die Wachsamkeit.«

Auf einmal bemerkte Margo einen deutlichen Nutzen dieser Lektion. Sie schwor sich, daß sie ein hundertprozentiges Ergebnis erzielen würde. Niemand würde sie überraschen.

»In Ordnung. Korrigiere deine Haltung! Gut. Nun ... Ein Beispiel, warum Wachsamkeit so wichtig ist: Nimm an, du hättest ein Gewehr.«

Margo nickte. »Okay.«

Sven trat gute zwanzig Schritte zurück. »Ich habe ein Messer.« Er schwang drohend seine Hand, als hielte er angriffsbereit ein Messer darin. »Lady, ich werde dir die Kehle durchschneiden. Zieh deine Waffe und schieß!«

Er kam auf sie zu. Margo griff an ihre Hüfte nach der imaginären Waffe ...

... und landete hart auf ihrem Rücken, während sich Svens Hand um ihre Kehle schloß.

Sie sah ihn mit großen Augen an. »Hey. Das ist nicht fair!«

»So etwas wie ›fair‹ gibt es nicht.« Er ließ sie frei. »Stell dich wieder in Position! Vergiß nicht, ein Mann mit einem Messer kann eine Distanz von zwanzig Schritten schneller zurücklegen, als du nach deiner Waffe greifen kannst! Bleib auf Distanz zu möglichen Angreifern, und sei wachsam!«

Urplötzlich schien das Spiel nicht mehr besonders lustig zu sein.

Margo nahm ihre Stellung wieder ein. »Was noch?«

»Vergiß alles, was du jemals im Film gesehen hast. Ich spreche von Kampfsport, Messern, Faustkampf oder Gewehren. Filme sind Mist. Sie werden dich töten. Ein Kampf mit einem Messer wird dich mit größerer Wahrscheinlichkeit umbringen, als der mit einer Kanone, wenn du nicht genau weißt, was du zu tun hast. Umbringen oder zum Krüppel machen. Du mußt mit Waffen umzugehen wissen. Ann wird dir beibringen, wie man mit Feuerwaffen aller Art umgeht, ebenso mit Bogen und Blasrohren. Ich werde dir den Rest zeigen. Bist du müde? Gut, dann üben wir jetzt das Fallen.«

Margo ließ sich fallen. Immer wieder. Sven zeigte ihr eine bessere Methode als die, die sie in der Schule gelernt hatte. Als Sven endlich der Ansicht war, daß sie nun gelernt hatte, wie man fällt, war ihr vor Erschöpfung zitternder Körper von oben bis unten schweißüberströmt.

»Okay«, sagte Sven endlich. »Geh duschen und zieh dich um! Ann wartet im Schießstand auf dich.«

Margo unterdrückte ein Stöhnen und rappelte sich mühsam von der Matte hoch. Auf dem Weg durch die Sporthalle kam Malcolm Moore auf sie zu.

»Bitte«, sagte Margo und hielt abwehrend beide Hände vorgestreckt, »nicht berühren.«

»Machen Sie sich keine Gedanken«, sagte er lächelnd. Mit Verwunderung bemerkte sie den freundlichen Ausdruck seiner Augen. Er streckte ihr die Hand entgegen, und sie ergriff sie vorsichtig. »Wirklich, Margo«, sagte er mit einem leicht befangenen Lachen. »Sie haben mir gezeigt, wie schlecht es zur Zeit um meine Kondition steht. Ich habe wirklich nachgelassen. Danke. Sie haben mich daran erinnert, wieder zu trainieren.«

»Oh, keine Ursache.«

»Sven hat Sie ziemlich hart rangenommen.«

Sein Lächeln ermutigte sie zu einer freundlichen Antwort:

»Er hat mich lediglich atmen, auf der Stelle stehen und hinfallen lassen.«

Malcolm grinste. »Ich könnte mir Schlimmeres vorstellen.«

Mit einiger Überraschung hörte Margo sich selbst lachen. »Ja, da haben Sie vermutlich recht.« Sie deutete mit dem Kopf in Richtung der Dusche. »Ich muß mich waschen. Ich soll gleich Schießen lernen.«

Malcolm Moore mußte ihren Mangel an Enthusiasmus bemerkt haben, denn er kicherte: »Ich schlage Ihnen eine Wette vor: In einer Stunde werden Sie schon in den höchsten Tönen davon schwärmen, und in einer Woche wird es Ihnen so richtig Spaß machen. Sie werden sich heimlich davonstehlen, um zu üben, wenn Sie sich eigentlich mit Mathematik beschäftigen sollten.«

Margo hörte sich die Wette freudig an. »Das ist eine gute Wette, was werden Sie einsetzen?«

Malcolm grinste wieder. »Ich? Teufel, Margo, ich bin völlig pleite.«

Sie lachte. »Ich auch.«

»Na gut, wie wäre es dann mit etwas, das kein Geld kostet?«

»Was zum Beispiel?« Plötzlich wurde sie sehr vorsichtig.

Malcolm blinzelte. Ihr Tonfall hatte ihn sichtlich irritiert. Margo gab sich einen Ruck. Malcolm war nicht Billy Pandropolous und auch nicht Skeeter Jackson. Kit Carson würde ihm nicht trauen, wenn er so wäre. Und außerdem war er anders als alle anderen Männer, denen Margo jemals begegnet war.

»Nun«, sagte er langsam. »Das einzige, was ich anzubieten habe, sind meine Dienste als Führer. Wir könnten eine Reise nach London machen ... falls Kit bereit ist, die Tickets zu bezahlen.«

Margos Herzschlag beschleunigte sich. *In die Vergangenheit nach London? Oh, bitte ...* Aber was sollte sie im Gegenzug anbieten? Und wäre Kit Carson einverstanden, falls sie gewinnen sollte?

»Gut, eine Reise nach London mit allem Drum und Dran, gegen ...« Sie schluckte und ging das Risiko ein: »Was wollen Sie?«

Malcolm betrachtete sie nachdenklich. Margo machte sich schon auf das Schlimmste gefaßt. Aber Malcolm sagte nicht: »Eine Stunde in meinem Schlafzimmer« oder etwas anderes in dieser Art.

»Wie wäre es mit Ihrer Lebensgeschichte?«

»Wie?«

»Nun ...« Sein freundliches Lächeln erfüllte sie mit einem warmen Wohlgefühl. »Wie sollen Menschen sich miteinander befreunden, wenn sie nichts voneinander wissen?«

Aber ...

Ihre Lebensgeschichte? Sie wandte sich ab. »Da gibt es nicht viel zu erzählen.« Zu ihrem Schrecken bebte ihre Stimme.

Er berührte sacht ihren Arm. »Tut mir leid, Margo. Ich wollte Ihnen nicht zu nahe treten. Ich dachte nur, es wäre nett, Sie etwas kennenzulernen.«

Sie schlug die Arme um ihren Körper und dachte über den letzten Satz nach. War sie ein Mensch, der es wert war, daß man ihn kennenlernt? Ihr Vater wäre sicherlich nicht auf diesen Gedanken gekommen. Billy Pandropolous schon eher – aus ganz besonderen Gründen, beispielsweise Sex, Gefühlskälte, Geld und ein hervorragender Markt für junges Frischfleisch aus Minnesota. Aber Malcolm war nicht so. Oder doch? Billy schien zuerst auch nett zu sein. Vielleicht wollte er auch nur nach einer verwundbaren Stelle suchen, um es ihr heimzuzahlen. Möglicherweise war es dumm von ihr, doch sie konnte einfach nicht glauben, daß Malcolm so etwas tun würde.

Aber Malcolm von den Wutausbrüchen ihres betrunkenen Vaters erzählen? Oder wie sie ihre Mutter und einen Fremden, den sie nie zuvor gesehen hatte, auf dem Boden von Küche und Wohnzimmer gefunden hatte, erschlagen, zu Tode geprügelt? Oder wie sie mit sechzehn zum zweiten Mal ausgerissen und nach New York geflohen war, um Geld zu verdienen, damit sie ihren Großvater suchen konnte, und wie sie sich dabei in die liebevollen Arme eines Billy Pandropolous verirrt hatte?

Sie unterdrückte ihre Tränen. Sie konnte schließlich lügen.

»Okay«, sagte sie widerstrebend. »Es wäre schließlich keine Wette, wenn ich nichts einsetzen würde.«

Er lächelte. »Das ist wahr. Es gilt also?«

Sie schüttelte ihm die Hand. »Es gilt. Aber jetzt muß ich wirklich gehen. Ich will meine Ausbilderin nicht warten lassen.«

»Stört es Sie, wenn ich zusehe? Oder macht Sie das nervös?«

Margo dachte darüber nach und kam zu dem Schluß, daß es ihr wirklich nichts ausmachen würde. »Nein, ich denke, ich bin eher weniger nervös, wenn ich ab und zu in ein freundliches Gesicht sehen kann.«

»Angst vor Waffen?« fragte er mitfühlend.

»Hätten Sie die nicht?«

Malcolm kicherte. »Sie sehen sich zuviel Nachrichten im Fernsehen an. Gehen Sie duschen. Ich werde Ann sagen, daß Sie sich meinetwegen verspätet haben.«

»Danke.«

»Nicht der Rede wert.«

Merkwürdigerweise fühlte Margo sich plötzlich besser, als sie zu den Duschen ging. Vielleicht – nur vielleicht – hatte sie endlich einen wahren Freund gefunden.

Der Schießstand auf TT-86 war vorschriftsmäßig mit Schalldämpfung und schußsicherem Glas ausgestattet. Er befand sich in einem geschlossenen Gebäude, und seine Bahnen waren dreihundert Meter lang. Sie eigneten sich für Schnellfeuergewehre, Präzisionsgewehre, Schrotflinten und Pistolen gleichermaßen. Es gab keine Tontauben, keine süßen kleinen Tierchen und auch keine hin- und herschwingenen Metallplatten, auf die geschossen werden konnte. Die Ziele waren entweder unbeschriftete Papierblätter oder menschliche Silhouetten. Auf anderen Stationen, die auch Safaris in ihrem Reiseprogramm hatten, gab es außerdem Tiersilhouetten, auf denen die Punkte für tödliche Treffer markiert waren.

Auch die Ziele von Ann Vinh Mulhaney trugen entsprechende Markierungen: Auf dem Körper und dem Kopf.

Margo sah nicht besonders glücklich aus. Malcolm, der es sich auf einer Bank in ihrer Nähe bequem gemacht hatte, bedauerte sie ein bißchen.

»Gewöhn dich daran!« erklärte Ann. »Zeitforschung ist kein Kinderspiel.«

»Das habe ich schon oft genug gehört«, entgegnete Margo mit einem unsicheren Lachen, das nicht über ihren Zustand hinwegtäuschen konnte.

»Hat dich schon jemand über die Probleme mit Leuten, die nicht getötet werden können, unterrichtet?«

Margo nickte. »Ja, gestern abend.«

»Gut. Menschen, die für die Geschichte wichtig sind, können oft ... nun, abgewehrt werden, auch wenn du sie nicht töten kannst. Selbstverteidigung ist auch unter normalen Umständen keine einfache Angelegenheit, aber in der Vergangenheit wird es wirklich kompliziert, denn du kannst nie wissen, ob das, was du versuchst, auch funktioniert. Deshalb ist es sicherer, auf mehrere Möglichkeiten zurückgreifen zu können – schnelle Beine, die Fähigkeit zu reiten oder einen Pferdewagen zu lenken, gute Kenntnisse in Kampfsportarten. Und nicht vergessen: das erste Mittel zur Selbstverteidigung ist ...«

»Die Situation vermeiden«, seufzte Margo. »Das hat mir Sven gesagt.«

»Gut, dann vergiß es nicht! In Ordnung. Ein Gewehr ist nur eine Möglichkeit, sich zu verteidigen. Aber wenn du in die Vergangenheit reist, dann ist es gut, wenn du weißt, wie man damit umgeht. Du wirst kein Gewehr mitnehmen können, denn du weißt vorher nie, ob eine Feuerwaffe dort, wo du hingehst, einen Anachronismus darstellen würde. Es kann dir aber durchaus passieren, daß du dir vor Ort schnell eine verschaffen mußt. Feuerwaffen haben sich seit ihrem ersten Auftauchen um etwa 1300 sehr verändert. Wir werden deshalb erst einmal mit einer unkomplizierten und halbwegs modernen Waffe beginnen, die einfach zu handhaben ist. Mit dieser Waffe wirst du lernen, wie man sicher zielt und schießt. Sobald ich davon überzeugt bin, daß du treffen wirst, was du anvisierst, werde ich dich über historische Feuerwaffen informieren. Du wirst Hausaufgaben machen müssen.«

Margo stöhnte und sah hilfesuchend zu Malcolm.

Er grinste achselzuckend. »Ohne Arbeit geht es nun einmal nicht. Sie erinnern sich doch, ich habe meinen Doktor, und ich nutze meine Freizeit dazu, alles zu lernen, was sich mir bietet.«

Margo brachte ein gezwungenes Lächeln zustande. »Schon gut. Was werde ich lernen?«

»Die Grundlagen der Sicherheit. Verschiedene Arten mechanischer Waffen, Munitionstypen. Wie man lädt und entlädt. Wie die verschiedenen Feuerwaffen funktionieren und wie sie sich voneinander unterscheiden ...«

Margo schluckte hörbar.

»Du kannst dich immer noch für einen anderen Beruf entscheiden«, sagte Ann sanft.

»Also, fangen Sie an!«

Zu ihrem Entsetzen bestand ihre erste Lektion tatsächlich nur aus theoretischen Grundlagen. Ihre Lehrerin erzählte ihr etwas über die verschiedenen modernen Waffentypen, und sie war gezwungen, aufmerksam zuzuhören, während Ann Mulhaney dastand und redete. Sie zeigte ihr Fotografien und Modelle und wiederholte: »Halte die Mündung so, daß du keinen Schaden anrichten kannst; laß die Finger vom Abzug, bis du bereit bist zu schießen; laß die Waffe gesichert, bis du bereit bist zu schießen; lade die Waffe nicht, solange du sie nicht brauchst.« All das wiederholte sie so oft, bis Margo dachte, sie müsse verrückt werden.

»Also: wie lautet die erste Sicherheitsregel?«

»Das verdammte Ding so halten, daß nichts passieren kann!«

»Das heißt …«

»Weg von allem, worauf ich nicht schießen will. Mein Fuß, das Fenster des Nachbarn. Nicht nach oben, wenn ich in einem mehrgeschossigen Gebäude bin, nicht nach unten, wenn ich mich in einem höheren Stockwerk befinde.« Margo verschränkte die Arme. »Wann lerne ich schießen?«

»Später. Zeig mir noch mal, wie man diesen Revolver spannt und entspannt!«

Margo fummelte eine Weile daran herum, ehe es ihr gelang. Nachdem sie ihre Aufgabe korrekt ausgeführt hatte, grinste sie stolz.

»Vergiß nicht, viele ältere Modelle haben keine Sicherungseinrichtung. Wenn du einen solchen Revolver gespannt hast, dann geht er auch los, sobald der Abzug betätigt wird. Wenn die Mündung dann auch gerade auf deinen Bauch zeigt …« Ann griff nach der Waffe und bewegte die Mündung von Margos Körpermitte fort, » … dann endest du mit zerfetzten Gedärmen.«

Margos hohe Ansprüche verflüchtigten sich. Sie hätte am liebsten geweint. Erst hatte Kit sie eingeschüchtert, dann hatte Sven sie verletzt, und nun ließ Ann Mulhaney sie wie ein gefährliches Dummchen dastehen. »Tut mir leid! Ich bin müde und hungrig …«

»Gewöhn dich daran!« sagte Ann knapp. »Du wirst nicht den Luxus haben, dir Ort und Zeit für eine bewaffnete Auseinandersetzung auszusuchen.«

Sie wollte schreien. Statt dessen versuchte sie, ihre Peinigerin mit Argumenten zu schlagen. »Ja, aber ich kann mir Zeit und Ort für den Unterricht aussuchen! Wie soll ich das alles lernen, wenn ich völlig erschlagen bin? Seid ihr denn niemals hungrig?«

Ihr Magen knurrte bestätigend. Malcolm Moore mußte es auch gehört haben, denn er kicherte vergnügt.

Ann seufzte und lächelte reumütig; dann nahm sie Margo den Colt Army wieder ab. »In Ordnung. Einverstanden. Acht Uhr morgen früh und komm nicht wieder zu spät! Ich habe morgen noch andere Schüler außer dir.«

Margo wäre am liebsten an Ort und Stelle zusammengebrochen. »Ich werde dasein.«

Ihr war schleierhaft, woher sie etwas zu essen bekommen sollte. Sie hatte nicht einmal genug Geld für einen Hot dog.

»Na«, fragte Malcolm auf dem Weg nach draußen, »was denken Sie?«

»Sie haben die Wette verloren«, entgegnete Margo säuerlich.

Er lachte. »Noch ist die Woche nicht um. Da bleibt noch genug Zeit. Wie steht's denn mit Essen?«

»Ich bin pleite. Ich meine, wirklich pleite. Ich habe höchstens noch zehn Cents in der Tasche.«

»Wo sind Sie untergekommen?«

»Auf einer Couch in Kits Wohnzimmer.«

Ihr verdrießlicher Tonfall brachte Malcolm zum Lachen. »Wie kommt es, daß Sie ihn nie mit Opa oder Großvater anreden?« Neugierig beobachtete er ihre Reaktion. Sie verzog das Gesicht zu einer Miene des Unbehagens, und es dauerte eine Weile, ehe sie antwortete.

»Na ja ... er ist nicht gerade die Art Mensch, die man einfach so anspricht.«

Malcolm hakte nach: »Er macht Ihnen angst.«

Sie sah erschrocken auf, und die mädchenhafte Verletzbarkeit in ihren Augen verschlug ihm die Sprache. Der Augenblick verging und machte wieder ihrer altbekannten Trotzmiene Platz. »Mir macht nichts angst.«

Malcolm blieb einige Schritte vor dem Aufzug stehen und veranlaßte Margo, ebenfalls stehenzubleiben.

»Was ist denn?« fragte sie jämmerlich. »Was soll ich jetzt schon wieder tun?«

»Margo«, sagte er freundlich. »Wenn es nichts gibt, was Ihnen angst macht, dann bleibt mir nicht viel Zeit, Sie kennenzulernen. Und das ist traurig. Trauriger, als Sie denken.«

Zwischen ihren sorgsam gepflegten Brauen erschien eine feine vertikale Linie. Sie betrachtete ihn mit offener Neugier, wobei sie ihren Kopf gespannt zur Seite geneigt hatte, wie ein Kanarienvogel, in dessen Käfig sich eine unbekannte Gestalt aufhielt. Malcolm wurde bewußt, daß sie sehr, sehr jung war und sich alle Mühe gab, das zu verbergen. Das löste einen weiteren Gedanken bei ihm aus. *Sie ist vom Leben arg gebeutelt. Verdammt, sie ist zu jung, um so auszusehen. Was um alles in der Welt ist diesem Kind geschehen, bevor es Kit gefunden hat?* Sein Interesse an ihr bekam plötzlich einen beschützenden Charakter.

Margo seufzte, was ihn davor bewahrte, irgend etwas zu sagen, das er später möglicherweise bereuen würde. »Sie sind ein sonderbarer Mensch, Malcolm«, sagte sie langsam.

»Bin ich das?«

»Ja, Sie ...« Sie beendete den Satz nicht.

Ich verletze Sie nicht, wie die anderen Burschen? Ist es das?

Aber möglicherweise und in Anbetracht der vorsichtigen Spannung ihres Körpers, waren es nicht nur Burschen in ihrem Alter gewesen, die ...

Malcolm bemühte sich, seine Gedanken auf weniger persönliche Spekulationsebenen zu konzentrieren. »Wie steht's denn nun mit dem Essen? Ich habe alle Zutaten für ein paar Sandwiches in meinem Kühlschrank. Wir könnten uns irgendwo auf den *Commons* zu einem Picknick treffen. Es sei denn, Sie haben noch Unterricht.«

Margo entspannte sich ein kleines bißchen. »Nicht, daß ich wüßte«, sagte sie, und in ihrer Stimme schwang ein Quentchen Bedauern mit. »Ein Picknick in den *Commons*, also? Klingt gut. Ich ...« Sie unterbrach sich abrupt.

»Was?«

Sie brummelte etwas, das wie »alles in Ordnung« klang und vermied es, ihn anzusehen.

Malcolm berührte sacht ihre Schulter. »Hey. Ich bin es, erinnern Sie sich? Der Typ, mit dem Sie die Matte gewischt haben.«

Fast als wehrten sie sich gegen das strikte Kommando, abwärts zu zeigen, bewegten sich ihre Mundwinkel leicht nach oben. Sie schniefte kurz. »Puh. Muß ich denn einen Kerl zusammenschlagen, nur damit er mich dann ausfragen kann?«

Malcolm lachte. »Nein, aber es sollte Ihrer Seele etwas Frieden verschaffen, daß Sie dazu fähig sind.«

Sie warf ihm einen sonderbaren Blick zu, ehe ihre Mundwinkel endgültig wieder nach oben zeigten.

»Das ist besser«, sagte er lächelnd. »Warum suchen wir uns nicht ein nettes Plätzchen in *Edo Castletown*, vielleicht an einem der Seen? Wir werden gemütlich zusammen essen.«

Ihr Lächeln wurde fröhlicher. »In Ordnung. Wissen Sie, das klingt wirklich wunderbar. Danke, Malcolm.«

»Es ist mir ein Vergnügen.«

Mit einer formvollendeten Verbeugung, die ein lustiges Funkeln in ihre Augen zauberte, hielt er die Fahrstuhltür für sie auf. Ein Hauch des Erschreckens schlich sich in Malcolms Gefühle, während er sich als der letzte echte Gentleman produzierte. Er könnte für dieses Kind sterben, einfach so. Margo stieg mit einem faszinierenden Lächeln auf der Ebene der *Commons* aus und lief in Richtung *Edo Castletown*. Malcolm sah ihr nach, ehe er den Knopf für seine Etage drückte. Was auch immer dieses kleine Mädchen tief im Inneren verbarg, es tat ihr offensichtlich weh. Zu Beginn der Woche hatte er Bedauern für Kit empfunden. Nun fühlte er es auch für seine Enkelin.

»Nun«, sagte er sich, während sich der Lift surrend nach oben bewegte, »das sieht doch nach einem neuen Job für einen großen Übervater wie mich aus.« Er hoffte inständig, daß Kits Enkeltochter sie nicht alle in einen Strudel hineinziehen würde, aus dem sie sich nicht mehr befreien könnten. Soweit er die Situation bisher sah, konnte sie schon durch bloßes Atmen Katastrophen herbeiführen.

Und sie konnte Kits Herz brechen, ohne das im mindesten zu wollen.

Diese Einsicht hinterließ ein Gefühl eisiger Kälte, das auf

seiner Wirbelsäule abwärts kroch. Malcolm gab sich selbst ein Versprechen. *Ich werde tun, was ich kann – und was Margo und Kit mir gestatten –, um das zu verhindern.*

Malcolm wollte nicht einmal darüber nachdenken, wohin dieses Gelübde ihn führen konnte.

8.
KAPITEL

Kit suchte gerade nach einer Ausflucht, um sich nicht weiter mit dem vor ihm liegenden Stapel Rechnungen befassen zu müssen, als er Margo auf einem der Bildschirme seiner Videowand entdeckte. Sie saß neben einem der kieseingefaßten Fischteiche in *Edo Castletown*, der sich im Aufnahmewinkel einer seiner Kameras befand. Margo starrte auf das Wasser und sah so mädchenhaft und allein aus, daß es Kit fast das Herz zerriß.

Er schob seinen Stuhl zurück und machte sich auf den Weg nach unten. Unterwegs stoppte er gerade lange genug, um sich Schuhe anzuziehen. Er nahm sich nicht einmal die Zeit, den bequemen Kimono, den er während der Arbeit trug, gegen einen Anzug auszutauschen.

Kit wußte nicht recht, was er ihr sagen sollte. Vielleicht würde es ausreichen, wenn er einfach vorgab, er wolle sie besser kennenlernen. Als er sie erreichte, spielte sie gerade mit einer Fingerspitze im Wasser.

»Hi.«

Sie sah auf und betrachtete ihn ein wenig verwundert. »Liebe Güte, du trägst einen Kimono?«

Kit grinste. »Ich bin gerade vor dem lästigen Papierkram geflüchtet. Ich, äh, versuche immer, es mir so angenehm wie nur möglich zu machen, wenn ich mich durch Stapel von Rechnungen und offiziellen Formularen quälen muß. Darf ich mich zu dir setzen?«

»Ja, sicher.«

»Welch ein Enthusiasmus«, bemerkte er ironisch, als er sich neben ihr niederließ.

Sie zog die Knie unters Kinn und starrte einem grellbunten Fisch hinterher. »Ich bin müde«, erklärte sie. »Und hungrig. Malcolm hat vorgeschlagen, daß wir hier draußen ein paar Sandwiches essen, also habe ich ein passendes Fleckchen ausgesucht.«

»Malcolm?«

Sie verzog das Gesicht. »Er hat mir heute beim Unterricht zugesehen.«

Ahh …

Sie schwiegen einige Augenblicke und beobachteten den Fisch, der seine trägen Kreise um die schieferblauen Kieselsteine zog. Schließlich sah Margo auf. »Du magst den Papierkram nicht besonders?«

Kit rieb sich die Nase. »Nein. Er steht ganz oben auf der Liste hassenswerter Angelegenheiten.«

Sie lächelte. »Ich schätze, jeder hat so eine Liste, was?«

»Was steht auf deiner?«

Sie legte ihr Kinn auf die Knie. »Ach, so Zeug.«

»Was zum Beispiel?«

»Weiß nicht. Schnee gehört dazu. Der Winter in Minnesota ist Mist. Schnee ist einfach langweilig, besonders, wenn man zu alt ist, um Schneemänner zu bauen. Dann bleibt dir nichts anderes als Fluchen übrig. Die Straßen sind dicht und du kommst grundsätzlich überall zu spät.«

Kit lächelte. »Du hörst dich an wie zweiundvierzig, nicht wie achtzehn.« Sie quittierte sein Glucksen, indem sie ihm die Zunge entgegenstreckte. Er fuhr fort: »Ich war zwanzig, bis ich das erste Mal mehr als nur einen halben Zentimeter Schnee gesehen habe.«

»Du kommst aus Georgia, dort schneit es nicht viel.«

»Was weißt du eigentlich von mir? Ich meine, abgesehen von dem, was in den Boulevardblättern steht.«

Margo grinste. »Sie sind furchtbar, nicht wahr? Ich glaube, das beste war die Geschichte, daß du von verrückten Wissenschaftlern entführt worden wärest. Sie sollen dich in die Zukunft entführt haben. Dann haben sie dein Geschlecht umgewandelt, und du wurdest schwanger. Nachdem du das Kind bekommen hattest, haben sie dich wieder zum Mann gemacht und nach Hause zurückgeschickt.«

»Um Gottes willen, das meinst du nicht ernst?«

Ihre Augen funkelten vergnügt. »Doch. Sie hatten sogar

ein Bild von dir.« Sie deutete mit den Händen einen hochschwangeren Bauch an. »Ich finde es phantastisch, was sie mit diesen Computergraphiken alles anstellen können, du nicht? Die alten Damen, die diesen Quatsch im Laden an der Ecke kaufen, glauben den ganzen Unsinn.«

Kit stöhnte. »Ich wußte, daß es einen Grund gibt, warum ich mich so selten in der Realzeit aufhalte.«

Margo kicherte.

Dies schien der richtige Zeitpunkt zu sein, Margo eine wichtige Frage zu stellen. Dennoch zögerte Kit. Er fürchtete, die zarte Beziehung zu ihr in Gefahr zu bringen.

»Margo ...«

Sie sah wieder auf. »Ja?«

»Würdest du mir von mein... Ich weiß nicht einmal, ob ich einen Sohn oder eine Tochter habe.«

Das fröhliche Funkeln verschwand aus ihren grünen Augen. Sie schluckte und wandte das Gesicht ab. »Eine Tochter. Du hattest eine Tochter.«

»Hatte?«

Margo sah ihn nicht an. »Mom ist vor ein paar Jahren gestorben.«

Der Schmerz, etwas verloren zu haben, das er niemals hatte umsorgen können, legte sich in einem strammen Ring um seine Brust. Er zwinkerte heftig gegen etwas Salziges hinter seinen Augenlidern an. Wie war sein einziges Kind gestorben? Seine Tochter ... Sie konnte nicht besonders alt gewesen sein, wenn sie schon vor einigen Jahren gestorben war. Ein Autounfall, eine tödliche Krankheit?

»Wie war ihr Name«, flüsterte Kit und versuchte, seiner Stimme einen gleichmäßigen Klang zu geben. »Wie sah sie aus?«

Margo antwortete zunächst nicht. Dann sprach sie mit leiser Stimme: »Moms Name war Kitty.«

Der Schmerz fuhr wie flüssiges Blei durch seinen Körper. Sarah hatte ihr Kind tatsächlich Kitty genannt ...

»Sie hatte braune Augen und sandfarbenes Haar. Als ich noch ein kleines Kind war, hat sie viel gelacht. Entschuldige, ich weiß ... Ich weiß, daß du mehr darüber wissen willst, und ich will es dir auch erzählen, aber ...« Sie blinzelte ebenfalls und Kit wurde bewußt, daß auch seine Enkelin mit den Tränen kämpfte.

»Margo?«

Sie wandte sich wieder ab. »Ich war diejenige, die sie gefunden hat. Können wir über etwas anderes reden? Bitte?«

Wie alt mochte Margo gewesen sein, als ihre Mutter starb? Kit wollte sie tausend verschiedene Dinge fragen; doch Margo war noch nicht bereit dafür.

»Was ist mit deiner Großmutter?« wagte Kit einen neuen Anlauf. Er erinnerte sich mit absoluter Klarheit an den Tag, als er Sarah zum letzten Mal gesehen hatte.

Margo schniefte. »Ich habe sie nie kennengelernt. Mom ist mit Dad davongelaufen, als sie siebzehn war. Ich bin nicht sicher, ob Großmutter van Wyyck auch nur wußte, wo Mom war, oder daß es mich gibt. Ich ... Ich hatte eine Fotografie von ihr. Aber alles, was ich besaß, ist mir in New York gestohlen worden. Ich mußte mir sogar neue Schuhe kaufen.«

Auch Kit bedauerte den Verlust der Fotografie aufrichtig. »Beschreibe mir das Foto. Wie sah sie aus? Wirkte sie glücklich?«

Margo machte den Eindruck, von einem weit entfernten Ort zurückzukehren, weiter noch, als Kit selbst davongedriftet war. Sie betrachtete ihn eingehend. »Du liebst sie immer noch, nicht wahr?«

Kit brachte nur ein gequältes Lächeln zustande. »Sieht man das?«

»Du weinst.«

»Wirklich?« Er wischte sich über die Wangen. »Verdammt ...«

Sie griff in ihre Tasche und streckte ihm sein Taschentuch entgegen, das sie in der Zwischenzeit irgendwo gewaschen hatte. »Hier.«

Kit preßte ein gepeinigtes Lachen heraus. »Danke, kleiner

Schlingel. Du hast meinen guten Ruf als unerschütterlicher Time Scout gerettet.«

Sie setzte an, etwas zu sagen, doch dann schwieg sie.

»Was? Was auch immer es ist, sag es! Oder frag es!«

Margo legte die Stirn in Falten. »Nichts Besonderes. Nur ... Alles, was ich gehört oder gelesen habe ... Mom hat mir erzählt, daß du als armes Slumkind in Georgia aufgewachsen bist und um alles kämpfen mußtest. Ich habe oft darüber nachgedacht. Ich war stolz, weil ich wußte, daß du es geschafft hast, aber ... Ich dachte immer ...«

»Du hast geglaubt, ich hätte Sarah van Wyyck verlassen? Weil sie meinen Plänen im Weg war?«

Sie errötete, doch ihr Schweigen war Antwort genug.

»Ich habe deine Großmutter sehr geliebt, Margo. Aber manchmal, auch dann, wenn Menschen sich sehr lieben, haben sie unterschiedliche Pläne, unterschiedliche Ziele. Unser beider Leben ... es hat einfach nicht funktioniert. Wahrscheinlich hätte es niemals funktioniert. Aber ich liebe sie immer noch, obwohl sie mich verlassen hat.«

Margo sah ihn aus großen Augen erstaunt an. »Sie hat dich verlassen?«

Kit räusperte sich. »Auch auf die Gefahr hin, mich wie meine Enkeltochter anzuhören – können wir von etwas anderem sprechen?«

Margo blinzelte, dann sagte sie: »Wir haben wohl beide etwas, über das wir nicht reden können, weil es zu sehr schmerzt.«

»Ja, ich denke, du hast recht.«

Sie lächelte ihn sonderbar an. »Bist du jemals nach Georgia zurückgekehrt?«

»Nein. Ich habe nicht viel Sinn darin gesehen. Willst du irgendwann zurückgehen? Nach Minnesota?«

Ihr Gesicht nahm einen harten Ausdruck an. »Ja, das will ich. Aber nicht für lange Zeit.«

»Klingt, als hättest du noch etwas zu erledigen.«

Sie schniefte wieder. »Ja, gewissermaßen.« Ein schwaches Beben lief durch ihren Körper. »Wie auch immer, ich werde dir meine Lebensgeschichte erzählen. Ich hatte einen Zwillingsbruder, aber er wurde bei einem Erdbeben getötet, das durch den *Unfall* ausgelöst worden war. Zu dem Zeitpunkt hat meine Familie Kalifornien verlassen und ist nach Minnesota gezogen. Ich kann mich daran nicht erinnern, ich war noch ein Baby.« Sie zuckte mit den Schultern. »Ich wuchs auf, verließ mein Zuhause und kam hierher. Der Rest ist nicht der Rede wert.«

Kit war überzeugt, daß das eine schamlose Untertreibung war, aber er wollte seine Enkelin nicht unter Druck setzen. Er hatte jetzt schon mehr erfahren, als er zu hoffen gewagt hatte. Eine Tochter, ein Enkel – beide tot – und eine Enkelin, die keinen Schnee mochte, Boulevardzeitungen für dumm hielt und zu der Sorte Mensch gehörte, die zurückkehrt, um alte Rechnungen zu begleichen. Welche Art offener Rechnung mochte das sein, und wer war davon betroffen? Sie war kaum alt genug, um sich solche Feinde zu machen, wie es Kit gelegentlich gelungen war.

Vielleicht doch eine Herzensangelegenheit, obwohl sie behauptet hatte, sie sei nicht sitzengelassen worden. Ein Mann mußte ein Mädchen nicht unbedingt sitzenlassen, um sich ihrer Rachegelüste würdig zu erweisen. Manchmal reichte es aus, wenn er sie nur nicht bemerkte. Oder nicht ansprach. Aber vielleicht schuldete sie auch nur jemandem Geld. Vielleicht hatte ihr jemand geholfen, das Ticket nach New York zu finanzieren. Oder …

Vielleicht würde sie ihm irgendwann genug Vertrauen entgegenbringen, um ihm auch den Rest zu erzählen.

Kit entdeckte Malcolm, der von den Privatquartieren zu ihnen herüberkam und einen Picknickkorb über dem Arm trug. Er beschloß, sich zurückzuziehen, um seine Enkelin in Ruhe essen zu lassen, ohne daß ihr Großvater dabei in der Gegend herumlungerte. »Na gut. Da kommt deine Verabredung. Ich denke, ich werde mich dann wieder dem Papierkram widmen. Aber tu dem Fisch einen Gefallen und schleudere Malcolm nicht zwischen Sandwich und Nachtisch in den Teich.«

Das fröhliche Funkeln kehrte in Margos Augen zurück. »Okay. Obwohl ich nicht glaube, daß ich auch nur einen Strohhalm in den Fischteich schleudern könnte, nach dem, was Sven mit mir angestellt hat.«

Kit zerzauste liebevoll ihr Haar. »Gut. Das beweist, daß du auf dem richtigen Weg bist. Ich sehe dich zum Abendessen, Kleines.«

Ihr Lächeln hellte auch seine Stimmung auf. »Okay.«

Kit winkte Malcolm zu und ging zurück in sein Büro. Bedächtig schwenkte er die Kamera eines bestimmten Bildschirms in eine andere Richtung, um seiner Enkelin ihre Privatsphäre zu lassen. Schließlich mußte er sich wirklich keine Sorgen machen, solange Malcolm als Anstandswauwau zugegen war. Kit erinnerte sich mit einem zufriedenen Grinsen an den panischen Gesichtsausdruck von Skeeter Jackson, als er ihm einige Dinge aufs deutlichste erklärt hatte. Schließlich setzte er sich an den Schreibtisch und widmete sich in einer erstaunlich guten Stimmung seinen Rechnungen.

Zwei Tage nach Margos Trainingsbeginn erhielt Kit die ersten schlechten Nachrichten. Zuerst war da die heftige Auseinandersetzung in den *Commons*, als ein betrunkener Tourist ihr zu nahe getreten war. Sie hatte ihn geradewegs in den nächsten Fischteich befördert, so als wolle sie Kits Bitte, so etwas nicht zu tun, nachträglich widersprechen. Bull Morgan hatte sich über die Angelegenheit wenig begeistert gezeigt, nachdem sich herausstellte, daß der betrunkene Trottel ein Milliardär war und mit einer gerichtlichen Klage drohte. Glücklicherweise hatte Margo genug Zeugen, um eine Gegenklage wegen sexueller Belästigung riskieren zu können. Der Milliardär hatte sich zu seiner Vergangenheitsreise geschlichen und üble Verwünschungen in seinen kostspielig gestutzten Bart gemurmelt.

Kit ermahnte Margo: »Beim nächsten Mal versuch bitte, einem aufdringlichen Perversling nicht gleich die Schulter auszurenken und ihn zu ersäufen. Sein Benehmen ist zwar durch nichts zu entschuldigen, aber es gibt auch so etwas wie eine Überreaktion.«

Margo hatte stundenlang geschmollt. Er konnte ihr auch kaum Vorwürfe machen. Im Gegenteil, er mußte sich eingestehen, daß, wenn er dabei gewesen wäre, der Wichser Schlimmeres zu beklagen gehabt hätte als nur ein unfreiwilliges und demütigendes Bad in einem Goldfischteich nebst einer ausgerenkten Schulter. Aber zu der Ausbildung zum Time Scout gehörte es eben auch, Selbstbeherrschung zu üben und alternative Methoden zu lernen, um sich aus verzwickten Situationen zu befreien.

Dann traf er Ann und Sven.

»Sie hat ein Konzentrationsvermögen wie eine Zweijährige«, beklagte Ann Vinh Mulhaney. »Entweder sie will einfach nicht lernen, oder sie hat Angst vor Feuerwaffen.«

»Sie will ganz sicher lernen«, erklärte Kit grimmig. »Und sie würde sich nicht einmal Angst zugestehen, wenn sie unter der Dusche einer lebenden Kobra begegnen würde – nicht, solange sie glaubt, daß das zum Training gehört.«

Ann legte die Stirn in Falten. »Das ist nicht gut.«

»Ich weiß.«

Kit fuhr sich mit der Hand durch die Haare. Seit ihrem vertraulichen Gespräch am Fischteich wußte er, daß es doppelt – dreifach – schwer werden würde, ihr zu sagen, daß ihre Träume nicht wahr werden würden. Sein Herz klopfte ihm immer noch bis zum Hals, wenn er sich Margo als Time Scout vorstellte. Er wußte nicht, was er tun sollte, wenn er auch sie verlieren würde; aber ebenso wie jeder andere Großvater, wünschte er sich nichts mehr, als seine Enkelin glücklich zu sehen. Wenn er ihr nach zwei Tagen Training sagen müßte, es wäre hoffnungslos ...

»Hat sie eine Chance?«

Die zierliche Ausbilderin für Feuerwaffen zögerte. »Nun ... vielleicht. Sie hat eine ruhige Hand und gute Augen. Wenn sie tatsächlich schießt, erzielt sie gute Ergebnisse. Aber sie rafft sich einfach nicht zum Lernen auf. Hat sie ihre Hausaufgabe erledigt?«

Kit sah sie stirnrunzelnd an. »Hausaufgabe? Höchstens in der Bibliothek. Sie kam reingeschlichen wie eine halbtote Katze, hat etwas Essen runtergewürgt und dann den Rest der Nacht geschlafen. Ich hätte nie gedacht, daß es möglich ist, eine Achtzehnjährige derart zu erschöpfen.«

Ann betrachtete ihn ernst. »Sie muß mehr lernen. Sie vergißt immer wieder die Grundlagen. Sie versucht, eine Pump-Action zu bedienen und wird dann wütend, wenn sie nicht so funktioniert, wie eine halbautomatische Waffe. Mit einem einfachen Revolver kommt sie zurecht, aber die selbstladenden Pistolen ...« Ann schüttelte sich. »Ich habe es bisher nicht einmal gewagt, ihr etwas über historische Waffen zu erzählen.«

»Prima. Ich werde ihr die Grundlagen der Mechanik von Feuerwaffen während des Essens beibringen.«

»Gut. Sie braucht das.«

Bei Sven lief es ganz ähnlich ab. Der stämmige Kampfsporttrainer sah ihn vom Schießstand kommen und machte den Eindruck, als hätte er sich am liebsten durch den nächsten Ausgang verdrückt.

»So schlimm?« fragte Kit unumwunden.

»Kit«, knurrte Sven. »Du hast wirklich ein Problem mit diesem Mädchen.«

»Das mußt du mir nicht erzählen. Ich habe seit Tagen nur noch Probleme. Laß mich raten, sie lernt einfach nicht?«

»Nein«, sagte Sven kopfschüttelnd. »Sie ist ganz wild darauf, alles aufzunehmen, was ich ihr erzähle. Und für eine Anfängerin ist sie wirklich gut. Aber ihre Haltung ist Mist.«

»Was ist mit ihrer Haltung?« fragte Kit müde. »Erklär es mir, so ausführlich wie nötig!«

Ein teuflisches Grinsen huschte über Svens Gesicht. »Grausam, nicht? Teenager – wenn sie nicht so süß wären, müßte man sie ersäufen.«

»Je süßer sie sind, desto größer wird der Wunsch, gelegentlich ihren Kopf unter Wasser zu halten. Was ist nun Margos Problem?«

»Keine Geduld und kein Gefühl für Aikido. Sie würde die Bewegungen am liebsten vollautomatisch ausführen und sich dann gleich wieder etwas anderem zuwenden. Kit, dieses Kind hat es verdammt eilig, irgend etwas zu tun, und ich bin nicht sicher, ob es besonders gesund sein wird, wenn sie es einmal tut.«

Großartig. Sven ergab sich in philosophische Betrachtungen über seine einzige Enkelin, die es unglaublich eilig hatte, zu sterben. Kit fragte sich, ob diese Ungeduld ein genereller Bestandteil ihrer Persönlichkeit war oder ob es vielleicht einen Zusammenhang mit dieser unerledigten Sache gab, die sie erwähnt hatte. Möglicherweise war es auch nur der Übereifer, mit dem sie ihre Ausbildung hinter sich bringen wollte, um sich möglichst schnell in ein Abenteuer zu stürzen.

»Vielleicht hat sie es einfach nur eilig, in die Vergangenheit zu reisen«, seufzte Kit. »An ihrer Stelle wäre ich genauso. Sie sitzt auf TT-86 fest und sieht den Touristen nach, die an Orte reisen, die sie nicht besuchen kann, und dann verlange ich auch noch von ihr, Bücher zu lesen und sich von dir und Ann antreiben zu lassen.«

Sven schob die Lippen vor, was ihn ein bißchen wie eine nachdenkliche Bulldogge aussehen ließ. »Wäre möglich, schätze ich. Sie ist jung, und sie sucht das Abenteuer. Vielleicht solltest du ihr eines verschaffen. Schick sie in die Vergangenheit.«

»Ich soll sie jetzt, ohne vernünftige Ausbildung, in die Vergangenheit schicken, nur so zum Vergnügen?«

»Sicher, warum auch nicht?« entgegnete Sven achselzuckend. »Ich spreche nicht von einer Forschungsreise. Schick sie einfach auf eine übliche Tour. Das britannische Tor wird sich demnächst wieder öffnen. Besorg ihr die notwendige Kleidung und was sie sonst noch braucht, und schick sie ein paar Tage nach London! Vielleicht treibt ihr das die Hummeln aus der Hose und vermittelt ihr eine schwache Ahnung von der Sache, für die sie sich gerade ausbilden läßt.«

»Ich könnte sie nicht begleiten«, entgegnete Kit bekümmert.

Svens mitfühlender Blick half ihm nicht weiter.

»Mist«, stimmte Sven zu. »Schick Malcolm. Er schuldet ihr sowieso seine Dienste als Führer.«

Kit sah ihn scharf an. »Er tut was?«

Svens Augen nahmen einen unschuldigen Ausdruck an, dann kicherte er. »Na, da schau her, Großpapa ist also nicht über alles informiert. Ich bin entsetzt – und überrascht, daß du nichts davon gehört hast. Sie haben eine Wette abgeschlossen. Malcolm dachte, sie würde das Schießen bald lieben, und sie behauptete das Gegenteil.«

»Worum haben sie gewettet? Margo ist vollkommen pleite. Ich kenne ihre Finanzen, und sie bekommt kein Taschengeld, ehe ich nicht meine, daß sie es sich verdient hat.«

Kit traute Malcolm genausoweit, wie es jeder andere Mann mit einer Enkeltochter, die so aussah und sich so verhielt wie Margo, auch getan hätte. Dennoch konnte er sich nicht vorstellen, um was sie gewettet haben mochte – angesichts ihrer Wirkung auf Männer und seiner eigenen Kenntnisse männlicher Libido war wirklich alles möglich, selbst bei Malcolm.

Sven klopfte ihm beruhigend auf die Schultern. »Kein Grund zur Sorge. Den Gerüchten nach hat sie lediglich ihre Lebensgeschichte eingesetzt.«

»Ihre Lebensgeschichte? Puh.« Kit hätte wer weiß was darum gegeben, den Rest ihrer Lebensgeschichte zu erfahren. »Wie schade, daß Malcolm verloren hat.«

Sven grinste. »Du sagst es, aber es wird noch andere Wettgelegenheiten geben. Ich will sie demnächst an Stichwaffen ausbilden, aber es wäre mir lieb, wenn sie bis dahin etwas ruhiger wäre. Denk über die London-Tour nach. Es könnte ihr guttun.«

»Ja«, murrte Kit verdrossen und dachte an den Milliardär

im Fischteich. »Fragt sich nur, ob es uns anderen auch guttun würde.«

Sven lachte. »Dein Haar wird immer grauer, Großvater. Wie wäre es mit einem kleinen Kampf?«

Kit dachte kurz darüber nach, schüttelte dann aber ablehnend den Kopf. »Nein, ich denke, ich werde deinen Vorschlag ausführen. Das bedeutet aber, ich muß Malcolm finden, ehe er einen Job in der Mongolei oder an einem ähnlich unmöglichen Ort annimmt. Danke Sven.«

»Keine Ursache.«

Kit entdeckte den Reisebegleiter bei den Neuankömmlingen für die London-Tour. Er wartete, bis sich Malcolm eine Abfuhr von einem kurvenreichen jungen Ding geholt hatte und ging dann auf ihn zu. Malcolm hatte eine Hautfarbe, die so fahl war wie die eines gut gereiften Roquefortkäses.

»Glück gehabt?«

Malcolm verzog das Gesicht. »Nein. *Time Tours* gibt sich wirklich Mühe, uns Freiberufler aus dem Geschäft zu drängen.«

Kit vermerkte sich gedanklich, daß er ein klein wenig Druck auf Granville Baxter ausüben mußte. Hier gab es genug Geld für alle zu verdienen, und Malcolms Dienstleistungsangebot würde *Time Tours* nicht im mindesten weh tun. »Ich sag dir was, ich werde dich anheuern!«

Malcolm starrte ihn ungläubig an. »Du? Warum zum Teufel?«

Kit lachte. »Laß uns irgendwo die Kehlen befeuchten und übers Geschäft reden.«

»Klar, sofort«, stimmte Malcolm zu. »Ich stehe jederzeit zur Verfügung, vorausgesetzt, du übernimmst die Rechnung.«

Sie entschieden sich für den *Prinz Albert Pub*, um sich zusammenzusetzen und ihren Durst zu stillen. Die Einrichtung war um einiges sauberer als die der meisten authentischen viktorianischen Lokale, und die Preise waren für das La-La-Land recht gemäßigt. Das Lokal war zu dieser Nachmittagszeit fast leer. Sie wählten einen der Fenstertische und setzten sich.

»Hast du schon gegessen?« fragte Kit und betrachtete die Speisekarte. »Ich habe über Mittag gearbeitet«, sagte er dann mit einem zufriedenen Grinsen. »Du bist eine gute Ausrede für mich, die Arbeit zu schwänzen – Papierkram.«

»So, so«, erwiderte Malcolm feixend und nahm eine Speisekarte zur Hand. »Daß das nur nicht bekannt wird.«

Kit zog eine Grimasse. »Papierkram nervt«, brummte er vielsagend. »Hmm ... ich habe schon seit Jahren keine Räucherheringe mehr gegessen.«

»Konnte sie nie ausstehen«, brummte Malcolm.

»Ein viktorianischer Führer und geborener Brite, und du magst keine geräucherten Heringe? Was ist nur aus der Welt geworden?«

»Ein Ort, an dem es auch genießbare Nahrungsmittel gibt.«

Kit lachte. »Dann darfst du niemals ein Essen im mittelalterlichen Edo bestellen.«

Malcolm schauderte. »Danke, einmal war mehr als genug. Besser, ich bleibe bei Bohnen und Steak und zwar an jedem Wochentag.«

»Ich habe schon Schlechteres gegessen«, stimmte Kit zu. Er legte die Karte zur Seite und winkte der Kellnerin. Sie bestellten ihr Mittagessen und widmeten sich ihrem dunklen Bier.

»Also, worum geht es?« fragte Malcolm.

»Margo, was sonst?«

Der Jüngere der beiden Männer grinste. »Etwas Spezielles, oder so im allgemeinen? Oder vielleicht beides?«

»Eigentlich beides«, erklärte Kit. »Aber ganz besonders um ihren mangelnden Fortschritt.«

Malcolms Lächeln verschwand. »Wo liegt das Problem? Sie ist schließlich nicht dumm.«

»Sven meint, sie hätte es zu eilig, in die Vergangenheit zu reisen, um sich richtig zu konzentrieren.«

Der Zeitführer lehnte sich zurück und spielte mit seinem

Bierglas, wobei er einige feuchte Ringe auf der hölzernen Tischplatte hinterließ. »Da könnte er recht haben«, sagte er schließlich langsam. »Das wird vermutlich nicht alles sein, trotzdem könnte es sie weiterbringen. Sie redet von nichts anderem, als in die Vergangenheit zu reisen.«

»Wieviel Zeit verbringst du eigentlich mit ihr?«

Malcolm errötete. »Nicht genug, daß es diesen Ton rechtfertigen würde, Kit. Aber ich sorge mich um sie. Ich denke mir einfach, daß sie nicht in die Gefahr kommen kann, auf Lumpen wie Skeeter hereinzufallen, wenn ich bei ihr bin. Und du weißt selbst, wie viele Haie hier jedesmal durchziehen, wenn Tor eins geöffnet wird.«

Er wußte es und entspannte sich. »Ja, schon gut. Hast du eine Ahnung, wie es mit ihrer Ausbildung steht? Ann und Sven sind nicht gerade begeistert.«

Malcolm schüttelte den Kopf. »Nein. Wir reden nicht allzu viel über ihre Ausbildung, jedenfalls nicht über den theoretischen Teil. Meistens fragt sie mich nach meinen Erfahrungen in der Vergangenheit aus – oder nach deinen. Sie ist ...« Er zögerte.

»Sie ist was?«

»Ich weiß nicht. Auf der Hut, nehme ich an. Sie scheint ständig alarmbereit zu sein, falls du verstehst, was ich meine.«

»Erzähl mir davon! Sie schläft auf meiner Couch, sie ißt mein Essen, sie duscht in meinem Badezimmer, aber die einzige Möglichkeit, sie ein bißchen zur Ruhe zu bringen ist es, ihr zu erzählen, wie wunderbar es ist, in La-La-Land zu leben. Hast du eine Ahnung, wie viele obskure Fernsehstars sie kennt?«

Malcolm kicherte. »Wirklich? Na ja, sie wollte ja schließlich selbst einmal Schauspielerin werden. Andererseits, welches kleine Mädchen will das nicht irgendwann? Wenn ich mich recht erinnere, durchliefen meine Schwestern die Ich-werde-sterben-wenn-ich-nicht-Schauspielerin-werden-kann-Phase kurz nach der Ich-werde-sterben-wenn-ichkein-Pferd-bekomme-Phase und der Ich-werde-sterben-wenn-ich-keine-berühmte-Eisläuferin-werde-Phase.«

Kit grinste. »Ich hatte keine Schwestern. Klingt, als hätte ich eine Menge Spaß verpaßt. Aber ernsthaft, Margo und ich hatten nur einmal ein persönliches Gespräch, seit sie hier ist, und das, was ich dabei erfahren habe ...« Er schüttelte den Kopf. »Sie ist so voller schmerzhafter Erinnerungen, daß sie nicht bereit ist, darüber zu sprechen. Ich würde das *Neo-Edo* dafür hergeben, wenn ich mehr erfahren könnte.«

Malcolm seufzte. »Ich weiß auch nicht mehr. Was sind ...« Er unterbrach sich und sah plötzlich ziemlich erschreckt aus; dann preßte er eine Hand an den Hinterkopf. »Jetzt sollte sich kein Tor öffnen, oder?«

Kit fühlte es auch. Da war dieses untertönige Brummen, das das Öffnen eines Tores begleitete. Was auch immer es war, es war nicht geplant – und der Intensität des Gefühls nach, war es ein sehr großes Tor.

»Ein neues Tor!«

»Richtig!«

Sie stolperten zur Tür und prallten gegen die Eigentümerin des *Prince Albert*. »Wo ist es?« rief Peg Ames atemlos. Sie hielt sich den Kopf. »O Mama, das muß ein großes Tor sein. Es tut weh.«

Es tat wirklich weh, schlimmer als *Porta Romae*, das größte aktive Tor im La-La-Land.

Überall liefen aufgeschreckte Sechsundachtziger durch die *Commons*. Sie rannten aus Geschäften heraus, und einige kamen sogar aus den Privatquartieren. Viele von ihnen trugen Scanner, mit denen sich instabile Felder orten ließen, die die Entstehung eines neuen Tores im Raum-Zeit-Kontinuum begleiteten. Die Touristen sahen verschreckt aus. Sie versammelten sich zu kleinen Gruppen und hielten sich die Ohren zu. Eine Sirene ertönte, und ihr Echo hallte in einem befremdlichen Rhythmus von den Gittern und Betonwänden wieder. Jemand hatte die große Alarmsirene betätigt, die nur im äußersten Notfall geläutet werden durfte. Das letzte Mal hatte diese Sirene geheult, als sich mehr als ein

Dutzend Rettungsleute in dem instabilen Tor unter Shermans Café in großer Gefahr befunden hatten.

Sicherheitsleute kamen aus allen Ecken herbeigerannt. Frauen und Männer in grauen Schutzuniformen folgten ihnen auf dem Fuße. Sie trugen Fangnetze, Betäubungsgewehre und Waffen für den Straßenkampf bei sich. Auf ihren Uniformen war in unauffälligen schwarzen Lettern die Aufschrift ›Seuchenkontrolle‹ angebracht. Die Truppe hatte erheblich an Ansehen gewonnen, seit der Schwarze Tod TT-13 heimgesucht und TT-51 sein Walroßfiasko überstanden hatte. Diese Vorkommnisse hatten die Stationsmanager dazu bewogen, einen angemessenen Gesundheitsdienst zu bezahlen. Niemand widersprach seither den Anweisungen eines Seuchenkontrolleurs.

Bull Morgan, ein stämmiger Mann, der seinen Anzug trug wie der Boß einer Spielhölle seinen finsteren Gesichtsausdruck, drängte sich mit einem Feuerlöscher durch das Getümmel. Seine Brauen über der in zu vielen Faustkämpfen häufig gebrochenen Nase hatten sich zu einer besorgten Linie zusammengezogen. Mike Benson, Chef der Sicherheitstruppen, war direkt hinter dem Stationsmanager. Er hatte seine blauen Augen zu schmalen Schlitzen zusammengekniffen, während er die Umgebung nach ersten Anzeichen des neuen Tores absuchte. Gleichzeitig sprach er hektisch in sein Handfunkgerät.

Bull winkte jemanden mit einem Scanner heran. »Hat irgend jemand ...?«

»O Scheiße!«

Ein ganzes Dutzend Scanner richtete sich auf einen Punkt in der Höhe.

Dann öffnete sich die Decke. Eine Anzeigentafel verschwand in der Dunkelheit. Die Luft flimmerte sonderbar in sämtlichen Farben des sichtbaren Spektrums. Kit preßte seine Hände auf die Ohren, obwohl er wußte, daß die Geste das Geräusch, das keines war, nicht dämpfen konnte. Jeder – ganz gleich ob Tourist oder Sechsundachtziger – wich zurück und bald standen nur noch verlassene schmiedeeiserne Bänke vor der *Victoria-Station*. Das neue Tor dehnte sich aus, und seine Ränder waberten und pulsierten instabil hin und her. Dann schrumpfte es deutlich sichtbar; dehnte sich wieder wie ein näherkommender Zug, nur um gleich darauf in sich zusammenzubrechen.

Man brauchte keinen empfindlichen Scanner, um den Zustand dieses Tores festzustellen. Er war mit bloßem Auge sichtbar.

»Instabil!« schrie Malcolm.

Kit nickte nur und hoffte verzweifelt, daß nichts hindurchfallen und aus einer Höhe von fünf Stockwerken auf die *Victoria Station* herabstürzen würde. Unter ihnen bebte der Boden in Resonanz des untertönigen Summens. Die Schwärze an der Decke dehnte sich wieder aus, erreichte die nächststehende Mauer und verschlang einige Stege. *Das ist das verdammt größte Tor, das ich je gesehen habe …*

Ungleichmäßiges Licht blitzte auf und riß für einen Sekundenbruchteil den Hintergrund mit seinen tiefschwarzen Gewitterwolken aus der Dunkelheit, der von dieser Seite des Tores aus als Miniatur zu sehen war. Für einen winzigen Augenblick glaubte Kit eine verregnete Küstenlandschaft zu erkennen. Dann fiel prasselnder Regen auf TT-86 nieder. Die Touristen suchten an den nächstgelegenen Fassaden Schutz. Kit kniff die Augen zusammen, um sie vor der plötzlichen Sintflut zu schützen. Noch einmal drang heftiger Regen durch das Tor und durchnäßte die Umstehenden bis auf die Knochen. Er hob die Hand über seine Augen …

Irgend etwas Großes fiel herein.

»PASS AUF!«

Was auch immer es war, es verursachte ein Geräusch wie ein verängstigtes Schulmädchen und stürzte fünf Stockwerke in die Tiefe. Kit sprang zurück, als es direkt auf sie zukam. Ein langer gekrümmter Körper lag plötzlich keinen Meter von ihnen entfernt am Boden.

Ein Sturzbach aus Blut und Eingeweiden ergoß sich über Malcolm. »Ah, verdammte Scheiße!«

Wieder drangen Wassermassen herein und reinigten die

Umstehenden von den Blutspritzern. Eine zehn Meter lange Spur aus gebrochenen Knochen und Blut zog sich über Pflastersteine und zerstörte Bänke. Noch ehe Kit genauer hinsehen konnte, kam noch etwas Dunkles durch die Öffnung, aber dieses Etwas hatte Flügel.

»Heiliger …«

Ein gequältes metallisches Kreischen dröhnte durch die *Commons*. Noch ein geflügeltes Wesen kam aus der drohenden Schwärze hereingeflogen. Ihm folgten weitere, bis ein ganzer Schwarm wild in der Luft kreisender geflügelter Kreaturen wie rasend zwischen den Stahlträgern herumschwirrte. Ein Blitz flackerte auf, traf durch das Tor einen der Stege im vierten Stockwerk und ließ blaue Flammen über die stählerne Konstruktion tanzen. Krachender Donner erfüllte die Station und ließ die Fenster in den oberen Etagen zerbersten. Glas prasselte in scharfkantigen Splittern auf das Pflaster.

Dann brach das Tor zusammen.

Es dauerte nicht viel länger als ein Augenzwinkern, und das Tor war verschwunden. Ein letzter Schwall Regen fiel in wirren Schleiern herab und verteilte sich auf einige große Pfützen. Für die Dauer eines Herzschlages lag die Station in vollkommener Stille. Dann zeigte jemand nach oben. Schreie erhoben sich. Eine Kreatur von enormer Größe mit ledrigen Schwingen glitt in geringer Höhe über die Menschen hinweg. Kit suchte instinktiv am Boden Deckung.

Mein Gott …

Dieses Ding hatte eine Flügelspanne, die der eines Learjets gleichkam. Das Schnappen seines langen scharfen Schnabels verursachte ein klackendes Geräusch, als es kaum dreißig Zentimeter über einer Straßenlaterne vorbeiflog.

Dieses Mal stoben die Sechsundachtziger verschreckt auseinander. Der silberne Unterleib der Kreatur reflektierte das Licht der Station, während es wieder der Decke entgegenkreiste. Rücken und Flügel waren grau-schwarz marmoriert. Sein riesiger vertikaler Kamm mit den gewaltigen

Augen und den leuchtendroten Streifen hatte Ähnlichkeit mit den Flügeln eines Nachtfalters. In der Höhe des dritten Stockwerks schnappte es nach einer Touristin und verfehlte knapp ihren Kopf. Die Frau schrie und klammerte sich an das Geländer des Laufstegs. Seuchenkontrolleure nahmen das Wesen mit Schrotgewehren ins Visier.

»NICHT SCHIESSEN!« schrie Bull. »FANGT ES LEBEND!«

Ein halbes Dutzend Beamter der Seuchenkontrolle tauschte fluchend die Schrotgewehre gegen Fangnetze ein. Kit sprang auf und griff sich die Ecke eines der Netze. Auch Malcolm schnappte sich einen Teil des Netzes. Sie hoben das Netz an und bereiteten sich darauf vor, das Wesen bei seinem nächsten Tiefflug abzufangen.

»Was ist das für ein Ding?« fragte ein *Time Tours*-Mitarbeiter atemlos.

Das riesige Tier flog mit seinen zehn Meter großen Schwingen auf die Decke zu und streifte dabei mit einem Flügel einen der Stege.

»Sieht aus wie ein Pteranodon sternbergi«, sagte Sue Fritchey gelassen. »Allerdings ist er fast so groß wie die größten Vertreter der Pterodactylus, die wir kennen. Dieses Tor hat sich direkt in die späte Kreidezeit geöffnet. Da kommt er! Achtung ... Wartet ... Wartet ...«

Kit sah mit zum Zerreißen gespannten Nerven auf den tödlich scharfen Schnabel, als der gigantische Pterosaurier direkt auf sie zuflog. Kopf und Nacken waren allein länger, als Sven Bailey groß war. Kits archaische Hirnsektion, der Teil im menschlichen Schädel, der die Frage Kampf oder Flucht zu entscheiden hat, schrie mit beängstigender Intensität: »LAUF!«

Kit ignorierte es.

Sue gab noch immer Anweisungen. »Wartet ... gleich ... gleich ... JETZT!«

Ein Dutzend Männer hob das große Netz, und es verfing sich in den ledrigen Schwingen. Ein weiteres Netz legte sich über den scharfen Schnabel und den enormen Kamm. Der riesige Pterosaurus stürzte in einer kreischenden Masse aus schnappendem Schnabel, gigantischen Schwingen und Klauen und einem schweren Körper hart zu Boden. Betäubungsgewehre wurden abgeschossen, drei Ladungen trafen den Saurier. Bull Morgan kam herüber, um zu helfen. Eine der kraftvollen Schwingen hob Kit in die Luft, um ihn gleich darauf auf das Pflaster zu schleudern. Malcolm verschwand aus Kits Blickfeld. Kit dachte, er hätte einen Schmerzensschrei und eine wütende Verwünschung gehört, doch er konnte sich nicht darum kümmern. Seine Aufmerksamkeit wurde gänzlich von dem Blick auf ein bösartiges rotes Auge und einem schnappenden aufwärtsgerichteten Schnabel, der sich durch halbzöllige Hanffasern fraß, als wären es Spaghetti, in Anspruch genommen.

Ein Beamter kam mit einem aufgewickelten Seil heran und riskierte seine Hände bei dem Versuch, den scharfen Schnabel zuzubinden. Mit einer kurzen Bewegung seines starken Nackens lehrte der Saurier den Mann das Fliegen, doch das Seil um seinen Schnabel war bereits festgezurrt. Das verhältnismäßig kleine, grausame Auge verdrehte sich mit einem mörderischen Ausdruck und begann langsam, sich zu schließen. Die Betäubung zeigte endlich Wirkung. Kit fühlte sich, als sei er durch einen Fleischwolf gedreht worden, doch sie hatten eine zoologische Sensation für das La-La-Land gerettet.

»Gute Arbeit«, sagte Bull und zeigte dann nach oben. »Was sind das für Dinger?«

Sue Fritchey betrachtete durch ihren Feldstecher die kleineren Flugwesen an der Decke, die sich inzwischen auf den Dachsparren niedergelassen hatten. »Das sind Ichthyornis. Primitive kleine Vögel mit Zähnen, etwa so groß wie Seemöwen. Sie ernähren sich von Fischen. Sie teilen Zeitperiode und Ökosystem mit dem Sternbergi. Müssen etwa zwanzig von ihnen herübergekommen sein.« Sie drehte den Feldstecher in eine andere Richtung. »Da drüben haben wir dann noch etwa fünfzehn kleinere Pterosaurier, ungefähr so groß wie Krähen. Aber ich habe keine Ahnung, was das da ist.« Der Feldstecher zielte auf ein Paar, das allein auf einem Sparren saß. »Sie sehen aus wie eine Art Raubvögel. Es könnten Fischfresser sein, aber ihre Schnäbel passen nicht ins Bild. Soweit ich weiß, werden derartige Fossilien nirgends erwähnt.«

»Sind genug von jeder Sorte da, um eine Brutkolonie aufzubauen?« fragte Bull knapp.

»Möglich. Diese zwei da werden wohl keinen Nachwuchs zeugen. Die Pterosaurier und der Schwarm Ichthyornis ... Sie stehen kurz vor dem Aussterben, aber wir haben es schon einmal geschafft, eine Spezies in diesem Stadium noch zu retten. Es kommt darauf an, wie viele brütende – oder trächtige – Weibchen dabei sind. Es ist schwer, das Geschlecht von Vögeln ohne ein Gefieder festzustellen und ich sehe nirgends Federn. Und ich habe keine Ahnung, wie man das Geschlecht eines Pterosauriers nachweisen kann.«

»Irgendwelche Gefahr für die Touristen?« fragte Bull und betrachtete unbehaglich die Verwüstungen und die bleichen Gesichter der Touristen, die sich noch immer schutzsuchend an die Häuserfronten drängten.

»Keine Ahnung. Wahrscheinlich nicht, solange sich die Tierchen nicht bedrängt fühlen, und das werden sie wohl nicht, solange sie nicht gejagt werden. Außerdem reagieren Vögel auch nicht so aggressiv und zornig wie beispielsweise Bienen, obwohl ich nicht weiß, ob das auch auf Pterosaurier zutrifft. Wahrscheinlich, aber das können wir nicht wissen.«

»Dann werden wir sie einfach in Ruhe lassen, bis wir einen Experten hinzuziehen können«, beschloß Bull. »Wenn Tor eins das nächste Mal geöffnet wird, dann schikken Sie nach einer geeigneten Person. Diese Viecher ernähren sich von Fisch? Gut. Erhöht den Bestand in den Fischteichen und füllt ihn regelmäßig nach. Beobachtet die kleinen Biester und gebt mir Bescheid, wenn irgendwelche Gefahr von ihnen ausgehen sollte. Mehr Gefahr, als nur von Dinosaurierscheiße getroffen zu werden.«

Die Mitarbeiter von der Seuchenkontrolle feixten, und

Sue Fritchey sagte: »Das sind keine Dinosaurier, es sind Pterosaurier und Urvögel; aber keine Sorge, wir kommen schon klar.«

Bull nickte und schaute dann zu Malcolm und Kit. »Danke für eure Hilfe, Jungs.«

»Gern geschehen«, erwiderte Kit lächelnd. »Schließlich habe ich nicht jeden Tag Gelegenheit, mit einem ausgewachsenen Pterodactylus zu ringen.«

Bull grinste. »Auch wieder wahr. Bist du in Ordnung, Malcolm?«

Kit sah sich nach Malcolm um. Der junge Reisebegleiter rieb sich das Handgelenk. »Ja, nur mächtig am Boden zerstört.«

Bull betrachtete Malcolms Handgelenk genauer. Es begann sichtlich anzuschwellen. »Laß das von Rachel untersuchen. Keine Widerrede! Ich komme für die Kosten auf.«

Malcolm seufzte. »Danke, Bull. Ich bin wirklich vom Glück verfolgt, was?«

Kit grinste. »Glaub bloß nicht, du kommst so einfach um den Job herum!«

Malcolm sah ihn mürrisch an. »Welcher Job? Du hast mir bisher noch nicht gesagt, worum es geht.«

Kit knotete eine Schlinge aus Malcolms Hemd und bettete seinen Arm waagerecht hinein. »Ich will, daß du Kindermädchen für Margo spielst und sie nach London begleitest.«

Malcolm starrte ihn an und schob die Schlinge in eine bequemere Position. Seine Augen glühten. »Ist das dein Ernst?«

»Tödlicher Ernst. Wo wir gerade vom Tod reden, was zum Teufel war das da?« Er zeigte mit dem Daumen auf die Kreatur, die durch die Decke gefallen war. Die Überreste verrieten, daß das Wesen Zähne, Schwanz und Klauen gehabt hatte. Mittlerweile näherten sich einige neugierige Touristen dem abgestürzten Wesen.

Sue Fritchey untersuchte die Reste. »Sichelförmige Klauen, eine Art Raubtier, etwa so groß wie ein Utahraptor, aber es ist eine andere Spezies. Wir wußten gar nicht, daß sich diese Viecher so weit in die späte Kreidezeit hinein gehalten hatten. Auf jeden Fall können wir dankbar sein, daß es tot ist.«

Malcolm schüttelte sich. »Sowieso. Sagt mal, ist das Ding warm?« Er beugte sich vor, um besser sehen zu können.

Von diesem toten klauenbewehrten Ding stieg ganz offensichtlich Hitze auf.

»Ja«, erwiderte Sue, die nach einem flüchtigen Blick zurückgewichen war. »Geht bitte zurück.«

»Aber es ist warm! Du kannst dir doch wohl vorstellen, was das für die Wissenschaft bedeutet.«

Sue starrte ihn an. »Ja, das kann ich. Und ich kann mir vorstellen, daß das da ein auskühlender Körper ist. Seine Parasiten werden ihn scharenweise verlassen – und ich will nicht, daß irgend jemand sich eine Zecke von der Größe eines Fingernagels einfängt oder Würmer mit den Ausmaßen eines Kugelschreibers! Jimmy, der ganze Bereich muß gereinigt und desinfiziert werden. Kümmere dich darum!«

Malcolm fuhr hastig zurück. Die Touristen verzichteten darauf, den toten Raptoren zu begutachten und drängten sich statt dessen um den betäubten Pterodactylus. Die Beamten der Seuchenkontrolle waren dabei, ihn mit Hilfe eines Gabelstaplers und großer Holzpaletten wegzuschaffen.

»Komm schon, du Held!« sagte Kit und faßte Malcolm am Ellenbogen. »Laß uns hier verschwinden und nach deinem Handgelenk sehen.« Er dirigierte Malcolm durch das Gedränge und verfrachtete ihn in Rachel Eisensteins Krankenstation. Sie untersuchte ihn, erklärte, er habe eine heldenhafte Verstauchung und warnte: »Du solltest die nächsten paar Tage nichts tun, was anstrengender ist, als eine Gabel zu halten, okay?« Sie brachte das verletzte Handgelenk mit einer anständigen Schlaufe wieder in Ruhelage. Sein Hemd, das nun von seiner Zweckentfremdung befreit war, begann zu trocknen. Risse und Flecken geronnenen Blutes traten ans Licht. Aber Malcolm selbst war blitzsauber.

Rachel hatte ihn regelrecht in Desinfektionslösung gebadet und ihm frische Kleider gegeben.

»Zu Befehl, Madam«, antwortete Malcolm und salutierte mit seiner unverletzten Hand.

»Gut«, lächelte Rachel. »Und nun verschwindet, ich habe noch zu tun. Einige Touristen sind in dem Chaos verletzt worden, und andere sind einfach nur hysterisch. Instabile Tore sind einem schlichten Gemüt nicht besonders zuträglich. Ich wünschte, ich hätte es mir ansehen können, aber ich hatte natürlich Notdienst und konnte hier nicht weg.«

Kit bekundete sein Mitgefühl, dann überließen sie Rachel den Anforderungen ihres Jobs. Im Korridor fragte Kit: »Du hast mir nicht geantwortet. Bist du bereit für den Job?«

Malcolm kicherte leise. »Das solltest du eigentlich auch so wissen. Was soll ich ihr zeigen? Eine stilvolle Nacht in der Oper? Oder soll ich sie ins East End bringen, um ihre mädchenhaft-romantischen Phantasien zu zerstören?«

»Das überlasse ich ganz deiner Umsicht und Weisheit. Ich schlage vor, wir suchen meine Enkelin und gehen dann zu Connie Logans Geschäft. Das Mädchen braucht eine ordentliche Ausrüstung für die Reise.«

Malcolm nickte. »Sind wir auf dieser Reise einfache Touristen, oder soll ich sie auf ihre Rolle als Mann vorbereiten?«

Kit überlegte. »Auch das überlasse ich dir. Vielleicht wäre es gut, beides zu berücksichtigen.«

»Ich bin ganz deiner Meinung. Ich, äh, ich treffe dich vor Connies Geschäft«, sagte er. »Sagen wir in fünfzehn oder zwanzig Minuten? Die Hose, die Rachel mir gegeben hat, kneift.«

»Wir treffen uns im *Prince Albert* und beenden unser Mittagessen, ehe wir Margo suchen.«

Malcolm grinste. »Euer Wunsch sei mir Befehl, Boß! Ihr dürft mich mit Einladungen zum Essen und mit Geld überhäufen, wie es Euch gefällt.«

»Ich sollte dir wohl eher den Kopf waschen«, schnaubte Kit. »Aber das hat Rachel bereits erledigt. Wir sehen uns dann im *Prince Albert*.«

Connies Geschäft war – dem guten Ruf des La-La-Landes entsprechend – eine der ersten Adressen unter den Reiseausstattern. Connie war für einen so beachtlichen Erfolg noch erstaunlich jung, gerade sechsundzwanzig, aber sie konnte schon bei der Geschäftseröffnung auf einen wesentlichen Vorteil zurückgreifen: Eine ihrer Tanten war Eigentümerin eines kleinen Wandertheaters gewesen und hatte Connie schon frühzeitig vieles über historische Kostüme gelehrt. Als sie starb, hinterließ sie ihr ihren ganzen Besitz. Connie erbte nicht nur einen ganzen Raum voller Kleider, die nur darauf warteten, durch ihre beträchtlichen Fähigkeiten als Schneiderin zu authentischen Gewändern umgestaltet zu werden, sondern auch noch genug Geld, um ein Geschäft zu eröffnen.

Connie Logan war gescheit und kreativ – und eine Attraktion für die anderen Sechsundachtziger. Es wurden viele Wetten darüber abgeschlossen, in welcher Kostümierung sie wohl demnächst gesehen werden würde. Das Schild über ihrer Ladentür war ebenso schlicht wie effektiv: *KLEIDER UND STOFFE*. Ein paar Touristen waren dumm genug, Läden mit phantasievolleren Namen zu bevorzugen, aber die meisten ließen sich dadurch nicht blenden. Auf ihrem Weg zu dem Geschäft gab Margo zu, noch nicht darin gewesen zu sein.

»Ich hasse es, durch Geschäfte zu streifen, wenn ich so pleite bin, daß ich absolut nichts kaufen kann«, erklärte sie. »Das ist deprimierend.«

»Und das komische Kleid?«

Ihre Wangen röteten sich. »Skeeter hat mir das Geld dafür gegeben. Er sagte, ich solle bei *Costumes Forever* kaufen, weil sie billiger seien. Seitdem war ich nicht mehr einkaufen.«

»Na, dann wirst du es ja genießen«, sagte Kit lächelnd, doch im stillen fragte er sich, ob diese Sache weiterhelfen oder die Dinge womöglich noch verschlimmern würde. Als er sie durch die Eingangstür schob, blieb Margo stehen und war eine ganze Minute damit beschäftigt, mit weit aufgerissenen Augen zu staunen. Dann entfuhr ihr ein leises aufgeregtes Pfeifen, und sie drehte sich einmal um ihre eigene Achse, um die Regale, Auslagen und Vitrinen zu bewundern. Schließlich sagte sie: »Ein irres Einkaufsparadies.«

Margo stürzte sich auf den nächststehenden Kleiderständer.

Malcolm betrachtete Kits Gesicht und grinste in sich hinein.

»Sei bloß still«, grummelte Kit. »Du bist wirklich eine große Hilfe.«

»Du wirst zugeben müssen, daß das Ganze eine verdammt komische Komponente hat. Sie ist achtzehn. Sie ist eine Frau. Und jetzt ist sie im Himmel.«

»Phantastisch. Da fühle ich mich doch gleich besser.«

Malcolms Grinsen wurde breiter. »Ich schätze, das *Neo-Edo* kann es sich leisten.«

»So? Deine Steuern werden ja auch nicht fällig, wenn Tor eins das nächste Mal öffnet.«

Malcolm Augen blitzten. »O doch. Eigentlich schon. Ich habe nur nicht genug Einkommen, um mir darüber Gedanken zu machen.«

Kit klopfte ihm auf die Schulter. »Warte ab. Ich werde mich um dieses kleine Problem kümmern.«

»Danke«, sagte Malcolm gedehnt. »Ich bekomme die Chance, tatsächlich einmal etwas mehr als gar nichts zu besitzen.«

»Ich könnte dir einen Vorschuß ...«

»Toll. Aber ein Mann hat seinen Stolz, trotz allem. Hey, schau mal, Connie hat eine neue Kollektion für London fertig.«

Er ließ Kit allein, um sich selbst umzusehen. Wie immer gefesselt von der Masse an Kleidern und Stoffen, schaute auch Kit sich um, um ein Gefühl dafür zu bekommen, was sie brauchen würden. Die Kostüme waren ordentlich auf Ständer sortiert, die den Toren des La-La-Landes zugeordnet waren. Sie waren sorgfältig in Gruppen zusammengestellt, die sich nach Zeit und Ort und dem sozialen Umfeld unterschieden. Die Ausstattung konnte entweder gemietet (von den Kunden mit einem normalen Einkommen) oder gekauft werden (von denen, die stinkreich waren).

In Regalen und Vitrinen lagen Accessoires jeder Art bereit. Da gab es vielfältiges Schuhwerk, Gürtel, Unterwäsche, Handtaschen, Schmuck und Taschen für alle Arten von Waffen: Schulterholster für Pistolen und Messer, Gürtelholster und -scheiden, kleine Futterale, die um die Wade geschnallt wurden, sogar Strumpfbandholster. Eine andere Auslage enthielt Perücken und Haarteile in jeder denkbaren Form und Farbe, die meisten von ihnen ansteckbar, so daß sie bei Bedarf an die Frisur angefügt werden konnten. Jedes der Accessoires war entsprechend der Zeit an den Reiseorten gestaltet.

In einer anderen Ecke des Geschäftes gab es passende Gepäckstücke, Leuchten der verschiedensten Art von Windlichtern bis hin zu Öllampen, Sanitäts- und Überlebensausrüstungen, Werkzeuge, Waffen und sogar historische Augengläser. Einer von Connies Mitarbeitern beschäftigte sich ausschließlich mit der Herstellung von Augengläsern und Kontaktlinsen für Reisende, die darauf angewiesen waren.

Hier gab es alles, was die Menschen an den Reiseorten in der Vergangenheit benutzten und darüber hinaus Dinge, die lebenswichtig sein konnten und sich tarnen ließen. Außerdem wurden Materialien angeboten, um solche Gegenstände selbst herzustellen, die nicht in die Zeit paßten und sich nicht einfach versteckt mitnehmen ließen.

Connie selbst war, im Gegensatz zu ihrem übervollen Geschäft, sehr ordentlich und diszipliniert. Sie trat aus dem hinteren Teil des Geschäfts zu ihnen, wo sie ihr Büro und ihr Studio untergebracht hatte. Als sie Kit erkannte, winkte sie ihm zu. Kit grinste bei ihrem Anblick. Unter einem Kimono, dem der Obi fehlte, um ihn zu schließen, trug sie Einzelteile viktorianischer Unterwäsche. Ihre Füße steckten in grob genagelten römischen Schuhen, und auf ihrem Kopf saß ein mittelamerikanischer Hut mit großen Federn. In ihrem von glänzendem schwarzen Haar umrahmten Gesicht blitzten irischblaue Augen fröhlich auf, als sie das Geschäft durchquerte, wobei ihre antiken Schuhe bei jedem Schritt laut polterten.

»Hi, Kit! Was führt dich hierher?«

Sie unterhielten sich neben einer Vitrine mit Hüten aus Linon und Spitze, Fächern mit und ohne Federn, Seiden-, Leder- und Wollhandschuhen, während Margo von irgendwoher den wohl exotischsten Laut von sich gab, den Kit jemals von einer Frau außerhalb des Bettes gehört hatte.

»Was glaubst du wohl?« fragte Kit lächelnd und deutete mit einem Kopfnicken auf die vollkommen hingerissene Gestalt, die sich gerade durch einen Ständer mit Ballkleidern arbeitete. »Margo, natürlich. Ich will sie auf eine Londonreise mit Malcolm schicken. So eine Art Probelauf, damit sie einen kleinen Eindruck von Zeitreisen bekommt.«

»Gute Idee. Warte einen Moment, ja? Diese Federn jukken.«

Sie nahm den Hut ab, wobei sich die glänzende schwarze Haarpracht ebenfalls von ihrem Kopf löste. Erleichtert schüttelte sie ihr eigenes Haar und verschwand im Hinterzimmer. Als sie wiederkam, hatte sie Kimono und Schuhwerk gegen ein Paar lederner Schnürstiefel im Cowboystil, wollene Unterhosen und ein Stäbchenkorsett ausgetauscht. Kit hatte es gelegentlich schon erlebt, daß sie sich während eines Gespräches fünfmal in gerade zwanzig Minuten umgezogen hatte, um ihre diversen neuen Kreationen auszuprobieren. Auf der anderen Seite des Raumes wurde Margo auf sie aufmerksam. Ganze dreißig Sekunden starrte sie bewegungslos herüber; dann wandte sie sich wieder ihrer Erkundungstour zu und gab gleich darauf angesichts eines weiteren offenkundig wundervollen Anblicks erneut ein entzücktes Quieken von sich.

»Sehr kleidsam«, sagte Kit gedehnt.

Connie lachte. »Ja, ganz abscheulich, und das Korsett schnürt mich auf die Hälfte zusammen, aber ich mußte sichergehen, daß die Bügel und Stäbchen richtig sitzen, ehe ich es William zum Fertignähen gebe.«

»Und die Stiefel?«

»Die Kundin sagte, sie bekäme wunde Füße davon. Ich will nur sehen, wo das Problem liegt.«

»Aha.«

Kit wußte, ebenso wie die meisten anderen Sechsundachtziger, daß Connie Logan sich nicht im mindesten darum scherte, wie sie aussah, wenn sie arbeitete. Und da sie die meiste Zeit ihres Wachseins mit Arbeit zubrachte ... »Was meinst du damit, ich soll mir zur Abwechslung mal ein bißchen Spaß gönnen? Ich liebe es, Kleider zu entwerfen!« ... Connie Logan war zweifellos die exzentrischste Verrückte auf dieser Zeitstation, obwohl es auf TT-86 von schrägen Typen nur so wimmelte.

Für Kit war sie außerdem die entzückendste Verrückte, die er jemals erlebt hatte.

Selbst er empfand Hochachtung vor ihrer umfassenden Allgemeinbildung.

»London, sagst du?« fragte Connie und betrachtete Margo, die gerade die römischen Stolen mit ihren reichhaltigen Stickereien entdeckt hatte. »Was steht auf dem Programm? Eine einfache Reise? Anschauungsunterricht? Ein Probelauf als Time Scout?«

»Von allem etwas. Ich überlasse die Wahl der Ausrüstung dir und Malcolm.«

»Und Margo?« fragte Connie lächelnd.

Er verdrehte die Augen. »Warten wir ab, was sie sich aussucht, und dann entscheidest du.«

»In Ordnung. Mieten oder Kaufen?«

»Alles was noch verwendbar ist, wenn sie zurückkommen, möchte ich mieten. Den Rest werde ich kaufen.«

»Okay.« Ihr Blick wanderte zu einer Gruppe Touristen, die sich hinter Kit nach Accessoires für ihre Kleidung umsahen. »Oh, verdammt ...« Sie stürmte an Kit vorbei. »Nein, nein, nein, nicht diesen Fächer. Das ist ein Fächer für die Oper, und was Sie da anhaben, ist Tageskleidung. Damit können Sie Leute besuchen oder durch London bummeln. Sie werden vollkommen idiotisch aussehen, wenn Sie mit diesem

Fächer spazierengehen. Ich zeige Ihnen, was Sie brauchen können. Das hier, oder das, vielleicht auch das ... Nein, nicht diese Straßenschuhe, Sie brauchen die hier. Größe sechs? Hmm ... ein bißchen eng fürchte ich. Versuchen Sie es mit sechseinhalb.«

Die erstaunten Touristen begafften Connie, die wirklich eine merkwürdige Figur abgab. Ihre weiblichen Pfunde steckten in Batistunterwäsche, wollene Hemdhosen blitzten hier und dort zwischen den Falten diverser Petticoats hervor, und das stramm geschnürte Korsett, das unansehnliche Wülste an seinen Kanten hervorrief und über der anderen Wäsche saß, bildete gemeinsam mit den ledernen Stiefeln die Krönung des Arrangements.

»Äh ... Danke ...«

Sie nahmen Connies Ratschlag ein bißchen zögerlich an, setzten sich dann aber fügsam nieder, um die Schuhe anzuprobieren.

Connie kam kopfschüttelnd zurück zu Kit. »Wenn sie doch nur die Schilder lesen würden ... Man muß wie ein Schießhund auf sie aufpassen. Laß uns nach Margo sehen. O Gott, das geht schon daneben ...«

Schon war Connie wieder fort, noch ehe Kit auch nur den Mund zu einer Entgegnung hatte öffnen können.

»Nein, nein, Margo, das geht so nicht. Du trägst eine Schulmädchenhaube zu einem damenhaften Teekleid ...«

»Malcolm«, rief Kit und winkte den Reisebegleiter zu sich. »Komm her! Connie ist auf dem Kriegspfad, und es wird Zeit für ein paar Entscheidungen.«

Malcolm zog ein Gesicht wie ein Schüler, der beim Schwänzen in einem Süßwarenladen erwischt wird und eilte herbei. »Entschuldige. Ich wollte mich nur über die neuesten Modetrends vergangener Zeiten informieren. Es gibt einige Veränderungen in der Hutmode, seit der letzten Saison, sie weiten sich nicht mehr so sehr zur Krempe hin, und die neuen Straßenanzüge mit den gerollten Kragen sehen wirklich gut aus. Hast du diese scheußlichen Jagdanzüge aus Jersey gesehen?« Malcolm schüttelte sich. »Dieses

Zeug haben sie sogar im Hochsommer getragen. Kein Wunder, wenn diese Leute einen Hitzschlag erleiden.«

»Malcolm, ich wußte gar nicht, daß du so eitel bist«, hänselte Kit.

Der Reisebegleiter – derzeit mit einer ausgewaschenen Jeans und einem billigen T-Shirt bekleidet – grinste. »Ich? Niemals. Aber ich sollte meine Garderobe trotzdem erneuern, ehe ich nach London reise. Sonst sehe ich dort wie ein verkalkter Trottel aus.«

»Du bist ein verkalkter Trottel«, lachte Kit. »Und ich auch. Laß uns hier fertig werden! Gott, ich hasse einkaufen.«

»Aber nur, wenn du nicht selbst auf Reisen gehen willst«, erwiderte Malcolm lächelnd.

»Wie wahr. Also, was braucht sie alles ...«

Ein animalischer Schrei gefolgt von dem angstvollen Kreischen einer Frauenstimme gellte durch die *Commons* und unterbrach ihn. Kit und Malcolm fuhren herum und rannten zur Tür. Es hatte sich doch wohl nicht noch ein Tor geöffnet? Die Sirene hatte nicht aufgeheult, und Kit hatte auch kein verräterisches Vibrieren seiner Schädelknochen verspürt. Jemand fluchte. Kit umrundete eine kunstvoll gestaltete Grünanlage und traf auf eine Frau in einer mittelalterlichen Tracht, die zur Decke hinaufstarrte und wütende Schluchzer von sich gab.

»Sie haben sie umgebracht! Verdammte Biester, sie haben sie umgebracht!«

Der Mann neben ihr, ebenfalls in mittelalterliche Gewänder gekleidet, war eifrig damit beschäftigt, die verängstigten Falken auf ihrer beider Arme zu beruhigen, deren Augen durch Kappen verdeckt waren. Einer der Vögel hatte bereits die Flügel abgespreizt in dem Versuch, seinen Hütern zu entkommen.

»Wer hat wen umgebracht?« platzte Malcolm heraus.

Einige Blutstropfen sowie etliche Federn auf dem Beton brachten Kit auf einen Gedanken. »Ich würde sagen, diese beiden Vogelviecher, die Sue nicht identifizieren konnte, haben einen Falken der Dame zum Mittagessen verzehrt.«

Die besagte Dame beantwortete Kits Vermutung in einer äußerst undamenhaften Sprache. Malcolm hustete und wandte sich ab, um ein Grinsen zu verbergen. Die Leute von der Seuchenkontrolle kamen herbeigeeilt, allen voran Sue Fritchey.

»Was ist passiert?«

Die Dame, deren wertvoller Jagdfalke soeben als paläolithisches Raubvogelfrühstück sein Leben ausgehaucht hatte, erzählte es ihr in einem vernichtenden Tonfall.

»Oh, oh. Ich hatte so etwas befürchtet. Wo sind sie jetzt? Ah, da. Okay. Jimmy, Bill, Alice, wir brauchen Fangnetze und Betäubungsmittel. Wenn wir die Viecher weiter jagen lassen, dann werden wir keine Pterosaurier oder Ichthyornis mehr übrig haben, um sie zu studieren. Und außerdem könnte ein Tourist verletzt werden.«

Die letzten Worte sprach sie in einem Tonfall aus, dessen belangloser Klang keine Zweifel darüber offenließ, wie wenig sie sich für die Probleme der Touristen interessierte. Kit unterdrückte ein Grinsen. Die Touristin, die ihren Falken verloren hatte, begann nun Schadenersatz zu fordern. Jemand rief Bull Morgan als Vermittler.

»Komm, Malcolm! Sieht aus, als ob der Spaß vorbei ist, und wir müssen eine Vergangenheitsreise planen.«

Margo hatte von dem ganzen Tohuwabohu nichts bemerkt, was nicht weiter erstaunlich war. Sie lief noch immer gurrend wie eine Taube von Regal zu Regal und probierte allerlei Kleider an. Selbst Connie lachte über sie. Kit schüttelte verständnislos den Kopf. Sie war tatsächlich im Himmel ...

»Dann laß uns mal sehen, was sich unser Wunderkind so alles ausgesucht hat! Wollen wir?«

»Habe ich vielleicht keine Meinung?« schimpfte Margo. Die drei Gesichter ihr gegenüber verzerrten sich zu simultanen Grimassen der Ablehnung. Wenn Margo nicht so außerordentlich wütend gewesen wäre, hätte man die Situation als komisch bezeichnen können. »Also, was ist nun. Ich muß das Zeug doch schließlich anziehen.«

Sie zeigte auf einen lächerlichen bestickten Kittel, die bauschigen Hosen mit der abscheulichen Verschlußklappe, die nur von ein paar Knöpfen gehalten wurde – von den Schnüren ganz zu schweigen, die sie sich um die Knie würde binden müssen, um die viel zu lange Hose vom Erdboden fernzuhalten – und trat dann gegen ein Paar abgenutzte, weitgeschnittene Lederstiefel. Der unförmige Filzhut war so mitleiderregend, daß sie ihn noch nicht einmal ansehen mochte.

»Das ist doch nur eine der Ausstattungen, die Sie tragen werden«, erklärte Malcolm ihr in einem derart freundlichen Tonfall, daß es sie beinahe rasend machte.

»Aber das ist häßlich!«

»Du machst hier keine Ausbildung zum Mannequin«, sagte Kit streng.

Margo gab zwar nach, aber glücklich war sie dabei nicht. »Ich weiß.«

»Gut. Nun zu dem, was du dir ausgesucht hast«, fuhr er fort. »Connie wird dir etwas dazu sagen.«

»Fangen wir mit dem Ballkleid an«, sagte die Ausstatterin und hängte es zurück auf den Ständer. »Das erste Wort dazu lautet: Nein. Es ist nicht dein Job, in die Vergangenheit zu reisen und Feste zu feiern. Du sollst dich darauf vorbereiten, Zeitforschung zu betreiben. Wenn du später einmal einen Urlaub in London machen willst und dafür mit deinem eigenen Geld und deiner Zeit bezahlst, gut. Bis dahin bleiben die Abendkleider hier.«

Margo seufzte. »In Ordnung. Ich soll in die Vergangenheit reisen und mies aussehen.«

»Absolut nicht«, sagte Connie in scharfem Ton. »Du hast eine bemerkenswert negative Einstellung, Margo, wenn man bedenkt, daß du gerade die Chance bekommst, ganz umsonst in die Vergangenheit zu reisen. Eine Reise durch das britannische Tor kostet normalerweise mehrere tausend Dollar.«

Margo lief leuchtendrot an. An diesen Punkt hatte sie

überhaupt nicht gedacht. »Es tut mir leid. Es ist nur, ich war so aufgeregt, als du gesagt hast, ich dürfte fahren, und wir würden Kleider für mich aussuchen ...« Sie richtete einen Appell um Vergebung an Kit. »Es tut mir leid, wirklich, das tut es. Ich war nur so enttäuscht, nachdem ich das alles gesehen habe.« Sie zeigte auf die schimmernde Seide, den Samt und das Satin. »Und dann hast du gesagt, daß ich das da tragen muß.«

Der bescheidenen Bauernkleidung – Männerkleidung – fehlte nur noch der Dreck, um sie vollends häßlich zu machen.

»Entschuldigung angenommen«, sagte Kit leise. »Wenn du dein Geschäft irgendwann beherrscht – und dazu mußt du noch eine Menge lernen –, dann kannst du die feine Dame spielen, sooft du nur willst, aber nicht bei der Arbeit. Niemals bei der Arbeit!«

Margo war zum Weinen zumute. Sie hatte sich grob und undankbar benommen – ihr Temperament brachte sie immer in Schwierigkeiten –, und dabei waren diese Menschen so unglaublich lieb zu ihr gewesen. Die Situation war so ungewohnt für sie. Sie wußte einfach nie, wie sie sich verhalten sollte.

Connie Logan sagte nun wieder freundlicher: »Na, komm. Laß uns schauen, was wir sonst noch für dich haben. Malcolm, was hältst du von einer Ausstattung für ein Fürsorgemädchen?«

»Wir bräuchten eine Anstandsdame«, sagte Malcolm bedächtig. »Aber die Idee gefällt mir. Ihr Haar ist kurz, das müssen wir entweder tarnen oder erklären. Fürsorgemädchen wäre als Erklärung vollkommen ausreichend. Und eine Anstandsdame könnte ich bei einer Agentur anheuern. Ich müßte nur eine Wohnung mieten, für die Woche, die wir dort sein werden.«

»Ich verstehe das nicht«, sagte Margo. »Was ist ein Fürsorgemädchen? Warum wäre das eine gute Erklärung für meine kurzen Haare?«

»Arme Kinder – Waisen, Kinder mit notleidenden Eltern –

sie wurden manchmal in Fürsorgeheimen untergebracht«, erklärte Malcolm. »Es gab dutzendweise Schulen unter der Schirmherrschaft gutgestellter Bürger. Die Kinder trugen Uniformen und numerierte Marken, anhand derer man sie identifizieren konnte. Wegen der hygienischen Probleme und der weiten Verbreitung von Kopfläusen hatten auch die Mädchen kurze Haare.«

»Kopfläuse?« Margo griff sich schützend ins Haar, als wollte sie eine Invasion von Parasiten abwehren.

Kit räusperte sich. »Die Hygienebedingungen im viktorianischen London sind um einiges besser als die an vielen Orten, die du als Time Scout kennenlernen wirst. Kopfläuse – und andere unangenehme Folgen – können gleich wieder beseitigt werden, wenn du zurück bist.«

Margo starrte vor sich hin und war einer Ohnmacht nahe. Sie hatte nicht an Läuse gedacht. Je mehr sie über den Job lernte, desto deutlicher bemerkte sie, daß es einiges gab, woran sie nicht gedacht hatte.

»Jedenfalls werde ich nicht aufgeben«, erklärte sie stur und nahm eine sehr aufrechte Körperhaltung ein. »Von ein bißchen Dreck ist schließlich noch keiner gestorben.«

Malcolm und Kit tauschten vielsagende Blicke aus, ehe Kit sagte: »Millionen Menschen ist gerade das widerfahren. Der Punkt ist einfach, daß du dich so sauber wie nur möglich hältst und medizinische Probleme gleich nach deiner Rückkehr behandeln läßt. Was glaubst du, warum du so viele Impfungen über dich ergehen lassen mußt, ehe du ein Zeit-Terminal besuchen darfst? In der Realzeit gibt es inzwischen nicht einmal mehr eine Pockenimpfung. Das ist eine ausgerottete Krankheit. Aber wenn du in die Vergangenheit reist, dann kannst du dich anstecken, selbst an einem Ort mit relativ guten hygienischen Bedingungen. Von Tetanus und Blutvergiftung aufgrund eines einfachen Kratzers ganz zu schweigen. Nimm also deine Medizin, halte dich sauber, und hoffe, daß du nicht mit etwas zurückkommst, das die Ärzte hier nicht behandeln können.

Ich denke, die Sache mit dem Fürsorgemädchen ist eine

gute Idee, aber da gibt es noch ein Problem: Wie erklärst du deine Beziehung zu ihr, Malcolm? Du bist schließlich in London bekannt.«

»In manchen Kreisen sogar sehr gut«, stimmte Malcolm zu.

»Also werden sich die Leute sehr wundern, was du mit einem achtzehnjährigen Fürsorgemädchen machst. Und dazu kommt noch ihr Akzent, der absolut nicht zu einer britischen Waise paßt.«

»Die paar Leute, die ich in London kenne, halten mich für einen exzentrischen Herrn aus Britisch-Honduras. Das hilft mir, meinen manchmal etwas auffälligen Akzent zu erklären.«

Margo sah ihn verblüfft an. Er hatte sich bei diesen letzten Worten erstaunlich britisch angehört, was er sonst nicht tat. Tatsächlich hätte sie aufgrund der Erfahrung ihrer kurzen Bühnenausbildung geschworen, daß das kein antrainierter britischer Akzent gewesen war, sondern echte Muttersprache.

»Wie haben Sie das gemacht?«

»Was gemacht?« Er klang wieder vollkommen amerikanisch, so amerikanisch wie ein Winter in Minnesota.

»Der britische Akzent? Ich dachte, Sie wären Amerikaner.«

Malcolm grinste. »Gut! Ich habe lange geübt, damit es sich so anhört. Es ist nämlich keine besonders gute Idee, mit einem englischen Akzent das alte Denver zu besuchen. Glücklicherweise habe ich gute Ohren und jahrelange Erfahrung. Aber ich bin in England geboren.« Er räusperte sich und wandte den Blick ab. »Ich habe die Flut überlebt.«

»Die Flut?« echote Margo atemlos. »Von dem *Unfall*?«

Malcolm kratzte sich am Ohrläppchen. »Ja, die. Ich war noch ein Kind. Wir lebten in Brighton, nahe der Küste. Wir betrieben damals den Sommer über ein kleines Hotel. Meine Familie hat Glück gehabt, nur mein älterer Bruder hat den Einsturz des Hauses nicht überlebt.«

Margo wußte nicht, was sie sagen sollte. Die englische

Küste war den Gezeiten zum Opfer gefallen. Alle Küsten weltweit hatten große Überschwemmungen erlebt. Von vielen Städten waren nur noch Ruinen übriggeblieben, und das nachfolgende Chaos, um sich greifende Epidemien und Hunger hatten die Weltpolitik für alle Zukunft verändert. Margo war nicht alt genug gewesen, um sich daran zu erinnern, und manchmal vergaß sie, daß die meisten Leute auf der Station sich durchaus erinnern konnten, wie die Erde vor der Existenz von Zeittoren und vor der Katastrophe, die das alles ausgelöst hatte, ausgesehen hatte.

Plötzlich fragte sie sich, ob das vielleicht der Grund dafür sein könnte, daß ihr Vater war, wie er war. Hatte er sich all die Jahre den Tod ihres Bruders zum Vorwurf gemacht und irgendwann festgestellt, daß er mit der veränderten Welt nichts mehr anzufangen wußte? Sie fröstelte. Sie wollte kein Mitleid mit ihm haben, aber etwas in Malcolms Stimme hatte Erinnerungen an ihren Vater in seinen wenigen nüchternen Augenblicken hervorgerufen. Der Ausdruck, der in solchen Momenten in seinen Augen erschienen war, hatte einen verzweifelten Kampf widergespiegelt. Es war derselbe, den sie jetzt in Malcolms dunklen Augen sah.

»Es tut mir leid, Malcolm. Das habe ich nicht gewußt.«

Er rang sich ein Lächeln ab. »Wie sollten Sie auch? Lassen Sie sich deswegen keine grauen Haare wachsen, ich tu es auch nicht. Wo waren wir stehengeblieben? Ach ja, meine Vorgeschichte. Die Leute, die ich im alten London kenne, glauben, ich käme aus Britisch Honduras. Das erklärt, warum ich keiner geregelten Arbeit nachgehe und mich ganz meinen gesellschaftlichen Kontakten widmen kann. Ich habe das Glück, einige reiche Wirrköpfe zu meinen Freunden zu zählen, die mich aus Übersee, vorrangig aus Amerika, finanziell unterstützen und die Kosten für meine Besuche übernehmen.« Er grinste. »Das erklärt dann anschaulich die Art und Weise, wie sich die Leute in meiner Begleitung benehmen. Die Londoner des Jahres 1880 halten Amerikaner für ungehobelte Landeier, die gerade eben der Wildnis entsprungen sind.«

»Wie ungebildet«, bemerkte Margo schniefend.

Connie lachte. »Kindchen, du verstehst noch nicht einmal die Hälfte davon. Viktorianische Londoner haben das Klassenbewußtsein zu neuen Extremen geführt.« Sie machte eine umfassende Geste über den Londonbereich ihres Ladens. »Das ist der Grund, warum ich so viele verschiedene Kostüme für das britannische Tor bereithalte. Kleider sagen alles über deinen sozialen Status. Trag die falschen Klamotten, und du wirst die Zielscheibe ihres Spottes sein ...«

»Oder Schlimmeres«, unterbrach Kit.

»... besser du verschmilzt einfach mit dem Hintergrund und wirst unsichtbar.«

Malcolm nickte. »Ja. Und du mußt tatsächlich sehr vorsichtig sein. Die falsche Kleidung bringt dich ganz schnell ins Gefängnis oder ins Bedlam Hospital, wo sie dich mit den anderen verrückten Weibern zusammen einschließen.«

Margo fröstelte. »Was ist denn nun mit dem Fürsorgemädchen?«

»Nun«, sagte Malcolm mit einem Blick auf Kit. »Angesichts meines Rufes als Exzentriker wäre es nicht ausgeschlossen, daß ich ein junges Mädchen unterstützen würde, das seine Eltern bei einer Cholera-Epidemie oder durch eine Tropenkrankheit verloren hat. In Honduras sind viele Europäer solchen Krankheiten zum Opfer gefallen. Sie könnte die Tochter eines verstorbenen Freundes oder Verwandten von mir sein. Eine Nichte vielleicht, die ich nach England zurückbringe, um sie zur Schule zu schicken.«

Kit nickte zustimmend. »Das klingt gut. Suchen wir also etwas Passendes aus. Connie, warum kümmerst du dich nicht darum, während Malcolm und ich uns mit seiner Garderobe beschäftigen? Wenn er seinen Ruf in London nicht aufs Spiel setzen will, dann wird er wohl die eine oder andere Sache brauchen. Außerdem müssen wir noch ein paar Verkleidungen besorgen, damit deine Vergangenheitsfreunde dich nicht erkennen, wenn ihr beide durch die Slums zieht.«

»Macht nur«, strahlte Connie. »Mann, ich liebe es, wenn

Time Scouts und Reisebegleiter die Köpfe zusammenstekken und gemeinsam einkaufen.«

Kit stöhnte.

»Keine Sorge«, beruhigte Malcolm lachend. »Ich werde versuchen, nett zu deinen Finanzen zu sein.«

»Ich bitte darum«, grummelte Kit. »Auch meine Mittel sind begrenzt, wie du weißt.«

Sie verzogen sich in die Ecke mit der Herrenbekleidung. Margo sah ihnen nach. »Sie sind ...« Sie unterbrach sich und schien plötzlich sehr verlegen zu sein.

»Sie sind was?« fragte Connie neugierig.

»Nichts«, murmelte Margo. Fast hätte sie gesagt: »Sie sind wirklich süß, nicht wahr?« aber sie hatte sich gerade noch zurückhalten können. Sie hatte es nur durch Härte und Rücksichtslosigkeit bis hierher geschafft, und jetzt war sicher nicht der richtige Zeitpunkt, diesen Selbstschutz aufzugeben. Immerhin schienen ihre Träume fast schon zum Greifen nahe zu sein. Es gelang ihr trotzdem nicht, den Gedanken zu vertreiben. Sie waren süß. Sogar Kit war süß, wenn er nicht gerade damit beschäftigt war, sie wegen ihrer Fehler zu tadeln. Eine innere Einsicht veranlaßte Margo zu der Annahme, daß er sie nur deswegen so viel tadelte, weil er nicht wußte, wie er sonst mit ihr umgehen sollte.

Das konnte sie ihm nicht verübeln. Schließlich ging es ihr auch nicht besser. Sie blieb stets auf Distanz. Aber eine große Klappe und die Neigung zum Sarkasmus, geschickt kombiniert mit einem finsteren Blick oder einem gewinnenden Lächeln, waren nicht gerade die geeignetsten Voraussetzungen, um mehr über den Menschen Kit Carson zu erfahren.

Bleib realistisch! Erinnere dich an den Fischteich. Wenn du versuchst, ihn näher kennenzulernen – alle beide – dann mußt du von dir selbst erzählen. Je weniger sie zu diesem Punkt sagen mußte, desto besser. Für alle Beteiligten.

Margo seufzte unglücklich, was ihr einen langen neugierigen Blick von Connie eintrug. Dann vertrieb sie die düsteren Gedanken und sagte fröhlich: »Ich würde mir gern das Kostüm für das Fürsorgemädchen ansehen!«

9. KAPITEL

Brian Hendrickson stammte aus einer Familie, deren älteste Söhne sich traditionell der Royal Navy anzuschließen pflegten. Brian, der dritte auf den Inseln geborene Sohn, hatte eine Laufbahn als Historiker der eines Seemannes vorgezogen. Doch die militärischen Traditionen seiner Familie hatten sich bei ihm in Form einer fast akribischen Persönlichkeitsstruktur und der martialischen Weise, in der er seine Bibliothek führte, niedergeschlagen. Sein erfrischend sonderbarer Akzent war genau richtig für das La-La-Land.

Kit, der Margos gute Stimmung nach dem Einkaufsbummel ausnutzen wollte, brachte seine Enkelin von Connies Laden direkt zum Informationstisch der Bibliothek. Es war allerhöchste Zeit, daß sie begann, noch andere Dinge außer lückenhafter Mathematik, der Geschichte der Feuerwaffen und Kampfsport zu lernen.

»Brian, das ist Margo, meine Enkeltochter. Margo, Brian Hendrickson, unser Bibliothekar auf TT-86.«

Brian lächelte freundlich und deutete einen Handkuß europäischen Stils an. »Sehr erfreut, Ihre Bekanntschaft zu machen, Miss Margo.«

Sie blinzelte verblüfft. Brian Hendrickson versetzte die meisten Neulinge auf der Station in Erstaunen.

»Woher kommen Sie?« brach es aus ihr heraus.

Ein strahlendes Lächeln huschte über sein Gesicht. »Es ist nicht so wichtig, woher ich komme, sondern wo ich schon gewesen bin. Ich wurde auf den britischen Jungferninseln geboren und verbrachte die ersten drei Jahre meines Lebens in Glasgow, bis mein Vater dann nach Hongkong versetzt wurde. Lassen Sie mich überlegen, habe ich nicht etwas vergessen? Ach ja, da waren noch die Falklands. Meinen akademischen Grad habe ich schließlich in Cambridge erworben.«

»Oh«, sagte Margo mit einem überraschten Gesichtsausdruck.

Kit grinste. »Das bringt uns auch gleich zu dem Grund unserer Anwesenheit. Sie braucht dringend Unterricht.«

»Hmm, ja, das hätte ich mir denken können, sofern die Gerüchte zutreffen.«

»Sie treffen zu«, seufzte Kit. »Sie braucht umfangreichen Geschichts- und Sprachunterricht.«

Der Bibliothekar klopfte mit seinen gepflegten Fingern auf die Tischplatte. »Ja, ich denke, wir werden mit Latein anfangen, gefolgt von Französisch – modernes, veraltetes und altes Französisch – um allen Eventualitäten begegnen zu können. Dann kommen wir zu Italienisch und Griechisch, und schließlich sollten wir noch die wichtigsten chinesischen Dialekte behandeln ...«

»Das meinen Sie nicht ernst«, unterbrach Margo mit einem panischen Flackern in den Augen. »Latein? Und ... und Chinesisch und dieses ganze französische Zeugs ... und ...«

Brian sah sie verständnislos an. »Nun, sicher. Ich meine das ernst. Um Himmels willen, Miss Margo, Sie können doch nicht erwarten, jemals als Time Scout zu arbeiten, wenn Sie nicht mindestens zehn Sprachen fließend beherrschen.«

»Zehn?«, fragte sie mit einem verstörten Blick auf Kit. »ZEHN?«

Kit kratzte sich an der Nase. »Nun, das ist nicht gerade viel, aber für den Anfang wird es wohl gerade ausreichen. Ich spreche zwanzig Sprachen fließend und kann mich in etlichen anderen zumindest verständlich machen. Ich habe dich gewarnt, Margo. Zeitforschung ist vor allem Lernarbeit. Wenn du nicht gerade irgendwo in der Vergangenheit bist, um ein Tor zu erkunden, dann lernst du. Ständig.«

»Aber ...«

»Ich sage das nicht, um dich abzuschrecken.«

»Ich weiß, ich weiß«, jammerte sie. »Ich verstehe es ja, aber ...«

»Er hat völlig recht, Miss Margo. Meine ausdauerndsten Kunden sind niemals Touristen. Es sind Reisebegleiter und

Time Scouts. Ganz besonders Time Scouts. Sie verbringen jeden Tag viele Stunden in der Bibliothek, und sie lernen und lernen. Schauen Sie sich die Herren an den Computertischen an, oder werfen Sie einen Blick in die Sprachlernkabinen. Sie werden feststellen, daß an jedem normalen Tag etwa die Hälfte aller auf TT-86 beheimateten Time Scouts hier ist. Entschuldigen Sie mich bitte.«

Kit sah sich um. Hinter ihm war John Merylbone, ein neuer Time Scout, trotz seines Alters – er ging auf die Fünfzig zu – an den Informationsstand getreten.

»Brian, entschuldigen Sie die Störung, aber ich brauche Ihre Hilfe. Ich suche nach Informationen über eine frühe britische Schuluniform. Ich habe gehört, daß es einen recht guten, umfangreichen Band von Cunnington und Lukas aus dem Jahr 1978 geben soll.«

Brian starrte den Time Scout lange unbeweglich an und vermittelte den Eindruck, daß ihn Johns Anfrage gar nicht interessierte. Margo flüsterte: »Ist das nicht ein bißchen unhöflich?«

Kit lächelte. »Nein. Er denkt nach. Schau.«

Brian begann zu sprechen. »Nun, das ist tatsächlich ein sehr gutes Nachschlagewerk, aber es beinhaltet eine ganze Menge mehr, als Sie brauchen werden. Darin sind sämtliche Wohlfahrtsuniformen der vergangenen Jahrhunderte beschrieben. Ich würde Ihnen Rymers *Foedera*, siebte Auflage empfehlen, oder *Statutes of the Colleges of Oxford for the Royal Commission*, das uns erfreulicherweise in englischer Übersetzung vorliegt, oder vielleicht Gibsons *Statua Antiqua Universitatis Oxoniensis*. Und dann gibt es noch exzellente Arbeiten von Loggan in *Cantabrigia Illustrata* und *Oxonia Illustrata*.«

Der Bibliothekar spuckte während seines Redeflusses eine unglaubliche Anzahl von Namen und Titeln aus.

»Barmherzigkeit! Er benutzt nicht einmal einen Computer!«

Kit lächelte. »Nun schau nicht so entsetzt drein. Niemand verlangt von dir, soviel zu lernen, wie Brian weiß. Niemand weiß soviel wie Brian Hendrickson. Er hat ein photographisches Gedächtnis. Sehr praktisch für einen Bibliothekar auf einer Zeitstation.«

»Puh! Ich hatte schon Angst bekommen.«

»Das ist gut«, entgegnete Kit lachend. »Ich mag es, wenn du Angst hast. Das beweist, daß du denken kannst.«

Sie streckte ihm ihre rosarote Zunge entgegen. »Du bist gemein und widerlich. Ich verstehe nicht, wie dich jemand mögen kann.«

Kit kratzte sich am Kopf. »Keine Ahnung. Das muß an meinem umwerfenden Charme und meinem guten Aussehen liegen.«

Margo lachte. Kit stellte fest, daß seine Enkelin ein bemerkenswert hübsches Mädchen war, wenn sie sich ein bißchen entspannte. Dann erinnerte sie gar nicht mehr an eine irische Straßenkatze. Er seufzte. Plötzlich fühlte er sich alt, ohne schon dafür bereit zu sein.

»Was ist los?« fragte Margo.

»Nichts«, erwiderte Kit und rang sich ein Lächeln ab. »Laß uns deinen Studienplan zusammenstellen.«

Brian war mit der Beratung des anderen Time Scouts fertig und kam wieder zu ihnen zurück. Er wies Margo eine Sprachlernkabine zu, in der sie jeden Tag vier Stunden damit zubringen sollte, die erste Sprache auf ihrer langen Liste zu lernen. Die nächsten vier Stunden ihrer Bibliothekstage (nach dem Mittagessen, das Kit ihr aus dem *Neo-Edo* liefern lassen würde, damit sie die Bibliothek gar nicht verlassen mußte) würde sie ihren Geschichtsstudien widmen.

»Wir sollten mit der amerikanischen Geschichte beginnen, denn die wird sie sich am leichtesten merken können«, schlug Brian vor. »Danach gehen wir zur europäischen Geschichte über, in der wir uns vom zwanzigsten Jahrhundert ausgehend in die Vergangenheit vorarbeiten werden. Später, wenn sie sich an die Unterrichtsroutine gewöhnt hat und bereit ist, vollkommen fremde Kulturgeschichte zu verarbeiten, werden wir uns mit Afrika, Asien, Südamerika, Indien und dem Mittleren Osten befassen.«

Kit und Brian stimmten darin überein, daß sie die Bibliothek am Abend verlassen sollte, um zu essen und ihre Hausaufgaben zu machen. Außerdem sollten die Bibliothekstage im Wechsel mit den Trainingstagen stattfinden. Mit ein bißchen Glück würde sie das körperliche Training so anstrengen, daß sie danach gut schlafen würde und sich ausgeruht ihren Studien widmen konnte.

Als sie mit der Ausarbeitung ihres Studienplanes fertig waren, wirkte Margo sichtlich entsetzt, obwohl sie sehr bemüht war, das zu verbergen. Beim Verlassen der Bibliothek lächelte sie Kit tapfer an. »Eines ist sicher: Mein Leben wird nie mehr so sein, wie es einmal war. Latein, Chinesisch und Französisch, oh, oh ...«

»Besser als Löwen, Tiger oder Bären«, entgegnete Kit glucksend. »Vergiß nicht, du kannst ein Land und seine Einwohner niemals wirklich verstehen, wenn du ihre Sprache nicht sprichst.«

»Richtig«, seufzte sie und schenkte ihm ein weiteres tapferes Lächeln. »Ich hoffe nur, die Sache ist diesen Aufwand auch wert.«

Kit widerstand der Versuchung, ihr durch ihren kurzen Haarschopf zu fahren. »Ich glaube nicht, daß du enttäuscht sein wirst. Überrascht vielleicht – sogar ziemlich sicher. Aber enttäuscht? Nein, das kann ich mir nicht vorstellen. Zeitreisen sind niemals so, wie die Leute es erwarten. Und das«, fügte er lächelnd hinzu, »macht schon den halben Spaß aus.«

»Na ja, das hoffe ich. Immerhin habe ich jetzt schon Kopfschmerzen, ohne daß ich überhaupt richtig angefangen habe.«

Kit lachte. »Das liegt bestimmt daran, daß du zum ersten Mal in deinem Leben dein Gehirn anstrengst. Sieh es einfach so: Wenn du mit deinen Studien fertig bist, verfügst du über das Wissen mehrerer promovierter Akademiker, und du mußt dafür noch nicht einmal Studiengebühren bezahlen. Außerdem wirst du die Möglichkeit haben, Feldforschung zu betreiben, von der die meisten promovierten Herren nur träumen können. Bildung«, er lächelte, »ist niemals Zeitverschwendung.«

Sie sah ihn sonderbar an, sagte aber nichts. Kit stellte fest, wie verzweifelt er hoffte, daß die Londonreise Margo endlich davon überzeugen würde, daß sie jedes bißchen Bildung, das Brian und er ihr angedeihen lassen wollten, absolut notwendig brauchen würde. Margo eine ganze Woche in London. Trotz des Wissens, daß Malcolm dabei sein und sie beschützen würde, war Kit so besorgt, daß er in der Nacht lange in der Türöffnung zum Wohnzimmer stand und ihren Schlaf beobachtete.

Jung, mädchenhaft ...

Leise wandte er sich ab und begab sich zu Bett.

Zu Bett, aber nicht zur Ruhe.

An dem Tag, an dem sich das britannische Tor öffnen sollte, kam Malcolm schon früh am Morgen, um Margo abzuholen.

»Hi!« Die Welt war wundervoll an diesem Morgen. Dies war der Tag, an dem sie endlich durch ein Tor in die Vergangenheit reisen würde.

»Gut geschlafen?« fragte Malcolm.

Margo lachte. »Ich war so aufgeregt, ich habe die ganze Nacht kein Auge zugetan.«

»Dachte ich mir«, sagte er vergnügt. »Ist Kit schon auf?«

»Er duscht gerade.«

»Alles eingepackt?«

»Ja!«

»Gut. Wir haben noch eine Verabredung, ehe wir abreisen.«

Oh, oh. Margo betrachtete ihn argwöhnisch. »Was für eine Verabredung?«

Ein gepeinigtes Lächeln huschte über Malcolms Gesicht. »Es wird Ihnen nicht gefallen, aber ich denke, es muß sein.«

»Was?«

»Wir müssen Paula Booker besuchen.«

Margo fragte sich, wer zum Teufel das sein mochte. »Warum?«

»Ihre Haare.«

Margo berührte mit den Fingern ihr Haar. »Was stimmt nicht mit meinen Haaren?«

»Gar nichts, hier und jetzt. Aber einiges in der Vergangenheit. Es ist die Farbe. Wir wollen so unauffällig wie nur möglich sein. Je weniger man uns bemerkt, desto besser.«

»Und? Was wollen Sie nun machen? Es färben?« fragte Margo sarkastisch.

»Genau das.«

Sie erstarrte. »O nein!«

Malcolm seufzte. »Ich wußte, es würde Ihnen nicht gefallen. Darum wollte ich auch Kits Meinung hören.«

»Wozu?« fragte Kit, der – was ungewöhnlich genug war – nur in ein Handtuch gewickelt aus dem Badezimmer gekommen war. Sein Haar war naß, und er hatte sich noch nicht rasiert. Margo starrte ihn an. Sie war sich darüber im klaren, daß sich das nicht gehörte, aber sie konnte es nicht ändern.

Er hatte Narben. Furchtbare Narben.

»Margos Haar«, sagte Malcolm. »Ich denke, Paula sollte es färben.«

Margo riß sich vom Anblick des narbenübersäten Körpers los und sah Kit in die Augen. Er ignorierte ihren betroffenen Gesichtsausdruck und betrachtete sie kritisch. »Ja«, sagte er langsam. »Ich hatte es nicht für so wichtig gehalten, aber du hast vielleicht recht. Sie fällt furchtbar auf.«

»Danke für das Kompliment«, murrte Margo. Das letzte, was sie wollte, war auffallen, wenn die Aufmerksamkeit anderer Menschen ihr ebensolche Narben einbringen würde, wie sie sie an Kits Körper gesehen hatte. Aber dies war nicht der richtige Zeitpunkt für einen weiteren Tiefschlag. Sie hatte die letzten vierundzwanzig Stunden mit dem hoffnungslosen Versuch zugebracht, sich lateinische Deklinationen, Konjugationen und wie man die Nomen- und Verbformen sonst noch nennen mochte zu merken. All diese unregelmäßigen verschiedenen Wortendungen. Sie hatte sich bemüht – wirklich bemüht, und zur Belohnung wollten die beiden nun von ihr, daß sie sich ihr Haar in einer scheußlichen düsteren Farbe färben ließ, die zu den Kostümen passen würde, die sie für sie ausgesucht hatten.

Margo hätte am liebsten geschrien, geweint oder wenigstens gejammert über die schreiende Ungerechtigkeit. Statt dessen schluckte sie es runter. Die Zeit lief weiter, und sie war ihrem Ziel kaum näher, als an jenem Tag, an dem sie mit dem Kopf voller Träume und ohne die geringste Ahnung von den bevorstehenden Schwierigkeiten durch das Haupttor ins La-La-Land gekommen war.

Ihr werdet schon sehen, gelobte sie sich in Gedanken. *Wenn wir in London sind, werde ich euch beweisen, daß ich es kann.*

»Gut«, sagte sie schließlich. »Ich schätze, ich werde in die Vergangenheit reisen und aussehen, wie ein gerupftes Huhn. Sven erzählt mir schließlich ständig, daß ich unsichtbar sein soll. Demnach hätte ich wohl mit so etwas rechnen sollen, was?« Dann überspielte sie ihre Verletztheit mit einem fröhlichen Tonfall und fuhr fort: »Laßt uns das erledigen und in die Vergangenheit reisen, ehe ich zu alt bin, um mich daran zu erfreuen.«

Kit lachte, und selbst Malcolm kicherte. Margo rauschte zur Tür hinaus, ehe sie doch noch in Tränen ausbrechen konnte, und Malcolm mußte sich beeilen, sie einzuholen.

»Wissen Sie, Margo«, sagte er leutselig, »es könnte Ihnen helfen, wenn Sie sich das Ganze als ein großes Kostümfest vorstellen.«

Sie sah verblüfft auf. »Kostümfest? Um Himmels willen, Malcolm. Ich habe mich nicht mehr verkleidet seit ...« Sie unterbrach sich. In ihrer Erinnerung tauchten die Prügel auf, die ihr Vater ihr verabreicht hatte, weil sie mit dem Make-up ihrer Mutter gespielt hatte. »Nun, jedenfalls sehr lange nicht«, fuhr sie fort und überspielte ihr Stocken mit einem strahlenden Lächeln. »Es ist nur, ihr habt mich einfach überfahren und ... na ja ... nichts ist so, wie ich es mir vorgestellt habe. Absolut nichts.«

»So geht es meistens im Leben«, sagte Malcolm sehr ernst.

»Ja, das weiß ich. Aber deshalb muß ich es noch lange nicht mögen.«

Malcolm sah sie durchdringend an. »Das hat auch niemand von Ihnen verlangt, Margo. Denken Sie etwa, mir macht es Spaß, jeden Tag um einen Job zu betteln, von Reis und Trockenbohnen zu leben und meinen Stolz herunterzuschlucken, wenn sich die Leute arrogant und überheblich verhalten? Aber ich tue es, und ich lächle, denn das ist der Preis dafür, daß ich meinen Traum lebe.«

Margo dachte noch eine Weile über seine Worte nach, nachdem sie den Wohnbereich verlassen hatten und sich ihren Weg durch die Menschenmenge in *Frontier Town* bahnten. Ein Kind mit einem übergroßen Cowboyhut und einem winzigen Revolvergurt zielte auf einen Pterosaurier. Das Kind schoß, und der Saurier tauchte in einen der Fischteiche ein.

»Erwischt!« rief der Knabe.

Unbeeindruckt erhob sich der Pterosaurier aus dem Wasser. Zwischen den Zähnen hielt er einen Goldfisch, der fast ebenso groß war, wie er selbst. Der Vater des Kindes lachte und rief es zu sich, und der Knabe stolzierte von dannen.

Margo lächelte. »Ich schätze, er lebt seinen Traum.« Dann, in einem ernsteren Ton: »Es gibt nicht viele Menschen, die ihre Träume verwirklichen, nicht wahr? Ich glaube, Sie sind der erste, der mir begegnet ist.« Vielleicht von Billy Pandropolous abgesehen, dessen Traum sich für die Menschen, die sich in seine Nähe wagten, schnell zu einem Alptraum verwandelte. »Ich beneide Sie.«

»Wissen Sie«, sagte Malcolm bedächtig, »wahrscheinlich sind Sie der erste Mensch, der das tut.«

»Puh. Sie müssen merkwürdige Freunde haben, die nicht sehen, was direkt vor ihrer Nase geschieht. Geld ist nicht alles.« Sie lief rot an, als ihr plötzlich klar wurde, daß sie sich beleidigend über Malcolms Freunde geäußert hatte, zu denen immerhin auch Kit Carson zählte.

»Wie recht Sie haben«, kommentierte Malcolm lächelnd. »Ich freue mich, daß Sie das bereits bemerken. Manche

Leute werden es niemals begreifen. Wir müssen dort entlang.« Er deutete mit einer Kopfbewegung Richtung *Urbs Romae*. »Wir sollten uns beeilen, sonst kommen wir zu spät.«

Paula Bookers Etablissement lag in einer versteckten Ecke der *Commons*. Margo hatte erwartet, in einen Frisiersalon zu gehen, doch das, was sie schließlich betraten, hatte mehr Ähnlichkeit mit dem Warteraum einer Privatklinik. Gerade als sie eintraten, kamen ihnen aus einem anderen Raum zwei Männer entgegen. Der erste stützte den zweiten, der sich merkwürdig gekrümmt bewegte, so als hätte er Schmerzen in der Leistengegend. Der erste Mann sagte tröstend: »So schlimm ist das nicht. Du hättest sehen sollen, was sie mit mir angestellt hat.«

»Ja«, preßte der Mann zwischen seinen Zähnen hervor. »Aber eine komplette neue Vorhaut? Gott, tut das weh ...«

Margo starrte ihnen nach, bis sie den Raum verließen und in dem Gewühl der *Commons* verschwanden.

»Was war denn das?«

»Mösenjäger«, knurrte Malcolm, und Margo registrierte seinen überaus finsteren Blick mit einiger Überraschung.

»Mösenjäger?« wiederholte sie fragend.

»Das sind Sex-Touristen. Diese Mistkerle reisen in die Vergangenheit und verbringen ihren gesamten Aufenthalt in Bordellen. Paula spielt so eine Art Rachegöttin. Sie bekommen von ihr eine kosmetische Operation, die sie dringend brauchen, damit sie mit der heute üblichen Beschneidung kein Mißtrauen erregen. Beschneidungen sind in den meisten Orten, die von TT-86 aus erreichbar sind, nur bei Juden bekannt. Angesichts dessen, was für eine schreckliche Sache der Antisemitismus in der Vergangenheit war ...«

»Oh. Das ist furchtbar. Antisemitismus, meine ich.«

»Ja. Die reinste Bigotterie. Aber Mösenjäger verdienen es nicht besser. Paula sorgt dafür, daß sie sich vor Schmerzen krümmen wie die Würmer. Obwohl ich Würmer für evolutionär weiter entwickelt halte. Sie verpaßt ihnen richtig üble Schmerzen, ehe sie losziehen können, um Frauen zu mißbrauchen. Wenn sie damit davonkäme, würde sie sie glatt kastrieren.«

Margo starrte in die Richtung, in der die Männer verschwunden waren. »Dagegen muß etwas getan werden! Das muß aufhören!«

»Vollkommen richtig«, sagte Malcolm knapp. »Aber *Time Tours* wird nichts dagegen unternehmen. Diese Kerle bringen eine Menge Geld ein, und nicht nur für *Time Tours*, sondern auch für die Regierung. Die Hälfte der Mösenjäger verbringt nach ihrer Rückkehr eine ganze Weile in der Quarantäne-Station, bis die Mediziner sie von den ganzen Krankheiten kuriert haben, die sie sich auf ihrer Reise eingefangen haben.«

»Das ist widerlich.«

»Meiner Meinung nach sollte man die Kerle einfach wieder in die Vergangenheit zurückschicken. Sollen sie doch an ihren Krankheiten verrecken.«

Malcolms Stimme klang hart und kompromißlos. Margo stellte auf einmal fest, wie sehr sie diesen Mann mochte. »Danke, Malcolm.«

Er warf ihr einen verwunderten Blick zu. »Wofür?«

»Für nichts. Einfach nur: danke. Was ist jetzt mit meinem Haar?«

Er schüttelte sich und sah sie noch einmal durchdringend an, ehe er zur Anmeldung hinüberging. »Malcolm Moore, wir haben einen Termin um acht Uhr fünfzehn.«

»Bitte setzen Sie sich.«

Sie mußten nicht lange warten. Eine weiter ins Innere des Geschäftes führende Tür öffnete sich und gab den Blick auf das verblüffendste Individuum frei, das Margo jemals zu Gesicht bekommen hatte. Sie wußte, daß ihre Kinnlade herabhing, doch sie konnte nichts daran ändern.

»Hi, Paula«, grüßte Malcolm und erhob sich.

»Hallo, Malcolm.«

Paula Booker war …

Leichenhaft.

Das war der einzig passende Ausdruck, um die Erscheinung der Kosmetikerin zu beschreiben. Trotz ihrer flachen orthopädischen Schuhe maß sie glatte hunderfünfundachtzig Zentimeter. Sie war mager, und ihr Gesicht war so eingefallen wie ein Totenschädel. Weißes Haar flatterte um ihre bleichen Züge. Trotzdem war sie nicht alt. Margo würde ihre eigenen Schuhe fressen, wenn Paula Booker auch nur einen Tag älter als fünfunddreißig war.

Mit ihren glanzlosen Augen und der friedhofsmäßigen Ausstrahlung sah die Kosmetikerin aus, als gehöre sie einem noch unbekannten Zweig der Addams Family an.

»Wie geht es dir?« fragte Paula, als Malcolm ihr die Hand schüttelte.

Selbst ihre Stimme war schwach und gruselig.

Margo bemerkte erst, wie sehr sie sie begaffte, als sich beide zu ihr umdrehten und sie anstarrten.

»Ich ... äh ...«

Zu Margos Überraschung, brach Paula in Gelächter aus. Die ganze Situation hatte Margo so sehr verstört, daß es ihr kaum gelang aufzustehen. Sie stolperte über ihre eigenen Füße und wäre fast gefallen.

»Malcolm«, sagte Paula augenzwinkernd. »Sollen wir ihr meine Fotografien zeigen, was meinst du?«

Margo fühlte sich äußerst unbehaglich, als sie Paula Booker zu ihrem privaten Büro folgte. Eine Wand des Raumes war ganz mit Bildern bedeckt – Bilder von einer der schönsten Frauen, die Margo je gesehen hatte. Aschblondes Haar, strahlende blaue Augen, hoch angesetzte Wangenknochen und feine Gesichtszüge ...

»Mein Gott, das sind ja Sie!« platzte Margo heraus.

Paula lachte wieder. »Bin ich nicht eine phantastische Werbung für mein Geschäft?«

»Sie ...« Margo starrte abwechselnd auf die Bilder und auf Paula Booker. »Sie haben das mit sich gemacht?«

Paulas Grinsen wirkte alptraumhaft. »Aber sicher. Jeden Morgen gebe ich meinem Make-up vor dem Spiegel den letzten Schliff.«

»Aber sie könnten ein Filmstar sein! Oder ein weltberühmtes Model!«

»Oh, das war ich. Ein Model. Aber es war langweilig.« Paulas Augen funkelten. »Das hier macht mehr Spaß. Hier kann ich interessante plastische Operationen durchführen, schließlich habe ich in plastischer Chirurgie promoviert. Wenn ein Kaukasier Edo besuchen will, dann bearbeite ich ihn ein bißchen, et voilà, er sieht aus, als wäre er ein gebürtiger Japaner. Ich kann Haar- und Hautfarbe verändern, ganz nach Bedarf.«

Margo dachte an den Mann, der ihnen aus Paulas Praxis entgegengehumpelt war und grinste. »Das ist beeindrukkend«, sagte sie und griff sich ins Haar. »Was können wir hiermit anstellen? Alle sagen, ich muß es färben lassen.«

Paula betrachtete Margo eine Weile. »Ja, aber wir dürfen es nicht zu dunkel machen, es sei denn, sie soll ebenso friedhofsmäßig aussehen wie ich.« Sie sah Malcolm an. »Schwarzes Haar würde bei ihrem Teint einfach furchtbar aussehen. Selbst mit dunkelbraunem Haar würde sie noch einen recht anämischen Eindruck hinterlassen.«

»Wir können es nicht ändern. Am besten, du beurteilst selbst, wie dunkel ihr Haar werden soll. Aber so kann sie nicht als Time Scout arbeiten.«

»Da hast du allerdings recht«, stimmte Paula zu. »Das kann sie so ganz bestimmt nicht. Rotes Haar galt fast während des gesamten Mittelalters als das Kennzeichen der Hexen. Vielleicht ist das ein Grund dafür, daß es heute nur noch selten rotes Haar gibt – der Genpool hat wohl ein bißchen unter dem Fegefeuer gelitten. In Ordnung, Margo, legen wir los. Malcolm, setz dich bitte ins Wartezimmer! Das hier wird eine Weile dauern.«

Wie lange konnte es dauern, einen einzigen Schopf sehr kurzer Haare braun zu färben? Margo erfuhr die Antwort, als Paula ihr offenbarte, daß sie jedes einzelne ihrer Haare färben würde: vom Kopf bis zu den Füßen.

»Das kann nicht Ihr Ernst sein.«

»Tödlicher Ernst. Außerdem müssen Sie alle vier Wochen zum Nachfärben wiederkommen.«

»Aber ... aber ...« Dies schienen in der letzten Zeit oft die einzigen Worte zu sein, die Margo noch zu sagen fähig war.

Drei Stunden später war Margo fertig und so unglücklich wie eine nasse Katze. Sie betrachtete sich im Spiegel des Wartezimmers und brach in Tränen aus – wieder einmal.

»Hey«, rief Malcolm und erhob sich eilends. »Sie sehen großartig aus!«

»Tu' ich nicht!« jammerte Margo. »Ich sehe ... ich sehe scheußlich aus.«

Der Spiegel offenbarte ein spitzes, bleiches Gesicht, mit dem sie aussah, wie eine geprügelte Waise, die irgendwer in einer finsteren Gosse ausgesetzt hatte. Margo wäre vor Scham am liebsten im Erdboden versunken.

»Hey, psst. Lassen Sie uns irgendwo eine Kleinigkeit essen. Danach schlüpfen wir in unsere Kostüme und schnappen uns unser Gepäck. Wir haben nur noch ein paar Stunden Zeit, bis sich das britannische Tor wieder öffnet.«

Nicht einmal diese Aussicht war in der Lage, den düsteren Ausdruck in Margos Gesicht aufzuhellen. Es war einfach nur noch eine weitere Kleinigkeit, die sie nicht bedacht hatte, als sie beschlossen hatte, ein Time Scout zu werden. Um ihr Ziel zu erreichen, mußte sie aufhören, hübsch zu sein.

Ein Leben lang hatte sie sich als dumm, ungewollt und ungeliebt empfunden. Sie schien stets für alle anderen nur eine Belastung gewesen zu sein. Doch nach all den Schlachten, die sie während dieser fast siebzehn miserablen Jahre geschlagen hatte, war das nun doch beinahe zuviel für sie. Der einzige Grund, warum sie nicht in hysterisches Geschrei ausbrach war, daß eine so kindische Verhaltensweise sie endgültig aller Chancen berauben würde, jemals ein Time Scout zu werden.

Ihr Kinn bebte, sosehr sie sich auch um Ruhe bemühte, aber sie blieb aufrecht. Sie würde es schaffen, ganz gleich, was es sie kosten würde, ganz gleich, welche Hindernisse Kit noch vor ihr aufbauen würde. Sie würde ein Time Scout werden oder bei dem Versuch zugrunde gehen.

Und nichts würde sie aufhalten.

Absolut nichts.

10. KAPITEL

Victoria Station wies noch deutliche Spuren der Zerstörungen durch das instabile Tor auf. Die Reparaturarbeiten hatten gerade erst begonnen, so daß lediglich die größten Trümmer bisher beseitigt worden waren. Margo schloß ihre schweißnassen Hände fest um den Griff ihrer Reisetasche. Malcolm lächelte ihr aufmunternd zu, und ihr Herz klopfte einige Takte schneller. Malcolm Moore, der gekleidet war wie ein wohlhabender viktorianischer Herr, mußte nicht viel tun, um Margos Pulsschlag zu beschleunigen.

»Sie sehen nervös aus«, sagte er plötzlich grinsend.

»Ich bin nervös. Das ist die Realität, kein Bühnenstück, es ist real. Haben Sie sich etwa daran gewöhnt?«

Malcolms Augen nahmen einen verträumten Ausdruck an und schienen ein Punkt in weiter Ferne zu fixieren, den Margo nicht sehen konnte. »Daran kann man sich nicht gewöhnen. Zumindest konnte ich es nicht. Ich hätte ohne Schwierigkeiten einen Lehrstuhl in der Realzeit bekommen können, da ich neben meinem akademischen Grad auch noch Erfahrungen als Time Scout und Reisebegleiter vorweisen kann. Aber ich wollte nicht zurück. Durch ein Tor zu gehen ...« Wieder grinste er. »Nun, Sie werden es ja selbst sehen.«

Ein Summen lag in der Luft, und Margo preßte eine Hand an ihren Schädelknochen. »Oh.«

»Es ist gleich soweit.«

Erstaunlicherweise klang Malcolms Stimme noch aufgeregter, als Margo sich fühlte. Sie überprüfte noch einmal ihre ›Uniform‹, um sicher zu sein, daß alles an der richtigen Stelle saß. Unter einem schweren Straßenmantel trug sie ein azurblaues Kleid mit einer ordentlichen weißen Schürze. Ihr scheußliches braunes Haar hatte sie unter einer hübschen weißen Haube und einem riesigen Strohhut verborgen. Gestrickte Strümpfe und Fausthandschuhe vervollständigten ihr Kostüm. Den letzten Pfiff bekam es durch eine sehr schöne Tasche, auf der eine Krone und die Buchstaben R.M.I.G., eingerahmt von einem Zeichendreieck und einem Kompaß, abgebildet waren.

»Das«, hatte Connie Logan ihr lächelnd erklärt, »ist eine ganz besonders feine Schuluniform.«

»Was bedeutet R.M.I.G.?«

»*Royal Masonic Institute for Girls* – Königliche Freimaurerschule für Mädchen.«

Es stellte sich heraus, daß Malcolm im richtigen Leben, wie auch in seiner Rolle im alten London, den Freimaurern angehörte.

»Ich fand es sehr hilfreich«, erklärte er. »Wenn man in Schwierigkeiten gerät – und das passiert sogar einem erfahrenen Führer ganz schnell –, dann kann es lebensrettend sein, auf ein ganzes Netzwerk von eingeschworenen Brüdern zurückgreifen zu können, deren erstes Ziel es ist, denjenigen zu helfen, die in Not geraten sind.«

»Sind alle Führer und Time Scouts Freimaurer?« fragte Margo und überlegte mit nur schwachem Interesse, ob das wohl ein weiteres Hindernis für sie darstellen würde.

»Nein, aber ziemlich viele. Machen Sie sich darum keine Sorgen, Margo! Die Mitgliedschaft ist nicht zwingend notwendig.«

Sie sollte sich eigentlich erleichtert fühlen. Doch mit einem weiteren Blick auf ihr Kostüm fragte sie sich, ob ihr überhaupt irgend jemand in der Vergangenheit zutrauen würde, daß sie über Geheimwissen oder sonst etwas Beachtenswertes verfügte. Vielleicht gehörte auch diese Unsicherheit zu Kits Plan, ihr deutlich zu machen, wieviel sie noch zu lernen hatte. Margo nahm die Reisetasche in die andere Hand und drückte den Rücken durch – obwohl sie mit dieser schrecklichen Unterwäsche, die sie überall kniff und kratzte, so oder so keine nachlässige Haltung hätte einnehmen können.

Bestimmt war auch diese physische Unbequemlichkeit

nur ein weiterer Teil von Kits Plan, sie zu entmutigen. Aber es würde nicht funktionieren.

Die Luft in der Nähe der Decke fing an zu schimmern. Vornehm gekleidete Männer und Frauen starrten aufgeregt hinauf. Dann begann sich das Tor zu öffnen. Es entstand nicht in der Wand, sondern in der Luft direkt am Ende einer hochgelegenen eisernen Plattform – ein ungleichmäßiges schwarzes Loch, ein sich öffnender Schlund …

Margo schnappte nach Luft. Durch das Tor konnte sie die Farben der Dämmerung und einen einzelnen weit entfernten Stern erkennen. Sie sah eine windgepeitschte Landschaft und niedrig hängende Zweige. Totes Laub wurde vorbeigeweht. Dann erschien ein warmes goldenes Licht, eine dunkle Gestalt mit einer Laterne.

Gelächter brandete auf, als die Gestalt mit dem Zylinder und dem Operncape durch das Tor trat und auf die wartenden Menschen zukam wie ein näherkommender Zug. Der Mann zog höflich seinen Hut vor der Menschenmenge. »Ich bitte um Ihre Geduld, verehrte Damen und Herren.«

Nun kamen Touristen durch das Tor auf die Station zurück. Frauen in eleganten Kleidern, Männer in Abendanzügen, zerlumpte Diener, die sich mit Reisetruhen, Taschen und Lederkoffern abschleppten, junge Frauen in der Tracht von Hausmädchen, sie alle traten durch das Tor und gingen die Rampe hinunter zu der Ebene der *Commons*. Viele von ihnen lächelten und schwatzten, andere machten einen grimmigen Eindruck, und wieder andere konnten nur mit der Hilfe von *Time Tours*-Mitarbeitern die Rampe hinabschwanken.

»Es ist immer dasselbe«, murmelte Malcolm. »Ein paar kommen immer zurück wie geprügelte Hunde.«

»Ich nicht«, versprach Margo.

»Nein, Sie nicht«, stimmte Malcolm trocken zu. »Deshalb bin ich ja schließlich dabei.«

Sie widerstand dem unweigerlichen Drang, ihm zu erklären, daß sie kein Kindermädchen brauche, denn sogar sie hatte inzwischen begriffen, daß sie ohne die Hilfe eines zuverlässigen Führers nicht weit kommen würde. Dann, schneller als erwartet, waren sie an der Reihe.

»Oh«, rief Margo verzückt. »Es geht los.«

Malcolm bot ihr galant seinen Arm, und sie nahm das Angebot lachend an. Er nahm ihr die Reisetasche ab, was sie ebenfalls mit einem Lachen quittierte. Ihr Träger, ein stämmiger junger Mann namens John, nahm sich ihrer Reisetruhe an. Margo schob ihre Zeitreise-Karte in das Lesegerät und eilte an Malcolms Seite die Rampe hinauf. An der Schwelle zum Nichts blieb sie stehen, und eine verängstigte Stimme in ihrem Kopf wisperte: »Wenn ich hier weitergehe, dann wird nichts da sein, als ein fünf Stockwerke tiefer Sturz.«

Mit fest zusammengekniffenen Augen folgte sie Malcolm über den Rand der Plattform. Für einen Moment glaubte sie tatsächlich zu fallen.

»Öffnen Sie die Augen«, sagte Malcolm drängend.

Sie schlug die Augen auf – und keuchte. Die Erde stürzte auf sie zu ...

Malcolm beruhigte sie. »Gutes Mädchen«, sagte er ermutigend.

Margo fröstelte unter einer plötzlichen Kälte.

»Geht es Ihnen gut, meine Liebe?«

Sie sah ihn verwundert an. Der stets lächelnde und lässige Malcolm mit der einfachen amerikanischen Ausdrucksweise war vollends verschwunden. An seine Stelle war nun ein distinguierter britischer Gentleman getreten, der besorgt auf sie herab sah.

»Klar.«

Er führte sie sehr zuvorkommend ein Stück weit fort, um den anderen Touristen Platz zu machen. »Margo, die passende Antwort auf so eine Frage lautet nicht ›klar‹. Das ist hier ein furchtbarer Anachronismus.«

Margo spürte, wie sich ihre Wangen röteten. »In Ordnung«, antwortete sie leise. »Was hätte ich sagen sollen?«

»Sie hätten sagen sollen: ›Haben Sie vielen Dank, Sir, es geht mir gut. Es war nur eine vorübergehende Benommenheit. Darf ich Sie noch einen Augenblick um Ihren Arm bitten?‹ Daraufhin würde ich Ihnen selbstverständlich meinen Arm gereicht und Sie an einen Ort geleitet haben, an dem Sie sich hätten ausruhen können, während ich ein Glas Wasser oder bei Bedarf auch etwas Stärkeres für Sie geholt hätte.«

Margo war von seiner fast archaischen Aussprache und dem wunderbaren Klang seiner Stimme so fasziniert, daß es ihr schwerfiel, seinen Worten inhaltlich zu folgen. »In Ordnung. Ich meine, ich verstehe, Sir. Ich werde mich bemühen. Wirklich Malcolm, ich werde mich anstrengen.«

»Ah-ah«, tadelte er lächelnd. »Hier bin ich Mister Moore. Sie sind Miss Margo Smythe, mein Mündel. Vergessen Sie nie, mich Mister Moore zu nennen, alles andere würde hier als ein unverzeihlicher Fehler angesehen werden.«

Hinter ihnen hatte das Tor zu schrumpfen begonnen. Die letzten Träger stürzten mit ihrem Gepäck hindurch, ehe sich die Tür zum La-La-Land schloß und die Sicht auf braune Weinranken und eine hohe Steinmauer freigab. Für einen entsetzlichen Moment fühlte Margo unendliche Panik. *Wir sind ausgeschlossen ...*

Dann gab Malcolm John ein Zeichen, der sich zu ihnen gesellte und seufzend die Truhe abstellte. »S'is gut, Mister Moore, Sir.«

Malcolm grinste. »Gute Show, John. Dein Cockney klingt wirklich nett.«

»Hab' viel gelernt für, Sir.« Johns Augen funkelten unternehmungslustig. Er war Student und plante, einige Monate in der Londoner Unterschicht zu leben, um sich auf seine Dissertation vorzubereiten. Er und Kit hatten ein Abkommen getroffen: John würde während des Aufenthalts von Malcolm und Margo als Diener für die beiden arbeiten und alle anfallenden Aufgaben erledigen, dafür würde Kit sein Ticket bezahlen. John mußte sich dann nur noch um seine Ausrüstung und seinen Lebensunterhalt kümmern.

»Wo sind wir?« fragte Margo leise und stampfte mit den Füßen auf, um sie warm zu halten.

»Dies ist der Garten eines Privathauses in der Nähe des Battersea Parks an der Chelsea Reach.«

»Chelsea Reach?«

»Ein Teil der Themse. Auf der anderen Seite des Flusses liegt der Bezirk Londons, in dem wir uns bevorzugt aufhalten werden.«

Der Garten, in dem nun die Touristen aufgeregt herumliefen, wurde von Gaslaternen beleuchtet. Führer von *Time Tours* sorgten dafür, daß sich die gut sechzig Personen in einer ordentlichen Zweierreihe, Damen und Herren nebeneinander, aufstellten, während die Träger mit ihrer schweren Last kämpften. Sie trugen die Gepäckstücke in ein entzückendes dreistöckiges Haus, das ebenfalls von Gaslampen beleuchtet wurde. Es machte einen warmen und einladenden Eindruck, verglichen mit dem feuchten und kalten Garten.

»Es ist kalt«, bemerkte Margo.

»Nun, es ist Februar. Wir dürften starken Frost bekommen in der nächsten Nacht, oder ich bin nicht fähig, das Wetter einzuschätzen.«

Sie schob ihre Hände unter den Mantel. »Und nun?«

»Zuerst nehmen Sie bitte Ihr ATLS und Ihr Logbuch zur Hand.« Er sah zum Himmel hinauf, der zunehmend dunkler wurde. »Wir müssen Ablesungen machen und unser Reisechronometer in Betrieb setzen. Vergessen Sie nicht, Miss Smythe, es ist absolut notwendig, daß Sie das Chronometer gleich nach Ihrer Ankunft aktivieren und das ATLS sowie die Planetenablesung so bald wie möglich einsetzen. Ich fürchte, wir werden Nebel bekommen, Sie sollten sich beeilen. In London zieht des Abends stets Nebel auf.«

»Aber wir wissen doch, wo wir uns befinden«, protestierte Margo.

»In diesem Fall schon. Aber als Time Scout werden Sie das oft nicht wissen. Nutzen Sie diese Gelegenheit. Nur weil Sie ihre Zeitreise-Karte für die Passage am britannischen Tor haben ablesen lassen, sollten Sie keinesfalls auf dieses Ritual verzichten. Die meisten Tore, die Sie als Time Scout passieren werden, werden keine Ablesegeräte haben, ganz einfach deshalb, weil vor Ihnen noch niemand hindurchgegangen sein wird. Und falls Sie am hellichten Tage hindurchtreten, dann warten Sie die Dunkelheit ab, um Ihre Messungen durchzuführen.«

Margo zog ihre Ausrüstung aus der Tasche und las das ATLS ab. Malcolm überprüfte ihre Ablesung und führte eine kleine Korrektur durch; danach zeigte er ihr, wie sie die Planetenkonstellation feststellen konnte. Nach drei Versuchen gelang es ihr, und sie tippte die Daten stolz in ihr Logbuch.

»Und, wie war ich?«

»Ihre ATLS-Ablesung lag weit genug daneben, daß sie sich in der irischen See geortet haben, aber für den ersten Versuch unter realistischen Bedingungen ist das gar nicht so schlecht. Wir werden die Ablesungen jeden Abend während unseres Aufenthaltes durchführen, damit Sie Übung bekommen.«

Malcolm beendete seine eigenen Logbucheintragungen, vergewisserte sich, daß Margo ihr Chronometer korrekt eingeschaltet hatte und packte die Ausrüstungsgegenstände wieder ein.

»Und jetzt?«

»*Time Tours* wird für Pferdedroschken gesorgt haben, die uns zu einem guten Hotel in der Stadt bringen werden.«

»Ich dachte, diese Pferdewagen würden Hansoms genannt.«

Malcolm lächelte. »Hansoms sind tatsächlich zur Zeit sehr beliebt, aber das sind kleine, zweirädrige Wagen. Hansoms können nicht besonders viel Gepäck mitnehmen. Wir werden einen etwas größeren Wagen benötigen.«

Sie reihten sich am Ende der Schlange ein und bewegten sich langsam, aber stetig auf das Gebäude zu. Margo konnte ihren Erkundungsdrang kaum zügeln und hätte sich am liebsten vorgedrängelt. Sie fand es unglaublich schwierig, stillzustehen.

»Geduld«, mahnte Malcolm lachend. »Wir haben doch noch eine ganze Woche vor uns.«

»Wann wird unser Wagen hier sein?«

»Unsere Gastgeber«, erklärte Malcolm mit einem kühlen Blick auf die livrierten Führer von *Time Tours*, »werden Erfrischungen servieren, während wir auf die Abfahrt warten. Wir werden das Haus in kleinen Gruppen im Abstand von mindestens fünfzehn Minuten verlassen, damit niemand auf die vielen Menschen, die hier ein und aus gehen, aufmerksam wird.«

»Wie ist *Time Tours* zu diesem Gebäude gekommen?«

Malcolm sprach leise: »Soweit ich weiß, hat die alte Jungfer, der das Gebäude gehört hat, geglaubt, sie würde von einem Phantom heimgesucht, als sich das Tor zum ersten Mal in ihrem Garten öffnete. Nachdem sich das Ereignis dann über einige Wochen immer wieder ereignete, verkaufte sie das Anwesen zu einem Spottpreis an einen Time Scout und zog sich nach Schottland aufs Altenteil zurück.«

Margo hatte sich bisher noch gar keine Gedanken darüber gemacht, was die Menschen in der Vergangenheit denken mußten, wenn sich vor ihren Augen ein Zeittor öffnete.

»Wer war der Time Scout?«

»Ihr Großvater«, entgegnete Malcolm achselzuckend.

Oh.

»Ich möchte vorschlagen«, sagte Malcolm, als sie über die Türschwelle in ein erstaunlich kaltes Gesellschaftszimmer traten, »daß wir für die Dauer unseres Aufenthaltes soweit wie möglich darauf verzichten, zukünftige Angelegenheiten zu besprechen. Sie sind hier, um zu lernen, sicher, aber Diskussionen dieser Art können sehr gefährlich sein, wenn wir von jemandem belauscht werden. Wenn Sie eine Frage haben, dann sprechen Sie ganz leise, oder versuchen Sie erst dann zu fragen, wenn wir nicht belauscht werden können. Ich werde mich selbst dieser Einschränkung unterwerfen.«

Margo versuchte wieder, sich an Malcolms ungewohnte Sprechweise zu gewöhnen und anzupassen. »Ich verstehe, Malc... Mister Moore.«

Er tätschelte ihre Hand. »Sehr schön, Miss Smythe. Wenn Sie es mir freundlichst gestatten, werde ich Sie nun in London bekanntmachen.«

Er führte sie an ein wärmendes Kohlenfeuer und winkte einem Bediensteten, der ihr eine Tasse mit dampfend heißem Tee servierte.

»Wärmen Sie sich, meine Liebe, während ich mich um unser Gepäck und unsere Droschke kümmern werde.«

Er winkte John zu, der ihre Truhe in ein lange Eingangshalle gebracht hatte, wo auch die anderen Träger warteten. Margo nippte an dem herben Tee und war dankbar für die Wärme; die Kühle des Raumes hatte sie überrascht. Die anderen Touristen schwatzten aufgeregt über die Möbel, die Teppiche, die Gardinen und den Ausblick aus dem Fenster. Margo war ein bißchen neidisch auf die schönen Kostüme der Frauen. Eine elegant gekleidete Dame kam lächelnd auf sie zu.

»Das ist ein entzückendes Kostüm«, sagte sie. »Was ist es für eines?«

Mit einem Gefühl maßloser Überlegenheit erklärte Margo: »Es ist eine der vornehmsten Schuluniformen in London und gehört zum *Royal Masonic Institute for Girls*.« Sie grub noch weiter in den Kenntnissen, die sie Connie Logan verdankte. »Es wurde im Jahr 1788 in Somers Town, London, von Chevalier gegründet.«

»Es ist wirklich reizend. Darf ich es einmal ganz sehen?«

Margo erhob sich, stellte ihre Teetasse ab, zog den Mantel aus und vollführte eine Pirouette.

»Oh, sieh nur!« rief eine andere Touristin. »Ist das süß!«

»Woher haben Sie es?«

»Connie Logan, Kleider und Stoffe.«

»Ich wünschte, ich hätte Louisa so ein Kostüm besorgt«, erklärte eine Dame lachend. Ihre Tochter sah wirklich schäbig aus in ihrem grauen Hauskleid mit dem entsetzlichen, mit toten Vögeln dekorierten Hut auf dem Kopf.

»Und seht euch diese Brosche an. Was für ein schönes Design. Ist das ein Schulabzeichen?«

»Ja, es ist eine Marke. Alle Fürsorgeschulen haben solche Marken benutzt, um ihre Schüler zu kennzeichnen.«

»Meine Damen«, sagte Malcolm lächelnd und deutete eine Verbeugung an, »wenn ich Ihnen mein Mündel nun entführen dürfte, unser Wagen wartet. Lassen Sie mich Ihnen in den Mantel helfen, meine Liebe. Es ist eine furchtbar kalte Nacht, und John hat es leider versäumt, unsere Reisedecke mitzubringen.«

Begeistertes Gelächter schallte durch den Raum.

»Wer ist dieser Gentleman?«

»Oh, ich wünschte, unser Führer würde sich so anhören!«

»Oder so aussehen …«

»Interessiert mich nicht, was die von *Time Tours* sagen, beim nächsten Mal werde ich ihn anheuern. Es ist mir völlig egal, was es kosten wird.«

Malcolm lächelte und murmelte: »Einen Augenblick, meine Liebe.« Mit einer galanten Verbeugung verteilte er Geschäftskarten an die anwesenden Damen. Dann bot er Margo seinen Arm. »Sich im richtigen Augenblick um geschäftliche Belange zu kümmern, kann Wunder wirken, stimmen Sie mir zu?«

Margo lachte und winkte ihren neuen Bekanntschaften kurz zu, ehe sie am Arm ihres tüchtigen Führers hinaus in die Londoner Nacht ging.

Als die Kutsche durch fünf düstere Straßen gefahren war, hatte sich der Nebel so sehr verdichtet, daß sie nahezu blind waren. Wirbelnde gelbe Schwaden fauliger Luft bedeckten die Straßen. Nicht einmal die Pferde waren noch zu sehen. Nur das leise Klappern der Hufe bewies noch ihre Existenz.

»London stinkt«, wisperte Margo. »Wie ein Pferdestall. Und der Nebel riecht auch widerlich.«

»London ist voller Pferde«, entgegnete Malcolm, ebenfalls flüsternd. »Sie hinterlassen jeden Tag einige hundert Tonnen Mist auf Londons Straßen.«

»Jeden Tag?«

»Ja«, bestätigte Malcolm. »Und der Nebel ist dafür berüchtigt, daß er an einem einzigen Tag hunderte Menschen das Leben kosten kann. Wenn Ihnen das Atmen schwerfällt, so müssen Sie mir das sofort sagen. Dann fahren wir aufs Land hinaus, bis er sich wieder etwas gelichtet hat.«

»Ich kann atmen«, flüsterte Margo. »Es ist nur nicht besonders angenehm. Fahren wir in ein Hotel?«

»Nein. Wir werden die Nacht in einer Pension in der Nähe der Victoria Station verbringen, und am nächsten Morgen mieten wir uns eine Wohnung. So können wir kommen und gehen, wie es uns gefällt, und ohne daß es jemandem auffällt. John wird in der Wohnung bleiben, wenn wir wieder abgereist sind.«

»Mister Carson is' mächtig großzügig, Mister Moore«, sagte John in der Dunkelheit.

Margo kicherte. »Sie hören sich so komisch an.«

»Er hört sich genau richtig an«, sagte Malcolm streng. »Sie dagegen nicht. Wohlfahrtsschülerinnen sind sittsam und still. Sie kichern nicht und geben keine frechen Antworten.«

»Es tut mir leid. Bitte verzeihen Sie mir«, murmelte Margo.

»So einfach ist das nicht, junge Dame. Lernen Sie Ihre Rolle, das ist ein Befehl.«

Margo seufzte. Noch ein machtgeiler Mann ... Fast freute sie sich darauf, die Schuluniform gegen die groben Kleider eines Bauernjungen oder die noch gröberen eines Straßenhändlers einzutauschen. Wenn sie als Junge verkleidet wäre, müßte sie nicht all diese gesellschaftlichen Konventionen beachten. Allmählich bekam sie eine schwache Ahnung davon, was Kit damit gemeint hatte, als er sagte, daß es für eine Frau im Vergleich zu einem Mann ungleich schwerer sei, als Time Scout zu arbeiten.

Das Plätschern des Wassers, das sanft gegen eine Mauer schlug, und der Nachhall des Hufgetrappels ließen Margo annehmen, daß sie sich nahe der Themse befanden. Das gelegentliche Schrillen dampfbetriebener Signalpfeifen tönte durch den giftigen gelben Nebel wie die entfernten Todesschreie eines Hundes.

»Wo sind wir? Ich kann überhaupt nichts erkennen.«

»Wir überqueren gerade die Lambeth-Brücke.«

Durch die wirbelnden Nebelschwaden wurde bruchstückhaft eine dunkle Mauer erkennbar.

»Und was ist das?«

»Die Millbank-Besserungsanstalt. New Bridewell ist auch nicht weit von hier.«

»New Bridewell?«

»Ein berüchtigtes Gefängnis, meine Liebe. Ihre Fragen sind äußerst schockierend.«

Der Nebel schloß sich wieder dicht um die Kutsche, nachdem sie die Brücke, auf der eine sanfte Brise wehte, verlassen hatten. Margo hörte das gedämpfte Rumpeln nicht allzuweit entfernter Züge. Ein schrilles Pfeifen drang durch den Nebel. Es klang so nah, daß Margo zusammenschreckte.

»Beunruhigen Sie sich nicht, Miss Smythe. Es ist nur ein Zug, der auf der Victoria Station einfährt.«

»Werden wir das die ganze Nacht über hören?«

Malcolms unterdrücktes Lachen drang an ihr Ohr. »In der Tat.«

Du Teufel. Das hatte er mit Absicht gemacht, damit sie am nächsten Morgen übermüdet und unausgeglichen sein würde. Er wußte schließlich genau, daß sie bereits jetzt zuwenig Schlaf bekommen hatte. *Wenn du erst als Time Scout arbeitest, wirst du auch öfter ohne Schlaf auskommen müssen. Denk dir einfach, es sei ein Teil der Ausbildung!* Die Kutsche hielt an. Malcolm ließ sie zitternd in der Kälte des Wagens zurück. Er traf Vereinbarungen mit der Pensionswirtin und reichte dann Margo die Hand, um ihr aus der Kutsche zu helfen.

»Oh, Sie armes Kind, Sie müssen furchtbar müde sein«, sagte die Wirtin mitfühlend und führte sie über eine lange dunkle Treppe nach oben. Eine Gaslaterne auf dem Treppenabsatz verteilte ihr schwaches Licht über die Stufen. Margo starrte auf ihren Rocksaum, um in dem Zwielicht nicht darüber zu stolpern. »Ihr Vormund sagte, Sie seien den ganzen Weg von Honduras hergekommen und dann noch mit dem Zug weitergefahren. Sie armes Ding, zur Waise geworden durch dieses grauenhafte Fieber, und nun will er Sie in der Schule anmelden und kann Ihnen nicht einmal Gesellschaft leisten. Er ist so ein netter Herr, Ihr Vormund. Passen Sie auf Ihre Füße auf, ja so ist es gut, Liebes. Hier ist Ihr Zimmer. Mister Moore schläft am Ende des Flurs, die zweite Tür rechts. Ich lasse Ihnen heißes Wasser bringen, und hier habe ich Ihre Tasche.« Sie nahm John die Tasche ab und legte sie auf ein schweres Möbelstück. Angesichts der Schüssel und des Kruges, die ihre Gastgeberin aus einem Fach des Möbelstückes holte, schloß Margo, daß es als eine Art Waschtisch diente.

»Ich werde Sie nun verlassen. Ruhen Sie sich aus, Liebes. Wir sehen uns dann zum Frühstück. Wenn Sie noch irgend etwas brauchen, dann läuten Sie.«

Als die Wirtin in ihren wallenden Kleidern das Zimmer verlassen und die Tür hinter sich geschlossen hatte, wunderte sich Margo, daß das schon alles gewesen sein sollte.

Und sie starb vor mehr als hundert Jahren …

Margo zitterte heftig, als ihr plötzlich der widernatürliche Charakter dieser Reise zu Bewußtsein kam. Das war etwas völlig anderes, als sich einen alten Film anzusehen oder eine Rolle in einem Bühnenstück zu spielen. Es war, als würde man das Leben eines anderen Menschen leben, komplett mit Geräuschen und Gerüchen. Ganz so, als müßte sich das alles als Illusion entpuppen und wie eine Seifenblase zerplatzen, wenn sie nur mit den Augen zwinkerte. Doch das tat es nicht. Langsam ließ sie sich auf eine Ecke des Bettes nieder. Die Bettfedern quietschten. Es roch muffig im Raum. Eine Gaslaterne brannte hinter einer Milchglasglocke an der Wand und tauchte den Raum in sanftes Licht. Margo fragte sich, wie um alles in der Welt man diese Lampe löschen konnte. Sie löste ihr Hutband, nahm Hut und Haube ab und schälte sich aus dem schweren Wollmantel. Die vormals weiße Haube war nun ganz grau von dem Rauch der Kohlenfeuer, der über der Stadt lag. Sie zitterte noch immer. Der Raum war kühl und feucht. Keine Zentralheizung.

»Und jetzt?« fragte sie sich laut.

Ein leises Klopfen an der Tür ließ sie hochschrecken. Margo zerknautschte die Haube in ihren verkrampften Fingern. »Wer ist da?« Ihre Stimme klang dünn und zittrig.

»Mister Moore, Miss Smythe. Dürfte ich Sie einen Augenblick sprechen?«

Margo flog förmlich durch den Raum und riß die Tür auf.

Er lächelte, als er ihren verschreckten Zustand bemerkte. Dann deutete er auf die Gasleuchte. »Haben Sie die kleine Kette an der Seite bemerkt?«

Margo betrachtete die Lampe. »Ja.«

»Ziehen Sie daran, wenn Sie die Lampe löschen wollen. Blasen Sie nicht die Flamme aus, denn dann wird sich der Raum mit Gas füllen und wir alle werden einen unschönen Tod erleiden.«

Oh. »Danke. Ich hatte mich bereits gefragt, wie die Lampe gelöscht wird.«

»Sehr schön. Haben Sie noch weitere Fragen, ehe ich mich zur Nachtruhe zurückziehe?«

Unendlich viele, doch nur eine einzige formulierte sich in ihren Gedanken. »Wie kann ich den Raum warm bekommen? Es ist so kalt hier drinnen.«

Malcolm sah sich um. »Keine Feuerstelle und kein Ofen. Die Wirtin wird Angst haben, daß ein Feuer ausbricht und sie tut wohl gut daran. In dem Wäscheschrank werden ausreichend Decken sein. Nehmen Sie sich ein paar davon, und gehen Sie zu Bett. Sonst noch etwas?«

Margo konnte kaum fassen, wie verzweifelt sie sich wünschte, zu sagen: »Ich habe Angst.« Doch sie wagte es nicht, also schwieg sie, schüttelte den Kopf und schenkte ihm ein strahlendes Lächeln.

»Sehr schön. Dann sehen wir uns zum Frühstück wieder.« Er beugte sich zu ihr und küßte ihre Stirn. »Gute Nacht, meine Liebe. Verschließen Sie die Tür.«

Dann verließ er sie und begab sich in sein Zimmer. Mit

einem leisen Klicken schloß sich die Tür hinter ihm, ein Schlüssel drehte sich im Schloß. Margo stand noch einige Augenblicke auf dem schwach beleuchteten Flur und starrte auf seine Tür, während ihre Augenbrauen unter dem noch immer fühlbaren Eindruck seines Kusses bebten.

Oh, mach dich nicht lächerlich! Das fehlt jetzt noch, daß du anfängst, für einen völlig verarmten Zeitführer zu schwärmen wie ein Schulmädchen. Er ist zu alt für dich, und obendrein hält er dich für dumm. Außerdem hat Billy Pandropolous dir wirklich genug weh getan, so daß du für den Rest deines Lebens von Männern die Nase voll haben solltest.

Sie schloß die Tür und drehte den Schlüssel herum. In ihren Augen konnte sie das leichte Brennen aufsteigender Tränen fühlen. Sie wollte nicht, daß Malcolm sie für dumm hielt. Sie wollte ihm – und jedem anderen auch – beweisen, daß sie den Job machen konnte. Und daß sie gut darin war.

Sie lag noch lange wach und lauschte den Geräuschen vorbeifahrender Droschken und Hansoms. Das Kreischen von Dampfpfeifen hallte durch die schmutzigen Straßen Londons. Und während der ganzen Zeit, in der sie so dalag, fragte sie sich, wie es sich wohl angefühlt hätte, wenn seine Lippen die ihren getroffen hätten und nicht ihre Stirn.

Der Londoner Alltag nahm sie gefangen.

Malcolm mietete eine kleine Wohnung im Westen Londons, einige Straßen östlich des Grosvenor Square, der wiederum östlich des eleganten Hyde Park in Mayfair gelegen war. Laut Malcolm war das Londoner West End der Stadtteil, in dem Englands obere Zehntausend (ungefähr fünfzehnhundert Familien der Oberschicht) ihre Londoner Adresse hatten. Es waren prachtvolle Häuser, doch ihre Architektur versetzte Margo in Erstaunen. Die meisten erinnerten eher an Blocks mit Eigentumswohnungen als an Einzelhäuser. Enorm lange durchgängige Putz- und Backsteinfassaden zogen sich über ganze Straßenzüge und waren in einzelne

›Häuser‹ unterteilt, die die wohlhabenden Familien ihr eigen nannten.

»Es gibt ein Gesetz«, erklärte Malcolm, »das nach dem großen Feuer im Jahre 1666 erlassen wurde. Es regelt nicht nur den Einsatz brandgefährlicher Materialien, sondern verlangt auch eine Architektur, die dazu beitragen soll, daß ein Feuer sich nicht mehr so leicht ausbreiten kann.«

»Wie schlimm war das Feuer?«

»Der größte Teil Londons ist niedergebrannt«, erzählte Malcolm. »Nur ein kleiner Stadtbereich wurde verschont. Allerdings hatte das Feuer auch einen Vorzug: es rottete die Pest endgültig aus. Seit damals ist sie nicht wieder ausgebrochen. Das Problem mit der Cholera besteht aber noch immer.«

Margo betrachtete voller Faszination die wuchtigen Fassaden, die ordentlich gereinigten Bürgersteige und die Damen der Gesellschaft, die sich von livrierten Dienern in ihre Kutschen helfen ließen, um ihre morgendliche Spazierfahrt zu beginnen. Sie sahen prachtvoll aus, gekleidet in edle Seide, Pelze und luxuriöse Federhüte. Margo seufzte angesichts ihrer Wohlfahrtsschuluniform und ihres gefärbten kurzen Haares; trotzdem ließ sie sich nicht die Freude nehmen, den edlen Herrschaften zuzusehen.

»Wir sind weit genug von Mayfair entfernt, um nicht weiter aufzufallen, wenn wir unsere schäbigere Verkleidung anlegen«, erklärte Malcolm, als sie sich in ihrer Sechszimmerwohnung befanden. »Und wir sind nah genug an Mayfair, um der Gewalt und den Verbrechen des East End zu entgehen und mir zu gestatten, meine falsche Identität als sorgenfreier Gentleman beizubehalten.«

»Sind Sie früher schon hier gewesen?«

»Nicht in dieser speziellen Wohnung, nein. Aber in diesem Stadtteil durchaus. Ich bringe meine Touristen stets hierher, sofern sie nicht ausdrücklich nach einem Hotel verlangen. In einer Wohnung zu leben und sich Fisch und Gemüse vom Markt zu kaufen, vermittelt einen ein viel klareren Eindruck davon, wie das Leben hier vor sich geht.

Packen Sie Ihre Sachen aus, Miss Smythe, dann gehen wir an die Arbeit.«

Malcolm hatte John beauftragt, eine Kutsche und Pferde für eine Woche zu mieten, während sie auspackten. Mit der Vermieterin hatte er vereinbart, daß sie einen guten Krämer beauftragte, ihnen Lebensmittel zu liefern. Nachdem sie die Waren erhalten hatten, zeigte er Margo, wie man ein Picknick britischen Stils für einen Ausflug aufs Land vorbereitet.

»Ein Ausflug?« fragte Margo aufgeregt. »Wirklich?«

Malcolm lächelte. »Ich bezweifle, daß wir von derselben Art Ausflug sprechen. Packen Sie doch bitte die beiden Pullover ein. Sehr gut. Geben Sie mir das weite Hemd und diese Hosen da, und packen Sie sich die Stiefel ein, ja genau die. Für einen Time Scout ist es ungeheuer wichtig, daß er mit Pferden umgehen kann. Ich werde Ihnen das Reiten beibringen.«

Das einzig Pferdeähnliche, was Margo jemals geritten hatte, war eine Karussellfigur auf dem Jahrmarkt. Und auch das nur, weil Nachbarn sie mitnahmen, als sie mit ihren Kindern dort einen Besuch machten. Sie hatten Mitleid mit einem Kind, dessen Vater sein ganzes Geld für Schnaps – wenn nicht für noch Schlimmeres – brauchte.

»Ich weiß gar nichts über Pferde«, sagte sie zweifelnd.

»Das wird sich ändern«, entgegnete er mit einem aufmunternden Lächeln, das ihre Befürchtungen vertrieb.

Die Pferde, die John gemietet hatte – insgesamt waren es vier –, bildeten zwei unterschiedliche Paare. Während John die Kutschpferde anspannte, begann Malcolm mit dem Unterricht.

»Die zwei hier sind Kutschpferde. Es sind robuste und kräftige Tiere, die sich besonders gut eignen, um Lasten zu befördern. Die Kutsche selbst ist nicht das modernste Gefährt, aber sie ist elegant und paßt gut zu meiner Scheinidentität.«

»Hat sie einen Namen?«

»Es ist eine vierrädrige Brougham mit einem festen Dach«, er klopfte mit den Fingerknöcheln auf das Dach. »In diesem Wagen können Sie wunderbar ihre Kleidung wechseln, ohne dabei aufzufallen. Die Kutsche ist in dieser Zeit als Familienkutsche sehr beliebt gewesen, und sie macht einen seriösen Eindruck.«

»Was ist mit den Pferden, die hinten angebunden sind?« Die beiden Pferde hinter der Kutsche wirkten viel geschmeidiger als die stämmigen kleinen Zugpferde.

»Reitpferde. Diese sind nicht so teuer und elegant wie Araber, aber dafür sind sie einfacher zu handhaben. Außerdem kann man sie mieten und muß nicht das ganze Jahr über für Stall, Stallburschen und Hufschmied zahlen.«

»Das ist ziemlich teuer, oder?«

»Sehr teuer. Darum läuft das Geschäft der Mietställe auch so gut.«

Margo dachte darüber nach, was Connie ihr über die Klassenunterschiede erzählt hatte und beschloß, noch eine Frage zu stellen. »Wie denken die reichen Leute über diejenigen, die sich Pferde und eine Kutsche mieten?«

Malcolms Miene hellte sich auf. »Sehr gut, Miss Smythe! Generell wären wir brüskiert. Jeder Engländer, der sich zu dem bessergestellten Teil der Gesellschaft zählt, hat selbstverständlich seine eigene Kutsche samt Pferden. Ich nehme eine Ausnahmeposition ein, weil ich mich überwiegend in Honduras aufhalte und nie genau sagen kann, wann ich wiederkomme. Vorausgesetzt es gelingt mir irgendwann, das nötige Kapital aufzutreiben, dann werde ich wohl einen langfristigen Vertrag für ein kleines Haus abschließen, in dem ich meine Gäste empfangen kann. Alle meine Bekannten hier reden mir beständig zu, das endlich zu tun, damit ich in London ein sicheres Heim habe und nicht ständig auf Agenturen und Marktgegebenheiten angewiesen bin.«

Margo fragte sich, was das nun wieder kosten würde, doch sie wagte nicht zu fragen. Die Frage erschien ihr viel zu persönlich, und außerdem war sie noch immer etwas verunsichert von dem harmlosen Kuß der letzten Nacht.

»Wo wir gerade vom Geld reden, erinnern Sie sich daran, was ich Ihnen über die Währung erzählt habe?«

O nein ...

»Ich, äh ...« Margo versuchte verzweifelt, sich ins Gedächtnis zu rufen, was Malcolm ihr während ihres Besuches bei Goldie Morran, der Betreiberin einer Wechselstube auf TT-86, erzählt hatte. »Die Währungseinheit heißt Pfund, und sie wird durch dieses komische ›L‹ abgekürzt.«

»Das Pfund besteht aus ...«

Margo wühlte sich gedanklich durch fremdartige Namen. »Zwanzig Schilling.«

»Und wie nennt man einundzwanzig Schilling?«

Irgendwas mit einem Land ... »Genua?«

Malcolm lehnte sich zurück und bedeckte sein Gesicht mit den Händen, während sich sein Körper vor Lachen schüttelte. »Auch nicht schlecht«, japste er. »Zumindest klingt es ein bißchen ähnlich, das sei Ihnen zugestanden. Ein Guinee, Margo. Ein Guinee.«

»Ein Guinee«, wiederholte sie grimmig. »Einundzwanzig Schilling sind ein Guinee.«

»Gut. Wie werden zwanzig Schilling noch bezeichnet, außer als Pfund?«

Margo schloß die Augen und versuchte sich zu erinnern. Es hatte etwas mit der Königin zu tun. »Sovereign*.«

»Oder umgangssprachlich Quid. Woraus wird es hergestellt?«

»Gold. Ebenso wie ein halbes Pfund!« antwortete sie triumphierend.

»Und wie heißt die Hälfte davon?«

Das hatte wieder etwas mit der Monarchie zu tun, aber Margo konnte sich nicht mehr erinnern. Hilflos zuckte sie mit den Schultern.

»Eine Krone. Fünf Schilling sind eine Krone, umgangssprachlich Bull.«

Margo atmete tief durch. »Eine Krone. Ein Viertelpfund ist eine Krone. Dann gibt es da noch eine halbe Krone, also zweieinhalb Schilling.« Ihr Kopf schmerzte.

* Sovereign = Souverän, Monarch(in). Anm. der Übersetzerin

»Zwei Schilling sind ...«

»Ich weiß es nicht«, jammerte Margo. »Ich habe Kopfschmerzen.«

Malcolm zog eine handgeschriebene Karte aus seiner Brusttasche, die offensichtlich mit einer zeitgemäßen Feder geschrieben worden war. »Lernen Sie das. Wenn Sie etwas vergessen haben und die Karte benutzen müssen, dann erklären Sie einfach, sie seien aus Amerika, hätten gerade erst ihre Eltern verloren und seien wegen ihres Vormundes nach England gekommen. Vermutlich werden sich die Leute geradezu überschlagen, um Ihnen zu helfen.«

Margo konnte sich nicht beherrschen. Sie brach angesichts des drolligen Ausdrucks auf Malcolms Gesicht in schallendes Gelächter aus. Er reichte ihr grinsend die Karte. Margo bemühte sich unter Anstrengung ihrer geistigen Reserven, die restlichen Währungseinheiten auswendig zu lernen: Florin, Penny, Farthing.

Pferde waren trickreiche Biester, wie Margo schnell bemerkte.

Sich in der engen Kutsche umzuziehen, war ziemlich einfach, verglichen mit dem Versuch, ein Tier zu führen. Ein Tier, das immerhin eine halbe Tonne wog und sie jedesmal zu Tode ängstigte, wenn die Luft aus seinen Nüstern ihr Hemd in Bewegung versetzte.

»In Ordnung«, sagte Malcolm geduldig, als es ihr endlich gelungen war, dem Pferd das Zaumzeug anzulegen, ohne dabei einen ihrer Finger einzubüßen. »Gleich noch einmal.«

Margo schloß die Augen und aktivierte jedes bißchen innerer Ruhe, über das sie verfügte, ehe sie das Zaumzeug wieder abnahm. Dann wiederholte sie die ganze entsetzliche Prozedur noch einmal. Diese Lektion dauerte bereits eine ganze Stunde, dabei war das Pferd nicht einmal gesattelt, und natürlich war sie noch nicht geritten. Der Reitunterricht hatte erst einmal mit einem weiteren neuen Vokabular begonnen: Zügel, Sporen, Gerte, Fessel, Gang, Trense, Riemen …

O Gott, wie bin ich bloß auf die Idee gekommen, Zeitforschung sei einfacher als das College?

Trotzdem war auch ihr klar, wie wichtig es war, die Transportmittel des Altertums ebenso zu beherrschen wie das später in Massenproduktion hergestellte Automobil.

Endlich gelang es ihr fast fehlerfrei, dem Tier das Zaumzeug anzulegen und es anzuhalftern. Dann lernte sie das Satteln, und danach führte sie das Pferd zwanzig Minuten an der Longe, um mit seinen Gangarten vertraut zu werden und ein Gefühl dafür zu bekommen, was es hieß, ein Pferd vom Erdboden aus unter Kontrolle zu halten. Als sie endlich mit diesen Übungen fertig war, fühlte sie sich völlig ausgepumpt. Ihre Zehen und Fingerspitzen waren taub vor Kälte.

»Sollen wir eine Pause machen und etwas essen?« fragte Malcolm. »Danach können wir dann den ersten Reitversuch wagen.«

Gott sei Dank!

»Bewegen Sie das Tier noch etwas. Gehen Sie einfach nur fünf Minuten mit ihm auf und ab, während John die Decke ausbreitet. Danach geben wir dem Pferd Wasser und machen eine kleine Pause.«

Wenigstens leistete Malcolm ihr während des Gehens Gesellschaft. Hinter sich hörten sie das Klappern der Pferdehufe. Inzwischen beunruhigte es Margo nicht mehr so sehr, Fragen zu stellen. »Warum müssen wir das Tier bewegen? Es hatte doch genug Bewegung.«

»Es muß sich abkühlen. Sie müssen dafür sorgen, daß ein Pferd grundsätzlich langsam abkühlt, wenn Sie mit ihm gearbeitet haben, ganz besonders, wenn es so kalt ist wie jetzt. Ein erhitztes Pferd, das nicht langsam abgekühlt wird, kann sehr leicht krank werden. Pferde sind äußerst empfindliche Tiere, die Krankheiten und Stürzen nicht viel entgegenzusetzen haben. Ihr Leben kann davon abhängen, wie gut Sie sich um das Tier gekümmert haben. Sie sollten noch besser für es sorgen als für sich selbst. Füttern und tränken

Sie Ihr Pferd, ehe Sie auch nur daran denken, selbst auszuruhen oder zu essen. Achten Sie gut auf das Tier, andernfalls könnten Sie plötzlich ohne dastehen.«

Das hörte sich sinnvoll an. Und es hatte eine erstaunliche Ähnlichkeit mit den Ermahnungen von Ann Vinh Mulhaney über die Pflege von Feuerwaffen. »Halte sie sauber, ganz besonders, wenn du eine Waffe mit Schwarzpulver benutzt. Du mußt sie nach jedem Gebrauch reinigen. Schwarzpulver und andere frühe Zündmaterialien wirken korrosiv. Reinige deine Waffe gründlich, oder sie wird dir nichts nützen – sie rostet sehr schnell ein. Du solltest dein Leben niemals an eine nicht gereinigte Waffe hängen.«

»Malc... Mister Moore«, fragte sie hektisch. »Tragen Sie eine Feuerwaffe?«

Er sah sie überrascht an. »Wie kommen Sie jetzt auf diese Frage?«

»Sie haben sich gerade fast so angehört wie Miss Mulhaney, wenn sie über die Pflege von Feuerwaffen spricht. Darum kam ich darauf.«

»Man fragt einen Gentleman nicht: ›Sir, sind Sie bewaffnet?‹ Aber tatsächlich bin ich es. Ich reise niemals nach London, geschweige denn in die Umgebung, ohne einen verläßlichen Revolver.«

»Ist das denn nicht illegal?«

Er lächelte matt. »Noch nicht.«

»Es gibt einige Dinge in der Kultur der Vergangenheit«, erklärte Malcolm seufzend, »die sich im Laufe der Jahre zu modernen Unsitten gewandelt haben. Lassen Sie uns umkehren. Ich denke, das Tier hat sich nun genug abgekühlt.«

Margo ließ das Pferd umdrehen, und sie gingen zurück zu der Mietkutsche, wo sie das Pferd festband und ihm eine Decke überwarf. Dann tränkte sie das Tier aus einem Eimer, den John ihr reichte.

»Danke, John«, sagte sie lächelnd.

»'s war mir ein Vergnügen, Miss.«

Margo grinste, doch sie enthielt sich eines Kommentares,

da sie ihre Rollen stets beibehalten sollten, um Schnitzer zu vermeiden.

Das Mittagessen war einfach, aber gut: ein paar Scheiben Rindfleisch, Käsebrötchen und ein Krug Rotwein. John hatte ein Feuer entfacht und eine Decke für sie ausgebreitet. Margo zog sich den schweren Mantel fest um die Schultern und setzte sich nahe an das Feuer, um sich aufzuwärmen und auszuruhen. Über ihnen zogen vereinzelte Wolken an dürrem Geäst vorbei. Margo wußte nicht, was für ein Baum seine Krone über sie spannte, doch die Art, in der das Sonnenlicht durch das dichte Astwerk fiel, war sehr reizvoll.

»Schön.«

Vogelgezwitscher durchbrach die Stille. Eines der Pferde döste in der Sonne und schnaubte leise. Margo war so müde, daß sie nur die Augen hätte schließen müssen, um, begleitet von dem Gesang der Vögel und der Stille im Hintergrund, auf der Stelle einzuschlafen. Weit, weit entfernt hörte sie Stimmen, deren Worte sie nicht verstehen konnte, und das verlorene Pfeifen eines Zuges.

Margo hatte sich nicht vorstellen können, wie still es auf der Welt gewesen war, bevor es Autos und Flugzeuge gegeben hatte.

»Sind Sie bereit für die Reitstunde?«

Margo sah auf und blickte direkt in Malcolms lächelndes Gesicht.

»Ja, Mister Moore. Ich denke, ich bin bereit.«

»Gut.« Er reichte ihr die Hand, um ihr aufzuhelfen.

Margo stand auf. Sie fühlte sich erholt und bereit, alles zu schaffen. *Heute,* so sagte sie sich, *werde ich eine Reiterin.*

Das Pferd hatte allerdings seine eigenen Ansichten dazu.

Margo lernte die erste wichtige Lektion über das Reiten gleich in den ersten fünf Minuten: Wenn du runterfällst, steig wieder auf! Ihr Herz klopfte bis zum Hals, doch sie versuchte es wieder. Dieses Mal kontrollierte sie zuerst den Sitz des Sattels, wie Malcolm es ihr vor dem Essen gesagt hatte – was sie währenddessen gleich wieder vergessen hatte – und stieg wieder auf.

Der Sattel hielt, und sie blieb oben. Fest sitzend, wagte sie wieder zu atmen und ganz vorsichtig ihren Klammergriff von der Mähne zu lösen. »So, ich bin oben. Und nun?«

Malcolm war damit beschäftigt, ebenfalls auf sein Pferd zu steigen. Margo empfand den blanken Neid, als sie sah, wie leicht er sich in den Sattel schwang und gleich sicher saß. »Folgen Sie mir, und machen Sie nach, was ich tue.« Er trat dem Tier kurz mit den Fersen in die Seiten. Margo versuchte es ebenfalls. Ihr Pferd setzte sich gemächlich in Bewegung, als wisse es ganz genau, daß es eine Anfängerin auf dem Rücken trug.

»Es funktioniert!«

»Selbstverständlich tut es das«, entgegnete Malcolm lachend. Er zügelte sein Pferd, um sie vorbeizulassen. »Die Fersen runter und die Zehen andrücken.«

»Au! Das tut weh!«

»Und nicht vergessen, die Beine fest anzupressen. Aber lassen Sie die Zügel locker. Ich will nicht, daß sie dem Tier mit der Gebißstange Schmerzen zufügen.«

Und was ist mit meinen Schmerzen?

Es war nervenaufreibend, sich auf Fersen, Zehen, Beine und Hände zu konzentrieren, gleichzeitig den Weg zu beobachten und darauf zu achten, nicht herunterzufallen. Schon nach den ersten zehn Minuten war sie vollkommen durchgeschwitzt, und es gelang ihr absolut nicht, die einzelnen Anweisungen zu koordinieren. Dem Pferd schien das allerdings nichts auszumachen.

»Reiten Sie geradeaus weiter«, rief Malcolm über seine Schulter. »Ich werde Ihnen jetzt ein bißchen folgen.«

Er ritt in einem Bogen um sie herum. Margos Pferd wollte hinterherlaufen. Sie zog an den Zügeln, doch sie zog zu heftig und schickte ihr Pferd direkt auf eine Hecke zu. Sie korrigierte erneut und überquerte nun in der anderen Richtung den Weg. Nachdem sie noch einige Male den Weg gekreuzt hatte, gelang es ihr endlich, ihr Pferd wieder in die richtige Richtung zu bringen.

»Das geht doch ganz gut«, sagte Malcolm hinter ihr. »Setzen Sie sich etwas aufrechter hin. Die Zehen andrücken, Fersen runter. Besser. Ellenbogen und Handgelenke entspannen. Gut. Halten Sie die Zügel nicht so hoch. Wenn er jetzt durchgeht, bekommt er die Beißstange in die Zähne, und dann können Sie ihn nicht mehr halten. Sie müssen ihn fest, aber nicht gespannt halten.«

»Wenn er durchgeht?« fragte Margo. »Warum sollte er das tun?«

»Pferde gehen nun einmal durch. Man nennt das Scheuen. Sie können sich vor allem möglichen erschrecken. Ein Blatt, das ihnen plötzlich vor die Augen fliegt, ein Geräusch, eine unerwartete Bewegung. Irgend etwas. Ein Sonnenschirm, ein Zug ...«

»Großartig. Ich sitze also in schwindelnder Höhe auf etwas, das vor einem Schatten davonrennen kann.«

»Exakt. Die Beine anpressen. Fersen runter.«

Au ...

Nach einer halben Stunde ließ er sie traben. Das war schlimmer. Die Gangart schüttelte sie von Kopf bis Fuß durch. Bei dem Versuch, ihre Beine in dieser Gangart anzupressen, holte sie sich Muskelkrämpfe in den Oberschenkeln. Malcolm ließ sie wieder Schritt gehen, damit Margo sich ein bißchen erholen konnte.

»Ich hasse das!«

»Nur, weil Sie den Galopp noch nicht ausprobiert haben«, entgegnete Malcolm lächelnd.

»Wann machen wir das? Jetzt gleich?«

Malcolm lachte. »Geduld, Miss Smythe. Geduld. Sie können nicht fliegen, ehe sie gelernt haben, mit den Flügeln zu schlagen. Traben Sie noch ein Stück.«

Margo unterdrückte ein Stöhnen und trat dem Pferd mit ihren Fersen in die Seite, bis es wieder in Trab verfiel. Wieder wurde sie furchtbar durchgeschüttelt. Dann verlor sie den Takt und bewegte sich gegenläufig zu den Bewegungen des Pferdes. Das war noch schlimmer. Einige Schritte weit hielt sie sich nur mit großer Mühe auf dem Rücken des Tieres, ehe sie sich seinem Rhythmus wieder anpassen konnte. Irgendwann gelang es ihr endlich.

»Na gut«, sagte Malcolm, der neben sie geritten war. »Dann schauen wir doch mal, ob der Gaul auch galoppieren kann.«

Er stieß seinem Pferd die Fersen in die Seite, lehnte sich vor und drückte Oberschenkel, Knie und Zehen fest an.

Dann schoß er davon, begleitet von einem donnernden Hufschlag. Mit einiger Verspätung trieb auch Margo ihr Pferd zu einer höheren Geschwindigkeit an. Für einen kurzen Augenblick trabte es ungleichmäßig, und sie wurde wieder furchtbar durchgeschüttelt. Dann flog sie ebenfalls davon.

»Juchu!«

Es war wunderbar.

Als sie zu Malcolm aufschloß, saß sie glücklich und mit einem völlig idiotischen Grinsen im Gesicht auf dem Rücken des Tieres. »Hi!«

Er sah zu ihr und grinste. »Besser?«

»Und wie!«

»Ich dachte mir, daß Ihnen das gefällt.«

»Es ist ... phantastisch!« Sie fühlte sich unglaublich lebendig. Das Pferd bewegte sich kraftvoll in einem gleichmäßigen Rhythmus unter ihr, Hecken flogen vorbei, und der Wind peitschte ihr ins Gesicht.

»Langsamer«, warnte Malcolm. »Wir treffen gleich auf die Querstraße.«

Margo wollte nicht langsamer werden, und sie wollte nicht umkehren. Übermütig trieb sie ihr Pferd zu noch höherer Geschwindigkeit an. Das Tier galoppierte so schnell dahin, daß es ihr beinahe den Atem raubte und sie in Ekstase versetzte. Mit leuchtenden Augen flog sie über den Feldweg und schoß auf die Querstraße zu ...

Und hätte fast eine große Kutsche mit vier schweißnassen Pferden gerammt. Margo schrie. Ihr Pferd scheute und versuchte sie abzuwerfen. Dann rannte der Gaul in vollem Galopp auf eine schlammige Wiese. Margo zerrte an den

Zügeln, doch das Pferd ließ sich nicht bremsen. Sie zog stärker, doch wieder ohne Erfolg. Kaltes Wasser von der Wiese durchnäßte ihre Schuhe. Eisstücke zerbarsten unter den Hufen. Dann war Malcolm da und lehnte sich herüber. Er griff nach den Zügeln ihres Pferdes und fixierte sie. Das Tier warf den Kopf zurück und versuchte, sich aufzubäumen, dann wurde es langsamer und fiel schließlich in einen leichten Trab. Endlich blieben sie stehen.

Malcolm saß, nach Luft schnappend, auf seinem Pferd. Sein Gesicht war weiß vor Wut. »RAUS AUS DEM SATTEL! Führ ihn zurück!«

Margo ließ sich vom Pferd gleiten und wäre fast auf die schlammige halbgefrorene Wiese gestürzt, weil ihre Beine sie nicht tragen wollten. Sie hätte am liebsten geweint. Statt dessen griff sie nach den Zügeln und führte ihr Pferd zurück zu der Querstraße. Malcolm ritt in hartem Galopp davon und bespritzte sie von Kopf bis Fuß mit Schlamm. Das reichte. Sie weinte leise. Sie war wütend und überaus verlegen, und sie fühlte sich furchtbar elend. Malcolm hatte sein Pferd an der Querstraße zum Stehen gebracht und sprach mit dem Kutscher. Der große Wagen war von der Straße abgekommen.

»O nein«, jammerte sie. Was sollte sie tun, wenn jemand verletzt war? *Ich bin ein Idiot ...*

Sie konnte es nicht ertragen, die Kutsche anzusehen, als sie an der Querstraße vorbeikam. Sie ging weiter und führte ihr Pferd am Zügel den Feldweg entlang. Malcolm ritt langsam an ihr vorbei, doch er beachtete sie nicht. Als sie ihre Kutsche erreichte, wartete er bereits.

»Glücklicherweise«, sagte er einem eisigen Tonfall, »wurde niemand verletzt. Jetzt steigen Sie wieder auf das Pferd und tun, was ich Ihnen sage!«

Sie rieb sich Schlamm und Tränen mit dem Handrücken aus dem Gesicht. »M-m-meine Füße sind naß und ich friere.«

Malcolm reichte ihr trockene Strümpfe. Sie zog sie an und quälte sich wieder in den Sattel. Den Rest des Nachmittags verbrachten sie in eisigem Schweigen, das nur von Malcolms knappen Kommandos unterbrochen wurde. Margo lernte, ihr Pferd bei kurzem und bei schnellem Galopp zu beherrschen. Bei Einbruch der Dämmerung konnte sie sich auf dem Pferd halten, wenn Malcolm es dazu brachte, zu scheuen oder sich aufzubäumen.

Sie hatte wirklich schwer gearbeitet und hätte stolz darauf sein können, doch sie fühlte sich lediglich elend, ihr Körper schmerzte, und sie war völlig erschöpft. Jede Stelle ihres Körpers, die nicht vor Kälte taub war, tat ihr höllisch weh. John füllte fürsorglich eine Schale mit Wasser, damit sie den Schlamm abwaschen konnte. Er erhitzte das Wasser über dem Feuer, und Margo hatte den Eindruck, sich ihre Finger zu verbrühen, als sie die Hände eintauchte. Schließlich schlüpfte sie wieder in die verhaßte Unterwäsche, das Fürsorgekleid und die Schürze. Dann mußte sie eine neue ATLS-Ablesung machen, die Planetenkonstellation feststellen und die neuen Daten in ihr Logbuch eintragen. Als Malcolm ihr endlich gestattete, sich in die Kutsche zu setzen, verbarg sie ihr Gesicht in den Vorhängen und gab vor zu schlafen.

Malcolm setzte sich neben sie, während John ihr Gepäck verstaute und die Wagenlaternen entzündete, ehe sie sich auf den Weg durch die Dunkelheit machten. An ihrem ersten Tag in der Vergangenheit hatten sie allenfalls einen Teilerfolg erzielt. Die Kutsche ratterte vor sich hin, während in ihrem Inneren eine halbe Stunde lang absolutes Schweigen herrschte. Dann sagte Malcolm leise: »Miss Margo, schlafen Sie?«

Sie gab ein undefinierbares Geräusch von sich, das »ja« bedeuten sollte, sich aber mehr nach einer im Inneren eines Staubsaugers gefangenen Katze anhörte.

Malcolm saß zögernd im Dunkeln. Dann legte er einen Arm um ihre Schultern. Sie drehte sich zu ihm um und benetzte seinen Mantel mit ihren Tränen, während sie leise vor sich hin schluchzte.

»Psst ...«

Nachdem die Spannung von ihr gewichen war – und sie wußte, daß er ihr verziehen hatte –, übermannte sie die Erschöpfung. Margo fiel in der ratternden und schaukelnden Kutsche in tiefen Schlaf, während Malcolms Arm sie wärmte und sein Herzschlag beruhigend an ihr Ohr drang. Das letzte aufregende Gefühl, das sie in der Dunkelheit erlebte, war die Berührung seiner Haut, als er sich zu ihr herabbeugte und sie sanft aufs Haar küßte.

Margos Erfahrungen reichten nicht aus, um sie auch nur im mindesten auf das East End vorzubereiten.

Ihr gewalttätiger Vater, die Gewalt und die Verbrechen in New York, die ständige Medienberieselung über hungernde, zerlumpte Menschen in der dritten Welt, deren Los nur bedrohlicher wurde durch die Wohltäter, die verzweifelt darum kämpften, das globale Desaster abzuwehren – nichts von alldem war vergleichbar mit den Schrecken des East End.

»Mein Gott«, flüsterte Margo ständig. »Mein Gott ...«

Sie waren schon frühmorgens aufgestanden. Malcolm hatte sein Pistolenholster unter der Jacke umgeschnallt. Dann baten sie John, sie zur Lower Thames Street in der Nähe der berühmten Londoner Docks zu fahren.

Die Docks waren so angelegt, daß sie einen tiefen rechtwinkligen Hafen formten, der von der Themse gespeist wurde. Sie befanden sich mitten in der Stadt. Entlang der schmalen schmutzigen Straßen der Docks lagen Dampf- und Segelschiffe vor Anker.

Sie nahmen einen leeren Handkarren, den John besorgt hatte, und machten sich auf den Weg durch die frühmorgendliche Kälte. Margos alte Stiefel und die wollene ungebügelte Hose scheuerten auf ihrer Haut. Das schmutzige Hemd und die abgetragene Uniformjacke schützten sie kaum vor der Kälte. Während sie an den stinkenden Fensteröffnungen billiger Kaschemmen vorbeikamen, konnten sie ab und zu einen Blick auf den Fluß werfen. Überall waren Matrosen unterwegs, die sich jedem weiblichen Wesen so unverschämt näherten, daß Margo unwillkürlich ihre Männerkleidung fester um sich wickelte, froh und glücklich darüber, dieses Kostüm zu haben.

Na gut, dann hatten sie eben recht. Sie mußte darüber ja nicht unbedingt erfreut sein, aber sie mußte es sich eingestehen. Glücklicherweise betrachtete sie keiner der Matrosen genauer. Malcolm dirigierte sie zum Flußufer, wo der Gestank des fauligen Flußschlamms sie fast überwältigte. Sie beobachteten Kinder, die – größtenteils barfuß – in dem widerlichen halbgefrorenen Schlamm unterwegs waren.

»Gassenjungen«, sagte Malcolm leise. »Sie suchen nach Eisenteilen oder Kohlenstücken oder sonst etwas, das sie für ein paar Pennys verkaufen können. Eigentlich sollten sie in der Schule sein, aber die ärmsten Kinder schwänzen lieber und kommen hierher. Bevor die Gesetze zur Schulpflicht erlassen wurden, war hier noch viel mehr los, und an Samstagen wimmelt es hier nur so von herumstreunenden Gassenjungen.«

Auf der kalten Straße zerbarst eine romantische Illusion nach der anderen in tausend Scherben.

»Was sind das für Leute?« fragte sie und zeigte auf ein Boot in der Mitte des Flusses, das große Netze ausgeworfen hatte. »Fischer?«

»Nein, Schlepper. Sie suchen nach verlorengegangenen Wertgegenständen oder Leichen, die sie plündern können, und nach allem anderen, was sie noch zu Geld machen können.«

»Leichen!« keuchte Margo. »Mein Gott, Malcolm ...« Sie biß sich auf die Zunge. »Entschuldigung.«

»Solange Sie wie ein Junge gekleidet sind, ist es nicht so schlimm, aber ich halte es für besser, wenn Sie mich weiter mit Mister Moore anreden. Die Leute werden Sie für meinen Lehrjungen halten. Sie haben hier genug gesehen. Wir müssen nach Billingsgate, ehe alle anderen auch hinrennen.«

»Billingsgate?«

»Der Markt«, erklärte Malcolm, während sie sich dem Verkehrsgewühl aus Karren, Wagen, Fässern, Booten und Menschen näherten. »Der Billingsgate-Markt hält ein beurkundetes Monopol auf Fisch.«

Der Gestank und der Lärm waren unvorstellbar. Margo hätte sich am liebsten die Ohren zugehalten und aufgehört zu atmen. Sie schoben sich dichtgedrängt mit Hunderten anderer Straßenhändler, die hier ihre tägliche Handelsware erwerben wollten, über den Markt. Es war ein buntes Publikum hier. Livrierte Diener aus besseren Häusern, einfache Hausfrauen aus der Unterschicht, Restaurantköche und Bootsleute, die Schiffladungen voller Fisch ins Landesinnere bringen wollten, um sie dort zu verkaufen. Jeder kämpfte gegen jeden um die begehrte Ware.

»Lachs für Belgravia«, rief Malcolm durch das Getöse, »und Heringe für Whitechapel!«

»Was wollen wir hier?«

»Aal!«

Aal?

Nach dem Abendessen im *Epicurean Delight* waren die Aale auf dem Markt von Billingsgate eine herbe Enttäuschung. Malcolm füllte ihre Karre mit der widerlichsten schleimigsten Masse, die Margo jemals gesehen hatte. Eine gallertartige Menge Aal aus einem großen Emailletopf wanderte in Tonkrüge gefüllt auf ihren Wagen. An einem anderen Stand kauften sie Zwiebelfische mit heißem Kartoffelbrei und ein grünes Zeug, das die schreiende Marktfrau als Likör angepriesen hatte. Malcolm handelte den Preis mit einem furchtbaren Akzent herunter. Die Sprache der Marktfrau übertraf bei weitem alles, was Margo auf den Straßen von New York gehört hatte – immer vorausgesetzt, sie hatte alles richtig verstanden. Malcolm wickelte die Packungen mit dem Kartoffelbrei in Wolldecken ein, um sie warmzuhalten, und verstaute die Ware auf dem Karren. Margo hatte die strikte Anweisung, sich jedes Detail einzuprägen, also versuchte sie sich alles zu merken, was sie sah und hörte. Doch da gab es so viel Neues für sie, daß am Ende alles nur ein enormes verschwommenes Gebilde war.

Schließlich entflohen sie dem Gestank und den Fischschuppen des Billingsgate-Marktes. Auf dem Weg zurück zu den Docks verkaufte Malcolm überraschend viel von dem Aal und den Zwiebelfischen, doch von seinen Verhandlungen verstand Margo dank der farbigen Ausdrucksweise nicht einmal die Hälfte.

»Gönnt euren Fleischklumpen 'ne Pause«, rief er. »Ruht ein Weilchen mit einem Älchen!« Einen Block weiter rief er: »Streit und Ärger mach'n Sorgen?« Dann folgte etwas völlig Unverständliches. Einer Frau, die lange in den Karren starrte, sagte er: »Keene Bienen, keen Honig? Schlimme Zeit, aber keiner ist gefeit.«

Als sie endlich das Getümmel hinter sich gelassen hatten, konnte Margo ihre Neugier kaum mehr bezwingen. »Was um alles in der Welt war das für ein Akzent?«

Malcolm grinste. »Das war Cockney. Cockney ist mehr als nur ein Akzent, es ist eine ganz eigene Art zu sprechen. Der Sprachklang ist wichtig, der Satzbau nicht.«

»Schön, aber was bedeutet es?«

Er grinste vergnügt und lenkte den Karren an den Rand der engen Straße. »Na gut. Ich werde versuchen, es Ihnen zu erklären.« Es war unübersehbar, daß er in Gedanken seine Worte der letzten Minuten durchging. »Also: Fleischklumpen, das sind Ihre Füße. Es heißt nur, Sie sollen stehenbleiben, weil ich Ihnen Aal verkaufen will. Was war da noch?«

»So etwas wie, Streit und Ärger machen Sorgen. Das klang ganz sinnvoll.«

»Tat es das?« Seine Mundwinkel wanderten noch weiter nach oben. »Streit und Ärger bedeutet soviel wie ›deine Frau‹.«

»Deine Frau?«

»Ja, es heißt soviel wie, haben Sie Ärger mit Ihrer Frau, kaufen Sie heißen Aal und bringen ihn ihr. Das setzt nur voraus, daß ein warmes Frühstück eine verärgerte Ehefrau wieder besänftigen kann.«

»Bienen und Honig?«

»Das steht für Geld. Und wer kein Geld hat, bekommt auch keinen Fisch.«

Margo verdrehte die Augen. »Herr, erbarme dich. Wie ist es nur möglich, dieses Kauderwelsch zu lernen? Und woraus besteht dieses widerliche Zeug hier?« fragte Margo und zeigte auf den grünen ›Likör‹ in dem Handkarren.

»Petersiliensoße.«

»Petersiliensoße? Darauf wäre ich nie gekommen.« Margo hatte die Vision einer Marktfrau, die schimmelige grüne Erde in Fässer abfüllte und Gelatine dazugab.

»Sie ist sogar recht gut. Wollen Sie die Ware testen?«

Margo war halb verhungert. »Uhh. Nein, danke.«

Malcolm nahm einen der Zwiebelfische und goß die Petersiliensoße darüber. »Sie müssen etwas essen. Es ist ein kalter Tag, und wir sind noch lange unterwegs.«

Margo schloß die Augen und biß vorsichtig hinein. Dann blickte sie überrascht auf. »Hey, nicht schlecht!«

Malcolm grinste und schlang seinen Fisch hinunter. »Sie sehen viel zu gesund aus, ziehen sie die Wangen ein bißchen ein. Besser ...«

Er griff in den Straßendreck und schmierte ihr Schlamm über die Wangen. »Ja, das gefällt mir schon besser.«

Margo versuchte die Luft anzuhalten, um dem Gestank des Schlamms zu entgehen.

Er beschmutzte nun künstlich seine Kleidung und wusch sich anschließend die Hände mit dem Wasser aus einer Flasche, die er auf dem Karren liegen hatte. »Unser nächstes Ziel ist Whitechapel. Seien Sie vorsichtig, das ist eine üble Gegend.«

Die Hauptstraßen von Whitechapel waren erstaunlich breit und überfüllt mit Kutschen und Ochsenkarren. Aber jenseits der Hauptverkehrsstraßen ...

Dieser gefährliche Londoner Slum war ein einziges lichtloses Gewirr von engen Wegen, sich schlängelnden Gassen und gefährlichen Straßen. Hier und da gab es Innenhöfe, doch es wuchs nichts auf der verseuchten Erde. Die Wohnungsnot zwang so manche Menschen, in baufälligen Treppenhäusern zu leben. Alles war schlammig und dreckig. Überall waren zerlumpte schmutzige Gestalten zu sehen. Sie schliefen auf Treppen, in stinkenden Schlammlachen oder in Räumen, deren Türen so weit offenstanden, daß Margo die betrunkenen Männer und Frauen sehen konnte, die in ihre Kissen schnarchten. Der Gestank war unglaublich. Hier und da konnte man Männer oder Frauen sehen, die einfach auf die Straße urinierten.

Margo flüsterte: »War hier nicht Jack ...«

Er unterbrach sie. »Noch nicht, erst im August.«

Margo fröstelte und betrachtete die abgehärmten Frauen auf der Straße. Sie fragte sich, welche von ihnen wohl dem gefährlichen Serienmörder zum Opfer fallen würde. Es war ein unangenehmer Gedanke, und Kit Carsons Worte über ihre Überlebenschancen in diesem Slum klangen in ihren Ohren nach. *Schon gut,* gestand sie in Gedanken, *der Punkt geht an dich.*

Malcolm verkaufte einige Aale, die meisten an schläfrige Frauen, deren Kleider noch immer nach den Kunden der vergangenen Nacht rochen. Der Geruch von Abfällen, billigem Gin und Moder lag allgegenwärtig wie ein Miasma über den Straßen.

»Sind alle Frauen in Whitechapel Prostituierte?« wisperte Margo.

Malcolm schüttelte den Kopf. »Nicht alle.« Flüsternd fuhr er fort: »Es gibt etwa achtzigtausend Huren in London. Die meisten versuchen so den Hunger zu bekämpfen.« Margo verstand ihn so deutlich, wie es noch vor zwei Stunden unmöglich gewesen wäre.

»Bleiben sie ihr Leben lang Prostituierte?«

»Manche schon. Viele arbeiten aber nur so lange als Freudenmädchen, bis sie einen anderen Job finden. Nordwestlich von hier, in Spitalfields, gibt es Nähereien, Ausbeuterbetriebe, aber dort können Frauen arbeiten. Wenn sie nicht allzu viele Mäuler zu stopfen haben, dann verdienen sie dort genug, daß sie nicht mehr auf die Straße zurück müssen.«

Eine gähnende Vierzehnjährige beäugte Margo nachdenklich. Sie schien sich zu überlegen, ob der ›junge Mann‹ geschäftlich für sie interessant wäre, obwohl es noch sehr früh am Tag war. Dann richtete sie ihre Aufmerksamkeit auf Malcolm. »'ne Nummer für'n Fisch?«

Malcolm schüttelte nur den Kopf, und sie gingen weiter, während das Mädchen ihnen wütende Verwünschungen nachrief.

Margo war gleichermaßen fasziniert und entsetzt. Sie fühlte sich, als sei sie die Akteurin in einem halbfiktiven Schauspiel, dessen Autor kein Ende für das Stück vorgesehen hatte. *Lerne deine Rolle, informiere dich über die Lebensumstände.* Deshalb hatten Kit und Malcolm sie hierher gebracht.

»Wenn so viele Frauen in dem Geschäft sind«, fragte Margo langsam und um Verständnis ringend, »dann muß die Konkurrenz doch sehr hart sein?«

»Jaaa ... je nachdem. Offiziell gilt Sex als extrem gesundheitsgefährdend. Es heißt, Sex würde die physische Gesundheit ebenso ruinieren wie die geistige. Inoffiziell sieht es etwas anders aus. Die aufrechten victorianischen Herren halten Sex für ihr natürliches Recht und jede gesellschaftlich weniger hochstehende Frau für ein passendes Sexobjekt. In London leben mehrere Millionen Menschen, von den Schiffsmannschaften ganz zu schweigen. Wenn wir wieder auf der Station sind, dann denken Sie daran, sich eine elfbändige Biographie mit dem Titel *My Private Life* anzusehen. Sie ist im Computer gespeichert unter ... Dokumentationen über viktorianisches Sozialverhalten.«

»Was geschieht mit all diesen Frauen, wenn sie krank werden oder zu alt sind, um zu arbeiten?«

»Manche bitten bei Magdalena um Hilfe.«

»Magdalena?«

»Südlich der Themse«, murmelte Malcolm, während sie mit ihrem Karren weitergingen, »gibt es vier Wohltätigkeitseinrichungen, falls man sie so bezeichnen kann. Bedlam – Bethlehem Hospital – ist eine Klinik für Geisteskranke. Old Bridewell war ursprünglich eine Art Berufsschule, aber heute ist es ein grausames Gefängnis. Inzwischen hat man eine neue Schule auf dem Gelände des Gefängnisses errichtet, um wieder Lehrjungen zu unterrichten. Aber die Lehrlinge von Bridewell sind berüchigt. Sie terrorisieren die ganze Stadt. Dann gibt es noch Einrichtungen für Mädchen. Sie tragen die purpurroten Uniformen des *Lambeth Asylum for Female Orphans*, einem Waisenhaus für Mädchen oder die graue Tracht des *Magdalen Hospital*. Das *Magdalen Hospital* kümmert sich um gefallene Mädchen und Prostituierte, aber für viele der Mädchen kommt die Rettung zu spät, denn sie sind bereits unheilbar an Syphilis erkrankt.«

Margo schauderte. Sie war in einer Welt aufgewachsen, in der es eine umfassende medizinische Versorgung und nur wenige gefährliche Krankheiten gab. Wie lange mochte es dauern, bis diese Geschlechtskrankheit das Gehirn eines Menschen zerfressen hatte?

Während Margo versuchte, die neuen Erfahrungen zu verarbeiten, verkauften sie Aal und Zwiebelfische. Dabei bewegten sie sich stetig in westlicher Richtung. Dann – völlig überraschend – wandelte sich das Bild abrupt. Vor ihnen ragte die St. Pauls Cathedral steil in den Himmel. Von einem Augenblick auf den anderen befanden sie sich mitten im strahlenden Herzen Londons, dort wo der Oberbürgermeister im Mansion House seinen Amtsgeschäften nachging. Margo stierte auf die edlen Kutschen, die sich durch den wenigen freien Raum auf den engen Straßen drängelten.

»Das ist unglaublich«, sagte sie und starrte zurück in die Richtung, aus der sie gekommen waren. »Ich kann's kaum glauben, so ein enormer Unterschied ...«

»Ja, es ist wirklich erstaunlich, nicht wahr?«

Die erholsame Abwechslung hielt nicht lange vor. Jenseits der Lincoln Inn Fields kamen sie wieder in düstere Sphären mit herabhängenden Dachüberständen, die jegliches Licht fernhielten. Das helle Sonnenlicht, durch das sie gerade erst gekommen waren, schien Jahrhunderte entfernt zu sein.

»Wie können die Menschen so nahe an diesem Elend leben und arbeiten, ohne sich darum zu kümmern?«

Malcolm sah sie lange und durchdringend an. »Sie haben

es nicht sehen wollen. Neuerdings gibt es einige Bemühungen, nachdem die Lebensverhältnisse in Whitechapel aktenkundig geworden sind. Außerdem hat vor ein paar Jahren die Heilsarmee hier ihre Arbeit aufgenommen, so daß es ...« Er unterbrach sich und fluchte leise. »Verdammt, ich habe nicht bemerkt, daß wir die Charing Cross Road verlassen haben. Augen aufhalten, wir sind in St. Giles.«

Sie kamen zu einer Art Kreisverkehr, den ein Schild als ›Seven Dials‹ auswies, aber es gab keinen Verkehr, keine Fahrräder oder dergleichen. In der Mitte stand eine verfallene Uhr mit sieben Zifferblättern. Wie die Speichen eines Rades führten sieben düstere Straßen, die durch scheußliche verdreckte Freiflächen voneinander getrennt wurden, von dem Kreisverkehr weg. Sie waren in einem Slum gelandet, der Whitechapel geradezu luxuriös erscheinen ließ. Von den Häusern stieg ein giftiger Dunst auf, der wie Nebel unter den Dachüberständen hing. Überall auf dem schmutzigen Untergrund lagen die Scherben zerborstener Ginflaschen. Unter der dicken Schicht aus Dreck und Abfällen mochte sich eine Pflasterstraße befunden haben.

»Malcolm ...« Margo hatte das Gefühl, daß die dunklen Fenster – vielen fehlte die Verglasung – sie voller Bösartigkeit beäugten.

»Diese sieben Straßen sind die gefährlichsten von ganz London. Achten Sie darauf, was hinter uns vorgeht, bis wir hier raus sind.«

Aus den Schatten der feuchtkalten Gassen beobachteten sie düstere Gestalten in zerrissener Kleidung mit zusammengekniffenen Augen. Margo setzte ein unbewegtes Gesicht auf und wünschte sich verzweifelt, sie könnten einfach losrennen. *Wenn du erst ein Time Scout bist, wirst du mit so etwas allein fertig werden müssen. Das ist die Laufbahn, die Kit Carson dir ermöglichen sollte.*

In diesem Augenblick hätte sie diese Möglichkeit beinahe bereitwillig gegen eine neue Tracht Prügel von ihrem Vater eingetauscht.

Beinahe.

Plötzlich sah sie eine verstohlene Bewegung im Schatten, das Aufblitzen blanken Stahls …

Der Mann, der sie von hinten packte, legte ihr eine scharfe Klinge an die Kehle. Sie erstarrte. Ein Schrei erstarb ungehört in ihrer Kehle. Zwei weitere Schläger tauchten plötzlich vor Malcolm auf. *Sie sind jünger als ich!*

Die Jungs grinsten. Ihre Rasiermesser glänzten gefährlich in dem schwachen Tageslicht. Malcolm stand ganz ruhig zwischen ihnen.

Einer der Jungs sagte etwas, das Margo nicht verstand. Malcolm griff nach seiner Geldtasche.

»Zack, zack«, forderte der Dreisteste von ihnen. Margo bewegte sich augenblicklich. Sie griff nach dem Handgelenk ihres Peinigers und sprang auf ihn zu, als sie dem Messer an ihrer Kehle entglitt. Dann griff sie in seinen Schritt und schloß fest ihre Hand.

Der Junge schrie. Sie setzte ihre Drehung fort und zog seinen Arm in seinen Rücken. Dann trat sie ihm in die Kniekehle. Er ging mit einem gurgelnden Geräusch zu Boden und preßte seine Hände in seinen Schritt.

Sie wirbelte …

Malcolm war weiß geworden wie eine frisch getünchte Wand. »Du kleine dumme …«

Ehe noch einer der anderen Jungs irgend etwas tun konnte, war ein Riese von einem Mann aus dem Dunkel der Gasse getreten und hatte sie beiseite geschoben.

»Du hast meinen Jungen verletzt«, sagte er und starrte Margo an. Er hielt einen Knüppel in der Hand, der so dick war wie Margos Oberschenkel, und seine Schultern waren zweimal so breit wie Malcolms. Er trug einen dicken Wollmantel, der ihn bis zu den Knien einhüllte. Grobe Arbeitshosen und zerschlissene Schuhe vervollständigten den Eindruck von einem potentiell mörderischen Monster. Er grinste Margo an. »Zuerst werde ich dir den Schädel einschlagen«, sagte er und leckte sich über die schmutzigen Lippen. »Dann verarbeiten meine Neffen, was ich von dir übrig lasse.«

Margo war sich plötzlich anderer grimmiger Gesichter bewußt, die die Szene aus dem schattigen Dunkel heraus unbeeindruckt beobachteten. Malcolm fluchte und zog sich von dem Trio vor ihnen zurück. Der Elch in der Mitte hob seine Keule …

Er schlug zu, so schnell, daß Margo nicht einmal mehr die Zeit zu Schreien blieb.

Malcolm ließ sich zur Seite fallen und zog seinen Revolver aus dem Halfter. Er feuerte dreimal und rollte sich auf dem Boden ab. Alle drei Schüsse trafen den rechten Knöchel des Angreifers. Der verhinderte Mörder schrie, stürzte und verschwand auf allen vieren in der Dunkelheit. Die Jungen rannten lärmend eine Gasse hinunter. Malcolm griff Margos Handgelenk und zog sie in die entgegengesetzte Richtung davon. Sie stürmten einen verschmutzten stinkenden Gang entlang und stießen auf St. Giles-in-the-Field. Malcolm lief auf den vollkommen verwilderten, unkrautüberwucherten Friedhof und führte Margo hinter einen zerbröckelnden Grabstein. Er preßte eine Hand auf ihren Mund, und sie warteten mit pochenden Herzen. Margo konnte keine Verfolger hören.

»Laden Sie ihn«, sagte Malcolm brüsk und gab ihr den Revolver und die Tasche mit der Munition. Er kroch aus der Deckung hinaus auf den Friedhof und bahnte sich einen Weg zum Zaun. Von dort aus beobachtete er die Gasse, aus der sie gekommen waren.

Margo starrte hilflos auf den Revolver. Sie hatte nicht die geringste Ahnung, wie sie diese Waffe nachladen sollte. Er war ganz anders als die Revolver, die Ann Mulhaney ihr bisher gezeigt hatte. Als Malcolm zurückkam, starrte sie noch immer bewegungslos auf die Waffe.

Er nahm die Pistole und begann in einer Sprache zu fluchen, die Margo nicht beherrschte. »Sie haben ihn nicht geladen!«

Margo fühlte, wie ihr die Tränen in die Augen stiegen. »Ich …«

»Erst fangen Sie diesen idiotischen Kampf gegen die Straßenräuber an ...«

»Aber sie wollten uns ausrauben!«

Sämtliche Farbe wich aus Malcolms Gesicht. »Und ich war dabei, ihnen das gottverdammte Geld zu geben! Mein Gott, es sind nur ein paar Pennys! Sie hätten uns fast beide umgebracht. Und ich mußte das Risiko eingehen, auf diesen Riesen zu schießen ...«

»Sie haben ihn ja nicht einmal getötet!« entgegnete Margo in einem Ton, der ihren Vater dazu veranlaßt hätte, sie grün und blau zu schlagen. Malcolm tat ihr nichts, aber seine Stimme jagte ihr eisige Kälteschauer über den Rücken, ebenso wie der verfallene Grabstein, an den sie sich lehnte.

»Es ist nicht unsere Aufgabe, jeden Menschen einfach zu erschießen, wenn es uns gefällt. Der Job eines Time Scouts ist es, aus solchen Situationen herauszukommen ohne jemanden zu töten. Wenn sich jetzt das britannische Tor öffnen würde und Kit zu uns käme, würde ich ihm sagen, er solle Sie packen und dahin zurückschicken, woher Sie gekommen sind. Geben Sie mir die gottverdammte Munition.«

Sie gab ihm die Tasche. Ihre Hand zitterte. Malcolm knotete die Schnur auf, öffnete den Beutel und legte ihr drei Kugeln in die Hand.

»Sie werden jetzt die Waffe laden. Ziehen Sie an dem kleinen Griff.«

Sie konnte den Revolver vor lauter Tränen nur verschwommen erkennen, doch sie tat, was Malcolm ihr gesagt hatte. Das komplette Oberteil der Waffe klappte auf und gab die Rückseite der Trommel frei. Drei Patronen fehlten. Mit zitternden Händen schob sie die Patronen in die freien Schächte und klappte die Waffe wieder zu.

»Sie sollten wissen, wie das funktioniert. Gehen Sie Ihre Lektionen noch einmal durch und ...«

Er sprach nicht zu Ende. Er hatte ohnehin gerade all ihre Hoffnungen zunichte gemacht, jemals ein Time Scout zu werden. Ihr gesamter Brustkorb schmerzte von dem Gefühl, schluchzen zu müssen, doch sie gestattete es sich nicht. Nur die heißen Tränen, die ihr bereits über die Wangen liefen, konnte sie nicht zurückhalten.

Malcolm wollte noch einmal prüfen, ob sie verfolgt wurden und ließ sie allein an dem Grabstein zurück. Sie ließ sich ins Gras sinken und kämpfte gegen den Druck in ihrem Hals an. *Ich werde nicht aufgeben. Nein. Es ist nicht fair!* Sie hatte nur das getan, was Sven Bailey ihr beigebracht hatte, oder etwa nicht? Kits Ermahnungen tauchten in ihren Gedanken auf. *Du mußt wissen, wann es Zeit ist aufzugeben,* hatte er ihr gesagt, *aber ich gebe nicht auf! Nicht, nachdem ich so weit gekommen bin.* Irgendwie würde sie einen Weg finden, Malcolm wieder gnädig zu stimmen. Sie mußte einen Weg finden. Ehe sie wie ein Versager nach Minnesota zurückginge, wollte sie sich lieber umbringen.

Während des scheinbar endlosen Weges zurück durch Spitalfields lauschte Margo auf jedes gesprochene Wort in der Umgebung. Sie unterdrückte das Gefühl der Demütigung und des Schmerzes, weil es für sie wichtiger war zu lernen. Sie schnappte ein bißchen von der Umgangssprache auf, Worte, die sie nie gehört, und Namen von Dingen, die sie noch nie gesehen hatte, sowie Fragmente von Nachrichten und Klatsch, die ihr einige überraschende Erkenntnisse über die Welt im Jahre 1888 vermittelten.

»Malcolm?« Ihre Stimme zitterte ein bißchen.

»Ja?« Seine Stimme klang noch immer eisig.

»Das ist kein gewöhnlicher Slum, oder? Spitalfields, meine ich. Hier ist es nicht wie in Whitechapel oder St. Giles.«

Er sah sie an. Die Kälte in seinen Augen war einem überraschten Ausdruck gewichen. »Warum fragen Sie?«

Sie biß sich auf die Unterlippe; dann zeigte sie mit einem Kopfnicken auf einige Frauen, die sich in einer Sprache unterhielten, die nicht englisch klang und auf Männer in schwarzen Mänteln mit langen Bärten, die aussahen, als hätten sie schon zuviel Elend gesehen. »Diese Leute hören sich fremd an und sehen fremd aus, so als wären sie Flüchtlinge. Wer sind sie?«

Malcolm war stehengeblieben. Geistesabwesend hauchte er in seine Handflächen, um sie zu wärmen, während er Margo nachdenklich musterte.

»Hol' mich der Teufel ...«, sagte er leise.

Margo wartete, sich im stillen fragend, ob sie mit seiner Gnade rechnen konnte.

»Was denken Sie, wer sie sind?« fragte er herausfordernd.

Sie betrachtete die älteren Frauen, die ihr Haar unter einem Kopftuch verborgen hielten, die jüngeren Mädchen mit den glänzenden schwarzen Zöpfen und dem schüchternen Lächeln, die alten Männer mit den breitkrempigen Hüten und den mit Stickerei eingefaßten handgewebten Westen. Die jüngeren Leute sahen hoffnungsvoll und geschäftig aus. Die älteren wirkten unsicher und ängstlich. Sie schienen ihr und Malcolm zu mißtrauen. Die Sprache hatte einen ähnlichen Klang wie Deutsch. Plötzlich fiel der Groschen.

Juden.

»Es sind jüdische Flüchtlinge«, sagte sie langsam. »Aber woher kommen sie? Hitler ... war der überhaupt schon auf der Welt?«

»Hitler war nicht der erste Verrückte, der Pogrome gegen jüdische Gemeinden betrieben hat. Er war lediglich der grausamste von ihnen. Stalin war allerdings fast ebenso schlimm. Die blutige Verfolgung der Juden begann in ganz Europa vor acht Jahren, 1880. Juden wurden ermordet, aus ihren Häusern und ihren Heimatländern vertrieben.«

»Dann ... dann war das, was während des Zweiten Weltkrieges geschah, im Grunde nur eine Fortsetzung, wenn auch eine viel schlimmere? Das war mir nie so bewußt.« Margo schaute die Straße hinunter, wo Schlachthäuser und Fleischereien für koscheres Fleisch sorgten und mit Schneidereien und Bäckereien um den Raum konkurrierten. Plötzlich schienen sich freie Bereiche ihrer Gedankenwelt, deren Existenz Margo nicht einmal erahnt hatte, mit Informationen zu füllen. Sie erkannte Zusammenhänge zwischen dem, was sie sah, dem was dazu geführt hatte und dem, was noch geschehen würde. Für einen winzigen Augenblick dehnte sich ihr eigenes kleines Minnesota-Universum explosiv aus und verdeutlichte ihr komplizierte Zusammenhänge, die zu begreifen sie sich nie hatte vorstellen können.

Nun begriff sie auch, warum Malcolm bereit war, die zermürbende Armut und die Demütigungen zu ertragen, die das Leben eines selbständigen Reisebegleiters mit sich brachte, nur um wieder und wieder durch eines der Tore zu gehen.

Er wollte verstehen.

Margo erkannte die unendlichen Korridore ihres Bewußtseins, und sie bemerkte all die leerstehenden Räume. Sie wußte plötzlich, daß sie sie füllen mußte – oder zumindest einige davon, so viele, wie das Leben ihr erlauben würde.

Als sie wieder aufsah, bemerkte sie, daß Malcolm sie sonderbar anstarrte, so als sei sie niedergeschlagen worden und wüßte nun nicht, wie man fällt. Sie versuchte, etwas zu sagen: »Sie müssen ... Ich kann mir absolut nicht vorstellen, was in diesen Menschen vorgegangen ist, als Hitler anfing, London zu bombardieren.«

Der Ausdruck seiner Augen veränderte sich etwas, so als antwortete er auf etwas, was in ihren Augen zu lesen war. Für einen Augenblick wußte sie, daß er genau verstand, was in ihr vorging. Ganz unerwartet füllten sich seine Augen mit Tränen. Er wandte sich ab, atmete tief durch und räusperte sich. Eine dampfende Wolke seines Atems verlor sich in der kalten Februarluft.

»Es war teilweise mein Fehler«, murmelte er. »Sie waren immer noch völlig durcheinander, und ich hätte mich vergewissern müssen, daß Sie mit so einer Waffe umgehen können, ehe wir uns überhaupt auf die Reise machten. Es gab nur so viel, was ich bedenken mußte, und manchmal vergißt auch ein erfahrener Führer solche Kleinigkeiten, wie sich über den Kenntnisstand seines Partners zu informieren.« Das sanfte Zucken seiner Lippen und die leichte verlegene

Röte in seinem Gesicht versetzten Margo in Erstaunen. »Und, na ja, ich bin es nicht gewohnt, mit einem Partner zu arbeiten.«

Margo wußte nicht, wie sie reagieren sollte. »Ich beginne zu verstehen, Malcolm. Wirklich, ich verstehe langsam. Ich habe in jeder Minute, die wir hier verbracht haben, gelernt. Ich versuche, das Lernen selbst zu lernen, nicht nur seine möglichen Inhalte.«

Malcolm berührte ihr Kinn. »Das ist ein guter Anfang, Margo. Wir sollten Ihrem Hirn mehr Nahrung geben. Wollen wir?«

Nun traten ihr die Tränen in die Augen. Zeitforschung bedeutete so viel mehr, als nur Abenteuer und Geld. Zum ersten Mal fragte sie sich, ob sie tatsächlich dazu fähig sein würde. Sie rieb sich mit den Handrücken die Augen und schniefte heftig. »Danke, Malcolm. Ich bin jederzeit bereit.«

Er zerzauste ihr kurzes Haar. »Gut gesagt, junger Smythe. Es ist fast Mittag, und Sie haben eine Menge von London noch nicht gesehen.« Er grinste freundlich.

Wortlos stellte Margo ihre Hirntätigkeit darauf ein, aufzunehmen, was ihr begegnete, anstatt bloß zu starren wie ein gewöhnlicher Tourist.

Während der Dauer ihres Aufenthaltes lernte Margo intensiv. Sie lernte – langsam und mühevoll – aber immerhin. Malcolm quälte sie jeden Abend endlos lange, unterstützt von John, der selbst einen wahren Reichtum an Informationen für seine eigenen Studien anhäufte. Abend für Abend archivierte Margo mit Hilfe ihres Logbuches ihre Beobachtungen eines jeden Tages, solange sie noch frisch waren. Sie war erstaunt, an wie viele Einzelheiten sie sich mit ein bißchen Mühe erinnern konnte.

Dann erzählte Malcolm ihr, er habe einige Freunde getroffen, die sich gerade in der Stadt aufhielten. Sie hätten sie zum Abendessen eingeladen, und er habe die Einladung anstandsgemäß angenommen. Margo geriet in Panik. »Was soll ich tun? Was soll ich sagen?«

»So wenig wie möglich«, entgegnete Malcolm trocken.

Es gelang ihr zu lächeln. Die Botschaft war klar: *Vermassel das bloß nicht!* Natürlich würde ein Time Scout nicht allzu oft in die Verlegenheit kommen, sich um einen formellen Abend in Gesellschaft des englischen Hochadels zu sorgen … Ihr wurde bang bei dem Gedanken, zu ihren Büchern zurückzukehren, die auf der *Shangri-la-Station* auf sie warteten. Lernen durch Erfahrung war um so vieles interessanter. Aber leider mußte sie sich noch einige kulturelle und geschichtliche Informationen auf diese Weise aneignen. Sie unterdrückte das Schaudern, das durch ihren Körper laufen wollte. Margo hatte in drei Tagen weitaus mehr über das viktorianische England gelernt, als es ihr in drei Jahren, eingesperrt in einem muffigen Klassenzimmer, gelungen wäre.

»Nun«, kommentierte sie geistreich, »jedermann sagt mir, Fürsorgemädchen seien still und demütig. Ich kann einfach erröten, irgend etwas Dummes sagen und darauf warten, daß Sie mich retten.«

»Das ist eine Lösung und in diesem Fall nicht die schlechteste, zumal Sie gesellschaftlich nicht völlig außen vor sind. Haben Sie die Zeitungen gelesen, die ich Ihnen gegeben habe?«

»Sie sind ulkig.«

»Und die Zeitschriften?«

»Keine Fotos. Nur diese stumpfsinnigen Schwarz-weiß-Radierungen.«

»Sie sollten die Artikel lesen«, sagte er mit einem verzweifelten Gesichtsausdruck.

»Nun, ich kann etwa die Hälfte davon verstehen.«

»Aha«, war sein einziger Kommentar.

»Ja, ja. Ich weiß. Ich muß noch viel lernen.«

»Ja«, sagte er und sah auf seine eigene, ach so britische Nase. »Das müssen Sie.«

»Sie müssen ja nicht ständig darauf herumreiten.«

»Hmm, doch, ich denke, das muß ich. Wir wären in St. Giles fast getötet worden und ... Na ja, je weniger Worte wir über Ihre erste Reitstunde verlieren, desto besser. Ein unvorbereiteter Time Scout lebt nicht sehr lange.«

Margo seufzte. »Okay. Ich werde mich bemühen. Wirklich.«

»Ich weiß. Reden wir über das Abendessen. Ich erkläre Ihnen die Bestecke ...«

Die letzten drei Tage in London sollten für Margo ebenso hervorragend werden, wie die ersten vier entsetzlich gewesen waren. Es gelang ihr wunderbar, mit den Augenlidern zu klimpern und Fragen mit naiven Antworten zu begegnen.

»Oh, aber das ist so ermüdend. Sie wollen doch sicher nicht die Geschichte einer Waise hören. Bitte erzählen Sie mir doch etwas über die Parforcejagd. Ich weiß so gar nichts darüber, dabei klingt es so aufregend ...«

Mit ihrer Schulmädchenhaube und der Schürze wurde sie von niemandem ernst genommen. Selbst die Damen der Gesellschaft hielten sie einfach nur für liebenswert.

»Mister Moore, was für ein entzückendes Kind. Ihr Mündel ist wirklich ein Schatz.«

»Sie müssen sie unbedingt einmal zu uns herausbringen, in ein oder zwei Jahren.«

»O nein. Sie wird doch nicht in diese entsetzliche tropische Provinz zurückkehren, oder?«

So ging der Abend dahin. Es gab edlen Wein, lebhafte Unterhaltungen und mehr Essen, als sie bewältigen konnte. Ein Gang nach dem anderen wurde serviert, abgerundet durch ein kleines Dessert nach jedem Gang. In dieser Nacht fiel sie in ihr Bett und träumte von langen damenhaften Kleidern, heiterem Lachen und endlosen Partys und Abendessen, zu denen Malcolm sie begleitete ...

Am nächsten Tag erhielt sie wieder Reitunterricht. Dieses Mal gingen sie in den Hyde Park, wo Margo mit einem langen Reitkleid in einem Damensattel reiten sollte. Malcolm trug einen angemessenen Morgenanzug. Unterwegs begegneten sie einigen der Damen, die sie am Vorabend getroffen hatten. Sie lächelten, grüßten Malcolm freundlich und lächelten dann Margo zu. Margo erwiderte die Grüße mit einer Geste, von der sie hoffte, daß sie bescheiden wirken würde, während es in ihrem Inneren brodelte.

Der Hyde Park war wunderschön in der Morgensonne. So schön, daß Margo fast den Hunger, den Schmutz und die Gewalt, die wenige Meter östlich zum Alltag gehörten, hätte vergessen können. Da sie gesellschaftlich lediglich nicht ›völlig außen vor‹ war, wurde sie von den Herren, mit denen sie am Abend zuvor gespeist hatte, ignoriert, doch das war in Ordnung. Es bedeutete nur, daß Margo als vorübergehende Landsmännin akzeptiert worden war. Sie hatte einen schwierigen Test mit Bravour bestanden, und der Schwierigkeitsgrad stand auf seine Weise der kleinen Konfrontation in St. Giles nicht nach.

Den Nachmittag verbrachten sie mit einem Einkaufsbummel unter dem gläsernen Dach der Royal Arcade an der Old Bond Street, die dem berühmten Brown Hotel to Bond angeschlossen war. John begleitete sie als Anstandswauwau. Margo starrte in die Auslagen von Bretells in Nummer zwölf, zu dessen Kunden sogar Königin Victoria höchstpersönlich zählte. Als sie die Einkaufspassage verließen, war Margo von all dem Luxus vollkommen geblendet.

Am letzten Tag brachte Malcolm sie mit dem Zug nach Brighton. Sie gingen durch die kalten Straßen, und Malcolm erzählte ihr von den unendlich vielen Unterschieden zwischen der Stadt Brighton im Jahre 1888 und der Stadt, in der seine Familie 1998 die große Flut erlebt hatte. An der Küste verweilten sie. Malcolm starrte auf die Gischt, die prasselnd auf den Kies niederging, und wandte sich ab, ohne ein Wort zu sagen. Margo konnte es nicht ertragen, ihm in die Augen zu sehen. Sie faßte sich ein Herz und nahm seine behandschuhte Hand in die ihre. Er sah sie mit einem Ausdruck der Überraschung an und schluckte heftig.

»Danke, Miss Smythe. Ich ...«

Seine Stimme versagte.

Margo reagierte rein instinktiv. Sie führte ihn die Straße hinunter zu einem Café. Dort brachte sie ihn an einen Tisch in der Ecke und ließ ihn Platz nehmen. Als der Kellner zu ihnen kam, sagte sie lächelnd: »Guten Tag. Könnte ich bitte Stout für meinen Begleiter und eine Tasse heißen Tee für mich bekommen?«

»Sicher, Miss. Kann ich dem Herrn sonst noch etwas bringen? Er sieht ein wenig unpäßlich aus.«

Malcolm war sichtlich darum bemüht, wieder zu sich zu kommen. »Verzeihen Sie mir«, sagte er und rieb sich mit der behandschuhten Hand über den Nasenrücken. »Ich habe meinen geliebten Bruder nicht weit von hier verloren. Er ist in den Fluten ertrunken. Ich ... ich war seitdem nicht wieder in Brighton, verstehen Sie.«

Der Kellner schüttelte bedauernd den Kopf und eilte davon, um das dunkle Bier und eine Tasse dampfendheißen Tees zu servieren. Margo nippte schweigend an ihrem Tee, während Malcolm sich langsam erholte.

»Ich hätte nicht zurückkommen sollen«, sagte er leise.

»Gehen die Touristen denn nicht hierher?«

»Im Februar selten«, sagte er mit einem schwachen Lächeln. »Wenn einer meiner Gäste Ferien an der See machen will, dann bringe ich ihn üblicherweise auf die Isle of Wight oder die Isle of Man. Brighton habe ich stets vermieden, ganz besonders im Februar.«

Die orbitale Explosion, der *Unfall*, hatte im Februar stattgefunden und die Küstenstriche am Atlantischen Ozean mitten in der Nacht überrascht. Unglaublich viele Menschen waren in dieser Nacht gestorben.

Malcolm nippte an seinem Bier. »Das haben Sie gerade sehr gut gemacht«, murmelte er. »Normalerweise sollte ich nicht gerettet werden müssen, ich sollte führen. Sie haben mich da draußen vor beträchtlichen Komplikationen bewahrt. Das hier«, er erhob sein Glas und schwenkte es in einem Bogen um sich, »war genau das, was ich brauchte: Der Zwang, meine Rolle beizubehalten, hat mich aufgeweckt, und das Bier betäubt den Schmerz. Danke, Margo.«

»Ich ... ich hatte einfach das Gefühl, es wäre das Beste, was ich tun könnte.«

Ein leichtes Lächeln flog über sein bleiches Gesicht. »Dann verfügen Sie über einen guten Instinkt. Das ist wichtig. Wichtiger, als Sie sich vorstellen können.« Er leerte sein Glas und warf einen Blick auf seine Taschenuhr. »Wenn wir den Zug nicht verpassen wollen, dann müssen wir jetzt gehen.«

Malcolm ergriff ihre Hand, und Margo fühlte sich, als würde sie fliegen.

Als sie London verlassen mußten, um rechtzeitig dazusein, wenn das britannische Tor sich wieder öffnete, wußte Margo mit absoluter Gewißheit, was sie für den Rest ihres Lebens tun wollte. *Ich habe es geschafft. Ich war eine ganze Woche in der Vergangenheit, und ich komme heil, gesund und erfolgreich zurück.* Natürlich mußte sie noch viel lernen – sie hatte Demütigungen ertragen und wertvolle Lektionen erhalten –, aber jetzt, nachdem sie das durchgestanden hatte, wußte sie genau, was sie eigentlich immer schon gewollt hatte.

Du wirst schon sehen, versprach sie einem unrasierten Gesicht in ihren Gedanken, *zum Teufel mit dir, du wirst es sehen. Ich werde es schaffen. Das hier war schlimmer als alles, was du mir je angetan hast, aber ich habe es geschafft. Und ich werde es wieder schaffen. Warte nur, ich werde es dir beweisen.*

Margo wußte jetzt, wo sie hingehörte. Nun mußte sie nur noch Kit Carson überzeugen. Und Malcolm Moore. Margo warf einen letzten langen Blick auf die von Gasleuchten erhellten Fenster des Londoner Empfangshauses von *Time Tours* und sprang mutig durch das Tor auf die Plattform im La-La-Land.

Es war ein Gefühl, als wäre sie wieder daheim.

11.
KAPITEL

»Es gibt drei Grundgriffe beim Messerkampf«, erklärte Sven Bailey geduldig. Er demonstrierte einen davon. »Das ist der Hammergriff. So fassen die meisten Leute ein Messer an, sogar bei der Küchenarbeit. Es ist ein guter und solider Griff.«

Margo probierte es mit dem schmalen Messer aus, das er ihr gereicht hatte.

»Dann gibt es den Fechtgriff.« Er hielt das Messer in der Hand, als wolle er einer anderen Person einen Briefumschlag reichen. Sein Daumen lag kurz vor der Klinge auf dem Griff. »Wenn ein erfahrener Kämpfer ein Messer so hält, dann ist es eine tödliche Waffe, gegen die man sich nur schwer zur Wehr setzen kann. Du mußt diesen Griff lernen.«

Margo versuchte es. Es fühlte sich sonderbar an.

»Zum dritten gibt es den Eispickelgriff«, fuhr Sven fort und änderte wieder die Lage des Messers in seiner Hand. Nun hielt er es nach unten gerichtet in der geschlossenen Hand, so daß die Klinge flach und parallel zu seinem Unterarm verlief.

»Das sieht blöd aus«, kommentierte Margo. Es fühlte sich auch blöd an.

Sven erhob seinen Arm gegen sie. »Würdest du versuchen, meinen Arm zu packen, solange dieses scharfe Spielzeug im Weg ist?«

»Nein.«

»Genau. Es schützt deinen Arm. Aber wichtiger ist, daß du überraschend und kraftvoll zuschlagen kannst.« Er führte eine schnelle Bewegung aus, und das Messer zeigte direkt auf ihre Rippen. Sie schluckte. »Oh.«

»Er ist nur eingeschränkt einsetzbar, aber nützlich. Du mußt die Griffe und die ihnen entsprechenden Bewegungen beherrschen.«

»In Ordnung. Wo fangen wir an?«

»Mit den verschiedenen Klingen und ihrer Verwendung.« Er nahm ihr das Übungsmesser wieder ab und wühlte in dem Koffer, den er in den Übungsraum mitgebracht hatte. Dann zog er ein fünfundzwanzig Zentimeter langes Messer mit einer stabilen Klinge hervor. »Das ist ein Bowiemesser. Der Rücken der Klinge ist verstärkt, um es stabiler zu machen. Außerdem fehlt die zweite Seite, es ist also nicht symmetrisch. Manchmal werden diese Messer auch mit Sägezähnen angeboten. Meistens ist das aber nur ein Verkaufstrick, der mit einem Film des zwanzigsten Jahrhunderts zusammenhängt. Die Zähne sind zu lang, um irgend etwas zu sägen. Sie taugen nichts, also laß solche Messer liegen. Im Ernstfall brauchst du ein gutes Messer, oder du hast keine Chance.«

»Keine Sägezähne«, wiederholte Margo.

»Das Bowiemesser ist ein hervorragendes Überlebenswerkzeug. Es ist stark genug, um Zweige für Feuerholz zu schneiden, falls du keine Axt hast, und die Klinge ist so dick, daß du es als Hebel verwenden kannst, ohne daß sie gleich abbricht. Unglücklicherweise hat es als Kampfmesser einige Nachteile, zum Beispiel seine Größe und das Fehlen einer zweiten scharfen Kante, ganz zu schweigen von seinem größten Nachteil: Es ist ein Anachronismus für die meisten Orte, an denen du landen wirst. Der Vollständigkeit halber lernst du trotzdem, damit umzugehen.«

»Okay.«

Nun zog er ein schönes absolut symmetrisches Messer von etwa zwanzig Zentimeter Länge aus der Tasche. »Dies ist ein symmetrischer Dolch. Er gleicht in der Form exakt den antiken Dolchen und dem römischen Kurzschwert, dem Gladius. Im Unterschied zu dem Gladius ist es aber auf beiden Seiten sehr scharf, das macht es zu einem fast idealen Kampfmesser. Das Ding schneidet nahezu alles. Und es ist so schmal und symmetrisch, daß man damit schöne saubere Wunden verursachen kann. Leider ist es nicht sehr stabil und kann leicht brechen.« Er legte den Dolch weg und holte ein Messer aus seinem Koffer, das mehr Ähnlichkeit mit einer Stricknadel hatte. »Ein Stilett ist eine perfekte Stichwaffe. Es kann problemlos ein Kettenhemd durchbohren, aber es ist nur eingeschränkt einsetzbar, als Stichwaffe eben.«

Er legte die Messer wieder in den Koffer.

»Kommen wir nun zu einem besonderen Messer. Das hier ist das weltberühmte Randall Nummer eins.« Er zog ein glänzendes fünfundzwanzig Zentimeter langes Messer aus einer abgenutzten Scheide. »Manche Leute behaupten, es sei nur ein modifiziertes Bowiemesser. Bo Randall, der es vor dem Zweiten Weltkrieg erfand, bestand aber mit Recht darauf, daß dem nicht so ist. Die zweite scharfe Seite hat keinerlei Ähnlichkeit mit der Schneide oder dem Rücken eines Bowiemessers. Sie ist gerade, nicht gekrümmt. Es ist das beste universell einsetzbare Messer, das jemals gefertigt wurde. Leider ergibt sich für dich wieder das Problem des Anachronismus.«

Margo seufzte. »Warum soll ich den Umgang mit Messern lernen, die ich so oder so nicht mitnehmen kann?«

»Weil ich dich nicht nur halb ausbilden werde. Streite nicht mit mir.«

»Was sind das für Messer?«

»Das hier ist ein Kürschnermesser.« Es war lang und sehr schmal im Vergleich zu den Kampfmessern. »Es ist dazu gedacht, Tiere abzuziehen.« Nun nahm er ein außergewöhnlich gebogenes Messer in die Hand. »Das ist ein Jagdmesser. Und dies ist eine andere Art von Kürschnermesser, das für unsere Zwecke nutzlos ist.« Er zeigte es ihr und nahm dann ein Messer mit einer merkwürdigen Zick-Zack-Form und einem reichverzierten Griff in die Hand. »Dieses sonderbar geformte kleine Schmuckstück nennt man Ghurka-Messer.«

Er zeigte ihr ein halbmondförmiges Krummschwert, dessen Einsatzbereich aufgrund seiner geringen geographischen Verbreitung sehr beschränkt war. Darauf folgte eine Waffe mit dem Namen Tanto, die auf die asiatischen Fischermesser zurückging und fast kreisförmig war. Auch den Umgang mit diesem Messer sollte Margo lernen, obwohl es zum Kampfeinsatz nicht sehr geeignet war. Er erklärte ihr, daß japanische Samurai-Schwerter und Hellebarden die gleiche Klingenform hatten, aber größer und schwerer seien.

Schließlich zeigte er ihr ein winziges Messer mit einem Griff wie bei einem Korkenzieher, dessen Klinge ebenso geformt war wie die des Dolches. Allerdings war sie nur fünf Zentimeter lang. »Kommen wir abschließend zu diesem kleinen Teufel.«

»Was ist denn das?« fragte Margo lachend.

»Ein Kurzdolch. Die meisten Trainer ignorieren diese Waffe, und das ist ziemlich dumm.« Er schloß seine Faust um den T-förmigen Griff, so daß die Klinge zwischen seinen Fingern hervorkam. »Der Kurzdolch ist eine äußerst gefährliche Waffe, und es ist fast unmöglich, ihr auszuweichen. Du kannst mit einer ganz einfachen Bewegung schneiden und stechen.« Er demonstrierte es ihr.

Margos Augen weiteten sich. »Gütiger Gott.«

Sven Bailey grinste bösartig. »Ja. Großartig, nicht wahr?«

Margo lachte. »Ich dachte gerade darüber nach, welche Wirkung ein Karateschlag mit dem kleinen Ding in der Faust hätte.«

»Eben. Du wirst lernen, es perfekt zu beherrschen. Es eignet sich besonders gut für Frauen, die nicht allzuviel Erfahrung im Messerkampf haben – das wird auf dich hoffentlich nicht zutreffen.«

Margo lächelte kläglich. »Nicht, wenn Sie mit mir fertig sind.«

»Sehr schön. Dann kommen wir jetzt zur Taktik beim Messerkampf. Vergiß alles, was du in Filmen gesehen hast. Ein filmtauglicher Messerkampf wird – ebenso wie eine Auseinandersetzung mit Schußwaffen oder Fäusten – tödlich für dich enden. Messerkämpfe sind eine äußerst schmutzige Angelegenheit, und jemand, der dich mit einem Messer angreift, will dich ausweiden und deine Eingeweide auf der Straße verteilen. Wenn du nicht sehr vorsichtig und sehr gut bist, wirst du bei einem solchen Kampf innerhalb weniger Sekunden verlieren und verbluten.« Er lächelte grimmig. »Grundsätzlich mußt du versuchen, einem Kampf aus dem Weg zu gehen. Aber wenn das nicht möglich ist, dann sorge wenigstens dafür, daß der Bastard, der dich angreift, dabei draufgeht und du am Leben bleibst. Messerkämpfe sind in jedem Fall gefährlicher als eine Auseinandersetzung mit Schußwaffen. Wenn so ein böser Junge auf dich schießt, hast du immer noch gute Chancen zu überleben.«

»Was? Wollen Sie mich verkohlen?« fragte Margo, die gerade die Zeitungsartikel und Fernsehnachrichten über den Tod eines jungen weiblichen Time Scouts vor ihrem geistigen Auge vorüberziehen sah.

»Wenn du nicht gerade von Explosivgeschossen getroffen wirst oder lebenswichtige Organe verletzt werden, hast du wirklich gute Chancen, vorausgesetzt, du wirst medizinisch versorgt. Bei einem Messerkampf werden dich der Schock und der Blutverlust schnell töten. Und ich meine wirklich schnell. Das dauert nur Sekunden, wenn du an den richtigen Stellen getroffen wirst. Ein guter Schnitt«, sagte er und fuhr dabei mit seinem Finger über ihren Unterarm, »wird deine Muskeln ebenso durchtrennen wie die Arterien und die Venen, möglicherweise geht er sogar durch den Knochen. Ein Schnitt in den Oberschenkel, die Kehle oder die Halsschlagader, und du bist tot. Dasselbe gilt meistens auch für Wunden in Brust oder Unterleib. Der Schock, der Blutverlust oder beides wird dich töten, ehe du Hilfe holen kannst.«

Margo schluckte. »Wunderbar. Und was mache ich, wenn mich jemand überraschend angreift?«

Sven hielt ihrem Blick ruhig stand. »Ganz einfach: Laß dich nicht überraschen!«

Es war ihm ernst damit.

»Achte stets auf deine Umgebung. Was könnte sich in dem Schatten eines Busches verstecken? Hinter einem Baum, um die Ecke, in einem Hauseingang? Geht der Mann hinter dir einfach nur spazieren, oder folgt er dir? Und was ist mit dem Kerl, der da vorn auf den Stufen herumlungert? Gib acht!

Denn wenn dich jemand überraschend angreift, dann hast du schon verloren. Vergiß das nicht! Denk an die Übung, die du machen solltest, bevor du in London warst! Du mußt alles registrieren, ehe du selbst erkannt wirst.«

Margo dachte an die Geschichte in St. Giles. Wenn sie nicht aufgepaßt hätte ... »Okay. Ich habe verstanden.«

»Deine Beobachtungs-Übung ist einfach, aber effektiv. Du hast das ja schon einmal einen Tag lang versucht. Jetzt werden wir das ernsthaft durchziehen. Die nächste Woche wirst du auf jeden achten, der dir begegnet. Schreib dir wieder auf, wie viele Male du den anderen zuerst bemerkt hast, und wie viele Male nicht. Jedesmal, wenn jemand dich zuerst bemerkt, dann stell dir vor, es wäre ein bewaffneter Gegner, dem du nun nicht mehr entgehen könntest.«

»Ist das nicht ein bißchen paranoid?«

Sven schüttelte den Kopf. »Es ist ein Standardtraining für die Selbstverteidigung auf der Straße und in kriegerischen Situationen. Als Time Scout mußt du in beiden Situationen zurechtkommen können. Lerne, alles zu registrieren. Die Beobachtung ist schon der halbe Sieg. Vorbereitet zu sein und auf leiseste Zeichen zu reagieren, macht den Rest. Du hast keine Zeit für Zweifel, Zögern oder Unsicherheit. Du mußt jederzeit für den entscheidenden Schlag bereit sein. Wenn es zu einem bewaffneten Kampf kommt und du nicht darauf vorbereitet bist, den anderen Bastard zu töten, ehe er dich umbringt ... nun, dann hast du den falschen Job.«

Margo verzog das Gesicht. Würde sie fähig sein, den Abzug zu ziehen? Oder jemandem die Kehle durchzuschneiden? Kampfsport mit der Intention, mit minimaler Zerstörung zu entkommen, war eine Sache; jemanden niederzustechen oder zu erschießen war etwas anderes. Sie würde sich mit dem Gedanken befassen müssen.

»Probleme?« fragte Sven ruhig.

Die Frage erforderte eine ehrliche Antwort. »Vielleicht. Ich weiß es nicht. Ich habe St. Giles überstanden, aber es hat mich ziemlich durcheinandergebracht. Ich muß in Ruhe darüber nachdenken.«

Sven nickte. »Gut. Das ist ein kritischer Punkt. Wenn du nicht darauf vorbereitet bist, tödliche Waffen einzusetzen – ich meine hier«, er tippte sich an die Stirn, »dann wirst du sie auch im Ernstfall nicht einsetzen können. Du wirst diejenige sein, die nach Hause getragen wird. Denk darüber nach, aber in der Zwischenzeit kannst du trotzdem anfangen, die Technik zu lernen.«

Kit beendete seine Büroarbeiten im *Neo-Edo* und sah zur Uhr. Es war Zeit für Margos Schußwaffenunterricht. Nach der haarsträubenden Unterhaltung mit Malcolm hatte er beschlossen, von jetzt an bei jeder Unterrichtsstunde dabeizusein. Er schlüpfte in ein Paar Schuhe, die er an der Tür bereitliegen hatte, und ging hinaus auf die *Commons*. An einem kleinen Imbißstand hielt er kurz an, um schnell noch eine Kleinigkeit zu essen.

»Hi, Kit«, grüßte Keiko lächelnd. »Was darf's denn sein?«

Er ließ seinen Blick über die verschiedenen Suppen wandern, schnüffelte anerkennend an dem Yakitori und betrachtete dann das Aquarium, aus dem sich die Kunden die Fische für das Sushi aussuchen konnten – lebende Fische sind die beste Möglichkeit, die Frische der Ware an einem Ort wie diesem glaubhaft zu machen. Das Aquarium war einen Meter fünfzig tief und zwei Meter vierzig lang, gefüllt mit Salzwasser und schwimmenden Delikatessen.

»Der kleine Gelbschwanz sieht gut aus«, sagte Kit und zeigte auf den favorisierten Fisch.

»*Hai!*»

Keiko hatte sich umgedreht, um nach dem Käscher zu greifen – und kreischte.

Eine Gestalt mit ledernen Flügeln schoß vorbei, tauchte kurz in das Aquarium ein und verschwand mit Kits Mittagessen. Japaner verfügen nicht über das reichhaltige Schmutzvokabular, das englischsprachigen Leuten zur Verfügung steht, aber Keiko schien es nicht an unflätigen Worten und farbigen Verwünschungen zu fehlen, die sie dem

Fischdieb und anderen potentiellen Übeltätern hinterherrufen konnte.

»Die fressen meinen ganzen Gewinn auf«, wütete sie und drohte dem Pterodactylus mit der Faust. Er hatte sich auf einer Verstrebung hoch oben über ihren Köpfen niedergelassen und war damit beschäftigt, seinen Fang zu verschlingen.

»Ich, äh, ich denke, ich werde es mit dem Yakitori versuchen«, korrigierte Kit hastig seine Bestellung und versuchte aufmunternd zu grinsen. »Sprich doch mal mit Bull Morgan über das Problem.«

»Das habe ich bereits«, erklärte Keiko säuerlich, während sie sein Essen zubereitete. »Er sagte, ich solle sie ruhig meine Fische essen lassen, er würde sie bezahlen. Aber es freut meine Kundschaft nicht besonders, wenn so ein Saurier ihnen die Fische vor der Nase wegschnappt und eine Riesensauerei hinterläßt.«

Sauerei war das richtige Wort. Papierschirme – ganz besonders solche mit schrecklichen Monstergestalten auf der Außenseite – waren neuerdings allgegenwärtig im La-La-Land. Kit sah sich verstohlen um. Überall flogen kleine Saurier und merkwürdige Vögel umher und stürzten auf die mit Ornamenten verzierten Fischteiche, die Straßencafés und Imbißstände nieder, um etwas Eßbares zu ergattern. Kit konnte sich ein Grinsen nicht verkneifen. Die Hälfte aller Menschen in seinem Blickfeld trugen aufgespannte Schirme.

Hinter dem nächstgelegenen Fischteich schimpfte ein sehr alter Japaner, dem einige Fingerkuppen fehlten (und der vermutlich am ganzen Körper tätowiert war), über einen der Ichthyornis. Der Urzeitvogel hatte sich den Goldfisch geschnappt, den der alte Mann bewundert hatte. Nicht nur, daß er den Fisch komplett verschlang, er bespritzte den Alten auch von Kopf bis Fuß mit Wasser, als er wieder davonflog. Das Gefieder des primitiven Vogels war so voller Wasser, daß er es nur bis zum nächsten Gebüsch schaffte, wo er die Schwingen ausbreitete, um sie in ähnlicher Weise zu trocknen, wie es Kormorane zu tun pflegen. Der entscheidende Unterschied zu Kormoranen war die Reihe scharfer Zähne in seinem Schnabel. Dieses Gebiß – und ein wütendes Zischen – veranlaßten den alten Mann, seine Meinung doch noch zu ändern, als er gerade auf den Vogel zustürzen wollte, um ihm den Hals umzudrehen. Er trat den Rückzug an und gab sich dabei alle Mühe, seine Schritte planvoll und überlegt wirken zu lassen. Kit gelang es, nicht lauthals loszulachen. Er hatte noch nie gesehen, daß ein Yakuza vor einem Vogel kuschte. Das war schon ein großartiger Anblick.

»Danke«, sagte er, als Keiko ihm einen Teller mit Reis und gebackenem Hühnerfleisch auf Holzspießchen reichte. »Mmmh ...«

Er schlenderte zu einem Stuhl und beeilte sich dann, seine Mahlzeit einzunehmen, während die Touristen rundherum damit beschäftigt waren, den Ichthyornis, der seine Schwingen trocknete, zu fotografieren. Sue Fritchey mußte den Ärger einfach aussitzen, bis sich das Haupttor wieder öffnete und sie sich bei ihren Kollegen aus der Realzeit Anweisungen holen konnte, was mit den neuen Bewohnern des La-La-Landes geschehen sollte. Der riesige Pterosaurus erholte sich prächtig und verschlang alle Fische, die ihm die Pfleger vor den enormen Schnabel legten. La-La-Land brauchte dringend eine neue Lieferung Fisch, um den Zehn-Meter-Koloß und die beiden Schwärme seiner kleineren Artgenossen bei Stimmung zu halten.

Bull hatte Anweisung gegeben, Fisch aus der Vergangenheit heranzuschaffen, wann immer sich ein Tor öffnete. Wie es aber weitergehen sollte, falls sie keine Erlaubnis erhielten, die Biester zu einer Forschungsstation in der Realzeit zu bringen ...

Kit hatte eine Vision von Straßenhändlern und Imbißbetreibern wie Keiko, die losziehen würden, um sich Gewehre zu kaufen.

So wie er Bull kannte, hatte der sicher schon ein riesiges Aquarium bestellt, um es auf den *Commons* zu montieren und mit vielen tausend Fischen zu bestücken. Dann könnte er Eintrittskarten für die Fütterung der Urzeitbestien verkaufen. Kit grinste, das war ein netter Gedanke für die ein oder andere Wette.

Er beendete sein Mittagessen und eilte hinab zum Schießstand, wo Margo und Ann gerade mit dem Unterricht begannen. Margo sah auf und errötete bei seinem Anblick.

»Hi«, rief er lächelnd und bemühte sich, freundlich zu klingen.

»Hi«, entgegnete Margo mit einem Gesichtsausdruck, der sagte: »Ich mag es nicht, wenn du mich kontrollierst.«

Genau das tat er, und er hatte nicht die Absicht, wieder zu gehen.

»Hi, Kit«, sagte Ann und nickte ihm freundlich zu. »Setz dich.«

»Danke.« Er ließ sich auf einer der Bänke am Ende der Bahnen nieder und setzte sich die Ohrschützer auf.

Ann begann die Lektion mit einem relativ modernen zweischüssigen Revolver, der der Waffe sehr ähnlich war, die Malcolm in London benutzt hatte. Margo und Ann setzten sich Schutzbrillen und Ohrschützer auf. Dann brachte Ann ein Ziel in Stellung.

»Schieß, wann immer du willst.«

Margo nahm sich Zeit und traf mit fünf von sechs Schüssen das Papier, wenn auch kein einziger in der Nähe der Mitte landete.

»Korn«, sagte Ann geduldig, »konzentrier dich auf das Korn!«

Margo ließ die Waffe aufschnappen und entfernte die leeren Hülsen. »Ich dachte, Kimme und Korn wären gleich wichtig.«

»Im Grunde ja, aber das Korn ist der kritische Punkt. Wenn das Korn stimmt, dann kann die Kimme ruhig etwas danebenliegen, und du wirst dein Ziel trotzdem nicht allzu weit verfehlen. Aber wenn du mit dem Korn danebenliegst, dann kann die Kimme noch so genau stimmen, und du wirst dein Ziel verfehlen.«

Margo versuchte es erneut. Sie verteilte die Schüsse wieder über das Papier, doch diesmal lagen sie näher beieinander.

»Gut. Entlade die Pistole und gib sie mir.«

»Warum?« fragte Margo neugierig.

Ann nahm die Pistole, die Margo ihr gesichert mit dem Griff zuerst reichte, wie Kit anerkennend bemerkte. »Du zuckst zusammen. Also probieren wir ein kleines Spielchen. Ich werde die Waffe für dich laden.«

Sie wandte sich ab, so daß Margo nicht sehen konnte, wie sie die Waffe lud, und gab sie ihr zurück. »Gut, schauen wir mal, wie schreckhaft du bist.«

Margo feuerte die Waffe ab. Beim ersten Mal löste sich ein Schuß. Beim zweiten Mal machte es lediglich Klick, aber der Lauf bewegte sich trotzdem um fast zwei Zentimeter.

»Oh!« keuchte Margo. »Das war ja ich.«

»Richtig. Du nimmst sozusagen den Knall und den Rückschlag vorweg. Diese Übung wird dir helfen, gleichmäßig zu schießen, ohne dabei zusammenzuzucken, denn du weißt nie, welche Kammer geladen ist und welche nicht.«

Ann setzte das Spiel noch weitere zwanzig Minuten fort. Danach hielt Margo die Waffe wesentlich ruhiger, und ihre Fehlerquote hatte sich entscheidend verringert.

»Sehr gut«, lobte Ann und wechselte das Ziel. »Jetzt konzentrier dich auf das Korn!«

Nach weiteren fünfzehn Minuten landeten Margos Schüsse in einem Umkreis von fünfzehn Zentimetern bei einer Zielentfernung von sechs Metern. Das war noch nicht unbedingt beeindruckend, aber es belegte ihre Lernfähigkeit anschaulich. Ann ließ sie noch zehn Minuten weiter üben, ehe sie ihr eine kleine Pause gönnte. Margo nahm die Brille und die Ohrenschützer ab und fuhr sich mit den Händen durchs Haar. Kit bedauerte, daß sie es hatte färben müssen. Sie erinnerte ihn an ein ausgesetztes Kind mit ihrer blassen Haut unter dem dunklen Haar, aber es war einfach sicherer für sie.

Die Entmutigung in ihren Augen forderte nach Zerstreuung.

»Das hast du gut gemacht«, sagte Kit, als sie zu ihm hinüberblickte.

Margo errötete wieder, dieses Mal aus freudiger Verlegenheit. »Ich habe mich auch sehr angestrengt.«

Kit nickte. »Wenn du weiter fleißig übst, wirst du noch viel besser werden. Vielleicht gewinnt Malcolm seine Wette doch noch.«

Nun verfärbte sich ihr ganzes Gesicht tiefrot. »Du weißt davon?«

Kit lachte. »Margo, jeder im La-La-Land weiß davon.«

»Das wird mich lehren, keine Wetten abzuschließen«, erklärte sie reumütig.

»In Ordnung«, sagte Ann, die mit einem Koffer zurückgekommen war. »An die Arbeit. Wir werden jetzt ein bißchen weiter in die Vergangenheit reisen. Vorderlader, die mit Schwarzpulver gezündet wurden, waren lange Zeit sehr viel weiter verbreitet, als die Hinterlader mit der metallischen Munition. Diese Munition gab es vor 1870 noch kaum. Die leichten Bolzenschußgewehre wurden zwar schon zwei Jahrzehnte vor dem amerikanischen Bürgerkrieg eingesetzt, aber sie waren nirgends so weit verbreitet wie die schlaggezündeten Frontlader mit Schwarzpulver. Ganz besonders die Steinschloßgewehre waren beinahe überall bekannt. Du mußt wissen, wie man diese Waffen benutzt, und das ist nicht ganz so einfach.«

Margo schenkte Ann ein tapferes Lächeln. »In Ordnung. Zeigen Sie es mir.«

»Wir beginnen mit einer kleinen Demonstration.«

Ann schüttete etwas rauchloses Schießpulver und etwas Schwarzpulver in Form einer dünnen Linie aus. »Modernes rauchfreies Schießpulver ist nicht explosiv. Es brennt, aber es explodiert nicht. Die Basiskomponente ist zwar eine explosive Chemikalie, aber es enthält nur sehr wenig davon. Diese Basiskomponente ist nur dazu da, winzige Explosionen auszulösen, die das Pulver in Brand setzen. Es gibt auch dabei noch Unterschiede. Dieses feinere Pulver ist für Schnellfeuergewehre. Es brennt schneller, weil es eine größere Oberfläche hat. Und das hier ist Schwarzpulver. Im Gegensatz zu den anderen moderneren Zündmitteln ist es explosiv. Es verbrennt viel, viel schneller und ist sehr viel gefährlicher, ganz besonders unter Druck. Schau her.«

Sie entzündete ein Streichholz und führte es an den Anfang der Pulverspur. Das gröbere moderne Schießpulver für Pistolen flammte auf und verbrannte recht langsam, das feinere Pulver verbrannte wesentlich schneller – dann entzündete sich das Schwarzpulver, loderte wild auf und erlosch innerhalb von Sekundenbruchteilen.

»Liebe Güte!«

»Gut erkannt. Das sollte dir Respekt vor Schwarzpulver beibringen. Sei vorsichtig, wenn du damit umgehen mußt, ganz besonders dann, wenn du eine Waffe laden willst. Machst du einen Fehler, kannst du dich verletzen oder auch umbringen.«

»Großartig.«

Ann lächelte. »Nun behalte deine Kommentare für dich und übe. Fangen wir mit den einzelnen Komponenten der Munition an. Für die meisten historischen Waffen gab es keine vorgefertigte Munition, sondern Projektile in Kugelform und loses Schwarzpulver. Außerdem gibt es noch Schmierfett, um die Kugel leichter durch den Lauf gleiten zu lassen.«

Ann demonstrierte ihr den ganzen Vorgang. »Es gibt zwei wichtige Dinge, die du dir merken mußt. Erstens: Achte immer genau darauf, daß die Kugel wirklich ganz hinten im Lauf liegt. Es darf keinen Freiraum am Ende geben. Du kannst das mit dem Ladestock nachprüfen«, sagte Ann und zeigte Margo, wie man das machte.

»Gut, aber warum ist das so wichtig?«

»Erinnerst du dich, was ich dir über den enorm hohen Druck in modernen Waffen erzählt habe, der sich aufbaut, wenn das rauchfreie Pulver in Brand gesetzt wird? Nun, Schwarzpulver brennt nicht, es explodiert. Wenn du hier einen Freiraum hast«, erklärte sie und zeigte auf das Ende des Laufs, »dann wird die Waffe zu einer Bombe.«

Margo sah sie verblüfft an. »Oh.«

»Ja. Das Gewehr geht einfach hoch und bläst dir das Gesicht weg. Zweitens: Vergiß nicht, daß nach dem Schuß immer noch ein Rest Glut im Lauf sein kann. Du kannst das nicht nachprüfen. Die Waffe kann nicht geöffnet werden. Wenn du versuchst, Schwarzpulver nachzufüllen, ohne die Waffe vorher gründlich feucht gereinigt zu haben, dann kann sich das Pulver entzünden – was wiederum auf deinen Pulvervorrat übergreifen könnte ...«

Margo schluckte und machte einen extrem verunsicherten Eindruck.

Ann lächelte. »Kein Grund zur Sorge. Wenn du glaubst, daß du Feuerwaffen aus allen möglichen Geschichtsepochen benutzen willst, dann mußt du nur die nächsten Lektionen lernen. Schwarzpulvergewehre sind nicht gefährlich, wenn du weißt, wie du mit ihnen umgehen mußt. Elektrogeräte in ungeübten Händen können weitaus gefährlicher sein. Hast du noch Fragen, ehe wir anfangen?«

Margo sah Kit an und kaute auf ihrer Unterlippe. Dann schüttelte sie den Kopf. »Nein. Zeigen Sie mir nur, was ich tun soll.«

Ann gab ihr zuerst eine Replik von einem Colt Army Schwarzpulverrevolver. Sie zeigte Margo, wie sie ihn laden und zündfertig machen sollte, wie man schießt, reinigt und wieder lädt. Nachdem sie es begriffen hatte, fragte Margo aufgeregt: »Was kommt als nächstes dran? Steinschloßgewehre?«

»Ganz richtig. Hier haben wir ein wunderschönes Kentucky-Gewehr, mit dem du üben kannst.«

»Ooh! Daniel Boone und die Siedler auf dem Cumberland Treck und ...«

Kit grinste. Die romantischen Ambitionen seiner Enkelin hatten sie mit einem Gewehr zusammengebracht, das sie lieben konnte. Malcolm könnte tatsächlich noch seine Wette gewinnen. Nach dem Steinschloßgewehr zeigte Ann Margo noch ein Radschloßgewehr und andere ausgefallenere Waffen.

»Wie, um alles in der Welt, haben die Leute diese Dinger bloß am Brennen gehalten?« fragte Margo, als ihr Streichholz zum fünften Mal niedergebrannt war. »Mache ich irgend etwas falsch, oder ist das wirklich so schwierig?«

Ann kicherte vergnügt. »Während der Kampfhandlungen haben sie ihre brennenden Hölzchen zwischen den Schüssen immer im Kreis geschwenkt, um zu verhindern, daß sie zu schnell abbrennen. So ein Schlachtfeld gab ein recht merkwürdiges Bild ab.«

»Ich wette, Regen war der absolute Untergang«, sagte Margo grinsend.

»Er hat tatsächlich einige Pläne im Chaos enden lassen. Aber damals war Regen auch für Bogensehnen nicht besonders zuträglich. Moderne Gewehre sind üblicherweise wasserfest, ebenso wie die meisten anderen Waffen. Wo wir gerade von anderen Waffen reden: du mußt noch lernen, mit einer Armbrust umzugehen ...«

Margo starrte sie staunend an. Dann verzog sie die Lippen zu einem fiesen Grinsen. »Was denn, gar keine Blasrohre oder sonstige steinzeitliche Waffen?«

»Ach du lieber Gott! Ich habe eine Schülerin, die mit Steinen und Speeren auf die Jagd gehen will.«

Kit konnte nicht anders, er mußte einfach lachen.

Margo sah ihn wütend an. »Was gibt's da zu lachen?«

»Entschuldige, Margo«, sagte er immer noch lachend. »Aber das ist wirklich eine komische Vorstellung. Und es wäre reine Zeitverschwendung. Natürlich ist es möglich, daß du an einem Ort landest, wo Steine die einzigen verfügbaren Waffen sind. Erinnerst du dich an den Time Scout, der gerade aus der Steinzeit zurückgekommen ist? Der, der das Leben der Cro Magnon erforscht hat?«

»Ja. Ich habe davon gelesen. Es stand in der *Shangri-la Gazette*.«

»Richtig. Und du hast sicher auch gesehen, was da kürzlich durch die Decke hereingestürzt ist, nicht wahr?«

Margo rieb sich den Nacken. »Ja, klar. Ich habe mir auch

Gedanken darüber gemacht. Aber was soll ich tun, wenn ich vor einem angreifenden Rhinozeros stehe?«

»Auf den nächsten Baum klettern«, schlug Kit vor. »Das sind unglaublich starke Biester. Man braucht mehrere Jäger, um eines davon zu erlegen. Es kommt immer auf die Situation an. Ich habe das Gefühl, wir sollten uns auch noch mit Biologie und Großwildjagd befassen.«

Sie wurde ein wenig grün im Gesicht.

»Da ist gar nichts so Fürchterliches dran«, bemerkte Kit. »Es kann ganz nützlich sein zu wissen, wie man die verschiedenen Spezies erlegen kann, falls du kurz vorm Verhungern stehst oder in Gefahr durch ein Tier bist. Und schließlich ißt du Fleisch, also bist du kein Vegetarier. Was lernt ihr eigentlich heutzutage in der High-School?«

»Oh, Respekt vor dem Leben?«

Ann verdrehte die Augen.

»Gut«, sagte Margo und schob die Hände in ihre Taschen. »Ich bin kein Grasfresser oder so, und ich mag Steak und Hühnchen und das ganze Zeug, und von einem Nachbarn habe ich einmal Wildbret bekommen. Aber ich mußte nie auf die Jagd gehen, um etwas zu essen zu bekommen. Ich bin zwar in Minnesota aufgewachsen, aber ich war auch nie beim Fischen.« Sie hatte dabei einen merkwürdigen Gesichtsausdruck, der Kit wieder auf die Frage brachte, wie sie wohl tatsächlich aufgewachsen war.

Kit nickte. Er war froh, daß sie endlich zugab, nicht alles zu wissen oder zu können, was notwendig sein würde. »Das ist völlig in Ordnung. Die meisten Stadtkinder haben keine derartigen Erfahrungen. Was den Respekt vor dem Leben angeht: ich glaube nicht, daß auch nur ein einziger Jäger das Tier, das er jagt, nicht respektiert, und das gilt auch für Sportjäger. Das ist eine andere Geisteshaltung, als du sie gewohnt sein dürftest, aber der Respekt ist echt. Wie auch immer ... Wenn du eines Tages durch ein unerforschtes Tor gehst, dann solltest du wissen, wie du dir Nahrung beschaffen kannst. Ganz zu schweigen von der Frage, wie du irgendwelche vierbeinigen Monster davon abhältst, dich als kleine Zwischenmahlzeit zu verschlingen. Also wirst du Jagen lernen, damit du dein Essen selbst erlegen kannst.«

»Okay.«

»Und vergiß eines nicht: du darfst vierbeinige Kreaturen nicht auf einen moralischen Sockel stellen, der nichts mit der Realität zu tun hat. Wenn du tierische Verhaltensweisen und Motive falsch beurteilst, wird das die Viecher nicht besser machen, dich aber möglicherweise in eine fatale Lage bringen.« Er erhob sich von der Bank. »Ich denke, ich werde wieder raufgehen. Du machst gute Fortschritte, aber du hast immer noch eine Menge Arbeit vor dir. Danke Ann. Margo, wir sehen uns zum Abendessen. Komm nachher ins *Delight*!«

»Wirklich?« fragte Margo strahlend.

»Ja, wirklich«, entgegnete er grinsend. »Bis heute abend.«

Als er den Schießstand verließ, hörte er Ann sagen: »Gut. Das hier ist eine sehr alte Waffe ...«

12. KAPITEL

Margo war auf dem Weg zum *Delight*, als sie das Summen in ihrem Schädelknochen fühlte. Sie sah zu der nächstgelegenen Anzeigentafel. »London ... Haupttor ... Rom ... Denver ...« Sie ging die ganze Liste durch, doch keines der Tore sollte sich jetzt öffnen.

Das Summen verstärkte sich.

»O nein, nicht schon wieder ...«

Sechsundachtziger kamen herbeigelaufen. Margo beschloß, daß es besser wäre zu verschwinden, und zwar schnell. Sie rannte los ...

... und flog förmlich durch ein schwarzes Loch in der Luft, das direkt vor ihr aus dem Nichts aufgetaucht war. Margo schrie, doch sie konnte nicht mehr stoppen und fiel durch das Tor. Vage erkannte sie einen breiten silbrig glänzenden Fluß mit einem sanft ansteigenden Ufer, das sich in der Weite einer großen Ebene verlor, wo eine ummauerte Stadt lag. Über den Fluß führte eine zweiteilige befestigte Brücke mit einem Turm. Die Stadt lag genau auf der einzigen Erhebung der ganzen Gegend und damit an einem strategisch wertvollen Punkt, von dem aus man den Fluß überblikken konnte. Zwei Turmspitzen einer weißen Kathedrale überragten die Stadtmauern. Zwischen Margo und der Stadt ...

Das sah aus wie ein Schlachtfeld.

Dann war sie auf der anderen Seite. Margo stolperte mitten in das Kampfgebiet hinein. Männer in mittelalterlichen Rüstungen hieben mit Schwertern aufeinander ein. Reiter auf schweren Schlachtrössern überrannten das Fußvolk. Schwärme von Pfeilen ergossen sich wie ein schwarzer Regen über die Kämpfer und durchbohrten jeden, der so unglückselig war, in ihrer Flugbahn zu stehen. Direkt vor ihr griff ein Mann schreiend nach dem Schaft eines stählernen Pfeiles, der sich scheinbar aus dem Nichts in seine Brust gebohrt hatte. Er brach schreiend zusammen und wurde von einem laut wiehernden Schlachtroß niedergetrampelt. Blut und Schlamm spritzten auf, und die Schreie sterbender Männer und verletzter Pferde lagen über der Ebene.

Sie konzentrierte sich auf einen Mann, der plötzlich direkt vor ihr stehengeblieben war und sie mit großen Augen erschrocken musterte. *Er ist jünger als ich ...* Unter seinem linken Arm trug er einige Köcher, so als wären es Holzscheite. Ein Bogen hing auf seinem Rücken, und in seiner Hand hielt er ein gefährliches Messer. Er sagte etwas, sprang auf sie zu und hielt dabei sein Messer allzu optimistisch in der Hand. Sie sprang zur Seite und griff nach seinem Handgelenk. Dann drehte sie sich um die eigene Achse an ihn heran, zog seinen Arm hinab und streckte ihn über ihre Hüfte. Er schrie vor Schmerz. Doch Margo hielt seinen Arm weiter gestreckt und trat ihm kraftvoll in das Fußgelenk. Gleichzeitig versetzte sie ihm einen Stoß. Er fiel mit dem Gesicht zuerst in den Schlamm, und das Messer landete etwas weiter entfernt ebenfalls auf der Erde.

Gott sei Dank ... Margo wirbelte herum, um nach dem Tor zu sehen.

Und erblickte einen älteren und viel stärkeren Mann, der einen mindestens einen Meter langen Holzhammer durch die Luft schwang und auf sie zustürmte. Jeden Augenblick würde der Angreifer mit dem wilden Blick ihr den Schädel zertrümmern. Margo schrie und rannte los. Das Tor pulsierte nicht weit von ihr unregelmäßig. Zwei Männer liefen ihr in den Weg und hieben mit langen Schwertern aufeinander ein. Margo lief um sie herum und rannte zum Tor. Sie riskierte einen schnellen Blick über die Schulter. Der Verrückte mit dem Holzhammer verfolgte sie immer noch.

Er rief etwas in der Art wie *Shawn Dark! Shawn Dark!* Ein Reiter in einer schweren Rüstung wandte sich auf die Rufe des hammerschwingenden Kriegers hin um – und griff ihn an. Der Reiter schrie etwas, das Margo nicht verstehen konnte. Sie rannte noch schneller. Durch das geöffnete Tor konnte sie die *Commons* erkennen. Das Tor zog sich zusammen und dehnte sich wieder aus. *Geh jetzt bloß nicht zu – o Gott, laß es nicht zugehen ...*

Margo sprang hinein, der Sicherheit entgegen.

Sie konnte nicht anhalten und rannte durch eine Gasse verschreckter Zuschauer auf eine Betonmauer zu. Der hammerschwingende Soldat war direkt hinter ihr und wurde seinerseits von einem plötzlich in Panik geratenden Pferd verfolgt. Sie hörte die Angstschreie des Pferdes, als sie gegen die Mauer prallte.

Der Soldat griff an. Er schwang den Holzhammer über seinem Kopf und schien bereit, zuzuschlagen. Rundherum standen verwirrte Touristen, es gab keine Ausweichmöglichkeit. Margo sah nur einen Weg. Sie sprang direkt auf ihn zu. Mit beiden Händen griff sie nach dem Holzhammer. Es gelang ihr, die Waffe abzufangen, doch die Wucht des Schlages jagte ihr glühende Schmerzen durch die Arme. Der Mann konnte den Hammer nicht mehr halten und fiel auf den Steinboden. Vollkommen überrascht stürzte der Soldat, vom eigenen Schwung getrieben, gegen die Mauer. Er prallte benommen und verwirrt zurück, gerade als der Reiter mit der schweren Rüstung den Halt auf seinem Pferd verlor. Das Tier bäumte sich wild unter ihm auf und gab schrille Angstschreie von sich. Der Reiter krachte mit lautem Getöse auf den Boden.

Er rollte sich ab und stand zu Margos grenzenlosem Staunen unbeholfen wieder auf. *Du liebe Güte, die können sich in diesen Rüstungen tatsächlich bewegen* ... Der Mann betrachtete die Umgebung kurz durch sein geschlossenes Visier, dann rannte er ohne sein Pferd zu dem Tor und zurück in seine eigene Welt.

Das Schlachtroß bäumte sich wieder auf. Für einen Augenblick geriet das offene Tor in sein Blickfeld, und es scheute zurück. Ein zehnjähriges Mädchen in einem Long-Shirt mit der Aufschrift *Frontier Town* stand dem Tier im Weg. Margo reagierte vollkommen instinktiv, ohne auch nur einen Augenblick nachzudenken. Sie griff nach den lose herunterhängenden Zügeln des Pferdes, packte sie und zog seinen Kopf herum, ehe es das Kind niedertrampeln konnte. Das Pferd stieß einen furchtbaren Schrei aus und richtete sich hoch auf. Fluchend wich Margo den mörderischen Hufen aus. Irgend jemand versuchte vergeblich, das Zaumzeug zu packen. Margo sprang hinzu, erwischte es am Seitengurt und erhielt eine unerwartete Lektion über Schlachtrösser.

Die Gebißstange war ein bösartiges kleines Gerät, das an beiden Enden mit spitzen Stahlnägeln bewehrt war. Das Pferd bäumte sich wieder auf und wirbelte sie durch die Luft. Dann schüttelte es ruckartig den Kopf, und Margo konnte sich nicht mehr halten. Sie stolperte um Balance ringend zurück. Das Pferd hieb mit dem Kopf auf sie ein und riß ihr mit der Gebißstange den Arm und den Oberschenkel auf.

Sie fiel mit einem Schmerzensschrei zu Boden.

Jemand packte die Zügel des Tieres, ehe es sie mit seinen mörderischen Hufen angreifen konnte.

»Jagt es durch das Tor«, schrie eine Stimme.

»Um Himmels willen! Weißt du, was ein Führer mit so einem Pferd alles anfangen kann? Laßt mich versuchen, es unter Kontrolle zu bringen!« Durch einen Tränenschleier hindurch beobachtete Margo einen Mann, der sich in den Sattel schwang. Das Pferd spielte vollkommen verrückt. Es bäumte sich mit einem wilden Schrei auf und warf den Mann ab. Nun stand es direkt vor dem pulsierenden Tor. Ein entschieden klügerer Mann versetzte ihm einen Schlag auf den Hinterschenkel. Das Schlachtroß rannte los und verschwand im Dunkel des Tores, das nun zu schrumpfen begann und bereits wenige Sekunden später verschwunden war.

Hinter ihnen wurde es unruhig. Margo sah sich um ...

O Scheiße ...

Der wilde Angreifer war nicht wieder zurückgegangen. Er stand da in seiner wollenen Kniehose, den spitz zulaufenden Lederschuhen und dem gesteppten, mit Metallplatten bewehrten Lederhemd, hielt den riesigen Holzhammer in der Hand und starrte sie an. Neben ihm lag ein leerer Köcher und ein Bogen, der mindestens eineinhalb Meter lang war. Blut lief aus seiner Nase und aus einer Wunde auf der Stirn.

»Shawn Dark!«

Er kam direkt auf sie zu. Margo robbte blutend und halb blind vor Tränen unbeholfen über den Boden. Jemand versuchte den Mann aufzuhalten, doch es war zu spät. Der Hammer wirbelte durch die Luft. Margo rollte sich zur Seite, und der Hammer schlug auf den Steinboden. Um Haaresbreite neben ihrem Ohr stoben Funken von einem eisernen Band auf, das um den Kopf des Hammers gewickelt war. Der Mann stolperte getrieben durch die Macht seiner Ausholbewegung an ihr vorbei und rannte direkt in die Arme der Sicherheitsleute. Vier Männer hielten ihn fest und schafften es schließlich, ihn niederzuringen.

Erneute Unruhe in der Menge erregte ihre Aufmerksamkeit, dann kam Kit zu ihr. Er war aschfahl.

»Margo! Margo, du bist verletzt ...«

Sie deutete mit einer schwachen Handbewegung auf den Soldaten. »Er ... kam durch das Tor ...«

Kit untersuchte ihren Arm. »Die Wunden sind nicht tief. Gott sei Dank!« sagte er mit einem erleichterten Lächeln, das Margo zutiefst berührte.

Er sorgt sich wirklich ...

Margo hatte nicht gewußt, wie sehr. Kit zog sein Hemd aus, um es als provisorische Wundkompresse zu verwenden. Der Soldat, der sich noch immer zur Wehr setzte, sagte etwas zu ihm. Kit sah überrascht auf. Dann sagte er freundlich einige Worte in einer Sprache, die Margo vollkommen fremd war. Der Mann sah ihn mißtrauisch an, aber er hörte allmählich auf, sich zu wehren. Kit sagte wieder etwas zu ihm, und seine Augen nahmen einen angsterfüllten Ausdruck an. Er flüsterte etwas, und Kit antwortete. Was auch immer er gesagt haben mochte, es versetzte den Soldaten in Angst und Schrecken.

»Laßt ihn gehen«, sagte Kit ruhig.

Die Männer, die den Soldaten festhielten, sahen einander

unschlüssig an, doch dann ließen sie ihn los. Der Fremde stand verunsichert mitten in der Menge und sah auf einmal ganz verängstigt und vollkommen verloren aus.

»Er braucht Buddy, damit er sich zurechtfindet«, sagte Kit. »Hat ihn schon jemand gerufen?«

Eine Stimme aus der Menge antwortete: »Er ist auf dem Weg hierher.«

»Weiß Bull, was passiert ist?«

Ein Beamter der Seuchenkontrolle, der mit einem verdutzten Gesichtsausdruck und einem nicht benötigten Netz unschlüssig herumstand, antwortete: »Al ist unterwegs zu ihm. Kit, deine Enkelin hat einem kleinen Mädchen das Leben gerettet, ehe irgend jemand von uns überhaupt begriffen hatte, was los war. Sie war verdammt schnell, hat sich einfach die Zügel von dem französischen Schlachtroß gegriffen. Es hat sie mit den Stahlnägeln an seiner Gebißstange verletzt, aber sie hat dem Kind das Leben gerettet. Es wäre sicher zu Tode getrampelt worden.«

Kit sah sie scharf an. »Kannst du auf dem Bein stehen?«

Margo versuchte es. Ihr wurde sofort übel von dem Schmerz, der durch ihren Körper raste. Kit hob sie einfach hoch und bahnte sich eilig seinen Weg durch die Menschenmenge, die erstaunlich schnell vor ihm zurückwich.

Margo biß sich auf die Lippen. Sie wollte Kit nicht zeigen, wie schlimm die Schmerzen waren. »Was hat der Soldat gesagt, als du mit ihm gesprochen hast?«

Er sah ihr kurz in die Augen. »Er gehörte zu den Belagerern von Orléans im mittelalterlichen Frankreich. Er hat um sein Leben gekämpft. Als du plötzlich aus dem Nichts aufgetaucht bist, dachte er, Jeanne d'Arc hätte die Tore zur Hölle geöffnet. Jetzt glaubt er, du hättest ihn in die Hölle gezerrt.«

»Jeanne d'Arc, das war's, was er gerufen hat.«

»Gut möglich. Er dachte, du wärst Johanna von Orléans. Er sagte, du hättest einen anderen Soldaten angegriffen?«

»Er ist mit einem Messer auf mich losgegangen. Ich habe ihn lediglich entwaffnet …«

Margo wollte nicht mehr reden. Ihr Magen revoltierte,

und sie konnte nichts weiter tun, als die Übelkeit runterzuschlucken, die jeden einzelnen Pulsschlag in ihrem Arm und ihrem Bein begleitete.

Kit nickte nur. »Nun, die englische Armee hat die Schlacht vor Orléans verloren. Dieser Bursche ist ein walisischer Bogenschütze, und er hält, ebenso wie die Engländer, Johanna für eine Hexe. Die Burgunder haben sie einige Jahre nach der Schlacht gefangengenommen und den Engländern übergeben. Sie wurde verbrannt.«

Margo schloß die Augen. »Ich ... ich bin durch das Tor gefallen, als es sich gerade geöffnet hat. Ich hatte keine Ausrüstung bei mir, und ich weiß nicht, wo und in welcher Zeit ich war ...« Sie weinte.

»Schon gut. Ich bringe dich jetzt erst mal zu Rachel Eisenstein, damit sie deine Verletzungen behandelt. Es sind keine schlimmen Wunden, versprochen!«

»Gut«, flüsterte sie.

Kit drückte die Tür zur Krankenstation mit der Schulter auf und brachte Margo hinein.

»Rachel! Notfall!«

Die Stationsärztin eilte herbei. »Was ist passiert?«

»Ein mittelalterliches Schlachtroß hat sie mit den Stahlnägeln an seiner Gebißstange verletzt. Sie hat Risse im Arm und im Oberschenkel. Ein neues Tor in einen Krieg des fünfzehnten Jahrhunderts.«

Sie brachten sie in ein Untersuchungszimmer, und Rachel Eisenstein schnitt ihr die ruinierten Kleider vom Leib. »Es ist nicht so schlimm, wie es sich anfühlt«, sagte Rachel sanft und tupfte das Blut von den langen Rißwunden. Sie verabreichte Margo eine örtliche Betäubung, reinigte die Wunden und nähte sie. Dann legte sie ihr einen Verband an.

»Nach deinen medizinischen Daten reagierst du nicht allergisch auf Penizillin«, sagte Rachel nach einem Blick auf ihren Computermonitor. »Stimmt das?«

»Ja«, sagte Margo mit schwacher Stimme. »Das ist richtig.«

Die Ärztin spritzte ihr Antibiotika sowie ein Mittel gegen

Tetanus. Dann gab sie ihr noch ein Rezept für Tabletten. »Wenndu mit einer Waffe aus der Vergangenheit verletzt wirst, an der Gott weiß was für Erreger kleben können, dürfen wir kein Risiko eingehen.«

Margo fühlte sich entsetzlich krank.

»Keine Panik«, beruhigte Rachel sie lächelnd. »Wir werden gut für dich sorgen. Bring sie ins Bett, Kit! Und kümmere dich darum, daß sie etwas ißt, wenn es ihr bessergeht!«

Margo kam sich unglaublich dumm vor, als sie sie in einen Rollstuhl setzten. Kit schob sie über die *Commons* zu seinem Appartement.

»Was genau ist passiert?« fragte er.

Margo erzählte es ihm.

»Du hast Glück gehabt«, kommentierte er, als sie fertig war. »Mittelalterliche Schlachtrösser sind darauf trainiert, unberittene Soldaten mit ihren Hufen zu töten. Wenn das Tier nicht so verwirrt gewesen wäre, hätte es dich umgebracht. Ich werde den Waliser noch ein bißchen ausfragen. Vielleicht bekommen wir so heraus, wann genau du dort warst.«

Bekomme ich nicht einmal ein kleines Lob, weil ich dem Kind das Leben gerettet habe?

Offensichtlich nicht, denn Kit sagte nichts mehr über die Angelegenheit. Das einzige Zugeständnis an sie war, daß er sein Kissen und seine Decke ins Wohnzimmer brachte und sie in sein Bett legte.

»Hungrig?« fragte er und setzte sich neben sie.

Sie wandte sich ab. »Nein.«

Er zögerte; dann berührte er sie sacht an der Schulter. »Das war in Ordnung, Kindchen. Aber du mußt noch soviel lernen ...«

»Ich weiß«, sagte Margo verbittert. »Ich bekomme ja nichts anderes zu hören.«

»Ich werde später wieder nach dir sehen. Ruf mich einfach, wenn du etwas brauchst.«

Margo wollte nicht mehr das geringste von Kit. Sie war

traurig und krank, ihre Verletzungen schmerzten, und ihm fiel nichts Besseres ein, als »das war in Ordnung«.

Sie preßte ihr Gesicht in das Kissen und schluchzte kläglich.

Kit saß in der Dunkelheit und nippte an einem Glas Bourbon. Um ein Haar ... Lieber Gott, sie wäre fast tot gewesen, und hat es nicht einmal bemerkt. Seine Hand zitterte noch immer, als er das Glas abstellte und nachschenkte. Jemand klopfte an die Tür und unterbrach den endlosen Fluß schrecklicher Visionen darüber, wie es auch hätte ausgehen können.

Kit stand unsicher auf und ging zur Tür.

»Ja?«

»Bull.«

Er öffnete die Tür. »Komm rein!«

»Du sitzt im Dunkeln?« fragte Bull besorgt.

»Margo schläft. Ich will sie nicht stören.« Er knipste eine Tischlampe an.

»Dann werde ich auch nicht lange bleiben. Ich habe mich mit unserem neuesten Relikt unterhalten. Er ist verwirrt und unglücklich, und er hat heftig protestiert, als ich ihm seine Waffen abgenommen habe. Ich habe ihn nicht einsperren lassen. Er schien begriffen zu haben, daß er die falsche Person angegriffen hat. Üblicherweise lasse ich jemanden, der mit gefährlichen Waffen herumspielt, nicht frei laufen, aber unter diesen Umständen ...«

»Ja«, entgegnete Kit müde.

»Ich kann ihn festsetzen, wenn du das willst.«

Kit sah auf. »Nein. Tu das nicht. Er war verwirrt und hatte Angst. Der Krieg kann merkwürdige Dinge mit dem Denkvermögen eines Mannes anstellen, ganz zu schweigen von dem Sturz in eine andere Zeit. Wie ist sein Name?«

»Kynan Rhys Gower.«

»Armer Teufel.«

»Ja. Es ist wirklich hart für die Vergangenen. Buddy hat

schon mit ihm gesprochen. Er sagt, der Mann zeigt die üblichen Reaktionen. Er ist verwirrt und verängstigt. Außerdem glaubt er, es sei in der Hölle. Ich wünschte, die Regierung würde sich um die armen Schweine kümmern, aber ich bin nicht sicher, ob das nicht noch schlimmer für sie wäre, als wenn wir sie einfach hierlassen.«

»Wenn die Regierung sich einmischt, wird alles schlimmer«, grunzte Kit.

Bull verzog sein Gesicht zu einem schiefen Lächeln. »Ist es eigentlich wahr? Wie geht es Margo?«

»Rachel hat sie mit fünfzehn Stichen im Arm und fünfzig im Bein genäht.«

»So schlimm?«

»Nein. Es waren nur oberflächliche Wunden, Gott sei Dank. Es wird ihr bald wieder gutgehen, wenn sie sich keine Infektion eingefangen hat. Rachel hat ihr Antibiotika gegeben.«

»Das ist gut. Ich habe gehört, sie hat einem kleinen Mädchen das Leben gerettet.«

Kit lächelte grimmig. »Ja, sie ist ein Held. Fast wäre sie ein toter Held gewesen.«

»Wenn du sie zum Time Scout ausbildest, dann solltest du dich allmählich an den Gedanken gewöhnen.«

Kit starrte auf die Wand. »Ich weiß, aber das macht es auch nicht einfacher.«

»Nein, natürlich nicht. Schlaf ein bißchen, Kit. Und laß den Schnaps weg.«

»Sicher, Boss«, grummelte er und sah auf. »Danke.«

»Keine Ursache«, erklärte Bull lächelnd. Plötzlich sah er nicht mehr aus wie eine lebende Legende, sondern einfach nur wie ein ganz normaler Mensch. Kit konnte ihm ansehen, daß er wirklich besorgt war, und das bedeutete ihm viel. Bull Morgan gab ihm einen freundschaftlichen Klaps auf den Oberarm. »Wir sehen uns, Kit. Sag Margo, daß ich nach ihr gefragt habe.«

Kit nickte und brachte ihn zur Tür. Dann schloß er ab und stellte den Bourbon weg. Er legte sich hin, doch es dauerte lange, bis er endlich Schlaf finden konnte. Er rang sich zu einer Entscheidung durch. Rom wäre der beste Ort für Margos nächsten Probelauf. Stur, frech und ungeübt …

Und wieder konnte Kit sie nicht begleiten.

Wieder ein Silberstreif am Horizont für Malcolm Moore, der sich zukünftig keine Sorgen mehr über seine Miete und sein nächstes Mittagessen machen mußte. Kit bewegte sich auf seiner Schlafstätte hin und her, auf der Suche nach einer bequemeren Position. Wenn er es recht bedachte, dann würde er Malcolm sogar bitten, wieder als Time Scout zu arbeiten, nur damit Margo einen erfahrenen Partner bekäme.

Ja, sicher. Sie wäre bestimmt unheimlich begeistert …

Er seufzte und fragte sich, wie sie wohl auf die Ankündigung einer weiteren Reise in die Vergangenheit reagieren würde. Möglicherweise betrachtete sie es einfach als Belohnung für ihre Heldentat. Kit bemerkte zunehmend, daß es nicht einfach war, Großvater zu sein. Er fragte sich, ob es jemals einen Zeitpunkt in Margos Leben geben würde, an dem er nicht mehr nur der Inbegriff der Gemeinheit für sie wäre. Immer, wenn es zwischen ihnen einmal gut zu laufen schien, passierte irgend etwas, und alles ging wieder schief.

Er dachte daran, daß sein Leben mit Sarah unglaublich ähnlich verlaufen war – und wie es geendet hatte.

Er lag still in der Dunkelheit, lauschte Margos gleichmäßigen Atemzügen aus dem Nebenraum und versuchte seine Angst niederzuringen, indem er die nächsten Schritte plante.

Es gelang ihm nicht besonders gut.

13. KAPITEL

Kynan Rhys Gower war ein Gefangener der Hölle.

Zwar behaupteten alle Leute, die in der Lage waren, mit ihm zu sprechen, etwas anderes; aber Kynan wußte trotzdem, daß er in der Hölle gelandet war, auch wenn sie nicht so aussah, wie die Priester sie beschrieben hatten. Der einzige Mann an diesem Ort, der ihn wenigstens ein bißchen an einen Priester erinnerte, war ein Mann namens Buddy. Dieser Mann hatte Kynan gesagt, daß er niemals von hier wegkommen würde – nicht nach Hause, nicht einmal zurück zu der verwünschten Schlacht gegen die Franzosen und ihr Hexenweib.

Der Schmerz, auf ewig von allem und allen getrennt zu sein, was er kannte und liebte, zerfraß sein Innerstes. Kynan hätte vielleicht verstanden, wenn ein König ihm verboten hätte, seine Leute wiederzusehen. Aber er konnte nicht verstehen, warum es von hier keinen Ausweg geben sollte. Wenn ein Hexer oder Dämon ein Höllentor in dieses diabolische Land hatte öffnen können, warum konnte er dann nicht auch ein Tor zurück entstehen lassen, durch das er hätte heimkehren können? Aber Buddy hatte Kynan gesagt, daß er die dunklen Berge von Wales und die Freude in den Augen seines Sohnes nie wieder sehen würde …

Immer wieder, wenn er sich mit dem Versuch quälte, irgendwelches Teufelszeug zu verstehen, das sein Begriffsvermögen überforderte, wünschte er sich, er könnte etwas oder jemanden zerstören. Aber sie hatten ihm seine Waffen genommen. Ohne sie war er kein richtiger Mann mehr, kein richtiger Mensch. Er war schlechter dran als die gemeinste walisische Küchenmagd, denn die hatte wenigstens ein Schälmesser.

Kynan schluckte seine Qual und seine Verwirrung, und er schluckte die Demütigung, die sein neuer Status – Sklave im Dienste der Satanischen Mächte – über ihn gebracht hatte.

Er arbeitete hart, um die Münzen zusammenzukriegen, die er brauchte, um für seine winzige Unterkunft und seine Mahlzeiten – Reis und sonderbares Gemüse – bezahlen zu können. Natürlich vermißte den er Genuß von Fleisch, doch er hatte nicht genug Geld, um welches zu kaufen.

Er haßte die seltsamen Vögel, die an diesem Ort lebten. Vögel mit Zähnen in ihren Schnäbeln. Jedesmal, wenn er sie beobachtete, wie sie sich einen bunten Fisch schnappten, den er sich nicht holen durfte, wurde sein Haß stärker. Wenn er nicht befürchtet hätte, sich damit den Zorn des hiesigen Herrschers zuzuziehen, dann hätte er schon längst eines dieser Viecher getötet und gegessen.

Statt dessen schleppte er widerspruchslos das Gepäck reicher Leute herum, deren Verhalten er kaum und deren Sprache er überhaupt nicht verstehen konnte, und zusätzlich nahm er noch einen zweiten Job als Reinigungskraft an. Er wischte die Flure dieses unheimlichen Ortes, an dem er gefangen war, doch seinen Kummer und seine Verbitterung behielt für sich. Aber immer, wenn er diesen Lackaffen sah, der ihm zuerst erzählt hatte, was mit ihm geschehen war, der über ihn gelacht hatte, während vier starke Männer ihn festhielten ...

Wenn Kynan den Mann sah, der sich Kit Carson nannte, dann wollte er mehr als nur zuschlagen. Dann wollte er töten.

Aber er hatte gesehen, wie der Mann in einer großen beleuchteten Halle, die »gym« genannt wurde, das Kämpfen geübt hatte. Sein Widersacher war ein geschickter und starker Krieger. Und er war ein Schurke. Wenn Kynan seine Schande rächen wollte, so mußte er aus dem Hinterhalt zuschlagen. Früher hätte er die Nase gerümpft über einen Mann, der eine derartige Attacke um seiner Ehre willen plante. Früher hätte er so einen Kerl einen Lump geschimpft. Aber früher war er nicht in der Hölle gewesen.

Und in der Hölle würde einem Mann vieles nachgesehen werden.

Kynan nahm seinen verhaßten Besen, fegte die verhaßten

Flure und sammelte den verhaßten Müll ein, während er sich bemühte, nicht mit den verhaßten arroganten ›Touristen‹ zusammenzustoßen. Er zog seine rollbare Mülltonne hinter sich her und warf den Dreck, den er aufsammelte, hinein. Später würde er dann die öffentlichen Mülleimer auf den ›*Commons*‹ leeren, die ›Plastiktüten‹ einsammeln und zu der ›Verbrennungsanlage‹ im ›Recycling-Zentrum‹ bringen. Die fremdartigen englischen Worte, die nicht wirklich englisch waren, bereiteten ihm Kopfschmerzen. Kynan sprach nicht viel Englisch, sein Anführer hatte die Kommandos in der Schlacht immer übersetzt. Aber das sogenannte Englisch hier …

Er schob seine Mülltonne zu einem Gebiet der ›*Commons*‹, das ›*Victoria Station*‹ genannt wurde. Jemand hatte ihm erzählt, es sei nach einer englischen Königin benannt worden, die England selbst regiert hätte, obwohl sie einen absolut geeigneten Ehemann hatte, der den Thron an ihrer Stelle hätte einnehmen können. Kynan hörte Gelächter und wurde noch wütender. Die Leute lachten nicht über ihn, aber er kam sich so verloren vor, daß er es einfach nicht ertragen konnte, wenn andere Leute sich amüsierten. Es erinnerte ihn nur daran, wie furchtbar allein er war.

Er sah auf und entdeckte eine Gruppe junger Leute, die damit beschäftigt waren, ein sonderbares Spiel mit Holzbällen und kleinen Toren aus Draht zu spielen.

Eine Welle des Schmerzes überkam ihn. Er fragte sich, was seine Frau und sein Sohn wohl gerade taten. Ob die Männer aus dem Dorf seinen Sohn lehren würden, mit Holzhammer und Bogen umzugehen? Würden die Männer überhaupt aus Frankreich zurückkehren? Was würde aus seiner Familie werden? Wieder fühlte er diesen endlosen tiefen Schmerz, der ihn so oft am Tag befiel.

Kynan streckte seinen Rücken durch. Er war ein Waliser, ein Kriegsveteran. Vielleicht hatte Gott ihn verlassen, aber der Satan würde ihn niemals kleinkriegen. Er würde ihm nicht die Genugtuung geben, unter der Last der Angst und

Verlorenheit zu kriechen. Kynan sah den Spielern zu und fragte sich, was diese Dämonen da taten.

Dann sah er die Hämmer.

Sie waren aus Holz und kleiner als der Holzhammer, den er normalerweise trug; aber es waren gute, hölzerne Hämmer. Kynan beobachtete das Spiel mit wachsendem Interesse. Die Leute schlugen mit den Hämmern gegen die Holzkugeln, die durch die kleinen Drahttore rollten. Ganz offensichtlich wußten sie überhaupt nicht, wie man mit einem Hammer umgeht. Trotz seiner geringen Größe würde der Hammer in einer geübten Hand eine gute Waffe sein. Wenn er einen Hammer wie diesen ...

Er zählte fünf Spieler. Dann entdeckte er einen hölzernen Karren, auf dem ein sechster Ball und ein sechster Hammer lagen. Niemand kümmerte sich darum. Vielleicht hatte Gott ihn doch noch nicht vollkommen im Stich gelassen. *Wenn ich schon nicht entkommen kann,* dachte er und starrte auf den Hammer, *dann kann ich doch wenigstens meine Ehre wiederherstellen.* Er manövrierte seine Tonne um die Spieler herum und sammelte unterwegs Papierfetzen und anderen Müll ein. Gelegentlich blieb er stehen, um den unvermeidbaren Vogeldreck zu entfernen. Dabei näherte er sich langsam dem Karren, in dem der Hammer lag, ohne daß irgend jemand auf ihn achtete. Auch die Zuschauer – viele von ihnen trugen merkwürdige Stöcke mit einem aufgespannten Tuch über sich, als wollten sie ihre Köpfe vor einer nichtvorhandenen Sonne schützen – beachteten ihn nicht.

Gut.

Blitzschnell verschwand der Holzhammer in seiner großen Mülltonne, und Kynan trat erfolgreich die Flucht an. Er atmete tief durch. Satans Knechte hatten den Diebstahl nicht bemerkt. Und falls der böse Herrscher selbst etwas gemerkt haben sollte, dann interessierte es ihn entweder nicht, oder er fand es amüsant, seinem jüngsten Opfer eine Chance zur Rache einzuräumen. Er berührte den versteckten Hammer mit den Fingerspitzen. *Nun bin ich wenigstens wieder ein Mann,* dachte er und hielt dabei die Augen geschlossen. Der Schurke, der über ihn gelacht hatte, würde schon bald bereuen, keine bessere Kinderstube gehabt zu haben.

Margos Verletzungen heilten schnell und komplikationslos, was für Kits Seelenfrieden von großer Bedeutung war. Er vergewisserte sich, daß ihr Bein einem Übungskampf standhalten würde, den Sven nutzen wollte, um ihre Leistung zu beurteilen.

»Es ist deine Entscheidung«, sagte Sven. »Tut es weh?«

»Nein«, gab sie zu. »Nicht wirklich. Ich habe mich nur schon so daran gewöhnt, das Bein zu schonen.«

Sven kommentierte diese Mitteilung mit einem finsteren Blick. Kit war klug genug, Abstand zu halten, als Sven seiner Enkelin erneuten Anlaß zur Schonung lieferte. Als er mit ihr fertig war, bestand sie nur noch aus einer schlaffen Masse aus Schweiß und schmerzenden Muskeln.

»Du bist außer Form«, erklärte Sven knapp. »Du mußt öfter trainieren.«

Margo war zu müde, um zu protestieren. Sie nickte nur noch.

»Wie wäre es mit einem Abendessen im *Delight*?« fragte Kit. »Als wir das letzte Mal hin wollten, wurden wir ja, äh, unterbrochen.«

Ein schwaches Lächeln huschte über ihr Gesicht. »Sicher, aber ohne wütende Soldaten.«

»Wir werden ihnen aus dem Weg gehen«, sagte Kit lächelnd.

Der walisische Bogenschütze schien die Begegnung mit Kit zu meiden. Soweit er gehört hatte, war Kynan dabei, die Probleme moderner Technologie kennenzulernen, die mit dem Leben auf einer Zeitstation einhergingen.

»Laß mich schnell duschen«, sagte Margo und verzog das Gesicht. »Ich stinke.«

Kit lachte und ging ebenfalls duschen. Kurz darauf waren sie wieder auf den *Commons* und unterwegs zum *Delight*.

Urbs Romae wirkte wie ausgestorben, denn die Tore, die in dieser Woche aktiv werden würden, lagen in anderen Bereichen der Station. Trotzdem hatte sich vor dem Eingang des *Delight* eine Besucherschlange gebildet. Als Arley Kit und Margo draußen stehen sah, winkte er sie herein.

»Hallo, warum steht ihr denn draußen. Euer Tisch wartet schon auf euch. Rachel hat mir erzählt, Ihre Wunden würden gut verheilen, junge Dame.«

Margo lächelte gequält. »Sven Bailey hat das gerade überprüft.«

Arley lachte. »Sie sehen müde und hungrig aus. Menü oder die Spezialität des Hauses?«

»Menü«, sagte Margo eilends.

Kit grinste. »Wirken die Aale immer noch nach?«

Margo setzte eine würdevolle Miene auf, die in krassem Widerspruch zu ihrer Jugend und ihrer Erschöpfung stand.

Arley blinzelte ihr zu. »Ich glaube, die heutige Spezialität wird Ihnen schmecken. Vertrauen Sie mir.«

»Warum habe ich dabei bloß so ein merkwürdiges Gefühl?« fragte Margo, als sie sich in den Stuhl sinken ließ, den Arley für sie hielt. »In Ordnung. Ich versuche es, was auch immer es sein mag.«

»Kit?«

»Ich auch.«

Der Eigentümer des *Delight* rieb sich die Hände. »Gut. Ich werde euch gleich eine Flasche mit passendem Wein bringen lassen.«

Es war ein Rotwein. »Nun, zumindest wird es kein Aal sein«, bemerkte Kit, als der Kellner ihnen einschenkte.

»Gott sei Dank.«

»Ich dachte, es hätte dir geschmeckt«, bemerkte er und setzte eine strenge Miene auf. »*Ab uno disce omnes*, Margo.«

Margo sah ihn nur an.

Kits Miene verfinsterte sich. »Margo, hast du das nicht verstanden?«

»Äh, nein?«

Sein Blick wurde noch düsterer. »Wie kommst du denn mit dem Latein voran?«

Auf ihrem Gesicht erschien ein vertrauter Ausdruck von Panik.

Oh-oh.

»Ich lerne!« sagte sie in einem verzweifelten Tonfall und fügte wie zum Beweis hinzu: »*Abeunt studia in mores!*»

»Du zitierst Ovid«, bemerkte er säuerlich. »Margo, nimm dir meine Anweisungen zu Herzen. Du mußt mehr tun. Erlerntes wird irgendwann zur Gewohnheit, aber das setzt ständiges Üben voraus.«

Er nahm sich vor zu prüfen, wie oft sie tatsächlich im Sprachlabor war. Sie müßte einen so einfachen Satz, wie »vom Einzelfall auf das Allgemeine schließen«, längst übersetzen können.

Sie preßte die Lippen zusammen. »Ich lerne ja. Ich versuche es zumindest. Gibt es denn keinen einfacheren Weg, um all diese Vokabeln und die furchtbaren unregelmäßigen Endungen zu lernen?«

»Unglücklicherweise nicht. Brian hat schon die besten Sprachlernprogramme installiert, die auf dem Markt sind. Aber lernen erfordert nun einmal Arbeit. Konstante harte Arbeit.«

Sie seufzte und versuchte es mit einem gewinnenden Lächeln, auf das er nicht mehr im mindesten hereinfiel. »Ich habe von Sven etwas Interessantes gelernt. Es gab da mal einen Kerl namens Musashi, ein Japaner aus der Edo-Zeit. Er war ein so guter Kämpfer, daß er aufhörte, mit richtigen Schwertern zu kämpfen und statt dessen ein Holzschwert benutzte. Ist das nicht toll? Ich frage mich, ob Sven das wohl auch könnte?«

»Vielleicht«, entgegnete Kit trocken. »Ich dachte, du beschäftigst dich mit der amerikanischen Geschichte, nicht mit der japanischen.«

»Tue ich ja«, sagte sie schnell, »aber Sven hat mir das heute während des Trainings erzählt. Ich hatte am Anfang Angst vor ihm, aber er kann wirklich interessant sein, wenn man ihn dazu bringt zu sprechen.«

Cleveres kleines Biest. Sie wechselt schon wieder das Thema.

»Hmm, ja. Ich glaube, das konnte man von Francis Marion auch sagen.«

Wieder zeigte sie keine Reaktion.

Kit schlug seine Serviette auf. »Mit welchem Teil der amerikanischen Geschichte beschäftigst du dich gerade? War es die Revolution?«

Margo lief tiefrot an. »Nun, ja. Das habe ich gelesen, ich meine, ich ...«

»Spar dir den Atem! Du hast nicht gelernt, oder?«

»Ich lerne, bis ich nicht mehr kann! Aber ich habe in der einen Woche in London mehr gelernt, als in der ganzen Zeit in der Bibliothek!«

»Margo ...«

»Nein, sag es nicht. Alles, was ich von dir höre, ist ›Margo, lern dies; Margo, tu das; Margo, paß auf; Margo, das war so gerade ausreichend!‹«

Kit dachte, sie würde jeden Augenblick in Tränen ausbrechen. »Ich bin lediglich besorgt um dich, Margo«, sagte er leise. »Vor dir liegen noch Jahre harter Arbeit, ehe du vielleicht ...«

»Jahre?« rief sie mit zitternden Lippen. »Aber ich habe nicht ...« Sie unterbrach sich und reckte trotzig das Kinn vor. »Ich brauche keine Jahre. Ich lerne schnell, und wenn ich etwas nicht weiß, dann improvisiere ich eben.«

Kit zuckte entsetzt zurück. *Improvisieren?* »Das kann nicht dein Ernst sein.«

Ihre Augen blitzten. »Und warum nicht? Ich bin doch auch in London gut zurechtgekommen, abgesehen davon, daß ich mit der Pistole nicht umgehen konnte, und das Problem habe ich auch gelöst. Frag Ann. Ich kann mit allem schießen, was sie mir gibt. Ich kann sogar mit einer Laserzielvorrichtung umgehen. Sven sagt, ich muß vermeiden, gesehen zu werden, und ich kann wirklich gut im Dunkeln herumschleichen.«

Kit beherrschte sich mühsam. »Du kannst keine Sprache improvisieren, Margo.«

»Nein, aber ich kann taubstumm improvisieren, und das ist ebenso gut! Verdammt, ich habe so hart gearbeitet. Ich verdiene eine Chance, es endlich auszuprobieren.«

Kit wußte nicht, ob er wütend oder einfach nur entsetzt sein sollte. »Du wirst deine Chance bekommen. Wenn ich der Meinung bin, daß du soweit bist.«

Für einen Moment saß sie nur schweratmend da. Tränen rannen über ihre Wangen. Dann sagte sie leise und in einem verletzten Tonfall: »Ich bin nicht mehr hungrig. Ich denke, ich werde gehen und weiterlernen.«

Sie stürmte an der Schlange wartender Touristen vorbei, die ihr erstaunt nachsahen. Kit ging ihr leise fluchend nach. Auf dem halben Weg zur Tür traf er Arley.

»Probleme?«

Kit nickte schwach. »Stornier unsere Bestellung und setz es mir auf die Rechnung!«

»Sie ist jung, Kit.«

»Das ist keine Entschuldigung. Es interessiert die Welt nicht im mindesten, wie alt du bist, wenn sie dir den Garaus macht.«

Arley ließ ihn ohne weitere Sympathiebekundungen gehen. Kit lief zur Bibliothek. Er mußte sie einfach zur Vernunft bringen. Nach London – und nach St. Giles – hatte er gehofft ... Aber sie begriff noch immer nicht, daß sie außer Kampftechniken auch Geschichte und Sprachen kennen mußte, um überhaupt die Chance zu haben, einen Kampf zu vermeiden. Sie hatte ganz sicher verstanden, wie wichtig Unsichtbarkeit war, aber sie begriff nicht, daß auch Wissen eine Möglichkeit war, sich unsichtbar zu machen.

Zeitforschung war ein Metier, auf das sich ein Mann jahre-, manchmal jahrzehntelang vorbereitete, und das nur, um dann trotzdem in Schwierigkeiten zu geraten, weil er irgendein kleines, scheinbar unwichtiges Detail übersehen hatte. Er mußte ihr das irgendwie klarmachen. Sie mußte sich einfach die Zeit nehmen, die für ihre Vorbereitung notwendig war.

Andernfalls würde er sie so sicher verlieren, wie er Sarah verloren hatte.

Er bog bei Lis Antiquitätenladen um die Ecke, als sein sechster Sinn seine Nackenhaare in Aktion brachte. Er sah sich um …

… und bemerkte gerade noch rechtzeitig den schweren hölzernen Kricketschläger, der mit tödlicher Wucht auf seinen Schädel zuraste.

Instinktiv hob er den rechten Arm, um den Schlag abzuwehren. Der Aufprall fuhr ihm schmerzhaft wie ein Elektroschock durch die Knochen, aber es war ihm gelungen, den schweren Holzhammer von seiner Bahn abzulenken. Die Waffe verfehlte knapp seine Schläfe. Sie zischte so nah an ihm vorbei, daß der Luftzug sein Haar in Bewegung versetzte. Kit sprang auf den Angreifer zu, packte ihn und führte eine schwungvolle Drehung aus, mit der er den Mann mit dem Gesicht voran gegen die Mauer schleuderte. Beide, der Kricketschläger und ein menschlicher Schädel, stießen mit einem lauten Krachen gegen die Betonwand.

Der Schmerz betäubte Kit für einen Moment, ehe er wieder abflaute und einem dumpfen Pochen Platz machte. Er tastete seine Brust nach Verletzungen ab und hoffte, daß er nichts finden würde. Dann rappelte sich der Angreifer an der Wand wieder hoch.

Oh, Scheiße …

Der Waliser.

»Schurke!« Kynan Rhys Gower spuckte ihn an. »Elender Hund!«

Der Waliser griff wieder an. Er hielt den Holzhammer in klassischer Weise über seinen Kopf und stürzte auf Kit zu. Kit, dessen Arm nicht einsatzfähig war, sah nur eine Chance. Er verpaßte dem Soldaten einen Tritt in die Hüfte, der ihn etwa in Höhe des Schambeins traf. Kynan Rhys Gower klappte zusammen, und der Hammer zischte gefahrlos über Kits Rücken hinweg.

Kit bereitete sich auf einen weiteren Angriff vor, während der Waliser mühsam wieder aufstand.

»Können wir nicht darüber reden?« keuchte Kit in Kynans Muttersprache. *Wo, zum Teufel, hatte der Kerl den Kricketschläger her?*

Statt einer Antwort schwang der Waliser wieder den Hammer. Dieses Mal kam er von der Seite. Kit konnte nicht mehr rechtzeitig ausweichen, und der Schläger landete krachend in seinen Rippen. Kit fühlte, wie sie brachen, und für einen Augenblick verschwamm die Umgebung hinter einem grauen Schleier, während seine Stimmbänder merkwürdige Töne produzierten ...

Glücklicherweise litt Kynan noch unter den Nachwirkungen des Tritts. Das gab Kit die Chance, sich wieder aufzurappeln, noch während der Waliser den Hammer wieder in Position brachte.

So, nun reicht's ...

Es wurde Zeit für einen schnellen Gnadenstoß, um diesen Unsinn zu beenden.

Kit griff an. In einer einzigen Bewegung fegte er mit dem Arm den Hammer beiseite und rammte dem Angreifer die Schulter in den Brustkorb. Wieder fühlte er Rippen brechen, aber dieses Mal waren es nicht seine. Allerdings fuhr eine fürchterliche Woge des Schmerzes durch seinen eigenen malträtierten Brustkorb. Kynan heulte auf und versuchte, ihn mit dem Schläger abzuwehren.

Kit schnappte sich den schweren hölzernen Kopf des Hammers, riß ruckartig daran, drehte Kynans durchgestreckten Arm und zog die Behelfswaffe herab. Kynan stöhnte auf, als sein Handgelenk nach hinten knickte. Kit drehte den Hammer kurz zur Seite, und Kynan war entwaffnet.

Der Waliser blinzelte vor Schmerz und Überraschung. Der Schurke hatte ihm die Waffe abgenommen, noch ehe er wußte, was eigentlich geschah.

»Also gut«, stöhnte Kit. »Ich weiß nicht, was du für ein Problem hast ..., und ich bin nicht rachsüchtig ...«

Kynan wollte erneut auf ihn losspringen. Seine Finger hielt er wie Klauen gekrümmt, bereit zu greifen, was immer er erwischen konnte.

»... aber das muß jetzt aufhören ...«

Kit schwang den Holzhammer und erwischte Kynans Ellenbogen genau auf dem Musikknochen – und gerade hart genug, um einen unangenehmen Effekt zu erzielen, ohne ihm gleich den Arm zu brechen. Kynan gab ein gurgelndes Geräusch von sich und griff nach seinem schmerzenden Ellenbogen. Kit versetzte ihm einen letzten Schlag gegen die Brust, dann brach Kynan mit einem weinerlichen Laut zusammen.

»Auu ...«

Kit hielt den Hammer locker in der Hand, bereit zuzuschlagen, falls es notwendig sein würde. Kynan saß auf dem Steinboden und begutachtete seine Wunden. Dann sah er Kit an. Offensichtlich wußte er, daß Kit ihn in der Hand hatte.

Ebenso offensichtlich erwartete er zu sterben.

Kits Wut verrauchte augenblicklich. Er holte einige Male tief Luft. »Gibst du auf?« fragte er dann sanft.

Kynan sah ihn überrascht an. Er blinzelte unsicher, sagte aber nichts.

»Ich würde gern wissen, warum du versucht hast, mich umzubringen.«

Jetzt antwortete er. »Niemand lacht ungestraft über Kynan Rhys Gower! Du hast mir die Ehre geraubt, die Seele ... verflucht sollst du sein! Bring es zu Ende und töte mich!«

So sehr Kit sich auch bemühte, er konnte sich an nichts erinnern, was den Waliser auf den Gedanken gebracht haben könnte, er würde ihn auslachen. »Wovon sprichst du? Wann soll ich dir die Ehre geraubt haben? Wann habe ich dich ausgelacht?«

Kynan warf ihm einen Blick zu, der einen anderen Mann erschreckt hätte zurückweichen lassen. Doch Kit blieb ruhig stehen und zwang seinerseits Kynan dazu, den Blick zu senken.

»Du hast diesem Weib gestattet, mich zu demütigen«, knurrte er. »Dann hast du gegrinst, wie es nur ein geifernder Schurke wie du tun kann, als ich wehrlos in der Gewalt von vier Männern war!«

Kit war völlig perplex. Er war erst dazugekommen, als der Kampf schon zu Ende war – wie hätte er irgend jemandem gestatten können, diesen Mann zu demütigen, obwohl er nicht einmal dabei gewesen war? Langsam bekam er dennoch eine Vorstellung davon, was dieser Mann meinte. Gleichzeitig mit dieser Erkenntnis verspürte er den dringenden Wunsch, einen mittelalterlichen Dickschädel mit einem Kricketschläger zu zertrümmern. Hätten seine Rippen nicht so geschmerzt, dann hätte er es vielleicht getan.

»Diese Frau«, zischte er, »ist meine Enkelin. Du hast versucht sie umzubringen – nachdem sie von diesem verdammten französischen Schlachtroß verletzt worden ist, als sie einem kleinen Kind das Leben gerettet hat! Ich habe dich nicht ausgelacht! Ich habe nicht einmal an dich gedacht! Ich habe nur vor bloßer Erleichterung gelächelt, als ich sah, daß meine Enkelin ihr Bein nicht verlieren würde!«

Zweifel traten in Kynan Rhys Gowers Gesicht. Ein schwacher Trost, angesichts dessen, daß er Kit beinahe umgebracht hatte.

Kit berührte Kynans Brust mit dem Holzhammer. »Ist es nicht schlimm genug, daß du eine Dame angegriffen hast? Nun gehst du auch noch los und versuchst, den Mann zu ermorden, dessen Familie durch dich Unrecht widerfahren ist!«

»Ich ...«

»Sei still und hör mir zu! Ich habe niemandem ›gestattet‹ dich zu demütigen und ganz sicher nicht Margo. Ich war nicht einmal dabei, als du sie angegriffen hast. Du solltest dich lieber an ein paar Dinge gewöhnen, Kynan Rhys Gower. Hier kommt das erste: Frauen sind hier gut darauf vorbereitet, sich selbst zu verteidigen, wenn sie ein Lump mit einem riesigen Holzhammer angreift.«

Kynan preßte die Lippen zusammen. »Lump, sagtest du?«

Kit fluchte in sich hinein. »Wie würdest du einen Mann nennen, der ein gerade achtzehnjähriges Mädchen angreift, das so schwer verletzt ist, daß es genäht werden muß? Und dann auch noch loszieht, um einem Mann den Schädel einzuschlagen, statt Genugtuung zu verlangen – oder wenigstens eine Erklärung?«

Kynan antworte nicht. Nicht daß Kit das erwartet hätte, er versuchte nur stets, vernünftig mit den Leuten zu reden, wenn es die Umstände gestatteten. Unglücklicherweise gab es Menschen, die davon nichts hielten. Kit empfand plötzlich einen heftigen Widerwillen gegen die ganze Sache, seine eigene Wut eingeschlossen. Wenn er dem Waliser hätte trauen können, dann wäre er einfach gegangen und hätte Kynan mitten in den *Commons* auf seinem Hintern sitzen lassen.

Glücklicherweise kamen endlich Sicherheitsleute angelaufen. Mike Benson zog Kynan auf die Füße und hielt ihn in einem Sicherheitsgriff mit auf dem Rücken verschränkten Armen; dann, mit einer schnellen Bewegung, stieß er ihn mit dem Gesicht voran auf den Boden nieder und zwang ihn dadurch in die Knie. Der Waliser gab ein schmerzgepeinigtes Stöhnen von sich.

»Besser, ihr laßt ihn medizinisch untersuchen«, seufzte Kit. »Ich habe ihm wohl ein paar Rippen gebrochen.«

Mike Benson verzog das Gesicht. »Er hat's verdient, würde ich sagen. Wo hat der Mistkerl die Waffe her?«

»Woher, zum Teufel, soll ich das wissen«, murrte Kit und reichte ihm den Kricketschläger. »Ich werde mich bei den Sportgeschäften erkundigen, ob irgendwo einer fehlt.«

Robert Li ließ sich aus dem Eingang seines Geschäfts vernehmen: »Ich glaube, er hat ihn einer Gruppe Studenten gestohlen, die sich auf die Londoner Gartenpartys vorbereiten wollten. Ich habe gehört, wie sie sich darüber unterhalten haben, daß einer ihrer Schläger fehlt.« Er sah Kit an. »Tut mir leid, Kit. Ich hätte nicht gedacht, daß der Diebstahl einen so ernsten Hintergrund hat. Ich habe es eher für einen Scherz gehalten. Bist du in Ordnung?«

Kit nickte kurz. »Mit geht's gut.« Eher würde die Hölle gefrieren, als daß er seine gebrochenen Rippen erwähnte. Er würde Rachel Eisenstein notfalls bestechen, damit sie den Mund hielt.

Benson wies seine Leute an, Kynan in eine Arrestzelle zu bringen. Der Waliser machte den Eindruck, als würde er sich zur Wehr setzen wollen, doch dann sah er Kit an und humpelte mit seinen Bewachern davon.

»Du hast eine verdammt merkwürdige Körperhaltung, Kit«, bemerkte Mike Benson. Er war ein kräftiger Mann mit zurückweichendem grauen Haar, der unaufhaltsam auf die Sechzig zuging. Seine eisigen blauen Augen hatten alles gesehen – und manches davon mehrmals. »Wie geht es denn deinen Rippen?«

Au, zur Hölle …

Ohne weiter zu fragen, zog Benson Kits Hemd hoch. »Hmm … Besser, du läßt das röntgen. Ich glaube, er hat dir auch ein paar gebrochen.«

»Ich werde mich darum kümmern«, versprach Kit.

»Warum wollte der Kerl dich auseinandernehmen?«

Kit erzählte, was geschehen war.

Mike Benson fuhr sich mit der Hand durch sein schütteres Haar und machte den Eindruck, als suche er verzweifelt nach Worten. Er starrte auf Kits Rippen und plapperte dann einfach los: »Kit, dieses Mädchen hat nichts als Ärger gebracht, seit sie hier ist. Nichts gegen sie, aber sie zieht die Scheiße regelrecht an.«

»Großartig. Was hat sie denn noch angestellt, ohne daß ich es weiß?«

»Nichts Illegales, falls dich das beunruhigt. Nur …, na ja, du solltest auf sie aufpassen. Skeeter Jackson und der gelegentlich betrunkene Milliardär sind nicht die einzigen Hitzköpfe, die ihr nachgieren.«

Phantastisch, einfach wunderbar.

Ein strapaziertes Lächeln huschte über das Gesicht des Sicherheitschefs. »Zumindest ist das Leben hier wesentlich interessanter, seit sie da ist. Den Aufpasser für Touristen zu spielen ist manchmal genauso spannend, wie eine quasselnde Horde Grundschüler zu bändigen. Wenn mir danach der Sinn gestanden hätte, dann wäre ich bei der Einheit in Chicago geblieben.«

Kit lachte unter Schmerzen. »Das hättest du keine sechs Wochen durchgehalten. Du bist doch regelrecht süchtig nach den Irren hier im La-La-Land.«

»Vielleicht bin ich das. Aber schließlich könnte ich dasselbe von dir sagen. Du könntest auch schon seit Jahren wieder in der Realzeit leben. Warum hängst du immer noch hier herum?«

Kit versuchte, sich etwas entspannter hinzustellen, doch das war ein Fehler. Er stöhnte leise auf und korrigierte wieder seine Haltung. »Frag mich mal! Reine Boshaftigkeit dir gegenüber, nehme ich an. Was willst du mit Kynan machen?«

Ein gequältes Grinsen huschte über Bensons Gesicht. »Bull hat mich angewiesen, auf ihn aufzupassen. Er hätte ihn fast schon wegen des Angriffs auf Margo eingesperrt. Ich denke, wir werden ihn einen Monat in Sicherheitsverwahrung nehmen« – *Knast*, dachte Kit – »und dann wird sich der Gemeindedienst um ihn kümmern. Sie werden ihm ein paar neue Verhaltensweisen beibringen müssen, ehe wir ihn wieder auf die Menschheit loslassen.«

»Armer Kerl«, bedauerte Kit. »Machmal denke ich, wir würden es den Vergangenen leichter machen, wenn wir sie einfach unter Drogen setzten, bis sich ihr Tor wieder öffnet.«

»Sicher«, entgegnete Benson achselzuckend. »Aber manche Tore öffnen sich nie wieder, das weißt du auch. Sieh zu, daß Rachel dich untersucht.«

»Ach, ich habe mich schon mit schlimmeren Verletzungen durch einen Schweinestall gewälzt. Das würde ja aussehen, als wäre ich wehleidig geworden, seit ich im Ruhestand bin, so als ob ich ...«

Benson unterbrach ihn grinsend. »Schweinestall? Die Geschichte mußt du mir bei Gelegenheit erzählen.«

Kit lachte. »Sicher. Du zahlst das Bier, und ich erzähle.«

»Gemacht. Halt dich von Ärger fern.«

Kit sah ihm nach, als er davonschlenderte und stöhnte. Seine Rippen schmerzten furchtbar.

Er hatte keine Lust, sich jetzt noch mit Margos Lernverhalten zu befassen. *Besser, ich krieche zu Rachel und lasse meine Verletzungen untersuchen*. Mit ein bißchen Glück würde die Aussicht auf eine weitere Reise in die Vergangenheit Margo wieder besänftigen. Und die Reise selbst sollte ihr begreiflich machen, daß sie mit Improvisation nicht viel erreichen würde.

»Wie weit ist es mit dir gekommen, Kit«, murmelte er auf dem Weg durch die *Commons*, »daß du versuchst, deine eigene Enkeltochter mit teueren Reisen zu bestechen?«

Es war zu spät, sich darüber noch viele Gedanken zu machen. Außerdem brauchte Margo dringend eine Lektion über den Umgang mit Menschen, die eine fremde Sprache sprachen und deren Gebräuche ihr vollkommen fremd waren. *Porta Romae* war die sicherste Möglichkeit, ihr diese Erfahrung zu vermitteln.

Margo, allein in Rom, war eine so fürchterliche Vorstellung, daß sie auch den unbekümmertsten Scout in Angst und Schrecken versetzt hätte. Und Kit war niemals während seiner gesamten Laufbahn unbekümmert gewesen. Er fragte sich betrübt, wann der Ärger endlich aufhören und der Spaß beginnen würde. So wie das Schicksal in der letzten Zeit mit ihm umgesprungen war, vermutlich niemals.

»Malcolm ist schuld«, beschloß er. »Sein Pech färbt ab.«

Etwas Besseres fiel ihm zu der ganzen Sache nicht ein.

14. KAPITEL

Porta Romae, das römische Tor, führte in den Lagerraum eines florierenden Weinhandels an der Via Appia. Diese Hauptstraße des antiken Roms führte von dem Tor aus zum Circus Maximus, dort beschrieb sie einen Bogen Richtung Norden zum Berg Palatin, dem Heim der Götter und Cäsaren.

Der riesige Circus ragte wie ein Schlachtschiff über der Ebene empor, und seine mächtige Silhouette hob sich eindrucksvoll gegen den strahlenden Himmel ab. Ursprünglich war der Circus nur eine offene Fläche gewesen, auf der die Etrusker ihre ebenso heiligen wie tödlichen Wagenrennen abhielten. Im Lauf der Jahrhunderte war daraus ein monumentaler Circus mit hochaufragenden Tribünen aus Holz und Stein geworden, der die Niederung zwischen dem Palatin und dem Aventin – einem der heiligsten Plätze des alten Roms – dominierte.

Die aufgeheizte Atmosphäre, die stets über der Stadt lag, wenn Circusspiele bevorstanden, war allgegenwärtig, sobald man durch das Tor trat. Die Schreie gefangener Tiere, das schrille Wiehern nervöser Rennpferde und das Stimmengemurmel der Römer, die Wetten abschlossen, stritten, lachten und Essen bestellten, war einzigartig.

Porta Romae war das erste der großen Tore, die erforscht worden waren (und später die erste große Einkommensquelle von *Time Tours*). Malcolm war die Möglichkeit, durch dieses Tor zu gehen, jeden Moment des Schmerzes, der Unsicherheit und der Armut wert, die das Dasein eines freien Zeitführers begleiteten. Immer wenn er durch dieses Tor auf den Boden aus festgestampfter Erde trat und sich inmitten einer Horde aufgeregter Touristen wiederfand, konnte er fühlen, wie etwas in seinem Innersten wieder zum Leben erwachte.

Mitten durch die Feierlichkeiten zur Magna Mater zu schlendern, war sozusagen die Sahne auf der Torte.

Malcolm hatte schon einige Male Touristen in das alte Rom begleitet, doch es war ihm nur zweimal gelungen, die Hilarien und die Ludi Megalenses mitzuerleben – und dieses Jahr würde laut Kaiserlichem Beschluß die Prozession des Attis zum ersten Mal in ihrer ganzen Pracht durch die Straßen von Rom ziehen dürfen. Malcolm konnte sich ein erwartungsfrohes Grinsen nicht verkneifen.

Margo war dagegen auf die Reise nach Rom ebensowenig vorbereitet wie zuvor auf die nach London. Sie hatte keine Vorstellung davon, was die vor ihr liegenden zwei Wochen mit sich bringen würden. Malcolm dachte daran, wie dieser nachdenkliche und gleichermaßen naive junge Geist in London gegen unbekannte, schreckliche Geister seiner Vergangenheit angekämpft hatte, fest entschlossen, seine Zukunft sinnvoll zu gestalten. Angesichts des Leuchtens in ihren jungen Augen war Malcolm recht zuversichtlich. Er war gespannt, welche Fortschritte sie machen würde und hoffte, sie würde seine Erwartungen übertreffen.

Gleich nach der Ankunft hatte Malcolm Margo daran erinnert, ihr ATLS abzulesen. Er zog sie beiseite, ließ sie die Ablesung machen und die Daten in ihr Logbuch eintragen. Er überprüfte ihre Arbeit zweimal und konnte keinen Fehler entdecken. »Sehr gut!«

Sie strahlte.

Malcolm nahm seine eigenen Eintragungen vor und verstaute die Ausrüstung dann in einer authentisch aussehenden Tasche. Danach richtete er seine Sklavenplakette und überprüfte den Sitz von Margos provinziellem Gewand.

»Ich will, daß sie aussieht wie ein Händler aus einer weit entfernten Gegend«, hatte Kit gesagt, als sie bei Connie Logan waren. »Irgendwelche Vorschläge?«

»Syrien«, hatte Malcolm vorgeschlagen. »Palmyra wäre passend.«

»Warum Palmyra?« hatte Margo neugierig gefragt.

»Palmyra war im Rom des Jahres 46 nahezu unbekannt.

Wir wollen schließlich kein Mißtrauen erwecken, weil Sie keine einzige Sprache des Altertums beherrschen. Auf diese Weise kann zwar niemand mit Ihnen sprechen, aber ich kann übersetzen, und darum ist es auch gleichgültig, wieviel Sie selbst über Palmyra wissen, denn ich kenne die richtigen Antworten. Die Römer haben Palmyra etwa sechsunddreißig Jahre zuvor zu einer autonomen Region im römischen Syrien erklärt und nur sehr lose Handelsbeziehungen dorthin aufgenommen.«

Connie hatte ein wunderschönes Kostüm für Margo ausgesucht: eine parthische Tunika mit prachtvollen weiten Hosen, alles in verschiedenen weinroten Tönungen. Metallene »Strumpfhalter« fixierten die Hose an den goldbestickten Säumen der Tunika. Die Hosen fielen, genau wie die langen Ärmel der Tunika, in vielen weichen Falten. Über der Tunika trug sie einen Umhang, der in lockeren Falten über ihrem Rücken lag und dazu persische Schuhe. Abgerundet wurde das Kostüm durch einen Gürtel, an dem eine Scheide für einen großen Dolch hing.

Als Margo hörte, was ihre Maskerade kosten würde, erbleichte sie. »Was? So viel?«

Connie grinste. »Das kannst du dir nicht vorstellen, was?«

Margo betrachtete die halbfertigen Kleidungsstücke, die überall in Connies Studio herumlagen, an dessen Wänden computergesteuerte Nähmaschinen standen. »Allerdings nicht.«

»Die Kettenstich-Nähmaschine wurde im Jahre 1830 erfunden, die Doppelsteppstichmaschine sogar noch später. Vorher wurden alle Kleider von Hand genäht.«

»Aber nicht alle Ihre Kostüme sind so teuer. Nicht einmal annähernd. Warum also dieses? Ist der Stoff etwa auch noch handgewebt?«

Connie lachte. »Nein, obwohl ich das auch schon gelegentlich gemacht und Stunden an einem Handwebstuhl verbracht habe. Die meisten Kostüme können durchaus maschinell hergestellt werden. Selbst für die Zeit, bevor es

Nähmaschinen gab, läßt sich etwas zurechtpfuschen. Nimm zum Beispiel das hier.«

Sie nahm einen aufwendigen Mantel vom Haken und reichte ihn Margo.

»Dies ist ein englischer Mantel aus dem achtzehnten Jahrhundert. Eines unserer kleineren Tore öffnet sich etwa alle fünf Jahre in die Kronkolonie Virginia. In ungefähr einem Monat ist es wieder soweit. Einige Forscher werden ihre nächsten Freisemester dazu nutzen, sich Williamsburg genauer anzusehen.« Sie kicherte. »Und Goldie Morran wird alles daransetzen, Chinametall dorthin zu exportieren. Die Forscher werden es ihr dankbar abnehmen, um die Reisekasse aufzubessern.«

»Chinametall?« fragte Margo. »Was soll das denn sein?«

»Neusilber«, erklärte Malcolm grinsend. »Das ist Nickel, von Silber keine Spur. Es ist eine Legierung verschiedener Metalle. Man benutzt es für billigen Schmuck, Kerzenhalter, Bestecke und so weiter.«

»Ja«, stimmte Kit zu, »aber in Williamsburg ist es so gut wie Gold.« Er blinzelte Connie zu. »Ebenso wie Connies Kostüme.«

Connie grinste. »Wo wir gerade dabei sind ... Dieser Mantel hat gute achtzehn Meter Nahtlänge. Per Hand schaffe ich in einer Stunde vielleicht fünfundzwanzig Zentimeter. Mit der Maschine dauert das nur ein paar Sekunden. Wenn ich pfusche, dann stelle ich die Maschine so ein, daß sie nicht ganz regelmäßig näht, dann kann man nicht mehr erkennen, daß es gar keine Handarbeit ist. Ich kann also einen ganzen Mantel in ein paar Stunden fertig haben. Aber das geht nicht bei Ziernähten und Stickereien. Da würden die minimalen Schwankungen der Handarbeit erkennbar fehlen. Irgendwer in der Vergangenheit würde es bemerken. Mode war schon immer ein Blickfang. Nicht nur für die, die sie sich leisten konnten, sondern ebenso für die Armen, die versuchten, auf ihre Weise den neuesten Trend zu kopieren. Deswegen kann ich einige Dinge nur mit der Hand machen.

Was nun dein palmyrisches Kostüm angeht, so konnte ich

daran gar nicht pfuschen. Es kostet mich unzählige Stunden, so etwas anzufertigen. Ich muß nicht weben oder das Garn spinnen, aber allein die Stickereien sind mörderisch. Ich werde mehrere meiner Mitarbeiter daran setzen müssen, um es rechtzeitig fertig zu haben.«

»Und das ist teuer«, seufzte Margo und sah Kit und Malcolm wie ein begossener Pudel an. »Ich schätze, ich sollte es besser nicht schmutzig machen.«

Alle drei waren in Gelächter ausgebrochen.

Allerdings konnte Malcolm nun an ihren vorsichtigen Bewegungen erkennen, daß sie tatsächlich Angst hatte, die wertvolle Kleidung zu ruinieren.

»Margo«, sagte er, »nur eine Kleinigkeit ...«

Margo bemühte sich gerade, nicht mit einigen staubigen Weinfässern in Berührung zu kommen. »Was denn?«

»Dieses Kostüm ist dafür gemacht, getragen zu werden. Es mag teuer gewesen sein, aber es ist kein Museumsstück. Wenn Sie sich weiter so bewegen wie jetzt, dann wird irgendein römischer Snob annehmen, Sie wären ein käuflicher Puer Delicatus.«

Margo sah ihn vollkommen verständnislos an.

»Hübsche Knaben, die für ein Bordell oder das heimische Bett vorgesehen sind, bringen auf dem Sklavenmarkt mehr Geld ein als schöne Mädchen.«

Nun zeigten ihre Augen maßloses Entsetzen.

»Das hier ist nicht Minnesota. Und es ist auch nicht London. Die Moralvorstellungen hier sind vollkommen anders, absolut nicht vergleichbar. Dasselbe gilt für die Gesetze. Also, stolpern Sie hier nicht rum wie jemand, der Angst hat, seine Kleider zu verschmutzen. Sie sind ein wohlhabender junger Fremder, der Sohn eines reichen Händlers in einem der reichsten Wüstenstaaten der alten Welt. Benehmen Sie sich dementsprechend.«

Sie klappte ihren Unterkiefer wieder hoch. »Okay, Malcolm.«

»Sehen Sie sich die reichen Römer auf der Straße genau an. Studieren Sie ihre Körpersprache, ihre Gesten. Sie unterscheiden sich ebenfalls erheblich von unseren. Wenn Sie ein ›ja‹ andeuten wollen, dann tippen Sie sich an den Hinterkopf, für ›nein‹ legen Sie die Finger ans Kinn.« Er demonstrierte es ihr. »Wenn Sie den Kopf schütteln, dann fragt sich Ihr Gesprächspartner nur, ob etwas mit Ihren Ohren nicht stimmt.«

»Was ist, wenn ich einen Fehler mache?«

»Intelligente Frage. Die Römer sind ziemlich grausam, wenn es um die Verteidigung ihrer Sitten geht. Sie entpuppen sich schnell als urweltliche Barbaren, ohne die Vorzüge der Intelligenz, der Manieren oder der Kultur.«

»Schlimmer als die Victorianer?«

»Viel schlimmer«, sagte Malcolm trocken.

»Wie schade. Es ist komisch, so etwas über Menschen zu sagen, die ... soviel für die Welt getan haben.«

Malcolm seufzte. »Margo, Sie müssen wirklich noch sehr viel lernen.«

»Ich weiß! Ich lerne! Und ich lerne noch mehr, wenn wir zurück sind! Zumindest kann ich Ihnen ganz genau erzählen, was Francis Marion je in seinem Leben gesagt, getan oder auch nur gedacht hat.«

Sie ist immer noch beleidigt. Die Gerüchteküche im La-La-Land war heißgelaufen, nachdem Margo mit Tränen in den Augen aus dem *Delight* fortgelaufen war und sich in der Bibliothek verschanzt hatte, während Kit fast dem Holzhammer eines Soldaten aus einer längst vergangenen Zeit zum Opfer gefallen wäre. Malcolm bedauerte diesen Streit zwischen ihr und Kit zutiefst, obwohl das der ausschlaggebende Grund für ihre Reise war. Er sollte Margo klarmachen, wie wichtig das Lernen für sie war, und er nahm seine Aufgabe sehr ernst.

Plötzlich mußte er krampfhaft ein Grinsen unterdrücken. Wenn die Hilarien und die Ludi Megalenses sie nicht überzeugen würden, was dann?

Ein Führer von *Time Tours* öffnete die Außentür, um mit den Leuten im Weinhandel zu sprechen. Der Lärm, der von der Via Appia hereindrang, löste eine Welle aufgeregten

Gelächters unter den Touristen aus. Dann wurde die schalldichte Tür wieder geschlossen, und der Zeitführer stieg auf eine Holzkiste, um die Aufmerksamkeit der Anwesenden auf sich zu lenken.

»Wie Sie wissen, werden wir in einem Gasthaus untergebracht sein, das *Time Tours* im Aventinus-Distrikt erworben hat. Es liegt westlich der Bäder des Decius und südwestlich der Tempel von Minerva und Luna und damit sehr nahe am Circus Maximus im Zentrum der ewigen Stadt. Es ist also auch nicht weit von hier entfernt. Wir werden zuerst dorthin gehen, denn es ist lebenswichtig, daß jeder von Ihnen den Weg dahin findet. Wenn Sie sich verlaufen, dann gehen Sie zum Circus, von dort aus werden Sie zurückfinden. Die wichtigste Anweisung für Sie lautet: Gehen Sie nirgends ohne Ihren Führer hin! Derzeit leben über eine Million Menschen in Rom, ganz zu schweigen von den vielen tausend Besuchern, die wegen der Spiele der Magna Mater hier sind. Sie kennen weder die Sprache noch die Gebräuche. Wenn Sie ohne Ihren Führer losziehen, können Sie schnell in die größten Schwierigkeiten kommen. Unsere Träger werden sich um Ihr Gepäck kümmern, denn kein freier Mann und keine freie Frau trägt in dieser Zeit seine Sachen selbst. Sie wissen auch, daß Sie in der Nacht nicht hinausgehen sollen. Rom ist nachts eine extrem gefährliche Stadt, nicht einmal die herrschende Klasse wagt sich im Dunkeln nach draußen. Gut ... Gibt es irgendwelche Fragen?«

»Was geschieht, nachdem Sie uns das Hotel gezeigt haben?« fragte ein Mann aus der Gruppe heraus.

»Sie wurden bereits Ihren Reisegruppen zugeteilt. Jede Gruppe wird eine bestimmte Reiseroute verfolgen, die sich nach der Auswahl richtet, die Sie auf dem Time Terminal getroffen haben. Heute ist das Fest des Attis. Es wird zum ersten Mal in der Geschichte eine Prozession zu seinen Ehren stattfinden. Dazu kommen die üblichen Feierlichkeiten und die Priesterweihe. In drei Tagen beginnen die Hilarien. Die Ludi Megalenses fangen am vierten April an und dauern bis zum zehnten, sie beinhalten die Circusspiele und ein tägliches Rennen. Es gibt Wagen- und Pferderennen. Morgens werden die wilden Tiere zu sehen sein und nachmittags die Gladiatorenkämpfe.

Wenn die Spiele eröffnet werden, wird sich alles um die Plätze reißen. Wir müssen also schnell sein, um uns unsere Plätze zu sichern. Bereiten Sie sich darauf vor, bereits bei Sonnenaufgang in den Circus zu gehen. Das Tor wird sich kurz nach Mitternacht am elften April wieder öffnen. Sie werden dann vermutlich erschöpft sein, also passen Sie auf, daß Sie die Abreise nicht verpassen.«

»Was ist mit der Lotterie?« fragte ein anderer Mann.

»Wir haben die Gewinner der Messalina-Lotterie bereits gezogen, aber die Ergebnisse werden erst morgen bekanntgegeben. Wie Sie wissen, wird es nur drei Gewinner geben und die Liaison muß vorsichtig arrangiert werden. Unser Mitarbeiter im Palast wird sich darum kümmern. Da aber Claudius in der Stadt ist, müssen wir besonders vorsichtig sein. Sie wissen außerdem, daß die Gewinner keinen Rechtsanspruch auf eine Nacht mit der Kaiserin geltend machen können. Messalina kann sich jeden Liebhaber erwählen, der ihr gefällt. Allerdings hat sie einen weitgefächerten Geschmack, und wir erwarten in dieser Hinsicht keine Probleme. Schließlich schläft sie auch mit Claudius.«

Gelächter wurde laut. Malcolm blieb ernst. Jedem der Anwesenden waren Bilder gezeigt worden, um zu vermeiden, daß jemand über den entstellten Herrscher lachte, sollte er zufällig einer kaiserlichen Prozession begegnen. Margo wußte es wohl nicht besser. Sie lachte ebenfalls; dann sah sie Malcolm irritiert an.

»Was stimmt denn nicht, Malcolm?« fragte sie unsicher. »Das war doch lustig, oder nicht?«

»Nein. Das war es nicht.«

Sie sah ihn forschend an. »Warum nicht? Du hast doch gesehen, wie er aussieht, nicht wahr?«

»Ja, und genau das ist der Grund, warum ich das nicht lustig finde.«

Margos Brauen näherten sich einander, doch sie enthielt sich eines frechen Kommentars. Offenbar lernte sie doch.

Der Führer von *Time Tours* meldete sich wieder zu Wort: »Sind alle bereit? Gibt es noch Fragen? Gut. Dann wollen wir ein bißchen Spaß haben.«

Malcolm sagte leise: »Wenn wir durch die Straßen gehen, kannst du ruhig die Gebäude betrachten. Du bist provinziell gekleidet, also werden die Römer erwarten, daß du alles begaffst.«

Margo nickte eifrig, und ihre Augen leuchteten vor gespannter Erwartung.

Wieder öffnete sich die Tür, und der Straßenlärm drang nahezu ungedämpft herein. Margo stellte sich auf die Zehenspitzen und wollte einen Blick nach draußen erhaschen, doch sie war zu klein, um über die anderen Touristen hinwegzusehen. Die ersten verließen den Raum. Auch bei dieser Reise bildeten sie kleine Gruppen von drei oder vier Touristen, ihren Trägern und Führern. Es dauerte immer eine Weile, die Touristen zur Abfahrt zu versammeln oder neu angereiste aus der Weinhandlung hinauszubringen, ohne dabei Aufsehen zu erregen.

»Geben Sie sich jedem gegenüber demütig, der eine Toga trägt«, fuhr Malcolm mit seinen Anweisungen fort, als die Tür wieder zu war und er Margos Aufmerksamkeit erneut an sich reißen konnte. »Wenn Sie einem Angehörigen der prätorianischen Garde begegnen, dann verhalten Sie sich, als seien Sie der unwürdigste Wurm auf der ganzen Straße, der der Beachtung nicht wert ist. Machen Sie die Garde niemals auf sich aufmerksam. Wenn ich Ihnen etwas sage, dann tun Sie es sofort. Sie können später fragen, warum.«

»Okay. Wie sieht die prätorianische Garde aus?«

»Römische Soldaten. Wenn Ihnen jemand begegnet, der aussieht wie die Soldaten in *Ben Hur,* dann gehen Sie ihm aus dem Weg.«

»Sie sehen aus wie ganz normale Soldaten. Helme mit Federn, metallene Brustharnische, kurze Shirts und so?«

»Sie sehen nicht nur so aus wie Soldaten, Margo. Sie sind Soldaten. Und zwar von der übelsten Sorte.«

Margo lächelte. »Ihr Akzent wackelt, Malcolm.«

Er rieb sich die Nasenspitze. »Ja, stimmt. Aber zurück zu der Garde. Mit denen wollen wir wirklich nichts zu tun haben. Viele von ihnen sind Germanen. Sie sind größer – viel größer – als die Römer. Jetzt noch etwas anderes. Haben Sie sich mit der Währung befaßt?«

Margo stöhnte. »Ein bißchen. Vor allem habe ich versucht, Latein zu lernen.«

Die Tür ging erneut auf und die nächsten Touristen brachen auf.

»Sie sind gekleidet wie ein freier Mann. Die Leute werden erwarten, daß Sie mit Geld – mit römischem Geld – umzugehen wissen. Als Ihr Sklave darf ich lediglich für Sie übersetzen. Je besser Sie über die Währung informiert sind, desto weniger wird man Sie betrügen. Ich kann Ihnen sagen, ob ein Preis für eine Ware gerechtfertigt ist, aber vergessen Sie nicht: wir sind hier, um zu lernen, nicht um einzukaufen.«

Margo nickte ungeduldig. Sie waren fast bis an die Tür vorgerückt.

»Eine letzte Sache noch: Ich bin als Ihr Sklave gekleidet. Sie sind mein Dominus – mein Herr und Meister. Das gilt für unser Auftreten in der Öffentlichkeit. Aber lassen Sie es sich nicht zu Kopf steigen, sonst lege ich Sie übers Knie, sobald wir unter uns sind.«

Margo warf ihm einen erschrockenen Blick zu. »Das würden Sie nicht tun!«

Malcolm grinste. »O doch. Das würde ich. Ich bin der Lehrer – der Magister –, und Sie sind die Schülerin. Sollten Sie das je vergessen, dann werde ich Sie daran erinnern!«

Die Tür öffnete sich direkt vor ihnen, und Margo stöhnte vor lauter Aufregung leise auf. Sie waren an der Reihe, den Laden zu durchqueren und hinaus auf die Straße zu treten. Endlich konnte Margo zum ersten Mal einen Blick auf das echte antike Rom werfen.

Ihre Kinnlade fiel herab. »Sie … sie sind so winzig!«

Ihr Mienenspiel war unbezahlbar. Malcolm mußte lauthals loslachen. Margo war ein zierliches kleines Ding, aber die meisten Menschen auf der Straße waren nicht einmal so groß wie sie. Malcolm überragte sie alle. Selbst der Tresen und die Stühle in der Weinhandlung schienen für Kinder gemacht zu sein.

Margo begaffte einen Römer nach dem anderen. »Sie sind wirklich winzig!«

»Die meisten Wissenschaftler sind der Ansicht, daß Julius Cäsar seinen politischen Erfolg nicht zuletzt seiner stattlichen Körpergröße von ganzen einhundertdreiundachtzig Zentimetern verdankt«, erzählte Malcolm kichernd.

Margo grinste. »Das ist lustig!«

Malcolm lachte. »Ja. *Das* ist lustig. Fertig?«

»Und wie! Wo müssen wir hin?«

»Okay, Sie gehen jetzt in einem scharfen Rechts-links-rechts-links-Kurs bis hinter den Circus Maximus, dann folgen Sie der Via Ostensis, bis sie sich nach Südwesten auf das Porta Ostensia zubewegt. Dann nehmen wir kleinere Seitenstraßen, bis wir das Gasthaus erreicht haben.«

Margo sah ihn besorgt an. »Was ist, wenn ich irgendwo falsch abbiege?«

»Ich werde direkt hinter Ihnen sein. Aber gehen Sie nicht zu schnell, ich muß das gesamte Gepäck tragen.« Das war einer der Nachteile, die ein selbständiger Reisebegleiter in Kauf nehmen mußte.

Margo ging los, ohne weiter zu zögern. Malcolm lud sich die Gepäckbündel so bequem wie nur möglich auf den Rükken und folgte ihr. Auf dem steinernen Bürgersteig herrschte ein furchtbares Gedränge. Malcolm bemühte sich mit mäßigem Erfolg, mit seiner schweren Last nicht auf die Straße gestoßen zu werden. Als Margo die erste Straßenecke erreichte, blieb sie stehen. »Die Leute starren mich an.«

»Sie sind exotisch gekleidet. Möglicherweise lachen sie sogar über Ihr merkwürdiges Aussehen. Ignorieren Sie sie.«

»Ist das hier ein Fußgängerüberweg?« fragte sie und deutete auf eine Reihe hoher Steinquader, die über die Straße führten.

»Ja.«

»Die Straße stinkt. Schlimmer als in London.«

Viele Leute überquerten die Straße auf den Steinquadern. Der Fußgängerstrom führte abwechselnd in beide Richtungen. Nur die Ungeduldigsten zogen es vor, durch den Dreck zu waten.

»Bah. Dieser Ort ist schmutzig!«

»Nein. Tatsächlich ist dies eher ein sauberer Ort. Regierungssklaven reinigen von Zeit zu Zeit die Straßen, und die Cloaca Maxima wird sogar in unserer Zeit noch genutzt.«

»Die was?«

»Das Abwassersystem der Stadt. Wieviel haben Sie eigentlich bisher gelernt?«

»Äh ...« Sie nutzte einen Wechsel der Gehrichtung auf dem Überweg, um die Straße auf den Steinen zu überqueren. Malcolm, der von einer Horde Leute abgedrängt worden war, mußte durch den Müll waten, um mit ihr Schritt halten zu können.

»Hey! Langsam.«

Sie sah sich um und verlangsamte ihre Schritte ganze drei Minuten lang. Dann erblickte sie etwas Neues am Ende der Straße und rannte wieder munter drauflos, ohne auf Malcolm zu achten, der sich mit dem Gepäck abmühte. Malcolm unterdrückte seinen Ärger und folgte ihr. Er fragte sich, wie lange sie wohl brauchen würde, bis ihr aufging, daß sie sich alleine bereits in Schwierigkeiten gebracht hätte.

Margo umrundete den Circus Maximus korrekt, obwohl sie der Wegbeschreibung, die Malcolm ihr gegeben hatte, keinerlei Beachtung schenkte. Malcolm konnte ihr nicht übelnehmen, daß sie von der enormen Fassade des Gebäudes fasziniert war. Um den Circus herum lief eine eingeschossige Ladenzeile. Geschäft grenzte an Geschäft. Hier gab es alles, von Körben bis zu heißen Würstchen zu kaufen. Die Geschäftsinhaber lebten in einem Zwischengeschoß des Circus. Zwischen den einzelnen Läden befanden sich Eingänge für die Sitzplätze ganz unten an der Mauer, die die Arena begrenzte. Von dort aus führten Treppen zu den höhergelegenen Sitzreihen. Die untersten drei Reihen waren aus Stein, die höheren Bereiche der Tribüne bestanden aus Holz. Ganz oben konnte man die steinernen Bögen und den Säulengang erkennen, die den äußersten Rand des Circus Maximus bildeten.

Margo starrte während des Gehens nur noch in die Luft und prallte mit Römern zusammen, die grinsend über sie tuschelten.

»Ein Barbar. Ist wohl neu in der Stadt.«

»Möchte wissen, aus welcher gottverlassenen Ecke der nun wieder kommt.«

»Wetten, dem fallen gleich die Augen aus dem Kopf?«

»Hey, Meretrix! Sieh dir diesen Barbaren an. Wäre der nicht was für dich?« Der Satz richtete sich an eine Frau in einer kurzen Tunika, die den palmyrischen »Knaben« hoffnungsvoll beäugte. Margo, völlig blind für die Vorgänge auf der Straße, ging an der Hure vorbei, ohne sie auch nur zu bemerken. Malcolm blinzelte ihr zu. »Vielleicht später?« sagte er in fließendem Latein.

Die Frau lachte. »Billig genug für dich? Oder teuer genug für ihn?«

Malcolm grinste. »Mir gefällst du, aber wer weiß schon, was einem Palmyrer gefällt. Schafe vielleicht?«

Sie lachte und erzählte den Witz einer anderen Hure, die in der Nähe auf Kunden hoffte. Auch einige römische Männer stimmten in das Gelächter ein, ohne die Anmaßung des Sklaven weiter zu beachten.

Margo, die von der ganzen Sache nichts mitbekommen hatte, und so oder so dachte, die Leute würden sie auslachen, fand die Via Ostiensis ohne Schwierigkeiten. Leider war sie so damit beschäftigt, die fremdartigen Eindrücke in sich hineinzusaugen, daß sie den Punkt verpaßte, an dem sie die Straße hätte verlassen müssen. Sie ging einfach immer weiter und betrachtete begeistert die Auslagen der Geschäfte. Obwohl Malcolm unter seiner Last schon heftig ins Schwitzen kam, ließ er sie weitergehen. Sie folgte der Straße, die nun Via Ardeatina hieß, bis die Porta Ardeatina in ihr Blickfeld kam. Dann blieb sie stehen und sah sich verwirrt um. Schließlich fixierte ihr hilfesuchender Blick Malcolm. »Wo sind wir?«

Er schnappte nach Luft. »Sagen Sie es mir.«

In Margos grüne Augen trat ein verschreckter Ausdruck. »Was? Sagen Sie nicht, wir hätten uns verirrt. Ich denke, Sie kennen sich hier aus.«

»Allerdings. Ich weiß ganz genau, wo wir sind. Wir sind etwa hundert Meter vor der Porta Ardeatina am südlichen Stadtrand. Zum Teufel, ich sollte wohl hinzufügen, wir sind natürlich am Gasthaus längst vorbeigelaufen.«

»Warum haben Sie denn nichts gesagt?«

»Margo, ich habe gedacht, Sie hätten aus Ihren Erfahrungen in London etwas gelernt. Habe ich mich da etwa geirrt?«

Immerhin besaß sie den Anstand, rot anzulaufen.

»Achten Sie darauf, was Sie tun«, sagte er ruhig, aber eindringlich genug, daß sie beschämt den Kopf hängen ließ. »Ich kann kaum glauben, daß Sven Bailey Sie wochenlang trainiert hat; von ihren eigenen Erfahrungen ganz zu schweigen.«

Margos Röte nahm weiter zu. »Es ist doch alles in Ordnung. Niemand hat uns überfallen oder so.«

Malcolm hätte ihr sagen können, daß nicht sie mit dem schweren Gepäck herumlief und kaum beurteilen konnte, ob alles in Ordnung wäre, aber schließlich hatte er diese gewichtige Verantwortung freiwillig auf sich genommen, nachdem er sich entschlossen hatte, ihr diese kleine Praxislektion zu erteilen.

»Noch nicht«, erklärte er statt dessen. »Aber Sie müssen trotzdem aufpassen. Alles was Sie tun – oder nicht tun – zieht Konsequenzen nach sich. Wenn Sie erst ein Time Scout sind, werden Sie niemanden haben, der Sie ständig beschützt.«

In einer beleidigten Geste wandte sie sich halb von ihm ab und stampfte mit dem Fuß auf. Die eleganten Falten ihres

Kostüms begleiteten schmeichelnd die Bewegung und lenkten Malcolms Aufmerksamkeit in fast infamer Weise ab. Als sie dann noch schmollend die Lippen schürzte, war er kaum noch fähig, seine Konzentration wieder auf seine Aufgabe – oder sonst irgend etwas – zu richten.

Also gut, Malcolm. Augen geradeaus und Schluß damit! Du bist als Lehrer angeheuert, nicht als Don Juan. Aber verdammt ... dieser Geist, diese Zielstrebigkeit und das gelegentliche Aufflackern von Wärme und Scharfsinn, das sich sonst so gern hinter einer vorlauten Fassade und einem manchmal furchtbar verletzten Ausdruck in ihren Augen verbarg – eine Kombination, die sich in dieser Verpackung wie ein wundervolles Geschenk präsentierte ...

Was nicht ihr Fehler war.

Vielleicht hat Kit den falschen Mann für diesen Job engagiert.

»Okay«, seufzte Margo. »Ich habe wieder Mist gebaut. Es war mein Fehler, ich gebe es zu. Aber schließlich bin ich hier um zu lernen, also lehren Sie mich.«

Plötzlich fiel es ihm entsetzlich schwer, weiterhin streng mit ihr zu sein. »Gut, dieses Mal werden Sie meinen Anweisungen folgen.«

Malcolm war geneigt, sie einfach so weit zurückgehen zu lassen, bis sie sich wieder zurechtfand und der ursprünglich geplanten Route folgen konnte. Statt dessen führte er sie durch ein Gewirr von engen kleinen Straßen und lief im Zick- Zack quer durch das alte Rom, nur um ihr noch deutlicher vor Augen zu führen, wie wichtig es für sie war, aufmerksam zu sein. Endlich kamen sie an der Via Ostensis, nahe an der Porta Ostensis an. Er führte sie noch weiter nach Norden, bis zu der Stelle, an der sie die Straße hätten verlassen sollen. Dann überließ er ihr erneut die Führung. Malcolms Schultern schmerzten, als sie schließlich das Gasthaus erreichten.

»Sie sind spät dran«, bemerkte der *Time Tours*-Mitarbeiter säuerlich, als er ihre Namen auf seiner Liste abhakte.

»Praxisunterricht«, entgegnete Malcolm knapp, ohne näher auf den fragenden Blick des Mannes einzugehen. Er zog sich auf das Zimmer zurück, das *Time Tours* ihnen zugewiesen hatte, ließ das Gepäck auf den Fliesenboden fallen und setzte sich erschöpt auf den hölzernen Bettrahmen, ohne vorher die aufgerollten Decken auszubreiten. Er fühlte das schmerzhafte Pulsieren seiner Muskeln von den Schultern bis hinab zu seiner Taille. Als Margo hereinkam, war er gerade damit beschäftigt, seine Schultern durch kreisende Bewegungen etwas zu entspannen. Wieder stieg ihr die Röte ins Gesicht.

»Haben Sie Schmerzen?«

Nun, wo es zu spät war, war sie zerknirscht wie ein Kind. Er betrachtete sie schweigend. Sie kaute auf ihrer Unterlippe. Malcolm hatte fast vergessen, wie jung sie noch war. Achtzehn Jahre, ein Alter voller unüberwindlicher Befangenheit, zerbrechlicher Gefühle und der verzweifelten Notwendigkeit, ernst genommen zu werden – selbst in den lächerlichsten Situationen.

Malcolm seufzte. »Es geht.«

In einem Rauschen parthianischer Falten glitt sie durch den Raum und kniete sich hinter ihn. Noch ehe er protestieren konnte, begann sie ihn zu massieren. *Gott ...* Sie entspannte seine schmerzende und verhärtete Muskulatur von den Schultern bis zur Taille mit einer überraschenden Geschicklichkeit. *Wo hast du das bloß gelernt, kleines Mädchen?* Ihr Griff ließ an Festigkeit nach, bis ihre Finger nur noch ganz zart über seinen Nacken strichen. Malcolms Körper reagierte prompt. Sie wußte nicht, was sie ihm antat.

Oder doch?

Malcolm sprang auf. »Will sehen, wie es dem mit Essen aussieht«, murmelte er, wobei er innerlich auf die Sicherheit schielte, die ihm ein Tisch voller Menschen bieten würde. Das letzte, was sie beide gebrauchen konnten, wäre, die Kontrolle zu verlieren. Wenn er sie jemals so küssen würde, wie es sein Körper mit jeder Faser verlangte ...

In seiner Vorstellung tauchte Kits erbostes Gesicht auf. *Großvater wäre nicht sehr erfreut*, dachte er.

Gewiß nicht.

Margo hatte nie in ihrem Leben etwas gesehen, was der Prozession des Attis vergleichbar gewesen wäre.

Ihre Unterkunft befand sich an der Südseite des Aventin, nahe dem Tiber. Von dort aus hatte Malcolm sie um den Circus herum auf die Seite geführt, auf der der Palatin lag.

»Sehen Sie dort?« Er zeigte auf einen Gebäudekomplex auf dem Gipfel des Palatin. »Das ist die kaiserliche Residenz.« Sein Zeigefinger wanderte weiter zu einem beeindruckenden Tempel, der dem großen Circus quasi gegenüberlag. »Und das dort ist der Tempel der Magna Mater Deum Idea.«

»Was heißt das?« fragte Margo fasziniert.

»Wie hört es sich denn an?«

Sie kramte in den Bruchstücken Latein herum, die sie behalten hatte. »Magna heißt so etwas wie groß. Mater ... Ich weiß nicht recht, Materie?«

»Nein. Mater heißt Mutter. Das ist eines der Wörter, deren lateinischer Ursprung in allen europäischen Sprachen zu einem ähnlichen Klang geführt hat: Mater, Mere, Madre, Mother, Mutter.«

»Ach so. Also, große Mutter?«

»Gut. Und Deum Idea?«

»Äh ... Deum, heißt, jemanden zum Gott zu erheben?«

»Fast. Es heißt, der Götter«, erklärte Malcolm.

»Große Mutter der Götter der Ideen?« fragte sie.

Malcolm grinste. »Nicht ganz, auch wenn es eine relativ logische Schlußfolgerung ist. Idea bezieht sich in diesem Fall auf einen Berg in Phrygien, in der Nähe von Troja. Die Magna Mater ist die Göttin Cybele, die große Gottesmutter von Phrygien. Sie ist ein römisches Importgut, allerdings ein sehr altes. Die Römer haben inzwischen ihren eigenen Kult um die Göttin aufgebaut. Die julianischen Herrscher – Julius und Augustus Cäsar mit ihren Familien – haben sie zu einer Urgöttin ernannt. Sie war Aeneas heilig, der der Urvater ihrer Familie war. Auch Claudius' Familie ist ihr durch Claudia Quintas verbunden.«

Margo starrte auf den Palatin und stellte fest, daß sie nicht einmal ahnte, was sie dort betrachten sollte. Alles, was sie sah, war völlig fremd für sie. *Gut. Ich muß noch viel lernen und das werde ich auch tun. Aber wenn ich nicht bald anfangen kann, als Time Scout zu arbeiten, dann werde ich niemals irgend etwas beweisen können ...*

Sie bahnten sich ihren Weg durch die überfüllten Straßen, bis sie die Via Appia erreichten. Aus der Ferne hörten sie die Klänge von Flöten und Trommeln.

»Gerade rechtzeitig«, sagte Malcolm grinsend.

Margo verdrehte sich den Hals, um besser sehen zu können. Sie war größer als die Menschen um sie herum, was für Margo eine völlig neue Erfahrung darstellte. Sie erkannte eine Bewegung auf der Straße. Sonnenlicht spiegelte sich auf goldenen Oberflächen. Trompeten und Trommeln übertönten den Lärm, der über der Menschenmenge lag. Ganz vorn schritt eine Gestalt, die in einen langen Umhang gehüllt war. Den fließenden Stoff ihres Gewandes hatte sie kapuzenähnlich um den Kopf geschlungen, darunter blitzte eine Art Krone hervor.

»Ist das eine Priesterin?« fragte sie aufgeregt.

»Nein, das ist der Archgalli – der Hohepriester des Attis. Er ist gerade erst durch das neue Tor, das Claudius zur Zeit bauen läßt, in Rom angekommen. Es ist ihm gelungen, die Erlaubnis des Cäsars zu bekommen, mit seiner Prozession den heiligen Baum zum Tempel der Cybele zu bringen.«

Margo sah erstaunt aus. »Aber er ist gekleidet wie eine Frau. Ich meine, er ist nicht so angezogen wie die anderen Männer, die ich hier bisher gesehen habe. Liegt das daran, daß er ein Fremder ist?«

»Nein. Ihre erste Vermutung war völlig richtig. Attis' Priester tragen Frauenkleider. Die von Hercules übrigens auch.«

Hercules? Der absolute Obermacho, der Typ mit den vielen Muskeln, der große Held? Warum sollte Hercules wollen, daß seine Priester Frauenkleider trugen? Das ergab für Margo keinen Sinn. Mit jeder kleinen Information, die Malcolm ihr zukommen ließ, überkam sie eine Ahnung von der Fülle an Wissen, über die er ihr nichts erzählt hatte. Sie sah auf und wollte weiterfragen, doch er betrachtete die Prozession mit einer so offensichtlichen Begeisterung, daß sie beschloß, mit ihren Fragen zu warten. Sein Blick verfolgte gespannt jede Bewegung und jedes Detail, und über seine Lippen kamen leise gemurmelte Worte.

Der Hohepriester – Archgalli, wie Malcolm gesagt hatte – näherte sich ihrem Standort. Er ging langsam. Mit schriller Stimme wehklagend und weinend, geißelte er sich selbst. In seiner freien Hand hielt er ein aus Bast gefertigtes Zepter. Hinter ihm gingen schwitzende Träger mit einer schweren Sänfte, auf der die vergoldete Statue eines prachtvollen jungen Mannes mit einer spitzen Kappe stand. Sein »Hemd« war bis zur Leiste geöffnet und ließ Brust und Bauch bis unter den Nabel frei. In seine Hose waren rautenförmige Ausschnitte eingearbeitet wie in ein Harlekinskostüm. In einer Hand hielt er eine Art Stock.

Seine andere Hand hielt eine Miniaturtrommel, die genauso aussah wie die Trommeln, die die Priester hinter der Sänfte trugen. Sie schlugen abwechselnd die Trommeln und sich selbst. Andere Priester weiter hinten in der Prozession, die ebenfalls in schrillen Tönen wehklagten, trugen weitere Bastzepter bei sich. Ihnen folgte eine weitere Sänfte in den Händen schwitzender Priester. Auf ihr stand die Statue eines Baumes. Zwischen goldenen Blättern glitzerten künstliche Kiefernzapfen im hellen Sonnenschein.

»Eine Kiefer?« fragte Margo ungläubig.

»Psst! Später! Sehen Sie!«

Margo starrte mit großen Augen auf die Szenerie. »Mein Gott ...«

Ein halbes Dutzend Männer führte jeweils ein Paar Löwen an dicken Lederriemen. Die großen Katzen starrten mit haßerfüllten Bernsteinaugen auf die Menge. Margo griff nach Malcolms Arm. »Sie sind nicht eingesperrt!« Die Löwenbändiger waren schweißgebadet. Sie zerrten an ihren Lederriemen, um die Bestien in der Mitte der Straße zu halten. Gleich nach ihnen folgte noch eine Sänfte. Auf ihr ruhte die vergoldete Statue einer großen schönen Frau in einer Kutsche, die von Löwen gezogen wurde.

»Cybele?« wisperte Margo.

Malcolm nickte nur. Er lauschte dem Sprechgesang der Priester. Was mochten sie sagen? Die Menge konzentrierte sich ebenfalls auf den Choral, als die Magna Mater ehrfurchtgebietend an ihnen vorbeizog. Manche Leute warfen Münzen, die die weinenden Priester vom Straßenpflaster aufhoben und in kleinen Schalen sammelten.

Hinter der Sänfte der Cybele gingen zwei Priester, die einen großen schwarzen Bullen führten, dessen Rücken mit einem leuchtendroten Tuch bedeckt war. Am Ende der Prozession folgten Trompeter und Flötisten und eine Gruppe junger Männer mit glasigen Augen, die sich wehklagend selbst geißelten, aber keine Zepter bei sich trugen.

»Wer sind diese Männer?« fragte Margo.

»Priesteranwärter. Sie werden sich heute dem Attiskult verschreiben und geweiht werden. Allerdings bezweifle ich, daß sie das in der phrygischen Tradition tun werden, denn das hat Claudius nicht gestattet.«

»Sie sehen aus, als wären sie stoned.«

»Möglicherweise sind sie das.«

»Warum?« fragte Margo verblüfft.

»Ein Reinigungsritual. Kommen Sie, wenn wir ein bißchen klettern, dann kommen wir noch rechtzeitig auf den Berg.«

Margo folgte Malcolm durch enge Gassen, die an dem kaiserlichen Palast vorbei auf den Palatin zum Tempel der Magna Mater führten. Auch dort hatte sich bereits eine Menschenmenge versammelt, um dem Spektakel beizuwohnen. Am Rand des großen Tempelvorhofs fanden sie einen Platz, von dem aus sie weiter zusehen konnten. Die schrillen Flöten- und Trompetenklänge und die wehklagenden Stimmen kamen näher, die Prozession stieg den Palatin hinauf.

»Sie durchqueren das Forum«, erklärte Malcolm. »Dann gehen sie die Sacra Via hinunter. Schauen Sie, da kommen sie.«

Margo stellte sich auf die Zehenspitzen, um nur nichts zu verpassen. Was ging da genau vor sich? Sie wußte nichts über Attis oder Cybele – und Malcolm schien so sehr von den augenblicklichen Geschehnissen gefangen zu sein, daß sie ihn nicht fragen mochte. Der Hohepriester erreichte den Platz und stellte sich neben einen langen tiefen Graben, der in den Tempelhof teilte war und von Planken lückenhaft verschlossen war. Die Statuen von Attis, Cybele und der Kiefer wurden die Stufen zum Tempel hinaufgetragen, und die angeleinten Löwen fauchten die Menschenmenge zähnefletschend an. Das Knurren der großen Tiere versetzte Margos Brustkorb in Schwingungen und erzeugte ein Gefühl irrationaler Panik, das sich in ihrem Nacken festsetzte.

Der Tempelvorhof füllte sich. Der schwarze Bulle wurde von den Priestern am Rand des Hofes entlanggeführt. Weiter oben, am Eingang des Tempels, hatten die Priester die Statue des Attis von der Sänfte genommen und waren nun dabei, sie mit starken Seilen an die Kiefer zu binden, die ihrerseits mit Seilen dagegen gesichert war, durch das zusätzliche Gewicht zu kippen.

Aus dem Inneren des Tempels kamen einige Priesterinnen – Margo war sicher, daß es diesmal wirklich Frauen waren – in langen Roben und stellten sich in einem Halbkreis auf. Der Hohepriester führte den Bullen auf die Plattform am Eingang, wo einige Helfer ihn übernahmen und mit starken Tauen bändigten. Margo betrachtete Malcolm für einen Augenblick. Er ging vollkommen in der Betrachtung der barbarischen Szene vor sich auf und schien jedes einzelne Detail in seinem Kopf zu speichern.

Das ist sein Spezialgebiet, erinnerte sich Margo. *Darin hat er promoviert, klassische Geschichte und so. Er hat mich vollkommen vergessen.* Sie hatte Malcolm als Lehrer gesehen, als Reiseführer, als Trainingspartner, sogar als beständigen Freund, der sie zum Lachen brachte, wenn sie weinen wollte; aber sie hatte ihn nie als einen Wissenschaftler gesehen, der von seinen Studien fasziniert ist.

Die Intensität, mit der er die Szene betrachtete, löste ganz unvermittelt den Wunsch in ihr aus, er möge sie so ansehen.

Wenn du das erreichen willst, dann mußt du erst mal mit ihm gleichziehen, Margo. Und das bedeutete, sie mußte sich ebenfalls der Wissenschaft verschreiben. Nun, sie hatte bereits einen brennenden Wissensdurst bei sich entdeckt, und was konnte es schließlich Besseres geben, als an einem Punkt zu beginnen, der auch Malcolm faszinierte? *Also leg los, sofort!*

Margo konzentrierte sich auf das Schauspiel vor ihren Augen und versuchte es aus dem Blickwinkel eines Studenten der klassischen Geschichte zu sehen. Sie wünschte, sie hätte mehr Latein gelernt oder sich eingehender mit den Büchern über Kulturgeschichte befaßt, die Kit ihr empfohlen hatte, anstatt so viel Zeit in der Sporthalle zu verbringen. Die Priesteranwärter entkleideten sich und verschwanden in dem tiefen Graben. Der Bulle brüllte mitleiderregend. Seine Augen verdrehten sich, bis nur noch das Weiße sichtbar war. Jemand, den sie nicht genau sehen konnte, tat etwas unter dem Bauch des Tieres. Eine stählerne Klinge blitzte im Sonnenlicht auf, als der Hohepriester etwas rief, das sie nicht verstehen konnte.

Der Bulle brüllte wieder. Die Männer hielten ihn mit den Seilen gefangen. Das Messer blitzte erneut auf – dieses Mal an seiner Kehle. Margo zuckte zusammen. *Mein Gott, sie töten ihn wirklich ...* Blut strömte durch die lückenhafte Verplankung in den Graben. Der Bulle kämpfte, brüllte und verblutete langsam in seinen gnadenlosen Fesseln. Margo hielt sich die Ohren zu. Sie hatte noch nie ein Tier aus so geringer Entfernung sterben sehen, und sie hatte keine Ahnung gehabt, daß es so mitleiderregend schreien konnte. Es war furchtbar, grausam, entsetzlich ...

Das ist nicht Minnesota, Margo.

Dennoch erschütterte sie der qualvolle Tod des Bullen. *In den modernen Schlachthöfen dauert das nicht so lange,* dachte sie. Allerdings würde es ganz sicher lange dauern, ehe sie wieder Rindfleisch essen würde. Endlich sank der Bulle auf seine Knie. Er war tot. Der Hohepriester hielt etwas Langes, einseitig Gekrümmtes in die Luft, das dem Stock in der Hand des Attis ähnelte.

»Mein Gott!« Margo schrie auf, als sie erkannte, was es war.

Ihr Entsetzensschrei ging in dem lauten Jubel der Menge unter. Die Trompeten erklangen wieder wild und schrill in der Frühlingssonne. Die frischgeweihten Priester kamen blutbesudelt aus dem Graben heraus. Sie sahen aus, als hätten sie das Blut getrunken! Sie wankten auf den Hohepriester zu und berührten ehrfürchtig das abgetrennte Genital des Bullen, ehe sie, einer nach dem anderen, im Inneren des Tempels verschwanden. Die Priesterinnen folgten ihnen, und schließlich ging auch der Hohepriester hinein. Die anderen Priester begannen mit einem langandauernden Sprechgesang. Auf irgendein Signal aus dem Tempel hin ging wilder Jubel durch die Menschenmenge. Der Hohepriester des Attis kam heraus. Er hielt noch immer das Glied des Bullen in seinen Händen.

Margo fühlte sich benommen. Das alles ergab keinen Sinn für sie. Die Umstehenden hatten nun ebenfalls mit einem Sprechgesang begonnen, und Malcolm sah aus, als versuche er, sich jedes einzelne Wort zu merken. Dann entdeckte sie, daß die Tasche, in der er sein Computerlogbuch trug, offen war. Wie lange hatte er die Veranstaltung mitgeschnitten? Sie sah genauer hin und erkannte in seiner Handfläche eine winzige Kamera. Das Gerät funktionierte ähnlich wie eine Videokamera, aber es war direkt mit dem Logbuch verbunden, in dem die digitalisierten Aufnahmen gespeichert wurden. Dies war doch sicher nicht die erste derartige Zeremonie, die Malcolm beobachtet hatte.

Doch, flüsterte es in ihrer Erinnerung. *Dies ist die erste derartige Prozession, die jemals in Rom stattgefunden hat.*

Kein Wunder also, daß er so fasziniert war und die ganze Zeremonie komplett aufzeichnen wollte. Margo fragte sich, wie viele andere Wissenschaftler zu dieser Prozession gekommen waren. Angesichts der vielen Fragen zu der Messalina-Lotterie, wohl gar keiner. Möglicherweise war Malcolm der einzige, der diese Prozession aufgezeichnet hatte. Plötzlich kam sie sich wie ein Idiot vor, weil sie nicht daran gedacht hatte, ihr Logbuch ebenfalls einzuschalten.

»Malcolm«, flüsterte sie. »Was sind Attis und Cybele?«

Er bedeutete ihr mit einer Geste zu schweigen. Scheinbar erwartete er noch etwas, obwohl er nicht zu wissen schien, was nun noch folgen würde.

Der Hohepriester verneigte sich tief vor der großen vergoldeten Statue der Cybele in ihrem von Löwen gezogenen Wagen. Er legte den abgetrennten Phallus vor ihr nieder und wich eilends zurück, wobei er in einen monotonen Singsang verfiel und sich selbst geißelte. Die neugeweihten Priester wankten, von anderen Priestern gestützt, aus dem Tempel heraus. Was dann geschah, konnte Margo nicht erkennen, doch plötzlich stieß der Hohepriester einen Schrei aus und entspannte sich.

Er hatte einen Korb mit Bastzeptern vor sich und gab jedem der jungen Priester einen davon. Sie brachen sie gewaltsam in zwei Teile, trugen einen nach dem anderen zu der vergoldeten Kiefer und banden ihn daran fest, während die Zuschauer gemeinsam mit den Priestern den Sprechgesang fortführten.

»Was sagen sie?« wollte Margo wissen. »Was tun sie?«

Malcolm wies sie wieder ab. Sie stand mitten in dem Gedränge und versuchte den Irrsinn zu begreifen, dessen Zeugin sie geworden war. Doch es gelang ihr nicht, eine vernünftige Erklärung für die Geschehnisse zu finden. *Ich bin eine tolle Forscherin*, dachte sie sarkastisch. Um einen Vorgang zu interpretieren, sollte man zunächst über Kenntnisse verfügen, die sich als Basis für eine Deutung eignen.

Warum bloß war es niemals möglich, sich einen Traum sofort zu erfüllen? Ein guter Time Scout zu werden, würde sie viele Jahre kosten. Würde sie aber Jahre brauchen, dann würde das brennende Ziel, das die vergangenen drei Jahre für sie erträglich gemacht hatte, nichts mehr weiter sein als bloße Tagträumerei. Margo seufzte, als die Priester wieder in den Tempel zurückgingen und ihre geheiligten Statuen mit hinein trugen. Dann war alles vorbei, und die Menschenmenge zerstreute sich. Die Leute unterhielten sich aufgeregt und hörten sich ähnlich an wie Sportfans, die die Spiele ihrer Lieblingsmannschaft begleiteten. Malcolm verstaute hektisch die Digitalkamera in seiner Tasche und verschloß diese sofort; dann blinzelte er in die Sonne wie ein englischer Spaniel, der gerade erwachte.

Sein Blick fiel auf Margo, und sein Gesicht verfärbte sich ein wenig. »Hi, äh, ich glaube, Sie hatten eine Frage?« stellte er verwirrt fest.

»Oder drei, ja«, entgegnete sie. Sie stand vor ihm, die Hände in die Hüften gestemmt und starrte ihn an; dann mußte sie lachen. »Sie sehen unglaublich süß aus, wenn Sie verlegen sind, Malcolm. Was zum Teufel war das? Worum ging es? Ich habe versucht, einen Sinn in der ganzen Sache zu finden, aber es war zu verrückt.«

»Der heutige Tag gilt als der Schwarze Freitag, der Tag, an dem die Sonne stirbt«, erklärte Malcolm, als er sie den heiligen Palatin hinab führte. »Attis ist der Sonnengott, kastriert und geopfert, um die Erde zu befruchten und wiedergeboren, nachdem er sich mit seiner Mutter und Gemahlin Cybele gepaart hatte. Das Taurobolium – die rituelle Schlachtung des Bullen – ist ein Reinigungsritual.«

»Trinken sie tatsächlich das Blut?«

»Ja, das tun sie. Danach begattet jeder der neuen Priester eine der Priesterinnen im Tempel der Magna Mater. Ich bin überrascht, daß sie das nicht gleich auf dem Tempelhof machen. Ich glaube, in einigen Gegenden wird die heilige Hochzeit öffentlich vollzogen.« Er lächelte. »Die römischen Moralvorstellungen sind im allgemeinen recht streng, im Gegensatz zu dem, was Sie aus Filmen kennen dürften. Andererseits gelten die meisten Gebote während der Hilarien recht wenig«, fügte er augenzwinkernd hinzu.

Ein Schauer rann über Margos Rücken. Die Hilarien würden in wenigen Tagen beginnen. Wie würden die Feierlichkeiten vonstatten gehen? Immerhin lag ihr siebzehnter in dieser Zeit. Ein besseres Geschenk konnte sie sich kaum wünschen.

»Nun, jedenfalls haben sich die jungen Priester nach ihrer heiligen Vermählung symbolisch kastriert, indem sie die Zepter zerbrochen haben. Ich hatte mich schon gefragt, wie sie diesen Teil der Zeremonie abhalten würden, angesichts der römischen Gesetze.«

»Wieso? Was ist so schlimm daran, ein Bastbündel zu zerbrechen?«

Malcolm grinste. »Es erfordert einige Opfer, zum Priester des Attis geweiht zu werden. Traditionell haben sich die jungen Priester tatsächlich kastriert und ihren abgetrennten Phallus der Göttin geopfert.«

Margo blieb abrupt stehen und schluckte erschrocken.

»Margo, Sie versperren den Weg.«

Sie ging weiter, doch ihr Gesichtsausdruck verlockte Malcolm zum Kichern. »Das ist derzeit ein weit verbreiteter Mythos in diesem Teil der Erde«, erzählte Malcolm, als sie in eine der engen Gassen einbogen. »Das ist schon in diesen Tagen eine sehr alte Tradition. Der Sonnengott oder der Fruchtbarkeitsgott begattet die Muttergöttin, entweder in ihrer Gestalt als Mond oder als Erde. Der Sonnengott regiert als ein heiliger Herrscher, wird rituell getötet und wiedergeboren, um den ewigen Kreislauf der Jahreszeiten und der Fruchtbarkeit aufrechtzuerhalten. Hercules ist ebenfalls ein rituell getöteter heiliger Herrscher. Doch er wurde bei lebendigem Leibe verbrannt, statt kastriert zu werden und in einer Kiefer hängend zu verbluten. In Karthago wurden heilige Könige ebenso wie Hercules auf dem Scheiterhaufen verbrannt. Aeneas ist diesem Schicksal gerade noch entkommen, als er vor der Königin Dido von Karthago floh. In Ägypten wurde Ra-Osiris in Stücke gerissen und ...«

»Malcolm, das ist widerlich!«

Er grinste sardonisch. »Nun, aus Ihrer Perspektive schon. Aber diese Menschen haben tatsächlich geglaubt, daß das heilige Blut die Erde fruchtbar werden ließe. Die Pflanzen würden ohne es nicht wachsen. Und sie glaubten, daß der

Gott und sein abgetrennter Phallus durch das Blut und die Vereinigung mit der Göttin regeneriert werden würden. Aus diesem Grund tragen die fertigen Priester in der Prozession die Bastzepter. Sie sind das Symbol für die Wiedergeburt des göttlichen Phallus im Getreide. Aus demselben Grund wimmelt es beispielsweise auch im Herculaneum, dessen oberste Gottheit Hercules ist, von Phallussymbolen. Sie gelten als Glücksbringer. Die Leute hängen sie über ihre Haustüren und berühren sie, um sich Glück zu erflehen.«

Margo konnte sich vorstellen, daß jemand einen steinernen Phallus streichelte, um auf diese Weise um Glück zu bitten, aber daß ein Mann sich so grausam selbst verstümmeln konnte ... »Aber Malcolm, welche Art von Mann kann sich selbst so etwas antun wollen? Tun sie das freiwillig? Oder sind sie Gefangene?«

»Nein, es sind Freiwillige. Sehen Sie es doch einfach von der guten Seite: Vor Jahren wurde die Zeremonie modifiziert. Seitdem töten sie einen Bullen, statt daß sie Priester kastrieren. Nun haben sie die Tradition weiter modifiziert und brechen Zepter, statt eine tatsächliche Kastration durchzuführen. Allerdings würde das römische Gesetz eine solche Handlung auch nicht zulassen. Die Römer geben gerne Lippenbekenntnisse über zivilisierte Verhaltensweisen und Humanität ab, aber sie haben selbst auch einige dunkle religiöse Praktiken.«

»Was für welche?«

»Die Spiele.«

»Das sind Menschenopfer?« Sie blieb erneut stehen und blockierte die Gasse für die nachfolgenden Menschen. Jemand fluchte in lateinischer Sprache. Hastig sprang sie aus dem Weg. »Malcolm, das ist doch nicht Ihr Ernst? Ich habe niemals im Geschichtsunterricht etwas über Menschenopfer in Rom gehört, und ich habe auch in den Büchern, die ich gelesen habe, nichts Derartiges entdeckt – und ich habe gelesen! Ich meine ... die Römer gelten doch als zivilisiert!« Sie starrte den Berg hinab auf die enorme

Fassade des Circus. »Warum sollten zivilisierte Menschen so etwas tun? Das ergibt keinen Sinn, und das sollte es, wenn es wahr ist.«

Malcolms Augen leuchteten. »Es scheint, als hätte ich den Wissensdurst wiedererweckt, den Sie schon in London gezeigt haben. Also gut, dann sehen wir mal, ob ich etwas Licht in das Dunkel bringen kann. Vor Jahrhunderten, besonders zur Zeit der Etrusker, war der Circus Maximus ein natürliches Amphitheater, in dem rituelle Opferungen abgehalten wurden. Die Spiele, vor allem Rennen, waren ein Teil der komplizierten düsteren Rituale. Wenn wir in einigen Tagen die Ludi Megalenses sehen, dann sollten Sie das bedenken. Die Spiele sind keine altrömische Fassung eines Footballspiels. Wir werden ein geheiligtes Drama beobachten.

Es ist ein wirklich aufregendes Schauspiel, und es hilft dem Herrscher, die arbeitslosen Massen ruhig zu halten, indem er ihnen etwas Abwechslung verschafft; dennoch sind die Spiele in ihrem Kern eine religiöse Veranstaltung, und die meisten Zuschauer wissen das, wenn nicht bewußt, dann doch mit ihrem Gefühl.

Sie fragten, ob die Priester der Cybele Freiwillige oder Gefangene sind. Die Teilnehmer an den Circusspielen sind tatsächlich zum größten Teil Gefangene: Kriminelle, Sklaven oder Kriegsgefangene. Es ist natürlich der einfachste Weg für den Kaiser, sich symbolisch von einem Sklaven darstellen zu lassen, wenn der Tod des Herrschers auf dem Programm steht. Und zu dieser speziellen Zeit, an diesem speziellen Ort ist genau das der Fall.«

Der Staub und der Lärm dieses sonnigen Apriltages entschwanden Margos Bewußtsein. Es fiel ihr schwer, alles aufzunehmen, was Malcolm ihr erzählt hatte. Sie verstand nun, warum die meisten Reiseführer einen oder mehrere Hochschulabschlüsse besaßen. Sie brauchten sie, um den Touristen zu erklären, was sie sahen. *Aber ich kann nicht Jahre warten, ehe ich mein erstes Tor erforsche.* Sie mußte es als Generalist schaffen. Sie mußte von allem ein bißchen lernen und den Rest improvisieren, falls es notwendig sein würde.

In der Zwischenzeit würde sie alles lernen, was Malcolm ihr beibrachte.

»Puh. Und was jetzt?«

»Jetzt«, entgegnete Malcolm grinsend, »ist es Zeit zum Mittagessen, denke ich.«

»Der Plan gefällt mir!«

Malcolm lachte und führte sie weiter den heiligen Berg hinab zu ihrer ersten echten römischen Mahlzeit.

Der Tag dämmerte gerade heran, als Malcolm das Gasthaus verließ. Das schwache Licht zeichnete Wagen und Karren schemenhaft in der Dunkelheit ab. Sklaven und kaiserliche Bauern luden Güter von den Vehikeln.

»Die nächsten drei Tage«, erklärte Malcolm, als Margo sich zu ihm gesellte, »werden zu einem guten Teil eine Wiederholung von gestern sein.«

»Noch mehr verrückte Paraden?«

Er schüttelte den Kopf. »Nein. Die findet nur an Attis' Opfertag statt. Aber der Attiskult ist weit verbreitet, besonders unter den armen Leuten in den Elendsvierteln und in den Hafenstädten. Viele Menschen werden in Trauerkleidung herumlaufen, sich selbst geißeln, wie es die Priester gestern taten, und das tragische Schicksal ihres Gottes beweinen.«

Sie rümpfte ihre Nase und Malcolm kicherte. »Sie werden sich an merkwürdige Geschehnisse gewöhnen müssen, wenn Sie Time Scout werden wollen. Nun, da der richtige Spaß erst mit den Hilarien beginnt und bis dahin noch drei Tage Zeit sind, habe ich für die nächsten Tage noch etwas anderes geplant.«

»Was denn?«

»Ostia.«

»Was ist das? Noch ein heiliges Ritual, in dem ein paar arme Teufel den Gott des Augenblicks spielen dürfen?«

»Nein«, entgegnete Malcolm lächelnd. »Ostia ist eine Hafenstadt, flußabwärts von Rom.«

»Oh. Oh! Eine Besichtigungstour außerhalb Roms?«

Malcolm widerstand dem Drang, ihr durch die Haare zu fahren. »Ja. Claudius hat neue Hafenanlagen gebaut. Sie müßten inzwischen fast fertig sein. Ich möchte sie mir ansehen und Sie sollten das auch, nur um eine Ahnung vom Stand der römischen Technik zu bekommen.« Er kicherte. »Die Baumeister haben dem Herrscher gesagt, der neue Hafen würde viel zu teuer werden, aber er mußte gebaut werden, weil der alte im Flußschlamm versinkt. Ich kann es kaum erwarten, ihn zu sehen.«

Margos Miene hatte sich sichtlich aufgehellt. »Das klingt toll! Wie kommen wir dahin?«

»Wir mieten ein Boot.«

Sie grinste. »Großartig! Was muß ich tun?«

Malcolm verhandelte mit einem Händler, der bereit war, sein kleines Lenunculi zu vermieten, da er über die Festtage Urlaub machen wollte. Das Boot roch nach Fisch, aber es ließ sich wunderbar handhaben.

»Ich nehme an, Sie wissen wie man segelt?« fragte Margo.

»Yep. Und Sie werden es auch wissen, wenn wir in Ostia sind.«

Sie stöhnte, aber auf dem Wasser war sie mit Feuereifer bei der Sache. Malcolm erklärte ihr in groben Zügen die Terminologie der Seefahrt, während er das Boot durch den regen Verkehr auf dem Tiber steuerte. Als sie sich etwas von Rom entfernt hatten und in ruhigeren Gewässern segelten, begann Malcolm mit dem Unterricht. Margo stellte sich zuerst recht ungeschickt an. Sie steuerte einige Male direkt auf das Ufer zu und konnte das Boot erst im letzten Augenblick wieder abfangen. Als sie schließlich besser zurechtkam, ließ er sie allein steuern und ruhte sich währenddessen in der warmen Morgensonne aus.

»Sie sind gern hier«, sagte sie nach einer Weile.

Malcolm öffnete ein Auge und stellte fest, daß sie ihn sehr nachdenklich beobachtete. Er lächelte. »Ja, das bin ich.«

»Obwohl die Leute hier so barbarisch sind und Menschen einfach in der Arena abschlachten?«

Er überlegte, wie er ihr das am besten erklären konnte. »Jede Kultur ist auf ihre eigene Weise barbarisch. Das ist alles nur eine Frage des Blickwinkels. Natürlich gilt das Gegenteil genauso. Jede Kultur hat auch wunderbare und sinnvolle Seiten, man muß sie nur sehen können. Das ist auch eine besondere Herausforderung für einen Time Scout. Er muß möglichst objektiv feststellen, was sich ihm darbietet, erst dann kann er entscheiden, ob er einen Nutzen daraus gewinnen kann. Schließlich wird er mit neuen Erkenntnissen wieder heimkehren. Was für Erkenntnisse das sind, rein wissenschaftliche oder weitaus lukrativere, wird von Fall zu Fall verschieden sein. Er könnte beispielsweise ein neues, kommerziell nutzbares Zeitreisetor entdecken oder auf einen Schatz stoßen, der für die Menschheit bereits verloren schien. Je mehr er über den Ort und die Zeit jenseits eines Tores in Erfahrung bringt, desto sicherer wird er wissen, ob es dort etwas für ihn zu holen gibt.«

»Aber Ihnen ist das Geld doch ziemlich gleichgültig, oder?«

Er kicherte und verschränkte seine Hände entspannt hinter dem Kopf. »Sie versuchen mich auszufragen, junge Dame. Nun, es bedeutet mir längst nicht so viel wie manchen Reisebegleitern und Time Scouts. Das bedeutet allerdings nicht, daß ich jeglichen Gewinn einfach ablehnen würde. Ich würde einen Schatz schon mitnehmen, wenn er gerade vor mir läge, aber mein wahrer Reichtum ist das Wissen. Das ist der Grund, warum Kit reich ist und ich nicht. Er lernt auch gerne. Ein Time Scout, der nicht gerne lernt, lebt auch nicht lange. Aber er hat dennoch mehr auf das Geld geachtet als ich. Und ehrlich gesagt ..., ich denke, er hat auch ganz einfach mehr Glück als ich.«

»Für sein Glück ist jeder selbst zuständig«, entgegnete Margo überraschend heftig.

Er sah ihr forschend in die Augen, doch dann lächelte er. »Nun, ja, das ist schon möglich. Immerhin sind Sie hier. Und ich hätte jede Wette darauf abgeschlossen, daß Sie niemals soweit kommen würden.«

Sie errötete. »Na, herzlichen Dank auch.«

Malcolm lachte. »Wenn ich an Ihren ersten Auftritt im La-La-Land denke, als Sie sich im Privatbereich verlaufen haben ... Achten Sie auf das Ruder, wir kommen schon wieder vom Kurs ab.«

Sie streckte ihm die Zunge heraus und konzentrierte sich wieder auf das Boot. Es war ein wunderbarer Tag zum Segeln, phantastisches Wetter und ein phantastischer Begleiter. Doch als sie sich dem neuen Hafen näherten, wurde der Bootsverkehr auf dem Fluß dichter, und Malcolm mußte eingreifen. Er suchte sich einen guten Aussichtspunkt am entgegengesetzten Ufer und steuerte darauf zu, so daß sie die neuen Hafenanlagen in Ruhe würden betrachten können.

»Hier sind eine Menge Schiffe unterwegs«, bemerkte Margo.

»Ostia ist der Hauptgetreideumschlagplatz für Rom. Der größte Teil der Nahrungsmittel wird nach Rom importiert, vor allem Getreide. Tatsächlich importieren die Römer weit mehr, als sie exportieren. Sehen Sie zum Beispiel dort.« Eine mächtige Corbita, eine Art Frachtschiff, passierte ihren Liegeplatz. »In den Amphoren ist Wein oder Olivenöl, ich kann die Kennzeichnung auf diese Entfernung nicht erkennen. Dort sind Ballen mit ägyptischer Baumwolle und allerlei Luxusgüter.«

Gleich darauf folgte ein Lastkahn, auf dem Margo elend aussehende, halbnackte Männer und Frauen erkannte. »Das sind ja Sklaven«, rief sie verstört.

»Ostia ist ein Handelshafen«, erklärte Malcolm, »und Sklaven sind eine begehrte Ware. In Rom florierte der Sklavenhandel über mehrere Jahrhunderte.«

Margo sah dem Lastkahn nach, bis er aus ihrem Blickfeld verschwand. Ein Frösteln durchlief ihren Körper.

Sie umrundeten eine Flußbiegung, und endlich kam der neue Hafen in Sicht. Noch war er über zwei Meilen entfernt, doch auch aus dieser Distanz wirkte er überaus beeindrukkend. Ostia erhob sich aus dem morastigen Untergrund, als hätten die Götter selbst die wuchtigen Steine für seine Erbauung aufgeschichtet.

Margo keuchte. »Wow!«

Dieses Mal teilte Malcolm ihre Ehrfurcht.

Zwei gewaltige Wellenbrecher begrenzten die Einfahrt zu dem riesigen Komplex. Der Haupthafen – immerhin etwa siebenhunderttausend Quadratmeter – war bereits fertig und geflutet. Zwischen den beiden Wellenbrechern hatten die römischen Baumeister eine künstliche Insel angelegt. Ein großer, noch unfertiger Turm ragte steil in den sonnigen Himmel empor, und ein künstlicher Kanal verband den neuen Hafen mit dem Fluß.

Malcolm griff nach der Tasche, in der er sein ATLS und sein Logbuch mitsamt der angeschlossenen Digitalkamera aufbewahrte. Er hängte sich die Tasche vor die Brust und riskierte ein paar schnelle Aufnahmen von dem Panorama vor seinen Augen. Dann starrte er gebannt auf den Tiber. Jetzt, wo er die Anlage einmal aus der Ferne gesehen hatte, wäre er glatt dafür gestorben, sie näher in Augenschein nehmen zu dürfen.

Margo lehnte sich neugierig wie ein Kind über den Bug. »Was ist das?« fragte sie und zeigte auf den Turm. »Eine Art Tempel?«

»Nein. Das ist etwas viel Beeindruckenderes.«

Sie betrachtete den Turm mit gerunzelter Stirn. »Was denn?«

»Ein Leuchtturm«, erklärte Malcolm grinsend.

»Ein Leuchtturm?« Margo lachte. »Ich habe nie daran gedacht, daß die Menschen im Altertum so praktische Dinge gebaut haben könnten wie Leuchttürme. Aber sie werden sie wohl gebraucht haben, nicht wahr? Sonst würden sie bei Nebel bestimmt auf die Insel auflaufen.«

»Richtig. Die Bauarbeiten sind fast abgeschlossen. Claudius wird den Hafen noch in diesem Jahr einweihen. Sie sollten Ihre Eindrücke in Ihrem Logbuch festhalten. Öffnen Sie Ihre Tasche ein bißchen, und dann drücken Sie den Aufnahmeknopf.«

Sie hängte sich ihre Tasche über die Schultern und folgte seinen Anweisungen.

»Wow, das ist wirklich toll, Malcolm«, sagte sie und begann alles zu beschreiben, was sie sehen konnte. »Wie lange muß das gedauert haben, diese riesigen Gruben auszuheben? Monate? Jahre? Und diese Mauern. Woraus sind sie? Stein? Beton? Die Landungsstege sind aus Stein. Wie haben sie bloß diese riesigen Brocken dahin bekommen? Was ist das da?«

Malcolm grinste. Margos neuerwachten Wissensdurst mitzuerleben, war fast ebenso reizvoll wie die Befriedigung seiner eigenen wissenschaftlichen Neugier. Sie vertäuten ihr Boot ein Stück weiter flußabwärts und verbrachten den Tag in Ostia. In aller Ruhe schlenderten sie durch die Hafenanlagen und sahen zu, wie Händler ihre Karren entluden, um ihre Waren nach Rom einzuschiffen, während gleichzeitig Schiffe den Hafen anliefen, deren Güter für den Export in weit abgelegene Provinzen bestimmt waren.

Malcolm zeigte ihr die Baracken der Vigiles und erklärte ihr, welche Aufgabe diese spezielle Truppe hatte.

»Feuerwehr?« fragte Margo erstaunt. »Aber ich dachte, die hätte erst Benjamin Franklin eingeführt.«

»Sie haben ja tatsächlich etwas über die amerikanische Geschichte gelesen. Sehr gut. Nun, gewissermaßen ist das, was Sie sagen, richtig. Trotzdem hatten die Römer auch schon eine Art von Feuerwehr, um ihre Getreidevorräte zu schützen. Ihre Hauptaufgabe war allerdings, den Eigentümer des Getreides zu überzeugen, daß er seine Ware billig verkauft, ehe sie sich bereiterklärten, einen Brand zu löschen ...«

»Das ist gemein!«

»Freies Unternehmertum«, kommentierte Malcolm grinsend. »Da konnte man richtig absahnen.«

Margo schob ihre Unterlippe vor, und Malcolms gesamter Verdauungstrakt reagierte prompt. *Ruhig, Malcolm. Sie ist deine Schülerin.* Dennoch konnte er nichts dagegen tun, daß Margo seine Körperchemie heftig durcheinanderbrachte.

»Kommen Sie, ich zeige Ihnen das Mithräum und den Tempel des Vulkan.«

Margo kicherte. »Der Kerl mit den Ohren?«

Malcolm sah sie so mißbilligend an, daß sie nur noch leise lachte.

»Tut mir leid«, sagte sie, »ich konnte nicht anders. Und außerdem sehen Sie immer so witzig aus, wenn Sie sich aufregen.«

Er seufzte. Plötzlich fühlte er sich alt. Konnte es sein, daß ein Mann mit sechsunddreißig schon alt war? *Alt genug, daß sich eine alberne Achtzehnjährige über ihn lustig machen konnte.*

Auch gut. Ihm war so sehr nach Problemen zumute, wie es einen Truthahn zum Erntedankfest zieht. Malcolm korrigierte den Sitz seines Sklavenkostüms und verneigte sich vor seinem ›Meister‹.

»Bitte hier entlang«, sagte er. »Die Gebäude dort vorn beherbergen die Collegia der Schiffer, eine Art Innung mit vielen Mitgliedern in Ostia. Da drüben befinden sich die Speicher, und wenn Sie nach Südosten schauen, können Sie gerade noch das Dach des ostianischen Tempels der Cybele erkennen ...«

Margo wartete, bis Malcolm eingeschlafen war, ehe sie sich leise anzog und das gemeinsame Zimmer verließ. Sie wollte eine Weile allein sein, um nachzudenken. Der Unterricht und die Abenteuer in der Vergangenheit hatten ihr keine fünf Minuten Zeit gelassen, sich der Größe ihrer Unternehmungen bewußt zu werden. Sie wußte, daß es gefährlich war, nachts allein auf die Straße zu gehen, aber Ostia war nicht Rom. *Außerdem muß ich beweisen, daß ich allein zurechtkomme.*

Margo erreichte die dunkle Straße, ohne daß jemand sie bemerkte. Aufatmend lehnte sie sich gegen die Mauer und grinste zufrieden. *So weit, so gut.* Nachdem ihre Augen sich an die Dunkelheit gewöhnt hatten, sah sie zum Himmel hinauf. Der Anblick war atemberaubend. Eine so klare Nacht hatte sie nicht einmal im winterlichen Minnesota erlebt. Minutenlang betrachtete sie fasziniert die unendlich vielen leuchtenden Sterne. *Jeder Mensch sollte wenigstens einmal in seinem Leben einen solchen Nachthimmel sehen* ... Margo kannte Leute, die den Nachthimmel nur als ein schmutziggelbes Glühen über Großstädten wie New York kannten. *Wenn sie jemals so einen Himmel gesehen hätten, dann würden sie sich vielleicht nicht mehr so furchtbar wichtig nehmen.*

Margo fühlte sich wunderbar angesichts ihrer eigenen Bedeutungslosigkeit. Sie ging zu den Docks hinunter. Das Knarren hölzerner Schiffsaufbauten begleitete das sanfte Rauschen des Windes in den losen Segeln und Takelagen. Auf den Achterdecks der vor Anker liegenden Schiffe brannten vereinzelte Lampen, die auf die Anwesenheit von Nachtwächtern hindeuteten. Margo entdeckte in der Nähe eines langen Piers einen steinernen Bogengang, in dessen Schatten sie sich niederließ. Der Wind trug den fernen Gesang von Fröschen und Insekten aus den ausgedehnten Sümpfen an ihre Ohren. Margo seufzte. *Ich sitze tatsächlich an einem Dock – zweitausend Jahre vor meiner Geburt.*

Ihr ganzes Leben lang hatte sie auf diesen Moment hingearbeitet, warum also war sie dann nicht glücklich? Sie dachte an das wunderbare Lächeln in Malcolms Gesicht, und ihr Puls begann zu tanzen wie ein Schwarm aufgeregter Schmetterlinge. Malcolm Moore war mehr als nur ein guter Lehrer. Er war ein guter Freund, vielleicht der beste, den sie je gehabt hatte. Sie war darüber sehr dankbar, trotzdem ...

Trotzdem hast du tief im Innersten Angst vor ihm, so sieht's aus. Sie wußte nicht, was sie eigentlich wollte, und das gab ihrer Angst noch zusätzliche Nahrung.

Die Sterne spiegelten sich silbrig auf den Wellen. In ihrer eigenen Zeit hatten die Meere einige der größten Städte der Erde ausgelöscht. Margo verstand die wissenschaftlichen Hintergründe des *Unfalls* nicht, sie wußte nur, daß sie ihre Chance im Leben wahrnehmen mußte – und wahrnehmen würde. Da konnte kommen was wollte, der Teufel, Hochwasser ... oder Malcolm. Nichts würde sie aufhalten. Wieviel Zeit blieb ihr noch? Sie rechnete nach. *Drei Monate.* Margo biß sich auf die Lippen. War sie verrückt, ihr Training im Schnellverfahren zu durchlaufen, nur weil sie jemandem beweisen wollte, daß er unrecht hatte?

»Ich muß! Ich muß einfach ...«

Die wütende Stimme ihres Vaters tauchte aus ihren Erinnerungen empor. »Du bist genau wie sie! Dreckige stinkende Hure ...«

All die Jahre hatte sie ihn ebenfalls anschreien wollen. Möglicherweise war sie nur noch am Leben, weil sie es nicht getan hatte. Doch Schweigen würde die Tatsachen nicht ändern. Und außer ihr hatte niemand geschwiegen. Die Polizei, die Nachrichtenleute, die Pflegeeltern, die sie aus der Klinik geholt hatten, sie alle hatten nicht geschwiegen. Nicht einmal der Richter, der ihren Vater am Ende verurteilt hatte. Und Margo hatte der Welt eine unbewegte Maske gezeigt, die ihren Schmerz verdecken sollte, während sie versuchte, sich ein neues Leben aufzubauen.

An die kalte Kaimauer gelehnt, dachte sie über die Vergangenheit nach, und allmählich verstand sie, was ihre Mutter in die Prostitution getrieben hatte. Nachdem sie Minnesota verlassen hatte, hatte sie selbst solche Tage erlebt, an denen der Hunger und die Verzweiflung groß genug gewesen waren, jede Geldquelle attraktiv erscheinen zu lassen. Wieviel schlimmer mußte es erst ihrer Mutter ergangen sein, die für ein Kind sorgen, Hypotheken abtragen und Medikamente bezahlen mußte ...

Und das mit einem Ehemann, der jeden einzelnen Dollar versoff, den er in die Finger bekam – diejenigen eingeschlossen, die er aus seiner Frau herausgeprügelt hatte.

Um so wichtiger wurde es für Margo, erfolgreich zu sein. Es ging nicht allein darum, daß sie ihrem Vater etwas beweisen wollte ... *Du wirst stolz auf mich sein, Mom. Und ich werde ihm zurückzahlen, was er uns angetan hat. Ich hasse ihn! Ich bin froh, daß er stirbt! Er verdient es ...* Sie wollte nur, daß er noch lange genug am Leben blieb. Margo hatte nur eine einzige Möglichkeit zurückzuschlagen und wirklich zu beweisen, daß nichts von dem stimmte, was er über sie gesagt hatte. Sie mußte etwas tun, das noch keine andere Frau vor ihr geschafft hatte.

Und nun blieben ihr nur noch drei Monate. Drei Monate, um Kit Carson davon zu überzeugen, daß sie bereit war, durch ein unerforschtes Tor zu gehen und mit einem Beweis für ihren Erfolg zurückzukehren. Drei Monate. Das erschien ihr ebenso unmöglich wie der Gedanke, Kit die Wahrheit über seine Tochter zu erzählen.

Malcolms Lächeln, das immer wieder vor ihrem geistigen Auge aufflackerte, war letztlich nur ein weiteres Hindernis auf ihrem Weg. Männer bedeuteten nur Ärger. *Sie benutzen dich, sie verletzen dich, sie zerstören deine Träume und stampfen dich in den Boden ...*

Malcolm Moore ist nicht Billy Pandropolous, und er ist auch nicht mein Vater. Dennoch – sie hatte keine Zeit für die Liebe. Immerhin war Malcolm ein Gentleman. Er würde sie nicht verletzen, wie Billy Pandropolous es getan hatte. Das war ein kleiner Trost für Margo, als sie wieder zurück in ihr Zimmer schlich und für den Rest der Nacht unter der Bettdecke verschwand.

Als sie nach Rom zurückkehrten, versuchte Margo, eine tapfere Miene beizubehalten. Malcolm, der nicht einmal ahnte, welchen Tumult er mit jedem Lächeln in Margo auslöste, zeigte ihr den Campus Martius, wo im Circus Flaminius die weltlichen Spiele abgehalten wurden. Zu dem Campus gehörten weitreichende Gärten, in denen sich junge Männer ertüchtigen oder miteinander spielen konnten. Hier befand sich die Villa Publica, wo sich die Römer dem Zensus offenbaren mußten, um die großen Legionen zu finanzieren, und die Septa, wo öffentliche Wahlen abgehalten wurden. Außerdem gab es Geschäfte, in denen Luxusartikel aus dem ganzen Reich verkauft wurden, und eine Uferpromenade, die die Römer dazu nutzten, im seichten Wasser des Tiber zu schwimmen.

Sie besuchten das Forum Romanum mit dem berühmten Rostrum – ein öffentliches Rednerpult, von dem aus jeder Römer seinen Mitbürgern Neuigkeiten berichten oder seine Meinung kundtun konnte. Das Forum war von beeindrukkender Pracht. Die Galionsfiguren gekaperter Schiffe dienten vor dem Hintergrund marmorner Basiliken als Dekoration. In den Basiliken entdeckte Margo zu ihrer Überraschung weibliche Rechtsgelehrte.

»In diesem Beruf waren Frauen recht häufig anzutreffen«, erklärte Malcolm. »Die Frauen im römischen Imperium waren nicht mehr wie in früheren Zeiten oder anderen Kulturen an Haus und Herd gebunden.«

Margo nahm es erfreut zur Kenntnis und betrachtete fasziniert die Wasseruhren, mit denen die Redezeit der Rechtsgelehrten abgemessen wurde. Bei manchen tropfte Wasser aus einem Tank in eine Schale und hob einen Schwimmer an, der einen mechanischen Zeiger in Gang setzte. Andere nutzten den Wasserdruck, um jede Stunde einen kleinen Hornstoß erklingen zu lassen.

»Ein Wecker«, bemerkte Margo staunend. »Das ist ein Wecker!«

Malcolm antwortete mit einem Lächeln, das ihren Körper unmerklich erzittern ließ.

Sie folgten den Aquädukten durch die Stadt, und Malcolm erklärte ihr, wie die Springbrunnen funktionierten, und auf welche Weise die Aquädukte die großen öffentlichen Bäder und die Privathaushalte versorgten. Schließlich mietete er sogar ein Boot und brachte sie in die riesige Cloaca Maxima, die der Abwasserentsorgung der morastigen Täler Roms diente.

Malcolm zeigte Margo, wie die Straßen gereinigt wurden. Sklaven preßten alte Tücher auf den feuchten Boden. Die Tücher wurden getrocknet und später wurde der öl- und dreckverschmierte Lehm einfach herausgeschlagen. Margo lernte die römische Glasproduktion kennen, sah einem Mosaikleger bei der Arbeit zu und besuchte einen Sklavenmarkt.

Letzteres verursachte ihr Alpträume.

Sie durfte nicht zeigen, was in ihr vorging, aber wenn Malcolm damit zurechtkam, dann würde sie es auch schaffen. Gerade als ihre Tatkraft sie verlassen wollte, war die Zeit für die Hilarien – und ihren siebzehnten Geburtstag – gekommen. Das Frühlingsfest war ganz anders, als Margo es sich vorgestellt hatte. Sie hatte Straßentheater und Komödianten erwartet, vielleicht auch Leute mit komischen Kostümen, die lachten, tanzten und sangen, so wie sie es von Volksfesten gewohnt war.

Minnesota hatte sie nicht auf römische Straßenorgien vorbereitet.

»Es ist ein Freudenfest«, schrie Malcolm gegen den Lärm an. Über eine Million singender und lachender Menschen tanzten auf den Straßen, und Margo konnte sich nicht erinnern, jemals außerhalb eines Supermarktes solche Unmengen an Wein gesehen zu haben. »Heute wird ihr Sonnengott reinkarniert«, fuhr Malcolm fort. »Nach der alten Zeitrechnung ist dieser Tag Neujahr.«

Der Times Square hatte niemals eine solche Feier erlebt.

»Ich verrate Ihnen ein Geheimnis«, rief Margo lachend.

»Was?«

»Es ist auch mein Geburtstag.«

»Oh-ho!« Malcolms Grinsen hatte eine gefährliche Wirkung auf ihren Magen. »Ich kann mir keine bessere Art vorstellen, Ihren Geburtstag zu feiern, und Sie?«

Sie schüttelte den Kopf mit einem seligen Grinsen auf den Lippen. Plötzlich wurde ihr bewußt, daß sie noch niemals in ihrem Leben so glücklich gewesen war.

Jemand hielt ihr nach dem Motto ›Trink oder stirb‹ einen Weinschlauch an die Lippen. Margo trank – und wäre fast gestorben. Malcolm klopfte ihr grinsend auf den Rücken. »Die Römer wissen, wie man eine Party schmeißt, was?«

Margo keuchte und wischte sich das Gesicht ab. »Das ist viel wilder als Karneval!« Nicht daß Margo jemals eine annähernd so große Karnevalsfeier erlebt hatte …

Ein Mädchen lief kreischend und kichernd an ihnen vorbei, gefolgt von einem betrunkenen Mann mittleren Alters, der versuchte nach ihr zu greifen. Margo wollte ihm ausweichen, trat rückwärts in eine Seitenstraße – und wäre fast über ein Pärchen gestolpert.

»O mein Gott ...«

Die Seitenstraße erfreute sich offensichtlich großer Beliebtheit unter jungen Paaren, und keines von ihnen befand sich in einer vertikalen Haltung. Fast keines. Zumindest ein Pärchen hielt sich mehr oder weniger aufrecht. Eilends zog sie sich zurück. Der Anblick war ihr so peinlich, daß sie kaum wußte, wo sie hinsehen sollte. Malcolm, der Schelm, zog nur amüsiert die Augenbrauen in die Höhe. »Stimmt was nicht? Sie sehen so schockiert aus.«

»Finden Sie das etwa nicht schockierend?« Margo wußte nicht so recht, ob sie vor allem wegen dieses ungewohnten Anblicks verlegen sein sollte, oder doch eher, weil sich ihr gesamter Körper in Reaktion auf Malcolms Grinsen in Aufruhr befand. Eine erstaunliche Hitze rann durch ihre Adern und versetzte ihren Puls in Raserei. *O nein. Reiß dich zusammen, Margo! Das gibt nur Ärger. Das ist der Grund, warum der presbyterianische Priester, den die Smiths jeden Sonntag besucht haben ...* Urplötzlich begann sie zu kichern.

»Was ist los?« fragte Malcolm und beugte sich zu ihr herunter, um sie besser verstehen zu können.

»Ich habe mich nur gerade gefragt, was wohl Reverend Williams gesagt hätte, wenn er sich in diese Straße verirrt hätte.«

Malcolm stutzte kurz, dann lachte er. »Wahrscheinlich hätte er etwas über Feuer und Schwefel erzählt. Für die Römer sind die Hilarien aber auch eine heilige Zeremonie. Gelegentliche Affären gehören einfach dazu. Immerhin müssen sich die Frauen den Rest des Jahres über keusch verhalten, und keine Dame, die etwas auf sich hält, würde sich hier bei zweifelhaften Vergnügungen ertappen lassen.«

Ein Mann mit einer abscheulichen Tiermaske wankte an ihnen vorbei und schwenkte seinen Weinschlauch durch die

Luft. Er sang etwas, von dem Margo annahm, daß es ziemlich obszön war.

»Ich wette, ihre Ehemänner sind auch gerade auf der Pirsch!«

Malcolm lachte, schnappte sich zwei Becher von einem Straßenhändler und kaufte einen Weinschlauch. »Gut erkannt. Die alten Römer wußten sich zu vergnügen.« Er prostete ihr augenzwinkernd zu. »Kommen Sie, suchen wir uns etwas zu essen.«

Ganz überraschend wurde Margo bewußt, wie gut es ihr hier ging, und sie entspannte sich. Ein bißchen Zerstreuung würde ihr sicher wohltun, und sie hatte wahrhaftig hart genug gearbeitet, um sich auch einmal eine Pause zu gönnen. *Und falls du diesen Mann bald vergessen mußt, dann solltest du vorher noch die Gelegenheit wahrnehmen, etwas Spaß mit ihm zu haben.* Also gab sie sich dem Vergnügen hin. Sie aß Würstchen, die in großen Kesseln mit siedendem Olivenöl gegart wurden, frisch gebackenes Brot und Sesamgebäck mit Honig. Sie spülte die Leckerbissen mit süßem roten Wein hinunter, bis ihr schwindelig wurde.

Voller Verwegenheit begann sie zu tanzen. Es war ihr gleich, wenn die Leute über sie lachten und sie mit wenig schmeichelhaften Bezeichnungen wie Provincialis oder Rusticus verhöhnten. Malcolm hörte gar nicht mehr auf zu lachen. Schließlich reihte er sich hinter ihr in die Schlange tanzender Menschen ein. Seine Hände lagen plötzlich locker auf ihren Hüften, und Margo fühlte, wie sie vom Scheitel bis zu den Zehenspitzen errötete. Der Tanz führte sie kreuz und quer durch die Straßen, bis zu einem großen marmornen Tempel. Schließlich stolperte Margo mit ihren unsicheren Beinen und fiel gegen Malcolms Brust. Er fing sie auf und stellte sie wieder auf die Füße, und auch sein Gesicht zeigte eine deutliche Röte.

Margos Herz begann verräterisch zu pochen. »Wo sind wir?« fragte sie vollkommen außer Atem. Sie konnte die Längsseite des Circus erkennen und sie wußte, in welcher

Richtung der Fluß liegen mußte, doch dieser Tempel war ihr fremd.

»Das ist der Tempel von Ceres, Liber und Libera«, erklärte er mit rauher Stimme, während seine Augen in fiebriger Erregung leuchteten.

»Von wem?«

»Ceres ist die Göttin des Korns und der Landwirtschaft. Liber Pater und Libera sind uralte lateinische Gottheiten. Sie sind durch eine heilige Hochzeit miteinander verbunden.«

Margo hatte noch immer Schwierigkeiten, wieder zur Ruhe zu kommen. »Wirklich?«

»Ihr Fest wird während der Ludi Ceriales in zweiundzwanzig Tagen zelebriert.«

Margo konnte die Stadt nur verschwommen wahrnehmen, so sehr bannten sie Malcolms leuchtende Augen. »Haben denn römische Götter eigentlich nichts anderes zu tun, als sich zu lieben?«

»Nicht im Frühling.« Er stand sehr dicht neben ihr. Sein Lächeln – und diese Antwort – brachten ihren Körper noch mehr zum Beben. Die Art, wie sich die Haut an seinen Schläfen in Lachfältchen kräuselte, die Art, wie sein Haar wirr über seine Stirn fiel, die Art, in der er ihre Fragen ernstnahm, obwohl seine Augen verrieten, wie amüsiert er war – sogar seine maskuline Ausstrahlung ...

Alles an diesem Mann brachte ihr Blut in Wallung. *Mir ist egal, wenn das alles war, mir ist egal, ob ich Time Scout werde, mir ist alles egal, nur bitte, lieber Gott, laß ihn mich küssen ...* Als hätte er ihr stilles Gebet gehört, beugte er sich über sie. Die strahlende Aprilsonne ließ sein dunkles Haar glänzen wie das Gefieder eines Raben. Dann berührten seine Lippen die ihren: warm, fordernd und sanft zugleich. Sie fühlte sich unendlich schwach, und ihre Hände verkrampften sich in Malcolms Tunika. Noch nie war sie so geküßt worden; als seien ihre Lippen ein wunderbares und empfindliches Juwel, das nur ganz zart berührt werden durfte. Malcolms Hand bewegte sich von ihrem Gesicht fort, strich über ihre Schulter und berührte vorsichtig ihre Brust ...

Sein Kuß wurde immer intensiver, und schließlich standen sie engumschlungen da. Als sie später die Straße hinuntergingen und seine Hand an ihrer Taille lag, fühlte Margo sich schwindlig. Nur verschwommen nahm sie die Umgebung wahr, als er sich mit ihr in die stille Ecke in einer kleinen Baumgruppe zurückzog. Wie im Traum erkannte sie die herabhängenden Zweige, die sich wie ein schützender Schirm um sie zu legen schienen. Aus einem Felsen sprudelte eine natürliche Quelle in einem Rinnsal, das unter den Bäumen verschwand.

Dann lag sie wieder in seinen Armen, und seine Hände berührten ihre nackte Haut. Während sie in einem Gewirr loser Kleider auf den duftenden Erdboden sanken, fühlte Margo, wie sein Herz direkt neben ihrem klopfte.

Erst später kam ihr zu Bewußtsein, was sie getan hatten. Er hielt sie in seinen Armen, und sie spürte, wie sich sein erhitzter Körper an den ihren preßte. Sein Atem strich in kurzen heftigen Stößen an ihrem Ohr vorbei, und ihr Körper bebte noch immer unter dem Feuer ihrer Liebe.

Doch dann erstarrte sie, als liefe Eiswasser durch ihre Adern.

Ich habe mit ihm geschlafen. Mein Gott, ich habe mit ihm geschlafen.

Die Panik ließ sie so steif werden, daß Malcolm es bemerken mußte. »Margo? Was ist mit dir?«

Sie konnte nicht antworten. Sie konnte die entsetzliche Angst, die sie gefangenhielt, nicht in Worte fassen. *Dad hatte recht. Ich bin auch nur eine billige Hure. Ich werde nie etwas anderes sein. Ich werde nie etwas erreichen. Ich kann noch nicht einmal nein sagen, wenn ich weiß, daß es nicht richtig ist. Ich könnte schwanger sein ...*

Tatsächlich, sie könnte schwanger sein.

Sie hatte alles zerstört, wofür sie so hart gearbeitet hatte. Sie würde niemals in der Lage sein, dem Mann entgegenzutreten, der ihre Mutter ermordet hatte, würde ihm nie sagen können, daß er sich geirrt hätte …

Und Kit Carson …

Wenn man ihr nicht einmal zutrauen durfte, nicht gleich mit dem ersten Mann ins Bett zu steigen, der sie in die Vergangenheit brachte …

Sie weinte. Als der Damm brach, der ihre Tränen bis jetzt zurückgehalten hatte, konnte sie die salzige Flut nicht mehr beherrschen. Malcolm berührte ihre Schulter.

»Margo? Bitte, was ist los?«

Sie wandte sich abrupt ab. Ihr war so elend zumute, daß sie am liebsten gestorben wäre.

Malcolms zärtliche Fürsorge machte ihr die Schwere ihres Fehlers nur um so deutlicher bewußt. Natürlich hatte er erwartet, sich mit einer Frau zu vergnügen, die selbst auch die Freude des Augenblicks genießen wollte. Eine Frau, von der er dachte, sie sei gerade neunzehn geworden. Aber bekommen hatte er nur einen zehnminütigen Quickie mit einem verängstigten Kind. Schlimmer noch, ein verängstigtes Kind mit Vergangenheit. Niemals in ihrem jungen Leben war sie so sehr am Boden zerstört gewesen …

Sie barg ihr Gesicht im weichen Gras und weinte, bis sie meinte, ihr Herz müsse zerspringen.

Malcolm blieb eine ganze Weile still neben ihr sitzen und verdammte sich für seine Dummheit. Schließlich konnte er sich nicht mehr zurückhalten.

»Margo, ich muß dich das fragen. Wer war er?«

Sie würgte ein erneutes Schluchzen ab und hörte gerade lange genug zu weinen auf, um zu fragen: »Wer?«

Malcolm hatte das Bedürfnis, ihren Nacken zu streicheln, doch sie schien dafür noch nicht bereit zu sein. »Der Mistkerl, der dir so weh getan hat.«

Endlich drehte sie sich um und sah ihn an. Ihre geröteten Wangen waren tränenverschmiert, und ihre Augen zeigten einen schwachen Ausdruck der Überraschung. Er dachte schon, sie würde ihm nicht antworten, und als sie schließlich etwas sagte, da war es keine richtige Antwort.

»Du klingst wütend.«

Nun berührte er sie doch ganz sanft, und dieses Mal entzog sie sich ihm nicht. »Ich bin wütend, Margo. Wütender, als du dir vorstellen kannst.«

Für einige endlos lange Sekunden hielt sie schweigend seinem Blick stand. Hinter ihr sprudelte das Quellwasser durch den heiligen Hain der Diana zum Tiber hinab, der es in die ferne See führen würde.

Dann wandte sie sich wieder ab. »Du liegst falsch. Es ist nicht so, wie du denkst. Und ich lag auch falsch, in vielerlei Hinsicht.«

Malcolm biß sich auf die Lippe. *Wer hat ihr das bloß angetan? Ich werde ihn auseinandernehmen …* »Mag sein, aber er auch. Wer auch immer es war, welchen Grund er gehabt hat, er hat auch falsch gelegen.«

»Wie – wie kannst du nur so – so verdammt lieb sein?«

Soll das heißen, du schläfst sonst nur mit Jungs, die mies zu dir sind?

Er versuchte, die Situation etwas zu entspannen. »Aber ich bin doch gar nicht lieb, Miss Margo. Ich bin ein berechnender gemeiner Kerl.« Sie wurde sehr still. »Stellen Sie sich vor, ich habe Sie zweitausend Jahre in die Vergangenheit geschleppt, mit süßem römischen Wein abgefüllt und tanzend durch die Straßen geführt, nur wegen des besonderen Kicks, mich halb zu Tode zu erschrecken. Wir Perversen sind eben so. Irre Typen, die alles dafür tun, sich ihrem selbstgewählten Terror hinzugeben.«

Er lächelte in der Hoffnung, sie ein bißchen zu beruhigen, doch ihre zerbrechliche Selbstkontrolle war ihm nicht gewachsen. Ihr ganzes Gesicht legte sich in Falten, und sie wandte sich erneut von ihm ab. »Wo sind meine Kleider? Ich bin so nackt. Wenn du reden willst, dann warte, bis ich angezogen bin.«

»Margo …«

Sie fuhr herum und hielt sich die parthische Tunika wie ein Schild vor den Körper. »Was?«

»Du hast keine Ahnung, wie traurig mich das macht.«

Ihre Brauen fuhren in die Höhe. »Wie traurig dich was macht?«

»Daß du deine Kleider ausziehen kannst, um mit einem Mann zu schlafen, aber nicht fähig bist, hinterher mit ihm zu reden. Das ist es, was Liebe ausmacht. Berühren, reden und mitfühlen.«

Mehrere Male öffnete sie den Mund, doch kein Laut drang über ihre Lippen. Dann sagte sie bitter: »Was macht dich denn zum Experten? Du bist doch nur ein mittelloser Junggeselle! Du ... du bist doch ein Junggeselle, oder?« fragte sie dann und preßte die Tunika fester an ihren Körper.

Er rang sich ein Lächeln ab. »Ja. Ich bin Junggeselle, Margo. Und ich habe nie behauptet, ein Experte zu sein. Ich denke nur, du solltest wenigstens mit dem Menschen befreundet sein, mit dem du schläfst. Anderenfalls ist das eine verdammt traurige Angelegenheit. Du versuchst etwas zu finden und weißt nicht, was es ist, und das mit einem Fremden, der es möglicherweise auch nicht weiß.«

»Ich weiß verdammt genau, was Sex ist!« Sie kniete sich hin, und ihre Finger bohrten sich in die weiche Erde, die Tunika schien nicht mehr wichtig zu sein. »Sex bedeutet, betrunken zu sein, zu denken, man hätte eine schöne Zeit und dann verletzt und verloren aufzuwachen und nur noch Angst zu empfinden, vor allen Menschen, die man jemals gemocht hat! Sex ist eine schmutzige und einsame Sache, und ich bereue es, dich jemals auch nur angesehen zu haben. Zum Teufel mit dir, Malcolm Moore! Du hast meinen siebzehnten Geburtstag ruiniert.«

SIEBZEHNTER? Malcolm öffnete den Mund, doch er konnte nichts sagen. Schock, Bedauern und Ärger hielten ihn so sehr gefangen, daß er unfähig war, sich auch nur zu rühren. *Siebzehn? Mein Gott, Kit wird mich umbringen ...*

Sie schlüpfte in ihre Kleider und rannte davon. Malcolm fluchte und zog sich ebenfalls hastig an, doch als er endlich die Straße erreichte, auf der noch immer Betrunkene und turtelnde Paare unterwegs waren, war sie verschwunden. Die feiernde und lärmende Menschenmenge vor dem Tempel hatte sie verschluckt. Er stand auf dem steinernen Fußweg und konnte vor lauter Schreck kaum atmen.

Idiot, Dummkopf, Trottel … Du hast geglaubt, sie läuft vor etwas davon! Und egal was es war, du hast sie wieder mitten hineingestürzt. In einem kurzen Augenblick völliger Unzurechnungsfähigkeit hatte Malcolm vergessen, daß Margo ein sehr junges Mädchen war, das hinter seiner vorlauten und erotischen Fassade irgend etwas versteckte. Niemand interessierte sich für das verängstigte kleine Mädchen, das sich hinter der herausfordernden Maske der Selbstsicherheit verbarg und den Körper einer Frau hatte. Die Erinnerung quälte ihn. Die Leidenschaft, das Feuer in seinem Inneren …

Nun konnte er nichts mehr tun, als die Scherben zusammenzukehren und zu hoffen, daß Margo ihm eines Tages vergeben würde.

Kit Carson würde das niemals tun.

15.
KAPITEL

Margos weiterer Aufenthalt im alten Rom glich einem Alptraum.

Nachdem sie vor Malcolm davongerannt war, hatte sie sich in dem Gewirr enger und überfüllter Straßen völlig verirrt. Margo lief stundenlang durch die Stadt und achtete mehr darauf, wo sie ihren Fuß hinsetzte, als in welche Richtung sie ging. Als es langsam dunkel wurde, wich der Nebel ganz plötzlich aus ihren Gedanken, und sie fand sich in einer ihr unbekannten Umgebung wieder. Sie sah sich verwirrt um und stellte fest, daß sie nicht die geringste Ahnung hatte, wo sie sich befand, oder wie sie das Gasthaus wiederfinden könnte.

»Malcolm …«, jammerte sie leise.

Aber Malcolm war nicht da, um ihr zu helfen. Sie war auf sich allein gestellt, und es wurde immer dunkler. Die Menschenmenge hatte sich langsam zerstreut, und sie befand sich auf einer schmutzigen Straße mit vier- und fünfstöckigen römischen Wohnhäusern. Es waren halbverfallene Gebäude, in deren Erdgeschossen billige Läden untergebracht waren, und die nach oben hin immer erbärmlicher aussahen.

Sie mußte eine Zuflucht finden. Die Straßen Roms waren lebensgefährlich nach Einbruch der Dunkelheit. Margo sah die Straße auf und ab. Dann lief sie in die Richtung zurück, aus der sie gekommen war. Sie kam an vielen Häuserblocks vorbei, ohne auch nur eine Spur von etwas zu finden, das ihr weiterhelfen konnte. Sie beschleunigte ihre Schritte, und das Herz klopfte ihr bis zum Hals. Plötzlich bemerkte sie die Männer, die überall in den dunklen Hauseingängen herumlungerten.

Als Margo endlich ein Gasthaus entdeckte, war es ihr gleichgültig, wie schmutzig es sein mochte oder wie betrunken die Gäste waren. Sie stürmte einfach hinein und fühlte sich in dem belebten hellen Raum gleich viel sicherer. Sofort richtete sich die Aufmerksamkeit der anderen Gäste auf sie, doch es gelang ihr, ihren Blicken so lange standzuhalten, bis sie sich wieder ihrem Wein und ihren Würfelspielen zuwandten. Gestikulierend setzte sie sich mit dem Gastwirt auseinander. Sie gab ihm Münzen, und er gab ihr Essen und eine Decke. Das Essen war heiß, die Decke schäbig und die Ecke, die sie sich schließlich als Ruheplatz aussuchte, zugig; aber zumindest war sie nicht mehr allein draußen in den gefährlichen nächtlichen Straßen unterwegs.

Morgen würde sie Malcolm finden. Sie würde ihn finden, sich entschuldigen und versuchen, ihm zu erklären ... Sie mußte ihn finden. Die Aussicht, eine Nacht allein zu verbringen, erschien ihr plötzlich viel beängstigender, als sie erwartet hatte. Sie verbarg ihr Gesicht in der Decke. Dann – wie ein Funke wachen Verstandes in der aufsteigenden Panik – ermahnte sie sich zur Vorsicht. Verborgen hinter der Wolldecke legte sie ihr Geld in die Tasche mit dem ATLS und nahm ihr kurzes Messer heraus. Unter der Decke hielt sie das Messer mit festem Griff und fühlte sich gleich viel sicherer.

Dennoch dauerte es lange, bis sie schlafen konnte, und als sie endlich einnickte, wurde sie stündlich von neuen Alpträumen geweckt.

Als es draußen endlich wieder hell wurde, wai Margo völlig erschöpft, aber sie war noch im Besitz ihrer Tasche und ihres Messers. Ihr Magen knurrte gebieterisch, doch sie verwies ihren Körper auf später. Erst mußte sie Malcolm finden. Sie ging hinaus und versuchte den Aventinus-Distrikt wiederzufinden. Schnell erkannte sie, daß sie nicht annähernd genug von Malcolms Lektion über Rom im Gedächtnis behalten hatte. Sie nahm an, daß sie sich irgendwo östlich des Campus Martius befand, also ging sie nach Westen – und verirrte sich in einem Labyrinth aus Privathäusern und öffentlichen Gebäuden, die sich wie zufällig über die Hügel Roms verteilten.

Gegen Mittag fühlte sie sich allmählich schwindelig, doch

sie hatte das Gasthaus noch immer nicht gefunden. Die riesige Fassade des Circus, die man vom Aventinus-Distrikt so deutlich erkennen konnte, versteckte sich hinter Tempeln und großen Villen reicher Römer, die die Hügelkuppen bedeckten. Sie war furchtbar hungrig. Also gab sie ein bißchen von ihrem kostbaren Geld für Wurst und Wein aus und machte sich dann gleich wieder auf den Weg. Die Hilarien waren wieder in vollem Gang und erinnerten sie in schmerzlicher Lebendigkeit an Malcolm. Was mußte er nun denken? Inzwischen würde er außer sich sein. Was könnte sie ihm sagen, welche Erklärung würde sie haben, um das wieder auszubügeln?

Margo ging vollkommen in der Sorge auf, was sie sagen sollte, als jemand sie anrempelte. Ihr blieb nur ein Sekundenbruchteil, um die Sklavenplakette zu sehen, die Ketten an den Handgelenken, die zerrissenen Kleider, die wilden Augen … Dann fiel sie. Sie fühlte kaum noch, wie ihr Hinterkopf auf den kalten Stein schlug.

Dunkelheit breitete sich über ihre Sinne aus.

Als sie erwachte, hatte sie keine Ahnung, wo sie war. Ihr Kopf schmerzte, pulsierend und so heftig, daß sie fürchtete, sie könnte krank sein. Sie fühlte das Gewicht mehrerer Dekken auf ihrem Körper. Es gelang ihr, die Augen zu öffnen, doch es blieb dunkel. Für einen Augenblick wollte die Panik sie übermannen, doch dann erkannte sie einen schwachen Schimmer, der von einer Tür aus in den Raum fiel. Sie befand sich in einem fremden Bett in einem fremden Haus …

Und sie hatte irgendwie mehrere Stunden verloren.

Sie hoffte zumindest, daß es nur Stunden waren.

Vorsichtig kontrollierte sie ihre Kleider. Es waren noch immer ihre eigenen, doch ihre Tasche und das Messer waren nicht mehr da. Jemand hatte ihr einen Heilerdeumschlag um den Kopf gelegt. Das ließ sie hoffen. *Wenn sie sich um mich kümmern, bin ich vielleicht nicht allzusehr in Gefahr.* Aber wo war sie? Und wieviel Zeit war vergangen? Margo war nicht besonders erpicht darauf, ihr Lager zu verlassen und ihren unbekannten Gastgeber zu fragen.

Die Tür wurde geöffnet. Eine junge Frau mit einer Öllampe schaute herein. Margo konnte erkennen, daß sie besorgt aussah. Sie sagte etwas, das irgendwie ängstlich klang und rief jemanden, den Margo nicht sehen konnte. Dann stellte sie die Öllampe auf einen Tisch und ging zu Margo herüber.

»Au!«

Die junge Frau murmelte mit besänftigender Stimme fremde Worte und richtete den Umschlag. Kurz darauf kam ein dünner, kahler Mann herein. Er trug mehrere Tuniken am Körper und hatte einen besorgten Ausdruck im Gesicht. Nachdem er drei Sätze an sie gerichtet hatte, bemerkte er allmählich, daß Margo kein Wort von dem verstand, was er sagte.

Er hielt inne und sah noch besorgter aus. Dann sagte er langsam: »Esne Parthus?«

Margo hatte Schwierigkeiten, ihre Stimme wiederzufinden. »M-minime non Parthus, äh, sed, äh, Palmyrenus sum«, brachte sie jämmerlich hervor und hoffte, ihm tatsächlich erklärt zu haben, daß sie kein Parther, sondern ein Palmyrer war.

»Ahh ... Paterne tuus Romae es?«

Irgend etwas über ihren Vater und Rom. Margo versuchte sich zu erinnern, wie man in Rom ein Nein mittels Körpersprache ausdrücken konnte und versuchte es dann doch wieder mit Latein. »Non Romae est.«

Er sah verwirrt und noch besorgter aus. »Tuique servi?«

Servi? Dienen, Diener ... Er wollte wissen, wo ihre Sklaven waren.

Um sich weiteren anstrengenden Erklärungsversuchen zu entziehen, griff sie sich an den Kopf und stöhnte. In die Augen ihres Gastgebers trat ein alarmierter Ausdruck. Er gab der jungen Frau einige knappe Anweisungen, und sie wechselte vorsichtig den Umschlag um Margos Kopf. Dann nahm sie Margos Arm und hielt ihn über eine Schale. Noch ehe Margo begriff, was geschah, hatte sie ihr mit einem scharfen Messer in den Arm geschnitten. Margo schrie auf und wollte ihren Arm zurückziehen, doch der Römer und die junge Frau hielten sie fest, redeten beruhigend auf sie ein und fingen ihr Blut in der Schale auf. Als sie endlich fertig waren, hatte Margo ein schummeriges Gefühl im Kopf und ein recht unangenehmes in ihren Eingeweiden.

Wenn sie so weitermachen, werden sie mich mit ihrer Fürsorge noch umbringen …

Margo war zu geschwächt, um den mysteriösen Trank abzuwehren, den sie ihr einflößten. Der Römer sagte noch einige Worte, die Margo zwar nicht verstand, die aber vermutlich beruhigend wirken sollten, und verließ dann gemeinsam mit der jungen Dienerin den Raum. Margo versuchte, sich aufzusetzen, doch sie war zu benebelt von den Schmerzen in ihrem Kopf, dem gewaltsamen Aderlaß und der sonderbaren Medizin. Mit einem schwachen Stöhnen sank sie kraftlos auf ihr Lager zurück.

Morgen werde ich von hier verschwinden, dachte sie, *morgen …*

Volle vier Tage lang war sie die hilflose Gefangene ihres fürsorglichen Gastgebers, Quintus Flaminius. Sie war zu schwach, um auch nur den Raum zu verlassen, aber wenigstens war es ihr gelungen, Flaminius davon abzubringen, sie alle paar Stunden zur Ader zu lassen. Er hatte sich diesem Wunsch zwar nur widerwillig gefügt, doch Margos Heilungsprozeß hatte sich enorm beschleunigt – ganz besonders, nachdem sie ihn überredet hatte, ihr Wasser anstelle von Wein zu den Mahlzeiten zu reichen. Margo hatte in einem Erste-Hilfe-Kurs gelernt, daß man einen Blutverlust durch Flüssigkeitszufuhr ausgleichen mußte, und sie wußte, daß Alkohol, obwohl flüssig, dehydrierend wirkte, und ihr damit noch weiter schaden würde. Also trank sie

Wasser, bis sie das Gefühl bekam, platzen zu müssen, und trieb sich dazu an, gesund zu werden.

Ihre Tasche mit dem ATLS und dem Messer hatte sich wieder eingefunden. Sie lag wohlbehalten in einer Truhe neben ihrem Bett. Margo nahm sie stets heraus, sobald sie allein war, um ihr Logbuch auf dem laufenden zu halten und zu prüfen, wie viel Zeit ihr noch blieb, bis sich die Porta Romae wieder öffnen würde. Ihren Berechnungen nach blieben ihr noch vier Tage. Was mochte in Malcolm jetzt vorgehen …

Margo hatte keine Möglichkeit, ihm eine Nachricht zukommen zu lassen. Alles was sie tun konnte war, so schnell wie möglich gesund zu werden, um sich hier aus dem Staub zu machen. Am fünften Tag hatten ihre Kopfschmerzen nachgelassen, und sie konnte wieder aufstehen, ohne daß ihr gleich schwindelig wurde.

Ihr Gastgeber war ganz offensichtlich ein wohlhabender Mann. Außerhalb ihres Krankenzimmers entdeckte sie eine großartige Villa mit atemberaubend schönen Fresken, Mosaikböden und wertvollen Plastiken.

Quintus Flaminius führte sie in einen Gartenhof und klatschte in die Hände. Sklaven zerrten eine in Ketten gelegte aschbleiche weinende Gestalt herbei und stießen sie vor den Füßen ihres Meisters zu Boden.

Margo erschrak. *Er ist ja noch ein Kind!*

Ein Knabe von etwa dreizehn Jahren kauerte sich Quintus Flaminius zu Füßen. Flaminius sprach in befehlsgewohntem Ton zu dem Knaben und deutete auf Margo. Der Knabe küßte Margos Füße, was ihren Schrecken noch verstärkte, und kauerte sich dann in einer fast embryonalen Haltung neben sie. Flaminius klatschte erneut in die Hände. Zwei Sklaven trugen eine große Kohlenpfanne auf einem hölzernen Gerüst herbei und stellten sie vor ihrem Meister ab. Die Frühlingsluft flimmerte über den glühenden Kohlen, in denen ein Brandeisen mit einem langen Griff steckte.

Flaminius bellte einige Befehle. Der Knabe sah auf …, und ein gequälter Schrei drang über seine aschfahlen Lippen. Er fuhr zurück, versuchte aufzustehen, ließ sich wieder fallen, umklammerte die Beine seines Meisters und flehte verzweifelt: »Domine, Domine ...«

Wollte er seinem Meister seine Ergebenheit versichern, oder bettelte er einfach um Gnade, indem er ständig das einzige Wort wiederholte, das ihm geläufig war?

Die Sklaven, die die Kohlenpfanne gebracht hatten, ergriffen ihn und hielten ihn unerbittlich fest. Flaminius nahm bedächtig das Brandeisen aus dem Feuer und nickte den Männern zu. Sie legten seine Oberschenkel frei ...

Der Geruch verbrannten Fleisches und ein entsetzlicher Schmerzensschrei ließen Margo erbeben. *O Gott ...*

Sie hatten ihm ein großes »F« in den Oberschenkel gebrannt. Margo würgte und fürchtete, ohnmächtig zu werden. Der Knabe lag stöhnend auf dem Boden, und seine Finger bohrten sich in die Erde. Flaminius hatte das Eisen in die Glut zurückgelegt, um es wieder aufzuheizen. Die Sklaven zogen den Knaben hoch und hielten ihn wieder fest. Flaminius griff nach dem Brandeisen und bewegte seine glühende Spitze direkt auf das kindliche Gesicht zu ...

»NEIN!«

Margo war aufgesprungen.

Flaminius hielt überrascht inne und starrte verwundert auf die Tränen in Margos Augen. Ganz langsam legte er das Brandeisen wieder in die Kohlenpfanne zurück und bedeutete seinen Sklaven mit einer Geste, den Jungen loszulassen. Der Knabe küßte die Füße seines Meisters – und benetzte danach Margos mit seinen Tränen. Sie schwankte leicht ...

Flaminius führte sie zu einer marmornen Bank und rief einen Sklaven herbei. Gleich darauf wurde ein Kelch an ihre Lippen geführt, und schwerer Rotwein rann über ihre Zunge. Margo hatte Schwierigkeiten, sich wieder unter Kontrolle zu bringen. Flaminius sprach mit seinem Sklaven, doch sie konnte kaum etwas verstehen. Nur die Version ihres Namens, die sie ihm genannt hatte, drang klar und deutlich in ihr Bewußtsein: Margo Sumitus. Als Flaminius sie schließlich wieder in ihr Krankenzimmer zurückbrachte, folgte sie ihm bereitwillig. Sie wunderte sich lediglich, daß der gebrandmarkte Knabe, der noch immer in Ketten gelegt war, ihnen folgte und sich neben ihr Bett setzte. Er blieb auch, nachdem Flaminius den Raum verlassen hatte, und setzte sich direkt zwischen Margos Bett und die Tür, so als wolle er ihr Leben bewachen.

Sie betrachtete ihn und fragte sich, wie er wohl heißen mochte. Für einen Augenblick traf sein Blick den ihren, und in seinen Augen stand eine unausgesprochene Neugier. Er schien verwundert über seinen fremden Wohltäter, der ihn davor bewahrt hatte, ein zweites Mal gebrandmarkt zu werden. Schamesröte stieg dem Knaben ins Gesicht, und er senkte demütig seinen Blick.

Sie setzte sich in ihrem Bett auf und deutete auf ihre Brust. »Margo«, sagte sie und zeigte dann auf ihn.

»Domine, sum Achilles«, flüsterte der Knabe.

Domine?

Sie mußte da etwas mißverstanden haben. Andererseits erinnerte sie sich genau, was Malcolm ihr erklärt hatte. Dominus bedeutete soviel wie Herr, Meister.

»Esne Palmyrenus?« fragte der junge Achilles sie mit ehrfürchtiger Stimme.

Sie zuckte mit den Schultern. »Et tu?«

»Graecus sum ...«, würgte er in ersticktem Tonfall heraus, ehe seine Stimme versagte. Wie war dieser Junge nur zum Sklaven geworden?

Noch wichtiger schien ihr die Frage, wie er zu ihrem Sklaven geworden war und was sie nun tun sollte.

Als ihr Gastgeber das nächste Mal nach ihr sah, versuchte sie ihn danach zu fragen. Ihr Latein reichte für eine so komplizierte Frage nicht aus, doch Flaminius verstand sie und räumte jeden Zweifel aus, indem er ihr Achilles' Ketten in die Hand gab und sagte: »Achilles tuus est servus.«

Na, phantastisch. Und was soll ich mit einem Sklaven anfangen?

Flaminius übergab ihr einen eisernen Schlüssel.

Margo betrachtete ihn eine Weile nachdenklich, während Achilles mit gesenktem Kopf vor ihr kniete. *Vielleicht versucht er fortzulaufen, aber was soll's. Ich werde ihm sicher nicht nach-*

jagen. Sie löste seine Ketten. Achilles gab ein überraschtes Keuchen von sich, und seine Augen füllten sich mit Tränen. Auch Flaminius stieß in einem Ausdruck der Verwunderung pfeifend seinen Atem aus, zuckte aber dann mit den Schultern, als wolle er sagen: »Ihr Problem.«

Beim Abendessen wich Margos überraschende Neuerwerbung ihr nicht von der Seite. Später brachte er sie zu Bett und achtete sorgsam darauf, daß sie bequem lag, ehe er die Lichter löschte. Dann nahm er wieder seine Wachposition zwischen ihr und der Tür ein.

Am nächsten Morgen war er noch immer da.

Puh ...

Nach Margos Berechnungen blieben ihr noch zwei Tage Zeit, um das Gasthaus von *Time Tours* wiederzufinden, Malcolm zu erklären, was geschehen war und um einiges erfahrener ins La-La-Land zurückzukehren.

Als sie versuchte, das Haus zu verlassen, reagierte Flaminius mit Entsetzen. Wild gestikulierend bedeutete er ihr, daß sie sein Gast sei und er es keinesfalls gestatten würde, daß sie sein Haus verließe, ehe sie vollkommen genesen war. In ihrer Not, unbedingt hinauszukommen, entschloß sie sich zu einer List. »Circus, Quintus Flaminius. Ludi Megalenses ...«, sagte sie eindringlich und hoffte, daß sie – einmal draußen auf den belebten Straßen – schon einen Weg finden würde, seiner überschwenglichen Gastfreundschaft zu entkommen.

Verständnis leuchtete in seinen Augen, und wenn Margo auch seine Worte nicht verstehen konnte, so war ihr doch der Inhalt klar: »Natürlich. Sie sind den weiten Weg von Palmyra hergekommen, um die Spiele zu sehen, und dann hat einer meiner Sklaven Sie so schwer verletzt, daß sie zu krank sind, um ...«

Mit Hilfe der Zeichensprache erklärte er Margo, daß sie am folgenden Tag zu den Spielen gehen würden. Margo bemühte sich, ihre Enttäuschung zu verbergen und fügte sich seinem Willen. In der Zwischenzeit bereitete Achilles ihr Sorgen. Es gefiel ihr nicht, einen Sklaven zu haben, und er war ihr schlicht im Weg. Was auch immer sie tat, er war stets bei ihr. Wenn sie es ihm erlaubt hätte, dann hätte er sie sogar an- und ausgekleidet. Glücklicherweise gab es in der Villa ein verschließbares Badezimmer, in dem Margo sich allein aufhalten konnte, während Achilles vor der Tür wachte.

Sollen sie mich eben für einen exzentrischen Provinzler halten, dachte sie verdrossen. Was auch immer ihr Gastgeber und ihr Sklave über sie denken mochten, in der wohltuenden Wärme des Bades kümmerte sie das nicht mehr. Sie wünschte sich nur, es nie mehr verlassen zu müssen. *Mmh, daran könnte ich mich gewöhnen ...*

Sie verbrachte den halben Tag in dem heißen Badewasser und wusch jeden Quadratzentimeter ihres Körpers, während sich ihre verhärteten Muskeln entspannten und die schmerzhaften Prellungen ein wenig abklangen. Später gönnte sie sich ein entspanntes Essen im Garten, lauschte dem Plätschern der Springbrunnen und wünschte sich, Malcolm wäre bei ihr. *Morgen,* dachte sie. Morgen würde sie die Gelegenheit nutzen, ihrem überfürsorglichen Gastgeber zu entkommen.

Unglücklicherweise hatte ihr Gastgeber andere Pläne.

Sie ging nicht zum Circus.

Sie wurde getragen. Sie saß in einer Sänfte, die von vier schwitzenden Sklaven getragen wurde. In dieser erhabenen Position, hoch über den Köpfen der anderen Menschen, kam sie sich ebenso dumm wie lächerlich vor. Und hilflos – wieder hatte sie nicht die geringste Chance, zu verschwinden. Abgesehen davon, daß sie nicht einfach aussteigen konnte, folgte wenige Schritte hinter ihr Quintus Flaminius in einer zweiten Sänfte.

Achilles, der tapfer sein leichtes Humpeln zu verbergen suchte, ging mit leuchtenden Augen direkt hinter ihrer Sänfte her.

Vor dem Circus herrschte ein wildes Durcheinander. Die

Menschen drängelten sich vor den Eingängen, und die kleinen Geschäfte rundherum erfreuten sich eines regen Interesses. Margo erkannte zu ihrer Überraschung, daß dort sogar Gläser und Flaschen mit eingearbeiteten Rennszenen verkauft wurden. *Circussouvenirs, wer hätte das gedacht?*

In einigen Buden gingen Buchmacher ihren Geschäften nach. Auch sie konnten sich vor der enormen Nachfrage kaum retten. Unzählige Männer drängten sich vor ihren Ständen und versuchten noch schnell ihre Wetten zu plazieren, ehe die Spiele weitergingen. Margo hatte in einem der vielen Bücher in der Bibliothek des La-La-Landes gelesen, daß es im alten Rom illegal gewesen war, auf die Spiele zu wetten. Sollte das stimmen, dann mußten die Ordnungshüter der ewigen Stadt wohl beide Augen zudrücken.

Quintus Flaminius' Sklaven setzten die Sänften gleich neben einem der Eingänge zur Arena ab. Margo überlegte ernsthaft, ob sie versuchen sollte, jetzt zu türmen, doch Quintus nahm ihren Arm, lächelte und plauderte und führte sie direkt zu dem Eingang. Er bezahlte den Eintritt für sie und kaufte drei rote Tücher, um Beifall zu winken. Nachdem Margo einige Male die Worte Imperator und Cäsar im Zusammenhang mit den Tüchern vernommen hatte, nahm sie an, daß Rot wohl Claudius' Lieblingsfarbe war. Quintus gab ihr und Achilles je ein Tuch und wies seine Sklaven an, draußen zu warten. Dann schickte er Achilles mit etwas Geld fort. Der Knabe war erstaunlich schnell mit einem Korb voller Essen und einem Krug Wein zurück. Nun führte ihr Gastgeber sie in das Innere des Circus.

Margo ging langsam, um die überwältigende Szenerie auf sich wirken zu lassen. Quintus Flaminius grinste amüsiert und führte sie zu ihren Sitzplätzen in der zweiten Reihe, nahe dem Wendepunkt der Rennstrecke. Margo sah sich um und stellte fest, daß die Menschen weiter hinten alle entweder Sklavenplaketten trugen oder wie Fremde gekleidet waren. Sie konnte keine einzige Toga erkennen. Daß sie das auch ohne Malcolms Hilfe verstand, veranlaßte sie zu einem grimmigen Lächeln. Ganz ohne Zweifel verdankte sie ihren guten Sitzplatz der Tatsache, daß sie der Gast eines wohlhabenden Römers war.

Der Aufbau des Circus überraschte sie. Die Arena war nicht oval, sondern hufeisenförmig. Direkt vor ihr lag der rundgehaltene Wendepunkt. An der gegenüberliegenden Seite, die völlig gerade gehalten war, gab es einige vergitterte Tore. Oberhalb der Arena befanden sich drei halbkreisförmige Sitzreihen. Diese miteingerechnet, erstreckte sich die Arena nach Margos Schätzung über eine Länge von etwa eintausendfünfhundert Metern.

Direkt vor den Toren war der Untergrund auf einigen Quadratmetern gepflastert, wohingegen der Rest der Arena lediglich festgestampften Erdboden aufwies, der mit weißem Sand bedeckt war. Sklaven streuten etwas auf den Sand, das das Sonnenlicht in unnatürlicher Weise reflektierte. Vielleicht handelte es sich um irgendein glitzerndes Mineral. Margo hatte ähnliche Reflexionen schon einmal auf Glimmerspuren in Granitbrocken gesehen. *Teuer, aber hübsch.*

In der Mitte der Rennbahn verlief eine lange Trennwand, die mit großen marmornen Säulen dekoriert war, auf denen glänzende weibliche Statuen – einige davon mit Flügeln – thronten. In Miniaturtempeln standen kleine Altäre für Gottheiten, die Margo vollends unbekannt waren, und auf querliegenden Balken waren steinerne Eier und Delphine aufgestellt. Nicht weit von ihren Sitzplätzen entfernt entdeckte Margo eine goldene Statue, die selbst sie erkannte. Sie zeigte die Cybele auf dem Rücken eines Löwen. Gleich neben der Magna Mater befand sich eine Gruppe marmorner Bäume, aber sie hatten keine Ähnlichkeit mit der heiligen Kiefer des Attis. Margo fragte sich, welche Bedeutung sie haben mochten.

Genau auf der Mitte der Mauer stand ein enormer ägyptischer Obelisk. *Wer hat den bloß hierhergeschafft?* Es mußte eine wahre Heldentat gewesen sein, dieses Ding über das Mittelmeer zu transportieren. Auf der aventinischen Seite des Circus befand sich oberhalb der Tribünen eine Art Tempel, dessen Dach auf mehreren Säulen ruhte. *Da sitzen die Schiedsrichter,* dachte sie, nachdem sie die weiße Linie entdeckt hatte, die ganz in der Nähe in den Sand gezogen war. Jenseits des Obelisken und der Statuen konnte sie noch eine weitere tempelartige Plattform mit vielen Säulen erkennen, hinter der in weiter Ferne der Palatin zu sehen war. Dieser zweite Tempel war in die unteren Sitzreihen hineingebaut und wurde von einem prachtvollen Giebeldach gekrönt. Einige leere steinerne Sessel erwarteten dort ihre illustren Gäste. *Ich frage mich, ob das der Platz von Claudius ist.*

Die zwölf Starttore am anderen Ende der Arena waren mit grauen und roten Marmorbögen verziert und mit doppelten hölzernen Gittern versperrt. In der Mitte der Tore befand sich ein kunstvoll gearbeitetes Podest mit einer steinernen Balustrade, und zwischen den Toren standen quadratische Säulen mit Marmorbüsten. Von den Toren führten Bahnen, die durch weißgekalkte Linien abgeteilt waren, zu der ebenfalls weiß markierten Startposition.

Gleich in der Nähe von Margos Sitzplatz ruhte ein kleiner quadratischer Schrein auf kreisförmig angeordneten steinernen Stufen. Neben ihm wuchs ein Baum, den Margo nicht einordnen konnte. Zwischen der Rennbahn und den Sitzreihen verlief ein beeindruckender, drei Meter breiter Wassergraben. Außerdem war die Mauer vor den Sitzreihen mit einem Metallgitter bewehrt, das über das gesamte Halbrund der Arena verlief.

Der Wendepunkt der Rennstrecke wurde von drei halbmondförmigen Podesten gebildet, von denen hohe steinerne Säulen aufragten, gekrönt von einer nach unten abgerundeten Platte, deren Seiten eine ovale Form hatten. Sie erinnerten Margo erschreckend an männliche …

Angesichts römischer Sexualmoral würde mich das auch nicht mehr wundern.

Margo staunte, wie schnell sich die großen Tribünen nun füllten. Sie versuchte zu schätzen, wie viele Menschen auf ihnen Platz finden würden, also zählte sie die Sitze einer Reihe und multiplizierte sie mit der Reihenanzahl und kam so auf über einhundertfünfzigtausend Plätze. Sie nahm an, daß sie sich verzählt hatte, denn diese Zahl kam ihr doch zu hoch vor. Direkt hinter ihr suchten sich einige gutgelaunte Männer und Frauen ihre Plätze, wobei sie Margo einige Male ihre Knie in den Rücken rammten. Margo selbst hatte ihre Knie fast bis zum Kinn angezogen, um nicht ihrerseits ihren Vordermann derart zu traktieren. Nach einer Weile, in der sie beobachtete, wie sich die Menschen wie Ölsardinen in den Zuschauerraum zwängten, war sie nicht mehr davon überzeugt, sich verschätzt zu haben. Sie konnte nur hoffen, daß die hölzerne Tribünenkonstruktion nicht unter der Last nachgab.

Als die Ränge fast bis auf den letzten Platz gefüllt waren, signalisierten Hornstöße erste Aktivitäten auf der anderen Seite der Arena. Männer betraten die Arena. Sie trugen lange Stäbe, auf denen ein dreieckiges Emblem mit einem goldenen Adler und den Buchstaben SPQR thronte. Hurrarufe aus hundertfünfzigtausend Kehlen verdichteten sich zu einem Brausen über dem Circusareal. Die Zuschauer waren aufgesprungen, und Margo hatte sich ebenfalls erhoben.

Was denn? Wo?

Quintus Flaminius deutete die Rennbahn hinab.

Hinter den Bannerträgern ging ein Mann von einem Eingang neben den Starttoren auf die Rennbahn zu. Er humpelte entsetzlich, und seine Bewegungen waren auffallend unbeholfen. Gekleidet war er in eine weiße Wolltoga, deren Säume mit breiten Purpurbändern verziert waren. Margo fragte sich, ob seine ungelenken Bewegungen wohl von übermäßigem Alkoholgenuß herrührten, und stellte fest, daß er die ungeteilte Aufmerksamkeit des Publikums auf sich zog.

Im Redefluß der Frau hinter ihr fiel plötzlich das Wort Princeps. Margo schnaufte beeindruckt. *Claudius.* Sie hatte nicht damit gerechnet, daß der große römische Imperator zu Fuß den Circus betreten würde. Sie hatte eine goldene Kutsche oder etwas in dieser Art erwartet. Doch Claudius ging zu Fuß, und das tat er sehr langsam und vorsichtig. Er machte wirklich keine besonders gute Figur an der Spitze dieser Prozession.

Margo bemerkte ein klammes Gefühl in ihrer Brust. Sie hatte nicht daran gedacht, daß die Gesichtslähmung von Claudius, die auf den Fotografien von *Time Tours* so deutlich zu sehen waren, mit einem anderen Gebrechen zusammenhängen konnte. Kein Wunder, daß es Malcolm nicht gefiel, wenn die Leute über den Mann lachten. Es mußte ihn ungeheuer viel Kraft kosten, diese Prozession zu führen, von den Schmerzen ganz zu schweigen ...

Margo schluckte und fühlte, wie ihre Wangen rot anliefen. Sie wäre sicher eher vor ihren Problemen davongelaufen. Sie hätte sich ihnen nicht gestellt, wie es dieser Mann dort in der Arena tat. Und wohin hatte sie das gebracht? *Ich werde ihn finden. Heute abend, nach den Spielen ...*

Hinter Claudius betraten die Musiker die Arena. Trommler und Trompeter füllten das Halbrund, und ihre Musik klang so wild und schrill, daß Margo eine Gänsehaut über den Rücken lief. Den Musikern folgten Männer mit kleinen Kutschen und Handkarren, auf denen die Statuen römischer Gottheiten befestigt waren. Margo wußte nicht, wen die einzelnen Statuen darstellten, doch sie genoß den wunderbaren Anblick der glänzenden Figuren in der Morgensonne.

Die Prozession zog die Rennbahn entlang und stoppte unter der tempelartigen Plattform auf der dem Palatin zugewandten Seite des Circus. Dort stieg Claudius langsam die Stufen zu seinem Platz hinauf, gefolgt von Trägern, die die Götterstatuen rund um den Imperator herum plazierten. Claudius setzte sich auf einen steinernen Sessel nahe der vorderen Kante der Plattform und hob grüßend die Hand, woraufhin die Menge in Raserei verfiel.

Beliebt, der Bursche.

Margo bemerkte einigermaßen überrascht, daß die freudige Erregung aus dem Publikum auch auf sie übergegriffen hatte.

Erwartungsvolle Stille senkte sich nun über den Circus, nur unterbrochen von dem schrillen Wiehern nervöser Rennpferde. Der Geruch von adrenalindurchsetztem Körperschweiß stieg aus dem Publikum auf, und aus dem Inneren des Circusbaus ertönte das Brüllen wilder Bestien. Margo lehnte sich vor, um besser zu sehen. Auf dem Podest über den Starttoren war ein Uniformierter erschienen, und neben den Toren hatten sich weitere Männer aufgestellt, die mit einer Apparatur beschäftigt waren. Der Uniformierte ließ ein weißes Tuch fallen. Margo wünschte verzweifelt, sie hätte ein Fernglas bei sich. Es sah fast so aus, als würden die Männer etwas auf eine große Rolle wickeln, aber sie konnte es nicht genau erkennen. *Wir hätten uns näher an den Start setzen sollen.*

An die Querbalken, auf denen die Eier und die Delphine befestigt waren, wurden Leitern angelegt. Die Spannung unter den Zuschauern stieg ins Unermeßliche, während unten in der Arena Männer, die Margo für Schiedsrichter hielt, ihre Positionen einnahmen. Dann, viel schneller als Margo es erwartet hatte, fiel das weiße Tuch zu Boden – das Zeichen zum Start.

Mit einem lauten Krachen, das selbst am anderen Ende des Circus nicht zu überhören war, flogen die Holztore am Start auf. Zwölf vierspännige Wagen fuhren in die Arena und nahmen unter dem Klang der Trompeter ihren Platz an der Startlinie ein. Dann wurde der Start freigegeben, und die Wagen, die Margo frappierend an Puppentassen erinnerten, flogen unter dem donnernden Geräusch der Hufe förmlich davon. Die Fahrer, die die Zügel um ihre Hüften gewikkelt hatten, trieben ihre Pferde mit der Peitsche zu immer größerer Geschwindigkeit an. Sie trugen Tuniken und kurze Umhänge, die wild im Fahrtwind flatterten und bildeten vier verschiedene Mannschaften, die sich durch ihre Farben voneinander unterscheiden ließen. Kleidung, Wagen und Geschirr waren jeweils grün, rot, blau oder weiß.

Margo hielt gespannt den Atem an, als die Wagen, um die besten Plätze ringend, auf den Wendepunkt zugerast kamen. Der führende Wagen, einer aus der grünen Mannschaft, schleuderte mit einem winzigen Vorsprung um die Kurve. Auch der Zweite kam gut durch. Der dritte Wagen krachte mit dem kurvenäußeren Rad gegen die steinerne Begrenzung zwischen der Rennstrecke und dem Graben. Der Wagen schlingerte. Die Deichsel brach. Margo schrie. Das zierliche Gefährt, kaum mehr als eine Nußschale mit einem gitterförmigen Boden, zerschellte in tausend Stücke, während die entfesselten Pferde den Fahrer hinter sich herschleiften. Margo sah, wie der Mann versuchte, das Messer an seinem Gürtel zu ergreifen, um sich zu befreien.

Die anderen Wagen beschrieben einen großen Bogen, um den Wrackteilen auszuweichen. Der verunglückte Fahrer hielt endlich sein Messer in der Hand und durchtrennte die Zügel. Er überschlug sich noch einige Male, ehe er regungslos auf der Bahn liegenblieb. Einige Sklaven rannten herbei und schafften die Wrackteile und den bewegungslosen Mann von der Strecke. Andere Sklaven fingen weiter vorne die herrenlosen Pferde ein und führten sie aus der Arena. Für die verbliebenen Wagen begann die zweite Runde, und die Männer auf den Leitern entfernten ein Ei und einen Delphin von den Querbalken.

Margo versuchte sich jedes Detail einzuprägen. Sie hatte sich fest vorgenommen, zur Abwechslung einmal wie ein Time Scout zu denken. Die Pferde trugen anstelle eines Geschirrs, wie sie es aus London kannte, Kummets um den Hals. *Wie können sie bloß atmen, wenn man ihnen so die Luft abschnürt?* Die Mähnen der Tiere waren festgeschnürt, damit sie nicht im Wind flattern konnten, und ihre Schweife waren kurzgeschnitten. Um die Hälse der Fahrer baumelten Ketten mit Sklavenplaketten. Malcolm hatte ihr erzählt, daß die Männer, die hier in der Arena die Wettkämpfe austrugen, Sklaven, Gefangene oder Kriminelle waren.

Margo fragte sich, ob der verunglückte Fahrer wohl mit dem Leben davongekommen war, und zog fröstelnd die Schultern hoch. Die Wagen gingen gerade in eine neue Runde. Sie schlingerten um die Kurve und sprangen beängstigend über die tiefen Rillen, die sie in den vorherigen Runden im Boden hinterlassen hatten, als sie in einer enormen Staubwolke wieder auf die lange Gerade einbogen.

Drei Runden, vier, fünf. Wie viele Runden würde das Rennen dauern? Margo sah zu der Mauer hinüber. Noch zwei Eier und Delphine. Noch immer kämpften die Fahrer um die beste Position, als sie die Wende zur sechsten Runde nahmen. Margo konnte vor Spannung kaum atmen, doch die Wagen kamen alle sauber um die Haarnadelkurve herum. Die sechsten Rundenzeichen wurden abgenommen, und die Trompeter ließen ihre Instrumente erklingen. Die letzte Runde.

Einer der blaugekleideten Fahrer kämpfte mit einem Roten um den ersten Platz. Margo schwenkte ihr rotes Tuch mit der einen Hand, während sie sich die andere an die Lippen preßte. Die roten Fahrer weiter hinten im Feld blockierten die Gegner aus der blauen Mannschaft, damit sie ihrem Teamkollegen vorne nicht zu Hilfe kommen konnten. Als zwei der Wagen kollidierten, erscholl ein vielstimmiger Schrei aus dem Publikum. Margo schlug entsetzt die Hände vor die Augen. Zwischen ihren Fingern hindurch beobachtete sie die weiteren Ereignisse. Ein Wagenrad wurde mit großer Wucht in den Graben geschleudert, und einer der Fahrer flog viele Meter weit durch die Luft, ehe er in den Schrein auf ihrer Seite der Arena krachte. Margo schrie erneut und preßte die Finger vor ihren Augen eng zusammen.

Erneute Unruhe ging durch das Publikum. Margo spähte vorsichtig an ihren Händen vorbei. Die beiden führenden Wagen hatten die letzte Wende vor der Ziellinie genommen und rasten nun unter dem Donnern der Hufe Kopf an Kopf auf die weiße Markierung zu. Beide Fahrer trieben ihre Pferde mit Peitschenhieben zu Höchstleistungen an. Für einen Augenblick war der blaue Wagen vorn, doch dann überquerte der Rote mit einer Nasenlänge Vorsprung als erster die Ziellinie.

Der Favorit des Kaisers hatte den Sieg davongetragen.

Margo hörte sich selbst im Chor der Umstehenden mitschreien. Quintus Flaminius nahm seinem Nachbarn einige Münzen ab und ließ sie grinsend in seiner Geldtasche verschwinden. Nun bemerkte Margo, daß in der näheren Umgebung noch einige weitere private Wetten gelaufen waren. Achilles folgte mit leuchtenden Augen dem Weg des roten Wagens, als dieser seine Ehrenrunde bis zu der Plattform des Kaisers drehte. Dort salutierte er, ehe er die Runde beendete und die Wagen seines Teams vor der Richtertribüne sammelte. Während die anderen Wagen die Arena verließen, stieg der Sieger über eine Leiter zu den Schiedsrichtern empor. Margo hatte erwartet, daß der Kaiser selbst dem Sieger seinen Preis überreichen würde, doch es war ein anderer Mann, der ihm einen Blätterkranz auf das Haar drückte und ihm einen Palmzweig und einen wohlgefüllten Lederbeutel überreichte. Die Menschen brachen in Jubelgeschrei aus, als der siegreiche Fahrer mit seinen Trophäen triumphierend zu seinem Wagen zurückging und zurück zur kaiserlichen Plattform fuhr. Claudius salutierte dem Sieger unter donnerndem Applaus des Publikums.

Nun verließ er gemeinsam mit den anderen Fahrern seines Teams die Arena. Sklaven mit Weidenkörben betraten die Szene und warfen kleine Holztafeln in die Menge. Die Zuschauer sprangen auf und versuchten die Tafeln zu fangen. Als einige in Margos Richtung flogen, hob sie automatisch die Hand, ohne überhaupt zu wissen, was sie da einfangen würde. Sie konnte mit der Aufschrift nichts anfangen. Quintus Flaminius grinste und sagte irgend etwas Unverständliches zu ihr. Ein Signal von der Herrschertribüne erregte ihre Aufmerksamkeit. Sie sah, wie diejenigen, die eine der Tafeln gefangen hatten, sich in Richtung Rennbahn begaben. Sie würden die »Gewinner« doch nicht in der Arena opfern?

Scheinbar nicht, denn die Besitzer der Holztafeln freuten sich wie kleine Kinder an Weihnachten. Quintus Flaminius gab Achilles ein Zeichen. Der Knabe beugte sich über Margo und nahm ihr die Tafel ab, dann folgte er eilig dem Strom der

Gewinner. Als er zurückkam verstand Margo endlich, warum die Menschen, die eine der Holztafeln aufgefangen hatten, so freudig gegrinst hatten – jeder von ihnen hatte einen wertvollen Preis erhalten. Achilles reichte ihr einen kleinen Lederbeutel.

Margo öffnete den Beutel und entnahm ihm einen blutroten Edelstein, in den ein Rennwagen und ein Obelisk eingraviert waren. Margo schnappte nach Luft. »Oh ...«

Quintus Flaminius stieß einen leisen Pfiff aus, als er den Stein betrachtete. Dann gab er ihn ihr lächelnd zurück und sie verstaute ihn wieder in dem Beutel. In der Nähe zeigten einige andere Glückliche ihre Gewinne vor: Beutel mit Münzen oder wertvoll aussehenden Schriftrollen. Margo schnappte das Wort Terra auf. Anscheinend hatten manche sogar Land gewonnen.

Das nächste Rennen begann, und Margo ließ den Beutel in ihre Geldtasche gleiten. Dieses Mal war es ein Pferderennen. Es führte die Pferde und ihre Reiter in einer enormen Staubwolke von dem Wendepunkt in der Nähe von Margos Platz, vorbei an der Herrschertribüne, zu den Starttoren am anderen Ende.

Danach folgte ein zweites Wagenrennen, ein Ringkampf und wieder ein Wagenrennen. Insgesamt fanden zehn Wagenrennen statt, die immer abwechselnd mit anderen Wettkämpfen gestartet wurden. Einige der Wagenrennen wurden mit nur zwei Pferden in jedem Gespann ausgetragen, die meisten aber mit Vierspännern. Manch ein Pferderennen endete damit, daß die Reiter sich ohne ihre Pferde über die Ziellinie retten mußten.

Achilles schenkte Wein für Margo und Flaminius ein und reichte ihnen Schälchen mit etwas, das eine befremdliche Ähnlichkeit mit fritierten Erbsen hatte, aber recht gut schmeckte.

Während sie mit ihrem Essen beschäftigt waren, wurde ein weiteres Wagenrennen gestartet, doch diesmal brach Margo in herzhaftes Lachen aus. Die Wagenlenker waren keine Männer – es waren Affen. Das Rennen war die reinste

Parodie auf die vorhergegangenen Wettkämpfe und löste überall im Zuschauerraum Heiterkeit aus. Als der erste Wagen das Ziel passierte, liefen Sklaven auf die Rennbahn, um die Pferde einzufangen. Margo schüttelte sich in hilflosem Kichern, als einer der Sklave den siegreichen Affen auf die Schultern nahm und ihn zu der Schiedsrichtertribüne brachte, wo er seinen Preis erhielt: Obst und einen kleinen Siegerkranz. Danach wurde der grinsende Sieger noch auf eine Ehrenrunde geschickt, was die Zuschauer erneut zum Lachen animierte.

Nachdem die Wagen aus der Arena gebracht worden waren, senkte sich Stille über den Circus. Margo war gespannt, was nun passieren würde. Durch die zur Straße führenden Eingänge kamen Sklaven herein, die Bäume und Sträucher herbeischleppten und den Circus in eine Miniaturlandschaft mit dichtem Buschwerk, Baumgruppen und Blumen verwandelten. Als sie mit den Vorbereitungen fertig waren, zogen sich die Sklaven hastig zurück, und Margo bemerkte, daß die Stege über den Graben entfernt worden waren.

Dann hörte sie das unverkennbare Brüllen eines Löwen. Eine Gänsehaut lief über ihren Rücken. Weitere animalische Schreie wurden laut und die Menschen beugten sich gespannt vor, um nur nichts zu verpassen. Vorfreude lag in der schweißgeschwängerten Luft über dem Circus. Das inzwischen vertraute Geräusch der sich öffnenden Tore lenkte Margos Aufmerksamkeit auf die entgegengesetzte Seite der Arena.

Ein Dutzend verängstigter Zebras galoppierte in die Arena, gefolgt von einem Dutzend Strauße. Die Tiere irrten verwirrt durch die künstliche Landschaft und hinterließen tiefe Spuren im Boden. Nun kamen zierliche Antilopen durch die Tore und drängten sich furchtsam in der Nähe der Ziellinie.

Die Sklaven schlossen die großen Tore und kletterten über bereitgestellte Leitern eilig davon, während der Spielleiter wieder auf dem Podest über den Toren erschien. Erneut ließ er ein weißes Tuch als Startsignal zu Boden fallen, und prompt wurde ein Mechanismus in Gang gesetzt, der die Tore automatisch öffnete. Ein bedrohliches Brüllen erfüllte die Luft.

Plötzlich sprangen gewaltige Bestien in die sonnenbeschienene Arena. Die Löwen schüttelten ihre prachtvollen Mähnen und fauchten sich gegenseitig an. Sie hatten Blut gerochen. Schlanke kraftvolle Löwinnen folgten den zankenden männlichen Tieren und begannen mit der Jagd auf die verängstigten Pflanzenfresser. Margo hatte sich vorgebeugt und verfolgte das Geschehen mit einem morbiden Interesse. Plötzlich entdeckte sie in den dunklen Toröffnungen das gefleckte Fell eines Leoparden. Gleich darauf liefen sechs weitere Raubkatzen in die Arena. Margo zählte. Sechs Leoparden, zwanzig Löwinnen, zwanzig Löwen ...

Ein gequälter Todesschrei erregte ihre Aufmerksamkeit. Ein Zebra war unter dem Angriff einer Löwin zu Boden gegangen. Seine Beine strampelten noch hilflos in der Luft, während die Raubkatzen es in Stücke rissen. Margo schrie auf und bedeckte wieder ihre Augen. Immer neue schreckliche Schreie der gepeinigten Tiere drangen an ihre Ohren, und jedesmal, wenn sie einen kurzen Blick riskierte, sah sie große Katzen, die hilflose Antilopen umringten ... Leoparden, die Strauße einfach niederrannten und ihnen die Kehle zerfetzten ... Zebras, die bei lebendigem Leibe gefressen wurden ...

Sie sah nicht mehr hin.

Die Trompeten wurden erneut geblasen. Es klang wie ein Laut des Wahnsinns über all dem Blut. Margo sah auf und erstarrte. Männer betraten in die Arena. Männer mit Netz und Dreizack, Männer mit Schwert und Helm, zu Fuß oder zu Pferd. Die Raubkatzen fauchten wütend und zogen sich einige Schritte zurück, soweit sie nicht gerade damit beschäftigt waren, eines ihrer Opfer zu verschlingen. Die zweibeinigen Jäger rückten langsam vor, nur einige blieben sichtlich verängstigt zurück. Dann brüllte einer der Löwen angriffsbereit auf und sprang auf einen der Männer zu.

Das war kein Wettkampf.

Das war Mord.

Fünfzig Männer waren in die Arena hineingegangen, doch nur sechs von ihnen konnten sie lebend wieder verlassen. Sie waren die einzigen lebenden Wesen, die am Ende übrigblieben. Selbst die Pferde waren den mörderischen Katzen zum Opfer gefallen. Die Menge verfiel in donnernden Applaus, als die »Sieger« schwerverletzt aus der Arena humpelten. Margo dagegen saß starr und steif auf ihrem Platz. Der Schock steckte ihr tief in den Knochen. Bisher hatte sie mit dem Begriff der Bestialität zwar theoretisch etwas anfangen können, doch es war etwas ganz anderes, mit eigenen Augen zu sehen, wie Männer von rasenden Bestien in Stücke gerissen wurden ...

Sie wünschte verzweifelt, sie könnte sich allein irgendwohin zurückziehen, um mit ihren Gefühlen fertigzuwerden. Doch ihr blieb nichts anderes übrig als sitzenzubleiben und zuzusehen, wie Sklaven die Leichen aus der Arena schafften. Die Sonne brannte heiß auf sie herab, und sie fühlte sich schwindelig. Sie wünschte, sie hätte nichts gegessen. Unten in der Arena fand eine Parade statt. Die Gladiatoren stellten sich vor. Einige waren beritten, andere hielten Netze und Dreizacke wie die Löwenjäger. Manche trugen merkwürdige Helme, die mit einem Fisch verziert waren. Ein paar fuhren auch in Kampfwagen, sie waren vollkommen nackt und fast am ganzen Körper mit blauen Motiven tätowiert.

Die Prozession führte an den Bäumen und Sträuchern vorbei durch die ganze Arena. Margo versuchte die Gladiatoren zu zählen und kam auf etwa hundert Paare. Die Anzahl versetzte sie in Angst und Schrecken.

Schließlich war die Parade zu Ende. Die Trompeten wurden geblasen, und die Gladiatoren salutierten dem Kaiser, der die Hand zum Gruß erhob.

Nun begannen die Gladiatoren unter dem tosenden Beifall des Publikums mit einem Schaukampf im Zeitlupentempo, bei dem sie die speziellen Einsatzmöglichkeiten ihrer Waffen demonstrieren konnten. Dann zogen sich die

Kämpfer bis auf zehn Paare aus der Arena zurück. Andere Männer mit Peitschen und Speeren erschienen auf der Bildfläche. Margo hielt die Luft an …

Das erste Paar nahm den Kampf auf. Einer der Kämpfer warf sein Netz – und verfehlte den Gegner. Er zog es an einer festen Schnur zurück, die er um sein Handgelenk gebunden hatte, während er sich seinen Gegner mit dem Dreizack vom Leib hielt. Weiter hinten gingen zwei Wagenlenker mit ihren Kampfwagen aufeinander los. Sie wichen den im Weg stehenden Pflanzen aus und versuchten, sich gegenseitig mit ihren Schwertern zu verletzen, wann immer ihr Abstand gering genug war. Das Publikum schrie und feuerte die Kämpfer immer und immer wieder an.

Sie sagen ihnen, was sie machen sollen, dachte Margo plötzlich entsetzt. Das Publikum gab den Gladiatoren Anweisungen, wie sie ihre Waffen einzusetzen hatten. Einige der Männer hatten den Kampf noch nicht aufgenommen. Zögernd standen sie abseits der anderen Gladiatoren. Männer mit Peitschen und Brandeisen betraten die Arena. Margo beobachtete voller Schrecken, wie die Männer die kampfunwilligen Gladiatoren mit Peitschenhieben und Verbrennungen vorantrieben.

Der erste Gladiator ging nach einem Schwerthieb, der ihm den Oberschenkel aufgeschlitzt hatte, zu Boden. Hilflos lag er unter dem drohenden Dreizack seines Gegners. In einer bittenden Geste hob er seine linke Hand. Das Publikum wandte sich in gespannter Aufmerksamkeit dem Kaiser zu. Claudius sah auf den unterlegenen Mann herab und hob die Hand. Die Menschen im Zuschauerraum zerfielen in zwei gegnerische Gruppen. Die einen hielten ihren Daumen hoch, die anderen zeigten nach unten.

Claudius sah sich im Publikum um und starrte dann wieder auf den am Boden liegenden Mann. Mit einer ruckartigen Bewegung richtete er seinen Daumen auf seine Brust. Margo atmete auf …

Der Gladiator rammte seinen Dreizack direkt in die Kehle des Besiegten.

NEIN ...

Margo saß da, wie vom Donner gerührt. Sie verstand nicht. Dann hörte sie plötzlich eine Stimme in ihrem Kopf. Malcolms Stimme. *Studiere ihre Gesten ...*

Anscheinend hatte die Bedeutung eines erhobenen Daumens sich irgendwann im Lauf der Jahrhunderte umgekehrt.

Irgendwie paßte das gut zu dem unendlichen Chaos ihres Lebens.

Margo stand auf und schob sich durch die Reihen der Zuschauer. Sie mußte weg. Sie mußte raus aus diesem Irrenhaus, diesem grausamen und tödlichen Theater ... Endlich erreichte sie die Straße. Quintus Flaminius und Achilles waren ihr gefolgt. Ihr Gastgeber nahm ihren Arm und fragte sie etwas. Margo verstand ihn nicht, und sie hatte auch keine Lust, ihm zu antworten. Einige Minuten stand sie nur schweratmend da. Ihre Knie zitterten, und sie fühlte sich entsetzlich schwach. Sie wollte nur noch zurück zum Gasthaus von *Time Tours* und dort auf die Rückreise warten.

Aber sie hatte keine Chance. Flaminius' Sklaven, die auf seine Anweisung hin draußen gewartet hatten, kamen mit den Sänften herbeigeeilt. Margo wurde einfach hineingesetzt und fortgetragen, noch ehe sie auch nur einen einzigen Ton sagen konnte. Erschöpft ließ sie sich zurücksinken. *Großartig. Und jetzt?*

Wieder zurück in ihrem Krankenzimmer, ließ sie sich unter dem besorgten Blick von Achilles auf ihr verhaßtes Bett fallen. Er umhegte sie so sehr, daß sie ihn am liebsten angeschrien hätte, doch das wäre nicht fair gewesen, also ließ sie ihn gewähren. Armer Junge ...

Was sollte aus ihm werden, wenn sie Rom verlassen hatte? Falls sie Rom verlassen würde ...

Die ganze Situation war so verrückt, daß es schon fast zum Lachen war. Gefangen in einer fremden Zeit unter der Obhut eines überfürsorglichen Gastgebers. Margo hatte nicht gewußt, wie unglaublich ernst die Römer die Gastfreundschaft nahmen. Sie seufzte. *Sieht aus, als ob du heute nacht einen Ausbruch wagen mußt. Über die Mauer …*

Margo hoffte, daß die Wachhunde sie nicht verraten würden.

Natürlich schlief sie sofort ein.

Quintus Flaminius' Vorstellung von einem Abendessen entpuppte sich als Zwölf-Gänge-Menü mit kleinen Desserts zwischen jedem Gang und kübelweise Wein.

Als Margo wieder erwachte war es bereits stockdunkel in ihrem Zimmer. Ohmeingott … Wie spät ist es? Margo tastete in der Dunkelheit herum, bis sie ihre Tasche gefunden hatte. Sie nahm ihr Logbuch heraus, und die Leuchtziffern der eingebauten Uhr offenbarten ihr die beängstigende Wahrheit. Ihr blieben nicht einmal mehr zehn Minuten, um die Porta Romae rechtzeitig zu erreichen.

Mitten in der Nacht, über fremde und gefährliche Straßen …

Margo sprang auf und rannte aus dem Zimmer, als würde die Villa in Flammen stehen. Ohne sich weiter um den schlafenden Achilles zu kümmern, durchquerte sie im Laufschritt den Vorraum, vorbei an dem ebenfalls schlafenden Wachmann, und schob den schweren Riegel vor der Eingangstür zur Seite. Hinter ihr gab der Wachmann ein erschrecktes Keuchen von sich. Margo beachtete ihn nicht. Sie stieß die Tür auf und stürmte auf die Straße hinaus. Die Panik trieb sie zu einer ganz unglaublichen Geschwindigkeit an. Der Weg zum Circus war ihr noch in Erinnerung, und von dort aus würde sie auch den Weinhandel finden, wo sich nun jeden Moment das Tor öffnen mußte. Dennoch erwischte sie in der Dunkelheit einige Male eine falsche Abzweigung, was ihre Panik noch verstärkte.

Ein Laut hinter ihr veranlaßte sie, sich umzudrehen. Weit hinter sich konnte sie ein hin und her schwankendes Licht erkennen. Jemand folgte ihr. Margo fluchte atemlos und rannte weiter. Wieder bog sie falsch ab und mußte zurücklaufen. Das Licht war nähergekommen. Eine Stimme rief: »Domine! Domine!« Achilles!

Sie hatte keine Zeit ...

Der Knabe hatte sie fast eingeholt. Sie konnte sein Keuchen hören, als er ihr am Circus vorbei folgte. Nach einem kurzen Blick in sein Gesicht nahm Margo an, daß Achilles seinen Meister für komplett übergeschnappt hielt. Dennoch ließ er sie nicht im Stich. Verdammt, verdammt, verdammt ... Endlich fand sie die Via Appia. Sie raste um die Straßenecke. Dort vorn ...

Wie spät ist es?

Sie hatte nicht genug Zeit, um auf die Uhr zu sehen. Sie konnte nur einfach weiterrennen und hoffen, daß es noch nicht zu spät war. Dann sah sie eine vertraute Gestalt, die aus dem Laden auf sie zu kam.

Malcolm.

Plötzlich empfand sie gleichzeitig Schuld, Angst und Erleichterung, und während sie ihm immer näher kam, stellte sie fest, daß sie keine Ahnung hatte, was sie ihm sagen sollte. Hi, ich hab's wirklich vermasselt. Bist du nicht glücklich, mit einer kleinen Idiotin geschlafen zu haben, und, wo wir schon dabei sind, wie werde ich diesen armen Sklaven los, der mir irgendwie gehört? Die Worte lagen ihr auf der Zunge, also nahm sie all ihren Mut zusammen und beschloß, einfach drauflos zureden. Sie würde Abbitte leisten, wenn sie erst einmal das Tor passiert hätte.

Malcolm hatte tagelang nicht geschlafen. Die Leute von *Time Tours* hatten sich angewöhnt, ihn jedesmal durchdringend anzustarrren, wenn er allein in das Gasthaus zurückkehrte. Sein Körper lebte nur noch von Adrenalin und einem Rest Hoffnung, doch die Hoffnung wurde immer schwächer. Malcolm hatte noch nie einen Kunden verloren, und nun ausgerechnet Margo. Was würde Kit sagen, was würde er tun ...?

Malcolm war entschlossen, in Rom zu bleiben, falls es ihm

nicht gelänge, Margo zu finden, ehe das Tor sich erneut für weitere zwei Wochen schließen würde. Er mußte sie finden. Oder herausfinden, wie sie umgekommen war. Die Zeit verging, und schließlich zog die Abenddämmerung des letzten Reisetages herauf. Neun Tage ... Jeden Tag hatte er vom frühen Morgen bis lange nach Einbruch der Dunkelheit nach ihr gesucht. Er hatte fremde Menschen gefragt, ob sie einen jungen Mann in palmyrischer Kleidung gesehen hätten. Er hatte die Sklavenmärkte abgesucht. Er hatte wirklich alles getan, doch mit jeder Stunde verlor er mehr und mehr die Hoffnung, sie jemals wiederzusehen. Und bei all dem verfolgte ihn die Höllenqual entsetzlicher Schuldgefühle, bis er glaubte, es nicht mehr aushalten zu können.

Als die Uhr sich unaufhaltsam auf Mitternacht zubewegte, suchte er sich eine Ecke hinter dem verlassenen Ladentisch der Weinhandlung und wartete. Er hatte die Hoffnung aufgegeben, dennoch war er entschlossen, so lange wie möglich zu warten, ehe er den *Time-Tours*-Mitarbeitern sagen würde, daß sie ohne ihn abreisen sollten. Auch die großen Reiseunternehmen hatten gelegentlich den einen oder anderen Touristen verloren. Doch das war eines der bestgehüteten Geheimnisse der Branche, und das Schweigen der trauernden Angehörigen hatte eine gewaltige Stange Geld gekostet. Dennoch war es etwas ganz anderes, selbst mit dieser grausamen Realität konfrontiert zu sein.

Die Reisebegleiter und selbst die Touristen wirkten bedrückt, als sie sich wieder auf den Weg zum Tor machten. Malcolm bemühte sich, ihren Blicken auszuweichen und versteckte sich in der Dunkelheit hinter dem Ladentisch. Noch zehn Minuten bis Mitternacht. Fünf Minuten. Ein weißer Schemen huschte am Rand seines Blickfeldes vorbei. Er fuhr herum ...

Und fluchte. Es war nur ein Zugpferd vor einem Heuwagen. Das vertraute Vibrieren in seinem Schädelknochen kündigte die Öffnung des Tores an. Der Heuwagen rumpelte an dem Laden vorbei, und das schwerfällige Zugpferd warf plötzlich seinen Kopf zurück und wieherte kläglich, während der Kutscher überrascht aufstöhnte. Der Mann hielt sich die Hände an die Ohren und brummelte laut genug vor sich hin, daß Malcolm die Worte »Absit omen ...« deutlich verstehen konnte. Dann gab er seinem Pferd die Peitsche und verschwand in hohem Tempo.

Im Hinterzimmer des Weinhandels hatte sich inzwischen das Tor vollständig geöffnet. Ein *Time-Tours*-Mitarbeiter kam zu Malcolm in den Verkaufsraum.

»Malcolm? Unsere Leute sind durch, die nächste Reisegruppe kommt jetzt rüber. Du kannst nicht länger warten.«

»Ich werde ...«

Eine weißgekleidete Gestalt kam um die Häuserecke herbeigerannt. Malcolms Herzschlag beschleunigte sich. Dann sah er den Sklaven, der mit einer Lampe in der Hand hinter der Gestalt herlief, und seine neuerliche Hoffnung machte einer entsetzlichen Enttäuschung Platz. Doch dann stutzte er. Die Gestalt war parthisch gekleidet. Sie war schlank, und die Größe stimmte auch, selbst das zerbrechliche herzförmige Gesicht ...

Er schoß aus seiner Ecke hervor wie eine Pistolenkugel und schob den *Time-Tours*-Reiseführer einfach zur Seite. Bitte ...

Dann stürmte Margo, schmutzig wie eine Straßenratte, in die Weinhandlung. Malcolm hätte sie am liebsten geschnappt und bis zur vollständigen Erschöpfung durchgeschüttelt. Gleich darauf stand ein völlig verwirrter Junge von etwa dreizehn Jahren in dem Laden und schnappte erschöpft nach Luft.

»Hi! Bin ich noch rechtzeitig dran? Malcolm, ich habe da ein kleines Problem. Was soll ich mit dem Jungen machen? Er ist, na ja, sozusagen mein Sklave ...«

Malcolm verschlug es die Sprache. Seine ganze Angst verwandelte sich in einem einzigen Augenblick in unaussprechliche Wut. Er hielt ihrem Blick noch einen weiteren quälenden Augenblick stand, ehe er sich auf dem Absatz herumdrehte und durch das schrumpfende Tor sprang. Er sah sich nicht einmal mehr nach ihr um. Neun Tage hatte er sich vor

Sorge förmlich zerfleischt – und sie rannte durch die Gegend und kaufte Sklaven ...

Seine Füße hatten kaum die Gitterplattform auf der Station berührt, als er auch schon davonstürmte. Er schob jeden beiseite, der ihm im Weg stand und kümmerte sich nicht um die verwunderten Blicke der Leute. Unterwegs machte er einen Abstecher in die Sporthalle und forderte Sven Bailey zum Kampf heraus.

Und schickte ihn unsanft auf die Matte.

Später stellte er sich ganze vierzig Minuten lang unter die kalte Dusche. Das Telefon klingelte, doch er riß nur den Stekker aus der Dose und schleuderte den Apparat wütend quer durch den Raum. Dann setzte er sich und ließ sich ganz langsam vollaufen, wie noch nie zuvor in seinem Leben.

16. KAPITEL

Kit Carson wartete inmitten der Menschenmenge, die sich vor der Porta Romae versammelt hatte. Das Tor öffnete sich, und die Touristen strömten zurück nach TT-86, doch weder Malcolm noch Margo befanden sich unter ihnen. Auch nachdem alle Touristen, Träger und Reiseführer wieder zurück waren, blieben die beiden verschwunden. Nun machte sich die neue Reisegruppe auf ihren Weg durch das Tor. Einer nach dem anderen verschwand durch die Öffnung, und noch immer keine Spur von seiner Enkelin oder dem Mann, dem Kit sie anvertraut hatte. Dann endlich, als das Tor bereits im Schrumpfen begriffen war, sprang Malcolm auf die Plattform, doch ein einziger Blick in sein Gesicht genügte, um Kit in Angst und Schrecken zu versetzen.

Der Reiseführer, den normalerweise kaum etwas aus der Ruhe bringen konnte, hetzte an Kit vorbei wie eine verdammte Seele auf der Flucht vor ihren dämonischen Peinigern. Malcolm sah Kit nicht einmal an. Kit schloß die Augen. Er rechnete mit dem Schlimmsten.

Ehe sich das Tor endgültig schloß, sah er noch einmal hinauf. Im allerletzten Moment trat auch Margo auf die Plattform. Endlich wagte Kit, wieder zu atmen. In Margos Gesicht vermischte sich Trotz mit Angst und Wut. Auch sie hatte Malcolms stürmischen Abgang mitangesehen. Dann entdeckte sie Kit in der Menschenmenge unter ihr.

Mit hocherhobenem Kopf schritt sie die Rampe hinab, doch Kit vertrat ihr den Weg. »Willst du mir erzählen, was los ist?«

»Nein«, entgegnete sie eisig. »Will ich nicht.«

Mit diesen Worten stürmte auch sie davon. Kit wollte ihr zunächst folgen, blieb dann aber doch zurück. Was war nur zwischen den beiden vorgefallen? In Anbetracht von Margos Stimmung war er nicht sicher, ob er tatsächlich eine Antwort auf diese Frage haben wollte. Trotzdem mußte er es wissen. Er winkte eine Time Tours Reiseführerin zu sich. »Was ist passiert?«

Die Frau bedachte ihn mit einem alarmierten Blick. »Äh ... Hi, Kit. Ich denke, das solltest du vielleicht doch lieber Malcolm fragen.« Und schon eilte sie davon, ehe er ihr noch weitere Fragen stellen konnte.

Kit fluchte und versuchte, Malcolm telefonisch zu erreichen. Der Anrufbeantworter lief. Noch immer fluchend lief er zum *Down Time*, aber Malcolm war nicht dort gewesen. Plötzlich platzte Robert Li, der Antiquitätenhändler, zur Tür herein. Er grüßte kurz in die Runde. »Ihr werdet nicht glauben, was gerade passiert ist. Malcolm hat Sven Bailey die Scheiße aus dem Leib geprügelt. Weiß jemand, was los ist? Ich habe noch nie einen derartigen Ausdruck in Malcolms Gesicht gesehen.«

Viele der Anwesenden hatten sich um Robert Li versammelt und redeten nun aufgeregt aufeinander ein, während Kit eilends den Rückzug antrat. Er ging zur Sporthalle, wo er Sven Bailey in seinem Büro antraf, der sich stöhnend einen Eisbeutel an den Kopf hielt.

»Was willst du?« murrte er, als Kit eintrat.

»Ich hörte, Malcolm hat dich fertiggemacht.«

»Streu ruhig Salz in meine Wunden.«

»Hat er irgend etwas gesagt?«

Sven sah ihn unter seinen geschwollenen Augenlidern schief an. »Ja. Er sagte: ›Laß uns kämpfen‹. Das nächste, woran ich mich erinnere, ist Ann Mulhaneys Gesicht über mir und eine Stimme, die nach Rachel ruft. Von Malcolm habe ich nur noch die Kehrseite gesehen, als er zur Tür raus ging. Was hat ihn eigentlich gebissen?«

»Ich hatte gehofft, du könntest mir das sagen«, entgegnete Kit grimmig.

»So. Na, wie wär's dann mit: Zwei Wochen allein mit Margo. Sie ist ohne weiteres imstande, einen Mann um den Verstand zu bringen.«

»Großartig. Du bist mir wirklich eine tolle Hilfe, Sven.«

Der Trainer grunzte nur und preßte den Eisbeutel gegen

seine Stirn. Kit ließ ihn allein und ging nach Hause. Margo war nicht in seinem Appartement. Offensichtlich war sie aber dort gewesen: Feuchte Handtücher und schmutzige Kleider verteilten sich über den Badezimmerboden, und feuchte Fußabdrücke markierten auf dem Teppich ihren Weg ins Wohnzimmer. Aber nun war sie wieder fort. Kit versuchte erneut, Malcolm anzurufen, doch während des fünften Klingelns brach die Leitung zusammen.

Kit starrte auf den Hörer. »Was zum Teufel ...«

Irgend jemand wird mir erzählen müssen, was ich wissen will und das verdammt schnell. Er ging zu Malcolms Appartement und klopfte an die Tür. Die Antwort war ein lautes Krachen, als irgendein zerbrechlicher Gegenstand von innen gegen die Tür prallte und zu Boden fiel.

»Hau ab!« Malcolms Stimme klang betrunken. Kit hatte Malcolm zuvor nur einmal betrunken erlebt: in der Nacht, als der Eigentümer von Time Ho! seine komplette Belegschaft gefeuert und anschließend sich selbst umgebracht hatte, anstatt seinen Gläubigern entgegenzutreten.

»Malcolm! Ich bin's, Kit! Laß mich rein!«

»Scher dich zum Teufel!«

Kit überlegte, ob er die Tür einfach eintreten sollte, doch dann lehnte er sich statt dessen nur an den Klingelknopf und wartete darauf, daß der Lärm seinen Widersacher in die Knie zwingen würde. Endlich öffnete Malcolm die Tür. Unter seinen zerzausten Haaren sah er Kit aus blutunterlaufenen Augen an. Er machte den Eindruck, mindestens eine Woche nicht mehr geschlafen zu haben. In der Hand hielt er eine Flasche, die er durch die Luft schwang, als wolle er sie jeden Moment auf Kits Schädel zerbrechen.

»Du bist betrunken.«

»Mja. Un bald binn ich noch betrunkener, un aussserm binn ich nich in Stimmung für'n Besuch.«

Er versuchte die Tür zuzuschlagen, doch Kit fing sie ab.

»Verdammt, Malcolm. Sprich mit mir. Was zum Teufel ist da unten vorgefallen?«

Malcolm starrte ihn auffordernd an, doch plötzlich senkte

er seinen Blick. Jegliche Kampfeslust schien von ihm abgefallen zu sein. »Frag Margo! Deine Enkelin ist verrückt. Eine unvernünftige, gefährliche Irre. Sie ist schlimmer als du. Und außerdem ist sie eine verdammte Lügnerin – die kleine Hexe ist gerade siebzehn, verdammt, nicht achtzehn. So, nun verschwinde und laß mich in Ruhe saufen!«

Siebzehn? Margo war erst siebzehn? Vor Kits Augen legte sich ein blutroter Schleier. Ich werde sie umbringen. Ich werde das verdammte Gör lehren, Menschen zu belügen, die ihr vertrauen, und wenn es das letzte ist, das ich tue. Die soll sich noch wundern, bei Gott, das wird sie.

Malcolm versuchte erneut, die Tür zuzuschlagen, doch Kit fing sie wieder ab. »Ich, äh, ich schulde dir noch Geld.«

Malcolm lachte so bitter, daß Kit zusammenschrak. »Behalte es. Ich habe es ganz sicher nicht verdient.«

Er drückte die Tür ins Schloß.

Kit starrte wie gelähmt auf die Holzfüllung. Also gut ... Er ging hinaus auf die *Commons* und machte sich auf die Suche nach seiner abtrünnigen Enkeltochter. Schließlich fand er sie bei Goldie Morran, wo sie gerade ihre restlichen römischen Münzen umtauschte. Als er zur Tür hereinkam, sah Goldie mit einem geschäftsmäßigen Lächeln auf – und erstarrte. Margo fuhr herum und erbleichte.

Kit war in Rage. Er stieß Margo in eine Ecke, so daß sie ihm nicht mehr entwischen konnte. »Was zum Teufel ist in Rom vorgefallen, junge Dame?«

»Nichts. Ich habe alles prima hingekriegt! Es ist schließlich nicht mein Fehler, daß Malcolm ein überängstlicher, überfürsorglicher chauvinistischer ...«

Sie ereiferte sich noch eine ganze Weile, ehe Kit der Sache auf die Spur kam.

»Du hast die Gruppe verlassen?« fragte er tonlos und konnte es kaum glauben.

»Ja. Und ich habe es ganz wunderbar gemeistert. Ich bin noch ganz, nicht wahr? Eure Verhätschelung und die ständigen Beschränkungen machen mich ganz krank. Ich habe bewiesen, daß ich allein zurechtkomme! Ich will endlich einen echten Scouteinsatz!«

Kit wollte seinen Ohren nicht trauen. Gerade erst hatte sie sich gegen jede Vernunft von der Reisegruppe entfernt ... Kein Wunder, daß Malcolm dabei war, sich vollaufen zu lassen. Kit fühlte ein dringendes Bedürfnis, Margo übers Knie zu legen und ihr Hinterteil so lange zu bearbeiten, bis sie nicht mehr sitzen könnte, doch ein Blick in ihre Augen warnte ihn vor einer solchen Aktion.

»Das war's«, erklärte er kalt. »Du bist ganz offensichtlich zu leichtfertig für den Job. Ich habe geglaubt, du könntest etwas lernen, aber ich habe mich geirrt. Und was schlimmer ist: Du hast mich belogen. Achtzehn, zur Hölle!« Margo wurde noch blasser. »Pack deine Sachen. Du wirst wieder zurück nach Hause fahren.«

»Den Teufel werd' ich tun. Du bist doch nur ein überfürsorglicher, einsamer alter Mann, der Angst davor hat, daß ich meine Fähigkeiten erprobe! Ich bin bereit, und du willst mich nicht gehen lassen!«

Sie starrten sich gegenseitig an.

Goldie versuchte, sie zu beschwichtigen. »Wenn ich etwas sagen darf, warum sucht ihr beide euch nicht jeder ein ruhiges Plätzchen und kommt erstmal wieder zur Ruhe? Kit, niemandem ist etwas passiert. Sie hat es doch geschafft. Margo, wie wär's, wenn du später zurückkommst, damit wir dein Geld wechseln. Inzwischen kannst du vielleicht darüber nachdenken, wie viele Sorgen du anderen Menschen bereitet hast. Schön. Guten Tag Sir. Kann ich Ihnen helfen? Aber natürlich kann ich das wechseln ...«

Kit ging hinaus, ohne sich noch weiter um Margo zu kümmern. Er war so wütend, daß er keinen klaren Gedanken fassen konnte. Und alles wegen diesem starrköpfigen, kindischen, idiotischen ... Es interessierte ihn nicht, was Goldie gesagt hatte. Margo war ganz sicher noch nicht fähig, als Time Scout zu arbeiten. Goldie hatte niemals auch nur einen Fuß durch eines der Tore zur Vergangenheit gesetzt. Sie hatte nicht die geringste Vorstellung von den Gefahren, die jenseits der Tore lauerten und schon bei der kleinsten Reise tödlich ausgehen konnten – ganz besonders, wenn irgendeine dümmliche Touristin sich einfach von der Gruppe entfernte, ohne auch nur die Sprache zu beherrschen …

Er stürmte ins *Down Time* und orderte einen Dreifachen, kippte ihn hinunter und verlangte den nächsten. Ich muß mich abregen, ehe ich ihr wieder begegne. Zumindest in dem Punkt hatte Goldie vollkommen recht. In dieser Verfassung konnte er nicht mit Margo reden. Er mußte sein Gleichgewicht wiedergewinnen, sich Argumente zurechtlegen, überlegen, wie er mit dem Problem umgehen sollte, das Margo in ihrem Leichtsinn verursacht hatte.

Aber …

Was hat dieses hirnlose kleine Gör bloß dazu getrieben?

»Schlimmer als du«, hatte Malcolm gesagt.

Kit zuckte innerlich zusammen und trank noch einen Dreifachen. Alles, was er zu seinem Glück je gebraucht hatte, war eine siebzehnjährige weibliche Kopie seiner selbst, die überall, wo sie ging, ein entsetzliches Chaos hinterließ.

Am liebsten hätte er sie zum Haupttor geprügelt und mit Gewalt hindurchgestoßen, aber das würde ihm wohl auch nicht weiterhelfen. Sie würde einfach wieder zurückkommen. Oder sie würde es auf einer anderen Station erneut versuchen. Er mußte wohl oder übel mit ihr reden und sie davon überzeugen, ihr Training fortzusetzen; und ihr verdeutlichen, daß sie noch nicht so weit war, trotz ihres kleinen Erfolgs in Rom.

Das Problem war, daß Kit nicht die geringste Vorstellung davon hatte, wie er das anfangen sollte.

Alles, was er tat oder sagte, würde es nur noch schlimmer machen.

Also entzog er sich vorerst dem Unausweichlichen und bestellte noch einen Dreifachen. Nur noch diesen einen, zur Beruhigung, dann würde er mit ihr reden. Einsamer alter Mann, so hatte sie ihn genannt. Damit lag sie wohl richtig. Er war einsam, und er hatte Angst davor, sie auch noch zu verlieren. Aber das war nicht der Grund, warum er sie zurückhielt, doch wie sollte er ihr das klarmachen?

Am besten genauso, wie ich Sarah davon überzeugt habe, bei mir zu bleiben.

Seine Hand schloß sich fest um das Schnapsglas.

Wie kam es nur, daß er immer einen Weg fand, die wichtigsten Beziehungen in seinem Leben zu zerstören?

Auch darauf wußte er keine Antwort.

Margo konnte sich gar nicht wieder beruhigen. Zitternd stand sie in einer Ecke von Goldies Wechselstube und versuchte verzweifelt, die Tränen zurückzuhalten. Nach allem, was sie durchgemacht hatte, nach allem, was sie erreicht hatte ... Sie hatte sogar gehofft, einen *Time-Tours*-Reiseführer zu finden, dem sie Achilles hätte anvertrauen können, damit sie ihn bei der nächsten Gelegenheit hätte freikaufen können. Sie war mit allen Widrigkeiten fertig geworden, besser als sie selbst es erwartet hatte, und niemand gab ihr auch nur die Chance zu erklären, was geschehen war. Alle gingen sofort vom Schlimmsten aus und sahen in ihm nur ein hirnloses unfähiges Kleinkind. Und das schlimmste war, daß Malcolm Kit von ihrer Lüge erzählt hatte.

Margo hatte das Gefühl, die Last des gesamten Himalaja zu stemmen, als sie sich aufrichtete und in einer trotzigen Geste ihr Kinn vorschob. Kit konnte sie aus ihrem Trainingsprogramm rauswerfen, sie würde trotzdem nicht aufgeben. Margo würde es allen beweisen.

»Margo?«

Sie sah überrascht auf und stellte fest, daß Goldie Morran sie nachdenklich beobachtete. Die anderen Kunden hatten die Wechselstube inzwischen verlassen, und Goldies Geschäfte ruhten vorübergehend. Die Frau lächelte Margo aufmunternd zu.

»Nimm's nicht so schwer«, sagte sie. »Immerhin hast du doch Mut bewiesen. Eine Woche allein in der Vergangenheit, richtig?«

»Ja. In Rom.«

Goldie nickte. »Laß uns schnell mit deinem Umtausch weitermachen, und dann möchte ich mit dir reden.«

Margo wühlte in ihrer Gürteltasche nach ihren restlichen römischen Münzen und überlegte kurz, ob sie den Edelstein, den sie bei den Spielen gewonnen hatte, verkaufen sollte. Dann aber beschloß sie, ihn einem *Time-Tours*-Reiseführer anzuvertrauen, wenn die Porta Romae sich das nächste Mal öffnen würde. Achilles sollte ihn erhalten, um sich mit seiner Hilfe freizukaufen. Dieser Plan erfüllte sie mit Stolz. Auf diese Weise müßte sie auch keinen Zoll für den Stein entrichten, also sprach absolut nichts gegen ihr Vorhaben. Sie flüchtete zwar vor ihren eigenen Problemen, aber nicht vor ihrer Verantwortung.

Goldie wechselte ihre Münzen ein. »Schön. Also ... du bist bereit für einen echten Scouteinsatz.« Es klang wie eine Feststellung.

»Verdammt richtig, das bin ich«, knurrte Margo. »Ich bin gut zurechtgekommen – und ich spreche nicht einmal Latein!«

Goldie sah sie erstaunt an. »Das ist allerdings ein Grund, sehr stolz zu sein.« Dann sah sie zur Tür, als wolle sie sich vergewissern, daß niemand ihr Gespräch belauschte. »Willst du wissen, was ich denke?« fragte sie schließlich mit leuchtenden Augen.

»Was?«

»Ich denke, du bist ein wißbegieriger junger Time Scout, der dringend einen Auftrag braucht. Und falls du Interesse hast, dann weiß ich da eine Möglichkeit ...«

Margos Pulsschlag beschleunigte sich. »Wirklich?« fragte sie aufgeregt. Dann riß sie sich zusammen, um einen möglichst professionellen Eindruck zu erzielen. »Woran haben Sie da gedacht?«

»Es gibt ein Tor, wo gerade ein guter Time Scout gebraucht wird. Jemand, der jung und unverbraucht ist und die Herausforderung nicht scheut. Jemand, der bereit ist, ein kleines Risiko auf sich zu nehmen, wenn es dabei um viel Geld geht.«

Wieder legte Margos Pulsschlag an Tempo zu. »Warum erzählen Sie mir das?«

Goldie Morran verzog das Gesicht und legte die Hand an ihre Brust. »Ich bin kein Time Scout, und außerdem bin ich zu alt. Und ich glaube, daß du es schaffen kannst. Immerhin hat Kit Carson dich ausgebildet. Du wurdest von dem besten aller Time Scouts unterrichtet, und du hast meiner Ansicht nach bewiesen, daß du bereit bist. Ich kann das Feuer in deinen Augen sehen, Mädchen. Na, und außerdem würde es mir gefallen, wenn endlich eine Frau diesen Männerverein unterwandern würde.« Goldie blinzelte ihr vielsagend zu. »Und, hast du Interesse?«

Margo starrte zur Tür, durch die Kit Carson erst vor wenigen Minuten verschwunden war.

»Darauf können Sie wetten. Wann geht's los?«

»Ist sofort früh genug? Gut. Zuerst müssen wir dafür sorgen, daß niemand weiß, was du vorhast ...«

Als Kit endlich einen Gemütszustand erreicht hatte, in dem er Margo gegenübertreten wollte, war es schon sehr spät. In der Zwischenzeit hatten sich zwei Tore geöffnet: Edo und das Haupttor. Kit hatte den vertrauten Ansagen gelauscht und die Abreisen beobachtet, während er über seinem Bourbon gebrütet und seine Argumentation zurechtgelegt hatte. Dabei war ihm aufgefallen, daß keiner seiner Freunde sich auch nur in die Nähe seines Tisches gewagt hatte. Schließlich verließ er das *Down Time* und kämpfte sich durch die Neuankömmlinge, die nun voller Staunen ziellos durch die *Commons* streiften. Als er sein Appartement erreichte, atmete er tief durch, ehe er die Tür öffnete. Er vermutete, daß er Margo schmollend im Wohnzimmer antreffen würde.

Statt dessen fand er nur eine kurze Notiz.

Entschuldige den ganzen Ärger. Das war nicht gerade

lustig. Ich werde dir nicht mehr in die Quere kommen. Margo.

Kit knüllte den Zettel zusammen, ließ sich auf die Couch fallen und weinte.

17. KAPITEL

Margo fühlte sich zum erstem Mal in ihrem Leben frei, unendlich frei. Goldie Morran hatte sie gerettet. Nach einer Woche in der Realzeit, in der sie gelernt hatte, den neuesten Ultraleichtballon zu fliegen, war sie mit einer kompletten Spezialausrüstung – die Goldie bezahlt hatte – nach TT-86 zurückgekehrt. Die Währungsexpertin hatte Margos Urteil vertraut und sich stillschweigend auf ihre Ausbildung und ihre Fähigkeiten verlassen. Schon das allein war den Schmerz jener beängstigenden und furchtbaren Woche wert, die sie ganz auf sich gestellt im alten Rom verbracht hatte.

Margo hatte viele Stunden für die Planung ihres Vorhabens aufgewandt und überlegt, was sie mitnehmen und wie sie die lange Reise bewältigen sollte. Nachdem sie mit ihren Vorbereitungen fertig war, war es endlich soweit. Sie trat durch ein Tor in frühabendliches Zwielicht, gefolgt von zwei bezahlten Helfern, die die Ausrüstung schleppten.

Ich hab's geschafft. Mein erster Auftrag …

Während sie die ATLS-Ablesung durchführte, wurde das Grinsen in ihrem Gesicht immer breiter. Die ersten Sterne leuchteten am Himmel, und sie konnte ihren Standort ganz exakt lokalisieren: Zweiunddreißig Grad östlicher Länge und sechsundzwanzig Grad südlicher Breite. Margo stand an der südöstlichen Küste von Mosambik im Jahr 1542.

Eine warme Nacht brach an, und von der nahe gelegenen See wehte eine sanfte Brise herüber. Aus ihren Geographiestudien wußte Margo, daß sie sich an der Delagoabai, der Baia do Maputo, befanden. Auf der anderen Seite der Bucht lag eine Siedlung mit kleinen, baufälligen Häusern und einer aus Holz gebauten Festung, die von einem ebenfalls hölzernen Schutzwall umgeben war. In der ganzen Siedlung brannte nicht ein einziges Licht. Margo grinste. *Wie Diebe in der Nacht …*

Margo winkte ihre Assistenten zu sich, und sie liefen die Bucht in entgegengesetzter Richtung entlang, bis sie außer Sichtweite der kleinen Stadt namens Lourenco Marques waren. Dann packten sie ihre Ausrüstung aus und machten sich an die Arbeit. Margo kümmerte sich um den Floating Wing, den größten verfügbaren Gasballon im Handel. Leider war es ihr nicht möglich gewesen, genug Helium mitzunehmen, um den Ballon zu füllen. Statt dessen hatte sie gelernt, wie man Wasserstoff aus Wasser gewinnen konnte und festgestellt, daß es furchtbar einfach war. Also hatte sie sich einen tragbaren Generator besorgt, den sie nun startete.

Während sie sich um die Gasfüllung des Ballons kümmerte, waren ihre beiden Assistenten mit der Gondel beschäftigt. Margo war nicht so ganz von Goldies Personalwahl überzeugt. Der große Afrikaner war vermutlich in Ordnung, obwohl er schon sechsundfünzig war, aber der verdammte Waliser bereitete ihr Sorgen. Immerhin hatte er vor einigen Wochen noch versucht, sie umzubringen, weil er sie mit der heiligen Johanna verwechselt hatte. Im Augenblick arbeitete er allerdings fügsam und still nach den Anweisungen des Afrikaners, die größtenteils aus Gesten, begleitet von einem Grunzen oder vereinzelten englischen Worten, bestanden. Kynan Rhys Gower hatte seit seiner Ankunft aus Orléans glücklicherweise ein bißchen Englisch gelernt, ob er aber auch in anderer Hinsicht dazugelernt hatte, konnte wohl niemand sagen.

Goldie Morran war Margos Einspruch mit den Worten begegnet: »Wir wollen nicht, daß sich unsere Pläne herumsprechen. Der Waliser ist perfekt. Er braucht Geld, und er kann sich kaum verständigen.«

»Und dein Afrikaner?« hatte Margo sich erkundigt. Der Afrikaner beherrschte die englische Sprache, doch er war die meiste Zeit damit beschäftigt, in unverständlichem Dialekt vor sich hin zu brummeln.

Goldie hatte ihr grinsend geantwortet: »Um den brauchst du dir keine Sorgen machen. Der kümmert sich um seine eigenen Angelegenheiten, nennt dich English und macht seine Arbeit.«

»Was ist Koot für ein Name?« wollte Margo erfahren, worauf ihr ihre neue Partnerin lachend erklärt hatte, es sei ein holländischer Name.

Immerhin funktionierte die Zusammenarbeit mit Koot recht problemlos, obwohl er ein sehr verschlossener alter Mann war. Er hatte sogar darauf bestanden, sein eigenes Gewehr mitzubringen. Andererseits hatte er auch Margo aufgefordert, ein Gewehr mitzunehmen.

»Aber ich habe nicht die Absicht zu jagen«, hatte Margo erklärt, während sie das Blasrohr mit der Laserzielvorrichtung in der Hand hielt. Nach dem Schauspiel, dessen Zeuge sie im Circus Maximus geworden war, konnte sie sich nicht vorstellen, jemals zu jagen. »Die Pfeile für diese Waffe enthalten ein starkes Betäubungsmittel. Ich will einfach niemanden in der Vergangenheit töten, solange ich es irgendwie vermeiden kann.«

Koot hatte murrend weiter darauf bestanden, daß sie auch ein Gewehr mitnehmen sollte, also hatte sie eines eingepackt, in der Absicht es nur im äußersten Notfall zu benutzen.

Koot setzte schweigend die Einzelteile des PVC-Bodens ihrer Gondel zusammen, während Kynan einige Anschlüsse vorbereitete. Koot beendete seine Arbeiten, und sie befestigten die Gondel an dem keilförmigen Ballon, der unter dem einströmenden Gas zu schwellen begann.

Der Wasserstoff war ein Grund, warum Margo PVC für die Gondel ausgewählt hatte. Sie wollte kein Metall an ihrem Ultraleichtballon anbringen, denn Metallverbindungen konnten unter Belastung eine Funkenbildung begünstigen. Sie hätten aus lauter Sorge vor einem möglichen Feuer während ihrer ganzen Reise nicht eine ruhige Minute mehr gehabt. Margo beobachtete, wie sich der Ballon ganz langsam füllte und verwünschte leise den Umstand, daß sie nicht auf Helium zurückgreifen konnte. Aber es war nun einmal nicht zu ändern. Sie mußten mit dem zurechtkommen, was sie hatten, und Margo war verdammt stolz auf ihren Einfallsreichtum.

Endlich war das Luftschiff einsatzbereit. Kynan hatte den Gitterboden mit einer Nylonmatte bedeckt, damit nichts hindurchfallen konnte. Koot überprüfte noch einige Verbindungen und half dann Kynan, die Ausrüstung zu verladen. Margo verstaute den Generator wieder in seiner Kiste und versteckte ihn in unmittelbarer Nähe des Tores. Wenn es sich das nächste Mal öffnete, würde Goldie jemanden schicken, um den Generator zurückzuholen.

Margo ging in Gedanken noch einmal ihre Ausrüstung durch. Proviant, eine tragbare Trinkwasseraufbereitungsanlage, Spitzhacken und Schaufeln, ihr kleiner M1-Karabiner samt Munition, das Blasrohr, Betäubungspfeile und Ersatzbatterien für die Laserzielvorrichtung. Koots Winchester, Cal. 458. Ein Erste-Hilfe-Koffer, superleichte Schlafsäcke und Moskitonetze. Ballast, den sie später abwerfen konnten, wenn sie zusätzliche Auftrieb benötigten ... Ja, es war alles da.

Margo hatte dafür gesorgt, daß sie alle gegen Cholera, Hepatitis, Typhus, Meningitis und Diphtherie geimpft waren. Außerdem hatten sie frühzeitig mit der Malariaimmunisierung begonnen, und dank ihrer hervorragenden Wasserfilter mußten sie auch keine Bilharziose fürchten. Um ganz sicherzugehen, wollte Margo ihr Trinkwasser zusätzlich mindestens zehn Minuten lang abkochen. Ihr reichte allein die Vorstellung, von irgendwelchen parasitären Würmern befallen zu werden, um sich krank zu fühlen. Davon abgesehen, hatten Malcolm und Kit sie zu gut ausgebildet, als daß sie derart dumme Risiken in Kauf nehmen würde.

»Seid ihr fertig?« fragte sie ihre Assistenten erwartungsvoll.

Koot van Beek schnallte sein Gewehr um und grunzte leise: »Ja, English, wir sind fertig.«

Der transparente Gasballon hob sich geisterhaft gegen das Mondlicht ab. Margo kletterte grinsend in die Gondel und vergewisserte sich, daß alles eingeladen und vertäut war.

Dann winkte sie den Waliser zu sich. Kynan betrachtete den Ballon über seinem Kopf mißtrauisch, murmelte etwas vollkommen Unverständliches und stieg ebenfalls in die Gondel. Mit der Hand berührte er die Tasche mit seinem Bogen und den Pfeilen, als wolle er sich auf diese Art ein wenig Zuversicht verschaffen. Margo hatte sich achselzuckend gefügt, als er seine Waffen ausgewählt hatte. Mit Pfeil und Bogen verstand er umzugehen, es wäre nicht sinnvoll gewesen, ihn innerhalb kürzester Zeit an etwas Neues zu gewöhnen. Wie es Goldie allerdings gelungen war, Bull Morgan die Waffe abzuschwatzen, wollte Margo lieber gar nicht wissen.

»Also gut, Leute. Es geht los!«

Margo gab Koot ein Signal, und sie lösten beide gleichzeitig die Vertäuung der Gondel. Das Luftschiff erhob sich gemächlich in den Sternenhimmel über Afrika. Eine steife Brise von der Küste her trieb sie stetig ins Landesinnere. Margo wartete, bis sie sich außer Sicht- und Hörweite der kleinen Ansiedlung befanden, ehe sie den Gebläsemotor startete.

Der Lärm der Maschine schallte durch die sonst so stille Nacht. Kynan hielt sich die Ohren zu und blickte kurz über den Rand der Gondel hinab. Jegliche Farbe war aus seinem Gesicht gewichen. Die Gondel schwang im Luftstrom hin und her wie ein Achterbahnwaggon. Der arme Kynan hielt die Augen fest geschlossen, sein Adamsapfel hüpfte aufgeregt auf und ab. Margo reichte ihm grinsend ein Skopolaminpflaster und zeigte ihm, wie er es anlegen mußte. Dann widmete sie sich ihrem Kurs und steuerte nach Norden, vorbei an der Delagoa-Bucht zur Mündung des legendären Limpopo.

Margo erschauerte, als das erste Tageslicht seine Strahlen über das südliche Afrika schickte. Vor ihnen schlängelten sich die Drakensberge an der zerklüfteten Küste, und direkt unter ihnen lag die Mündung des Limpopo. Das Wasser des heimtückischen Flusses, der nur bei Flut befahrbar war, glitzerte in trügerischer Harmlosigkeit in der Morgensonne. Ihrer ATLS-Ablesung zufolge war es Anfang Dezember – Sommeranfang in diesem Teil der Erde. Weit im Süden konnten sie Wolken erkennen. Lichtblitze begleiteten das Brausen und Donnern eines der schon legendären Stürme über den Drakensbergen.

Glücklicherweise führte ihre Route sie in nördlicher Richtung den Flußlauf entlang. Sie würden das Gebirge nur an seinen Ausläufern streifen und mit ein bißchen Glück den berüchtigten Sommerstürmen entgehen. Margo sah hinunter und strahlte über das ganze Gesicht, obwohl sie ihre Jacke enger um ihre Schultern schlang. Die Kälte in dieser Höhe hatte eine belebende Wirkung auf sie. Das Flußtal zog sich wie ein grüner Teppich am Fuß des Gebirges entlang. Margo konnte große Tierherden erkennen, die am Flußufer weideten. Sie wußte nicht, was für Tiere es waren, und obwohl sie eine äußerst klare Vorstellung davon hatte, was Hunger bedeutete, erschien es ihr doch fast unmöglich, etwas so Schönes zu töten. Noch weniger konnte sie verstehen, daß es Menschen gab, die Tiere nur zum Spaß töteten.

Nachdenklich betrachtete sie Koot und verzog das Gesicht. Er war ein Sportjäger, und den Gerüchten zufolge begleitete er Safaritouren in die Vergangenheit. Vielleicht wußte er, was das für Tiere waren. Sie würde ihn fragen.

»Koot?«

Der grauhaarige Afrikaner sah sie schweigend an.

»Was sind das für Tiere?« Margo zeigte nach unten.

»Gnus«, entgegnete er knapp. »Und Kapbüffel. Widerliche Biester. Das sind die gefährlichsten Viecher in ganz Afrika. s' gibt Krokodile in dem Fluß. Und Flußpferde. War schon ganz gut, nicht das Floß zu nehmen.«

Der Sarkasmus in seinem Tonfall wog so schwer, daß er den Ballon hätte zum Sinken bringen müssen. Margo wahrte ihre Führungsposition, indem sie sich wieder konzentriert dem Luftschiff widmete. Ihr Disput mit Koot über die Frage, ob sie sich über das Wasser oder in der Luft fortbewegen sollten, war kurz, heftig und endgültig verlaufen. Er hatte gewonnen. Im Grunde war das auch ganz in Ordnung, zumal Fliegen viel aufregender war als eine Bootsfahrt.

Auch Kynan starrte hinunter auf die Herden. Dann wanderte sein Blick zu dem Ballon hinauf, und ein Zittern ging durch seinen Körper. Plötzlich empfand Margo tiefes Mitleid mit ihm. Was mußte in ihm vorgehen? Der arme Mann war unvermittelt in eine Welt gestoßen worden, in der ihm alles wie ein Werk des Teufels vorkommen mußte. Wahrscheinlich hatte er entsetzliche Angst. Erneut fragte sie sich, ob es nicht ein Fehler gewesen war, daß Goldie ihn für diese Mission ausgewählt hatte. Sicher, er brauchte einen Job. Aber er fand sich so schwer in den verschiedenen Zeiten zurecht, daß Margo ihn lieber auf der Station zurückgelassen hätte, um statt dessen jemanden zu engagieren, der sich besser mit der modernen Technik, mit Sprachen und in der Wissenschaft auskannte.

Dann dachte sie an den Zweck ihrer Mission und grinste. Schon bald würde sie ein Versprechen einlösen, das sie sich selbst am Todestag ihrer Mutter gegeben hatte. Nur noch ein paar Wochen, und Margo würde einfach ins Gefängnishospital in Minnesota spazieren und ihrem Vater zeigen, wie sehr er sich in ihr und ihren Träumen geirrt hatte.

Strahlendes Sonnenlicht ergoß sich über die Landschaft unter ihnen und durchströmte den transparenten dreieckigen Ballon, der sie ihrem Abenteuer entgegentrug. Jeder kleine Schatten der Verbitterung war auf einmal verschwunden. *Heute ist der absolut schönste Tag meines Lebens!* Margo kontrollierte mit dem Kompaß ihren Kurs und korrigierte den Winkel des Gebläses. Ein Schauer lief über ihren Rükken. Dies war ihr Luftschiff, ihre Expedition, und es würde ihr Erfolg sein.

Anscheinend gab es doch etwas, das genauso ablief, wie sie es sich vorgestellt hatte.

Es war kein Problem, die Stelle zu finden, die Goldie ihnen genannt hatte, und Margo gab sich noch tagelang der Verzückung über ihren prompten Erfolg hin.

Vor Ort vertäuten sie den Ballon und luden die Grabwerkzeuge aus. Dann begannen sie, die ausgespülten Erdlöcher am Ufer des Limpopo zu bearbeiten.

Als Margo ihren ersten zwei Zentimeter großen Saphir in der Hand hielt, flüsterte sie nur: »O mein Gott ...« Und als sie später auf dem Grund der Grube auf Diamanten stießen wieder: »O mein Gott ...«

Selbst der Waliser grinste während der Arbeit von einem Ohr zum anderen.

Sie wälzten einige Kubikmeter Erde um und durchsuchten sie sorgfältig. Dann transportierten sie ihre Schätze flußaufwärts zu der Stelle, die Goldie ihnen genannt hatte. Dieses Mal hatte Margo Schwierigkeiten, den Platz genau zu lokalisieren. Als sie einen einmündenden Fluß passierten, versuchte Margo, die Landschaft mit den Angaben auf Goldies Karte und den Notizen über Länge und Breite zu vergleichen. Schließlich machte sie mit ihrer digitalen Kamera, die an ihr Logbuch angeschlossen war, eine Aufnahme von der Gegend und traf nach einem abschließenden Blick in Goldies Unterlagen die bestmögliche Entscheidung.

»Dort«, erklärte sie.

Sie landeten an der ausgewählten Stelle und verteilten die erste Ladung edelsteingefüllter Erde. Nun brachten sie eine Ladung nach der anderen her. Sie legten eine tiefe Grube auf Goldies zukünftigem Grundbesitz an und versteckten die Reichtümer in ihr. So vergingen die Wochen im Flug. Im Januar überschwemmte der Sommerregen ihr kleines Camp, und sie mußten in höhere Lagen weiterziehen. Die Hitze war erdrückend. Mit Filterstrohhalmen, die sie vor Krankheiten schützen sollten, tranken sie ihr abgekochtes Wasser, sobald es weit genug abgekühlt war, um ihnen nicht die Kehle zu verbrennen und wandten sich mit einem seligen Grinsen wieder ihrer Arbeit zu.

Margo war überglücklich, ihre digitale Kamera zu haben. Sie war weitaus besser als eine Videokamera, und Margo nutzte jede freie Minute, um Antilopen, Zebras, Giraffen und alles, was sich sonst noch bewegte, zu filmen. In der

Nacht lauschte sie mit einer Gänsehaut auf dem Rücken dem schauerlichen Gebrüll der jagenden Löwen und dem wilden Lachen der Hyänen, das sich mit den Schreien der Wasservögel und dem tiefen Baß der Flußpferde vermischte.

Der Fluß versorgte sie ausreichend mit Nahrung, doch Koot ließ sich das Jagen nicht nehmen und teilte seine Beute, eine Antilope, mit Kynan. Auch Kynan ging auf die Jagd und kam zufrieden grinsend mit einer silberschwarzen Gemsantilope zurück. Die langen schwarzen Hörner des Tieres verstaute er als Trophäe in seinem Gepäck. An diesem Abend aßen Kynan und der Afrikaner gegrillte Gemsantilope. Margo beschränkte sich auf Fisch und Früchte. Wenn sie zusehen mußte, wie die beiden Männer ihre Beute zerlegten, erinnerte sie das nur an die römische Circusarena und vertrieb damit im Nu jeden Funken Appetit.

»Nein, danke«, lehnte sie daher ab, wenn sie ihr einen Bissen anboten.

Koot verdrehte seine Augen himmelwärts und stöhnte: »English«, ehe er zufrieden weiterkaute.

In der Ferne konnten sie riesige Elefantenherden beobachten, die regelmäßig zum Fluß herabzogen, um zu trinken und zu baden. In den Bäumen rund um sie herum schrien und schwatzten die Affen. Manchmal kam einer von ihnen zu den dreien herüber, um ihnen die ein oder andere Leckerei zu stehlen, doch Margo vertrieb sie jedesmal lachend. In dem gelblichen Gras des afrikanischen Buschlandes beobachtete sie streitsüchtige Nashörner und mißtrauische Paviane mit langen Schnauzen. Letzteren ging sie konsequent aus dem Weg, da sie kein besonderes Interesse daran hatte, sich mit übellaunigen, intelligenten Primaten anzulegen, auf deren Speiseplan auch Fleisch vorkam und deren Fangzähne länger als Margos Finger waren. Alles andere war sowohl für ihre Kamera wie auch für ihr restliches Befinden eine wahre Wohltat.

Sie hatten ihre Arbeit fast abgeschlossen, als Margo ihre erste wichtige Lektion über die Realität ihres Jobs erhielt. Sie und Kynan hatten Koot die Bewachung ihres Lagers überlassen und waren fortgegangen. Kynan wollte zur Jagd, und Margo hatte die Absicht, sich ein wenig auszuruhen und spazierenzugehen. Margo hatte sich den Karabiner umgehängt, aber nur, weil Koot jedesmal in Panik ausbrach, wenn sie es nicht tat. Hier gab es soviel Wild, daß Kynan niemals weit laufen mußte, um sich etwas zum Essen zu schießen. Margo selbst war stets aufs neue davon begeistert, was sich alles in wenigen Metern Entfernung von ihrem Lager tummelte.

Die Kamera im Anschlag, kroch Margo durch das hohe Gras, um eine Herde Springböcke aufzunehmen, als es geschah. Sie hörte ein Schnauben und sah sich um. Direkt vor ihr stand ein enormer Kapbüffel. Seine Silhouette hob sich bedrohlich von dem blauen Himmel ab.

Oh ... Was für ein riesiges Tier!

Aus dunklen Augen starrte sie das gerade vierzig Meter entfernte Tier an. Seine Nüstern zitterten. Der Büffel scharrte mit einem Vorderhuf in der Erde und stellte sich dann breitbeinig vor sie, als wolle er für ein Foto posieren. Margo hob die Kamera an und drückte auf den Auslöser. *Perfekt ...* Der Bulle schnaubte wieder und senkte den Kopf. Seine Hörner waren ebenso riesig wie spitz und wunderschön.

Kynan berührte sie am Arm. Sie sah sich um. »Was?«

Er winkte und zeigte mit einer dringlichen Geste zum Lager. Sie bemerkte, daß er einen Pfeil an seinen Bogen legte, während er sich zurückzog. »Es ist nicht gefährlich«, erklärte sie ihm. »Er ist vierzig Meter entfernt.« Margo schaltete ihre Kamera auf Dauerbetrieb um und begann zu filmen. Der Büffel schnaubte erneut und senkte den Kopf noch weiter, während er mit seinen scharfen Hufen die Grasnabe aufriß.

Dann griff er an.

O Scheiße ...

Margo suchte mit den Händen nach ihrem Blasrohr, bis ihr klar wurde, daß sie es nicht bei sich hatte. Allmählich wurde ihr bewußt, daß sie in großer Gefahr schwebte. *Dieses Vieh ist so groß wie ein Auto.* Und es rannte mit donnernden Hufen direkt auf sie zu. Margo tastete unbeholfen nach ihrem Karabiner und legte an. Die Waffe zitterte in ihren Händen, und der Lauf beschrieb wilde Kreise in der Luft. Endlich gelang es ihr, den Bullen ins Visier zu bekommen. Sie wußte nicht, wohin sie zielen sollte, also kniff sie die Augen zusammen und drückte einfach ab. Der Karabiner schlug hart gegen ihre Schulter, und das laute Krachen des Schusses übertönte das Donnern der Hufe.

Der Bulle brüllte auf und lief mit unverminderter Geschwindigkeit weiter auf sie zu.

WHACK!

Ein meterlanger Pfeil bohrte sich in die Brust des Bullen.

Der Bulle brüllte wilder – und lief weiter auf sie zu.

»Lauf!« Margo sprang auf und rannte in Richtung Lager. Kynan war direkt hinter ihr. Doch das Donnern der Hufe wurde lauter, und Margo wußte, daß sie es nicht schaffen würden.

»Es ist zu weit!« schrie Margo. Sie drehte sich um und feuerte ihr ganzes Magazin auf den angreifenden Büffel ab.

Kynan legte einen neuen Pfeil an und schoß ebenfalls. Er traf den Bullen direkt in die Brust. Der Bulle stolperte nur kurz und raste weiter auf sie zu. Zwei weitere Pfeile spickten den wildgewordenen Büffel wie ein Nadelkissen, ohne ihn jedoch stoppen zu können. Margo fummelte an ihrer Waffe herum, um ein neues Magazin einzulegen.

KA-RUMP!

Wie vom Blitz getroffen ging der Bulle zu Boden. Er schnaubte und schrie und kam wieder hoch, um erneut anzugreifen.

KA-RUMP! Ein weiterer Schuß und dann noch einer.

Der Bulle stolperte und blieb schließlich unsicher stehen. Margo zitterte wie Espenlaub und rührte sich nicht von der Stelle. Kynan, der direkt zwischen ihr und dem wildgewordenen Bullen stand, entspannte ganz langsam die Sehne seines Bogens. Der Bulle war gerade noch einen Meter von ihm entfernt.

»English, du bist völlig bescheuert«, knurrte Koot van Beek, der hinter ihnen im Gras gekauert hatte. »Du kannst einen Kapbüffel nicht mit einem Spielzeug aufhalten.« Er hob seine Winchester Model 70 African Special hoch. »Jetzt weißt du, warum ich mein eigenes Gewehr mitgenommen habe, English.«

Margo würgte. »Ich ... ich seh's ein. Ja. Ich ... danke dir.«

Koot grunzte nur und deutete mit dem Daumen zum Camp. »Ich habe Fisch auf dem Feuer.« Margo wünschte, sie könnte im Erdboden versinken, so bitterböse klang Koots Stimme. Vielleicht hatte die Jagd doch ihre Berechtigung ...

Der Waliser legte ganz langsam den Bogen ab und verstaute die Pfeile im Köcher.

»Du warst sehr mutig«, sagte Margo und fragte sich, ob er sie überhaupt verstehen konnte.

Kynan drehte sich zu ihr um. Margo schluckte. Sein Gesicht war aschfahl. Er betrachtete seinen Bogen und den toten Büffel. Dann sah er Koot über Margos Schulter hinweg an. In gebrochenem Englisch sagte er: »Koot? Du zeigen Gewehr?«

Koot grinste. »Sicher. Komm ins Lager! Ich werde dir das Schießen beibringen.«

In Kynans Augen trat ein Ausdruck unermeßlicher Erleichterung.

Margo folgte den Männern wortlos zurück zum Lager. *Beim nächsten Mal werde ich eine Waffe mitnehmen, mit der ich alles und jeden aufhalten kann,* versprach sie sich in Gedanken. Sie hatte einen Fehler gemacht. Einen sehr schlimmen Fehler. Es lag nicht an ihr, daß sie noch am Leben war. Dieses Mal hatte sie noch Glück gehabt.

Margos zweiter Fehler war weitaus schwerwiegender. Dieses Mal hatte sie sich nicht einfach nur bei der Auswahl ihrer Waffe geirrt. Der Anblick leerer Treibstoffkanister – und die aussichtslose Suche nach einem Notlandeplatz in dem unwegbaren Gelände – waren nicht dazu angetan, auch ihren Adrenalinspiegel auf einen niedrigen Pegelstand zu senken. Viel zu früh begann der Gebläsemotor zu stottern, ehe er dann endgültig verstummte. Margo war starr vor Schreck. *Die Tanks sind leer. Lieber Gott, die Tanks sind leer ...*

Wohin sie auch sah, sie konnte meilenweit keinen Platz entdecken, auf dem sie einigermaßen sicher landen konnten. Aber die Tanks waren leer – alle, auch der Reservetank. Nun übernahm der Wind die Steuerung und brachte sie weit ab von ihrem Kurs.

Das ist nicht fair! Ich war doch so vorsichtig! Ich habe genau ausgerechnet, wieviel Treibstoff wir brauchen. Beim Hinflug lag ich doch auch richtig. Und bei den Transporten auch. Dann muß doch auch die Berechnung für den Rückflug stimmen. Verdammt, ich habe doch wirklich alles beachtet. Ich habe doch sogar das Gewicht mitberechnet. Das ist wirklich nicht fair!

Aber – wie Kit und Sven schon gesagt hatten – dem Universum ist das scheißegal. Ob fair oder nicht, das änderte nichts an ihrer Lage, und Irrtümer forderten nun einmal ihren Tribut. Und trotz all ihrer umsichtigen Berechnungen hatte Margo sich geirrt, denn sie hatte einen einfachen, aber kritischen Punkt außer acht gelassen: den Wind.

Der Wind wehte das ganze Jahr über von Madagaskar zu den Drakensbergen, brach sich am Fuß der Berge und wehte dann durch das Limpopotal ins Landesinnere, wobei er genug Regen mit sich führte, um diesen Teil Ostafrikas zu einer fruchtbaren Gegend zu machen. Dieser Wind änderte niemals seine Richtung. Margo hatte bei ihren Berechnungen nicht daran gedacht, daß sie auf dem Rückweg, zusätzlich zu den ständigen Stürmen, achthundert Kilometer lang Gegenwind haben würden.

Vielleicht war es nicht fair, aber so lagen die Dinge nun einmal.

Und nun hatten sie keinen Treibstoff mehr.

»English«, rief Koot aufgeregt. »Du mußt Treibstoff nachfüllen.«

Oh Gott, jetzt muß ich ihm sagen ...

»Äh ... ich ... geht nicht, wir haben keinen mehr ...«

Der Ballon hüpfte wie wild hin und her, und sie wurden heftig durchgeschüttelt, als sich die böigen Winde eines heraufziehenden Sturmes ihres Luftschiffes bemächtigten. Koot starrte Margo von der anderen Seite der Gondel her an. Dann warf er einen kurzen wütenden Blick auf das Gebläse.

»English.«

Margo hielt sich an einem Tau fest, und das Herz schlug ihr bis zum Hals. Sie hatte keine andere Wahl, sie mußte sie runterbringen. Doch das Gelände unter ihnen war in höchstem Maße gefährlich. Felsgestein, durch das sich ein reißender Fluß schlängelte, an dessen Ufer dichtes Gestrüpp und hohe Bäume wuchsen. Dennoch konnte sie nicht länger warten. Anderenfalls würde der Wind sie weit ins Landesinnere tragen, weg vom Limpopo, und sie müßten sich zu Fuß durch den Urwald kämpfen.

»Wir werden landen, Koot!« rief Margo. »An die Arbeit!«

Er sah sie wütend an, sagte aber nichts. Auch ihm war klar, daß sie keine andere Wahl hatten. Hier oben lag ihr aller Leben in der Gewalt des unberechenbaren Windes. Margo öffnete die Ventile, um Gas aus dem Ballon abzulassen. Das kleine Luftschiff fiel in einen steilen Sinkflug und wurde dabei noch von dem heftigen Wind herumgewirbelt. Kynan sicherte ihre Ausrüstung mit Seilen, damit sie nicht hinausfallen konnte. Gleich darauf mußte er sich selbst an einem Seil festhalten, um nicht über Bord zu gehen.

»Anseilen«, schrie Margo und verfluchte sich, nicht früher daran gedacht zu haben. Sie hätten aus der Gondel fallen können. Bei der Geschwindigkeit, mit der sie sich dem Boden näherten ...

Koot knotete sich mit einem Tau an der Gondel fest. Margo und Kynan folgten seinem Beispiel. Margo warf Ballast ab, um ihren Sinkflug zu bremsen. Sofort verlangsamte sich ihr wilder Sturz zur Erde. Der Gasballon trudelte unkontrolliert durch die Luft und versetzte Margo einen heftigen Stoß, doch gleich darauf hing er wieder in den Seilen oberhalb der Gondel und sank gleichmäßig zur Erde hinab.

Margo hatte noch immer keine Ahnung, wo sie landen

sollten. Ihr Blick wanderte unentwegt über die Landschaft. Hier würden sie an den Felsen zerschellen, und dort drüben würden sie direkt in die Baumgruppe krachen und ganz einfach auf eine andere scheußliche Art zu Tode kommen. Der Fluß führte Hochwasser, trotzdem ragten zerklüftete Felsbrocken wie Zähne aus ihm hervor. Große Äste und ganze Bäume tanzten auf dem reißenden Strom. Dann trug eine neue Böe sie in die Nähe einer Flußbiegung, wo Margo eine kleine freie Fläche entdeckte. Sie war sich nicht sicher, ob der Platz groß genug für sie war, aber sie konnte nicht länger warten. Der Wind führte sie direkt auf die Stelle zu, und sie mußte handeln, ehe eine weitere Böe sie wieder davontreiben konnte. Eilends öffnete Margo die Ventile. Das Luftschiff fiel so schnell zu Boden, daß sogar Koot einen angstvollen Schrei ausstieß.

Bitte ... nur noch ein kleines bißchen ...

Margo schnitt die Taue von ihrer Ausrüstung los und warf sie über Bord. Mit einem lauten Platschen fielen sie in den Schlamm. Die Gondel wurde langsamer und näherte sich dem Boden. Ein neuer Windstoß trieb sie seitlich auf ein wildes Durcheinander entwurzelter Bäume. Schreiend zog Margo noch einmal am Hauptventil, und der Wasserstoff entwich laut zischend. Dann bohrte sich der Gitterboden der Gondel tief in den weichen Uferschlamm.

Puh ... mir tut alles weh.

Aber sie waren unten. Und am Leben. Margo schloß die Augen und begann heftig zu zittern.

Als sie die Augen wieder öffnete sah sie, wie Koot und Kynan fassungslos auf ihre überall herumliegenden Ausrüstungsgegenstände starrten. Schließlich begann Koot sie einzusammeln und mit Seilen zu sichern, während er mißtrauisch den reißenden Fluß betrachtete. Margo errötete. *Ein toller Anführer bin ich. Notgelandet, vierhundert Kilometer vor dem Ziel ...* Am liebsten hätte sie die Hände vor das Gesicht geschlagen und losgeheult. Aber dies war ihre Expedition, und es war ihr Fehler, der sie alle in größte Gefahr gebracht hatte.

»Koot? Was weißt du über den Limpopo?«

Er starrte auf das Wasser. »Bei Hochwasser ist er schiffbar, das ist alles, was ich weiß. Es wird verdammt gefährlich für uns werden, ihn zu befahren.«

Den Fluß befahren? »Womit?«

Er sah sie von oben herab an. »English, kannst du denn überhaupt nicht denken? Unsere Gondel ist aus PVC. Alles was wir tun müssen ist, sie mit der Ballonfolie abdichten, und schon geht's los.«

Mit einer Ballongondel einen Fluß voller gefährlicher Felsen befahren, der ganze Bäume und Gott weiß was noch mit sich riß? *Besser als laufen ...* »Ja, du hast recht. Das ist eine gute Idee.«

Er schnaubte. »Selbstverständlich, English. Sie ist von mir.«

Wieder stieg ihr die Röte ins Gesicht, doch sie sagte kein Wort. Er war zwar arrogant, aber er hatte zweifellos recht – wie üblich. Mit Hilfe von Gesten und umständlichen Erklärungen informierten sie Kynan über ihr Vorhaben. Sie ließen den restlichen Wasserstoff ab, und Kynan begann vorsichtig, die Ballonplane aufzuschneiden. Dann entluden sie die Gondel vollständig und umhüllten sie mit der stabilen, transparenten Folie. Sie sicherten sie mit den Seilen, die zuvor den Ballon gehalten hatten. Den Gebläsemotor versenkten sie im Fluß.

Es war recht schwierig, die Gondel wieder zu beladen, ohne daß sich irgendwelche scharfen Kanten in die Folie bohrten, doch auch dieses Problem hatten sie bald bewältigt. Koot und Kynan sammelten Holzstücke, aus denen sie provisorische Schifferstangen und Paddel herstellen konnten. »Es ist verdammt gefährlich auf dem Fluß«, sagte Koot niedergeschlagen. »Krokodile. Flußpferde. Stromschnellen. Der Proviant ist auch fast aufgebraucht. Wir könnten alle draufgehen.«

Was für aufmunternde Worte. »Noch sind wir nicht tot!« fauchte sie. »Und ich werde nicht aufgeben. Komm jetzt, wir lassen die Gondel zu Wasser!«

Mit vereinten Kräften schoben sie ihr Behelfsboot ins Wasser und legten ab. Mit ihrer Stange stieß Margo das Boot vom Ufer ab in tiefere Gewässer. Dort nahmen sie schnell Fahrt auf, nachdem der reißende Fluß sie gepackt hatte. Margo faltete die Hände und sprach ein kurzes Gebet, ehe sie ihr Paddel zur Hand nahm.

Wir sind völlig hilflos.

Zumindest war sie nicht mehr in der gottverlassenen kleinen Stadt in Minnesota, in der die Leute darauf warteten, daß das Leben an ihnen vorbeizog. Sie wartete nicht einfach. Wenn sie hier draußen sterben würde, dann hätte sie doch wenigstens gelebt. Das wäre immerhin einen Nachruf wert.

In der Hoffnung, daß sich dieser Gedanke später nicht als Prophezeiung entpuppen würde, senkte sie ihr Paddel in die Fluten.

Die Flußfahrt den Limpopo hinab sollte sich zu einer nervenzerfetzenden Reise voller unvorhersehbarer Gefahren entwickeln.

»Abstoßen!« schrie Koot. »Schnell!«

Margo rammte ihr provisorisches Paddel gegen einen großen Felsbrocken, der direkt vor ihnen aus dem Fluß aufragte. Die Erschütterung fuhr ihr ungebremst in die Schulter. Margo ging zu Boden, als die Gondel an dem Felsen vorbeiwirbelte, und durchschlug mit dem Knie die Folie. Eilig verklebte sie das Leck. Gleich darauf mußte sie schon wieder ihr Paddel einsetzen, als ein weiterer Felsbrocken ihnen den Weg versperrte. Margo stieß ihr Paddel gegen den Fels, und die Schmerzen in ihrer verrenkten Schulter raubten ihr fast die Sinne. Trotzdem hielt sie ihr Paddel eisern fest und hielt weiter nach Hindernissen Ausschau. Kynan sicherte die andere Seite der Gondel, während Koot versuchte, sein Paddel als Steuerruder einzusetzen.

Die Tage vergingen. Stürmischer Regen peitschte auf die Gondel nieder. Der Fluß schwoll weiter an und wirbelte sie von einer Seite zur anderen. Plötzlich tauchte vor ihnen eine riesige Gnuherde auf, die dabei war, den Fluß zu überqueren. Tausende waren es, und die Gondel trieb direkt auf sie zu. Der ganze Fluß schien nur noch aus schwimmenden Gnus zu bestehen.

»KOOT!«

Fluchend sprang er auf. »Wir müssen versuchen, das Ufer zu erreichen!«

Sie kämpften gegen die Fluten und prallten krachend gegen einen Felsen unter der Wasseroberfläche. Mit einem häßlichen Geräusch zerbarst das PVC an der Seitenwand ihrer Gondel. Wieder packte sie die Strömung und riß sie stromabwärts vom Ufer weg. Margo paddelte, bis ihr Rükken um Gnade bettelte, doch sie gab nicht auf. *Wenn wir da reingeraten, sind wir tot …*

Langsam kamen sie dem Ufer näher. Noch näher. Sie würden es schaffen …

Das Ufer war voller Krokodile.

»Weiter!« Koot stand breitbeinig in der Gondel und hielt sein Gewehr in den Händen.

KA-RUMP!

Ein Schuß nach dem anderen löste sich aus der Winchester. Überall lagen tote oder verwundete Krokodile. Andere flüchteten in den Fluß oder verspeisten ihre getroffenen Artgenossen. Margo verlor das Ufer aus den Augen, als ihre Gondel erneut herumgewirbelt wurde. Dann sah sie es wieder, näher als zuvor. Sie würden es schaffen.

Die Gondel lief auf Grund, und Margo verlor den Halt. Koot sprang über Bord und zerrte an einem der Taue. Kynan folgte ihm und griff nach einem anderen Tau.

»Vorsicht!« schrie Margo.

Koot ließ das Tau los, wirbelte herum und brachte seine Waffe erneut in Anschlag. Im letzten Augenblick erschoß er ein Krokodil, das Kynan bereits gefährlich nahe gekommen war. Es rutschte in die tosenden Fluten und verschwand. Margo krabbelte ans Ufer und griff nach dem Tau, das Koot fallengelassen hatte. Die Gondel widersetzte sich störrisch ihren Versuchen, sie an Land zu ziehen. Margo setzte all ihre Kraft ein. Der Regen schlug ihr ins Gesicht und raubte ihr den Atem. Blitze zuckten durch die Luft, doch das laute Rauschen des Flusses übertönte den Donner.

Koot packte ein anderes Tau, und sie zogen die Gondel gemeinsam Zentimeter für Zentimeter aus dem Wasser. Margos Rücken fühlte sich an, als wolle er jeden Augenblick brechen. Endlich gelang es ihnen, die Gondel auf das schlammige Ufer zu zerren. Nur wenige Meter von ihnen entfernt zerrissen die Reptilien ihre toten Artgenossen. Während der Regen das Blut wegspülte, erschoß Koot die Tiere, die ihnen am nächsten waren. Dann schleppte er die Kadaver zum Fluß und ließ sie in das Wasser gleiten, damit in ihrer direkten Umgebung kein verlockendes Futter für ihre überlebenden Vettern lag.

Margo keuchte und stellte sich mit dem Rücken zu dem niederprasselnden Regen, um wieder zu Atem zu kommen. Nach einigem Suchen fand sie ihren M1-Karabiner. Kynan begann mit der notdürftigen Reparatur der Gondel. Margo fühlte sich unendlich geschwächt. Sie zitterte so stark, daß sie ihre Waffe kaum halten konnte. Zumindest bewies das Zittern deutlich, daß sie noch am Leben war. Dreißig Meter stromabwärts kämpften die Gnus um ihr Überleben. Margo konnte die Todesschreie vieler Tiere hören. Sie sah, wie viele von ihnen einfach in den Fluten untergingen. Sie schloß die Augen angesichts dieses Gemetzels. Fast wären sie mittendrin gelandet ...

In den folgenden Stunden starben mehr Tiere in dem Fluß als im Circus Maximus während der Ludi Megalenses. Vielleicht sogar mehr als in einem ganzen Jahr im antiken Rom. Die vielen sterbenden Gnus änderten nichts an der Grausamkeit der römischen Spiele, doch sie rückten das Verhältnis von Leben und Tod in ein anderes Licht. Die Natur war nicht weniger grausam als die Menschen. Sie sprang ebenso unbarmherzig und brutal mit den schwächeren Kreaturen um.

Vielleicht sogar schlimmer.

Sie mußten viele Stunden warten, bis sich der Sturm legte und sie es wagen konnten, sich wieder einzuschiffen.

In der Nacht hielten sie abwechselnd Wache und blieben auf ihrem behelfsmäßigen Boot, wenn keine Stromschnellen in Sicht waren. Andernfalls liefen sie das Ufer an und warteten, bis es wieder hell wurde. Auch in dieser Nacht zogen sie es vor, an Land zu gehen, statt sich im Dunkeln den schäumenden Strudeln zu nähern, die sie in der Dämmerung vor sich sahen. Margo saß lange Zeit leise wimmernd da und war heilfroh, daß das Brausen des Flusses ihr Wehklagen übertönte.

Nennt mich Katherine Hepburn und verheiratet mich mit Humphrey Bogart ...

Margo sehnte sich nach Malcolms starken Armen. Sie vermißte ihn unendlich, besonders nachts, wenn der Wind das Brüllen der Raubkatzen und die Todesschreie ihrer Opfer an ihre Ohren trug, die Wolken düster am Himmel vorbeizogen und riesige Moskitoschwärme auf sie niedergingen. Wann immer sie diese Schreie hörte, umklammerte sie ihre Waffe, doch in dieser Nacht war sie zu erschöpft, um nach dem Karabiner zu greifen.

Und immer wieder dachte sie an Malcolm. *Es tut mir so leid, Malcolm. Ich war selbstsüchtig und gemein. Das wollte ich nicht ...*

Kurz vor Mitternacht riß ein weiterer Sommersturm Margo aus dem Schlaf. Kynan hielt Wache – eine geisterhafte Gestalt im Licht der herabzuckenden Blitze. Koot van Beek sah nur kurz auf und schlief weiter.

Wie kann er jetzt nur schlafen?

Blitze zuckten durch die Nacht, schlugen in Bäume ein und tanzten über die Wasseroberfläche. Margo war zu müde, um das Spektakel zu beobachten, doch die Angst hielt sie trotzdem wach. *Bitte, laß sie uns nicht treffen ...*

Der Regen nahm zu und schlug ihr direkt ins Gesicht. Margo hustete. Sie drehte sich auf den Bauch und zog den Schlafsack über den Kopf. Das Prasseln des Regens war noch lauter als das Tosen des Limpopo. *Das Geräusch wird mich noch bis ins Grab verfolgen. Warum mußten wir auch ausgerechnet in der Regenzeit herkommen?* Doch sie sah ein, daß sie ihre Lage nicht der Jahreszeit zuschreiben konnte. *Im Grunde haben wir wirklich Glück gehabt. Außerhalb der Regenzeit würden wir noch mehr in Schwierigkeiten sein.* Trotz aller Gefahren, die sich auf dem Fluß ergaben, war es immer noch besser, die vierhundert Kilometer mit einem Boot zurückzulegen, als zu Fuß gehen zu müssen. Genau das hätten sie tun müssen, wären sie außerhalb der Regenzeit hergekommen.

O Malcolm. Ich hab's wirklich vermasselt ... Sie mußte es einfach schaffen. Nicht nur, weil sie beweisen wollte, daß sie den Job machen und überleben konnte, sondern auch, um sich bei Malcolm zu entschuldigen. Es war längst zu spät, um die schönste Beziehung ihres Lebens noch zu retten, aber trotzdem verdiente Malcolm wenigstens eine Entschuldigung.

Irgendwann später in dieser furchtbaren Nacht plätscherte Wasser an Margos Wangen. Benommen wie sie war, dachte sie, der Regen hätte ihren Schlafsack überflutet. Dann tauchte im Licht der Blitze Kynan vollkommen durchnäßt und bleich vor ihr auf. »Margo!« schrie er und deutete auf die Gondel. »Fluß!«

Die Gondel schaukelte heftig an ihrer Vertäuung hin und her.

Wie?

Sie schälte sich aus ihrem durchnäßten Schlafsack. Der Fluß war enorm angeschwollen und weit über die Ufer getreten – und er kam immer näher.

»Koot! Koot, wach auf!«

Koot reagierte schwerfällig, als sie ihn schüttelte. Langsam öffnete er die Augen – und sprang alarmiert fluchend auf.

»Wir müssen sie weiter hoch ziehen!« schrie Margo.

»Das hat keinen Sinn! Da, schau!« Koot deutete landeinwärts.

Der nächste Blitz zeigte ihr ein undurchdringliches Gestrüpp, das kaum höher lag als die Wasseroberfläche. Wenn das Wasser so weitersteigen würde, dann wäre in kürzester Zeit alles auf einer Strecke von fünfhundert Metern landeinwärts überflutet. Sie hatten keine Zeit zu verlieren.

»Können wir mit der Gondel hier raus?« schrie Margo gegen den Sturm an.

»Keine Ahnung. Die Stromschnellen weiter unten sahen böse aus!«

Etwas krachte, und die Gondel versank zur Hälfte in den Fluten. Kynan krabbelte über den abfallenden Boden der Gondel und versuchte, eines der Taue durchzuschneiden. Die Gondel schlingerte. Dann machte sie plötzlich einen Satz zur Seite, als sei etwas Riesiges gegen sie gestoßen. Kynan ging über Bord. Beim nächsten Blitz erkannten sie, daß einer ihrer Ankerbäume ausgerissen war und nun halb über den PVC-Streben hing.

»Koot!«

Der Afrikaner antwortete nicht. Margo packte mit beiden Händen nach Kynans Handgelenk. Er ruderte wie wild mit dem anderen Arm. Margo konnte ihn in der Dunkelheit nicht sehen, sie fühlte nur sein Gewicht in ihren Händen. Sie zerrte an ihm, aber sie war nicht stark genug, um ihn aus dem Wasser zu ziehen.

»KOOT!«

Die Gondel kreiselte herum und schlug gegen etwas Hartes. Kynan schrie auf und packte ihren Arm. Margo keuchte und versuchte, mit den Zehen eines der Seile hinter ihr zu packen. Endlich gelang es ihr. Mit größter Mühe bugsierte sie das Ende des Seils unter ihre Brust.

»Kynan, halte durch!«

Sie atmete tief durch, dann ließ sie Kynan mit einer Hand los und packte das Seil. Sie warf es ihm zu, gerade als sich sein Griff an ihrem Arm löste. Er schnappte sich das Seil, ließ ihre Hand los und wickelte es sich um den Leib, während Margo das andere Ende festhielt. *Bitte* ... Sie legte sich flach in die Gondel und zerrte mit Armen und Beinen an dem Seil. Kynans Hände tauchten über dem Rand der Gondel auf. Dann konnte sie seinen Kopf und schließlich seinen Rücken sehen. Er griff nach allem, was in seine Reichweite geriet, und Margo zerrte so lange weiter an dem Seil, bis Kynan endlich ganz in der Gondel lag. Dann ließ sie sich vollkommen außer Atem zurückfallen.

Grimmig richtete sie sich wieder auf und schnürte sich eines der Taue als Rettungsleine um den Bauch. Ein anderes Tau band sie Kynan um. Koot war damit beschäftigt, die Gondel von dem anderen Ankerbaum zu lösen. Er lag halb auf den Knien und sein Oberkörper hing über dem Wasser, während er versuchte, das Tau durchzuschneiden.

»KOOT! BINDE DICH FEST!«

Ehe er etwas sagen konnte, krachte ein weiterer Baum gegen die Gondel. Fast wäre sie gekentert. Margo stürzte und sah aus den Augenwinkeln, daß Koot noch immer das Tau kappen wollte. Endlich gelang es ihm. Sie waren frei. Sofort packte der reißende Fluß ihr kleines Behelfsboot und zerrte es mit sich. Wimmernd kroch Margo nach vorn zu Koot.

»Binde dir eine Rettungsleine um«, rief sie.

Koot, der einen völlig erschöpften Eindruck machte, tastete nach einem Tau.

Es blitzte wieder, und Margo konnte die Stromschnellen erkennen.

»O Gott ... O GOTT ...«

Mit den Fingern suchte sie nach einem Paddel oder einer Stange oder sonst irgend etwas, mit dem sie sich von den Felsen abstoßen konnten. Der Fluß wirbelte sie herum, bis sie sich vorkamen wie in einem überdimensionalen Mixgerät. Margo blieb gerade genug Luft, um ein einziges Mal zu schreien. Dann brauchte sie ihren Atem wieder ausschließlich für den Überlebenskampf. Bei jedem Blitz hielt sie Ausschau nach Hindernissen und stieß ihr Paddel auf jeden Schatten, der sich ihren Augen darbot. Meistens traf sie tatsächlich einen Felsen und zog sich beim Zusammenprall üble Zerrungen und Blessuren zu. Die Gondel wurde wieder und wieder herumgerissen und schleuderte unkontrollierbar durch die Dunkelheit. Gischt und Regen prasselten auf sie hernieder. Das Tosen des reißenden Stroms war so laut, daß Margo nichts anderes mehr hören konnte. Auch Hilfeschreie würden ungehört verhallen.

Wieder wurden sie von einem harten Aufprall durchgeschüttelt, als sie mit einem Felsen kollidierten, den keiner von ihnen vorher gesehen hatte. Sie wurden heftig herumgeschleudert, und die Wucht des Aufpralls raubte Margo den Atem. Ihre Gondel wurde hochgerissen und fiel ebenso plötzlich wieder herab. Margo wußte nicht mehr, wo oben und wo unten war, als sie schon wieder gegen einen Felsen prallten. *Lange halte ich das nicht mehr aus. Es wird uns zerreißen …*

Wieder wurden sie von den Fluten erfaßt, und dann flog die Gondel – oder Margo – plötzlich durch die Luft. Margo schrie auf und fand sich im Wasser wieder. Über ihr schlossen sich die schlammigen Wassermassen des Limpopo. Margo suchte verzweifelt nach ihrer Rettungsleine. Der Strom spielte sein grausames wildes Spiel mit ihr, und sie hatte nicht die Kraft, sich gegen ihn zu wehren. Das Wasser drang ihr in Mund und Nase. Sie hatte das Gefühl, ersticken zu müssen, und sie wußte, daß es ihr Tod wäre, wenn sie gegen einen Felsen stieß.

Endlich erreichte sie die Oberfläche. Sie ruderte mit den Armen …

Kynan Rhys Gower griff nach ihr, und seine Hand packte ihr Haar. Er zog sie zur Gondel, und sie versuchte, seinen Arm zu fassen. Dann griff er nach ihren Schultern und hievte sie in die Gondel, die wild hin und her trudelte und dauernd ihre Fahrtrichtung änderte …

Dann wurde es still.

Noch immer trieben sie mit hoher Geschwindigkeit durch die nächtlichen Fluten, doch sie hatten die Stromschnellen hinter sich gelassen. Margo lag in Kynans Schoß und würgte an dem Wasser in ihrer Luftröhre. Kynan richtete sie auf und klopfte ihr auf den Rücken, damit sie es leichter aushusten konnte. Dann vergewisserte er sich, daß sie sich nichts gebrochen hatte. Margo wimmerte einige Male, aber, von einigen Prellungen abgesehen, war sie unverletzt.

Margo sah Kynan sehr ernst an. »Danke.«

Der Waliser zeigte erst auf sich, dann auf den Fluß. Danach zeigte er auf sie und wieder auf den Fluß.

»Ja«, sagte sie schaudernd. »Wir sind quitt, trotzdem danke!«

Er spreizte seine Finger und zuckte mit den Achseln, ehe er sich den Schäden an ihrer Gondel zuwandte.

Koot betrachtete Margo schweigend.

»Bist du in Ordnung?« rief Margo.

»Ja, und selbst?«

»Ich werd's überleben – nehme ich an«, entgegnete sie trocken.

Er grunzte. »Du hast verdammt viel Glück, English. Ich werde etwas schlafen.«

Ohne ein weiteres Wort brach er auf der Stelle zusammen. Er nahm sich nicht einmal die Zeit, in seinen Schlafsack zu kriechen. Margo sah zu Kynan. Er bedeutete ihr, sich ebenfalls hinzulegen.

»Meine Wache«, sagte er in seinem gebrochenen Englisch.

Margo nickte nur. Wenn es nötig gewesen wäre, dann hätte sie auch noch eine Wache durchgehalten, doch sie war unendlich dankbar dafür, daß ihr das erspart blieb. Falls wieder etwas passieren sollte, würde Kynan sie wecken, also konnte sie ruhig die Augen schließen. Margo war bereits eingeschlafen, ehe ihr Kopf den durchnäßten Schlafsack berührte.

Am fünften Tag ihrer anstrengenden Reise gingen ihre Lebensmittelvorräte zu Ende – und Koot wurde ernstlich krank. Er erwachte mit hohem Fieber und starkem Schüttelfrost.

»Malaria«, quetschte er zwischen den zusammengepreßten Zähnen hervor.

»Aber wir haben doch die Prophylaxemittel genommen.«

»Kein … Kein sicherer Schutz. Gib mir die Chinintabletten.«

Margo öffnete mit zitternden Händen den Erste-Hilfe-Koffer. Nachdem sie das Medikament gefunden hatte, las sie den Beipackzettel sorgfältig durch und verabreichte Koot vier Tabletten. Dann deckte sie ihn mit einem ihrer Schlafsäcke zu. Es war nichts Eßbares mehr da, womit er sich hätte stärken können, und am Ufer war weit und breit kein jagdbares Wild zu sehen.

Wo sind bloß all diese Viecher, wenn wir sie brauchen? Ich habe Hunger, und Koot könnte sterben.

Margo hätte auf alles geschossen, das auch nur entfernte Ähnlichkeit mit etwas Eßbarem hatte. Sie hätte sich sogar an dem Kadaver eines ertrunkenen Tieres vergriffen, wenn sie eines davon hätte packen können. Sie biß sich auf die Lippen und kämpfte dagegen an, sich von dem übermächtigen Gefühl des Versagens überwältigen zu lassen. Als sie am Abend die Gondel ans Ufer gezogen hatten, um die Nacht im Trockenen zu verbringen, zog sie sich von den anderen zurück. Sie verkroch sich in einer dunklen Ecke, stützte den Kopf auf die Hände und befaßte sich mit der entsetzlichsten Erkenntnis ihres jungen Lebens.

Ich hab's nicht drauf. Ich bin nicht so klug, wie ich dachte, und ich gehe nicht einmal mit mir selbst vernünftig um. Kit und Malcolm und die anderen, sie hatten alle recht. Ich war verrückt zu glauben, ich könnte es …

Plötzlich schien es nicht mehr wichtig zu sein, ihrem Vater seinen Irrtum nachzuweisen. Was hatte sie auch schon davon erwartet? Daß er sie in die Arme nähme und bittere Tränen vergösse? Oder ihr diese drei Worte sagen würde, die sie ihr Leben lang hatte hören wollen? Welch hoffnungsloses Ansinnen!

Wie sie so allein in der Dunkelheit saß, hatte Margo viel Zeit zum Nachdenken. Über jeden Fehler, den sie gemacht hatte, jedes selbstsüchtige Wort, das über ihre Lippen gekommen war, jedes hirnlose gefährliche Risiko, das sie in Kauf genommen hatte, nur weil sie sich nicht ausreichend vorbereitet hatte. Fast hätte ein Kapbüffel sie getötet, und sie hatte die Gefahr überhaupt nicht wahrgenommen, weil sie zu sehr damit beschäftigt war, seine Schönheit zu bewundern. Koot hatte sie gewarnt, doch sie hatte es einfach ignoriert. Und was hatte Kit ihr erzählt? Stell die Tiere nicht auf einen moralischen Sockel, der nichts mit der Realität zu tun hat.

Und in St. Giles hatte sie Malcolm in Lebensgefahr gebracht. Und in Rom, ganz auf sich allein gestellt ... Margo war aufgegangen, daß sie auch in Rom nur mit sehr viel Glück überlebt hatte. Sie hätte auch einem weniger netten Menschen als Quintus Flaminius' in die Hände fallen können – und selbst Flaminius besorgte Pflege hätte üble Folgen haben können. Das Messer, das sie für den Aderlaß benutzt hatten, hätte mit irgendeinem widerlichen Erreger infiziert sein können, oder sie hätten sie versehentlich zu Tode bluten lassen können oder ...

Margos Erfahrungen als Time Scout bestanden aus einer Serie von Katastrophen, und ihr Schutzengel würde wohl bald die Geduld mit ihr verlieren und dahin zurückkehren, woher er gekommen war.

Und nun saß sie mutterseelenallein und ohne Proviant an einem reißenden Strom, ohne jede Aussicht auf Hilfe und mit der Verantwortung für einen todkranken Mann und einen verängstigten Besucher aus der Vergangenheit. Nur ihr Verantwortungsgefühl hielt sie noch auf den Beinen. Sie würde Koot und Kynan nicht im Stich lassen. Irgendwie würde sie die beiden aus ihrer mißlichen Lage, in die sie sie gebracht hatte, wieder herausführen.

Sechs Stunden später weckte sie Koot und gab ihm zwei weitere Tabletten. Er klagte über entsetzliche Kopfschmerzen und schlief wieder ein. Margo nahm das Infoblatt über Malaria heraus und ging die Liste der Symptome durch. Kopfschmerzen galten als Hinweis auf Plasmodium falciparum, den Erreger einer besonders schweren Form der Malaria, die schlimme Folgen haben konnte, wenn sie nicht schnellstens behandelt wurde. Doch sie waren nicht nur gute hundertfünfzig Kilometer, sondern auch noch mehrere Jahrhunderte von der nächsten Klinik entfernt.

Kynan setzte sich zu ihr und deutete auf Koot. »Er stirbt?«
Margo schüttelte den Kopf. »Ich weiß es nicht.«
Der Waliser betrachtete mit düsterem Blick den Limpopo. »Schlechter Ort.«
»Ja. Sehr schlecht.« Ihr Atem ging rasselnd. »Wir müssen weiter.« Sie machte eine Bewegung, als würde sie paddeln und zeigte auf den Fluß.
Kynan nickte. Sein Gesichtsausdruck war ebenso trübe wie ihre Zukunftsaussichten. Trotzdem fühlte Margo tief in ihrem Inneren den Mut und die Notwendigkeit weiterzumachen. Bei Tagesanbruch schifften sie sich wieder ein. Der Waliser griff sich wortlos Koots schwere Winchester und kontrollierte sie, so wie es der Afrikaner ihm beigebracht hatte. Dann stellte er sich aufrecht in die Gondel und hielt Wache. Sie konnten nicht beide staken, denn einer von ihnen mußte nach Flußpferden Ausschau halten. Margo hatte keine Lust, darüber zu diskutieren, wer von ihnen welchen Job besser ausführen konnte, also nahm sie die Position am Heck ein und bemühte sich, die Gondel auf Kurs zu halten.

In der folgenden sternenklaren Nacht schwamm die Gondel die letzten Kilometer des Limpopo hinab. Margo war fast eingeschlafen, als Kynan sie vorsichtig wachrüttelte und nach vorn zeigte. Margo blinzelte müde und richtete sich unbeholfen auf. Sie konnte sich kaum bewegen, so sehr schmerzte ihr ganzer Körper. Auch der Hunger hatte sie geschwächt. In diesem Zustand starrte sie eine ganze Weile auf den mondbeschienenen Fluß, ehe sie begriff, warum er so breit war.
Der Ozean lag bereits in ihrer Sichtweite.
»Gott sei Dank!«
Doch dann kam ihr ein neuer beängstigender Gedanke.
Der Limpopo mündete etwa hundertfünzig Kilometer oberhalb der Delagoabai in den Ozean. Eine so weite Strecke

konnten sie unmöglich mit einer Gondel ohne Ruder und ohne Proviant auf der offenen See zurücklegen.

»Kynan. Wir müssen das Ufer erreichen!«

Kynan brauchte etwas Zeit, um sich den Sinn ihrer Worte zusammenzureimen, dann nickte er und fing an zu paddeln. Auch Margo senkte ihr Paddel immer wieder in den Strom, obwohl der Schmerz in ihren Schultern und ihrem Rücken ihr fast den Verstand raubte. Langsam näherten sie sich dem Ufer – zu langsam. Der Strom trieb sie unaufhaltsam auf das offene Meer hinaus. Vielleicht könnten sie schwimmen ...

Koot konnte nicht schwimmen. Und als sie genau hinsah, entdeckte Margo die glühenden Augen von Krokodilen im Wasser. Wie ein Alpdruck legte sich die Angst um ihren Brustkorb. *Wir treiben in den Indischen Ozean. Mein Gott, wir könnten sonstwo landen ...* Erst im letzten Moment dachte sie daran, ihre Wasserkanister im Fluß aufzufüllen. Dann schwammen sie hilflos der Dünung entgegen. Der Fluß trieb sie immer weiter vom Ufer weg.

»Ein Segel«, murmelte Margo. »Wir brauchen ein Segel ...« Malcolm hatte ihr zwar beigebracht, wie man ein Segelboot steuert, aber nicht, wie man aus PVC und Ballonfolie eines bauen konnte. »Egal. Wir brauchen ein Segel!«

Margo kramte die Reste ihres Ballons hervor. Viel war nicht davon übriggeblieben, aber es mußte reichen. Sie löste eine der gebrochenen PVC-Verstrebungen und richtete sie mit Hilfe einiger Taue als Mast auf. Dann brachte sie die verbliebene Folie als Segelersatz an. Der Wind blähte es auf – und die Gondel änderte die Fahrtrichtung. Zuerst kamen sie nur schwer gegen die Strömung an und machten wenig Fahrt. Dann entschwanden sie dem Einfluß des Limpopo und segelten, von einem sanften Wind angetrieben, langsam die Küste hinab.

Kynan goß Flußwasser durch den Wasseraufbereiter und erhitzte es über einem kleinen Gasbrenner. Margo war entsetzlich durstig, sie hätte den ganzen Ozean leertrinken können. Kynan reichte ihr eine Tasse, und Margo nippte an dem heißen Wasser –

Und spuckte es gleich wieder aus.

Salzwasser ...

Mit wachsender Panik starrte sie auf die Tasse. Sie hatte Flußwasser in die Kanister gefüllt ... Aber erst, als sie schon fast am Ozean waren. Das Wasser, das sie geschöpft hatte, war ungenießbar, und es war alles, was sie hatten.

Sie schloß die Augen und wünschte sich, sie könnte ihre Angstgefühle ebenso einfach loswerden, wie den Anblick der Tasse in ihrer Hand. Koot lag im Sterben und sie dümpelten ohne Proviant und ohne Wasser auf dem Ozean dahin.

»Margo?«

Sie öffnete die Augen. Kynan sah sie mit gerunzelter Stirn sorgenvoll an. »Wasser nicht gut«, sagte sie mit zitternder Stimme. »Salz.«

Kynan probierte es. Die Falten auf seiner Stirn wurden tiefer. Vor ihnen, auf dem Boden der Gondel, stöhnte Koot. Margo untersuchte ihn und biß sich auf die Lippen. Er war sehr schwach. Als sie versuchte, ihn zu bewegen, erbrach er sich über die Seite der Gondel und beschmutzte sich gleich darauf mit einer unkontrollierbaren Diarrhöe. Seine Haut schien glühend heiß zu sein. Margo goß Seewasser über seinen Körper, in der Hoffnung, so sein Fieber senken zu können. Er stöhnte und zitterte, ehe er schließlich wieder ins Delirium fiel.

Wir müssen ihn zum Tor bringen, aber wie?

Die Gondel schaukelte auf der Dünung hin und her, und Kynan mußte sich ebenfalls übergeben. Er wischte sich die Lippen ab und sah Margo verlegen an. Sie nahm ein weiteres Scopolaminpflaster aus dem Erste-Hilfe-Koffer und klebte es hinter sein Ohr, dann verabreichte sie sich selbst eine vorbeugende Behandlung gegen Seekrankheit. Sie war nicht sicher, ob sie es wagen sollte, auch Koot ein Mittel gegen Seekrankheit zu verabreichen. Andererseits war er dem Tod bereits so nahe, daß sie es wohl kaum noch schlimmer machen konnte. Und vielleicht stiegen seine Überlebenschancen sogar, wenn sie ihn vom Erbrechen abhalten konnte.

Die Küste wirkte vom Meer her gesehen noch zerklüfteter, als aus der Luft. Margo und Kynan wechselten sich am Segel ab. Langsam steuerten sie die Küste entlang. Margo vermutete, daß sie mehrere Tage brauchen würden, um das Tor zu erreichen. Dann, wie zur Krönung allen vorangegangenen Übels, brach von Madagaskar her ein Sturm über sie herein. Wolken schoben sich vor den Mond, Blitze zuckten unablässig herab ...

»O Gott, nein. Nicht jetzt ...«

Der Sturm kannte kein Erbarmen.

Wie ein Silberstreif am Horizont trieb der scharfe Wind sie schneller in Richtung Süden. Dann begann es zu regnen.

»Kynan! Frisches Wasser!«

Kynan legte den Kopf in den Nacken und fing den Regen mit der Zunge auf.

»KYNAN!«

Er sah sich um, und Margo versuchte ihm klarzumachen, was sie von ihm wollte. Schließlich griff sie nach der Bodenmatte, riß ein Stück heraus und formte es zu einem Trichter, den sie über einen der Wasserkanister hielt. Kynan begriff und tat es ihr gleich. Sie schafften es, drei Kanister zu füllen, ehe die See zu rauh wurde und sie ihre ganze Kraft darauf verwenden mußten, sich festzuhalten, um nicht über Bord geschleudert zu werden. Sie wurden heftig durchgeschüttelt, und der Regen bildete eine undurchdringliche Wand vor ihren Augen. Bis auf die Knochen durchnäßt, klammerten sie sich an die Taue und die Gondel trieb steuerlos auf dem Meer.

Bitte laß uns lebend hier rauskommen, und ich schwöre, ich werde alles tun, was Kit von mir verlangt, alles lernen ...

Stundenlang trieb der Sturm sie unentrinnbar vor sich her. Margo hatte keine Möglichkeit, auf ihre Uhr zu sehen, die sie in ihrer ATLS-Tasche bei sich trug. Nur die Änderung der Lichtverhältnisse ließ sie vermuten, daß das Unwetter sie nun schon über zwanzig Stunden in der Gewalt hatte. Sie versuchte sich an den Verlauf der Küstenlinie zu erinnern. Würde der Sturm sie gegen die Felsen schleudern oder lediglich am Kap der guten Hoffnung vorbei weiter nach Süden treiben?

Kap der guten Hoffnung. Hah! Kap der Katastrophen paßt schon besser ...

Sie teilten sich das Wasser sorgfältig ein und sorgten dafür, daß auch Koot ein bißchen trank, wann immer er wach wurde; doch der Hunger quälte sie weiterhin. *Vielleicht kann ich irgend etwas finden, das sich als Angel verwenden läßt, wenn der Sturm nachläßt ...*

Ohne Vorwarnung liefen sie in tiefster Dunkelheit auf Grund.

Margo wurde gewaltsam aus der Gondel geschleudert. Sie schrie und landete in dem salzigen Seewasser. Die Wellen trugen sie zur Bucht zurück, doch ihr Aufprall auf festen Boden war so hart, daß sie benommen liegenblieb und nach Luft schnappte. Schließlich krabbelte sie – blind vom Regen und taub von dem krachenden Donner und dem irrsinnigen Wind – wie ein Krebs über den Strand, nur weg von der See. Weit oberhalb der Wasserlinie brach sie erschöpft zusammen.

Koot ... Kynan ...

Malcolm ...

Der letzte Gedanke, der ihr schwindendes Bewußtsein streifte, war, daß sie auf ganzer Linie versagt hatte.

Sie erwachte quälend langsam. Irgendwo über sich hörte sie laute erregte Männerstimmen. Sie versuchte sich zu bewegen und stöhnte. Der ganze Körper tat ihr weh. Jemand schlug sie, und sie erwachte keuchend. Sie war umringt von dunkelhaarigen Männern mit olivfarbener Haut. Sie waren in fremdartige Kleider gehüllt, die Margo an die Bilder von Christoph Columbus erinnerten. Die meisten trugen geschlitzte samtene Reithosen und eine lederne Rüstung. Einer hatte zusätzlich Metallplatten über Brust und Rücken geschnallt. In seinem Hosenbund steckte eine reichverzierte altertümliche Pistole. Margos Herz klopfte fürchterlich. Sie war in der Gewalt der Portugiesen des sechzehnten Jahrhunderts, die in der kleinen Siedlung an der Delagoabai lebten.

Was ist mit Kynan geschehen? Und mit Koot? Waren sie noch am Leben, oder war nur sie allein nicht in dem entsetzlichen Sturm ertrunken? Einer der Portugiesen sprach in einem unfreundlichen Ton mit ihr, aber sie konnte nicht verstehen, was er sagte. Er stellte sich über sie und sagte noch etwas. Dann schlug er ihr mit dem Handrücken ins Gesicht. Sie versuchte sich wegzudrehen, als er ihr einen gewaltigen Schlag versetzte. Das war für einige Zeit das letzte, was sie noch fühlte.

Als sie wieder zu sich kam, war sie vollkommen nackt. Die Männer standen um sie herum und gafften sie mit lüsternen Blicken an. Dann begannen sie, sich ihrer Kleider zu entledigen.

Margo wimmerte.

Jemand riß ihr die Beine auseinander, und Margo schloß ihre Augen so fest wie möglich.

Malcolm …

Es dauerte lange, bis die Bastarde wieder von ihr abließen.

18.
KAPITEL

Die künstliche Steppenlandschaft in der Ecke von Kits Büro hatte ihre beruhigende Wirkung auf ihn verloren. Er ließ sich müde auf seinen Stuhl fallen, schob den Berg unausgefüllter Behördenformulare beiseite und starrte auf die kunstvollen Sandhaufen und Felsblöcke. *Acht Wochen*. Ihm kam es fast so vor, als wären es acht Jahre. Kit hätte niemals gedacht, daß er jemanden, den er erst so kurze Zeit kannte – eine Zeit, die überdies vornehmlich mit Streitereien angefüllt gewesen war –, derart vermissen würde. Dennoch war es so. Sein Appartement kam ihm verlassen vor. Das *Down Time* hatte für ihn jeglichen Reiz verloren. Selbst die *Commons* wären unendlich langweilig gewesen, gäbe es da nicht die krähengroßen Pterodactylen, die mit schöner Regelmäßigkeit auf verschreckte Touristen herabstießen, um ihnen ihr Essen zu stehlen.

Nach einer Weile gingen ihm jedoch sogar die Touristen, die sich kichernd unter den Tischen vor den hungrigen Flugsauriern versteckten, auf die Nerven. Nun blieb ihm nichts mehr, außer dem nicht enden wollenden Haufen behördlicher Formulare und der stets präsenten Frage, was aus Margo geworden war. Er war sogar in die Realzeit gereist, um eine Detektivagentur mit der Suche nach ihr zu beauftragen. Sie hatten ihren Geburtsort in Minnesota und ihren richtigen Namen herausgefunden. Dann hatten sie überprüft, ob sie zu einem anderen Time Terminal gereist war, um dort als Time Scout zu arbeiten, doch sie hatten keine Spur von ihr gefunden. Margo schien sich in Luft aufgelöst zu haben.

Was gar nicht so unwahrscheinlich war, sollte sie tatsächlich von einer anderen Station aus auf Forschungsreise gegangen sein.

Wie auch immer die Erklärung für Margos Verschwinden

lautete, Kit fühlte sich auf TT-86 plötzlich nicht mehr heimisch.

Er fuhr sich seufzend mit der Hand durch das Haar. »Vielleicht sollte ich meinen Ruhestand in der Realzeit verbringen«, murmelte er vor sich hin. Das allerdings würde bedeuten, daß er einen Käufer für das *Neo-Edo* finden müßte. Er müßte alles hinter sich lassen und sich in der Realzeit einen Ort suchen, an dem er den Rest seines Lebens verbringen konnte. Doch auch dort war die Zeit nicht stehengeblieben. Vieles hatte sich verändert – und seiner Ansicht nach nicht gerade zum Besseren.

»Ich bin zu müde, um fortzugehen, und zu gelangweilt, um hierzubleiben«, grummelte Kit.

Schließlich wandte er sich einem Stapel Rechnungen zu. Es war ihm immer noch angenehmer, die Belege zu kontrollieren, als sich mit diesen widerlichen Formularen zu befassen. Er hatte gerade die Hälfte der Positionen auf einer Rechnung der Bibliothek abgehakt, als er stutzte. Er hatte nie Material über ultraleichte Luftschiffe angefordert.

»Was zum ...«

Er überprüfte die Kundennummer, die bei dem Posten vermerkt war. Es war Margos Nummer. Also hatte sie tatsächlich die Bibliothek besucht. Dann fiel sein Blick auf das Datum. Mißtrauisch sah er den Reiseplan der vergangenen zwei Monate durch. Er fand das Datum, an dem Margo aus seinem Leben und von der Station verschwunden war. Der Posten auf der Rechnung datierte erst eine Woche später.

»Zum Teufel, sie schafft es nicht einmal, ihr Passwort geheimzuhalten. Möchte nur wissen, wie viele andere Transaktionen der Dieb schon auf meine Rechnung gemacht hat.« Er fand noch einige weitere Positionen, die alle, nach Thema und Quelle sortiert, einzeln aufgeführt waren. Alle Eintragungen waren erst nach Margos Abreise vorgenommen worden.

Kit wischte die Rechnung ärgerlich zur Seite. Wenn es ihm nicht bald gelänge, den Codekartenverbrecher ausfindig zu machen, würde er auf einer mordsmäßigen Bibliotheksrechnung sitzenbleiben. Er schaltete seinen Monitor auf ein anderes Fenster um, in dem er ein Alarmsignal für Margos Codekarte anfordern konnte, um zukünftigen Mißbrauch zu vereiteln. Danach schickte er Brian Hendrickson und Mike Benson ein E-Mail, um sie über den Diebstahl in Kenntnis zu setzen.

Schließlich griff er zum Telefon und rief Bull Morgan an.

»Was gibt's denn, Kit?«

»Wir haben einen Dieb auf unserer Station. Jemand benutzt Margos Codekarte, um auf meine Rechnung zu leben.«

»Ich nehme das als Anzeige auf. Bist du sicher, daß es sich um Mißbrauch handelt?«

»Margo hat die Station schon eine Woche vor der ersten Eintragung verlassen. Sie ist durch Tor eins wer weiß wohin verschwunden.«

»Schon gut«, sagte Bull mitfühlend. »Ich werde Mike Benson darauf ansetzen. Wir werden schon herausfinden, was da los ist.«

»Ich habe Mike und Brian bereits ein E-Mail geschickt. Danke, Bull.«

Er legte auf und starrte eine Weile untätig im Raum umher. Dann setzte er sich entschlossen wieder an die Arbeit. Als eine Viertelstunde später das Telefon klingelte, klemmte er sich den Hörer zwischen Ohr und Schulter.

»Ja, Kit hier.«

»Kit, ich bin's, Bull.«

Kit lehnte sich in seinem Stuhl zurück. »Verdammt, Bull. Ich wußte ja schon länger, daß ihr gute Arbeit leistet, aber ich hatte nicht damit gerechnet, daß ihr euch die Ratte so schnell schnappen würdet.«

Bull kicherte leise. »Das haben wir auch nicht. Aber wir haben etwas Merkwürdiges herausgefunden, von dem ich glaube, daß es dich interessieren wird.«

»So?«

»Margo hat die Station durch Tor eins verlassen, richtig. Aber sie ist eine Woche später zurückgekommen.«

Kit fuhr wie elektrisiert hoch. »Was?«

»Sie ist zurückgekommen. Allerdings ohne sich wieder anzumelden. Es gibt auch keine neuen Einträge in ihrer medizinischen Akte. Und es gibt keinerlei Hinweise darauf, daß sie die Station erneut verlassen hat.«

»Aber«, er unterbrach sich. »Auch nicht durch ein anderes Tor?«

»Mike überprüft das gerade. Bleib einen Moment dran!«

Kit wartete nervös. Dann meldete Bull sich wieder. »Nein, sie ist auch nicht durch ein anderes Tor abgereist. Jedenfalls nicht durch ein Touristentor. Es gibt auch keine Unterlagen über einen Scoutauftrag, an dem sie beteiligt sein könnte.«

»Aber irgendwo muß sie doch sein. So groß ist La-La-Land schließlich nicht.«

Für eine kurze Zeit herrschte vollkommene Stille.

»Kit. Wir haben instabile Tore auf dieser Station.«

Kit schloß die Augen. »Nein. So dumm ist nicht einmal Margo. Das Nexustor zum Bermuda-Dreieck hatte ihr furchtbare Angst eingejagt, und nach ihren Erfahrungen bei Orléans ...«

»Vielleicht ist sie noch hier und geht dir lediglich aus dem Weg?«

»Sieben Wochen lang? Nein, dafür ist die Station wirklich zu klein. Außerdem schafft sie es gerade sieben Minuten lang, nicht in Schwierigkeiten zu geraten, aber sicher keine sieben Wochen. Wenn sie wirklich noch hier wäre, dann hätte irgend jemand sie gesehen. Sie ist nicht auf der Station.« Kit hielt inne, um nachzudenken. »Tust du mir einen Gefallen? Prüfst du mal nach, ob sonst noch jemand vermißt wird? Ich werde selbst ebenfalls Nachforschungen anstellen, vielleicht finde ich ja etwas heraus. Vielleicht hat sich irgendwo ein kleineres Tor geöffnet, von dem wir nichts wissen. Oder sie ist ohne Erlaubnis durch eines der unerforschten Tore gegangen.« *Das wäre genau ihr idiotischer Stil.*

»Kein Problem, Kit. Ich werde mich erkundigen. Du hörst dann von mir.«

»Danke.«

Kit legte auf, bedachte seine künstliche asiatische Landschaft mit einigen bösartigen Bemerkungen und fing an herumzutelefonieren.

Kit hatte kein Glück. Niemand hatte etwas von einem neuen Tor gehört. Einige Vergangene, die sich ihren Lebensunterhalt als Gepäckträger verdienten, erinnerten sich, daß Margo tatsächlich auf die Station zurückgekehrt war, aber mehr wußten sie auch nicht. Kits Enkelin hatte es tatsächlich geschafft, spurlos aus einer klatsch- und tratschsüchtigen Gemeinde zu verschwinden.

Völlig unerwartet suchte Malcolm ihn auf.

Der Reiseführer hatte während der zurückliegenden acht Wochen jeglichen Kontakt mit Kit vermieden. Er hatte sich sogar mit fadenscheinigen Entschuldigungen verdrückt, wenn sie sich einmal zufällig trafen. Selbst Einladungen ins *Down Time* oder zum Essen hatte er ausgeschlagen, nur um Kit aus dem Weg zu gehen. Er schien sich zu einem schwerarbeitenden Einsiedler entwickelt zu haben. Kit fühlte tiefes Mitleid mit ihm. Offensichtlich hatte Malcolm sich Margos rebellisches Fehlverhalten viel zu sehr zu Herzen genommen. Kit hatte versucht, mit ihm zu reden, ihm zu sagen, daß es nicht sein Fehler war; doch Malcolm hatte weder auf seine E-Mails noch auf seine Anrufe reagiert.

Als die Signalleuchte auf seiner Gegensprechanlage aufblinkte und Jimmy ihm sagte, daß Malcolm auf dem Weg zu ihm sei, ließ er sich erleichtert in seinen Stuhl sinken.

»Gott sei Dank ...«

Er haßte es, Freunde zu verlieren.

Ein zögerliches Klopfen an der Tür verriet Malcolms Ankunft.

»Komm rein! Es ist offen.«

Die japanisch gearbeitete Tür glitt zur Seite. Malcolm Moore schaute in das geräumige Büro und machte einen äußerst unbehaglichen Eindruck. »Äh ... Bist du beschäftigt, Kit?«

Kit konnte an seinen Augen erkennen, daß er auf ein »ja« hoffte.

»Nein. Komm rein!«

Malcolm seufzte, doch er zog seine Schuhe aus und trat ein. Irgendwie hatte Kit das Gefühl, daß Malcolm lieber dem Henker entgegengetreten wäre.

»Ich, äh ...« Er sprach nicht weiter, sondern starrte statt dessen abwechselnd auf den Boden, die Decke und die Wände, nur nicht auf Kit.

»Malcolm, es war nicht dein Fehler. Sie ist eine starrköpfige kleine Range, das ist alles.«

Malcolm senkte den Kopf. »Du brauchst nicht nett zu mir sein, Kit. Du warst nicht dabei.« Er versenkte seine Hände in den Taschen, drehte Kit den Rücken zu und fixierte voller Unbehagen die künstliche Landschaft. Er hatte Löcher in den Socken, und seine Absätze waren abgelaufen.

»Ich habe gehört, sie sei zurückgekommen und dann verschwunden.«

»Ja«, antwortete Kit tonlos. »Hast du eine Ahnung, wo sie sein könnte?«

Malcolm zögerte. Für einen Augenblick schien er regelrecht in sich zusammenzusinken. »Nein«, sagte er und richtete sich dann wieder auf. »Aber ich habe da etwas gehört, was du vielleicht wissen solltest. Nur für den Fall ...«

»Setz dich, und leg los!«

Malcolm schien unsicher zu sein, doch dann ließ er sich auf einen Stuhl fallen. Dennoch vermied er auch weiterhin jeden Blickkontakt. »Ich war heute morgen in der Sporthalle und bin Ripley Sneed begegnet.«

»Ripley? Wo zum Teufel hat der sich denn versteckt? Ich habe ihn schon seit Monaten nicht mehr gesehen.«

Malcolm verzog das Gesicht. »Er hatte einen Forschungsauftrag. Fast wäre er überhaupt nicht mehr zurückgekommen. Jedenfalls hatte er eine Menge zu erzählen. Wie auch immer, ich habe ihm gegenüber erwähnt, daß du nach einem neuen Tor suchst, das auf der Station bisher nicht bekannt ist, und er sagte, daß er sich vor einigen Monaten ein solches Tor angesehen hätte, das aber völlig uninteressant sei.«

Kit legte die Stirn in Falten. »Was für ein Tor? Wo?«

Malcolm knetete nervös seine Finger. »Er sagte, es sei im Hinterzimmer von Phil Jones' Laden.«

»Phil Jones? Ist das nicht der Irre, der dauernd in die Vergangenheit reist, um Totempfähle abzustauben?«

»Genau der. In seinem Laden kriege ich eine Gänsehaut. In seiner bloßen Nähe allerdings auch. Egal, Ripley sagte, in seinem Lager hätte sich ein kleines Tor geöffnet. Er ist durchgegangen, hat die Daten aufgenommen und Phil gesagt, es sei unbrauchbar.«

»Warum ist es unbrauchbar? Und wohin führt es?«

Malcolm studierte eingehend seine Fingerspitzen. »Das wollte er mir nicht verraten.«

Kit verkrampfte seine Hände um die Kante der Schreibtischplatte. »Ripley Sneed war schon immer ein gottverdammter Scheißkerl. Wieviel will er?«

Malcolm seufzte unglücklich und sah Kit endlich direkt in die Augen. »Tausend.«

»Tausend Dollar? Nur um mir zu sagen, wohin ein wertloses Tor führt?« Kit fluchte wütend. »Wo ist der gierige kleine Dreckskerl jetzt?«

»Im *Down Time*. Er prahlt gerade mit seinen Abenteuern im Harem des Sultans.«

Kit verdrehte die Augen. »Du lieber Gott, was für ein Idiot. Gut, Malcolm. Ich danke dir. Vielleicht ist die Sache das Geld ja wert. Ich befürchte tatsächlich, daß sie durch irgendein unbekanntes Tor verschwunden ist, ohne sich vorher ordnungsgemäß bei Bull abzumelden, und wenn sie das getan hat ...«

Malcolm nickte. »Du könntest recht haben.« Er zögerte. »Margo ... Nun, sie war nicht gerade in der Verfassung, noch länger zu warten. Irgend etwas Furchtbares muß mit ihr geschehen sein, ehe sie hierher kam. Ich weiß nicht, was es ist, aber es belastet sie mehr als alles andere.«

Kit schwieg. Er hatte ebenso wie Malcolm viele Stunden

damit zugebracht, sich selbst die Schuld an Margos Verschwinden zuzuschieben.

»Das tut nichts zur Sache. Sie kann nicht einfach so durch ein Tor gehen, ohne irgend jemandem etwas davon zu sagen. Sie könnte durchaus jetzt schon ihrem Schatten begegnen«, sagte er schließlich erregt. Ihm entging nicht, wie Malcolm bei seinen Worten zusammenzuckte.

Die rechtlichen Konsequenzen für eine nichtgenehmigte Passage durch ein unerforschtes Tor waren belanglos. Falls sie zurückkommen sollte, würde ihr lediglich eine kleine Geldbuße drohen. Die praktischen Konsequenzen jedoch waren wesentlich heikler …

Wenn niemand von der Sache wußte, dann konnte auch niemand eine Rettungsmannschaft hinterherschicken.

Kit machte sich auf den Weg zum *Down Time*, um mit Ripley Sneed zu sprechen. Zu seiner Überraschung begleitete Malcolm ihn. Kit bestellte einen Kirin und bot Malcolm ebenfalls einen an, ehe sie sich zu Ripley setzten.

»Stört es dich, wenn wir uns zu dir setzen?«

»Kein Problem«, entgegnete der Time Scout lächelnd. »Was hast du so getrieben, Kit?«

»Dies und das. Ich habe gehört, du hast dir neue Tore angesehen?«

»Sicher«, erklärte Ripley grinsend. Sein dunkles Haar schrie förmlich nach einer Wäsche, und er verströmte einen so unangenehmen Duft, daß zu vermuten stand, er hätte seit Monaten die Socken nicht gewechselt. Die anderen Stammgäste des *Down Time* hatten sich wohlweislich außerhalb seines Dunstkreises niedergelassen.

Ob dieser Wichser jemals Seife an seine Haut läßt?

»Du sollst ein Tor in Phil Jones' Lagerraum ausgekundschaftet haben.«

Ripley nahm einen tiefen Schluck aus seinem Bierkrug. »Ja.«

»Merkwürdiger Platz für ein Tor. Na ja, wir haben schon Seltsameres erlebt.« Kit lächelte freundlich.

»Wem sagst du das? Wie kommt's, daß du dich wieder für die Tore interessierst? Ich dachte, du wärst im Ruhestand.«

»Reine Neugier. Ich bin halt gern auf dem laufenden.«

Ripley lachte. »Mich kannst du nicht verarschen, Kit. Du brennst geradezu darauf, etwas über dieses Tor zu erfahren. Ich werde dich gern informieren, aber das kostet.«

»Wirklich?« Kit lehnte sich zurück und faltete die Hände über dem Bauch. »Du willst mir Geld für Informationen über ein wertloses Tor abknöpfen? Verdammt, ich muß nichts weiter tun als abwarten, bis es sich wieder öffnet, und schon bekomme ich jede Information, die ich will.«

Ripley kicherte. »Niemals. Dafür bist du viel zu vorsichtig. Du bist durch verdammt viele Tore gegangen, Kit Carson. Wenn du wieder durch ein unerforschtes Tor gehst, dann könnte dich das noch weit mehr als nur Geld kosten. Möglich, daß von dir nichts weiter übrigbleibt als ein leises Zischen, noch ehe du auf der anderen Seite angekommen bist.«

Kit widerstand dem dringenden Bedürfnis, den Mann zu erwürgen.

Malcolm lehnte sich vor und stützte den Kopf auf die Hände. »Für einen Kerl, der gerade erst eine Woche in einem Harem verbracht und die Frauen des Sultans geschwängert hat, während der arme Kerl gegen die Christen kämpfen mußte, bist du eine verdammt unfreundliche Laus.«

Ripley lachte ungerührt. »Ich kann es mir leisten, unfreundlich zu sein. Ganz im Gegensatz zu euch.« Er rülpste. »Okay, Kit. Tausend Dollar, und ich erzähle dir alles, was du wissen willst.«

»Hundert.«

Sie fingen an, hart zu verhandeln. Endlich erklärte Kit sich bereit, Ripley fünfhundert Dollar zu zahlen. Der Time Scout zog sein Logbuch hervor und kopierte eine Datei auf eine Diskette, die er Kit im Austausch gegen einen Scheck überreichte. »Hier. Viel Spaß damit.«

»Danke«, entgegnete Kit grimmig.

»Der ist hoffentlich gedeckt«, bemerkte Ripley und verzog sein Gesicht im letzten Moment zu einem Grinsen.

»Paß auf, was du sagst«, knurrte Malcolm.

»Laß gut sein, Malcolm. Ripley kann an seinem miesen Benehmen ebensowenig ändern wie ein Affe an seinen Läusen. Komm, laß uns schauen, ob die Sache ihr Geld wert ist.«

Sie verließen Ripley, der den Scheck zufrieden kichernd zusammenfaltete und in sein Portemonnaie steckte.

Die Datei enthielt nicht allzu viele Informationen. Ripley war durch das Tor gegangen und hatte Zeit und Ort festgehalten: zweiunddreißig Grad östlicher Länge und sechsundzwanzig Grad südlicher Breite, Ende September 1542. »Es gibt eine kleine portugiesische Handelsstation, etwa drei Kilometer nördlich des Tores an der Delagoabai, Mosambik. Außerdem verschiedene Stämme. Die Eingeborenen sprechen entweder Swazi- oder Shonadialekte.

Mir ist ein leichter moslemischer Einfluß – offenbar durch Kontakte zu islamischen Händlern – aufgefallen. Die Beziehung zwischen den Eingeborenen und den Portugiesen ist allerhöchstens gastfreundlich. Die Ansiedlung hat nichts von Wert zu bieten. Sie dient vorrangig als Zwischenstation für portugiesische Schiffe, die auf dem Weg nach Indien ihre Vorräte auffüllen wollen. Ich konnte nicht einmal eine Missionsstation der Jesuiten entdecken, obwohl Francis Xavier im Jahre 1541 an der Delagoabai gewesen ist. Meiner Ansicht nach handelt es sich um ein wirtschaftlich vollkommen uninteressantes Tor, das nicht weiter erforscht werden muß.«

Damit endete die Aufzeichnung.

»So«, sagte Kit mit schwerer Stimme. »Und was sagt uns das nun?«

»Fünfhundert Dollar sind ein verdammt hoher Preis für derart nichtssagende Informationen. Irgend etwas stimmt da nicht.«

Kit ließ sich vom Computer eine Karte vom südlichen Afrika anzeigen und leitete sie auf die Videowand um.

»Mosambik ...« murmelte er. »Da gibt es doch nichts von Interesse. Und schon gar nicht im Jahre 1542. Nur Shona und Bantu und ein paar Nomadenstämme in der Kalahari.«

»Und Venda-Lemba Semiten, unten in Transvaal«, fügte Malcolm hinzu. »Sie lebten bis zum Jahr 1898 ziemlich isoliert.«

»Warum wollte Ripley dann so viel Geld für diese lächerliche Information?« Kit sah auf. »Ich würde gern wissen, was Phil Jones so treibt.«

»Finden wir es doch heraus.«

»In Ordnung. Willst du ihn dir vornehmen, oder soll ich das machen?«

Malcolm lächelte seit vielen Wochen zum ersten Mal. »Du fällst viel zu sehr auf. Jeder weiß, daß du auf der Suche nach Margo bist. Also werde ich mich mit der kleinen Ratte befassen. Mal schauen, wo er sich in letzter Zeit so rumgetrieben hat.«

Kit nickte. »Hört sich gut an. Ich werde inzwischen Bull anrufen. Er wollte überprüfen, ob sonst noch jemand vermißt wird.«

Malcolm machte sich auf den Weg, und Kit griff nach dem Telefon.

Der Stationsmanager entschuldigte sich langatmig dafür, sich noch nicht gemeldet zu haben. »Ich wollte dich schon heute morgen anrufen, aber mir ist etwas dazwischengekommen. Erst wurde dieser Pteranodon Sternbergi von Sue krank, dann hatten wir Schwierigkeiten mit der Kläranlage und ... Ach, zum Teufel, du hast nicht angerufen, um dir meine Probleme anzuhören. Ich habe nur zwei weitere Vermißtenfälle, aber die haben's in sich.«

»So?«

»Einer ist der Waliser, der dir an die Wäsche wollte.«

»Kynan? Der Kerl aus Orléans?«

»Genau der. Er und sein Bogen sind spurlos verschwunden.«

Kit lief ein Schauer über den Rücken. »Weiter.«

»Offen gesagt hatte ich mit dem Schlimmsten gerechnet,

bis ich herausfand, wer noch verschwunden ist. Erinnerst du dich an den großen Afrikaner, der vor einigen Jahren nach dem Untergang Südafrikas hier aufgetaucht ist?«

»Ja, an den kann ich mich erinnern.« Südafrika war nach dem *Unfall* immer wieder von Erdbeben und Springfluten heimgesucht worden. Es war sogar zu Vulkanausbrüchen gekommen. Die öffentliche Ordnung war zusammengebrochen, und Tausende waren vor Krawallen, Massakern, dem Hunger und den um sich greifenden Epidemien geflohen. »Koot van sowieso«, sagte Kit. »Ein großer Kerl, ungefähr mein Alter, wenn ich mich recht erinnere.«

»Koot van Beek. Er hat als Reiseführer gearbeitet. Ist von Station zu Station gewandert, je nachdem, wo es gerade Arbeit für ihn gab.«

»Und jetzt ist er zurück?«

»Zurück und verschwunden.«

Kit betrachtete den Plan auf seiner Videowand und überlegte, was ein freier Reiseführer, ein verirrter Waliser und Margo gemeinsam im Mosambik des sechzehnten Jahrhunderts suchen mochten.

»Danke, Bull. Das sind wirklich interessante Neuigkeiten. Ich gebe dir Bescheid, wenn ich etwas Neues erfahre.«

Kit ging noch einmal die einzelnen Positionen der Bibliotheksrechnung durch, um herauszufinden, mit welchen Themen Margo sich beschäftigt hatte. Tragkraft und Antrieb für ultraleichte Luftschiffe, Wasserstoff als Treibstoffersatz, Gesundheitsgefahren im südlichen Afrika, Impfungen und Medikamente, Karten von Mosambik, Südafrika, Zimbabwe und Botswana. Sogar über medikamentöse Möglichkeiten, den weiblichen Zyklus zu unterdrücken, hatte sie sich informiert.

»Was zum Teufel hat die kleine Range vor?«

Wenn Kit nicht ganz falsch lag, dann hatte Margo eine Expedition den Limpopo hinauf geplant, der die Grenze zwischen Zimbabwe, Botswana und Südafrika bildete.

»Aber warum?« Da unten gab es nichts weiter als Krokodile, Gnus und scheußliche Krankheiten.

Das Telefon klingelte. »Ja?«

»Kit«, meldete sich Malcolm aufgeregt. »Ich habe da etwas Interessantes herausgefunden. Phil ist gerade bei Goldie Morran gewesen. Ich habe ein paar Leute ausgequetscht, und die haben mir erzählt, daß Phil neuerdings viel Zeit mit ihr verbringt. Wirklich viel Zeit.«

Kit runzelte die Stirn. »Goldie? Was hat Phil mit einer Expertin für Währungen, Edelmetalle und ...«

Das war es. Kit starrte ungläubig auf die Karte. »Mein Gott ...«

»Was ist?« fragte Malcolm nervös.

»Leg auf. Und komm her, schnell. Ich muß einige Daten aus dem Großrechner abrufen.«

Er legte den Hörer auf und stürzte sich auf seinen Computer. Ungeduldig loggte er sich in den Datenspeicher der Bibliothek ein. Er arbeitete eine Datei nach der anderen ab, auf der Suche nach bekannten Mineralvorkommen der verschiedensten Art – und er wurde fündig. Kit stieß einen leisen Pfiff aus und lehnte sich zurück.

Im nächsten Augenblick wurde die Tür zu seinem Büro aufgerissen. Malcolm stürmte nach Luft schnappend herein. »Was ist los?«

Kit drehte sich mit seinem Stuhl zu ihm um. »Diamanten. Dieses hirnlose kleine Gör sucht nach Diamanten.«

»Diamanten?« Malcolm starrte auf die Karte. »Aber Kit ... die nächstgelegenen Diamantvorkommen sind mindestens acht-, neunhundert Kilometer von der Delagoabai entfernt.«

»Ganz richtig«, entgegnete Kit grimmig. »Achthundert Kilometer den Limpopo hinauf.« Er forderte eine andere Karte aus dem Großrechner an. »Genau hier«, sagte er, als die neue Karte auf der Videowand angezeigt wurde.

»Was ist da? Ich dachte, die südafrikanischen Diamantvorkommen lägen weiter im Süden, in der Kimberley-Gegend oder westlich in der Kalahari.«

Kit kam hinter seinen Schreibtisch hervor und zeigte auf einen Punkt auf der Videowand, kurz hinter der Stelle, wo ein Seitenarm des Limpopo die Grenze zwischen Botswana und Zimbabwe markierte. »Genau hier liegt die Seta-Mine, mein Freund. Erdlöcher, vom Fluß ausgespülte Höhlungen voller Edelsteine. Der Fluß transportiert sie dahin. Da gibt es alle möglichen Mineralien. Korund, Granaten, Gold, Jade, Diamanten ... Meine verrückte Enkelin ist in der haarsträubenden Absicht, Diamanten zu suchen, nach Afrika verschwunden, darauf würde ich das *Neo-Edo* verwetten. Und ich kann dir auch sagen, wer sie darauf gebracht hat.«

Malcolm stöhnte und sagte etwas äußerst Unfeines.

Kit fuhr sich mit den Fingern durchs Haar. »Wir waren in Goldies Laden, als ich Margo gesagt habe, daß es aus sei mit ihrem Training. Und diese habgierige, miese, alte ...«

Kit blieb vor Ärger die Luft weg. »Wenn ich mit Goldie Morran fertig bin, wird sie sich wünschen, sie hätte Margo nie kennengelernt.«

Kit stürmte aus seinem Büro, so daß Malcolm kaum folgen konnte.

Goldies Lächeln fiel auf der Stelle in sich zusammen, als sie Kit erblickte.

»Oh, hallo Kit. Was kann ich für dich tun?«

»Du kannst mir erklären, wie du dazu kommst, meine Enkelin nach Afrika zu schicken, um für dich Diamanten zu suchen.«

Goldie erbleichte. »Kit, ich weiß gar nicht, was du ...«

»Hör mit dem Scheiß auf!« Kit stampfte auf den Verkaufs tresen zu und schlug mit beiden Fäusten darauf. »Du hast keinen gottverdammten Touristen vor dir.«

Goldie zupfte an dem hochgeschlossenen Kragen ihrer altmodischen Bluse. »Das ist mir durchaus bewußt, Kit. Beruhige dich. Ich habe wirklich nichts zu verbergen.«

»Bestimmt nicht, du verdammte Hexe.«

»Kit Carson, entweder du benimmst dich anständig, oder du verläßt auf der Stelle mein Geschäft!«

Kit schluckte die unfeine Entgegnung, die ihm auf der Zunge lag, mühevoll hinunter und entspannte seine zu Fäusten geballten Hände wieder. »Okay, Goldie. Ich werde ein guter Junge sein und deinen Laden nicht zertrümmern. Und nun rede!«

Goldie zog sich einen hochlehnigen Stuhl heran und setzte sich derart gestelzt auf ihn, als würde sie auf einem Thron Platz nehmen. »Du weißt also von dem Tor in Phils Lager?«

»Und wohin es führt, ja.«

»Glücklicherweise ist Ripley Sneed ein Idiot. Er hat nicht einen Augenblick lang an die Diamanten gedacht, die da herumliegen und nur darauf warten, daß jemand kommt und sie einsammelt. Phil und ich wußten, wo die ergiebigsten Vorkommen lagen, aber wir konnten nicht selbst hingehen. Keiner von uns ist dafür qualifiziert genug.«

»Du meinst, keiner von euch ist verrückt genug, seine eigene Haut bei dieser Sache zu riskieren, also habt ihr Margo benutzt.«

Goldie sah ihn wütend an. »Margo ist eine erwachsene Frau, Kit Carson. Sie kann sehr gut ihre eigenen Entscheidungen treffen. Außerdem hast du sie wirklich mies behandelt, und sie hat mein Angebot freudestrahlend angenommen.«

»Margo ist ein kaum trainiertes Kind – ein siebzehnjähriges Kind.« Goldie wurde noch bleicher. »Sie glaubt, sie wüßte genug für den Job, aber sie weiß gerade genug, um dabei draufzugehen. Wann erwartest du sie zurück?«

Goldie wirkte plötzlich sehr nervös.

»Goldie ...«

Die Frau mit dem kantigen Gesicht, die Kit stets an eine Herzogin erinnerte, die er auf einer seiner Reisen kennengelernt hatte, hüstelte gekünstelt. »Also, was diesen Punkt angeht, nun ...«

»Sie ist überfällig«, sagte Malcolm tonlos. »So ist es doch?«

Goldie sah auf. »Nun, ja. Das ist sie.«

Kits Hände verkrampften sich um den Rand des Tresens. »Wie überfällig?«

»Ein paar Wochen.«

»Ein paar Wochen?« Kit explodierte förmlich. »Warum zum Teufel hast du mir nichts davon gesagt?«

»Weil ich wußte, daß du in die Luft gehen würdest, genau wie jetzt!« keifte sie. »Sie sind hervorragend ausgerüstet. Es wird ihnen schon nichts passiert sein, sie haben sich nur ein bißchen verspätet.«

Kit sah sie durchdringend an. Die eiskalte Wut in seinem Inneren verlangte dringend nach einem körperlichen Ausbruch, doch er hielt sich zurück. Goldie verschwieg ihnen etwas. Für eine Frau, die auf eine wertvolle und verspätete Ladung südafrikanischer Diamanten wartete, wirkte sie erstaunlich gelassen.

»Was hast du eigentlich vor, Goldie?«

Goldie sah ihn erstaunt an. »Wieso? Was soll ich schon vorhaben? Margo sollte lediglich ein paar Diamanten einsammeln und zurückkommen. Das ist alles.«

Kit lehnte sich über den Tresen. »Das kannst du mir nicht weismachen, Goldie. Wenn Margo dir wirklich Diamanten hätte herbringen sollen, dann würdest du nun schon seit zwei Wochen hektisch in der Gegend herumschleichen und nach einem Dummen suchen, den du hinterherschicken kannst. Also, ich wiederhole: Was hast du vor?«

Goldie verzog die Lippen, als hätte sie auf etwas furchtbar Bitteres gebissen. »Du bist die reinste Pest, Kit Carson. Sie wird die Diamanten nicht herbringen. Koot van Beek und ich haben gemeinsam in ein kleines Stück Land nördlich von Francistown investiert. Niemand hat jemals herausgefunden, wo die Steine aus der Seta-Mine ursprünglich herkamen, die Hauptader ist bis heute nicht gefunden worden. Margo wird die Steine auf unserem Land vergraben, und ich kenne einen Trottel in der Realzeit, der den Köder schlucken wird. Ich muß lediglich das Gerücht in Umlauf bringen, daß Koot und ich auf diesem Land Steine gefunden hätten, die denen aus der Seta-Mine ähneln. Der Idiot wird das Land für eine astronomische Summe kaufen, und wir werden reich, ohne daß wir dafür Diamanten schmuggeln müßten. Die ganze Sache ist vollkommen legal.«

Ein netter Plan. Ein sehr netter Plan. Sauber, glatt und möglicherweise tatsächlich legal, wenn man das unbedeutende Problem des Betruges nicht überbewerten wollte. Und angesichts der derzeitigen Zustände im südlichen Afrika würde so oder so jeder Irre, der dort investierte, am Ende nur verlieren können.

»Besser, du betest, daß meiner Enkelin nichts geschehen ist, Goldie«, knurrte Kit leise. »Und jetzt zeig mir das Tor.«

Kit und Malcolm untersuchten das Tor gründlich, als es sich das nächste Mal öffnete. Malcolm überprüfte die Meßwerte gleich zweimal. Was er entdeckte, schnürte ihm regelrecht die Kehle zu. »Sagen deine Instrumente dasselbe wie meine?«

Kit nickte grimmig. »Es löst sich auf. Ziemlich schnell sogar. Wie oft hat es sich seit seinem ersten Erscheinen geöffnet, und seit wann existiert es?«

Phil Jones, ein nervöses kleines Wiesel von einem Mann, räusperte sich. Überall im Raum standen Totempfähle herum und warfen groteske Schatten auf die andere Seite des Tores. »Es öffnet sich alle fünf Tage für ungefähr zehn Minuten. Zum ersten Mal habe ich es vor etwa zehn Wochen gesehen.«

»Haben Sie eine Liste der Meßdaten?«

Phil sah Goldie hilfesuchend an. »Sollte ich?«

Malcolm fürchtete, daß Kit dem Mann gleich seine Finger um den Hals legen und zudrücken würde.

»Ja, Sie verdammter Vollidiot. Das sollten Sie.«

Das Tor schrumpfte, dehnte sich wieder kurz aus und verschwand.

»Fünf Tage«, murmelte Kit und notierte sich die genaue Öffnungszeit. »Ich habe fünf Tage Zeit, mich vorzubereiten.«

»Du willst doch nicht da durchsteigen«, ächzte Malcolm. »Aber ich dachte ... wäre das nicht viel zu gefährlich für dich?«

Ein einziger Blick reichte. Malcolm schluckte jede weitere Bemerkung hinunter und schwieg.

Als sie Phil Jones' sonderbaren Laden wieder verließen, fragte Malcolm schließlich: »Hast du dein Logbuch schon geprüft?«

»Habe ich.«

»Und?«

»Es ist ein Risiko. Ein gewaltiges Risiko. Die Wahrscheinlichkeit, daß ich meinem Schatten begegne, wenn ich durch dieses Tor gehe, liegt bei etwa zwanzig Prozent. Und sie steigt auf neunzig Prozent, wenn ich länger als eine Woche bleibe. Immer vorausgesetzt, ich komme überhaupt zurück. Könnte ja auch sein, daß das Tor schon vorher zusammenbricht.«

»Aber du machst es trotzdem?«

Kit sah ihn mit gehetztem Blick an. »Teufel, ja. Natürlich werde ich es machen. Goldie sagte doch, daß Margo schon zwei Wochen überfällig ist. Was würdest du also tun?«

»Dich begleiten«, entgegnete Malcolm sanft.

Kit sah ihn überrascht an. Malcolm bemerkte, wie sich seine Kiefermuskulatur spannte. »Malcolm ... Ich kann dich nicht bitten, ein derartiges Risiko auf dich zu nehmen. Und du selbst hast gesagt, daß du dich als Time Scout nicht eignest.«

»Du hast mich nicht gebeten. Ich werde gehen. Es war mein Fehler, der Margo zu diesem Unsinn getrieben hat. Egal was du auch sagst, ich werde mit dir gehen.«

Für einen langen Augenblick starrten sie einander an, dann legte sich ein glänzender Film auf Kits Augen.

»Gut. Du gehst also mit. Die Portugiesen in den afrikanischen Vorposten sind nicht besonders freundlich zu Fremden.«

»Nein.«

»Diese Händler haben die üble Angewohnheit, jeden Europäer zu töten, den sie in der Nähe ihrer Siedlungen erwischen.«

»Ja.« Malcolm machte sich keine Gedanken um sich

selbst. Er dachte daran, daß Margo ihnen in die Hände gefallen sein könnte.

»Jesuiten«, sagte Kit schließlich. »Sprichst du portugiesisch?«

»Ein bißchen. Ich habe es für Edo gelernt, als ich noch bei *Time Ho!* war. Ich kann besser baskisch.«

»Auch gut. Ich spreche portugiesisch fließend. Wir machen einfach einen baskischen Jesuiten aus dir, und ich spiele deinen Superior in der Gesellschaft Jesu. Laß uns Connie besuchen. Wir müssen ihr einen höllisch dringenden Eilauftrag aufdrängen.«

Fünf Tage.

Malcolm betete, daß das Tor sich nicht jetzt schon zu weit aufgelöst hatte, um sich noch einmal zu öffnen.

19.

KAPITEL

Sie kamen in einer verregneten Bucht an. Malcolm wagte kaum zu atmen, bis er sich vergewissert hatte, daß Kit sich nicht auflöste, wie ein Hitzeflimmern über der Kalahari. Kits Gesichtsfarbe sprach Bände. *Nun haben wir nichts weiter zu tun, als Margo zu finden – mit einer neunzigprozentigen Wahrscheinlichkeit, dabei draufzugehen, wenn die Sache länger als eine Woche dauert.*

Trübe Aussichten, bedachte man, daß sie lediglich den gesamten Südzipfel Afrikas auf den Kopf stellen mußten.

Fast gleichzeitig waren sie mit ihren ATLS-Ablesungen und den Logbucheinträgen fertig. Kit brauchte eine Sekunde länger, er war ein wenig aus der Übung. Sie versteckten ihre Ausrüstung in ihren Taschen unter Roben, Weihrauch und anderen priesterlichen Utensilien. Zu ihrer heiligen Ausrüstung zählten nicht nur lateinische Bibeln, sondern auch das jesuitische Buch *Spirituelle Übungen*, das Ignatius von Loyola, der baskische Gründer der Gesellschaft Jesu, geschrieben hatte. Connie Logan hatte sich wirklich selbst übertroffen.

Malcolm sah sich um. In den wenigen Minuten seit ihrer Ankunft hatte der Regen ihre schweren Roben bereits vollkommen durchnäßt. Es stürmte wieder über der Delagoabai. Der scharfe Wind drang durch ihre nassen Kleider. Sie hatten beschlossen, zuerst die portugiesische Siedlung aufzusuchen, um herauszufinden, ob Margo den Rückweg geschafft hatte, oder ob sie sich auf eine Expedition ins Landesinnere begeben mußten.

»Der Sturm kommt wie gerufen!« schrie Kit über das Dröhnen des Donners hinweg. »Ich hatte mir schon Sorgen darüber gemacht, wie wir unser plötzliches Auftauchen erklären sollen. Jetzt können wir einfach behaupten, wir seien schiffbrüchig. Bei dem Sturm wird uns das jeder abnehmen.«

Malcolm nickte. »Die Küste ist berüchtigt. Hier sind schon viele Schiffe gesunken, besonders während der Sommerstürme. Und da wir Jesuiten sind, werden sie uns bestimmt freundlich gesonnen sein.«

Dennoch trugen sie zur Sicherheit Stichwaffen unter ihren Roben.

Blitze zuckten über den abendlichen Himmel und rissen die erbärmliche Ansiedlung für kurze Augenblicke aus der Dunkelheit. Die baufälligen Häuser und das kleine Fort waren von einer Palisadenwand umgeben. Kit markierte die Stelle, an der sich das Tor befand, indem er einige Steine zu einem kleinen Haufen schichtete. Dann kämpften sie sich durch das Unwetter über die Bucht zu der Siedlung und hofften das Beste.

Sie kamen an Getreidefeldern vorbei, deren Weizenähren von dem Sturm flachgedrückt worden waren, und durchquerten einige unregelmäßig angelegte Gemüsegärten. Patschnasse Küken versteckten sich unter den Häusern, und aus einigen Schweinepferchen spülte der Regen den Mist über die Straßen, von denen ein entsetzlicher Gestank aufstieg. Einige magere Kühe stemmten sich gegen den Wind, Schafe und Ziegen liefen verängstigt in einem hohen Verschlag herum. Ein Pferd wieherte, und von irgendwoher antworteten ihm seine Artgenossen.

»Wo sind die alle?« wunderte Malcolm sich laut. »Es muß doch wenigstens eine Wache geben.«

Kit hielt sich die Hände über die Augen, um den Regen abzuhalten. »Wahrscheinlich sind sie im Fort«, meinte er schließlich. »Es sieht stabiler aus als diese Häuser. Gehen wir doch mal hin.«

Sie stolperten durch die Gassen. Auf dem Dorfplatz blieben sie abrupt stehen. Die Einwohner von Lourenco Marques hatten auf einer Seite des Platzes einen grobgezimmerten Pranger aufgestellt, in dem eine vertraute grauhaarige Gestalt hing. Malcolm und Kit sahen sich kurz in alle Richtungen um. Nichts deutete darauf hin, daß sie beobachtet würden. Das ganze Dorf war wie ausgestorben, und alle

Fenster und Türen waren wegen des Sturmes fest verschlossen. Malcolm untersuchte den Mann zuerst. Koot van Beek war tot. Er war bereits einige Stunden, vielleicht sogar einen ganzen Tag tot. Im Licht der Blitze erkannte Malcolm die wächserne Blässe in Kits Gesicht.

Margo …

Sie untersuchten den Leichnam nach Hinweisen auf Gewalteinwirkung, doch sie fanden keine Anzeichen von Folterung. Malcolm würgte, dann folgte er Kit durch den knöcheltiefen Schlamm, vorbei an der verlassenen Werkstatt eines Hufschmiedes, einer Böttcherei und einer kleinen Getreidemühle. Vor sich sahen sie die verschlossenen Pforten des Forts.

»Stütz dich bei mir auf!« schlug Kit im Sichtschutz der Getreidemühle vor.

»Du bist älter. Es ist glaubhafter, wenn du vorgibst, vor Erschöpfung zusammenzubrechen. Und mein Portugiesisch reicht aus, bis du wieder bei Kräften bist. Also werde ich dich stützen.«

Kit sagte nichts, sondern lehnte sich schwer auf Malcolms Schulter. Malcolm legte seinen Arm um den Rücken seines Superiors. *Also gut, wir sind schiffbrüchige Jesuiten, die in dem entsetzlichen Sturm die Küste hinaufgewandert sind …*

Halb trug Malcolm Kit über den schlammigen Boden zu den Toren des Forts. »Hilfe! Hallo, da drinnen, helft uns!« schrie Malcolm in unsauberem Portugiesisch, das er mit einem starken baskischen Akzent verfremdete. »Im Namen Jesu, helft uns!«

Ein mißtrauischer Wachposten erschien auf der Mauer. »Wer seid Ihr? Woher kommt ihr?«

»Wir sind Jesuiten! Pater Francis Xavier schickt uns von Goa hierher, doch unser Schiff wurde ein Opfer der rauhen See. Dies ist doch Lourenco Marques, oder? Gott erbarme Dich …«

Der Posten schaute mit vor Ehrfurcht geweiteten Augen auf sie herab. Dann rief er seinen Kameraden etwas zu, und gleich darauf wurden die Tore geöffnet. Portugiesische

Händler stürmten hinaus, fingen den stolpernden Kit auf und trugen ihn hinein, während andere Malcolm stützten. Er wankte wie ein Mann am Ende seiner Kräfte und ließ sich schwer in die Arme seiner Retter sinken.

Die Bewohner von Lourenco Marques stanken nach Dreck, Schweiß und Zwiebeln, und ihre voluminösen geschlitzten Hosen bedurften dringend einer Wäsche. Fett- und Weinflecken bedeckten ihre samtenen Hemden und ihre Lederwämser. Malcolm zählte sechs Soldaten in lederner Rüstung. Drei von ihnen trugen Hakenbüchsen, die in dem Regen völlig unbrauchbar waren, und gewaltige Schwerter, die sie nun in die Scheiden zurückgleiten ließen. Die übrigen Soldaten waren mit Bogen bewaffnet, die sie weiter im Anschlag behielten, bis das Tor wieder geschlossen und verriegelt war.

Andere Männer, gekleidet wie Händler und einfache Bauern, waren herbeigeeilt. Viele von ihnen hatten sich mit langen Speeren und Dolchen bewaffnet. Ein bärengroßer stämmiger Kerl hielt ein Steinschloßgewehr in Händen, ein anderer eine enorme Arkelonse. Keiner von ihnen hatte einen Helm, und nur wenige trugen ein Lederwams. *Sechs Soldaten und eine erstaunlich gut bewaffnete Hilfstruppe aus Händlern und Bauern. Und die da drüben sehen aus wie Matrosen.* Malcolm sah fünf Männer, die vermutlich vom letzten Schiff hier zurückgelassen worden waren. Wahrscheinlich sollten sie entweder eine Krankheit auskurieren oder beerdigt werden.

Kit und Malcolm wurden in einen schmutzigen verräucherten Raum geführt. Offensichtlich die beste Unterkunft im ganzen Fort. Es gab richtige Stühle, die um einen wurmstichigen Holztisch gruppiert waren, auf dem sich noch die Reste der letzten Mahlzeit befanden. In einer Ecke stand sogar ein richtiges Bett. Ein Mann mit einer Rüstung, bestehend aus Metallplatten vor Brust und Rücken, sah überrascht auf, als sie eintraten und griff nach seiner Pistole.

»Sergeant Braz, wer sind diese Männer, und woher kommen sie?«

Der Sergeant sagte in gewichtigem Ton: »Pater Francis

Xavier schickt sie, Gouverneur. Ihr Schiff ist untergegangen. Mehr weiß ich auch nicht.«

Kit hustete heftig und stöhnte. Die Soldaten, die ihn stützten sahen einander besorgt an. Einer fragte: »Dürfen wir den Pater auf Ihr Bett legen, Gouverneur?«

»Natürlich, natürlich. Und schnell. Der gute Pater ist erschöpft und krank.« Der Gouverneur klemmte die Pistole hinter seinen Gürtel und half seinen Männern, Kit auf das Bett zu legen.

Kit schnappte erschöpft nach Luft und tätschelte die Hand seines Wohltäters. »Gott segne dich, mein Sohn«, flüsterte er kaum hörbar. »Der Heilige Vater hat seine Hand schützend über uns gehalten in diesem heidnischen Land.« Seine Augenlider schlossen sich flatternd.

Malcolm eilte an seine Seite. Er kniete nieder und griff nach Kits Hand. In seinem Gesicht spiegelte sich grenzenlose Besorgnis. »Pater Almada ...« Dann wandte er sich an die verunsicherten Soldaten. »Habt ihr nicht etwas heiße Brühe. Er ist so geschwächt und erschöpft von dem Kampf gegen die See und dem langen Fußmarsch über diesen tückischen Küstenstreifen. Ich fürchtete schon, Gott würde ihn zu sich rufen, noch ehe wir eure Mauern erblicken würden.«

»Ihr hört Euch an wie ein Baske«, bemerkte ein Mann in Handwerkertracht aufgeregt. Ein anderer hatte sich inzwischen auf den Weg gemacht, um etwas Eßbares für die unerwarteten Gäste zu besorgen.

»Ja, ich bin Pater Edrigu Xabat. Ich hatte die Ehre von dem Höchsten unseres Ordens, Pater Loyola, in Rom meine Priesterweihe zu erhalten. Pater Almada ist ...«

Kit erwachte mit einem schwachen Stöhnen. »Wo ... wo sind wir, Edrigu?«

»Gott hat uns sicher zu diesen Christenmenschen geführt, Inigo, gelobt sei sein Name.« Einer der Bauern reichte ihm eine Tasse. »Sei gesegnet, mein Sohn ...«

Malcolm hielt die Tasse an Kits Lippen und half ihm, etwas von der Suppe zu trinken, ehe er selbst einen Schluck nahm. Sie schmeckte scheußlich, kein Salz, kein Pfeffer, ein wäßriges dünnes Zeug; aber sie war heiß. Kit mühte sich in eine sitzende Position und bat darum zu erfahren, wer ihre Retter waren.

»Ich bin Vilibaldo de Oliveira Salazar, Militärgouverneur von Lourenco Marques«, stellte sich der Gouverneur mit einer eleganten Verbeugung stolz vor. Er war ein kleiner Mann mit heimtückischen Augen und einem schmalen Gesicht. Trotz des Schmutzes fiel Kit und Malcolm die teure Kleidung auf, die er unter seiner Rüstung trug. »Dies ist Joao Braz, mein Sergeant, und das sind meine Soldaten, Francisco, Amaro, Lorenco, Mauricio und Ricardo.«

Die Soldaten salutierten schnittig.

Der große Mann mit dem Steinschloßgewehr trat vor. »Euer Gnaden, Pater, ich bin Rolando Goulart, ein bescheidener Hufschmied. Ich möchte Euch im Namen aller Handwerker am Ort willkommen heißen. Dies hier ist Bastien, mein Geselle.«

Bastien war der Mann, der sich so aufgeregt nach Malcolms Akzent erkundigt hatte.

»Und dies ist Vincente, unser Schlachter und Lohgerber, Huberto, der Müller, Nicolau, der Böttcher, Xanti, unser Bäcker und Mikel, sein Geselle ...« *Einige Basken*, stellte Malcolm fest. Auch die Bauern und Viehhirten waren Basken: Narikis, Mikolas, Peli, Kepa, Posper und Satordi.

Die anderen fünf Männer waren gestrandete Seeleute, wie Malcolm vermutet hatte. Drei von ihnen waren Portugiesen, die sich ihnen schüchtern als Rodrigo, Adao und Pedro vorstellten, die anderen beiden, Erroman und Zadornin, waren ebenfalls Basken. Frauen gab es keine.

»Bitte«, ergriff Vilibaldo de Oliveira Salazar das Wort. »Erzählt uns doch, was Euch widerfahren ist, falls Ihr stark genug seid, Pater Almado.«

Kit nahm die Gelegenheit war, um Malcolms kurze Beschreibung im saubersten Portugiesisch auszuschmükken. Er erzählte von den Geschehnissen in Goa, wie Pater Francis Xavier den Umstand bedauert hatte, daß diese Menschen hier unten in Afrika ganz ohne priesterlichen Beistand auskommen mußten. Er beschrieb die abenteuerliche Seereise und wie sie in den furchtbaren Sturm geraten waren, wie das stolze Schiff mit Mann und Maus versunken war und nur sie beide überlebt hatten. Tränen stiegen ihm in die Augen, und seine Stimme klang ganz erstickt vor Trauer, als er mit seiner Geschichte fortfuhr und den Männern von ihrem Kampf gegen die sturmgepeitschte See erzählte, und wie sie gebetet hatten, daß sie in der richtigen Richtung zu dem Außenposten unterwegs seien und sich nicht in der unwegbaren Wildnis verirren würden …

Sogar Malcolm war beeindruckt.

Einige der Männer räusperten sich und schienen arg bemüht, sich ihre Rührung nicht anmerken zu lassen. Vilibaldo sorgte dafür, daß sie trockene Kleider bekamen, einfache Tuniken und Mäntel, aber von gutem, trockenem und warmem Stoff. Nachdem sie sich umgekleidet hatten, spendierte Vilibaldo Wein für die Anwesenden und vergewisserte sich, daß seine neuen Geistlichen sich wohl fühlten. Dann erzählte er von der Not, die sie auf diesem Außenposten erlitten hatten, von dem Ärger mit den Eingeborenen, die ihnen das Vieh raubten oder ihr eigenes Vieh auf ihren Weizenfeldern weiden ließen, von den Krankheiten, mit denen sie zu kämpfen hatten und von den Männern, die sie verloren hatten.

Schließlich gab Kit vor, sich etwas erholt zu haben und erklärte den Männern, daß sie ihnen nun ohne weitere Verzögerung die Beichte abnehmen würden.

»Mein Sohn, ihr alle hier habt schon viel zu lange auf den Beistand der Kirche verzichten müssen. Wir wollen nicht länger damit warten, eure Seelen von der schweren Last der Sünde zu befreien. Ich danke Gott, daß er uns geschickt hat, euch in eurer Not beizustehen.«

Die Händler machten einen verunsicherten Eindruck, doch dann machten sie sich eilends daran, zwei provisorische Beichtstühle aufzubauen. Kit und Malcolm legten ihre nassen Kleider wieder an und verschwanden dann jeder in einem der Beichtstühle. Sie hatten noch keine Beichte zu

Ende angehört, als Kit einen empörten Schrei ausstieß und mit einem Ruck den Vorhang zurückzog.

»Hexen!« schrie er, und seine Augen rollten wild in ihren Höhlen. »Hexen!«

Die Handwerker bekreuzigten sich und die Soldaten erbleichten. Vilibaldo starrte einen Augenblick beschämt zu Boden, dann räusperte er sich. »Ja, es ist wahr, Pater. Wir haben eine Gefangene, die eine Hexe ist. Der andere Hexer ist an einer satanischen Krankheit, die er selbst über sich gebracht hat, gestorben.«

»Die andere haben wir schon verhört«, fügte Sergeant Joao Braz hinzu.

»Du hast diese Person verhört? Bist du etwa ein Mann Gottes? Willst du mir sagen, du wüßtest über Hexenkräfte Bescheid?«

Der Sergeant erbleichte und schwieg.

»Aber ... aber ... Pater ...« Einer der Seeleute, Rodrigo, protestierte. »Das müssen Hexen sein. Vor sieben Wochen sah ich, wie sie mit einem großen glühenden Boot am Himmel gen Norden segelten. Und dann hat es die ganze folgende Nacht bis zum Morgen ganz furchtbar gestürmt. Ihr habt doch gesehen, was dieser teuflische Sturm selbst Euch, den Gesandten Gottes, zugefügt hat. Und was denkt Ihr wohl, was wir an der Bucht gefunden haben? Es war dasselbe große weiße Boot. Zwar war es entzwei, doch fanden wir teuflische Dinge auf dem Sand, und der Mann und die Frau trugen teuflische Kleider und ...«

Kit griff nach dem nächststehenden Stuhl und sank erschöpft darauf nieder. »Und die andere Hexe? Was habt ihr erfahren?«

Die Bewohner von Lourenco Marques sahen einander unbehaglich an.

»Pater, der tote Hexer«, sagte Gouverneur de Oliveira Salazar leise, »er sprach nur wirres Zeug, und er sprach holländisch.«

Malcolm und Kit tauschten vielsagende Blicke aus.

»Ich spreche ein bißchen holländisch«, mischte sich der

Sergeant ein. »Der Hexer hat etwas von einem anderen Mann erzählt, den er verloren hätte. Wir haben Suchtrupps ausgeschickt und den Eingeborenen in der Umgebung gesagt, daß sie eine Belohnung erhalten, wenn sie den Hexer einfangen und zu uns bringen.«

Der Waliser, dachte Malcolm bedauernd. *Armer verirrter Hund …*

»Bringt mich zu der Hexe, die ihr gefangenhaltet!« befahl Kit streng. »Ich muß sie befragen und sehen, ob der Satan tatsächlich Besitz von ihr ergriffen hat. Hat sie gesprochen?«

Einer der baskischen Bauern spukte angewidert auf den Boden. »Nein, nur geschrien.«

Kit erbleichte. Malcolm eilte zu ihm. »Pater Almada, Ihr seid noch immer nicht gesund. Ihr solltet zu Bett gehen.«

»Wie kann ich schlafen, wenn Gottes Werk getan werden muß? Nun kommt, zeigt mir die Hexe!«

Kit, was tust du da? Wir sind hier immerhin für fünf Tage gefangen. Du spielst mit dem Feuer.

Doch das dringende Bedürfnis zu sehen, in welchem Zustand Margo war, nagte an ihm wie eine Ratte an einem Schinken. Wieviel schlimmer mußte es da erst Kit ergehen?

Der Gouverneur und seine Soldaten führten sie durch den Regen zu einem kleinen Kerker am anderen Ende des Forts. Die übrigen Gemeindemitglieder folgten einige Schritte hinter ihnen. Sergeant Braz zog einen eisernen Schlüssel aus der Tasche und drehte ihn unter lautem Knarren im Schloß herum. Der Raum hinter der Tür lag in tiefer Dunkelheit. Kit verlangte ungeduldig nach einer Laterne, und der Schmied reichte ihm seine Lampe.

»Laßt uns allein«, verlangte Kit barsch. »Pater Xabat und ich werden die Hexe verhören.«

»Aber Pater Almada, sie könnte Euch ein Leid antun …«

»Gott ist das Schwert des Jesuiten, mein Sohn. Sorge dich nicht um unser Wohlergehen. Geh! Wir werden sie wieder einschließen, wenn wir sie verhört haben.«

Die Soldaten traten unbehaglich von einem Fuß auf den anderen. Dann zogen sie sich einige Meter weit zurück, bis zum Ende des Dachüberstandes, und blieben dann wieder stehen. Kit hielt die Lampe vor sich, atmete tief durch, und betrat den stinkenden dunklen Raum.

Margo hockte zitternd in einer Ecke ihres Gefängnisses. In ihrem Inneren brannte der Haß mit einer Leidenschaft, die sie nie zuvor empfunden hatte. Der Schmerz trieb ihr die Tränen in die Augen. Diese brutalen Tiere – nein, sie waren schlimmer als Tiere, der Vergleich war eine Beleidigung für alle Vierbeiner – hatten sie vergewaltigt und geprügelt. Sie hatten ihr Fragen in verschiedenen Sprachen gestellt. Jedesmal, wenn sie nicht antworten konnte, hatten sie sie wieder geschlagen. Zum Schluß hatten sie sogar in gebrochenem Englisch mit ihr gesprochen, um herauszufinden, wer sie war.

Sie hatten verlangt, daß sie den anderen Mann, den, der entkommen war, an sie verraten sollte. Sie hatten verlangt, daß sie ihnen erklärte, warum sie und die beiden Hexer hier waren. Und sie hatten verlangt, daß sie ihnen gestand, welche Teufeleien sie gegen Portugal im Schilde führte.

Der Wahnsinn war immer weiter und weiter gegangen, und bald konnte Margo nichts anderes mehr tun, als schreien, doch das hatte das Schwein von Anführer zum Anlaß genommen, sie noch einmal zu vergewaltigen. Danach hatte er sie nackt in diesen dunklen Raum auf den kalten Erdboden gestoßen und eingesperrt. Sie hatte nichts zu essen, nichts zu trinken, nicht einmal eine Decke, und ihre Peiniger waren nur noch einmal kurz zurückgekommen, um ihr mitzuteilen, daß Koot van Beek tot war und daß sie es auch bald sein würde.

In ihrem ganzen Leben hatte Margo keine solche Verzweiflung und Hoffnungslosigkeit empfunden. Sie weinte so lange, bis sie keine Tränen mehr hatte. Sie war so dumm gewesen. Nur weil sie sich und der Welt unbedingt etwas hatte beweisen wollen – doch sie hatte lediglich bewiesen, daß sie ein kleines dummes Kind war. Koot van Beek war tot und der Waliser mehr als je zuvor ein verirrter Wanderer zwischen den Zeiten. Und sie selbst? Vergewaltigt und eingekerkert und alles nur wegen ihrer kindischen Sturheit.

Die Erinnerung trieb ihr neuerliche Schauer durch den ganzen Körper. Sie hätte morden können für ein Stück Seife, etwas Wasser und ein Gewehr, um die Schweine zu erschießen. *Falls sie überhaupt getötet werden können.* Sie konnte den stinkenden Schweiß der Männer noch immer auf ihrer Haut riechen. Jedesmal, wenn sie die Augen schloß, sah sie die Gesichter der Bastarde vor sich, wie sie lüstern auf sie herabstarrten, sie festhielten und ihr weh taten ...

Oh, Malcolm. Warum bin ich nur vor dir weggelaufen? Auch diese Erinnerung quälte sie unendlich. Die Süße und Wärme in seinen Armen stand in einem grausamen Kontrast zu den jüngsten Ereignissen. *Verzeih mir, Malcolm. Ich habe dich enttäuscht. Ich habe Kit enttäuscht. Ich habe die Männer enttäuscht, die sich darauf verlassen hatten, daß ich sie lebend wieder heimführe. Ich habe sogar meine Mutter enttäuscht ...*

Margos Mutter war gestorben, weil sie für ihr Kind hatte sorgen wollen. Doch Margo hatte nichts anderes getan, als sich wie ein rücksichtsloses, undankbares Balg zu benehmen. Und nun saß sie nackt in einer portugiesischen Kerkerzelle und wartete auf ihre Exekution – ein wenig sinnvoller Zeitpunkt, um endlich etwas dazuzulernen.

»Es tut mir so leid«, flüsterte sie immer wieder. »Es tut mir so leid ...« Sie wischte sich mit dem Handrücken über die Nase und schniefte leise. Sie hatte nicht geglaubt, daß sie immer noch fähig wäre zu weinen. Das Leben hatte sie mit einem wunderbaren Mann zusammengeführt, und ihr war nichts Besseres eingefallen, als davonzulaufen. Sie hatte sich wie ein Kleinkind verhalten. Nun würde sie sterben. Sie würde keine Gelegenheit mehr haben, ihm zu sagen, was für ein durch und durch feiger Dummkopf sie gewesen war.

Und Kit. Er würde niemals erfahren, was aus ihr geworden war. Was sie ihm angetan hatte, war einfach unverzeihlich. Wenn sie doch nur eine Chance hätte ...

Aber das Leben war nicht so gnädig. Die Kavallerie

tauchte nur in romantischen Western im letzten Augenblick am Horizont auf. Und der Märchenprinz auf dem stolzen Roß war zusammen mit der Donnerbüchse, Segelschiffen und galanten Herren, die lächelnd den Hut zogen, wenn sie einer Dame begegneten, schon lange von der Erdoberfläche verschwunden. Sie würde niemals die Gelegenheit bekommen, Kit zu sagen, wie sehr es ihr leid tat. Sie würde ihn niemals um Verzeihung bitten können, niemals die Chance erhalten, das College zu besuchen, ehe sie einen weiteren Versuch wagen konnte, doch noch ein Time Scout zu werden.

Was mußte in ihm vorgegangen sein, als er ihre feindselige Notiz gelesen hatte?

»Es tut mir so leid«, flüsterte sie wieder.

Es war das einzige, was sie noch tun konnte.

Dann hörte sie ein Knarren. Ein Schlüssel drehte sich im Schloß, die Tür öffnete sich, und sie konnte die Silhouetten des ganzen miesen Mörderpacks in der Dunkelheit erkennen. Margo hielt mit Mühe einen entsetzten Schrei zurück und kauerte sich tief auf den Boden.

Sie würden sie töten. Margo war zu schwach und zu schwer verletzt, um sie aufzuhalten. Dennoch konnte sie kämpfen. Mit ein bißchen Glück würde es ihr vielleicht gelingen, wenigstens einen von diesen Bastarden mit ins Grab zu nehmen.

Kit betrat mit der Laterne in der Hand zuerst die Zelle. Malcolm folgte ihm und verschloß die Tür hinter sich. Als er sich umdrehte, bot sich ihm ein erschreckender Anblick. Kit stand wie erstarrt mit der hoch erhobenen Laterne in der Hand vor ihm, Margo kauerte sprungbereit in der Ecke und blinzelte in das Licht.

Sie war nackt, und ihr Körper war mit Blutergüssen übersät. Auf ihren Oberschenkeln erkannte er dunkle Flecken geronnenen Blutes.

»O mein Gott«, wisperte Kit.

Malcolm nahm seinen Umhang ab, um ihn Margo umzulegen. Ihre Augen weiteten sich. Dann brach sie in Tränen aus und stürmte auf sie zu. Malcolm dachte, sie wollte zu Kit. Statt dessen warf sie sich mit so viel Schwung in seine Arme, daß er fast das Gleichgewicht verloren hätte. Das Atmen fiel ihm schwer, so sehr klammerte sich Margo an ihm fest.

»Malcolm«, flüsterte sie zittrig. »O Gott, Malcolm ...«

Er legte ihr den Umhang vorsichtig um die Schultern. Sie zog seinen Kopf herab und küßte ihn mit verzweifelter Leidenschaft, so daß ihm nichts anderes übrigblieb, als seine Augen zu schließen und den Kuß zu erwidern. Schließlich machte sich seine Vernunft bemerkbar.

»Dein Großvater ist auch hier«, sagte er sanft.

Sie drehte sich um und sah Kit. »O Gott ...«

Kit starrte sie schweigend an. Sein Gesicht war aschfahl. Malcolm fühlte ein Würgen in seiner Kehle und erwiderte Kits Blick. Die Situation war eindeutig. Margo hatte sich an ihn geklammert, nicht an Kit. Und sie hatte ihn geküßt, so wie es nur Verliebte tun.

Margo kam einem Gefühlsausbruch von Kit zuvor, indem sie sich nun in seine Arme warf. »Es tut mir so leid, es tut mir so leid ...«

»Psst ...« Er hielt sie in seinen Armen, als würde sie jeden Moment zusammenbrechen. Dabei blieb sein Blick, nichts Gutes versprechend, starr auf Malcolm gerichtet.

Malcolm hielt dem eisigen Blick stand. Er schämte sich dafür, Kit nichts gesagt zu haben, und er schämte sich, daß er betrunken gewesen war, als er mit Margo geschlafen hatte; aber er schämte sich nicht für seine Gefühle, und es war nicht sein Fehler, daß er sie damals für älter gehalten hatte. Zumindest waren diese Gedanken in den vergangenen Woche eine Erleichterung für seinen eigenen Seelenfrieden gewesen. Ohne Kits Blick auszuweichen, sagte er: »Wir sind noch nicht in Sicherheit.«

Er rechnete fast damit, daß Margo kläglich nachfragen würde, was er damit meinte. Statt dessen löste sie sich von

Kit, zog sich den Umhang enger um die Schultern und stellte sich aufrecht hin. »Was können wir tun?« fragte sie dann ruhig.

Ihre Stimme zitterte, war aber frei von kindlicher Gereiztheit und Ungeduld. Nach allem, was sie durchgemacht hatte, begann sie ganz vorsichtig wieder etwas Hoffnung zu schöpfen. Doch Malcolm konnte an ihren Augen ablesen, daß sie sich keinen Illusionen über die Gefahr hingab, in der sie alle schwebten. Mit derselben stillen Würde, die er zum ersten Mal im jüdischen Viertel des alten London an ihr bemerkt hatte, war sie sich der Möglichkeit zu sterben bewußt.

Malcolm fühlte einen Kloß in seinem Hals. Margo war erwachsen geworden, wirklich erwachsen, und das hatte nichts mit ihrem Lebensalter zu tun. In diesem Augenblick verliebte er sich noch mehr in sie.

»Malcolm?«

»Das ist Kits Entscheidung. Es ist seine Rettungsaktion, ich habe mich lediglich als Begleitung aufgedrängt.«

Sie richtete ihren fragenden Blick auf Kit, der noch immer Malcolm anstarrte. Endlich wandte er die Augen ab. »Ja. Und jetzt weiß ich auch warum.« Er schaute Margo an. »Das Tor wird sich erst in fünf Tagen wieder öffnen, wenn überhaupt. Es löst sich auf, und das ziemlich schnell. Sollte mich wundern, wenn es noch öfter als ein- oder zweimal aufgeht, ehe es endgültig zusammenbricht.«

»Kynan Rhys Gower ist noch in Freiheit. Den Eingeborenen in der Gegend wurde eine Belohnung versprochen, wenn sie ihn einfangen und herbringen. Außerdem haben die Portugiesen Suchtrupps ausgeschickt. Die Leute halten dich für eine Hexe. Einer von ihnen hat vor sieben Wochen deinen verdammten Ballon gesehen, und jetzt haben sie außerdem noch deine teuflische Ausrüstung. Alles Beweise für satanische Aktivitäten.«

»Sie erwarten von uns, daß wir dich der Hexerei überführen. Angesichts der Umstände kommt ein anderes Urteil nicht in Betracht. Und sie wollen, daß wir schnell zu einem

Ergebnis und damit zu deiner Exekution kommen. Es steht zwei gegen fünfundzwanzig, und diese fünfundzwanzig sind verdammt gut bewaffnet. Besser als ich angenommen hatte.«

»Und dann ist da noch eine neunzigprozentige Wahrscheinlichkeit, daß Kit seinem Schatten begegnet, wenn es uns nicht gelingt, bei der nächsten Öffnung des Tores von hier wegzukommen«, fügte Malcolm hinzu. »Er ist auch jetzt schon in Gefahr.«

Margo schlug die Hände vor das Gesicht. »Du hättest nicht kommen dürfen«, wisperte sie traurig. »Du hättest das Risiko nicht auf dich nehmen dürfen. Es tut mir leid. Ich bin es nicht wert, nicht einmal annähernd ...«

Kit hob seine Hand, zögerte und strich ihr dann sanft übers Haar. Sie sah auf, und ihre Augen füllten sich mit Tränen. Kit raffte sich zu einem gequälten Lächeln auf. »Hast du die Diamanten auf Goldies Land vergraben?«

Ein schwaches Lächeln huschte über ihr Gesicht. »Na sicher.« Dann senkte sie traurig den Kopf. »Aber Koot ist tot, und alles andere ist auch danebengegangen. Es war mein Fehler. Ich hab's vermasselt. Ich habe den Treibstoffbedarf nicht richtig berechnet. Auf halber Strecke ist uns der Sprit ausgegangen. Wir mußten landen, dann haben wir aus der Gondel ein Boot gebaut. Koot hat die Malaria erwischt, der Proviant war zu Ende, und schließlich sind wir in dem Sturm gekentert ...« Sie atmete tief durch. »Das sollen keine Entschuldigungen sein. Ich bin für den ganzen Mist verantwortlich. Vielleicht hattet ihr recht, und ich habe nicht das Zeug dazu.«

Kit betrachtete den riesigen blauen Fleck auf ihrer Wange. »Du willst mir doch wohl nicht weismachen, daß du so schnell aufgibst?«

Ihre Lippen zitterten. »Ich ... ich wollte um eine zweite Chance bitten, aber ich ... ich habe so furchtbaren Mist gebaut, ich ...«

»Ich will, daß du mir etwas versprichst, okay? Immer vorausgesetzt, wir kommen hier heil heraus, dann gehst du zurück in die Realzeit und besuchst das College. Wenn du den Abschluß gemacht hast, reden wir weiter.«

Wieder liefen ihr in stiller Verzweiflung die Tränen über das Gesicht. Malcolm hätte sie gern in seine Arme geschlossen, doch er hielt sich wohlweislich zurück. Nach einer Weile hörte sie auf zu weinen. »Okay, reden wir darüber, wenn wir zurück sind«, sagte sie. In diesem Moment klang sie genau wie ihr Großvater. »Zuerst müssen wir mal hier rauskommen. Vorschläge?«

»Eigentlich nicht«, entgegnete Kit wieder etwas munterer. »Ich treffe meine Entscheidungen gern spontan. Obwohl, einen Vorschlag habe ich schon: Nur wegen unserer Glaubwürdigkeit, wie wäre es, wenn du mal ein bißchen schreist? Laut und überzeugend, jetzt sofort.«

Margo zögerte keinen Augenblick. Sie stieß einen durchdringenden gequälten Schrei aus, der Malcolm die Haare zu Berge stehen ließ. Anschließend wimmerte sie laut genug, um auch von draußen gehört zu werden. Dann verstummte sie, bis Kit ihr ein Zeichen gab und sie erneut aufschrie.

»Tut mir leid, aber Malcolm muß das wieder mitnehmen«, sagte Kit sanft und nahm ihr den Umhang wieder ab. Dann ging er zur Tür und öffnete sie.

»Gouverneur Salazar, ich bin noch nicht zu einem Urteil gekommen«, rief er. »Aber ich mußte feststellen, daß dieses Kind mißhandelt worden ist«, fuhr er ermahnend fort. »Gott erlaubt uns nicht, dem schwächeren Geschlecht Gewalt anzutun. Schlimmer noch, ihr habt sie hungrig und ohne Kleider eingekerkert. Auch wenn wir ihren Körper um ihrer Seele willen züchtigen, so bleiben wir doch Christenmenschen. Bringt dem armen Kind eine Decke, Kleidung und etwas zu essen. Laßt sie beten und schlafen. Morgen werden wir sie dann weiter vernehmen.«

Er hob die Hand zu einer Segnung und winkte Malcolm zu sich. Margo sah ihnen traurig nach, und Malcolm konnte den Anblick kaum ertragen. *Halt durch, Kleine, halt durch!* Die Händler brachten ein grobes Hemd, eine Decke und einen Becher Suppe. Kit wartete noch, bis sie bekleidet und in die Decke gewickelt war, ehe er die Tür wieder verriegelte.

Danach fuhren Kit und Malcolm mit der Beichtabnahme fort. Keiner von ihnen war in der rechten Stimmung für diese Schauspielerei, aber sie hatten keine andere Wahl. Die Geständnisse der reuigen Sünder erwiesen sich als erstaunlich bedeutungslos, doch sie vermittelten den falschen Geistlichen einen interessanten Einblick in die gegenseitigen Antipathien der Einwohner von Lourenco Marques.

»Die Händler«, klagte Sergeant Joao Braz bitterlich, »benehmen sich, als seien sie in Lissabon und nicht in dieser gottverlassenen Wildnis! Der Müller beansprucht den zwanzigsten Teil des Mehls für sich, obwohl er nichts damit anfangen kann. Die Hirten sind faul. Sie stehen nur herum und sehen ihren Viechern zu, während wir über ihr lausiges Leben wachen ...«

Xanti, der baskische Bäcker, ereiferte sich über die Soldaten, die jeden in der Gemeinde wie einen dummen Bauern behandelten, unverschämt waren und ihre Pflichten vernachlässigten. »Halten die Kerle vielleicht nachts Wache? Ha! Schlafen tun sie, so tief, daß ihnen die Ratten über die Füße laufen. Dann wachen sie plötzlich auf, schreien wie die Weiber und schwören, Satan persönlich sei ihnen begegnet. Dieser Idiot, Mauricio, hat sogar mitten in der Nacht auf einen Schatten geschossen. Der ganze Ort ist seinetwegen aufgewacht ...«

Der Gouverneur beklagte sich, daß seine Männer so schlampig, undiszipliniert und faul seien. Nicolau, der Böttcher, erging sich in einer endlosen Tirade gegen alles und jeden in Lourenco Marques. »Dieser Ort könnte ohne mich gar nicht existieren. Ohne meine Fässer hätten sie kein Wasser, das sie an die Schiffe der Indien-Route liefern könnten, und nur zu diesem Zweck ist das Fort überhaupt gebaut worden. Ohne mich gäbe es hier nur Schlamm. Außer den heidnischen schwarzen Götzendienern wäre niemand hier!«

Auch der Hufschmied hatte Ärger abzuladen. »Dieser Idiot von Böttcher ruiniert mindestens dreimal im Monat sein Werkzeug. Ich weiß wirklich nicht, wie er das macht. Und der Gouverneur schreit ständig nach mehr Gewehren und beklagt sich dann, wenn ich ihm sage, was das kostet und wie lange die Herstellung selbst bei der einfachsten Ausführung dauern wird ...«

Die Bauern haßten die Matrosen mit baskischer Leidenschaft. »Wir müssen hart arbeiten«, murrte Mikolas. »Wir müssen diese Kerle durchfüttern, und was tun sie? Nichts. Sie sitzen den ganzen Tag nur herum, essen zehnmal soviel wie wir anderen, singen gottlose Lieder und üben sich als Seiler. Ich möchte nur wissen, welches Schiff noch Seile brauchen könnte. Sie haben doch alle mehr als genug davon ...«

Es fehlt nicht viel, und die Kerle gehen sich gegenseitig an die Kehle, dachte Malcolm, während er dem Gequengel des Basken lauschte. Malcolm beschloß, diesen Gedanken bei Gelegenheit weiterzuverfolgen und konzentrierte sich wieder auf die Beichtabnahme. Dann verordnete er dem Sünder eine angemessene Buße und zeigte sich erschreckt und empört, als er erfuhr, daß nicht einmal die Hälfte der Männer einen Rosenkranz besaß. Eigentlich sollte er sich für den Betrug an den Männern schuldig fühlen, doch er empfand nur kalte Wut. Immer wieder tauchte das Bild von Margo vor seinem geistigen Auge auf, wie sie nackt in der Ecke kauerte, bereit, bis zur Erschöpfung zu kämpfen.

Was Kit anging ...

Malcolm starrte auf die Decke, mit der sie den Raum geteilt hatten. Er würde sich nicht vor einer Auseinandersetzung drücken, doch derzeit war es nicht gerade hilfreich, sich weitere Gedanken über die ganze Angelegenheit zu machen. Er hatte auch so genug Sorgen. Sie würden diese Sache hier gemeinsam durchstehen, danach war Zeit genug zum Streiten.

Dennoch hatte Kits eisernes Schweigen eine unangenehme Wirkung auf ihn.

Kit mußte sich eine plausible Erklärung einfallen lassen, warum die Befragung der sogenannten Hexe so viel Zeit erforderte. Er lag noch lange wach und versuchte, nicht daran zu denken, was diese Männer Margo angetan hatten. Es mußte ihm einfach gelingen, diese Gedanken aus seinem Kopf zu vertreiben, anderenfalls war er unfähig zu überlegen, wie sie weiter vorgehen sollten. Ihm war klar, daß er mit Malcolm sprechen sollte, doch dafür war er zu wütend. Es sei sein Fehler, hatte Malcolm gesagt.

Was hast du meiner Enkelin angetan, unten im alten Rom, mein Freund? Du hast sie verführt, verletzt und verwirrt ...

Ich habe dir vertraut, Malcolm.

Diese Sache war beinahe ebenso schmerzhaft wie der Gedanke an Margos Leidensweg.

Kit konnte an Malcolms Atem hören, daß nicht nur er allein wachlag. *Gut.* Kit wünschte Malcolm eine Nacht in der Hölle. Er drehte sich auf dem knarrenden Bett herum und wandte Malcolm den Rücken zu.

»Schlaf«, knurrte er. »Du wirst es brauchen.«

Malcolm antwortete nicht.

Um zwei Uhr morgens stand Kit auf und zündete eine Lampe an. Dann weckte er Malcolm. Der Reiseführer sah verwirrt aus seinen schmutzigen Decken auf, stöhnte und kämpfte sich mühsam hoch. Er blickte Kit aus winzigen müden Augen an, ohne etwas zu sagen.

»Zeit, diese Sünder für einen nächtlichen Gottesdienst zu wecken. Ich werde ihren Schlafrhythmus ein bißchen durcheinanderbringen«, knurrte Kit. »Sie sollen die nächsten fünf Tage in ständiger Übermüdung verbringen.«

Malcolm nickte und ging hinaus, um die Alarmglocke zu suchen. Kit hörte, wie er einige Worte mit dem Wachhabenden wechselte, gleich darauf wurde die Glocke geläutet. Überall im Fort stolperten halbbekleidete Männer mit Waffen in den Händen auf den Innenhof.

»Was ist los?« schrie einer von ihnen aufgeregt und sah sich angstvoll in der Dunkelheit um. »Welche Gefahr droht uns, Pater?«

»Die Gefahr der ewigen Verdammnis«, rief Kit streng. »Satan ist unter euch gewesen, ihr selbst habt es gestanden. Gott hat uns geschickt, eure armen Seelen zu retten. Legt eure Waffen weg und kniet nieder zur Frühmette.«

Die Männer von Lourenco Marques tauschten unbehagliche Blicke aus, doch sie gehorchten unwillig. Kit begann mit seiner lateinischen Predigt. Er sprach langsam und mit donnernder Stimme. Danach wiederholte Malcolm anschließend die ganze Predigt noch einmal. Die Männer gähnten und dösten vor sich hin, bis Kit sie mit einem Rutenschlag, begleitet von einem mahnenden Gesichtsausdruck wieder aufweckte.

Endlich gestatteten sie den Portugiesen, sich zu erheben, doch als die Männer auf das Tor zuliefen, rief Kit sie wieder zurück. »Meine Kinder, glaubt ihr, ihr könnt nun einfach wieder zu Bett gehen, ohne zuvor den Herrn im Himmel gepriesen zu haben? Nein, meine Kinder. Erst loben wir den Herrn, unseren Gott, damit ihr später in der Gewißheit, eure Seelen gereinigt zu haben, schlafen dürft.«

Der Gouverneur erhob Einspruch. Er war der Ansicht, daß seine Männer ihren Schlaf dringend bräuchten. Kit hob die Hand. »Solange wir die Frage der Hexerei nicht abschließend geklärt haben und ich nicht sicher sein kann, daß die Seelen deiner Männer keinen Schaden genommen haben, muß ich dich bitten, dich meinem Urteil zu fügen. Knie nieder, mein Sohn.«

Den Männern stand die Angst ins Gesicht geschrieben. »Meine Söhne«, rief Kit freundlich. »Viel zu lange habt ihr dieses gottlose Leben geführt. Habt ihr bedacht, daß eure eigene Schlechtigkeit den Teufel gerufen und die Hexen zu euch geführt haben kann?«

Eingeschüchtert bekreuzigten sich die Männer und lauschten nun ohne weiteres Murren den Lobpreisungen. Erst in der Morgendämmerung ließen Kit und Malcolm die Männer gehen, nicht ohne sie aufzufordern, noch ein Gebet zu sprechen, ehe sie sich zur Ruhe begaben. Mit einem letzten Blick auf Margos Gefängnis gingen sie ebenfalls wieder zu Bett.

Drei Stunden später standen sie schon wieder auf und riefen die Männer zu einer weiteren Frühmette. Erst danach erlaubten sie ihnen, zu essen. Kit verlangte, daß auch das arme Mädchen etwas zum Frühstück bekommen sollte und wandte sich erneut an seine neue Gemeinde.

»Ich werde herausfinden, welche teuflischen Plagen die Hexen über euch gebracht haben. Pater Xabat und ich werden den Spuren des Bösen folgen und die Brut des Satans mit Stumpf und Stiel vernichten.«

Mit einer bühnenreifen Schau untersuchten Kit und Malcolm die Überreste der Gondel. Sie sahen sich jedes einzelne Stück genau an: die PVC-Konstruktion, die Transparentfolie, die zerrissene Nylonmatte, den Erste-Hilfe-Koffer mit den Folienverpackungen und den bunten Pillen und die Einzelteile der Wasseraufbereitungsanlage.

»War das alles?« fragte Kit besorgt.

»Nein, Pater«, antwortete Sergeant Braz. »Da waren noch sonderbare höllische Waffen, mit denen wir nichts anfangen konnten, und noch andere schreckliche Dinge.«

Die Männer zeigten ihnen einen M1-Karabiner, eine wunderschöne Winchester .458, die Koot van Beek gehört haben mußte, und eine schmutzige Ledertasche, in der Margos ATLS und ihr Logbuch lagen. Kit und Malcolm diskutierten in lateinischer Sprache über die merkwürdigen Gegenstände, zogen besorgte Mienen und nahmen die Teufelswaffen auseinander, um nachzusehen, was sich in ihrem Inneren befand. Nachdem sie ihrer Verwunderung über die sonderbaren Ausrüstungsgegenstände Ausdruck verliehen hatten, inszenierten sie eine Reinigungszeremonie, mit deren Hilfe sie eine Menge Zeit schinden konnten.

Nach einem weiteren Gottesdienst befragten sie jeden einzelnen Einwohner der kleinen Ansiedlung aufs genaueste über die Vorkommnisse der vergangenen sechs Wochen. Sie erkundigten sich, was die Männer gesehen und getan, gefühlt und gedacht hatten. So überbrückten sie die Zeit bis zum nächsten Gottesdienst, den sie wieder gemeinsam abhielten.

Sie waren gerade mit ihrer Messe fertig, als es draußen vor dem Tor unruhig wurde.

»Die Suchtrupps sind zurück. Öffnet die Tore!«

Kit und Malcolm sahen einander vielsagend an und eilten den Soldaten nach.

Kynan Rhys Gower war ein guter Schwimmer, aber als er aus der Gondel geschleudert wurde, traf ihn Koots Gewehr so heftig an der Schläfe, daß er sich nur noch benommen treiben lassen konnte. Eine starke Strömung zog ihn immer weiter in südlicher Richtung von dem Wrack der Gondel weg. Kynan schaffte es mit Mühe, seinen Kopf über Wasser zu halten, doch er war zu schwach, um zu schwimmen und zu klug, um seine Kräfte unnötig zu vergeuden.

Im Licht der niederzuckenden Blitze konnte er die Küste und die verfallene kleine Siedlung erkennen, die er vor sieben Wochen schon einmal gesehen hatte. Dann hatte ihn die Strömung an dem Ort vorbeigetragen. Als er sich endlich weit genug erholt hatte, um sich der Strömung entgegenzustemmen, befand er sich schon viele Kilometer südlich des Ortes – auf der Seite der Bucht, wo auch das Tor lag. Doch Margo und Koot waren noch auf der anderen Seite der Delagoabai.

Kynan begann zu schwimmen. Heftige Schmerzen rasten durch seine Schulter und ließen ihn gepeinigt aufstöhnen, doch er erreichte das Ufer. Auf den Knien kroch er aus dem Wasser. Kaum war er weit genug über der Wasserlinie, blieb er erschöpft liegen, um wieder zu Atem zu kommen. Der Regen prasselte auf seinen Rücken. Kynan hatte seit Tagen nichts mehr gegessen. Er fühlte sich geschwächt und benommen von dem anhaltenden Hunger und von seinem Kampf gegen die aufgewühlte See.

Werde ich hier sterben? Und wo bin ich überhaupt? Margo hatte ihm gesagt, daß sie in Afrika wären, doch Kynan wußte nur, daß Afrika irgendwo südlich von Wales lag – und er hatte den Lageplan nicht verstanden, den Margo ihm auf ihrem ›Computer‹ gezeigt hatte. Immerhin wußte er, daß die Männer in dem kleinen Ort Portugiesen waren. Er schauderte. Portugiesen und Waliser pflegten keinen besonders liebevollen Umgang miteinander.

Die anderen Männer, die hier lebten ... Die Bilder, die Margo ihm gezeigt hatte ... Schwarze Männer in merkwürdiger Kleidung mit langen gefährlichen Speeren. Kynan wollte ihnen auf keinen Fall begegnen. Mühsam setzte er sich auf und blinzelte in den Regen. Flackernde Blitze rissen die Umgebung aus der tiefen Dunkelheit.

Er hatte sich schon auf der Zeit-Station sehr einsam gefühlt, doch das war nichts, im Vergleich zu der Isolation an dieser fremden Küste. Er war verloren in einer Zeit, ein Jahrhundert nach seiner eigenen Zeit und fünf Jahrhunderte bevor TT-86 erbaut werden würde. Verloren in einem Land, in dem die Menschen äußerst merkwürdig aussahen und die einzigen Europäer seine Feinde waren. Er hatte keine Nahrungsmittel, kein Wasser, keine Waffen und keine Möglichkeit, sich welche zu verschaffen. Nicht einmal ein Messer war ihm geblieben, mit dem er sich einen Bogen für die Jagd hätte anfertigen können. Vielleicht könnte er das Tor finden, wenn er nur gründlich genug suchte.

Kynan verzog das Gesicht. *Wer hätte gedacht, daß ich mich eines Tages nach der Hölle zurücksehnen würde?*

Allerdings zweifelte er inzwischen daran, daß TT-86 die Hölle war. Auch seine Ansichten über das Mädchen, Margo, hatten sich verändert. Manchmal verhielt sie sich wie ein dummes Kind, doch sie hatte mehr Mut als mancher Krieger. Kynan verstand nicht, warum sie sich dem Schutz ihres Großvaters entzogen hatte, um Diamanten zu suchen. Er verstand allerdings generell nicht, warum irgendein Sechsundachtziger irgend etwas tat. Aber Kynan war überzeugt, der Großvater der jungen Frau wäre sehr stolz auf sie gewesen, wenn er sie auf ihrer Höllenfahrt den Fluß hinab erlebt hätte.

Als er sie zum letzten Mal gesehen hatte, war sie ebenso wie er selbst in die See geschleudert worden. Kynan spuckte den Sand in seinem Mund aus und erhob sich mühsam. Er hatte sich aus freien Stücken ihrer Führung ergeben, und

Kynan Rhys Gower war nicht der Mann, der seine Führer im Stich ließ, wenn sie in Schwierigkeiten waren. Margo war irgendwo nördlich von ihm, und es war seine Aufgabe, sie zu finden und ihr zu helfen, gemeinsam mit Koot zur Station zurückzukehren.

Er machte sich auf den Weg. Verbissen kämpfte er sich voran und legte nur dann eine Pause ein, wenn die Schmerzen in seinen Beinen übermächtig wurden. Bei jeder noch so kurzen Rast mußte er sich seiner unglaublichen Müdigkeit erwehren, doch er gab nicht auf. Die ganze Nacht und den ganzen folgenden Tag über wanderte er stetig Richtung Norden. Er erkannte den Geruch der Ansiedlung lange bevor er sie sehen konnte: Holzkohle, Schweine und Abfall.

Im ständigen Kampf gegen die Erschöpfung und den Durst setzte er seinen Weg etwas abseits der Bucht fort, in der Hoffnung, nicht entdeckt zu werden. Immer wieder überlegte er, was er als Waffe zu seiner Verteidigung benutzen könnte, falls die Portugiesen ihn erwischen würden, doch ihm fiel einfach nichts ein. Also folgte er seinem Pflichtgefühl, das ihn auf seinen schmerzenden Beinen immer weiter nordwärts und geradewegs in einen Hinterhalt trieb.

Von einem Augenblick zum anderen war er nicht mehr allein in dem dampfenden Urwald. Plötzlich fand er sich umringt von schreienden Portugiesen, die ihn gefangennehmen wollten. Er fühlte ihre Hände auf seinen Armen und Beinen. Mit einem heftigen Ruck befreite er sich, rollte sich ab und kauerte sich angriffsbereit mit dem Rücken an einen Baumstumpf. Was er sah, ließ ihn zusammenfahren. Ein halbes Dutzend schwer bewaffneter Portugiesen bedrohte ihn mit Gewehren und Armbrüsten.

Die Ehre gebot ihm zu kämpfen. Die Pflicht verlangte von ihm, zu fliehen und seinen Kameraden und ihre Anführerin zu retten. Die Logik dagegen sagte ihm, daß er, angesichts seiner Erschöpfung und der auf ihn gerichteten Waffen, weder auf die eine noch auf die andere Art etwas erreichen konnte. Einer der Männer grinste ihm ins Gesicht und sagte etwas, das Kynan nicht verstand. In gebrochenem Englisch wiederholte er, was er gesagt hatte: »Hexer ...«

Kynan hatte das Gefühl, ihm würde das Blut in den Adern gerinnen.

Sie hatten Margo entdeckt. Oder Koot van Beek oder die Gondel ... Sie würden ihn foltern und bei lebendigem Leib verbrennen ...

Er tastete hinter sich nach einem Stück Holz. Er wollte lieber von Pfeilen und Kugeln durchsiebt, als bei lebendigem Leib verbrannt werden. Doch dann ging ihm ein schlimmer Gedanke durch den Kopf: Sie würden auch Margo verbrennen! Und den kranken Afrikaner, der ihn das Schießen gelehrt hatte. Wenn Kynan zuließ, daß diese Männer ihn hier draußen töteten, dann würden die anderen niemals entkommen. Aber wenn er sich lebendig gefangennehmen ließ ...

Sie mußten ja nur lange genug frei sein, um das Tor zu erreichen.

Kynan atmete rasselnd ein.

Dann ergab er sich.

Kit und Malcolm kamen gerade rechtzeitig zum Tor, um der Ankunft des neuen Gefangenen beizuwohnen. Sein Körper war voller Blut und übersät mit Blutergüssen. Die Portugiesen hatten ihm die Hände mit den Trieben einer Schlingpflanze auf den Rücken gefesselt. Der Waliser war aschfahl, doch er stand aufrecht da und sah seinem Schicksal stolz und mutig entgegen.

Einer der Soldaten aus dem Inneren des Forts rief: »Sieht aus, als ob er sich gewehrt hat.«

Kynans Peiniger grinsten. »Nein«, entgegnete einer. »Sah nur für einen Moment so aus, aber dann war er brav wie ein Lämmchen.«

Kit runzelte die Stirn. Dann hatten sie ihn also erst später geschlagen. Dem Anschein nach sogar recht brutal. Warum hatte Kynan sich ergeben? Das paßte nicht zu dem Mann, der sowohl Margo als auch Kit in seiner unbändigen Wut hatte ermorden wollen. Kynan sah starr zu Boden. Offensichtlich war er sich darüber im klaren, daß er seinem Untergang entgegenging.

Die Portugiesen weideten sich an ihrem Erfolg.

»In den Kerker mit ihm«, rief der Gouverneur.

»Wartet«, unterbrach Kit müde. »Steckt ihn zu der Frau. Pater Xabat und ich werden ihn auf Satansmale untersuchen.«

Bei dem Wort »Satan« zuckte Kynan sichtlich zusammen. Er wehrte sich nicht, als ihn die Portugiesen unsanft zu dem kleinen Kerker schoben, doch er stieß leise walisische Flüche gegen die Männer aus. Einer der Soldaten schlug ihm so heftig ins Gesicht, daß seine Lippe aufplatzte. Kynan starrte ihn an, doch er sagte kein Wort. Kit und Malcolm betrachteten die Szene mit einiger Verwunderung.

Ein tapferer Mann, dachte Malcolm.

Kit und Malcolm folgten den Soldaten zu der Zelle. Ihre schweren Umhänge glitten durch den Schlamm. Sergeant Braz entriegelte die Tür und stieß den Gefangenen hinein, dann sprang er schnell zur Seite, um den Weg für die beiden Priester freizugeben. Wieder schloß Malcolm sofort nach ihrem Eintreten die Tür. Margo hockte still, aber wachsam in der Ecke. Bei Kynans Anblick stöhnte sie leise, doch in ihren Augen schimmerte die neuerwachte Hoffnung. Kynan schwankte. Er war am Ende seiner Kräfte.

»Ich ... ich dich suchen«, sagte er in seinem gebrochenen Englisch zu Margo. Er würgte und spuckte etwas Blut auf die Erde. »Portugiesen mich gefunden. Ich ... ich mitgehen, kein Kampf. Wir gehen durch Tor, ich helfen, ja?«

Margo sah ihn erstaunt an und blickte dann auf Kit, dem es sichtlich die Sprache verschlagen hatte. Kynan hatte sich den Portugiesen ergeben, obwohl er wußte, was ihnen bevorstand ... Was war nur geschehen während der zurückliegenden sieben Wochen? Wie hatte sich Kynans Einstellung gegenüber Margo so grundlegend ändern können?

Kit räusperte sich. »Kynan Rhys Gower?«

Der Waliser fuhr herum. Seine Augen weiteten sich, und er setzte einige Male vergeblich zum Sprechen an, ehe er endlich etwas sagen konnte. »Du ...«

Nun schien auch er wieder Hoffnung zu schöpfen. »Seid ihr gekommen, uns zu helfen?« fragte er in seiner Muttersprache.

Der Zweck ihrer Anwesenheit war so offensichtlich, daß Kit sich die Antwort ersparte. »Hast du dich wirklich den Portugiesen ergeben, um meiner Enkelin zu helfen?« fragte er statt dessen.

Kynan sah verlegen zu Boden. »Ich habe ihre Führung akzeptiert.«

Aha ...

»Trotzdem war das eine außergewöhnlich mutige Tat. Ich werde dir das nicht vergessen. Malcolm, binde ihm die Hände los. Kynan, weißt du, wo und in welcher Zeit du dich befindest?«

Der Waliser wartete, bis Malcolm ihn befreit hatte. »Ich weiß, daß wir in Afrika sind und daß Afrika südlich von Wales liegt«, sagte er und rieb sich die Handgelenke. »Ich weiß, daß diese Hurensöhne Portugiesen sind. Die Blattern sollen sie kriegen. Ich glaube, es sind hundert Jahre vergangen, seit ... seit ich mein Zuhause verlassen habe.«

»Stimmt. Es ist das Jahr 1542. Die Portugiesen halten dich und Margo für Satansanbeter.«

Kynan erbleichte. »Ich weiß. Sie haben so etwas gesagt, als sie anfingen mich zu treten und zu schlagen.« Er schauderte. »Eine Weile hatte ich befürchtet, sie würden mich gleich an Ort und Stelle umbringen.«

Ein bitteres Lächeln huschte über seine Lippen.

»Wir sind immer noch in großer Gefahr. Es ist möglich, daß ich sterbe, ehe sich das Tor wieder öffnet. Das ist eine komplizierte Angelegenheit, und du weißt noch zu wenig über die Tore, um das zu verstehen. Es ist einfach so, daß man nicht zweimal zu einer Zeit existieren kann, und ich bin sehr, sehr nahe dran, genau in diese Situation zu geraten. Wenn ich zu lange bleibe, dann werde ich sterben.«

In Kynans Gesicht spiegelte sich ein breites Spektrum der verschiedensten Emotionen wieder. Dann fiel er zu Kits grenzenloser Überraschung auf die Knie. »Ich biete Euch meine treuen Dienste, Herr. Sagt mir, was ich tun soll, und ich werde Eure Aufgabe zu Ende führen, wenn es Euch verwehrt sein sollte.«

Es war weder die richtige Zeit noch der richtige Ort, um Kynan zu erklären, wie er über Treueschwüre dachte, also akzeptierte Kit das Versprechen kommentarlos. Wenn sie diese Sache überleben sollten, könnte er die Angelegenheit immer noch klären.

»Gut«, sagte Kit schließlich leise. »Wir müssen eine Scheinverhandlung wegen Hexerei abhalten ...«

Malcolm ordnete an, dem Waliser Wasser und Nahrung zu bringen. Danach behandelte er Kynans Verletzungen. Kit erklärte, der Waliser solle sich erst eine Nacht ausruhen, ehe sie mit dem peinlichen Verhör beginnen würden. Als sie dieses Mal die Zelle verließen, fühlte Malcolm sich weitaus wohler, da Margo nun nicht mehr allein war.

Den ganzen folgenden Tag verbrachten Kit und Malcolm in der kleinen Gefängniszelle, angeblich, um die Gesandten des Teufels zu verhören. Tatsächlich besprachen sie viele Stunden lang ihr weiteres Vorgehen.

Sie diskutierten verschiedene Alternativen für den Fall, daß irgend etwas schiefgehen sollte. In ihrer Planung wurde die Scheinverhandlung fast zu einer Broadway-Produktion. Allerdings war das Finale weitaus gefährlicher als jedes Theaterspektakel, das jemals auf den Bühnen von New York aufgeführt worden war. Als der Schlachtplan endlich feststand, wußten sie alle, wie leicht sie dennoch scheitern konnten.

Kurz vor Sonnenuntergang öffnete Malcolm die Tür und trat hinaus. Kit folgte ihm, und der Waliser stellte sich beschützend zwischen Margo und die geöffnete Tür, wodurch er in Malcolms Achtung noch weiter stieg.

Kit würdigte Malcolm keines einzigen Blickes. Vor ihrem Aufbruch hatten Malcolm und Margo einander in einer Weise umarmt, die ihre Gefühle nur allzu deutlich offenbarte. Margos Abschied von Kit war dagegen weitaus weniger herzlich ausgefallen. So wohl es ihm tat, wenn Margo ihm ihre Gefühle so unverhohlen zeigte, so übel wirkte es sich auf seine Beziehung zu Kit aus.

Die Einwohner von Lourenco Marques mußten erst einem Vespergottesdienst beiwohnen, ehe die falschen Priester ihnen gestatteten zu essen. Auf Kits Betreiben hin versammelten sich die Männer jeden Abend zu einem gemeinsamen Mahl. Während des Abendessens bemerkte Malcolm, wie sich die Männer gegenseitig beschimpften und einander böse Blicke zuwarfen. Malcolm beschloß, einen Plan in die Tat umzusetzen, der das Gleichgewicht in der Gemeinde ganz sicher erheblich stören würde. Er hob die Hände und hielt eine Predigt.

»Der Satan hat seine Dämonen geschickt, damit sie alle eure Sünden aufdecken und euch zu noch größeren Übeltaten anstiften. Ihr müßt auf der Hut vor allem sein, was euch verlocken könnte, vom Pfad der Tugend abzuweichen. Seht ihr, daß euer Nachbar seine Pflichten vernachlässigt, dann könnt ihr gewiß sein, daß Satan ihn in seinen Klauen hält und auf die Straße der Verdammnis führen will. Seid streng mit euren Nachbarn. Führt sie zurück auf den Pfad Gottes, nur so könnt ihr ihre Seelen retten. Es ist eure heilige Pflicht, euren Mitmenschen den Weg zurück zu einem tugendhaften Leben zu weisen. Ihr müßt euren Nachbarn helfen, der Sünde zu widerstehen. Und wenn ihr des Nachts Wache haltet und Satans Horden durch den Ort tanzen seht, dann müßt ihr sie zwingen zu verschwinden.«

Einige der Soldaten erbleichten. Offensichtlich hatten sie schon Gestalten durch den Ort tanzen sehen. Affen, vermutete Malcolm. Affen, die den Müll durchwühlten, vielleicht auch Leoparden, die sich an den Viehbeständen gütlich tun wollten. Die heutige Wache versprach interessant zu werden.

»Ist euer Nachbar gierig? Helft ihm, den Objekten seiner Begierde zu widerstehen. Ist euer Nachbar stolz? Lehrt ihn Bescheidenheit. Helft euren Nachbarn, ihre Seelen zu retten. Habsucht, Stolz und Gier. Achtet auf diese Todsünden. Ihr müßt sie ausrotten!«

Zum Abschluß seiner Predigt sprach er einen Segen. Die ganze Mannschaft Soldaten, Handwerker, Bauern, saß schweigend da. Die Männer beäugten sich mit wachsendem Mißtrauen und unübersehbarer Furcht. Der Gouverneur bekreuzigte sich, ehe er ganz langsam zu essen begann, um nicht den Eindruck der Gier zu erwecken. Die anderen Männer folgten seinem Beispiel und ließen einander dabei nicht aus den Augen. Malcolm konnte ihre Gedanken förmlich lesen: *Wer von euch paktiert mit dem Teufel?*

Als sie später allein waren, bedachte Kit ihn mit einem eiskalten Blick. »Ich hoffe wirklich, du weißt was du tust.«

»Du wolltest doch, daß sie aus dem Gleichgewicht geraten. Ich schätze, die nächsten Tage werden recht interessant werden.«

Kit grunzte nur und legte sich zu Bett. Kit brauchte Malcolm, um die Männer in Unruhe zu halten und in den Zustand der Übermüdung zu versetzen. Er selbst fühlte sich wie betäubt vor lauter Erschöpfung.

»Gute Nacht«, wünschte Malcolm leise.

Kits einzige Antwort war ein brüskes: »Zum Teufel mit dir.«

Malcolm verkniff sich eine Entgegnung. Er mußte wohl oder übel mit Kits Ärger fertig werden. *Betrachte es als Buße, Pater Xabat.* Nach einiger Zeit schlief er endlich ein. Doch seine fürchterlichen Träume weckten ihn noch vor Mitternacht wieder auf. Flach auf dem Rücken liegend, fixierte er in der vollkommenen Dunkelheit einen Punkt an der unsichtbaren Decke.

Würde es ihm je gelingen, seine Freundschaft mit Kit wieder in Ordnung zu bringen? Er war dem pensionierten Time Scout so vieles schuldig, mehr, als er ihm je würde zurückzahlen können. Und dazu gehörte auch sein Vertrauen.

Immerhin hatte Kit ihm Margo anvertraut. Margo – zu wissen, daß sie draußen in der dunklen Kerkerzelle eingesperrt war, mit nichts als einem Hemd und einer mottenzerfressenen Decke. Was war, wenn sie medizinische Hilfe brauchte …? Er ballte seine Hände unter der Decke zu Fäusten. Diese verdammten Händler könnten sie mit Syphilis angesteckt haben. Sie könnte schwanger sein …

Malcolm drehte sich auf die Seite und knirschte mit den Zähnen. Sie könnte auch von ihm schwanger sein. Er hatte nicht das Recht, Kit seine bösen Blicke zu verübeln. Malcolm konnte nichts gegen seine Gefühle tun, aber er hätte diesem instinktiven und betrunkenen Impuls auf den Straßen Roms widerstehen müssen. Er hätte es verhindern müssen.

Irgendwie werde ich das in Ordnung bringen, dachte er. *Irgendwie.* Während er noch darüber nachdachte, wie er das anstellen sollte, hörte er einen lauten Schrei. Schüsse peitschten durch die Nacht, und ein weiterer qualvoller Schrei zerriß die Stille.

Dann wurde die Alarmglocke geläutet.

Kit sprang aus dem Bett und griff nach dem Dolch in seiner Tasche. »Was zum Teufel ist da los?«

»Ich schätze, mein Plan trägt Früchte«, entgegnete Malcolm trocken.

Eilige Schritte bewegten sich auf ihre Tür zu. Jemand klopfte. Malcolm stand ebenfalls auf und öffnete die Tür. »Was ist geschehen?« fragte er besorgt. »Wir haben Schüsse gehört und die Glocke …«

»Oh, Pater, bitte kommt schnell …« Es war Francisco, einer der Soldaten. Seine Stimme zitterte.

Sie folgten dem Soldaten, der sie zu Zadornin, einem der baskischen Matrosen brachte. Er lag mit einem Loch im Brustkorb im Schlamm nahe der Befestigungsmauer und war im Todeskampf.

»Ich habe einen Dämon gesehen, Pater«, flüsterte der Matrose. »Er saß dort oben auf der Mauer. Ich habe geschrien und der Wachposten hat geschossen …«

»Es war eine mißgestaltete Bestie«, zeterte Peli, einer der

Soldaten. »Es hatte die Umrisse eines Mannes und schrie mit Zadornins Stimme. Wir haben darauf geschossen, doch es verschwand schreiend und ließ den armen Zadornin an seiner Stelle sterbend zurück.«

Der Schock und der Blutverlust raubten dem schwerverletzten Matrosen das Bewußtsein. Malcolm ergriff seine Hand und erteilte ihm die Sterbesakramente, während der Mann seinen letzten Atemzug tat. Der Tod des Matrosen erschütterte ihn zutiefst, doch er tröstete sich mit dem Gedanken, daß diese Männer Koot van Beek hatten sterben lassen und Margo und Kynan auf grausamste Weise töten wollten. Als er sich bekreuzigte, hörte er, wie unter den Wachsoldaten ein Streit ausbrach.

»Wenn du nicht geschlafen hättest …«

»Wenn du ebensogut mit einer Armbrust umgehen könntest, wie du dich um die Arbeit drücken kannst …«

Der Kampf war kurz und brutal. Malcolm und Kit sahen wortlos zu. Malcolm verspürte keinerlei Bedürfnis, die Kampfhähne zur Räson zu bringen. Als sie schließlich miteinander fertig waren, hatte Amaro eine gebrochene Nase und Lorenco einige Zähne weniger.

»Ich schlage vor«, knurrte Kit eisig, »daß ihr den Mann beerdigt, den ihr ermordet habt. Auf der Stelle. Wenn ihr fertig seid, werden wir die Messe lesen.«

Die Soldaten grummelten etwas in ihre Bartstoppeln und gingen davon, um Schaufeln zu holen.

Margo saß fast die ganze Nacht über wach in ihrer Zelle und lauschte den Kampfgeräuschen, die von draußen an ihr Ohr drangen. Was auch immer Kit und Malcolm getan hatten, es erzeugte offensichtlich ein heftiges Chaos. *Gut!* Die Schüsse hatten sie vor einigen Stunden aus ihren Alpträumen geweckt. Sie hatte keine Ahnung, was los war, doch sie hoffte inständig, daß weder Kit noch Malcolm etwas geschehen war. Am meisten Angst hatte sie davor, daß Kit sterben könnte, ehe sie entkommen waren. Dann wäre Malcolm allein mit einer Horde argwöhnischer Portugiesen.

Am Vormittag kamen die Soldaten, um sie zu holen. Margo hatte nur das Hemd an, das ihr gerade bis zu den Hüften reichte. Rasch griff sie nach der Decke und wickelte sie sich um die Taille. Als der widerliche Sergeant Braz ihr die Hände fesselte, spuckte sie ihm ins Gesicht. Der Sergeant holte aus und ohrfeigte sie so hart, daß sie gegen die Wand geschleudert wurde und zu Boden fiel. Weinend und leicht benommen hielt sie sich die Hände vor das Gesicht. Von draußen hörte sie Kits ärgerliche Stimme.

Malcolm trat in die Zelle. Margo hatte ihre Sinne gerade weit genug beisammen, um sich ihm nicht spontan in seine Arme zu werfen. Er half ihr beim Aufstehen und führte sie hinaus. Im Innenhof des Forts waren ein Tisch und einige Stühle aufgestellt worden. Der Militärgouverneur – Margo zuckte schon bei seinem bloßen Anblick zusammen – hatte in der ersten Sitzreihe Platz genommen. Seine Soldaten standen auf ihren Posten und sahen aus, als hätten sie den größten Teil der Nacht mit einer wüsten Schlägerei zugebracht. Die Einwohner von Lourenco Marques waren zusammengekommen, um sich die Verhandlung anzusehen.

Kit setzte sich an den Tisch. Er tauchte eine Feder in ein Tintenfaß und schrieb mit größter Sorgfalt etwas auf ein dikkes Pergament. Er sah auf und winkte Malcolm zu sich an den Tisch. Fröstelnd blieb Margo allein zwischen dem Tisch und den Stuhlreihen zurück. Kit lehnte sich zurück und betrachtete sie. Margo schauderte. Wenn sie nicht genau gewußt hätte, daß er nur eine Rolle spielte, dann hätte sie in diesem Augenblick jede Hoffnung verloren.

Er sprach Portugiesisch, und Malcolm wiederholte seine Worte in englischer Sprache. »Du wirst der Hexerei angeklagt, Weib. Wie ist dein Name?«

Mindestens einer der Männer im Publikum sprach selbst ein bißchen Englisch. Margo hob den Kopf. »Margo Smith.«

»Und du bist Engländerin?«

»Ja.«

Malcolm wechselte einige Worte auf Portugiesisch mit Kit. Kit schrieb etwas auf das Pergament, dann begann er zu sprechen. Malcolm übersetzte seine Worte:

»Du wirst beschuldigt, mit dem Teufel zu paktieren und durch schwarzmagische Kräfte gemeinsam mit anderen über den Himmel geflogen zu sein …« Es folgte eine ganze Liste mit Anklagen. Sie endete erst nach einer knappen halben Stunde mit den Worten: »Und schließlich wirst du beschuldigt, durch das Kämmen deines Haares einen Sturm verursacht zu haben, in dem ein portugiesisches Schiff mit seiner gesamten Besatzung gesunken ist. Nur zwei Männer haben überlebt.« Man warf ihr sogar vor, Dämonen gerufen zu haben, die die Schafe zu nächtlicher Unzeit zum Blöken veranlaßt hätten.

»Was hast du zu diesen Anschuldigungen zu sagen?«

Margo wandte den Kopf gerade weit genug, um dem Militärgouverneur direkt in die Augen zu sehen. Verächtlich verzog sie den Mund, ehe sie antwortete: »Selbst wenn ich eine Hexe wäre, hätte ich einen so mächtigen Zauber nicht auf diese Männer verschwendet. Sie sind solch einen Aufwand bei weitem nicht wert. Doch ich bin unschuldig, und diese da sind Lügner, Mörder und Vergewaltiger.«

Malcolm übersetzte ihre Worte. Der Gouverneur sprang mit einem wütenden Schrei auf und drohte ihr mit der erhobenen Faust. Malcolm sagte etwas zu ihm, was ihn dazu veranlaßte, sich wieder zu setzen.

Die Verhandlung versetzte Margo in grenzenloses Erstaunen. Man verlangte von ihr, daß sie lateinische Texte wiederholen solle, und Kit notierte sich jede Silbe, die sie nicht korrekt aussprach, während die Männer aus dem Ort abfällige Bemerkungen über sie machten. Sie mußte sich ausziehen, um untersucht zu werden. Jedes Muttermal und jeder noch so kleine Leberfleck fand seinen Eintrag auf dem Pergament. Sie sah Kit an, der ihren Blick mit eisiger Miene erwiderte.

»Bedecke dich, Engländerin«, forderte Malcolm. »Du kränkst Gott, unseren Herrn.«

»Nicht so sehr wie Ihr«, keifte sie, worauf Kit sie tadelnd betrachtete.

Dann brachten sie Margo an den Strand. Zwei Soldaten hoben sie hoch und warfen sie mit großem Schwung ins Wasser. Margo kreischte lauthals, als sie in das tiefe kalte Wasser fiel. Schwimmend erreichte sie die Oberfläche und schnappte erschöpft nach Luft. Sie sah, daß die Soldaten sich mit besorgten Mienen unterhielten. Dann fischte Malcolm sie aus dem Wasser.

»Was soll das? Wollt Ihr mich ersäufen?« fragte sie mit schriller Stimme.

»Hexen«, erklärte Malcolm kühl, »schwimmen oben, Unschuldige gehen unter.«

»Ach!« *So einfach wird man seine Probleme los. Entweder Ertränken oder Verbrennen.*

Es ging bereits auf Mittag zu, als sie Margo wieder ins Fort zurückbrachten. Kit stellte ihr etliche vollkommen unsinnige Fragen, von denen sie nur wenige beantworten konnte. Kit quittierte sie mit einem traurigen Kopfschütteln und machte sich Notizen. So ging es bis zum Einbruch der Dunkelheit. Schließlich brachte man sie in ihre Zelle zurück und gab ihr Suppe, Brot und Wein.

Wenn Kit ihr nicht schon am Vortag gesagt hätte, daß er sie schuldig sprechen würde, dann wäre sie in Panik geraten. Doch auch so hatte sie entsetzliche Angst. Was wäre, wenn irgend etwas schiefgehen sollte? Wenn Kit seinem Schatten begegnen und plötzlich vor den Augen der Männer verschwinden würde? Das würde nicht nur für Kit den Tod bedeuten, sondern auch für sie selbst. Vermutlich auch für Kynan und Malcolm. Der Gedanke, bei lebendigem Leib verbrannt zu werden, trieb ihr die Schweißperlen auf die Stirn. Sie faltete die Hände und versuchte zu beten. Dann begann sie, unruhig in der Zelle umherzulaufen. Sie würden es schon schaffen. Kit wußte, was er tat.

Allerdings hatte Kit ihr auch immer wieder gesagt, daß selbst ein erfahrener Time Scout leicht in Schwierigkeiten geraten konnte.

Am nächsten Morgen wurde Kynan hinausgeführt. Er war den ganzen Tag über fort und mußte die gleiche Prozedur wie Margo über sich ergehen lassen. Als die Tür zu ihrer Zelle wieder geöffnet und Kynan hineingestoßen wurde, war er schreckensbleich. »Ist nicht gut«, sagte er in seinem gebrochenen Englisch. »Portugiesen viel Angst. Nervös. Nicht gut.«

»Nein, es ist nicht gut. Ich ...« Sie zögerte. »Ich habe Angst.«

Kynan ergriff sanft ihre Hand und streichelte sie. »Ja, Margo tapfer. Tapfere auch Angst. Ist so.«

Sie unterdrückte ein Schluchzen. »Ja, das ist es.«

Kynan lächelte sie an. »In Orléans Kynan viel Angst. Angst vor Franzosen. Angst vor Margo.«

Margo lachte, doch dann liefen ihr die Tränen übers Gesicht und sie barg ihren Kopf an Kynans Schulter. Falls sie deswegen in seinem Ansehen gesunken war, so ließ er es sie nicht spüren.

In der folgenden Nacht wurde sie wieder von Schüssen und Schreien geweckt. »Gut«, murmelte sie, und Kynan antwortete mit einem verschlafenen Grunzen. Niemand rief nach den Priestern, also hatte es keine weiteren Todesfälle gegeben. Am nächsten Tag – dem Tag, an dem sich das Tor wieder öffnen sollte – wurden sie beide hinausgeführt. Sie sollten dabeisein, wenn ihre Ankläger die Beweise für ihre Untaten verlasen. Allerdings konnten sie kein Wort verstehen, da Kit die ganze Zeit über portugiesisch sprach. Nur die angsterfüllten Mienen und die tiefschwarzen Augenringe in den Gesichtern der meisten Männer verrieten Margo, daß Kits und Malcolms Pläne Früchte trugen.

Am Nachmittag kam es zu einigen Schlägereien. Offenbar hatten die Portugiesen begonnen, sich gegenseitig der Hexerei zu verdächtigen. Kit ordnete an, daß Margo und Kynan wieder eingeschlossen wurden, während die Männer mit ihren Armbrüsten aufeinander einschlugen. Margo fragte sich, welchen Sinn Kits Anordnung hatte. Die Zeit wurde langsam knapp. Sie hatten nur noch wenige Stunden, bis sich das Tor öffnete – falls es sich öffnete.

Je länger sie warten mußten, desto nervöser wurde sie. Irgend etwas war schiefgegangen. Sie hatten sich irgendwie verraten. Sie waren enttarnt worden. Oder Kit war einfach verschwunden, und Malcolm stand allein einer abergläubischen Mörderhorde gegenüber ...

Die Sonne war bereits hinter den Drakensbergen verschwunden, als sich ihre Zellentür zum letzten Mal öffnete. Margo erhob sich langsam. Ihr Herz klopfte so heftig, als wollte es ihren Brustkorb sprengen. Auch Kynan stand auf und sah den portugiesischen Sergeanten an, der vor der offenen Tür wartete. Der Sergeant wich ihren Blicken aus und bekreuzigte sich. Malcolm stand mit ausdrucksloser Miene hinter ihm.

»Du wurdest der Hexerei für schuldig befunden, Margo Smith. Du wirst fern von Lourenco Marques auf dem Scheiterhaufen sterben. Möge Gott deiner Seele gnädig sein.«

Margo starrte ihn mit großen Augen an. Sie erkannte den Mann, der sie im alten Rom geliebt hatte, kaum wieder. Doch sie mußte sich auf ihre Rolle konzentrieren. Mit einem Aufschrei sank sie zu Boden. Ihre bühnenreife Ohnmacht war so überzeugend, daß Kynan sie mit einem erschreckten Ausruf auffing. Kit tauchte hinter Malcolm auf und sagte etwas in walisischer Sprache. Kynan antwortete nicht, sondern knurrte nur wie ein gefangener Wolf.

O Gott, dachte Margo, während ihr Herz fast schmerzhaft in ihrer Brust hämmerte, *hilf uns.*

Die Soldaten trieben sie aus der Zelle und über den Innenhof des Forts, wo die anderen Männer sich gesenkten Blickes bekreuzigten. Kynan ging mit unbewegtem Gesicht zwischen den Soldaten. Seine Hand lag beschützend an Margos Taille. Margo fühlte, wie ihr diese fürsorgliche Geste die Tränen in die Augen trieb.

Kit und Malcolm folgten ihnen und intonierten einen lateinischen Singsang. Beide hatten sich ihre Taschen über die Schulter gehängt, doch das war das einzige positive Anzeichen, das Margo entdecken konnte. Sie kamen an einem Wagen vorbei, vor den ein mageres Pferd gespannt war. Auf ihm lagen sämtliche Überreste der Gondel und der Ausrüstung. Außerdem befanden sich zwei unheilverkündende große Pfähle und ein Holzhaufen auf dem Karren. In der Nähe des Wagens standen einige Portugiesen mit langen Speeren und brennenden Fackeln. Margo taumelte ein wenig und sank weinend auf die Knie. Die Angst, daß doch noch etwas schiefgehen könnte, machte es ihr einfach, Tränen zu produzieren. Kynan half ihr wieder auf und richtete seinen starren Blick auf ihre Henker.

Weiter vorn stand das Schwein von einem Militärgouverneur mit dem Rest seiner widerlichen, ungewaschenen Helfershelfer und wartete darauf, daß sie an ihm vorbeigingen. Die Männer waren alle schwer bewaffnet. Sie trugen Schwarzpulvergewehre und gespannte Armbrüste, Schwerter, Speere und Dolche. Margo bemühte sich, den Mut nicht zu verlieren. Sie konnte sich beim besten Willen nicht vorstellen, wie Kit einer so großen Gruppe schwer bewaffneter Männer entkommen wollte.

Sie durchquerten das Dorf und liefen dann in südlicher Richtung über die Bucht. Margo erinnerte sich an diese Gegend. Kit führte sie näher an das Tor heran. Die ganze Prozession marschierte langsam und schweigend die Bucht entlang. Nur das Kreischen der Wagenräder und das Knistern der brennenden Fackeln durchbrachen die unheilverkündende Stille. Kit ging voran. Er schien etwas zu suchen. Was immer es auch war, er fand es anscheinend nicht. Margo wußte, daß sich das Tor ganz in ihrer Nähe befand, doch sie konnte die Stelle nicht exakt bestimmen.

Endlich hob Kit die Hände und sprach ein paar Worte in portugiesisch. Der Wagen wurde gleich neben ihm abgestellt. Einige Männer eilten herbei, um den Wagen zu entladen. Sie rammten die Pfähle in den Boden und schichteten das Holz rundherum zu großen Haufen auf. Kit sprach ein lateinisches Gebet und streckte seine Hände zum Himmel. Die Männer warfen auch die Überreste von Margos Ausrüstung auf die Scheiterhaufen. Langsam setzte die Dämmerung ein. Jetzt mußte es jeden Moment soweit sein ...

Wenn das Tor noch existierte.

Wenn Kit nicht vorher einfach verschwand.

Wenn, wenn, wenn ...

Margo lief der Schweiß über das Gesicht, und Malcolms Teint hatte eine ungesunde Färbung. Er zog ein Seil hervor und band es um eines ihrer Handgelenke.

»Tu so, als hätte ich dir die Hände hinter dem Pfahl gefesselt, wenn du oben bist«, flüsterte er.

Margo schrie und wehrte sich. Er ergriff sie und trug sie auf den Scheiterhaufen. Oben angekommen stieß er sie an den Pfahl. Margo fiel um Gnade bettelnd auf die Knie und küßte seine Robe. Er rief etwas auf portugiesisch und zerrte sie wieder auf die Füße. Dann drückte er sie mit dem Rücken gegen den Pfahl und zog ihre Arme nach hinten. Schließlich legte er das Seil über ihre andere Hand, ohne es zu verknoten. Margo mußte lediglich loslassen, um freizukommen. Sie warf sich an dem Pfahl hin und her, als wäre sie tatsächlich fest angebunden, und schluchzte erbärmlich.

Kit führte Kynan auf den anderen Scheiterhaufen. Margo konnte sehen, daß er dabei genauso vorging wie Malcolm. Kynan war kreidebleich. Er hielt den Kopf hoch erhoben und sagte mit lauter Stimme etwas in seiner Muttersprache. Möglicherweise stieß er Verwünschungen gegen ihre Peiniger aus, oder er betete zu Gott, daß ihre Flucht gelingen möge.

Kit stieg von dem Scheiterhaufen herab und streckte die Hände zum Himmel. Mit einem Kreuz in der einen Hand begann er ein endlos scheinendes lateinisches Gebet zu sprechen. Der Schweiß lief ihm über das Gesicht und tropfte von seinem Kinn herab. Malcolm blickte derweil immer wieder in die Richtung, in der Margo das Tor vermutete.

Nichts geschah.

Die Sonne ging endgültig jenseits der Drakensberge unter, und das laute Meeresrauschen schmerzte in Margos Ohren. Sie konnte die schrillen Schreie der Seevögel über sich hören. *Es öffnet sich nicht, oh Gott, es öffnet sich nicht …* Unter ihr am Strand fiel Kit auf seine Knie und senkte den Kopf. Malcolm folgte seinem Beispiel, woraufhin auch die anderen Männer demütig auf die Knie sanken. Die Fackeln knisterten im schwindenden Tageslicht. Noch immer öffnete das Tor sich nicht. Kit würde das Theater nicht mehr lange fortsetzen können. Der Gouverneur starrte ihn bereits ungeduldig an. Immer wieder richtete er seinen Blick auf die noch immer nicht entzündeten Scheiterhaufen. Die ersten Sterne leuchteten am Himmel auf.

Dann begannen Margos Schädelknochen zu vibrieren.

Sie unterbrach ihr Schluchzen.

Und stieß einen ohrenbetäubenden Schrei aus.

Malcolm hätte weinen können vor Erleichterung, als die ersten Vibrationen fühlbar wurden. Dann hörte er Margo schreien. Erschreckt wirbelte er herum und starrte sie an. Selbst Kit zuckte sichtlich zusammen.

»HÖRT MICH AN!« brüllte Margo. »ICH RUFE DIE MÄCHTE DER FINSTERNIS!«

Malcolm streckte ihr sein Kruzifix entgegen, und der Soldat, der ein paar Brocken Englisch beherrschte, rief seinen Leuten zu, daß die Hexe den höllischen Herrscher herbeiriefe.

Kit entriß einem staunenden Bauern seine Fackel und lief zu dem Scheiterhaufen. »Günstling der Hölle«, rief er gebieterisch. »Im Namen Jesu Christi befehle ich dir zu schweigen.«

Margo beschimpfte ihn nur. Voller Pathos stieß sie üble Verwünschungen aus. »Du wirst einen grauenhaften Tod sterben, wenn du diese Fackel in den Scheiterhaufen wirfst, Pfaffe. Ich rufe Beelzebub. Ich rufe Satan, Luzifer, St. Nick …«

St. Nick?

Malcolm konnte sehen, daß Kit fast die Fassung verloren hätte. Mit einer beachtenswerten Leistung gelang es ihm, das drohende Gelächter in einen kräftigen Husten und einen gepeinigten Schrei umzuwandeln. Er fiel keuchend auf die Knie und griff sich an die Brust, als erzielten ihre Flüche tatsächlich Wirkung. Vor Malcolms geistigem Auge zogen erschreckende Bilder vorbei, die geeignet waren, auch seine Neigung zum Lachen zu ersticken.

Und Margo schrie noch immer.

Die Soldaten, die ihr am nächsten standen, verfluchten sie und richteten ihre Armbrüste auf sie. *O Scheiße ...*

Malcolm stellte sich den Soldaten in den Weg. »Nein. Ihr dürft Gottes Werk nicht stören!«

»Aber, Pater ...«, schrie einer von ihnen mit aschfahlem Gesicht.

Die Vibration des Tores war inzwischen so stark, daß viele der Männer ihre Waffen abgelegt hatten. Sie preßten ihre Hände an die Ohren, während ihre Augen voller Panik die Gegend nach allen möglichen Dämonen absuchten. Malcolm ging mit erhobenem Kruzifix auf den Scheiterhaufen zu. Kit übertraf sich selbst. Er krümmte sich am Boden, kam schwer hustend auf die Knie und streckte Margo sein Kruzifix entgegen.

Mit vor Entsetzen bebender Stimme rief er: »Im Namen Jesu Christi befehle ich dir, Satan, weiche von uns. Gott wird uns schützen!«

»Satan wird deine Eingeweide zum Frühstück verspeisen«, konterte Margo lauthals.

Einer der verängstigten Bauern wimmerte kläglich – und schleuderte seine Fackel direkt in den Scheiterhaufen. Das trockene Holz fing auf der Stelle Feuer. Margo schrie; dann verwünschte sie den Farmer: »St. Nick soll deine Därme zu Wurst verarbeiten.«

Kit, noch immer nicht am Ende seiner Schauspielkunst, kam zitternd auf die Beine und streckte beide Hände gen Himmel. Er zitterte so heftig, daß sogar Malcolm fast erwartete, er werde gleich wieder zusammenbrechen. »Jesu Christo! Öffne die Tore der Hölle und schicke diese Günstlinge des Teufels in ihren Tod und die ewige Verdammnis!«

Dann schleuderte auch er seine Fackel wie einen Speer – direkt in den Ursprung der Vibration hinein.

Fünfundzwanzig Meter entfernt zerriß ein Flimmern die Struktur der Realität an der Delagoabai, und die Fackel flog zielgenau hinein. Jemand hinter Malcolm begann zu schreien, und ein anderer Mann rief die Jungfrau Maria um Hilfe an. Ein dritter schluchzte laut auf. Die Hälfte der Portugiesen flüchtete voller Angst in Richtung Lourenco Marques. Das Tor war nun ganz geöffnet und pulsierte in dem beängstigenden Rhythmus instabiler Tore.

»NOW!« schrie Kit.

Margo sprang über die brennenden Holzscheite den Scheiterhaufen hinab. Kynan Rhys Gower folgte mit einem wilden Schrei. Malcolm nahm eine verschwommene Bewegung wahr ...

Der Riese von Hufschmied hatte seine Waffe auf Margos Rücken gerichtet.

Malcolm stürzte sich auf ihn und drückte den Lauf des Gewehres gerade in dem Augenblick nach oben, als sich der Schuß löste. Der Schmied tobte, und Malcolm beeilte sich, seiner Reichweite zu entkommen ... dann hörte er, wie ein Arkebuse abgefeuert wurde.

Er sah zu Kit. »Kit! Lauf!«

Doch der Time Scout bückte sich nach dem Feuer und nahm etwas heraus. Dann wirbelte er herum und schleuderte einem bleichen Soldaten ein schweres Holzscheit in die Seite, als der gerade im Begriff war zu schießen. Keinen halben Meter von Margos Füßen entfernt bohrte sich die Kugel in den Sand, ohne irgendwelchen Schaden anzurichten. Der Soldat knurrte wütend und griff Kit an. Kit schleuderte ihn zu Boden. Der Mann schrie, und Malcolm konnte das Aufblitzen eines Dolches im Feuerschein erkennen. *Was braucht es mehr als ein bißchen Aikido und einen Dolch, um sich den ganzen Tag zu versauen ...*

Jemand zielte mit einer Armbrust auf Kits Rücken.

Malcolm segelte förmlich durch die Luft, und die Wucht

seines Tritts riß den Mann von den Füßen. Malcolm wartete nicht, sondern lief ohne Pause weiter zum Tor.

»Kit«, schrie er. »Es löst sich auf!«

Margo erreichte das Tor zuerst, doch es schrumpfte bis auf einen winzigen Punkt zusammen. Sie schluchzte und sagte etwas, das Malcolm nicht verstehen konnte. Kynan erreichte ebenfalls das Tor und blieb neben Margo stehen. Das Tor dehnte sich wieder aus. Kynan sah sich um und schrie. Malcolm warf einen Blick zurück. Hinter ihnen hatte Amaro seine Armbrust auf Margo gerichtet. Malcolm konnte nichts tun, und Kit stand zu weit entfernt …

Kynan schrie auf und warf sich direkt in die Schußbahn. Der Waliser versetzte Margo einen heftigen Stoß. Sie ging zu Boden und war außer Gefahr. Die Sehne löste sich mit einem häßlichen Geräusch. Kynan stieß einen entsetzlichen Schmerzensschrei aus und brach zusammen. Ein daumendicker stählerner Pfeil hatte sich durch seinen Körper gebohrt, anstatt Margos Brust zu durchschlagen.

Margo krabbelte schluchzend zu ihrem Lebensretter und versuchte, die Blutung mit bloßen Händen zu stoppen. Endlich erreichte Malcolm das Tor. »Geh«, rief er und stieß sie einfach hindurch. Mit einem heiseren Aufschrei landete sie in Phil Jones' Lagerraum. Malcolm schleppte den verletzten Waliser in einem Rettungsgriff zum Tor. Kynan stöhnte auf und verlor das Bewußtsein. Mit seiner schweren Last stolperte Malcolm durch das Tor. Dann ließ er den Verletzten auf den Boden gleiten. Margo heulte auf vor Schmerz und kämpfte sich unter dem Mann hervor. Malcolm hatte sich schon wieder dem Tor zugewandt. »Kit!«

Kit lief auf das Tor zu.

Keuchend überbrückte er die letzten Meter im Sprung. Gerade als das Tor mit einem dröhnenden Geräusch zusammenschrumpfte, kam er hereingeflogen. Er prallte direkt vor Malcolms Brust. Malcolm stürzte auf den kalten Steinboden. Kit hielt sich fluchend den Arm. Etwas knisterte. Erst jetzt bemerkte Malcolm den Geruch von Feuer und den dichten Qualm in dem Lagerraum. Einer von Phil Jones' Totempfählen hatte Feuer gefangen. In einem anderen steckte ein Pfeil aus einer Armbrust, an dem noch Kynans Blut klebte.

Über ihnen verschwand das Tor in der Wand, als hätte es niemals existiert.

20.
KAPITEL

Im nächsten Augenblick trat die automatische Feuerschutzanlage in Aktion, und der Raum füllte sich mit Halon.

»Raus hier!« schrie Kit.

Malcolm half ihm, Kynan in Phil Jones' Büro zu schleppen. Margo rief telefonisch einen Rettungswagen herbei, dann befaßte sie sich handgreiflich mit Phil Jones, der sich ihnen in den Weg gestellt hatte und herumjammerte, daß sie seine Einrichtung ebenso wie sein Geschäft und sein Leben ruiniert hätten. Das Geschrei wollte kein Ende nehmen, also stieß Margo ihn über den Flur in seinen Laden. Malcolm konnte gerade noch sehen, wie sie breitbeinig über ihm stand.

Kit entfernte Kynans Hemd und versuchte, die Blutung so gut wie möglich durch direkten Druck zu mindern. Malcolm nahm seinen Wollumhang ab und schnitt behelfsmäßige Kompressen aus dem dicken Stoff. »Hier ...«

Mit Hilfe der Kompressen konnten sie den Druck auf die Wunde verstärken. Kynan stöhnte, seine Lider flatterten. Dann öffnete er die Augen und richtete seinen verschwommenen Blick auf Kit.

»Mein Lord ... Ich ... sterbe ...« Seine Hand schloß sich mit schwachem Griff um Kits Arm.

»Nein«, widersprach Kit barsch. »Du wirst nicht sterben, Kynan Rhys Gower. Ich gestatte es nicht.«

»Aye«, keuchte Kynan und schloß entkräftet die Augen. »Mein Leben ... gehört ... Euch ...«

Kit hatte genau die richtigen Worte benutzt. Vielleicht – nur vielleicht – würde Kynans abergläubisches Vertrauen auf die magischen Kräfte seines Herrn ihn am Leben erhalten. Wenigstens so lange, bis die Ambulanz eintraf ... Das Heulen der Krankenwagensirene war neben dem untertönigen Summen des Tores im abendlichen Afrika das schönste

Geräusch seit vielen Wochen. Rachel Eisenstein betrat mit einem weiteren Notarzt das Büro.

»Ein Armbrustpfeil«, erklärte Kit.

Rachel legte dem Verwundeten einen Druckverband an und verabreichte ihm eine Spritze, um seinen Kreislauf zu stabilisieren. »Bereitet eine Notoperation vor. Brustkorbverletzung«, bellte sie in das Mikrofon ihres Funkgeräts. »Sieht wirklich böse aus.«

»Roger.«

Vorsichtig hoben sie Kynan auf eine Trage und brachten ihn im Laufschritt zum Krankenwagen. In dem verrauchten Büro herrschte plötzlich eine unangenehme Stille. Kit rieb sich mit der Rückseite seiner blutverschmierten Hand über die Augenbrauen. Malcolm lehnte sich erschöpft an Phil Jones' Schreibtisch und hielt sich die schmerzenden Rippen, die noch unter Kits hartem Aufprall litten. Für kurze Zeit sagte keiner ein Wort.

Dann sah Kit Malcolm an. »Malcolm ...«

Malcolm sah auf. Ein selten böser Blick aus Kits Augen trieb ihm den Angstschweiß auf die Stirn. Er konnte ein Zusammenzucken nicht vermeiden. *Na ja, du wußtest ja, daß das noch kommt.*

»Also gut«, sagte Kit leise. »Dann laß mal hören!«

»Was soll ich dir erzählen? Du kannst dir gar nicht vorstellen, wie leid mir das alles tut. Das Vertrauen eines Freundes zu brechen ... Nun ja, ich bin Brite. Aber ganz egal, ich kann dir keine Entschuldigung liefern, Kit, also werde ich es auch gar nicht versuchen. Aber so blöd es klingt, ich habe geglaubt, sie wäre neunzehn, nicht siebzehn ... und verdammt, dein starrköpfiges kleines Gör hat etwas in mir ausgelöst ...«

Kit schnaubte wütend.

Malcolm lehnte sich mit einem leichten Zucken aufrecht gegen den Schreibtisch. »Sie leidet furchtbar, Kit. Ganz entsetzlich. Wenn ich jemals herausfinde, wer dafür verantwortlich ist, dann bringe ich ihn möglicherweise tatsächlich um. Aber im Innersten ist sie ein wunderbares Wesen, und sie versucht, sich gegen ihren Schmerz durchzusetzen. Das ist mir immer wieder aufgefallen. Zuerst in London, dann in Brighton. Und in Rom ...« Er fluchte leise. »Wir waren beide nicht ganz nüchtern, die Hilarien waren in vollem Gange. Margo hat sich ganz phantastisch verhalten, und ich war so stolz auf sie, und dann ...«

»Stop«, sagte Kit mit erhobener Hand. »Bitte.«

Malcolm schwieg einen Augenblick. Dann fuhr er fort: »Das ist natürlich keine Entschuldigung, aber nichts von all dem lag in meiner Absicht. Es tut mir wirklich furchtbar leid, Kit. Ich kann zwar an meinen Gefühlen für Margo nichts ändern, aber ich bereue zutiefst, in welcher Form sich das alles abgespielt hat. Ich bin im Grunde der Auslöser für diesen ganzen Mist. Vielleicht entschädigt dich der Gedanke ein bißchen, daß ich neun Tage durch die Hölle gegangen bin, weil ich dachte, sie sei tot, und zwar durch meine Schuld.« Er suchte nach Worten, doch ihm fiel nichts mehr ein außer: »Es tut mir wirklich leid, Kit.«

»Mir auch«, seufzte sein ehemaliger Freund.

»Ich ... ich werde auf eine andere Station gehen. Ich schätze, es ist besser, wenn ich dir aus dem Weg gehe ...«

»Malcolm.«

Malcolm schwieg und bereitete sich auf den bevorstehenden Wutausbruch vor.

»Ich sollte dir das Genick brechen, das weißt du. Ich bin geneigt, dir das *Neo-Edo* aufzuhalsen. Das dürfte eine gerechte Strafe für dein Verbrechen sein. Du hast es wirklich verdient, dich mit diesem Scheiß herumzuschlagen. Papierkram, Gewerbeaufsicht, Rechnungsprüfung ...«

Malcolm zuckte erneut zusammen.

»Aber ...«, fuhr Kit mit einem erschreckend matten Lächeln fort. »Wenigstens hatte sie genug Verstand, dich zu wählen.«

Malcolm wußte nicht, was er sagen sollte.

»Es hätte ja auch Skeeter Jackson sein können.«

Malcolm fand seine Stimme wieder, und das, was er sagte,

versetzte sie beide in Erstaunen. Kit starrte ihn verwundert an. »Wo hast du denn diese Gossensprache her?«

Malcolm lächelte schwach. »Ob du es glaubst oder nicht, das habe ich von einem prätorianischen Wachposten gehört, als Caligula ermordet wurde.«

»Wirklich? Irgendwann mußt du mir einmal alles über diesen Tag erzählen.«

Malcolms Augen schienen einen Punkt weit jenseits von Phil Jones' schäbigem Büro zu fixieren. »Vielleicht. Ich bin nicht sicher, ob ich überhaupt jemals die ganze Geschichte erzählen möchte.«

Kit räusperte sich. »Ja, das Gefühl kenne ich«, murmelte er. Er wischte sich die blutigen Hände an seinem zerrissenen Jesuitenmantel ab, räusperte sich erneut und streckte Malcolm die Hand entgegen. »Ich kann es mir nicht leisten, Freunde zu verlieren, so viele habe ich davon nicht.«

Malcolm zögerte einen Augenblick, dann schlug er ein. »Ich werde das irgendwie wieder in Ordnung bringen, Kit.«

Der pensionierte Time Scout grinste. »Und wie du das wirst. Und falls sie schwanger ist ...« Er sparte sich weitere Worte.

Malcolm ächzte.

Die Bürotür öffnete sich. Margo trat in den Raum und starrte auf die beiden Männer herab. Sie war kaum wiederzuerkennen in ihrem groben portugiesischen Hemd. Gesicht und Hände waren mit Schlamm und Blut verschmiert, und in ihren Augen lag ein harter Schimmer, der von den grausamen Erlebnissen der jüngsten Vergangenheit zeugte.

»Euch ist anscheinend nicht allzuviel passiert«, sagte sie leise. »Gut. Denn es ist alles meine Schuld. Auch die Sache mit Rom, zumindest überwiegend.« Malcolm wußte nicht, was er sagen sollte. Kit schien es ähnlich zu gehen. »Ich habe euch beide wirklich nicht verdient. Aber ich denke, ich habe meine Lektion gelernt. Zum Teufel, ich habe in den letzten sieben Wochen mehr gelernt als in den siebzehn Jahren davor. Ich habe wirklich alles vermasselt. Ihr hattet alle recht. Nur ich habe das nicht erkannt. Es tut mir so verdammt leid. Fast wären wir alle durch meine Schuld umgekommen. Vielleicht sollte ich mich für den Rest meines Lebens in Minnesota verstecken …«

Sie konnte nicht mehr weitersprechen.

Oh-oh. Eine kleine Aufheiterung könnte nicht schaden …

»Weißt du«, sagte Malcolm ohne jeden Zusammenhang, »es gibt da etwas, das du wissen solltest, ehe du wieder Time Scout spielst.«

Sie kämpfte gegen die Tränen an und fragte mit entsetzlich trauriger Stimme: »Was?«

»Nun ja …« Er blinzelte Kit zu. »Es gibt einen bedeutenden Unterschied zwischen Old Nick und Saint Nick.«

Sie starrte ihn total verdutzt an und vergaß dabei völlig zu weinen. »Old Nick? Saint Nick? Wovon sprichst du?«

Malcolm und Kit sahen sich vielsagend an. Kits Lippen zuckten. Dann bildeten sich kleine Fältchen um seine Augen, und er konnte sich nicht mehr länger zurückhalten – er brach in schallendes Gelächter aus. Malcolm grinste. Margo erinnerte plötzlich wieder an eine irische Straßenkatze, während sie von einem zum anderen blickte, als hätten beide Männer soeben ihren Verstand verloren.

»Was ist denn so lustig?« erkundigte sie sich.

Kit rollte brüllend vor Lachen über den Boden.

Malcolm hielt sich die Augen zu. »Du hast den Zorn des heiligen Nikolaus beschworen …«

Margo öffnete tonlos den Mund. Dann kicherte sie. »Habe ich wirklich?«

»O Margo«, keuchte Kit. »Und wie du hast, Kleines.«

Malcolm kämpfte noch immer mit den Tränen. »Das war unbezahlbar. Ich habe es regelrecht vor mir gesehen: Der Himmel reißt auf, und eine Horde rachsüchtiger Rentiere zieht mit achtfacher Schallgeschwindigkeit einen Schlitten zur Erde hinab, während der gute alte Nikolaus mit Weihnachtspaketen um sich wirft …«

Kit brach erneut in Gelächter aus. Margo grinste nur. Sie

nahm die Hänseleien erstaunlich humorvoll auf. Doch dann wurde sie plötzlich wieder sehr ernst.

Kit setzte sich erschrocken auf. »Was ist? O Scheiße ... Du bist verletzt, und wir haben nichts Besseres zu tun, als uns halb totzulachen ...«

»Nein ... Nein, es ist nur ... wegen Kynan.« Sie kniete sich neben Kit nieder. »Warum hat er das getan? Warum hat er sein Leben für meines riskiert?«

Kit strich ihr sanft über die blaugeschlagene Wange. »Er hat mir Treue gelobt. Aus seiner Sicht war ich sein Lehnsherr. Als du in Gefahr warst, hat er sein Gelöbnis auch auf dich bezogen. Du warst gewissermaßen die Lehnsherrin. Für ihn war es eine heilige Pflicht, sein Leben für dich zu lassen.«

»Ich verstehe ... ich ...« Sie wischte sich die Tränen aus dem Gesicht und legte die Stirn in Falten. »Tut mir leid, ich wollte nicht rührselig sein. Wird er durchkommen?«

Kit lächelte. »Ich glaube, du hast dir den einen oder anderen rührseligen Moment redlich verdient. Was Kynan angeht: Rachel haßt es, Patienten zu verlieren. Ich kann mir nicht vorstellen, daß sie ihm erlaubt zu sterben.« Er zerrte eine angesengte Tasche aus der Zimmerecke. »Ich habe übrigens dein ATLS und dein Logbuch vor den Flammen gerettet.«

Sie öffnete die Tasche und entnahm ihr das ATLS, das Logbuch und eine zusammengefaltete Karte.

»Was ist das?« fragte Malcolm neugierig.

»Das ist die Karte, die Goldie mir gegeben hat.« Sie reichte Kit die Karte. »Ich will sie nicht haben.«

Kit nahm sie wortlos entgegen und verstaute sie in seiner eigenen Tasche. »Wo wir gerade von Goldie sprechen ... Ich glaube, wir sollten uns dringend mit diesem habgierigen alten Geldhai unterhalten.«

»Wem sagst du das? Ihretwegen hätten wir alle tot sein können.«

Kit sah Margo tadelnd an.

»Na gut, okay, wir wären meinetwegen fast umgekommen. Aber sie wußte, daß ich für diese Sache absolut nicht qualifiziert war.«

»Das Schlimmste dabei ist, daß ihr Plan funktionieren wird«, sagte Malcolm verärgert. »Dabei hätte sie es verdient, ihr letztes Hemd zu verlieren.«

Margo schniefte. »Nachdem ich soviel Mühe hatte, den Platz zu finden, den sie auf der Karte markiert hat, wäre ich glatt sauer, wenn ihr Plan nicht aufgehen würde. Wenn ich mir vorstelle, wir hätten soviel durchgemacht und dazu noch Koot verloren, nur damit sich am Ende herausstellt, daß ich auch das vermasselt habe und die Diamanten am falschen Ort liegen ...«

»Du hattest Mühe, den Platz zu finden?«

Malcolm kannte diesen Tonfall. Kit war plötzlich sehr neugierig. »Wo lag das Problem?«

Margo wischte sich über die Nase. »Die Karten stimmten nicht überein. Jedenfalls nicht genau.« Sie nahm ihr Logbuch aus der Tasche und ließ sich eine Datei auf dem Display anzeigen. »Das ist die Aufnahme, die ich von der Stelle gemacht habe, wo wir das Zeug vergraben haben. Ich habe Goldies Karte gescannt und die Daten verglichen, aber sie haben nicht gepaßt. Ich glaube aber, daß ich die richtige Stelle gefunden habe.«

Kit studierte die geographischen Daten eingehend. Dann verzog er sein Gesicht zu einem breiten Grinsen.

»Was ist?«

»Margo, mit deiner Hilfe wird es mir gelingen, Goldie für alles, was sie mir jemals angetan hat, bluten zu lassen. Malcolm, sieh dir das an.«

Malcolm sah Kit über die Schulter. Dann begann auch er zu grinsen.

»Was ist denn nun?«

»Der Flußlauf hat sich verändert.«

»Und?«

Malcolm erklärte es ihr geduldig. »Schau. Hier und hier und hier. Siehst du das? Er hat sich an dieser Stelle um fast hundert Meter verschoben und da um gute fünfzig ...«

Margo runzelte die Stirn. Dann begriff sie, und ihre Augen wurden plötzlich sehr groß. »Ihr meint …« Sie fing an zu lachen.

Kit grinste. »Genau. Verdammt, das ist besser als sie beim Pool zu schlagen.« Er stand auf und reichte Margo die Hand, um ihr auf die Beine zu helfen. »So, junge Dame. Du wirst dich nun sofort zur Krankenstation begeben. Goldie kannst du mir überlassen.«

Malcolm rieb sich im Geist bereits erwartungsvoll die Hände.

Er konnte es kaum mehr erwarten.

EPILOG

Goldie Morran betrat das *Down Time* und ließ sich auf einen Stuhl sinken. Kit und Malcolm erhoben sich von ihrem Tisch und gesellten sich zu ihr.

»Was gibt's denn, Goldie?« fragte Kit.

Goldie schniefte in selbstherrlicher Trauer. »Deine idiotische Enkelin. Sie hat die Diamanten am falschen Ort vergraben.«

»So?« fragte Malcolm mit Unschuldmiene.

»Wir haben in einem Umkreis von fünfzig Metern alles umgegraben. Nichts. Nicht der kleinste Stein. Der Blödmann aus der Realzeit hat natürlich sein Kaufangebot zurückgezogen. Ich kann wirklich kaum glauben, daß wir soviel durchmachen mußten und absolut nichts dabei herauskommt. Weiß Gott, wo sie die verdammten Klunker verbuddelt hat.«

Kit wußte dank eigener Nachforschungen, daß Goldie ausnahmsweise einmal die reine Wahrheit erzählte.

Malcolm mischte sich ein. »Es ist – wie lange – vierhundertfünzig Jahre her, daß Margo die Steine vergraben hat. Da kann alles mögliche passiert sein. Sie könnten bei Hochwasser einfach fortgespült worden sein. Oder irgend jemand hat sie bereits gefunden und in aller Stille verkauft. Wer weiß das schon? Es war wirklich eine großartige Idee, Goldie. Zu schade, daß es nicht geklappt hat.«

»Ja«, entgegnete sie wütend. »Wirklich zu schade. Zum Teufel mit der Kleinen ...«

Kit bestellte ihr zum Trost einen Drink, den sie todunglücklich schlürfte.

»Wieviel hat dich die Sache gekostet?« fragte Kit sanft.

»Zehntausend Dollar. Ich habe die ganze sinnlose Expedition finanziert, ganz zu schweigen von dem wertlosen Grundstück in Afrika. Da unten gibt es so viele Tsetsefliegen, daß man das Land nicht einmal als Weideland verwenden kann.«

»Ich fühle mich richtig mies bei der Sache«, sagte Kit mit gespielter Aufrichtigkeit. »Immerhin habe ich Margo trainiert, damit ist ihr Fehler auch mein Fehler.«

Goldie schniefte wieder herzerweichend. »Du warst immer schon viel zu lieb für diese Welt, Kit. Trotzdem danke. Aber davon bekomme ich mein Geld auch nicht wieder.«

»Ich mache dir einen Vorschlag. Ich möchte, daß Margo aus dieser Sache etwas lernt. Was hältst du davon, wenn ich dafür sorge, daß sie dir das Geld ersetzt?«

»Margo soll mir das Geld ersetzen? Aber warum?«

»Damit sie endlich begreift, daß sie sich mehr anstrengen muß.«

Wieder schniefte Goldie, doch ihre Augen hatten zu leuchten begonnen. »Und wie hast du dir das vorgestellt?«

Hab' ich dich! »Margo wird die nächsten acht Jahre im College verbringen. Sie war einverstanden, alle Ausbildungskosten zurückzuzahlen, wenn sie erst einmal ein Time Scout ist. Ich wäre bereit, ihre Rechnung um weitere zehntausend Dollar zu erhöhen. Also: Was hältst du davon, wenn ich das Land kaufe? Margo darf dann so lange in jeden Ferien dorthin fahren, bis sie begriffen hat, wie man eine Landkarte liest.«

Goldie zögerte. Sie traute dem Frieden nicht. »Ich weiß nicht, Kit. Das ist eine verdammt teure Unterrichtsmethode.«

»Nicht so teuer wie das Leben meiner Enkelin«, knurrte Kit. »Und sie war bereits nahe genug daran, es zu verlieren.«

»Und Kits und meines noch dazu«, bemerkte Malcolm. »Kynan wäre fast unter Rachels Messer gestorben, und Koot van Beek ist bereits tot.«

Goldie wechselte schnell das Thema. »Was deinen Vorschlag angeht ... War das dein Ernst?«

»Absolut«, murmelte Kit düster. »Margo wird keinen Fuß mehr durch irgendein Tor setzen, ehe sie nicht jede Lektion gelernt hat, die ich ihr abverlange. Geographische Kenntnisse sind besonders wichtig. Wenn sie ihre Sache besser gemacht hätte, dann wäre Koot van Beek vielleicht noch am Leben.«

Goldie leerte ihr Glas. »Na gut. Ich bin bereit, dir zu helfen. Laß uns in mein Büro gehen, da habe ich die Papiere.«

Malcolm – Gott segne ihn – begleitete sie mit völlig unbewegter Miene.

Goldie konnte den Verkauf gar nicht schnell genug abwikkeln. Kit veranlaßte telefonisch, daß zehntausend Dollar von seinem Konto auf Goldies überwiesen wurden, während Malcolm seine Unterschrift als Zeuge unter den Vertrag setzte. »Goldie«, sagte Kit und küßte ihr formvollendet die Hand. »Du hast dir soeben die unendliche Dankbarkeit eines Großvaters verdient.«

»Keine Ursache. Junge Leute müssen eben eine Menge lernen.« Goldies Gesicht hatte wieder Farbe angenommen. Niemand konnte sich über ein einträgliches Geschäft mehr freuen als Goldie Morran.

Mit Ausnahme von Kit Carson.

Zwei Wochen später fand Malcolm auf seinem Computer eine Benachrichtigung vor, wonach beim Zoll ein Päckchen für ihn lag. Auf dem Zollamt mußte er den Erhalt einer versiegelten Sendung aus der Realzeit quittieren, deren Absender in Margos Handschrift geschrieben war. Dabei sah er, daß auch ein Päckchen für Kit auf seine Abholung wartete.

Grinsend machte er sich auf den Weg zum *Neo-Edo.*

»Ist Kit da?«

»Ja«, antwortete Jimmy. »Voll im Papierkrieg. Soll ich ihn rufen?«

»Nee. Ich werde ihn überraschen.«

Jimmy grinste. »Kein Problem. Er wird sich auf alles einlassen, wenn er nur dem Papierkram entgehen kann.«

Malcolm lachte. »Kann man ihm ja nicht verdenken.«

»Nein, wirklich nicht.«

Malcolm klopfte an die Tür zu Kits Büro.

»Herein, es ist offen.« rief Kit mit erleichterter Stimme.

Malcolm schob die Tür zur Seite und zog sich die Schuhe aus. Dann zeigte er Kit das Päckchen. »Post von Margo. Für dich liegt auch eines am Zoll.«

Kit kam hinter seinem Schreibtisch hervorgeschossen. »Mach es auf!«

Malcolm brach das Siegel und entfernte den Karton. Darin befand sich eine kleine Metallkassette, die er vorsichtig öffnete. Als der Deckel entfernt war, lag ein glitzernder Rohdiamant vor ihnen, fast so groß wie Malcolms Daumennagel.

»Sie hat es geschafft«, jubelte Kit.

Malcolm hielt den Stein gegen das Licht und pfiff leise durch die Zähne. Ja, sie hatte es wirklich geschafft. »Das«, seufzte Malcolm, »ist wirklich wunderbar.« Und falls sich ihre Beziehung in den nächsten Monaten nicht änderte, könnte er den Stein vielleicht als Ring fassen lassen ...

Manchmal geschahen eben doch noch Zeichen und Wunder. Und ihr Abschied hatte sie schließlich beide bis ins Innerste erschüttert. Vielleicht bedeutete Margo tatsächlich das Ende seiner anhaltenden Pechsträhne, wer konnte das wissen?

Auf jeden Fall wäre das einmal etwas anderes.

»Ich glaube«, bemerkte Malcolm grinsend, »das schreit nach einer Feier.«

Kit holte eine Flasche Champagner aus seiner Hausbar und schenkte zwei Gläser ein. »Wie wäre es mit einem Toast?«

Malcolm wartete neugierig.

Kit erhob sein Glas. »Auf die verdammt besten Time Scouts im La-La-Land, Partner.« Dann schob er ein Dokument über den Tisch, mit dem Malcolm und Margo jeweils zu einem Drittel an dem Grundstück in Afrika beteiligt wurden. Malcolm starrte ihn mit offenem Mund an.

»Das hast du dir verdient. Wir alle haben es uns verdient. Ich hoffe es stört dich nicht, wenn wir Kynan Rhys Gower aus unseren ersten Profiten auszahlen?«

Malcolms Augen wurden spürbar feucht. »Hört, hört.

Klingt nach einem Geschäft, das man gerne jeden Tag abschließen würde.« Sie prosteten einander zu, und ihre Gläser berührten sich mit einem wohlklingenden Geräusch.

»So, Partner«, sagte Kit grinsend. »Wie war das nun mit der Geschichte von Caligulas Ermordung und Claudius' Aufstieg zum Kaiser von Rom?«

»O nein«, widersprach Malcolm lachend. »Erst will ich wissen, was wirklich passiert ist, als du die ganze Nacht unter dem Bett von Königin Victoria verbracht hast.«

Kit grinste. »Ich würde doch niemals eine Dame kompromittieren. Du zuerst.«

Malcolm kicherte. Kein Mensch konnte einen anderen so leicht übers Ohr hauen und aus der Fassung bringen wie ein Time Scout. Im La-La-Land war wieder Normalität eingekehrt. Malcolm ließ sich bequem in einen Sessel sinken und erzählte Kit die unglaublichste Geschichte, die er sich zu diesem Tag vor fünf Jahren – zweitausend Jahre in der Vergangenheit – zurechtspinnen konnte. Während dessen legte er in Gedanken ein stilles Gelübde ab.

Wenn Margo es riskieren wollte, dann würde er es auch tun. *Malcolm Moore und Margo Smith, Time Scouts ...*

Klang doch nett.

ENDE

Band 23 157

Robert Asprin

Die Käfer-Kriege

Deutsche Erstveröffentlichung

Irgendwo in den Tiefen der Galaxis tobt ein bizarrer Krieg. Reptilien und Insektoiden ringen um die Vorherrschaft im All. Der Mensch ist längst vergessen, wenn Commander Rahm aus dem Volk der Tzen vom Käfer-Krieg berichtet. Aber je länger der Commander seine unglaubliche Geschichte erzählt, desto deutlicher wird, daß auch die Tzen an den gleichen Schwächen zugrunde gehen wie einst die Menschen – Fremdenhaß, Machtgier, Lüge und Verrat.

ROBERT ASPRIN gehört zu den beliebtesten Autoren von Fantasy und Science Fiction. Mit seiner humorvollen ›Dämonen‹-Serie hat er sich ein Millionenpublikum erschrieben. Nun endlich liegt mit *Die Käfer-Kriege* auch einer seiner wichtigsten SF-Romane wieder auf deutsch vor.

BASTEI LÜBBE

Sie erhalten diesen Band im Buchhandel, bei Ihrem Zeitschriftenhändler sowie im Bahnhofsbuchhandel.

Band 23 114

Robert Asprin

Die Chaos-Kompanie

Deutsche Erstveröffentlichung

Sie sind die verrücktesten Soldaten des Universums, und sie bekommen den Commander, den sie verdient haben: Willard Narrisch, seines Zeichens Multimillionär und Abenteurer, wurde auf den abgelegenen Planeten Haskin versetzt, weil seine Querschläger so manchen Auftrag vermasselt haben. Zusammen mit seinem seltsamen Butler soll er die mißliebige Kompanie auf Vordermann bringen – und sich aus allen Angelegenheiten der Space Legion heraushalten. Doch leider haben sich ein paar Aliens gerade seinen Planeten als Ziel ihrer Invasion ausgesucht – und die Chaos-Kompanie wird zur letzten Hoffnung der Menschheit.

BASTEI LÜBBE

Sie erhalten diesen Band im Buchhandel, bei Ihrem Zeitschriftenhändler sowie im Bahnhofsbuchhandel.

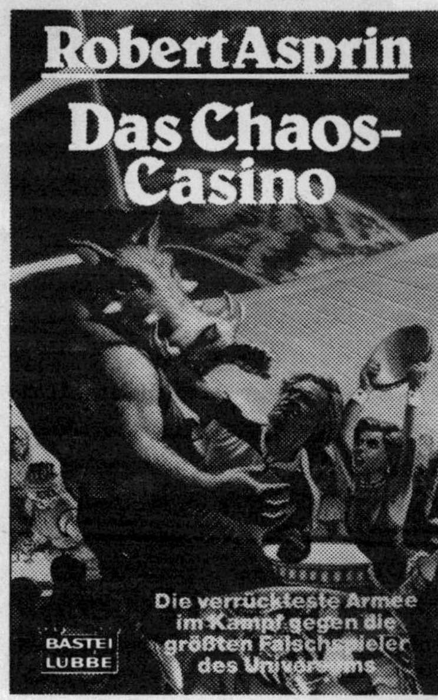

Band 23 132

Robert Asprin

Das Chaos-Casino

Deutsche Erstveröffentlichung

Die verrückteste Kompanie des Universums vor einer schlichtweg aberwitzigen Mission: Ausgerechnet diese Armee der Verlierer soll die heißeste Lasterhöhle im All bewachen – das Casino von Loreley. Doch wer sagt, daß Verlierer nicht auch mal gewinnen können? Die Abzocker stehen jedenfalls vor Lachen kopf, als Captain Narrisch und seine seltsame Truppe auftauchen. Bald aber vergeht den Mobstern der Spaß, denn die Chaos-Kompanie mischt alles gründlich auf. Und wo die Chaoten hinlangen, heißt es endgültig: Nichts geht mehr – rien ne va plus.

Mit *Die Chaos-Kompanie* (Bastei-Lübbe 23 114) begann die witzigste SF-Serie aller Zeiten. Hier nun Teil zwei des Bombardements von coolen Sprüchen und heißen Gags.

BASTEI LÜBBE

Sie erhalten diesen Band im Buchhandel, bei Ihrem Zeitschriftenhändler sowie im Bahnhofsbuchhandel.

Band 24 220

Robert A. Heinlein

Gestrandet im Sternenreich

Max Jones, ein junger Mann, dessen inständiger Wunsch es ist, Sternenfahrer zu werden, schafft es durch Zufall, auf der Asgard, einem der größten Raumschiffe der Erde, einen Platz zu finden. Doch die Reise der Asgard verläuft anders als geplant. Nach einer Passage durch ein Zeitloch kommt das Schiff vom Kurs ab und gerät in Bereiche der Galaxie, die noch nicht erforscht und kartographiert wurden. Da alle Orientierungsmöglichkeiten fehlen, wird es immer unwahrscheinlicher, daß das Schiff den Heimweg findet. Die Asgard muß auf einem fremden Planeten notlanden. Die Lage an Bord spitzt sich zu, der Pilot stirbt, und die Menschen beginnen zu verzweifeln. Nur Max Jones gibt nicht auf, den Kurs nach Hause zu suchen…

BASTEI LÜBBE

Sie erhalten diesen Band im Buchhandel, bei Ihrem Zeitschriftenhändler sowie im Bahnhofsbuchhandel.

Band 24 219

Bill McCay

STARGATE 2

Das Erbe des Sonnengottes

Deutsche Erstveröffentlichung

STARGATE, der Roman zum Film von Roland Emmerich, war einer der erfolgreichsten SF-Titel des letzten Jahres. Dies ist die Fortsetzung der spannenden Geschichte um eine ferne Welt, in der die Götter der ägyptischen Antike lebendig geworden sind.

Als ein Team von Soldaten und Wissenschaftlern das Sternen-Tor durchschreitet und einen Planeten, Millionen Lichtjahre entfernt, betritt, haben die Männer eines mit Sicherheit nicht im Sinn: eine Rebellion in Gang zu setzen. Doch können weder Colonel Jack O'Neil noch der Ägypkologe Daniel Jackson die Augen vor den Tatsachen verschließen und das befreite Volk von Abydos sich allein überlassen. Vor allem nicht, da die Außerirdische Hathor, Ras undurchschaubare Nachfolgerin, ganz eigene Ideen hat, was die Herrschaft über die Menschen betrifft...

BASTEI LÜBBE

Sie erhalten diesen Band im Buchhandel, bei Ihrem Zeitschriftenhändler sowie im Bahnhofsbuchhandel.

Band 24 218

Roger MacBride Allen

Isaac Asimov's
Inferno

Auf dem Planeten Inferno liegen Siedler und Spacer miteinander in einem erbitterten Streit. Während die einen sämtliche Roboter verbannen wollen, glauben die anderen an die Intelligenz und Nützlichkeit der Maschinenwesen. Der Gouverneur versucht zu vermitteln – doch dann wird er ermordet. Gleichzeitig taucht Caliban auf, der einzige Roboter, der nicht an die ehernen Gesetze der Robotik gebunden ist. Caliban hat eine besondere Fähigkeit: Er kann einen Menschen töten, wenn es sein muß . . .

Ein packender SF-Krimi!

ROGER MACBRIDE ALLEN hat sich inzwischen auch in Deutschland als erfolgreicher Autor etabliert. Er führt die Tradition von ISAAC ASIMOV, des großen Altmeisters der SF, fort. Nach dessen Ideen und Vorgaben schreibt er neue, packende Robotergeschichten.

BASTEI LÜBBE

Sie erhalten diesen Band im Buchhandel, bei Ihrem Zeitschriftenhändler sowie im Bahnhofsbuchhandel.